KB236876

한국 설화의 전승 양상과 소설적 변용

한국 설화의 전승 양상과 소설적 변용

한국 설화의 전승 양상과 소설적 변용

강현모 著

도서출판 역락

나는 부여읍에서도 강을 건너 10리도 넘는 시골에서 자랐다. 어릴 때부터 파진산이나 승산(성산) 등 백제에 관련된 이야기를 시도 때도 없이 들으면서 자라왔다. 그러나 백제의 수도였다는 부여에는 별다른 문화재가 없어 뭔가 잘못된 것은 아닌가 하고 의아해 하며 지냈다. 고등학교 시절, 역사 선생님께서는 주말이면 자전거를 타시고 부여, 공주 인근으로 늘 답사를 다니셨다. 그 시절 나도 부지런히 선생님을 따라 다니면서 역사에 대한 관심을 조금씩 키워 갔다.

그런데 설명만 있지 유물이나 유적은 자연상태로 방치돼 있어서 마음으로 다가오지가 않았다. 그 후, 국어국문학과에 진학하여 문학과 역사 그리고 사회사를 연결하는 방법을 없을까 고민하고 있을 때 은사님을 만나게 되었다. 은사님은 입으로 전승되는 구비문학 '조룡대'나 '은산별신굿'을 예로 들면서 문학과 역사가 연결이 가능함을 설명하여 주었다. 그리하여 부여지방의 구비자료 조사를 때때로 하기 시작하였다.

하지만 몸과 마음을 일치시키기가 어려웠다. 백제 연구에 대한 나의 갈망은 현실의 삶의 여건으로 행하기가 어려웠다. 그 와중에도 이곳저곳의 자료를 조사하여 보고서와 책을 펴내기도 하였다. 또한 한국학술진흥재단의 포스트 닥 프로젝트에 선정되어 백제설화의 연구를 시작할 수 있었다. 이때부터 본격적으로 백제 건국신화에 대해 연구·검토하면서 자료를 모으게 되었다.

이 책은 기존의 논문들 중에 역사와 관련된 자료를 모아 크게 2부로 나누었다. 1부는 설화의 전승양상에 관한 것이고, 2부는 설화의 소설적 변모 양상을 관한 것이다.

　1부에서는 설화 속에 담겨진 역사의식을 규명하기 위하여 백제건국신화와 신거무 전설, 그리고 연오랑·세오녀 설화를 다루었다. 백제건국신화의 전승 양상과 의미에서는 백제의 천도와 관련되어 신화의 변천 관련성을 검토하였으며, 백제 설화의 대외 저항 의식에서는 전설을 통한 백제인의 자부심을, 신거무 전설의 구성과 의미에서는 후백제 부흥운동과 호족세력의 몰락이란 측면에서 검토하였다. 그리고 연오랑·세오녀에서는 제의 행위를 중심으로 서사단락의 분석을 통해 역사적 의미를 파악하였다. 이는 해 이동의 천강일자 신화나 신라의 질서회복을 위한 제의적 신화 자료로 볼 수 있기 때문이다.

　2부에서는 불운하게 죽어간 장수들에 대한 설화의 소설적 수용양상을 다루었다. 설화가 소설로 발전되어 갔다는 도식적인 논의가 아니라 상보적 존재로 서로에게 영향을 주고 있다는 점에서 다루어 본 것이다. 이런 점에서 「홍길동전」은 민란의 장수설화, 곧 이몽학 설화의 수용 가능성을 중심에 두고 다루었고, 김덕령과 임경업의 경우는 구체적인 작품을 가지고 검토하였다.

　책이 나올 수 있는 기초를 제공해 주신 김균태 교수님, 그리고 책의 체재를 잡아주신 최래옥 교수님과 김봉진 선생님께 감사드리며, 연구의 기초인 부여 지방의 백제설화를 함께 조사한 동학들과 학생들에게도 감사드린다. 돈도 안 되는 자료를 조사하러 다니는데도 아무런 불평을 하지 않는 아내와 자식들에게 미안함을 전한다. 역락출판사의 이대현 사장님과 편집부 식구들에게 감사드리며, 자료조사에 협조해 준 지방의 제보자들에게도 감사드린다.

2004. 7.

강 현 모

제2부 장수설화의 소설적 변용

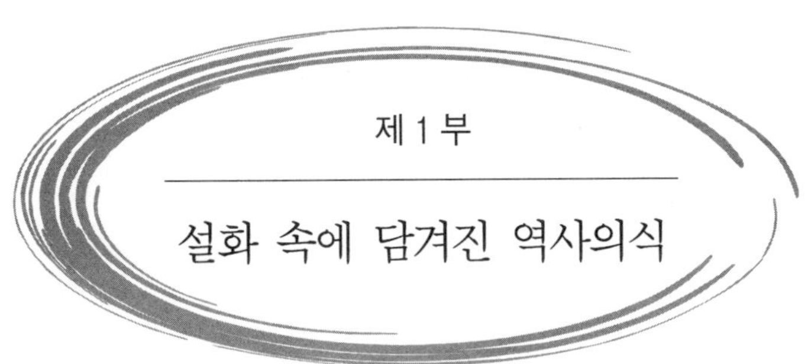
제 1 부
설화 속에 담겨진 역사의식

1부

설화 속에 담겨진 역사에서 설화에 내재하고 있는 역사의식을 찾아내고자 했다. 설화는 사회·역사적 산물이기 때문에 사회·역사 의식을 담아내고 있다. 따라서 4가지 설화에 내재하고 있는 역사의식을 검토하였다.

백제건국신화의 전승 양상과 의미에서는 백제의 천도와 관련되어 신화의 변천 관련성을 검토하였고, 백제 설화의 대외 저항 의식에서는 전설을 통한 백제인의 자부심을, 신거무 전설의 구성과 의미에서는 후백제 부흥운동과 호족세력의 몰락이란 측면에서 검토하였다. 이들 자료들은 다 백제와 관련된 신화나 전설자료들이다. 그리고 연오랑 세오녀 설화의 제의적 의미에서는 서사단락의 분석을 통해 역사적 의미를 파악하였다.

제 1 장

백제 건국신화의 전승 양상과 의미

1. 서 론

이 글은 백제에서 신이성을 강조하는 건국신화의 전승 양상에 대한 연구이다. 백제는 650여 년의 역사적 실체를 가진 국가였고, 그 영향이 오늘날에도 우리나라와 이웃 일본에도 미치고 있는 고대국가를 성립한 나라이다. 그럼에도 불구하고 전해지고 있는 백제의 건국신화는 신이성을 지닌 신화로는 미미하다고 하겠다. 이런 백제의 건국신화에 대한 천착을 목적으로 이 글을 쓴다.

백제의 건국신화는 명백하게 드러난 자료가 없다. 백제의 시조인 온조와 비류에 관한 사서들의 기록은 동명왕 신화나 가야국의 김수로왕 신화와는 그 성격이 다른, 너무 단조롭고 평범한 인간의 일대기로 신화의 서술이라기보다는 역사적 사실의 기록으로 보인다. 이처럼 백제를 건국한 주인공은 신화적인 각색도 없고, 심지어 구태와 도모가 시조라는 기록이 있어 온조와 비류가 시조(건국주)인지조차 의심받고 있다. 더욱이 고대국가를 형성하였는지도 불분명한 가야국이나 분명한 역사 시대인 고려나 조선조조차 신

화가 있는데, 고대국가를 형성한 백제에 건국신화가 없다는 것은 받아들여
지기가 어렵다. 이런 점에서 백제신화에 대한 연구를 알아보았다.

백제의 건국신화에 대한 구체적인 연구로는 문학적·역사적 연구 방법
으로 나눌 수 있다. 문학적 연구는 최래옥[1]과 서대석[2] 이후에 김화경[3],
임재해[4], 김두진[5], 지병규[6] 등에 의해서 이루어졌다. 그리고 역사적 연
구로는 노명호, 이홍직, 천관우 등이 있다. 그밖에 부분적인 연구로는 곰나
루 전설[7], 견훤전설이나 야래자 전설[8] 등의 연구에서 간략하게 언급한 경
우가 있다. 이 글은 기존의 학설을 바탕으로 하여 이를 구명하는 작업으로
진행하고자 한다[9].

---

1) 최래옥, 「현지조사를 통한 백제설화의 연구」, 『한국학논집』 제2집 (한양대학교 한국
   학연구소, 1982), pp.123-155. 이 논문 중에 신화와 관련된 부분은 pp.126-140
   이다.
2) 서대석, 「백제신화 연구」, 『백제논총』 제1집, (백제문화개발위원회, 1985), pp.9-60.
   이는 『한국 신화의 연구』 (집문당, 2001, pp.143-219)에 재수록 되어 있다.
3) 김화경, 「온조신화의 연구」, 『인문과학』 4집 (영남대 인문과학연구소, 1983)
4) 임재해, 「온조의 백제건국 과정과 부여족 신화의 건국문법」, 『민족신화와 건국영웅
   들』 (천재교육, 1995)
5) 김두진, 「백제 건국신화의 복원시론 - 제천사지의 의례와 관련하여-」, 『국사관논총』
   30, (국사편찬위원회, 1990). 「백제시조 온조신화의 형성과 그 전승」, 『한국학논
   총』 13, (국민대 한국학연구소, 1991.2). 「백제 건국신화의 형성과 그 전승」, 『설
   화문학연구(하)』(황패강선생고희기념논총Ⅱ), (단국대출판부, 1998.2)
6) 지병규, 「백제의 시조신화의 고찰」, 『한국서사문학사의 연구(경산사재동박사화갑기
   념논총』 (중앙문화사, 1995.5)
7) 김균태, 「공주지역의 곰 전설고」, 『한남어문학』 제13집 (한남대학교 국어국문학과,
   1987) 「곰나루 전설의 변이와 의미」, 『설화와 역사』 (집문당, 2000), pp.167-185.
   강헌규, 「곰나루 전설 연구」, 『웅진문학』 제2·3집 (공주향토문화연구회, 1990)
   윤용혁, 「공주지방 곰 신앙숭배」, 『호서사학』 제7집 (호서사학회, 1979)
   구중회, 「곰나루설화의 성격과 그 해석」, 『공주문화』 1호 (공주문화원, 1991.12)
   김화경, 「웅.인 교구담 연구」, 『수성성기열박사 환갑기념논총』, (동기념회, 1989.12)
8) 김화경, 「야래자 설화의 구성 구조분석」, 『한국고전산문연구』 (동화출판사, 1981)
   노성환, 「한일야래자 설화의 연구」, 『연구논문집』 14-2, 15-2 (울산대, 1983.
   1984)
   신호철, 「후백제 견훤 연구(1)」, 『백제논총』 1집 (백제문화개발연구원, 1985)
9) 이 글은 뒤에 언급할 최래옥, 서대석, 김균태 교수의 연구에서 많은 도움을 받아 고

　　신화는 전승 집단이 신성시하는 이야기이다. 이런 신성성은 제의의 진행에 의해서 획득되어지고 유지된다. 그런데 고대의 거의 모든 국가와 집단은 제의를 행하였다는 점에서 어떠한 형태로든지 신화가 존재하였을 것으로 보인다. 왜냐하면 신화는 집단을 통제하는 규범을 가지고 있기 때문이다. 이런 점에서 백제의 건국신화도 시조에 대한 제의를 진행하는 데에서 전승되었을 것으로 파악된다. 따라서 백제의 건국신화를 이해하기 위해서는 시조신에 대한 제의 양상을 파악하는 일이 초기 신화를 파악하는데 매우 중요하다.

　　한편 백제는 수도를 3차례나 옮기고 결국 패망한 국가이다. 그런데 수도를 옮기는 것은 자국의 이익이나 이해에서 비롯된 것이 아니라 타의에 의해 이루어지면서 토착세력과 이주세력 간의 갈등이 있었다. 타의에 의해서 천도를 단행한 백제의 이주세력은 토착세력을 무마하기 위하여 국가적 제의 변경을 초래할 수도 있다. 따라서 천도과정에 대한 검토를 통하여 백제신화의 변화·수용 양상을 찾아볼 수 있다. 이런 신화 양상의 단초는 신성성을 상실하고 전승하는 전설이나 민담에서 찾아볼 수 있다. 왜냐하면 신성성을 상실한 전설이나 민담이라 할지라도 서사적 내용이 완전하게 달라지는 것은 아니기 때문이다.

　　위와 같은 전제로 볼 때, 백제의 건국신화는 고조선이나 고구려처럼 하나인가, 신라처럼 신화가 여러 개 전승되고 있는가, 신라와 달리 시대와 천도에 따라 지역적으로 건국신화의 변이가 있었는가에 따라 다르다고 볼 수 있다. 백제의 건국신화에 대한 연구는 이런 점을 고려하면서 검토되어야 한다.

찰하게 되었다.

2. 백제 초기의 동명신화

건국신화는 국가를 건설한 최초의 왕으로 제묘에 안치되고 국민에게 신성한 행적으로 숭앙되는 시조의 이야기이다. 고구려의 고주몽 신화나 신라의 혁거세 신화가 그렇다. 그런데 백제는 건국한 시조와 시조신으로 숭앙되는 존재가 다르다[10]. 백제의 시조는 백제를 건국한 왕을 가리키는 말이고, 시조신은 묘를 세우고 숭앙되는 국조신화로 읽혀지는 인물이다.

우선 백제의 시조는 기록된 문헌에 따라 다르다. 「삼국사기」에는 온조설과 비류설이 있고, 중국의 역사서인 『주서』, 『수서』 등에는 구태설이, 일본의 역사서에는 도모설이 있다[11]. 이 글에서는 국가를 건설한 건국주가 누구인가도 중요하지만, 백제의 시조신으로 숭앙된 인물이 누구인가를 밝히는 일이 더 중요하다. 이를 위해 건국한 시조에 관해 전해지는 문헌들을 검토하여 보자.

2.1. 백제의 건국주

우선 일반적으로 알려진 백제의 건국주는 온조이다. 이는 「백제본기」 '시조온조왕'조를 보면[12],

---

10) 북방의 건국신화는 3대가 등장한다. 고구려의 경우 건국의 시조 고주몽이 시조신으로 모셔지고 있다. 그런데 주몽의 아버지 해모수와 해모수의 아버지 천재는 신앙의 대상이 되지 않았다. 이에 비하여 백제의 천재나 해모수에 비견되는 동명왕이 시조로 숭앙되는 점은 특이하다.

11) 외국의 사서에 기록된 시조에 대한 기록은 연대를 검토할 필요가 있다. 일반적으로 이들과 외교관계를 복원한 시기를 웅진이나 사비로 수도를 천도하고 해상왕국을 복원한 이후로 여겨진다. 이런 관점에서의 고찰은 3절에서 검토할 것이다.

12) 「三國史記」卷第 23 「百濟本紀」第1(『한국고전총서』 2, 민족문화추진위원회, 1977). pp.172-173.(「삼국사기」는 이 책의 페이지를 가리킴.)'百濟始祖溫祚王'
百濟始祖 溫祚王 其父鄒牟 或云朱蒙 自北扶餘逃難 至卒本扶餘 扶餘王無子 只有三女子 見朱蒙 知非常人 以第二女妻之 未幾扶餘王薨 朱蒙嗣位 生二子 長曰沸流次曰溫祚(或云 朱蒙到卒本 娶越郡女 生二子) 及朱蒙在北扶餘所生子來爲太子 沸

　　백제의 시조는 온조왕으로 그 부친은 추모 혹은 주몽이라고 한다. 주몽은 북부여에서 난을 피하여 졸본부여에 이르렀다. 부여왕은 아들이 없고 다만 세 딸이 있어 근심 중, 주몽을 보고 비상한 사람임을 알고 둘째 딸로써 그의 아내를 삼게 하였다. 얼마 되지 아니하여 부여왕이 돌아가므로 주몽이 왕위를 이었다. (주몽은) 두 아들을 낳았는데, 장자는 비류라 하고 차자는 온조라 하였다.(혹은 주몽이 졸본에 이르러서 월군녀를 아내로 얻어 두 아들을 낳았다고도 한다.)

　　그런데 주몽이 북부여에 있을 때에 낳았던 아들이 와서 태자로 삼으므로, 비류와 온조는 태자에게 용납되지 않을 것을 두려워하여 마침내 오간 마여 등 10 신하들과 함께 떠나니, 백성들이 이들을 따라 나서는 사람이 많았다. 그들이 한산에 이르러 부아악에 올라 가히 살 만한 땅이 있는지 바라보았는데, 비류는 바닷가로 살고자 하였다. 10신하들이 간하기를, 「생각하건데 이 하남의 땅은 북으로 한수를 끼고, 동으로 높은 산에 의지하고, 남으로 옥택을 바라보고, 서쪽은 큰 바다로 가로막았으니 그 천연의 험준함과 땅의 이로움을 얻기 어려운 형세이오니, 여기에 도읍을 이룩하는 것이 좋지 않으리오.” 하였다.

　　비류는 이 말을 듣지 아니하고 그 백성을 나누어 가지고 미추홀로 가서 살므로, 온조는 하남 위례성에 도읍을 정하였다. 10신하로써 보익을 삼고 국호를 십제라 하였는데, 이 때가 전한 성제 홍가 3년이었다. 비류는 미추홀의 땅이 습하고 물이 짜서 편히 살수가 없으므로 위례성으로 돌아와 보니 도읍을 새로 정하고 인민이 크게 편안하게 살았다. 드디어 부끄럽고 후회하여 죽으므로, 그 신하와 백성들은 모두 위례성으로 돌아왔다.

　　그 뒤로부터 날로 백성들이 즐겁게 따르므로 국호를 백제라고 했는데, 그 세계는 고구려와 더불어 부여에서 같이 나온 까닭으로, 부여를 성씨로 삼았다.

流溫祚 恐爲太子所不容 遂與烏干馬黎等十臣南行 百姓從之者多 遂至漢山 登負兒嶽 望可居之地 沸流欲居於海濱 十臣諫曰 惟此河南之地 北帶漢水 東據高岳 南望沃澤 西阻大海 其天險地利 難得之勢 作都於斯 不亦宜乎 沸流不聽 分其民 歸彌鄒忽以居之 溫祚都河南慰禮城 以十臣爲輔翼 國號十濟 是前漢成帝鴻嘉三年也 沸流以彌鄒忽土濕水鹹 不得安居 歸見慰禮 都邑鼎定 人民泰安 遂慙悔而死 其臣民皆歸於慰禮 後以來時百姓樂從 改號百濟 其世系與高句麗同出扶餘 故以扶餘爲氏.

위 내용에는 온조왕의 탄생과 그가 건국한 경위를 기술하고 있다. 여기에는 온조에 대한 신이성이 보이지 않을 뿐만 아니라, 그 부친 주몽까지도 평범한 일상적인 인물로 나타나 있다. 위에서 온조는 주몽의 친아들로 백제를 건국하였고, 형인 비류는 식견이 부족하여 죽게 되었다는 것이다.

반면 온조설의 주로 처리된 비류설을 보면,13)

다른 일설에서 시조는 비류왕으로, 그 부친은 우태로 북부여왕 해부루의 서손이고, 어머니는 소서노로 졸본 사람 연타발의 딸이다.

그녀는 처음 우태에게 시집을 와서 두 아들을 낳았는데, 장자는 비류이고 차자는 온조이었다. 우태가 죽자 졸본으로 와서 홀로 살았다. 뒤에 주몽이 부여에서 용납하지 않으므로 전한 건소 2년 2월에 남쪽으로 도망하여 졸본에 이르러 도읍을 정하고 나라를 세워 국호를 고구려라 하였다.

주몽은 소서노를 취하여 왕비를 삼았는데, 그가 창업의 기반을 열 때 자못 내조가 있었다. 이 때문에 주몽은 그녀를 총애하고, 특별히 후대하여 비류 등을 자기의 아들과 같이 대하였다.

그런데 주몽은 부여에 있을 때 예씨에게서 난 아들 유류가 오자 이를 세워 태자로 삼고, 드디어는 왕위를 계승하게 하였다. 이에 비류는 아우 온조에게 말하기를 「처음에 대왕께서 부여에서 난을 피해 도망하여 이곳을 이르렀으므로 우리 어머니께서 집안의 재산을 기우려 나라의 기업을 조성하는데 힘을 많이 썼다. 지금에 이르러 우리에게 세사함을 싫어하여 나라를 유류에게 넘겨주니, 우리들은 헛되이 여기에 있으면서 울적하게 근심하는 것보다 모친을 모시고 남쪽으로 가서 좋은 땅을 찾아

---

13) 『三國史記』 卷第二三 『百濟本紀』 第1 '百濟始祖溫祚王' p.173. 一云始祖沸流王 其
父優台 北扶餘解扶婁庶孫 母召西奴 卒本人延陁勃之女 始歸于優台 生子二人 長曰
沸流 次曰溫祚 優台死 寡居于卒本 後朱蒙不容於扶餘 以前漢建昭二年春二月 南奔
至卒本 立都號高句麗 娶召西奴爲妃 其於開基創業 頗有內助 故朱蒙寵接之特厚 待
沸流等如己子 及朱蒙在扶餘所生禮氏子孺留來 立於爲太子 以至嗣位焉 於是沸流謂
弟溫祚曰 始大王避扶餘之難 逃歸至此 我母氏傾家財助成邦業 其勤勞多矣 及大王猒
世 國家屬於孺留 吾等徒在此 鬱鬱始疣贅 不如奉母氏 南遊卜地 別立國都 遂與弟率
黨類 渡浿帶二水 至彌鄒忽以居之 北史及隋書皆云 東明之後有仇台 篤於仁信 初立
國于帶方故地 漢遼東太守公孫度 以女妻之 遂爲東夷强國 未知孰是

따로 나라를 세우는 것만 같지 못하다"고 하였다. 드디어 아우 온조와 함께 무리들을 거느리고 패수와 대수의 두 강을 건너 미추홀에 이르러 거기에서 살게 되었다.

북사와 수서에 모두 이르기를 동명의 후손에 구태가 있어 어짐과 믿음이 돈독하였다. 처음 대방의 옛땅에 나라를 세웠는데, 한나라의 요동태수 공손도가 딸로써 그(구태)의 아내로 삼게 하였다. 드디어 동이강국이 되었다고 하는데, 이것이 무엇인지 알지 못하겠다.

이상의 기록은 앞의 온조설과 많은 차이가 있다. 첫째 온조설에서는 아버지를 주몽으로 설정하였는데 비해, 비류설에서는 주몽의 혈통을 부정하고 해부루 후예인 우태로 설정하였다. 둘째, 왕위의 계승은 온조설에서 주몽이 장인에게서 세습한 것으로 되어 있는데, 비류설에서 비류 어머니의 도움으로 되어 있다. 셋째, 백제의 건국에 대해서 비류설은 온조설과 달리 비류가 역동적인 역할을 하고 온조는 이름만 등장할 뿐이다. 그리고 비류의 이동 경로를 명확하게 보여주어 비류가 미추홀에 정착하게 된 가능성을 보여주고 있다.14)

한편 위의 두 설을 통해서 볼 때, 백제의 건국 시조는 온조와 비류가 대치되어 있다. 이에 대해 이병도 박사는 백제의 건국의 경위를 설명하면서, 소서노가 우태에게 시집을 가서 비류를 낳았고, 뒤에 주몽에게 온조를 낳았다는 설화의 형태로 해석하였다. 다시 말해 온조와 비류를 이부동모의 형제간으로 보고, 이들은 각각의 부여계 일파의 수장으로 삼한 지역으로 남하하여 위례와 미추 마을에 정착하였다가 후에 위례지역이 미추마을을 아우르고 伯濟를 점령하고 국호를 백제라고 하였다는 것이다.15)

---

14) 비류설은 이들 집단의 이주로를 보여주고 있다. 그리고 온조설에서도 비류가 미류홀로 주민들을 나누어 갈 때도 行이라고 하지 않고 歸라고 한 점은 이들이 미추홀을 거쳐서 위례성까지 왔음을 보여주고 있다.

15) 이병도, 『한국고대사연구』(박영사, 1976), p.469. 한편 김성호는 백제사는 비류백제와 온조백제가 교묘하게 결합되어 있다고 한다. 백제는 B.C 18년에 대방현에서 비류가 국가를 건설하였고, 뒤에 더 남하하여 미추로 상징되는 지역으로 물을 건너 남하하여 정착하였다고 한다. (『비류백제와 일본의 국가기원』, 지문사,

이상에서 온조와 비류가 고구려에서 같이 남하하였다고 하지만 성격을
달리하는 집단인 듯 하다.[16] 위에서 비류가 온조의 만류를 뿌리치고 바닷
가에 정착한 것은 그들 집단의 성격에 기인한다. 비류는 패수와 대수를 건
너서 남하하였다. 이런 점에서 이들 집단은 물과 친한 수신족 계통임을 알
수 있다. 따라서 천손족인 온조족과는 차이가 있다고 하겠다.

2.2. 건국 시조신에 대한 재구

한편 백제의 건국시조에 대한 이야기에서 보듯이, 백제가 온조나 비류
보다 동명을 시조신로 생각하였을 가능성이 많다.[17] 심지어 동명의 묘를
세우고 제향을 올리며, 외국에까지 동명의 후예로 자처하고 나섰을 가능성
을 역사서에서 찾아볼 수 있다. 초기의 시조신화를 재구하기 위해 초기에
이루어진 제의를 검토할 필요가 있다.

백제는 온조왕 원년 5월에 동명왕묘를 세웠다[18]고 한다. 이는 백제의
건국주가 누구이든지 초기에는 동명신에 대한 제의가 있었다는 말이다. 이
는 동명왕 신화를 백제의 건국과 함께 차용하여 계승시켜 왔음을 보여준다.
동명묘에 제향을 올린 것은 다루왕 2년 춘정월, 책계왕 2년 춘정월, 분서왕
2년 춘정월, 계왕 2년 하사월, 아신왕 2년 춘정월, 전지왕 2년 춘정월
등[19]의 기록이 보인다. 이 기록에는 왕이 즉위한 뒤 처음으로 맞는 새해 정

1982. pp.45-49.)

16) 김성호, 앞의 책, pp.44-45.
17) 서대석, 앞의 논문, pp.17-18. 그런데 김부식은 「삼국사기」〈잡지〉'제사'조에서
    동명을 시조라고 한 것을 믿을 수 없다고 하였다. 按海東古記 或云始祖東明 或云
    始祖優台 北史及隋書皆云 東明之後有仇台 立國于帶方 此云始祖優台 然東明爲始祖
    事迹明白 其餘不可信也
18)『삼국사기』권23,「백제본기」제1 '시조 온조왕' 元年夏五月 立東明王廟. 그런데
    고구려는 동명묘를 대무신왕 3년 3월에 건립하였다. 백제가 고구려보다 동명묘를
    먼저 세운 이유는 백제가 동명왕 신화의 신이성을 차용할 필요성에 기인한 것으로
    보인다.
19)「三國史記」卷第32,「雜志」第1 '제사', p.293. 多婁王二年春正月謁始祖東明廟

월(계왕은 다르지만)에 제사를 지낸 것으로 되어 있다. 이는 동명신이 태양신이며 풍요를 담당하는 신이었기 때문에, 춘정월의 제의는 새로 즉위한 왕이 태양신인 동명신의 도움으로 대지가 재생하는 것처럼 훌륭한 왕의 되기를 바라는 의식의 표출로 보인다.

반면에 「삼국사기」 「잡지」 '제사'조에 있는 백제의 제의들을 보면 "백제는 사중지월에 왕이 하늘 및 오제의 신에게 제사를 지내고, 그 시조 구태묘를 국성에 세우고 매년 4번의 제사를 지냈다"[20]고 되어 있다. 동명제와 달리 시조 구태에 대한 국조제가 있었다.[21] 그런데 동명제는 한 왕이 즉위한 다음 해 정월에 한 번 지내는데 비하여, 구태제는 일 년에 4번을 지낸다는 점에서 신화적 존재로 재생의 의미를 갖는 제의는 동명 제의이고, 건국주의 의미를 갖는 제의는 우태 제의로 보인다.

2.3. 동명왕 전승의 양상

한편 백제에 전승되고 있는 동명왕 신화에 대해 검토하기 위해서는 백제 이전의 동명왕 신화가 전승된 양상을 살펴보자. 이들의 전승관계를 추적하면 백제의 동명왕 신화의 전승양상을 파악할 수 있을 것으로 보인다. 우선 각 국의 동명왕 신화가 전승된 양상을 보면 다음과 같다.

責稽王二年春正月 汾西王二年春正月 契王二年夏四月 阿莘王二年春正月 腆支王二年春正月 並如上行. 이 기사 이외도 『삼국사기』 「백제본기」에 보면 구수왕 14년 하사월(p.179. 十四年 春三月雨雹 夏四月大旱 王祈東明廟乃雨) 비류왕 9년 하사월(p.181. 夏四月 謁東明廟拜)에 동명묘에 제사를 한 기록이 보인다.

20) 「三國史記」 卷第32 「雜志」 第1 〈제사〉조. p.293.   冊府元龜云 百済 每以四仲之月 王祭天及五帝之神 立其始祖仇台廟於國城 歲四祠之

21) 서대석 교수는 김부식의 구태묘와 구태제를 인용하여 설명하면서 시조 동명설은 시조 온조설로 연결되고, 시조 구태설은 시조 비류설에 연결된다고 하였다. 만약에 국성에 구태제가 있었다면 동명제와는 어떠한 관계가 있을까. 그리고 이 구태제가 한성이 아닌 공주지역에만 설치되어 있다면, 동명제와 다른 시조신에 대한 제의로 보여진다. 김성호는 구태묘가 공주지역에 있었다고 주장하고 있다.

❖ 북부여[22]는 해모수가 건국하였고, 그 아들이 해부루를 낳았는데 상제의 명으로 동부여로 옮기고, 동명제가 이곳 북부여를 이어 도읍을 옮겨 졸본부여가 되고 고구려의 시조가 되었다. 여기에서 동명이 북부여 해모수의 계승자가 되었다.

❖ 동부여[23]는 북부여의 해부루 왕이 상제의 명으로 가섭원으로 도읍을 옮기고 동부여라 하였다. 그런데 자식이 없던 해부루가 곤연에 금와를 얻어 나중에 왕위를 잇게 하였다. 금와왕 때 주몽이 탄생하게 되고, 다른 한편으로 해부루가 비류의 선조로 나타나기도 한다.

해부루를 동부여로 보낸 천제의 아들이 해모수이고, 해부루가 집권하고 있는 구도에 해모수가 도읍을 한 뒤에 주몽이 이어받은 것으로 되어 있다. 같은 천손계이면서도 해모수 집단과 해부루 집단은 혈통상 아무런 관계가 없고 대립관계에 있었던 것으로 보인다.[24] 여기에서 동부여는 처음에 천손계의 해부루 집단이 지배세력으로 등장하였다가 뒤에 수신계의 금와왕이 지배세력으로 등장하게 된다. 이에 천손족 일파인 주몽은 수신계가 지배세력으로 등장하자 안전을 위하여 동부여를 이탈한 것으로 보인다. 따라서 고구려는 자신들이 이탈한 동부여보다는 앞의 북부여에 혈통성을 연결한 것이다.

❖ 고구려[25]의 동명묘의 건립시기가 3대 대무신왕 3년 3월로 되어 있다. 주몽은 동부여에서 이탈하여 졸본부여에 와서 고구려를 건설하게 된다. 이때 이곳에 비류왕 송양이 있었다는 점을 고려해야 한다.[26] 이

------

22) 「三國遺事」, 卷第一 紀異 第二 北扶餘
23) 「三國遺事」 卷第一 紀異 第二 東扶餘
24) 「三國遺事」 卷第一 紀異 第二 高句麗. 잔주에 있는 단군기와 주몽신화를 종합하면 부루와 주몽은 異父同母의 형제로 고려된다. 檀君記云 君如西河河伯之女要親 有産子 名曰夫婁 今按此記 則解慕漱私河伯之女而後産朱蒙 檀君記云 産子名曰夫婁 夫婁如朱蒙異母兄弟也.

   단군(천신) + 유화(수신), 유화(수신) + 해모수(천신)
           부루   주몽

25) 李奎報, 『東國李相國全集』 권3, 〈고율시편〉
26) 李奎報, 앞의 책, 권3, 〈고율시편〉. 沸流王松讓出獵 見王容貌非常 引而與坐曰 僻在海隅 未曾得見君子 今日邂逅 何其幸乎 君是何人 從何而至 王曰 寡人天帝之孫

비류왕계가 거처하는 곳이 하천가란 점은 수신족일 가능성을 내포하고 있다. 이 수신족은 천손족인 주몽 일파가 남하하여 지배세력으로 등장하자 안전을 도모하기 위하여 고구려를 먼저 일탈하였을 것이고, 이때 이 수신족과 동거하던 선래 천손족도 수신족과 같이 남하하였을 것으로 보인다.27) 고구려를 이탈한 이들은 서로의 생존을 위하여 신천지를 개척하면서 결탁과 반목하였던 갈등양상이 온조와 비류의 이야기로 보인다. 반면에 고구려는 지배세력으로 등장한 주몽의 천손족과 남아있던 수신계의 유화족의 결합으로 천지통합을 이루게 된다.

▪ 부여28)의 동명왕 신화는 고주몽 신화와 일치한다. 다만 동부여 금와왕이 탁리국왕으로, 시비가 하백녀 유화로, 천상의 기가 해모수(일광)로, 동명이 주몽으로, 부여의 시조가 고구려의 시조로 되어 있는 차이가 있다.

> 탁리국왕(영품리왕) ---〉 부여국(북부여?) ---〉 동부여 ---〉
> 고구려 ---〉 백제(비류 -〉 온조)

西國之王也 敢問君王繼惟之後 讓曰 矛是仙人之後 累世爲王 今地方至小 不可分爲
兩王 君造國日淺 爲我附庸可乎 王曰 寡人繼天之後 今主非神之胄 强號爲王 若不歸
我 天必殛之 松讓以王累稱天孫 內自懷疑 欲試其才 乃曰 願汝王射矣 以畵鹿置百步
內 射之 具矢不入鹿臍 猶如倒手 王使人以王指環百步之外 射之 破如瓦解 松讓大驚
王曰 以國業新造 未有鼓角威儀 沸流使者往來 我不能以王禮迎送 所以輕我也 從臣
扶芬奴進曰 臣爲大王 取沸流鼓 曰 他國臟物 汝何取乎 對曰 此天之與物 何爲不取
乎 夫大王因於扶餘 唯謂大王能至於此 今大王奮身於萬死之危 揚名於遼左 此天帝命
而爲之 何事不成 於是扶芬奴等三人 往沸流取鼓而來 沸流王見使告曰 王恐來觀鼓角
色暗如故 松讓不敢爭而去 松讓欲以立都先後爲附庸 王造宮室 以朽木爲柱 故如千歲
松讓來見 竟不敢爭立道先後 西狩獲白鹿 倒懸於蟹原 呪曰 天若不雨而漂沒沸流王都
者 我固不汝放矣 欲免斯難 汝能訴天 其鹿哀鳴 聲徹于天 霖雨七日 漂沒宋讓都 王
以葦索橫流 乘鴨馬 百姓皆執其索 朱蒙以鞭畵水 水卽減 六月松讓擧國來降
27) 아니면 후래한 천손족이 완전한 지배세력으로 등장하면서 이탈하게 되었다. 그렇
　　 지만 수신족과 천손족이 함께 이탈하였다고 보는 것이 더 타당하겠다.
28) 『後漢書』, 〈東夷傳〉, '扶餘'.

이상에서 동명왕신화의 전승계보를 정리하여 국가를 건설하는 과정을 보면 위와 같다. 구체적으로 보면 탁리국이 어떤 족속인지는 명확하지 않지만, 그 시비가 천기를 받고 잉태하여 아이를 낳았을 때 그 아이를 버린 것으로 보면 천신숭배 족이 지배하였던 국가는 아닌 것 같다. 따라서 천손족인 부여(북부여)는 탁리국을 거부하게 된다. 동부여는 천손족인 해모수에게 도읍을 인계하고 동쪽 가섭원으로 옮기는데, 나중에 금와왕이 집권한다는 점에서 수신족으로 분류된다. 그리고 천손족인 주몽 일파는 동부여에서 금와왕의 수신계가 지배세력으로 등장하자, 후에 동부여를 이탈하여 고구려를 건설하게 된다. 이로 볼 때 수신계인 금와왕은 천손족인 북부여를 거부하고 탁리국에 뿌리를 두었을 것으로 보인다.

이들 전승양상을 지배 족속의 계통으로 정리하여 백제와 연결시키면 다음과 같다.

탁리국왕(영품리왕) --〉 동부여 --〉 비류백제(비류설) : 수신족

부여국(북부여?) --〉 고구려 --〉 온조백제(온조설) : 천손족

위와같이 백제에도 전승양상이 연결된다. 백제를 먼저 건설한 사람은 미추홀을 건설한 비류인 것이다. 비류는 비류왕 송양계의 후손으로 수신족일 가능성이 높다.[29] 따라서 비류는 바닷가인 미추홀을 선호하게 된다. 그런데 이들과 동거하던 천손족인 온조는 비류 집단에서 이탈하여 독자적인 세력을 형성한 뒤에, 비류의 수신족을 아우르면서 백제를 건설하게 된다.

---

29) 비류국의 송양이 바닷가 또는 주몽과 싸움을 하는 곳이 하천이란 점에서 천손족이기보다는 물을 배경으로 한 수신족일 가능성이 있다. 따라서 비류의 조상을 해부루라고 한 것은 천손족이 지배하는 고구려보다는 수신족이 지배한 동부에서 비롯된 것 같다. 다만 동부여의 해부루는 천손족으로 나타나지만 금와왕의 출생에서 보여주는 것으로 수신계일 가능성이 높다. 따라서 백제의 비류는 수신족이 지배하는 동부여에 혈통을 잇고자 하여, 수신계의 동부여에 뿌리를 두고 부루의 혈통을 주장한 것으로 보인다.

따라서 지배세력으로 등장한 온조의 천손족은 천신계의 고구려 또는 부여의 신화를 차용하게 된다. 즉 천손족의 우월성을 드러내야할 필요성이 있는 온조는 지배세력으로 등장하자, 온조 원년 그들에게 정당을 부여해 주는 동명30)묘를 세운 것으로 보인다.

3. 한성 몰락 직후의 백제신화

백제는 21대 개로왕의 대규모 토목공사와 유흥으로 점차 몰락하게 되었다. 이에 앞서 고구려는 16대 고국원왕이 평양성에서 백제의 근초고왕에게 패퇴하여 전사하였던 적이 있었다.31) 고구려 장수왕은 만주대륙을 평정한 뒤에 남하정책을 취하였다. 고구려는 원한을 갚기 위하여 바둑을 잘 두는 첩자로 백제의 내정을 파악하게 하고, 대규모 토목공사를 하도록 하여 국고를 탕진시킬 뿐만 아니라 백성들에게 부역을 시켜 민심을 이반시켰다.32)

고구려는 이 작전으로 굳건하였던 백제의 한성을 점령하고 당시의 왕이었던 개로왕을 죽였다. 이후 백제 문주왕는 백성들과 신하들을 수습하여 지금의 공주인 웅진에 도읍을 세우고 국가를 유지하였다.33)

백제는 이런 이유로 더 이상 적국의 시조신인 동명왕 신화를 차용할 수

---

30) 서대석 교수가 '백제가 고구려에서 나왔다'는 점을 강조하여 백제의 동명왕 신화는 부여계라고 한 것은 비류가 세운 국가에 대해 배려하지 않는 데서 비롯된 것 같다. 비류백제의 존재가 확인된다면 비류는 고구려를 거부하고, 비류국에서 이탈한 온조는 비류를 거부하고 고구려 주몽(동명)에게 혈통의 연결을 시도하였을 것으로 보인다.

31) 「三國史記」 卷第二四 〈百濟本紀〉 第2 '近肖古王', p.182. 二十六年 高句麗擧兵來 王聞之伏兵於敗河上 俟其至急擊之 高句麗兵敗北, 冬 王與太子帥精兵三萬 侵高句麗攻平壤城 麗王斯由力戰拒之 中流矢死 王引軍退 移都漢山

32) 「三國史記」 卷第25, 〈百濟本紀〉 第3 '蓋鹵王'二十一年, pp.189-190 참조.

33) 「三國史記」 卷第26 〈百濟本紀〉 第4 '文周王', p.191. 高句麗來侵圍漢城 蓋鹵영城 自固 使文周求救於新羅 得兵一萬廻 麗兵雖退 城破王死 遂卽位 … 冬十月 移都於 熊津

가 없었다. 또한 이곳 웅진시대의 왕권은 기존의 온조계와 다른 비류계가 왕권을 장악한 것으로 연구되고 있다.34) 이들은 온조계의 시조 신화에 더 이상 미련을 둘 필요가 없었다. 따라서 백제는 새로운 시조신을 찾을 필요성이 있다. 이가 곧 외국의 역사서에 기록된 구태나 도모일 것이다.35)

해외의 사서들은 백제가 해상왕국을 복원한 이후에 전해진 사실들을 기록한 것으로 보인다. 따라서 이곳에 기록된 내용은 당연하게 고구려 주몽신화의 차용을 꺼려하였던 시기라 백제인들에게는 새로운 이름의 시조(건국주)가 전승되었을 것으로 보인다.

우선 구태에 대해서 살펴보면, 이병도 박사는 구태를 백제의 8대 고이왕이라고 보았다. 고이왕은 국가 체제인 관제, 복색, 법령을 정비한 건국의 태조라 할 수 있다며, 이가 중국에 구태로 알려져서 백제의 시조가 되었다고 보았다. 탁월한 능력을 보이고 국가적 기틀을 마련한 사람, 백제인들은 자신의 자존심을 지켜줄 인물로 시조를 설정한 것이라고 보았다.36)

이에 비하여 김성호는 구태를 비류라고 하였다. 구태는 비류 백제의 시조로서 대방 고지에 나라를 세웠다가 남하하여 미추홀(아산군 인주)에 건국하였고, 병이 나서 죽거나 자살한 것이 아니라 온조왕 4년에 전쟁을 하여 온조국을 한수 이북으로 몰아냈던 인물이라고 한다. 이런 구태가 세운 비류국은 이잔국으로, 세력이 강성해져 고대국가를 이루었다가 396년 고구려의 광개토대왕에게 멸망당하였다. 이때 비류국왕은 공주에서 일본으로 이주하여 일본국을 건설하였다고 한다. 더욱이 백제의 왕족은 천도 시기에 따라

---

34) 김성호, 앞의 책, pp.328-339.
　　천관우, 「삼한의 국가형성(하)」, 『한국학보』 제3집 (1976)
35) 백제에 관련된 이야기의 기록은 백제의 한성을 잃고 웅진에 천도하였다가 부여로 옮기면서 새로운 전성기를 맞이하였다. 그리하여 5세기 중반에 중국의 산동반도와 요동, 일본에 식민지를 건설하여 해상왕국을 재건하게 되었다고 한다.(김성호, 앞의 책, pp.246-256. 김상기. 「백제의 요서경략에 대하여」, 『동방사논총』 서울대학교출판부, 1974, pp.426-433.)
36) 이병도, 「백제의 건국문제와 마한중심세력의 변동」, 『한국고대사연구』 (박영사, 1976), pp.467-481.

비류계와 온조계가 권력을 잡았다고 되어 있는데, 비류국이 독자적인 국가 세력으로 있었던 것을 교묘하게 엮어 온조국 백제사에 편입하였다고 주장한다.37)

그런데 이런 구태에 대한 제의가 기록되어 있는 점으로 볼 때, 비록 논리적인 비약성이 보이고 있지만 김성호의 가설에 그 가능성이 엿보인다. 백제의 제사조에 '시조 구태묘에 매년 4번씩 제사를 지냈다'고 한다.38) 이 기록은 그 연대가 명확하게 기록되지 않아 확인할 수가 없지만, 한성 백제의 패망 이후 웅진을 배경으로 이루어진 제의가 아닌가 한다. 또한 「삼국사기」에 남아있는 동명묘제에 대한 기록을 볼 때, 장수왕에게 패해 수도 한성을 버리고 웅진으로 남하하기 이전에만 행하여진 것에서 그럴 개연성을 보여주고 있다.

한편 도모설에 대해서는 일본의 사서 『속일본기』에 "백제의 태조 도모대왕은 일신(태양신)이 강령해서 부여를 떠나 나라를 열고 천제가 연을 주어 모든 한을 총괄해서 왕이라 일컬었다."39)로 기록되어 있다. 이를 서대석 교수는 설명없이 '도모대왕은 주몽을 가리키며, 이 기록 역시 동명을 백제의 시조로 받아들이는 백제인의 사고를 받아들인 것'40)이라고 하였다. 여기에서 도모가 부여에서 나왔고, 일신(태양신)이란 점에서 가능성이 보인다. 그런데 일본의 기록이란 점을 유의하면, 백제인들이 웅진 사비 천도 이후에 일본에 많이 건너갔다는 점에서 볼 때, 그리고 원수처럼 생각하였을 적국이 된 고구려의 시조신인 주몽을 백제의 시조로 믿었다고 하기에는 믿기 어려운 점이 많다.

따라서 도모나 구태는 고주몽 신화를 차용하는데 민족적 국가적 자존심

---

37) 김성호, 앞의 책, pp.38-292.
38) 김성호는『주서』「백제전」에 공주에 "始祖 仇台之墓" 있다고 하는 점과, 앞의 삼국 사기 주로 처리된 비류 이야기의 끝부분에 東夷强國이라고 한 점에서 공주가 비류 백제 도읍지라 주장하고 있다.
39)『續日本記』延曆 九年 秋七月條, 이병도 앞의 책 p.468에서 재인용. "夫百濟太祖 都慕大王者 日神降靈 奄扶餘而開國 天帝受筵 摠諸韓而稱王."
40) 서대석, 앞의 논문, p.17.

이 허락하지 않던 백제인들에게 역사적으로 새로운 건국주가 필요하였을 때
모색되었던 건국주로 등장한 인물로 여겨진다.

4. 웅진시대의 백제신화

역사적 기록과는 달리 민중적인 시조신에 대한 제의는 다른 각도에서
이루어지지 않았나 고려된다. 왜냐하면 공주지역은 문주왕 세력이 옮겨오
기 전에 성곽과 체재를 갖춘 지역이기 때문에 쉽게 천도할 수 있었다.

그런데 이런 공주는 문화적 층위가 다양한 곳이다. 이곳은 고조선의 준
왕이 마한의 맹주로 목지국을 건설한 곳이다.41) 이런 공주에 곰나루 전설
을 비롯한 곰 관련 전설이 많이 전승되고 있다. 특히 곰나루 전설은 관련된
구체적인 문헌의 증거가 없지만, 백제가 초기에 마한 지역을 강점한 역사적
사건이나, 고구려의 남침으로 한성을 버리고 웅진으로 천도하였다가 다시
부여로 천도했던 역사 현실을 반영하고 있다고 생각된다.

곰 관련 전설에 대해 살펴보자. 고대 문화사의 연구에 의하면, 고아시아
종족의 일부가 알타이 종족에게 밀려서 남하하여 삼한의 여러 부족을 형성
하였다고 밝히고 있다. 이를 근거로 할 때, 마한 지역의 곰 토템신앙은 남하
한 고아시아 종족의 일부인 곰부족에 의해 형성된 원시신앙이라42) 할 수
있다. 그리고 마한지역의 선래 토착인들은 곰 토템신앙을 계속 유지하여 종
족의 일체성을 형성하고 신이성을 유지하였을 것으로 보인다. 이런 전설이
백제를 거쳐 오늘날까지 전승된 것은 비극적인 백제의 역사 의식의 의미를
향유하면서 전하여졌기 때문이라 하겠다.

백제의 건국주 온조는 주몽의 후예임을 주장하여 신성성을 유지하였다.

---

41) 천관우, 「목지국고」, 『국사연구』 29 (1979)
42) 김균태, 「공주지역의 곰전설고」, 『한남어문학』 13집 (한남대 국어국문학회, 1987.
    6.), pp.292~293.

마한 지역에 후래한 선진 철기문화를 가진 백제족은 강점의 과정에서 주몽의 후광을 업고 선래했던 곰부족들과의 대립과 갈등이 있었을 것이다. 그런데 이런 갈등과 대립이 문헌에서 쉽게 찾아지지 않지만, 이 지역에 전승되는 곰 관련 전설에 나타난다.

이 지역에 전승되는 곰과 관련된 전설에는 곰부족에 의해 건설된 선래한 마한 부족과 천손족의 후예로서 철기문화를 지니고 후래한 백제 부족간에 강점에 따른 갈등이나, 서로 융화한 뒤에 문화수준의 차이로 파생된 갈등을 서사화 한 두 유형의 전설들이 있다.

우선 점령 과정에서 후래한 백제족 점령자가 선래 토착인들에게 저항받았음을 보여주는 전설들이 있다. 이런 유형의 곰과 관련된 설화는 공주시와 청양군 일대에서 많이 채록되고 있다. 청양군에서 채록되는 고금티 전설에 의하면,[43]

> 어미곰은 백제 군사가 잡아가고, 새끼곰은 먹이를 구하러 나왔다가 다른 어미곰을 만나 따라갔다가 만난 새끼곰과 친하게 지냈다. 옛굴에 와서 살다가 몇 년 뒤에 다시 찾아간 그 곳도 어미곰이 잡혀가고 새끼곰만 혼자 있었다. 그 곰새끼들은 가끔 들려 친하게 지냈는데, 그 골짜기도 사람들이 들어와 산막을 짓고 숯을 굽기 시작하였다. 그래서 그 고개는 연기가 자욱하여 집을 옮기기로 하였다. 수콤은 암콤을 기다렸으나 오지 않아 찾아 나섰으나, 연기 때문에 갈 수가 없어 곰들이 서로 울부짖으며 혼자 늙어 죽었다. 그래서 그곳을 바깥 고금리와 안 고금리라고 한다.

위 전설에서는 어미 곰들이 사냥 나온 백제군사에게 잡혀갔다 한다. 그리고 새끼곰들은 사람들이 숯을 굽는 연기 때문에 함께 살지 못하고 혼자 늙어 죽었다는 비극적인 내용이다. 이 전설은 선진 철기문화를 갖고 후래한 백제족에 의해서 마한지역 곰부족의 위축된 역사 현실을 곰의 비극적 죽음

---

43) 충청남도 향토문화연구소, 『충남전설집(하)』(명문사, 1986), pp.227-229.

을 통해 형상화하고 있다. 이것은 숯을 굽는 철기문화를 가진 백제군사에게 강점 당하는 시점에서 백제계 부족에 대한 곰토템을 믿는 마한의 준왕 부족의 저항을 상징적으로 형상화한 설화라 하겠다.

이 설화의 형상화 방식은 향유자들이 가진 백제군사에 대한 이질감을 표현하고 있다. 또한 새끼곰들끼리 서로 만나지 못하게 하였다는 것은 후래한 철기문화를 가진 백제인들이 마한지역의 곰부족을 분열시키고 자신들의 세력을 구축하는 과정을 반영한 서사라 하겠다. 즉 어미곰의 사냥은 족장을 잡아간 것이고, 새끼곰들을 갈라놓음은 부족의 연합을 막아 분열시킨 것을 의미한다.44)

곰부족의 시련은 백제계 부족에 의해서만 시련을 받았던 것이 아니다. 공주군 장기면 산학리 「날매고개」 전설을 보면,45)

신라 때 포수에게 쫓기던 곰은 이 고개의 굴속에 숨었다가 바위를 굴려 굴 아래턱에서 잠을 자고 있던 포수를 깔아 죽였는데, 그 뒤에 여기 사람들은 곰이 무서워 날듯이 빨리 고개를 넘었다(넘어야 한다)고 해서 날매고개라 한다.

위 전설에서도 쫓기던 곰이 바위를 굴려 신라인 포수를 죽였다고 한다. 이 전설은 바로 신라로부터 시련을 받아 위축되어 가는 마한지역 곰부족에게 정신적 승리감을 주고 있다.

둘째로는 융화된 두 족속 사이의 문화적 차이로 갈등이 파생되는 유형을 살펴보자. 이런 내용을 담고 있는 것이 「곰나루 전설」이다. 「곰나루 전설」은 여러 편의 각편(version)들이 조사 보고되어 있다.46) 이 전설의 서

---

44) 김균태, 앞의 논문, pp.297~298.
45) 충청남도 향토문화연구소, 『충남전설집(상)』(명문사, 1986), p.389.
46) 충청남도 향토문화연구소, 위의 책, pp.319~321. 한국정신문화연구원, 『한국구비문학대계』(고려원, 1983-6) 5-2(완주군편), pp.789~782., 1-4(의정부편) pp.

사단락을 나누어 보면 다음과 같다.

> (1) 옛날 연미산(연미산) 아래 암콤이 살았는데, 자라면서 시집을
>   가고 싶어했다.
> (2) 어느 날 어부가 배를 타고 금강을 건너오는 것을 보고 곰이 다
>   가갔다.
> (3) 어부가 기절하므로 업고 동굴로 데려와 극진히 돌봐 주자 정신
>   을 차렸다.
> (4) 어부는 곰이 가져다 주는 음식을 먹으며, 곰이 동굴의 문을 큰
>   돌로 닫고 나가므로 달아나고 싶었으나 어쩔 수 없이 곰과 살게
>   되었다.
> (5) 마침내 곰이 잉태를 하여 새끼를 낳자 어부는 곰을 돌봐주기 시
>   작하였다.
> (6) 곰은 그 이후 사냥을 나갈 때 문을 닫지 않았다.
> (7) 어느 날 어부는 강가의 거룻배를 발견하고 타고서 달아났다.
> (8) 곰은 어부가 없어진 것을 알고 강가에 가서 돌아오라고 애걸을
>   했으나 어부가 그냥 달아났다.
> (9) 화가 난 곰은 새끼를 죽이고 자신도 강에 투신하여 죽었다.
> (10) 그 후 풍랑이 심해 나룻배가 뒤집히는 일이 많아, 곰을 위한
>   제단을 쌓고 위령제를 지내자 사고가 없어져 그 이후에도 계속
>   하였다.

위의 서사단락은 각편에 따라 내용상 약간의 차이가 있으나 「곰나루 전
설」의 공통된 서사단락이다. 전설에 등장하는 남자 주인공은 신분이 어부,
미남청년, 길 잃은 사람, 나무꾼, 소년 등으로 나타나, 연미산 산신령에게
의탁하여 미인으로 변신한 곰과 만나 혼인을 하게 된다.

위 전설의 주 화소(화소)는 사람과 동물이 결합하는 인수교혼(人獸交婚)

123~123., 6-7(신안군편(2)), pp.375~376., 5-4(군산시편), pp.37~38. 사재
동(1979), pp.323-324. 임헌도, 『한국전설대관』(정연사, 1973), pp.69~71. 김
균태·강현모, 『부여의 구비설화(2)』(보경문화사, 1995), pp.57~60.

화소이다.47) 이 유형의 전설에 나타난 곰과 결합 과정을 보면, 사람과 곰이 직접 혼교하기도, 연미산 산신령에게 부탁하여 인간으로 변신된 뒤에 혼교하기도 한다. 후자의 방식은 환웅에게 빌어서 인간이 된 웅녀가 환웅과 혼교한 단군신화와 같다. 이처럼 「곰나루 전설」이 단군신화의 화소를 모방한 것은 두 설화간에 향유층의 상관성이 있다고 본다. 다만 단군신화에서 웅녀는 완전한 인간이 되어 살았는지 알 수 없지만, 곰나루 전설에서 곰은 인간과 혼교할 때만 인간이 되고 다시 곰으로 변하였다는 점이 차이가 있다. 이런 차이는 단군신화를 믿는 곰 부족의 일부가 남하하여 공주지역에서 살다가 이곳의 역사적 사실을 함축하면서 「곰나루 전설」을 만들어 낸 것으로 생각된다.

서사의 전개과정에서 곰은 결핍된 상대를 동질적인 수콤 대신 사람과 결합하므로서 비정상적인 결합을 이룬다. 이 비정상적 결합은 새로운 문제를 야기시켜 종말에 비극성을 가질 것을 암시한다. 그 결합은 어부가 곰과 혼교하여 새끼를 낳고 살다가 인간 세상이 그리워 달아나면서 깨진다. 그래서 곰은 원래의 결핍 상태보다 더 심각한 결핍을 맞이한다.48) 곰은 이 결핍 상태를 해결하기 위해 새끼로 위협하지만, 어부의 외면으로 해결할 수 없자 깊은 좌절에 빠지게 된다. 그래서 곰이 새끼를 물에 빠뜨려 죽이고 자신도 끝내 투신하는 비극적 대단원으로 서술되어 있다.

이 「곰나루 전설」은 배를 타고 들어온 어부인 후래족과 동굴 속에서 혼자 살면서 배필을 구하려 했던 곰인 토착인들 간의 갈등으로 볼 수 있다. 여기에서 곰은 선래한 준왕이 이끄는 마한의 곰부족이고, 어부는 후래한 백제계 부족으로 볼 수 있다. 역사적으로 보면 마한은 처음 백제계 부족이 정착할 때 북방의 영토를 할양해 주었다.49) 곰과 어부의 결합이란 토착문화를

---

47) 인수교혼의 대상으로는 곰만이 아니라 호랑이, 여우, 지네, 구렁이, 수달 등 다양하게 나타난다.

48) 이런 생각은 인간적인 측면에서 고려한 것이다. 처녀는 새로운 대상자를 찾을 수 있지만, 자식이 딸린 과부는 결혼하기 어렵다는 것을 설화 구술자들의 무의식적 작용인지도 모른다. 역사적 측면의 해석은 뒤에서 언급하게 될 것이다.

갖고 선래 곰부족의 마한족과 수준 높은 철기문화를 갖고 후래한 백제계 부족이 결합한 상황을 설화화 한 것으로 여겨진다.

따라서 이 「곰나루 전설」은 백제계 부족이 백제 건국 초기에 도움을 받았다가 웅진을 멸망시킨 상황을 상징화하였거나,[50] 아니면 백제가 한성을 잃고 웅진에 천도하였다가 다시 부여로 천도한 과정에서 토착 곰부족과의 문화적 갈등이 형상화된 것으로 고려된다.

좀더 구체적으로 살펴보자. 곰 토템의 부족이 원래 웅진의 토착민인지는 알 수 없다. 다만 태양을 숭배하는 알타이 종족에게 밀려 남하한 고아시아 종족이 일찍부터 그들의 문화를 형성하며 살았다. 그런데 동명왕의 신성성을 등에 업은 백제계 부족이 고구려로부터 이탈·남하하여 마한의 북방지역에 정착하게 된다. 그 이후 선진 철기문화를 가진 백제는 점차 강성하여져 인근의 부족국가를 강점했다. 그런 중에 정착하게 해 준 마한까지도 점령하게 된다.[51] 도움을 주었던 백제에게 멸망당한 역사적 사실을 조난을 당한 어부를 구해 주어 동거하다가 배반당하는 곰으로 상징화한 것으로 보인다. 특히 어부는 비류계 백제가 수신계란 점에서 그 가능성을 보여주고 있다.

그런데 이런 초기의 역사보다는 백제가 한성을 잃고 공주로 천도한 상황에서 설명하는 것이 더욱 타당할 것으로 보인다. 백제는 21대 개로왕 때 왕과 그의 대신들이 고구려의 장수왕에게 전몰하자, 신라에서 구원병 1만 명을 얻어온 문주왕은 남천하여 웅진에 도읍을 세웠다.[52] 그런데 그 문주

---

49) 「三國史記」 卷第 23 「百濟本紀」 第1 '百濟始祖溫祚王' 二十四年 七月 王作熊津柵 馬韓王遣使責讓曰 王初渡河 無所容足 吾割東北一百里之地安之 其待王不爲不厚 宜思有以報之 今以國完民聚 謂莫與我敵 大設城池 侵犯我封疆 其如義何 王慙壞其柵
50) 김균태, 앞의 논문, pp.302-303.
51) 「三國史記」 卷第 23 〈百濟本紀〉 第1 '百濟始祖溫祚王' 二十五年 … 大王幷隣國應也 王聞之喜 遂有幷呑辰馬之心. 二十六年 秋七月 王曰 馬韓漸弱 上下離心 其勢不能久 당爲他所幷 則脣亡齒寒 悔不可及 不如先人而取之 以免後은 冬十月 王出師陽言田獵 潛襲馬韓 遂幷其民邑 唯圓山錦峴二城 固守不下 二十七年 夏四月 二城降 移其民於漢山之北 馬韓遂滅
52) 「三國史記」 卷第 26 〈百濟本紀〉 第4 '문주왕', p.191. 高句麗來侵圍漢城 蓋鹵嬰城

왕의 성씨는 모씨로 지금까지의 온조계의 해씨나 비류계의 진씨와는 다르다. 그리고 모씨계는 문주왕이 등장할 때까지 문헌에 전혀 나타나지 않은 점으로 보아 씨족 기반이 극히 보잘 것 없었다.53) 더욱이 이곳 공주지역에 지지기반에 없었던 모씨계 왕들은 곰토템 신앙을 가진 토착세력의 협조를 얻거나 갈등을 줄이기 위해서 그들의 신화들을 수용할 필요성이 있었다. 동성왕을 이어 백성들의 추대로 임금이 된 무령왕의 능에서 발견한 매지권54)의 내용을 볼 때, 이곳에는 백제의 왕권조차 마음대로 할 수 없는 세력이 존재하였다. 이들이 바로 곰 관련 신화를 가진 부족이었을 것이다.

지지기반을 확보하지 못한 모씨계 왕들은 이들과의 제휴를 위해 당연히 선래 토착 곰부족의 신화인 「곰나루 전설」을 차용하였을 것이다. 왜냐하면 모씨계 왕권은 백성들의 자존심 때문에 적이 된 고구려의 주몽(동명)왕 신화를 가지고 백제를 통치할 수가 없었다. 따라서 「곰나루 전설」은 백제가 웅진으로 천도하면서 국가적 자존심과 모씨계 왕들의 토착세력과 제휴를 목적으로 수용되었던 신화로 보인다.55) 그런데 이 모씨계 왕권은 이들을 포용하는데 실패하고 계속적으로 반발을 받았다. 그리고 모씨계 왕들이 이곳에서 계속 시해된 것이 풍랑으로 표출되어 있다. 이들의 반발을 무마하기 위

自固使文周 求救於新羅得兵一萬回 麗兵雖退城破王死遂卽位

53) 김성호, 앞의 책, pp.333-334.

54) 武寧王陵에서 출토된 賣地卷. 錢一萬文右一件/ 乙巳年八月二十日寧東大將軍/ 百濟斯麻王以前件錢訟土王/ 土伯土父母上下衆官二千石/ 買申地爲墓故立卷爲明/ 不從律令.

55) 김균태 교수는 웅진지역에서 곰사당을 짓고 곰제사를 지내 곰을 위로하는 곰 토템 신앙은 북쪽에서 선래한 곰부족 고유의 원시신앙이며 백제의 건국신화로 인식되어질 것은 결코 아니다. 결론적으로 공주의 〈곰나루 전설〉은 백제의 천도 과정에서 온조계 부족과 웅진에 선래 토착한 곰 부족과의 결합 분리의 갈등을 곰부족이 비극적으로 인식하면서 생겨난 서사체라"며 배은망덕을 주제로 한 백제를 배경으로 한 공주지역의 전설이 『충남전설집』에 4편이나 있으며, 그 전설들이 내용은 고난받는 외래객을 받아들여 잘 양육하거나 도와주어 출세를 시켜 놓으니, 뒤에 배신을 하고 은혜를 악으로 갚는다는 '인불구(人不救)'를 강조하고 있다고 한다. "이런 전설들이 「곰나루」 전설과 의식면에서 상통하는 점이 있는 것으로, 이 지역 주민들의 외래객에 대해 본래 호의적이었던 태도가 폐쇄적으로 되어 가는 변모 양상을 보여 주는 것이라고 하였다.

한 대책이 곰사당에서의 제의를 지낸 것으로 처리되어 있다.

그런데 곰과 어부의 결합을 통해 태어난 아이는 단군신화에 보이는 것과 같이 이곳 토착세력의 시조가 되었다거나, 그가 세운 부족 국가의 왕, 극단적으로 백제의 시조가 되었다고 하였을 것이다. 그러던 것이 백제가 사비로 천도하고 후에 멸망하자, 이곳에서 전승되는 「곰나루 전설」은 곰이 남편인 어부에게 버림을 받고 자살하도록 형상화되었다. 이 때 어부는 웅진을 버리고 사비로 천도한 백제의 정권에 해당하거나, 뒤에 백제를 멸망시킨 신라로 볼 수 있다. 따라서 이런 역사적 비극성을 「곰나루 전설」이라는 신화적인 전설에 투영하였다고 생각된다.

이 「곰나루 전설」이 신화로 수용되었을 때는 아마 앞부분의 내용만 있어 국가의 번영과 개국의 의지를 담고 있었을 것이다. 그러다가 뒤에 백제에 의해서 선래한 곰부족이 멸망당하였거나, 백제가 이곳 웅진을 버리고 사비로 천도하는 과정을 비극적으로 형상화한 것이 이 전설의 내용이 된 것이다.

5. 사비시대 백제신화

웅진에서 사비로 천도한 백제는 또 다른 신화를 차용하게 된다. 백제의 성왕은 웅진이 도읍지로서 협소하고 인재가 부족함을 들어 다시 부여로 천도하였다.[56] 그런데 성왕이 부여로 천도한 실제적인 이유는 웅진에 있는

---

56) 웅진이 도읍지였을 때를 배경으로 한 공주군 중학동의 「장군바위」 전설을 보면, "백제 문주왕이 고구려에 참패하고 웅진에 천도해 와서 보니, 땅이 좁고 백성이 적고 구국의 장수가 없으므로 백제가 멸망할 것을 근심하였다. 그러다가 잠시 잠이 들었는데 한 노인이 나타나 장수를 얻게 될 것을 예언한다. 과연 그 노인의 말대로 장수를 얻어 고구려나 신라와 싸워 대승을 하였다."는 내용이다. 이것은 백제가 나라를 구할 장수를 기대하는 강한 염원과 웅진이 결코 도읍지로써 부족하지 않다는 주장을 보여준 전설이다.

강력한 토착세력의 한계를 극복하고자 한 것이다. 이곳에 강력한 토착세력이 있다는 것은 왕의 무덤조차 돈을 주면서도 송사를 벌일 정도였다는 무령왕릉의 매지권에서 엿볼 수 있다. 이런 토착세력의 위력을 제거할 수 있는 방법이 바로 천도이다.

동성왕이 죽고 왕위에 오른 무령왕은 모씨와는 다른 부여씨이다. 이들은 앞의 20대 비유왕(여비)과 21대 개로왕(여경)이 부여씨인 점에서 왕권을 되찾은 것이다. 그런데 이들은 왕권을 되찾으면서 온조계의 정통성을 획득하기 위해 부여에서 나왔다고 부여씨라고 하며 온조계와 같은 성씨로 자처하였던 것 같다.57)

부여(여)씨는 의자왕의 아들 태자 부여융의 묘비의 기록 "공 휘융 자융 백제진조인"58)에서 부여씨 왕통이 진계 부족일 가능성을 확인할 수 있다. 부여씨가 왕이 될 수 있었던 것은 18대 전지왕이 4년에 상좌평을 신설하고 여신이 임명되어 군국정사의 대권을 위임받은 데서 비롯된 듯하다. 여신이 상좌평에 임명된 뒤 20대 비유왕이 등장하며 부여씨의 왕권이 등장하게 된다. 웅진 천도과정에서 일시적으로 모씨계에게 왕권을 빼앗겼다가 무령왕 때 다시 찾은 것으로 보인다. 그런데 이곳 웅진은 진조계 왕권을 달가워하지 않았던 것 같다.59)

그리하여 이들이 웅진을 버리고 그들의 새로운 근거지로 택한 곳이 사비인 부여이다. 사비에는 이들 부여씨 계열의 토착세력이 있었거나 웅진과는 다른 협조할 부족이 있었던 것 같다. 백제가 부여 지역으로 천도한 뒤에 웅진의 세력들은 실권을 잃고 신흥 사비지역의 부족이 득세하였다. 이는 역사학 연구에서 이 당시 관직에 등용된 인물들의 양상을 통해서도 알 수 있

---

57) 천관우, 앞의 논문, pp.135-136.
58) 今西龍, 「百濟史講話」, 『百濟史研究』(國書刊行會, 1970), p.262; 김성호, 앞의 책, p.334에서 재인용. 이는 중국 하남성 개봉도선관의 비문이나 江上波夫교수 소장 묘비 탁본이라고 한다.
59) 김성호, 앞의 책, pp.334-336. 김성호에 의하면 진족은 비류백제의 한 지방세력에 불과하였다. 그런데 무령왕 이후에 이들이 비류의 중추세력이 존재하였던 웅진에 집권세력으로 등장하였다. 매지권은 등장한 진씨 세략에 대한 질시로 보았다.

다.

부여씨계 왕조는 자신들이 믿었던 신화이거나 아니면 부여지역 토착세력이 가지고 있던 신화를 차용하게 되었는데 바로 「야래자 전설」이다.60)

> (1) 한 양반 집에 처녀가 살고 있었다.
> (2) 밤중이면 정체를 알 수 없는 미청년(야래자)이 찾아와서 잠을 자고 갔다.
> (3) 배가 불러오자, 처녀는 그 사실을 알아낸 부모에게 사실을 이야기했다.
> (4) 부모는 바늘에 실을 꿰어 그 남자의 옷섶에 꽂아 두라고 하였다.
> (5) 그대로 하여 다음날 아침에 실을 따라가 보니 그 청년은 지렁이였다.
> (6) 그 처녀는 뒤에 아들을 낳았다.
> (7) 그 아들이 커서 시조(또는 국왕)가 되었다.

이런 「야래자 전설」로 현재 구비되는 자료들은 대개 위의 5단락까지만 전승되고 있다. 이 전승 자료는 각편에 따라 많은 변이 화소를 보이고 있으나 대체로 양반집 처녀와 야래자(지렁이, 뱀, 용, 수달)가 결합한다. 이 전설도 이물교구의 화소를 가진 설화로, 훌륭한 아들을 낳았는데 그가 시조 또는 국왕이 되었다는 것이다.61) 시조나 국왕이 되었다면 일본의 〈삼륜산 전설〉과 같다. 이런 신화가 백제의 무왕 탄생담이나 후백제의 견훤이야기에 결합되었다는 것은 이의 수용이 필요했기 때문일 것이다.

우선 백제의 무왕 탄생담으로 「삼국유사」 무왕조에 기록되어 있는 것을 보면, "과부인 어머니가 못 속에 있는 용과 결합하여 무왕을 낳았다"62)고

---

60) 미간행 자료들을 위시하여 여러 자료들을 단락소로 나누어 제시한 것이다.
61) 손진태, 『조선민족설화연구』 (을유문화사, 1947), pp.199-212., 최상수, 『한국민간전설집』 (통문관, 1958)., 서대석, 『한국구비문학대계』 1-2 (한국정신문화연구원, 1980), pp.418-421 등에서 보면 중국의 천자·청태조, 또는 채씨·조씨·견씨의 시조가 되었다고 한다.
62) 「三國遺事」 卷第2, 「奇異」 第2, 〈武王〉 p.98. 母寡居 築室於京師南池邊 池龍交通

되어 있다. 이 자체는 신화라고 할 수 없다. 다만 신화가 그 신성성을 상실하고 전설화한 것으로 볼 수 있다. 이 무왕의 탄생담에서 신화적 요소를 보이는 것은 첫째 야래자 전설의 서사단락을 갖추지 못하였지만 야래자의 신화적 화소인 수부지모형 화소를 가지고 있다는 점이다.63) 이런 설화가 백제의 부여씨 왕계에 수용 또는 차용되었다는 것은 그 나름대로의 의미가 있다. 둘째로는 서동설화의 주인공이 왕이 되었다는 일대기적 성격을 지닌 신화적 구성 요건을 갖추고 있다. 서동은 비정상으로 출생하고 신이한 행적을 행하여 인심을 얻어서 왕이 되었다는 것, 왕자가 아니면서도 왕이 되었다는 것은 새로운 국가를 창건하지 않고서는 있을 수 없는 국조신화와 동궤라 하겠다.

이 「야래자 전설」은 백제 말기에 새로운 백제의 신화로 수용된 것으로 보인다. 더욱이 부여씨의 왕계가 마한계의 일원인 진족계란 점64)은 이전의 백제 신화와 다른 신화를 수용할 수밖에 없었을 것이다. 백제 말기에 「야래자 전설」이 수부지모형의 신화적 기능을 재건하고 불교사상과 결합되어 나타난 것이 미륵사 창건설화이다. 이런 사상이 민간층에서 잠재력을 가지고 백제 멸망 이후에도 지속되었다.65)

후백제를 건국한 시조는 견훤이다. 견훤은 그가 본래 어떠한 존재였던 간에 백제 패망 300년 후 백제의 고토에 들어가 백제를 재건하였다. 그는 백제를 계승한 왕이라고 자처하였고, 멸시와 천대를 받던 백제의 유민들은 그를 열렬하게 환영하였다. 견훤이 백제의 권역에서 세력을 팽창하면서 백제를 계승하는 정신적 증거가 백제 지역에서 전승하였던 신화를 차용하는

而生 小名薯童.

63) 최상수, 『한국민간전설집』(통문관, 1958), pp.120-122. 〈남지〉 이야기를 보면 서동설화가 야래자 설화임을 구체적으로 보여주고 있다.

64) 김성호, 앞의 책, pp.334-339.

65) 이런 사고는 부여지방의 전승되고 있는 백마강에 용이 살면서 백제의 정사를 도왔다고 하거나, 소정방이 용을 낚았다는 〈조룡대 전설〉 등은 후기 백제의 신화가 어떠한 것인지를 짐작하게 할 수 있다.

것이었다.

후백제는 백제 말기의 건국신화를 차용하여 견훤의 출생담으로 결구하였을 것이다. 그런데 그 견훤에게도 어머니가 지렁이와 결혼하여 낳았다는 출생담을 가지고 있다.66) 여기에서 지렁이는 축소된 용67)이라 상징할 수 있다. 견훤이 지렁의 아들이라고 한 것은 무왕이 연못의 용의 아들이란 점과 비슷하다. 용의 아들이라고 한 것에서 용은 왕을 상징하고 있다면 池龍이나 地龍은 왕이 되기 전의 왕자로 해석할 수 있다. 왕자가 민간의 아녀자와 결합하여 태어난 아이가 나중에 왕이 되었다는 내용일 수도 있다. 이때 무왕이나 견훤이 땅의 신비력을 가진 지렁이라면 백제의 왕은 땅과 물의 신비를 상징하는 용이었을 것이다. 특히 견훤은 백제의 법통을 자처하였지만, 겸손하게 자신을 용에서 지룡(지렁이)으로 축소하였다고 본다.

후백제를 건설한 견훤에게 왜 이런 「야래자 전설」이 결부되었을까. 견훤은 후백제를 건설한 이후에 통일신라 정권에 대항하는 새로운 세력을 모으기 위해 자신의 신성화가 요청되었다. 이 당시 수부지모형 설화인 「야래자 전설」이 백제 권역에서 신화적 기능을 행하고 있었을 것이고, 견훤의 권위와 영향력을 높이려는 후백제의 의도에 따라 많이 전승시켰을 것이다. 광주나 전주 등 백제의 고토에서도 민심을 얻기 위해 백제편의 신화를 수용할 필요성이 있었다.

여하튼 견훤에게 「야래자 전설」이 결부된 것은 백제 유민들이 신성시한 신화이고 백제 유민들을 결속시킬 수 있는 원동력이기 때문이다. 그래서 백제 고토의 사람들은 이를 무리없이 수용하였고, 견훤은 이 지역의 민심을 사로잡아 기적에 가까울 정도로 급속하게 세력을 팽창시켰다. 이는 「야래자 전설」이 신라 말기까지 백제 권역에서 신화적 기능을 갖고 있었다는 증거이

---

66) 「三國遺事」 卷第2, 「奇異」 第2, 〈後百濟 甄萱〉 p.100. 又古記云 昔一富人居光州北村 有一女子 姿容端正 謂父曰 每有一紫衣男到寢交婚 父謂曰 汝以長絲貫針刺其衣 從之 至明尋絲於北墻下 針刺於大구蚯之腰 後因姙生一男. 年十五 自稱甄萱. 이런 문헌설화 이외도 견훤에 관련된 야래자전설이 많이 전승되고 있다.

67) 최래옥, 앞의 논문, p.139.

다. 이런 「야래자 전설」이 견훤에게 결부된 것은 백제말기 수용된 건국신화
가 견훤에게 흡수된 결과이다.

6. 결 론

이 글은 백제의 건국신화에 관한 연구이다. 백제는 650여 년의 역사적
실체를 가진 고대국가를 성립한 나라였고, 그 영향이 오늘날에도 우리나라
와 이웃 일본에도 미치고 있다. 그럼에도 불구하고 전해지는 백제의 건국신
화는 신이성을 지닌 신화보다 역사적 기록에 가깝다. 심지어 여러 사서에는
백제 건국주에 관한 여러 이설이 있어 온조가 건국주인지 조차 의심스럽다.

이런 점에서 건국신화는 국가 제의 형태에서 살펴볼 수 있다는 점에서
백제의 시조묘에 대한 제의를 검토하였다. 이에 앞서 백제의 건국주에 대한
기록을 면밀하게 검토하여 동명왕이 시조신으로 받아들여질 가능성에 대한
백제의 제의 양상과 비교·검토하여 재구하였다. 그 결과 동명왕 신화를 차
용하였던 것은 백제 초기 비류계를 물리친 온조계에 의해서 이루어졌을 가
능성을 찾아보았다. 초기 한성 백제시대에는 고구려의 대한 저항심을 갖고
있지 않았기 때문에 이 동명왕 신화를 차용하는데 아무런 문제점이 없었다.

백제 21대 개로왕이 고구려의 장수왕에게 패배하여 전사함은 물론이고
도성인 한성이 쑥밭이 되었다. 이 때부터 백제는 적국이 된 고구려의 신화
인 주몽신화를 더 이상 차용할 수 없었다. 따라서 백제에 새로운 건국주로
등장한 것이 외국의 역사 기록에 발견되는 구태와 도모설이라 하겠다.

한편 국내적으로 웅진으로 천도하면서 새로 등장한 모씨계 문주왕은 웅
진의 토착세력의 협조가 절실하여 이들을 포용할 필요가 있었다. 그래서 곰
토템을 가진 이곳 토착세력의 신화인 「곰나루 전설」을 차용하였을 것으로
보인다. 그런데 「곰나루 전설」은 토착세력이 백제 세력에 협조를 하였으나

부여로의 천도, 또는 백제의 멸망이란 역사적인 비극을 수용하여 비극적 종말을 가진 전설적 신화로 약화되어 오늘날까지 전승된 것으로 보인다.

백제왕권이 웅진 토착세력의 횡포를 무력화시키는 방법으로 선택한 것이 부여로의 천도다. 부여 지방은 부여씨 계통의 토착세력이 있었거나 이들에게 협력할 세력이 존재하였던 것으로 보인다. 부여에 존재하였던 토착부족의 신화가 바로 무왕조에 보이는 「야래자 전설」로 보인다. 이 전설을 후기 백제의 신화로 볼 수 있는 것은 백제를 계승한다고 나선 견훤의 탄생담에서 확인할 수 있다. 왜냐하면 견훤은 백제 강토의 지방민들이 향유하였던 신화를 차용함으로 이들을 빨리 동화시킬 수 있을 뿐만 아니라 많은 협력을 받을 수 있었기 때문이다.

이처럼 백제의 건국신화는 수도의 천도에 따른 시대와 장소에 따라 기존의 다른 신화를 수용한 것으로 보인다. 이것은 백제의 왕권자체가 자주 변모하는 허약성에도 이유가 있겠지만, 여러 신화를 차용한 것은 패망한 국가의 비극성을 보여주는 것이라고도 하겠다. 더불어 국가를 잃은 백성들의 비극성을 함께 보여주어 국가의 존재에 대한 새로운 인식을 제시하고 있다.

이 글에서는 백제신화와 설화를 본격적으로 다루기 위한 서설적인 연구로 검토되었다. 따라서 좀더 자료에 대한 구체적이고 세밀한 작업은 뒤로 미루어 작업을 진행할 예정이다.

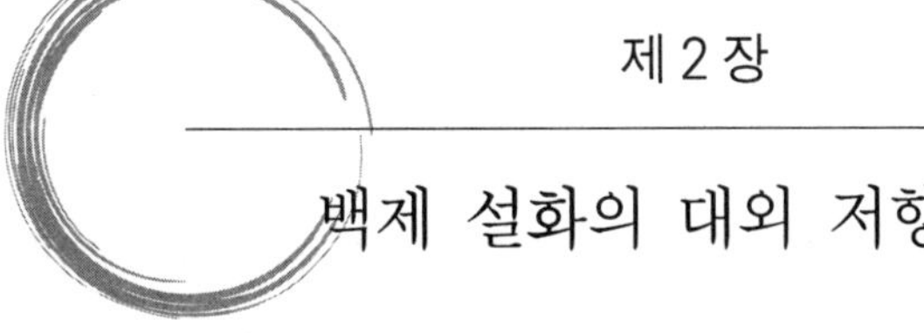

제 2 장

백제 설화의 대외 저항 의식

1. 서 론

공주와 부여는 백제 사람이란 인식이 강하게 나타난 곳으로 백제시대 말기에 도읍지였다. 이곳의 주민들은 도읍지민으로서 자부심을 가지고 있었을 것이다. 따라서 이들은 이곳에서 전승되고 있는 이야기 속에 백제시대를 들먹이며, 백제의 왕이나 백제의 장수를 등장시킨다. 이를 좀더 체계적으로 정리할 필요성이 있다[1] 하겠다.

두 지역에는 백제와 관련된 이야기들이 구전되고 있다. 여기에서 이들을 백제설화라고 하였을 때, 이에 대한 연구라는 시점에서 백제설화의 범주를 설정하는 일이 시급하다고 하겠다. 백제설화에 대한 범주를 설정하면 다음과 같다.

첫째, 우리가 백제설화라고 하였을 때, 백제에 관련된 이야기라면 다 포함될 것이다. 이때 백제에 관련된 것이란 무엇인가? 우선 백제와 관련된 것

---

1) 임재해, 「구비문학」, 『금강지』 (충청남도 · 한남대학교, 1996), p.933.

이라 할 때, 백제의 영역 안에서 구전되고 있는 모든 설화를 통칭할 수 있다. 그렇지만 이런 설정은 전승되고 있는 설화에서 나름대로 백제의 특징을 찾아내기가 어려울 것이다.

둘째로는 구전되는 이야기의 소재가 일상적이지만, 서두나 말미 아니면 중간에 백제 때의 것이라 말하는 경우이다. 이들 이야기의 내용은 화자가 실제로 그렇게 말한 경우도 있을 것이고, 조사자가 백제 영역이라 하여 화자의 구술과는 상관없이 백제라는 단어를 적절하게 삽입한 경우이다. 이런 경우는 백제란 어휘가 서두나 말미에 첨가되었을 때 특히 심할 것으로 추측된다.[2]

셋째로는 백제라는 국가와 관련된 이야기이다. 여기서는 구전되는 이야기의 내용이 백제의 역사나 문화와 직접 관련된 것이어야 한다. 따라서 이야기 속에 백제라는 어휘가 등장하지 않았어도 그 속에 등장하는 인물이나 사건이 백제시대와 관련된 것일 때 여기에 속한다.

따라서 백제설화라고 할 때, 둘째 유형의 일부와 셋째 유형에 속하는 설화들이 포함될 것이다. 그런데 한 국가의 설화는 대체로 자신의 입장에서 구전되기 마련이다. 경주지역에 가면 신라인의 자부심만 존재한다.[3] 그런데 백제설화는 그렇지가 못하다. 왜냐하면 백제는 역사적으로 패배한 국가이다. 따라서 백제 사람들은 정복자들의 눈치를 살펴야 하기 때문에 자신들의 입장에서 마음대로 이야기를 구전시킬 수가 없었다. 또 정복자들이 통치의 필요성으로 새로운 이야기를 강제로 전승시킬 수 있다. 때문에 백제설화는 백제인들 자신의 입장에서 생각하여 재창조된 내용으로 전승된 것인가, 아니면 정복자들이 백제를 멸시하고 백제 사람들의 향수를 단절시키기 위해 전승시킨 설화인가, 백제 사람들이 재창조하기는 하였지만, 겉으로 정복자의 마음에 들게 하면서 문장 사이에 자신들의 입장을 삽입하고 있는가의 유

---

2) 이는 문헌를 통해 현장을 조사하고, 현지조사를 해보면 이에 관한 설화를 아는 사람이 거의 없다.
3) 임재해, 전게논문, p.933.

화들로 나누어 볼 수 있다.4) 이런 양상을 쉽게 파악할 수 있는 것이 침입한 외적에 대항하는 설화들이다.

백제는 역사적으로 초기는 고구려와 대립갈등을 겪으면서 성장하였고, 신라의 진흥왕이 백제의 한강유역의 땅을 점령하여 신주를 건설하면서 신라와의 갈등을 겪게 된다. 더욱이 백제의 성왕이 관산성 싸움에서 전사한 뒤에, 백제와 신라는 원수가 되어 그 이후로는 피비린내 나는 싸움의 연속이었다. 백제는 성왕의 원수를 갚기 위하여 무왕이나 의자왕이 수 차례 신라의 국경을 교란시켜 많은 성을 빼앗기도 하였다. 하지만 백제는 마지막 의자왕이 승리감에 도취되어 자만하게 됨으로써 660년에 쳐들어온 나당연합군의 포로가 되고 중국에 끌려가 멸망하게 된다. 그 이후 8년 간의 부흥운동이 일어났지만, 백제부흥군 내부의 갈등으로 패배하여 백제는 역사 속으로 사라지게 되었다. 따라서 현재 전승되고 있는 대부분의 전설들은 주로 신라와의 싸움이 주류를 차지하고 있다고 하겠다.

백제 말기 충신인 성충은 의자왕에게 충간 하기를 "외적이 쳐들어오면 육지의 적은 탄현 고개를 넘지 못하게 하고, 수군은 백강 입구에 있는 기벌포에 들어오지 못하게 하여 그 험하고 좁은 곳을 웅거해서 막아야 한다."고 하였다. 그런데 백제 말기에 의자왕과 집권한 지배계층은 성충이나 흥수 좌평의 충간을 받아들이지 않았다. 심지어 당시의 지배계층들은 나당연합군이 쳐들어오자 '당나라의 수군은 백강에 들어와서 배를 병행하지 못하게 하고, 신라군은 내륙 깊숙이 끌어들이면 농 속에 든 닭이나 그물이 걸린 고기와 같아 쉽게 물리칠 수 있다'며 충간을 반역하려는 마음에서 나왔다고 항변하기도 하였다.

당시 백제는 수도를 중심으로 전국적인 봉화대를 갖추고 성들을 체계적으로 쌓았다. 또 담로라는 전국적인 행정군사 조직체를 형성하였다. 하지만

---

4) 최래옥, 「현장조사를 통한 백제설화연구」, 『한국학논집』 2집 (한양대 한국학연구소, 1982.9)
   ———, 『한국구비전설의 연구』 (일조각, 1981), pp.124-130.

백제는 패망하고 말았다. 여기에서 주민들은 국가 차원의 전략이나 대책이 잘못되었을 때, 침입한 외적에 대항하는데 탁월한 역량을 갖춘 장군과 정비가 잘 된 연락망과 성책을 갖추었다고 하더라도 승리할 수 없다고 인식하고 있다.

패망한 백제의 유민들은 나당연합군에게 쓰라린 고난을 겪으면서, 심지어 의자왕의 무능과 부패로 고통을 당하였다고 할지라도 백제를 위하여 침입 세력에 대항하려고 나름대로 노력하였다. 이런 백제 유민들의 노력이 설화로 남겨져 있다. 이런 설화를 저항설화라고 보았을 때, 백제의 외적에 대한 저항설화는 다양한 양상과 특징을 보여주고 있을 것이다.

이 글에서는 백제설화를 백제의 영역 안에 속하던 지역민들이나 지역에서 백제와 관련된 내용을 포함하여 전승시킨 설화만을 한정하였다. 이렇게 설정한다고 할지라도 다양한 백제설화를 다 다룰 수가 없다. 따라서 다양한 백제설화 중에 백제 사람들의 특성을 잘 나타내고 있는 외적에 대한 저항 의지를 드러낸 설화를 중심으로 검토하고자 한다. 즉 백제의 영역 안에서 전승되고 있는 외적에 대해 어떻게 대항하며 저항 의지를 보여주고 있는지 설화들의 구체적인 양상을 살펴보고자 한다.

지금까지 수집된 백제의 외적에 대항하는 저항설화들은 다음과 같은 3가지 유형적 특징을 보여주고 있다.5) 첫째는 백제의 패망한 역사를 강조한 유형의 설화들, 둘째로는 외적의 침입에 대비하여 준비를 하거나 막는데 자신감을 가지고 있다는 내용의 설화들, 셋째로는 외적에 대해 철저히 배격하고 승리를 구가하는 설화들로 나타난다. 이들을 항목으로 나누어 살펴보기로 하겠다.

이를 위한 자료조사를, 처음에는 백제의 영역인 충청남북도, 전라남북도, 서울, 경기도 각 지역의 향토지와 군지를 대상으로 문헌 조사를 하였다.

---

5) 나당연합군이 쳐들어왔을 때 백제민들이 외적들에게 다 대항한 것은 아니다. 서천군의 〈천방사〉와 같이 일부설화에서는 나당연합군에 암묵적이거나 실제적으로 협력하였던 이야기들도 있다. 이런 설화는 저항의 문제와 다르지만, 이런 설화의 발생과 의미 및 기능에서 볼 때 의미가 있을 것이다.

그런데 백제와 관련된 역사적 자료는 많은데, 설화적 자료는 거의 찾아보기가 힘들었다. 군지와 향토지에 나온 백제설화를 현지에 가서 조사해 보면 그 곳의 주민들은 거의 알지 못하였다. 따라서 백제 사람들의 외적에 대한 저항설화의 연구를 위한 조사자료의 범위를 백제 후기의 수도가 있었던 부여, 공주 그리고 신라와 당나라가 백제를 침공하던 루트에 속한 논산 지역을 중심으로 좁혀서 구체적 현지조사를 실시하였다.6)

이 글에서는 연구 검토의 주 대상을 필자가 현지에서 조사한 자료들을 중심으로 검토할 것이다. 그렇지만 현지조사의 한계로 이 글의 목적에 부합된 문헌에 기록된 구비자료들도 활용하겠다.

2. 패배한 역사적 한계를 인식

백제는 북으로 고구려, 동에는 신라와 연접하고 있으면서 화친과 대립을 반복하며 성장해 왔다. 그런 과정에서 침입한 외적에 대항하여 국가를 지키려고 하는 의지를 표출한 설화들이 성립되었다. 그런데 대항하는 설화 중에 고구려의 것보다 백제를 멸망시킨 신라에 대한 것이 단연 많이 보이고 있다. 이들 외적에 대항하는 저항설화들이 만들어진 것은 백제의 멸망이란 관점에서 고려된다.

우선 백제는 멸망하기 앞서 여러 조짐이 있었다고 한다. 백제 말기에 백제망국의 조짐을 보여주는 구비 전승된 이야기가 있다.7)

---

6) 실제로 현지조사에서 얻은 자료들을 보면, 몇 가지 자료들만이 반복되어 채록되고 있다. 대표적으로 논산지역의 자료들은 계백장군의 황산벌 싸움 전설이 중심이 되고, 부여군 충화면에서는 팔충신에 관련된 이야기가 중심이 되고 있다.

7) 『구비문학대계』 4-5, pp.1048-1049. 이런 유형의 설화들은 삼국유사나 삼국사기에 많이 있고, 또한 이들에 대한 연구도 여러 편이 있다.

　　밤중에 궁성에서 "신라 신(新) 백제 망(亡)"이라는 소리가 들려왔다. 알아보았더니 조그만 초립동이가 그렇게 소리치고 다녔다. 그래서 간 자취를 알아보니 마래방죽(궁남지) 있는 곳으로 가서 재주를 넘더니 별주부가 되었다.

　　이처럼 백제가 망할 것을 백제를 지키는 영혼들이 알았던 모양이다. 위에서 소리를 외치고 다닌 초립동이는 바로 별주부가 변신한 것인데, 이 별주부는 백제를 지키는 영혼이라 하는 점에서 토지신의 일종이라 하겠다.[8] 별주부(거북이 또는 자라)라는 백제의 토지신이 나라가 망할 것을 외치고 다니며 경고하였는데도 불구하고, 백제는 이런 긴박한 사정에 아무런 대비도 하지 않았다가 쳐들어온 김유신에게 망하게 되었다고 한다.

　　이와 비슷한 내용이 『삼국유사』에 있는데,[9] 간신들에게 둘러싸인 왕은 오히려 듣기 좋게 왜곡되어 전달된 내용만 듣고 아무런 대비책을 마련하지 못하였다. 이런 전승은 어떤 측면에서 보면 백제가 신라의 침입으로 망할 수밖에 없다는 운명론적인 의식을 반영하고 있다고 하겠다. 반면에 왕은 이곳 사비 궁성의 신령들이 계시하고 깨우쳐 주는 외침을 깨닫지 못하여 망하였지만, 쉽게 망하지 않을 수도 있었다는 저항적 의지를 담고 있다고 하겠다. 이때의 저항적 의지는 외적인 신라에 대한 저항이지만, 내부적 판단력과 지도력을 상실한 지배귀족에 대한 저항의지를 함께 내포하기도 한다.

　　이 유형에서는 전승되는 설화 속에 백제가 망한 것은 당연한 귀결이었음을 드러내고 있다. 그렇기 때문에 저항의지를 나타내고 있지만 망국민으로서의 한계를 보여주고 있다.[10] 이런 내용을 담고 있는 설화들을 구체적

---

8) 공주지방의 동천보 전설에서 찾아볼 수 있다.(『구비문학대계』 4-6, 1984, pp. 525-526.) 이곳에서 자라가 수신으로 등장하여 보를 막는 일을 도와주고 있다.

9) 『삼국유사』 권2 기이편, 〈태종춘추공조〉 "한 귀신이 궁중에 나타나 '백제는 망한다.' 고 부르짖다가 땅속으로 들어갔다. 왕이 괴이하게 여겨 땅을 파보게 하니 깊이 3척 가량 되는 곳에 거북이 한 마리가 있었다. 그 등에 '백제는 보름달 같고 신라는 새로 뜬 달과 같다.'는 글귀가 쓰여 있었다."라고 기록되어 있다. 여기에서 거북이가 등장하고 있으나 본문의 별주부와 같은 지신이라고 하겠다.

으로 검토하여 보자.

우선 낙화암의 유래담인 낙화암 전설은 일명 대왕포 전설이라고 한다. 나당연합군에 의해서 사비성이 함락되게 되자 의자왕은 왕자를 데리고 웅진성으로 피신을 하였다. 이때 백제의 궁중에 있던 궁녀들은 나당연합군에게 굴욕을 당하지 않기 위하여 대왕포 즉 부소산의 강가에 있는 높은 절벽에서 치마를 뒤집어쓰고 강물에 뛰어 들어서 생을 마쳤다. 꽃같은 궁녀들이 죽었다며 그의 넋을 위로하기 위하여 이 바위를 낙화암이라 하고, 또 타사암이라고 하였다.11)

이 전설의 의미는 궁녀들의 죽음을 통해 외적에 대해 죽음까지 불사할 정도인 끊임없는 저항의지를 보여주고 있다. 하지만 이 전설에서는 패망한 백제를 부흥시키겠다는 적극적인 의지를 찾아볼 수 없다.12) 다만 더 이상의 치욕을 당하지 않기 위하여 죽을 수밖에 없다는 것은 백제의 패배라는 역사적 사실을 기정사실화 하는 바탕 위에서 이루어졌다고 보겠다.

이보다 더한 패배의식을 보여주고 있는 것이 청양 지방에서 전승되고 있는 고란초 유래 이야기이다.13) 이 전설에 의하면 백제의 궁녀 한 사람이

---

10) 백제설화는 거의 이런 내용을 포함하고 있다. 다만 패망한 역사적 사실을 서사구조 속에 포함시키고 있는지, 아니면 서사구조의 처음이나 끝 부분에 백제의 패망 사실을 삽입하고 있는 지로 나누어진다.

11) 1997년 7월 6일 부여군 부여읍 동남리에서 장국환(54, 남)님을 만나 조사한 것으로 부여의 백제사적과 관련된 이야기를 해 주시는 과정에서 구술하여 주었다. 또 2000년 6월 21일 논산시 연산면 신암리에서 이기석(76, 남)님이 계백장군 묘에 대해 말씀하다가 생각이 났는지 계속 구술하였다. 이밖에도 부여에 관련된 문헌에 많이 나와 있다.

12) 여성들이 등장하는 모든 설화에 부흥 의지가 없는 것은 아니다. 여성들의 저항의지를 보여주는 것으로 연화지의 두 도령, 각시바위, 궁녀바위, 마가산의 선녀 등이 있다. 즉 장수 남편이 전사한 뒤에 백제군의 전쟁 뒤치닥거리를 하다가 죽은 각시바위 이야기나, 당나라 군사에게 독한 술을 먹인 뒤에 백제 군사에게 공격하게 하였으나 실패하여 죽은 궁녀바위 이야기, 그리고 아들이 전쟁에서 죽자 고부가 남장을 하고 나당연합군에 접근하여 장수를 살해하고 선녀가 되었다는 마가산 선녀 이야기는 강렬한 부흥의지를 실천적으로 보여주고 있다.

13) 1997년 7월 5일 청양군 청양읍에 있는 청양신문사에서 김명숙 기자에게 청양 지방의 전설을 조사하는 과정에서 채록한 것이다.

난을 피하여 이곳으로 들어왔다. 이 궁녀는 사비성에 있을 때 임금의 정을 생각하여 고란사에 있던 고란초를 캐서 청양에 갖다가 심고는 백제를 생각하면서 살았다. 그런데 그가 사는 인근에 나당군이 들어오자 더 깊숙한 칠갑산으로 들어가면서 그 고란초를 가지고 들어가서 그 인근에 고란초가 퍼지게 되었다는 내용이다. 이 궁녀는 백제를 사모하는 마음에서 나당연합군을 피하였을 뿐만 아니라, 그들이 인근에 오는 것조차 싫어 더욱 깊숙이 숨었다. 하지만 궁녀는 그들에 대해 적극적인 대항의지를 보여주지 못하고 있다.

이런 패배의지를 보여주는 것으로는 석련지와 백제탑이란 이야기도 있다. 이곳에서는 소정방이 '大唐平濟國碑銘'을 석련지에 새기려 하자 석공이 거절하고, 다시 백제탑에 새기려 하자 석공이 이에 항거하여 탑 앞에서 죽었다는 전설이다. 이처럼 석공은 자신이 만든 작품에 침략자의 이름을 새길 수 없다고 저항하고 있다. 그런데 이 전설과 반대로 석련지와 백제탑에는 소정방의 비명이 새겨져 있다. 여기에서 민중들이 역사적 사실까지 뒤집어 전설을 전승시키고 있음을 알 수 있다. 이는 역사적인 패배는 어쩔 수 없다고 할지라도, 석공의 비장한 죽음을 보여줌으로서 백제인들의 치욕을 용납할 없다는 화중들의 의식을 나타내는 것이다.

백제가 패배하였다는 역사적 사실을 수용하고 있지만, 나당연합군에 대해 이런 소극적인 저항보다 적극적인 저항의지를 보여주고 있는 것은 조룡대 전설이다.14) 조룡대 전설에 의하면 소정방이 당군을 이끌고 백제를 침공하는데 백마강에 이르러서 돌풍 때문에 진격을 하지 못하여 사비성을 점령할 수가 없었다. 이런 조룡대 전설은 3가지의 변이형이 존재하는데,15)

---

14) 최래옥, 전게논문, pp.140-143.
　　김균태, 「부여지방의 설화연구」, 『역사민속학』 제3호, (역사민속학회, 1993), pp. 24-29.
15) 김균태, 상게논문 참조. 제1유형은 의자왕이 용이 되어 소정방이 진격하지 못하였다. 이때 의자왕이 애첩 때문에 죽어서 용정의 사근다리에 떨어져 죽었다는 내용이고, 제2유형은 무왕과 구가가 용이 되었는데, 소정방이 진격하자 구가는 당 군사를 환영하였고 무왕은 저지하였다. 소정방은 점쟁이를 위협하여 백마를 미끼로

그 변이 유형에 따라 다소 의미의 차이가 있지만, 대체로 백제의 저항이 강력하였음을 보여주고 있다고 하겠다.

이런 저항의지는 민간인들에게도 나타나는데, 그것이 사양티 고개 전설이다.16) 이 전설에 의하면 이 고개 밑에는 금정이란 맛있는 우물이 있어 사비성에 매일 물을 나르곤 하였다. 그런데 그 고개에는 신라의 첩자가 주막을 만들고는 이 궁정의 비밀을 알아서 신라군에게 정보를 주어 백제가 망하게 되었다. 그러자 그 마을 사람들은 그 주막을 부수고 불을 질렀다고 한다. 이런 설화는 백제가 망하였음을 전제로 하고 있다.

이런 망국을 기정 사실화 하고 있으면서도 사양티 고개 전설보다 더 강한 저항의지를 보여주고 있는 것이 부여읍으로 들어오는 초입에 있는 맹꽁이 방죽의 유래담이다.17) 이 전설에 의하면, 의자왕 때 이름난 점쟁이 이만광이 있었다. 의자왕은 나당연합군에게 사비성에서 패하고 웅진으로 도망가 계룡산 치마바위 아래 숨어 있었다. 왕이 잡히지 않자 소정방은 이만광이란 백제의 명 점쟁이를 위협하여 의자왕을 잡게 된다. 그 뒤 백제 사람들이 이 사실을 알고 그 만광의 집에 돌을 던져 기와를 깼다. 심지어 이만광에게 화가 난 백제 유민들이 삽과 쇠스랑을 갖고 와서 그 집을 파내어 연못이 되었다고 한다.18)

낚시를 하였는데 구가가 걸려 구린내에 떨어져 죽었고, 무왕은 도사로 변하여 당이 망할 때까지 당나라 장수와 군사를 수장시켰다고 내용이다. 제3유형은 백강의 수비대장격인 천일장군이 용이 되어 돌풍을 일으켜 저항하여 미끼로 낚았으나 풍우가 계속되었다. 천일장군의 짝인 암룡이 저항하여 소금과 독약을 넣으니 사람으로 변하여 규암(엿바위)로 도망가다 붙들려 죽어 백제가 망하였다는 것이다. 이 중에서 2유형이 패배한 역사적 사실조차 거부하는 강력한 저항의지를 보여주고 있다.

16) 1997년 7월 5일 청양군 청양읍에 있는 청양신문사에서 김명숙 기자에게 청양 지방의 전설을 조사하는 과정에서 채록하였다.

17) 1997년 7월 6일 부여군 부여읍 동남리에서 장국환(54, 남)님을 만나 조사한 것으로 부여의 백제사적과 관련된 이야기를 해 주시는 과정에서 구술하였다. 문헌자료로는 한상수의 『충남의 전설』, 홍사준의 『백제의 전설』 등에도 기록되어 있다.

18) 일부 변이형에서는 그 집에 걸인이 찾아왔는데 박절하게 내보냈다. 뒤에 그 집에 물이 고이고 독사가 들끓었다. 그리하여 결국 이만광은 뱀에게 물려 죽었다. 이런

이런 전설에서 볼 수 있는 것은 백제의 멸망을 이미 기정 사실화 하였음에도 불구하고 나라를 팔아먹은 적의 동조자 또는 협조자를 무자비하게 처벌하고 있는 사실이다. 이는 왕이 잡히지 않았다면 백제가 쉽게 망하지 않았을 것이라는 화중들의 의식이 기저에 깔려 있다. 그리하여 국가나 조정에서 반역자에 대한 가혹한 징벌을 내리듯이, 민중들은 나라가 망한 원통함을 드러내면서 적에 동조한 사람들에게 철저하게 응징하고 있다.

한편 나당연합군에 패배하여 잃은 백제를 회복하려고 부흥운동을 하다가 죽은 장수들도 있다. 이들에 관한 이야기도 나라를 잃었기 때문에 그에 대한 업적을 평가받지 못하고, 죽은 시체들마저 아무렇게 버려져 있는 억울함을 보여주고 있다. 이것이 은산별신굿인데19) 그 배경 설화를 보면 다음과 같다.

> 백제가 망한 뒤에 은산 일대의 마을에 전염병이 돌아 수백 명씩 죽어 갔다. 이때 90세가 된 마을 노인의 꿈에 갑옷 입은 장수가 백마를 타고 나타나 '나는 백제의 장수로 나라를 위하여 전쟁에서 죽었는데, 나와 많은 부하들의 유골이 아무 곳에 흩어져 있으니 거두어 안장해 주면 병마가 없어질 것이오'라고 부탁했다. 마을 사람들이 그대로 해 주자 꿈에 다시 나타나 사례하였다. 그 뒤 마을에는 전염병이 없어졌다. 마을에서는 이들을 위해 제사지낼 별신당을 만들었다.

은산에는 백제 때 사비를 수비하던 토성이 존재하였다. 따라서 백제의

방죽의 전설은 장자못 전설과 유사한 측면이 있다.

19) 죽은 뒤에 자신들의 억울함을 토로하는 것은 원귀가 되어 후세에게 사실이 있음을 보여주어 백제의 저항운동에 새로운 이미지를 심어주고 있다. 이와 비슷한 것으로는 목금지라는 백제 장수가 나타나 제사를 부탁하여 제사를 지내주었더니 손자 상진이 정승이 올랐다는 문단바위 이야기나 유장군과 그 부하 3만 명이 백제가 멸망하자 자결하여 그곳에 사당을 지어주었는데 후대에 한 벼슬아치가 말타고 지나가다가 낙마하여 목상을 훼손하였다. 이때 꿈에 유장군이 나타나 원상태로 만들라고 하자 이를 거절하여 둘 아들을 잃은 뒤에 귀신의 말대로 하였다는 유장군 사당 이야기가 있다.

장군이 백제 부흥을 위하여 싸우다가 패전하여 많은 부하와 함께 분사하게
되었을 것이다. 백제가 멸망하자 이 전사들을 위무할 수가 없었다. 이를 꿈
을 통하여 실현하고 있다. 실제로 병이 돌았는지 사실여부를 알 수 없지만,
어떤 종교적 행위를 하거나 그만 두기를 할 때 꿈을 통하여 신의 의지를 얻
게 된다. 이처럼 은산별신굿도 패망한 백제인들이 자의적으로 죽은 병사들
을 위무할 수 없자 꿈을 통해 신의 의지를 동원하고 있다.

　　이런 은산별신굿은 전사자들만을 위한 위무가 아니라 처참한 비극을 되
새기며 나라를 지켜야겠다는 의지를 부추기게 된다. 한편으로 이곳에서 죽
은 장수가 도침·복신·풍이라고 할 때, 패배 의식에 사로잡힌 사람의 영혼
을 염병으로 죽은 것과 같다고 표출하면서, 이들의 백제 부흥운동을 되새기
고 있다. 따라서 장군 혼령의 힘을 빌려서 부흥군 활동에 대한 의식과 망한
백제에 대한 흠모, 신라에 대한 저항의지를 재확인하는 의지의 표명이라고
하겠다.

3. 침입에 대한 준비와 자신감

　　평야지대인 백제는 방어하기가 어려웠던 관계로 외적의 침입에 철저한
준비를 하였다. 따라서 백제는 도성을 중심으로 20여 리 안팎마다 성을 쌓
아,[20] 그 전후에 봉화대를 설치하고,[21] 그밖에 군대를 숨겨두거나,[22] 미
리 길목에 군대를 배치할[23] 뿐만 아니라 무기를 만드는 작업[24] 등과 같이

---

20) 1997년 4월 26일 부여군 임천면 군사리에서 이장을 하신 김윤환할아버지, 임천
　　면 구교 3리에서 이종익(65, 남) 구술.
21) 1997년 5월 4일에 부여군 장암면 합곡리 3구에서 조남희(76, 남), 19997년 6
　　월 12일 남면 송암1리(호암) 제보자(남, 70대) 구술.
22) 1979년 7월 25일 부여군 장암면 북고리에서 강환구(66, 남), 1997년 4월 26일
　　충화면 팔충리에서 정진홍(53, 남) 구술.
23) 1997년 5월 20일 부여군 장암면 장하리에서 강상모(61, 남) 구술.

준비가 철저하였다.

　한편 정부에서 훌륭한 인재를 뽑기 위해 노력한 흔적도 엿볼 수 있다. 공주고등학교 뒤산에 있는 장군바위에 관련된 전설을 보면,25) 왕이 공주에 도읍을 정한 뒤에 신하를 데리고 유람하는데, 큰 바위 근처에서 아이의 울음소리가 들렸다. 이상하게 생각하여 아이를 찾아보게 하였더니, 갑자기 바위가 갈라지면서 그 속에서 아름다운 한 사내아이가 나왔다. 그래서 그 아이를 데려다가 길렀는데 후에 훌륭한 장군이 되었다고 한다.

　이는 동부여의 해부루가 수행을 하다가 하천가에서 금와왕을 얻은 이야기와 비슷하다. 그곳에서는 왕이 되었다는 신화인데, 이곳에서 장군을 얻었다는 전설로 바뀌었을 뿐이다. 이 전설의 시기는 명확하지 않지만, 증거물에 의하면 고구려의 침입으로 개로왕이 죽고 백제가 공주에 도읍을 옮긴 뒤 천도과정의 혼란을 수습한 다음일 것이다.26) 정국의 안정을 찾은 백제는 왕권의 신장을 이룩하고 서해를 배경으로 국력이 커짐에 따라 훌륭한 새로운 인물이 필요하였다. 이런 상황에서 백제왕이 산천을 수행하면서 발탁한 인물이 훌륭한 장군이 되었다고 한다. 이 전설에서는 백제가 외적과의 대결에서 패배하였다는 다른 전설과 달리 침입을 대비하여 심혈을 기울였음을 보여주고 있다.

　이와 비슷한 내용이 부여에도 있다. 부여 서쪽에 있는 망진산은 백제의 서부 사람들이 동쪽 대궐을 바라보고 절을 하던 산이라 붙여진 이름이다. 망진산은 동쪽에 있는 대궐을 향하여 공식적으로 절하던 장소이다.27) 이곳에 말무덤에 관한 전설이 있는데 일반적인 치마대 전설과 같다. 이곳의 말무덤 전설은 힘센 장수가 사비성에서 보는 무관 시험에 합격하여 왕에게 말

---

24) 1997년 4월 23일 부여군 충화면 천당3리 조영철(43, 남) 구술.
25) 최상수, 『한국민간전설집』(통문관, 1959), pp.143-145.
26) 이 전설에는 발탁된 장군이 외적과 싸워서 패배하거나 전사하였다는 대목이 없는 점에서 안정기에 형성된 전설이라고 하겠다.(임재해, 전게논문 참조.)
27) 김균태·강현모, 『부여의 구비설화(1)』(보경문화사, 1995.4.) 〈구룡면 설화 28〉

을 하사 받았다. 그리고 그는 말을 타고 가다가 화살과 경주를 하였다. 말이 진줄 알고 목을 베자 화살이 날아왔다. 장수는 잘못을 반성하고 말무덤을 만들어 준 뒤에 백제의 명장이 되었다.

이 이야기는 백제의 멸망과 상관이 없는 외적의 침입에 민·관이 얼마나 노력하였는지를 보여주고 있다. 그는 명마를 죽이기는 하였지만, 이성계나 최영의 전설에서와 같이 반성을 하고 명장이 되었다. 따라서 민중들은 이 명장이 반성한 뒤에 나라를 위하여 많은 노력을 했을 것이라 인식하였다. 따라서 이런 명장들이 있던 백제가 패망한 것은 성충이 유언으로 제시한 '외적을 백강 입구와 탄현 밖에서 막으라'는 것을 지키지 않은 당시 위정자들 때문이라고 비판하고 있다.

위와 같은 훌륭한 장수가 나오면 하늘에서 준비한 옷을 입고 출전한다는 전설로 부여군 충화면에 있는 농바위에 관련된 이야기가 있다.28) 농바위는 옷을 넣어 두는 장롱처럼 생긴 바위에 장수가 쓸 갑옷과 투구가 들어 있어, 탁월한 장수가 이것을 꺼내 입고 무예를 연습하였다고 하는 발자국이 지금도 남아 있다. 보통 사람들이 이것을 깨려고 하면 뇌성벽력이 일어나는데, 어느 때엔가는 그것을 꺼내 입고 세상에 나가 일할 사람이 나타날 것이라고 화중들은 믿고 있다. 이처럼 외적의 침입에 항상 철저한 준비가 있음을 보여주고 있다.

이번에는 백제가 외적에 대해 준비하는 과정이나 자신감을 가지고 있음을 보여주는 인물전설들을 살펴보자.

계백 장군의 탄생담과 관련된 이야기를 보면,29) 계백의 부친은 신라와의 전쟁에서 다리를 다치고, 집에 돌아와 화살촉을 만드는 일과 군량을 생

---

28) 김균태·강현모, 『부여의 구비설화(2)』 (보경문화사, 1995.10.) 〈홍산면 설화 8〉 〈홍산면 설화 18〉 〈홍산면 설화 25〉

29) 계백에 관련된 일화는 크게 두 곳에서 채록되고 있다. 우선 탄생과 성장에 관련된 이야기는 부여군 충화면 일대에서 많이 조사되고, 그의 무덤과 관련된 삽화는 그가 최후를 맞이한 황산벌이 있는 논산시 연산면, 부적면 일대에서 많이 조사되고 있다.

산하기 위하여 땅을 개간하여 농사를 지었다. 그러다가 아버지가 죽은 뒤에 태어난 계백은, 태어나자마자 호랑이가 데려가서 다섯 살이 될 때까지 호랑이 젖과 생고기를 먹이며 길렀다. 호랑이는 계백이 커가면서 인근의 가축을 없애 마을의 다른 사람들이 다 떠나간 뒤에 그의 어머니에게 돌려주었다. 계백은 자라서 무예시험에 합격하였고, 윤충 밑에서 싸울 때에 호랑이의 도움으로 많은 전공을 세웠다. 계백이 황산벌에서 죽자 호랑이도 그 집터에 와서 석 달 사흘을 울었다고 한다.

위에서 계백이 훌륭한 장수가 된 것은 다 하늘의 도움이고, 산신인 호랑이 도움으로 된 것이다. 계백이 호랑이 젖과 생고기를 먹고 훌륭한 장수가 되었다는 것은 김덕령의 전설과 같다.30) 이 설화에서 계백의 아버지는 나라를 위하여 철저하게 준비를 하였기 때문에 뒤를 이은 계백이 승리를 구가하였다는 자신감을 보여주고 있다.

이런 계백의 일화와 유사한 것이 말티와 무쇠말 이야기이다.31) 40살이 넘은 대장장이 부부는 국가를 위해 농기구 만들기를 팽개치고 오직 창날과 화살촉만 만들어 왔다. 자식이 없는 대장장이 부부가 20년을 넘게 산신께 기도하던 어느 날, 말이 집안을 한 바퀴 돌고 나간 후에 아들을 얻게 되었다. 아기가 태어난 날부터 밤마다 말이 울고 사라졌는데, 뒤에 아이가 그 말을 타고 산에 가서 훈련을 하고 새벽에 돌아왔다. 15세가 되어 출전했으나 말만 돌아와 집을 몇 번을 돌다가 산으로 올라갔다. 산에 가 보니 말이 죽어 있어 무덤을 만들어 주었는데, 그 무덤에서 무쇠말이 솟아났다.

---

30) 강현모, 비극적 장수설화의 연구 (한양대 박사학위논문, 1994.6)
　　계백은 치마대 전설를 수용하였지만 말을 죽였다고 하지도 않고, 오히려 호랑이 젖을 먹고 자랐기 때문에 화살보다 떠 빨리 올랐다고 하고(1997.4.26. 부여군 충화면 만지리에서 71살인 김인호씨가 구술), 물건너기 삽화는 『부여의 구비전승 (2)』〈양화면 29〉에 실려 있다.

31) 부여군 충화면 팔충리에 있는 충화면 면사무소에서 얻은 문헌자료에 기록된 구비 자료(1997. 4. 26일). 이와는 달리 부여군 충화면 천당3리에서 1997년 4월 23일에 이장인 조영철(43, 남)씨에게 들은 것은 간단하게 무쇠로 화살촉을 만들어 곳이라고 해서 붙여진 이름이라고 간단하게 구술하고 있다.

이처럼 40살이 넘은 대장장이도 국가의 안위를 준비하는 노력을 보여주고, 심지어 늦게 얻은 아들이 죽음을 불사하고 국가를 위하여 전쟁터로 출전하는 모습을 보여주고 있다.[32]

이와 같이 철저하게 준비를 한 백제는 외적과의 대결에서 승리의 자신감을 가지고 있었다. 이런 설화의 대표적인 것은 천등산 다섯 장수 이야기이다.[33]

무왕은 남쪽에서 밤마다 불빛이 비쳐 어느 날 비춰 주는 불빛을 따라 천등산에 올라가자 다섯 젊은이가 앉아 있었다. 그들은 말없이 독서를 하면서 무왕이 물었는데도 대답이 없다가, 하늘의 말에 따라 무예를 훈련하였다. 훈련을 마치자 하늘에서 "백제의 신하로 하늘의 뜻에 따라 무왕의 분부에 따라라." 하고 사라졌다. 다섯 장수들은 무왕을 따라 궁중에 들어와 훌륭한 장수가 되어 백제를 위하여 혁혁한 공을, 특히 대야성 전투에서 공을 세웠다고 한다.[34] 백제가 망한 뒤에도 이 산에서 무예 닦는 소리가 들렸다.

백제인들은 이 전설을 통해 품석이 지키던 신라가 난공불락의 요새라고 자랑하던 대야성을 빼앗음을 강조하여, 외적과의 전투에서 하늘의 도움을 받아 승리를 계속할 수 있는 실력자가 양성되고 있음을 보여주고 있다. 이

---

32) 공주군 장기면 나성리에서 있는 고마니 고개의 유래에서도 나타난다.(임헌도,『한국전설대관』, 정연사, 94-96) 이곳에서도 나당연합군이 쳐들어오자 백제의 마을 청년들은 모두 국가를 위하여 전쟁터에 나가 싸우게 되었다. 그런데 이 마을의 외아들 다섯도 고마니 고개를 넘어서 일선에 나가자, 부모들은 무사귀환을 위해 밤마다 산신께 기도를 하였다. 전세가 불리해지고 백제가 망하여 다른 장정들은 돌아왔지만 이 다섯의 외아들은 영영 돌아오지 않았다. 그래 고만이라 뜻의 이름이 붙었다고 하는데, 그 다섯의 외아들이 돌아오지 않은 것이 전쟁이나 의자왕의 실정 때문이 아니고 그 조상들의 잘못으로 죽었다고 한다.

　　이처럼 백제인들은 국가를 위하여, 그곳이 죽음에 이르는 사지라고 할지라도 마을의 모든 외아들조차 참전하고 있다. 이는 외적에 대한 백제인들의 저항의지가 어떠한 지를 보여주고 있다고 하겠다.

33) 1997년 4월 23일 충남 부여군 충화면 면사무소에서 얻은 문헌에 기록되어 있는 자료이다.

34) 다섯장수로는 북문을 부순 계백장군, 품석의 목을 벤 상갈장군, 화차로 성문을 부순 진연장군, 성벽을 뛰어 넘은 속성장군, 지렛대로 성돌을 부순 사해장군 등이다. 이들은 황산벌 싸움에서 죽었다고 한다.

런 전설이 백제가 망한 뒤에도 계속되었다는 것은 나당연합군에 대한 반감
뿐만 아니라 신라에 대한 적대감을 나타내고 있다. 한편으로는 하늘에서 도
와주는 장수들이 있어 백제가 언제든지 다시 일어설 가능성을 열어놓고 있
다 하겠다.

그렇지만 이런 전설은 패배한 역사적 사실과 수모를 당하고 있는 현실
로 볼 때, 향유자들의 실현 가능성이 없는 위안적 요소로 보인다. 다시 말해
이들은 탁월한 능력을 가진 장수라면 분연히 일어나서 외적에게 대결하도록
하였어야 하는데 그렇게 하지 못하는 한계를 가지고 있다.

또다른 이야기로는 이런 장수들처럼 풍전등화와 같은 백제를 구할 수
있는 인재들을 배출한 고향이라고 하여 붙여진 팔충리 유래담이 있다. 이
마을은 8명의 백제의 충신이 태어난 곳이란 자부심을 가지고 있는데, 이런
전설의 향유는 백제인의 자신감과 외침에 대한 준비성을 보여주고 있다.

이곳 팔충리는 계백 장군을 위시한 장군들의 출생지로, 이런 장수들이
무예를 훈련하던 곳이라고도 한다. 8충신으로는 성충, 홍수, 계백, 혜오화
상, 복신장군, 도침대사, 곡라진수, 억예부유 등이라 한다. 이들은 범황사의
주지스님이었던 혜오화상에게 무술수련과 공부를 하다가, "백제 임금님의
뜻을 보필하여 곧 풍전등화와 같은 국가를 지탱하도록 하라"는 혜오화상의
권고하는 말에 따라 세상에 나왔다고 한다.35)

여기에서도 백제가 위급한 처지에 이르기 전부터 준비를 하다가 위급한
상황에 이르자 하늘의 뜻에 따라 세상에 나와서 활동하게 된다. 이에 따라
성충과 홍수는 외적의 침입로를 봉쇄할 것을 권고하였고, 계백 등의 장수들
은 백제를 구하기 위하여 노력하다가 최후에 죽음을 맞이하였다.36)

위와 같은 적극적인 자신감을 보여주고 있지는 않지만, 패배할 수 없다
는 내적 의미를 함축하고 있는 설화가 있다. 이런 내용을 문동교 전설에서

---

35) 이런 팔충리에 대한 유래담이나 3충신담 등은 충화면 일대에서 널리 전승되고 있
　　는 전설이다. 다만 이야기의 내용이 전체적으로 통일된 것을 조사하기가 어렵다.
36) 이런 준비과정은 성흥산성과 7왕자 이야기나 삼괴정의 세 장수 이야기에도 보인
　　다. 이런 전설들은 백제가 망하게 된 내력이 더 중요하게 드러내고 있다.

볼 수 있다.37)

　나당연합군이 백제를 치고자 하였을 때, 당나라 소정방이 십삼만 대군을 이끌고 군산 어귀인 기벌포를 지나 나포를 거쳐 반조원까지 올라왔다. 반조원에서 잠을 자다가 꿈에 오성산신을 자처하는 노인이 나타나, "돌아가는 것이 살길이다."라고 말하였다. 다음날 소정방은 각별히 주의하며 진격하여 부여군 임천면 만사리에 이르렀을 때 숲 속에서 금송아지가 뛰놀고 있었다. 그래서 배를 강가에 대고 부하 몇 사람과 같이 금빛 송아지를 보고 쫓아갔으나 뒷산으로 달아나 버렸다. 다시 임천에 나와, 놀고 있는 어린이에게 송아지 간 곳을 묻고서 가리킨 산에 가서 찾아보았으나 허사였다. 이때 갑자기 어젯밤 꿈을 생각하고 배로 돌아갔다. 그 뒤 어린이를 만난 곳에 다리를 놓아주고, 아이에게 송아지 간 곳을 물었다고 하여 문동교라 하였다.

　이 전설에서는 백제와 당나라 군사가 직접적인 전투를 하지 않았지만, 소정방이 백제인들의 저항의지를 확인하는 계기가 되었다. 금송아지가 놀고 있다는 것은 경제적인 가치를 말한 것으로, 백제를 지탱하는 힘의 원천일 것이다. 이런 백제의 경제적 상징인 금송아지를 빼앗고자 소정방이 출정하였다. 이때 아이들조차 당나라를 거부하고 있다. 그리하여 금송아지로 상징하는 백제의 재물을 당나라 군사의 수탈로부터 보호하여 지켜내고 있다. 그리하여 그 뜻을 기리기 위하여 그곳에 다리를 놓았다고 한다.

　그런데 그 다리를 놓은 자가 소정방이라면 그 의미는 달라질 것이다. 소정방이 꿈에 이른 말을 듣고 돌아간 뒤에 그 곳에 다리를 놓았다는 것은, 자신의 협조자에게 편의를 제공한 것이거나 다리를 놓아주면서 이곳 주민들에 대한 회유와 선무공작으로 협조자를 얻게 되었음을 보여주는 것이다. 이처럼 백제의 계략은 절반을 성공시켰으나, 당나라의 회유와 선무공작에 의해 실패하고 말았다고 하겠다. 하지만 전설의 수용을 통해 백제인들은 국가의

---

37) 1997년 7월 6일 부여군 부여읍 동남리에서 장국환(54, 남)님에게 부여 일대의 설화를 듣는 중에 채록한 것이다. 문헌에 기록된 구비자료로는 최상수, 『한국민간 전설집』(통문관, 1959), pp.113-114에 실려 있다.

재물과 안위를 위해 어린아이들까지 가담하여 승리를 쟁취하고 있음을 보여준다.

최후에 패배하기는 하지만, 내용의 중심이 승리를 강조한 이야기가 황산벌 싸움이다.[38] 황산벌에 관한 전설에서는 의자왕이 주색에 빠져 충신들의 직간을 듣지 않았다는 내용도 없고, 의자왕을 무능과 부패로 몰아세우지도 않았다. 다만 백제는 신하들의 잘못된 자문으로 왕이 사태를 잘못 판단하였다고 되어 있다. 이는 성충이나 홍수가 직간한 백강에 들어오지 못하게 하고 탄현을 넘지 못하게 하라는 것을 신하들이 잘못 자문을 했다는 것이다.[39] 탄현을 넘지 못하게 한 것은 험한 산세를 이용하여 신라 군사들이 백제 진영에 들어오지 못하게 하고, 당나라 수군들은 백강 입구를 막아서 부여로 진입하는 것을 막아야 한다. 이렇게 하면 백제 국내의 군사들을 정리 정비하고 재배치할 수 있는 시간을 벌 수 있게 된다.

그런데 신하들은 신라 군사들을 탄현 안으로, 당나라 군사들을 백강 안으로 끌어들였다. 그 결과 백제는 왜국의 원군이 도착하기 전에 망하였고, 심지어 지방 담로의 군사들을 동원하지도 못하고 말았다. 계백은 하늘에서 백제를 지키도록 명을 받은 장수이다. 계백 같은 명장조차도 국가적인 전략과 대책이 잘못되자 패배하고 최후에 장렬한 죽음을 맞이하고 말았다.

백제의 입장에서 보면, 명장 계백이 자식과 아내를 죽이는 결연한 의지 표명은 국가를 위한 자신감이라 볼 수 있다. 따라서 계백이 오천 명의 결사대로 이 황산벌 싸움에서 10배나 많은 신라 군사를 대상으로 4번이나 승리하였다는 사실을 강조하여 백제인들의 의지를 표출하고 있다. 계백의 이런

---

38) 최상수, 『한국민간전설집』(통문관, 1959), pp.134-136. 현지조사 자료로는 논산시 부적면에서 얻은 자료, 1999년 11월 26일 논산시 벌곡면 조동리에서 전봉한(84, 남), 2000년 5월 28일 논산시 연무읍 신양리에서 우복천(66, 남), 2000년 6월 21일 논산시 연산면 신암리에서 이기석(76, 남) 구술.

39) 앞의 주35의 장국환님에 의하면 성충과 홍수는 임금이 충간을 안 듣자 "기벌포와 탄현을 막지 않으면 백제가 망합니다."라고 혈서를 쓰고 자살하였다고 한다. 그런데 다른 삽화에서는 이런 충간을 일부 신하가 옥에 갇힌 원한 때문에 망하도록 하기 위한 것이라 말하여 의자왕이 잘못 판단하게 되었다고 한다.

승리는 전쟁을 위하여 많은 노력과 정성을 기울인 결과이다. 더욱이 이들은 죽음을 기정 사실화하고 있지만, 국가를 위한 최후의 승리를 다짐하는 자신감을 가지고 장렬한 최후를 맞이하였다.

4. 외적에 대한 승리의 구가

앞장에서 살펴본 바와 같이 백제는 외적의 침입에 대해 철저하게 준비하였기 때문에 승리를 구가할 수 있었다. 승리를 구가할 수 있도록 군사적으로 준비하였음을 보여주는 설화가 식장산 전설이다.

식장산 전설을 구체적으로 살펴보면,[40] 손순매아와 유사한 내용의 이 전설은 홀어머니 밥을 빼앗아 먹는 어린 아들을 산에 갖다 묻으려다가 신기한 물건인 시루를 얻어 형편이 나아졌다는 것이다. 손순매아 전설에서는 돌종을 얻어 그 소리가 왕궁까지 들리게 되어 벼슬과 곡식을 하사 받았다고 되어 있으나, 여기서는 시루를 얻어 부자가 되었다. 그런데 이 그릇을 산에 다시 숨겼다거나 두 아들이 다투어 원래 자리에 갖다 놓았더니 사라졌다고 하여 산 이름이 붙여졌다.

또 백제의 동성왕이 이 산에 성을 쌓고 군량미를 감춰 두었다고 해서 신라 사람들이 식장산이라 불렀다고도 한다. 이 동성왕은 신라와 혼인동맹을 맺고 나제연합군으로 고구려와 싸운 왕이다. 이때 신라 군사들은 백제와 연합군이 되어 싸우다가, 백제가 이 산에 충분한 군량미를 비축하여 둔 것을 알았다. 그런데 백제가 고구려의 남하 정책으로 수도 한성을 잃고 웅진을 수도를 옮긴 지 얼마 지나지 않았는데, 여기에 많은 군량미를 비축할 수 있었던 것은 그만큼 국력이 강해졌다는 것이다. 이는 백제의 저력이 어떠한가를 보여주고 있다.

---

40) 대전시, 『대전시사』(1981), pp.153-157.

많은 군량미를 비축하였다는 것에서 백제에 대한 지역민들의 의식을 확인할 수 있다. 신라 군사 또는 사람들이 놀랄 정도로 군량미를 비축하였다는 것은 국가의 안위를 위하여 많은 준비를 한 국가임을 드러내고 있다. 이런 국가에 대해 지역민들은 충성심을 보일 수밖에 없을 것이다. 따라서 국가를 위해 죽음까지 불사하며 승리를 쟁취하는 이야기들이 있는데, 이를 구체적으로 살펴보자.

성재산 산성에 관한 이야기를 보면,41) 백제의 의자왕은 신라의 40여 성을 빼앗은 뒤에 승리에 도취되어 자만심으로 국가의 기강이 무너지고 국력이 쇠퇴하자 신라군의 침입을 받게 된다. 이때 백제군은 갑천을 건너 탄동면으로 후퇴하여 성을 쌓아 뒤에 신라군을 반격하여 물리쳤다.

이 이야기는 외적과의 전투에서 승리한 내용이다. 여기에서 백제의 충신인 성충이나 홍수가 주장하였던 외적이 숯고개를 넘지 않도록 막아야 한다는 것과 일치하고 있다. 이 성재산 전설은 성충이나 홍수의 주장이 상상력에 의한 허구가 아니라 지리적 입지와 역사적 사실에 입각한 현실적인 것이라 주장하고 있다. 외적의 침입을 받았을 때는, 처음에 준비가 없기 때문에 후퇴할 수밖에 없는 것이 현실이다. 그런데 그런 후퇴가 국가의 내부 깊숙한 곳까지 이루어진다면 내부의 수습이나 군사력의 재충전이나 확충으로 연결하는데 많은 장애 요소가 됨을 보여준다.

이와 같이 백제가 승리를 구가하는 비슷한 내용의 전설로는 금산군 금성면 마수리에 전승되는 넘바위 전설42)이 있다. 이 전설에서는 백제의 변방인 이곳에서 주민들은 물론이고 이곳에 사는 동물인 말조차 죽음을 무릅쓰고 국가를 위하여 노력하였음을 보여주고 있다.

전설을 보면, 백제 변방인 이곳의 서당 훈장이 말 타는 법을 일깨워 주자 소년은 이에 따라 열심히 훈련하였다. 변방 사람은 글 읽는 것도 중요하지만 무예를 익히는 것이 더욱 중요하다. 말달리기를 할 때도 평지뿐만 아

---

41) 사재동, 「구비전승」, 『충청남도지(하)』 (충청남도, 1979), pp.320-321.
42) 금산군, 『금산의 전통가꾸기』 (1982), pp.199-200.

니라, 지형이 험하기 때문에 숲과 산비탈을 달리고 개울을 건너뛸 수 있도록 훈련을 하였다. 그리하여 신라군이 쳐들어 왔을 때 이런 훈련의 결과와 마을 사람들의 신속한 대비로 싸움을 승리로 이끈다는 내용이다.

전설에서 마수리는 신라군이 자주 침입해 오는 백제 땅이다. 그래서 이곳 사람들은 생업에 종사하면서도 한 손에 창칼을 들고 있어야할 그런 운명에 있었다. 백제의 정치와 군사력이 제대로 미치지 않은 곳43)이라 할지라도, 이곳의 주민들은 백제를 위하여 노력하였고, 외적이 쳐들어 왔을 때 열심히 싸워 승리를 쟁취하고 있다. 즉 신라군이 쳐들어오자 글과 무예를 익힌 소년들은 용감하게 반격에 나섰고, 주민들이 신속하게 대치함으로써 신라군과의 싸움에서 승리를 쟁취할 수 있었다. 심지어 소년을 태웠던 말은 두 눈에 화살을 맞고도 주인을 위하여 끝까지 달려주었다.

이 전설은 백제군의 보호를 받지 못한 변방지역 주민들의 애환과 안타까움을 보여주고 있다고 하기보다는 신라군에 대한 적개심을 나타내고 있다. 뿐만 아니라 백제인이 외적과의 싸움에서 승리를 쟁취할 수 있다는 자부심을 보여주고 있다. 이런 승리의 구가는 일반 주민들뿐만 아니라 국가에서 버림을 받았던 신하에게도 나타난다. 논산시 등화동 봉화산에 있는 마낭바위에 관한 전설44)이 그것이다.

> 백제 때에 한 장수는 강직하고 청렴하여 왕의 총애를 받고 백성들로부터 영웅 칭호를 받았으나, 간신들의 모함으로 낙향하여 쓰러져 가는 나라를 걱정만 하였다. 하루는 산의 바위에 앉았다가 잠이 들었을 때, 꿈에 노인이 나타나서 말 한 필을 준다며 국란이 닥쳐올 것을 대비하라 하였다. 깜짝 놀라 깨어보니 꿈이었다. 그래서 주변을 살펴 바위 위에 노인이 꿈에서 주었던 적토마와 같은 훌륭한 말이 있어, 타고서 장정을 모아 훈련을 시켰다. 얼마 뒤에 적(신라 혹은 고구려)이 쳐들어오자 군

---

43) 임재해, pp.915-916. 말의 애통한 죽음을 통해 주민들의 정서적 상처와 심리적 수난을 드러내고 있다고 한다.

44) 사재동, 「구비전승」, 『충청남도지(하)』(충청남도, 1979), pp.296-297. 이와 유사한 자료를 논산시 부적면 면사무소에서 얻은 자료에도 실려 있음.

사를 이끌고 나아가 적군을 물리쳤으나 최후에 말과 함께 장렬하게 전사하였다. 뒤에 왕이 이 고을을 찾아와 말이 있었다는 바위에 말의 불알과 말굽 자국이 있어 말불알바위, 뒤에 마낭바위라고 부르게 되었고, 죽은 장수를 위해 해마다 제사를 바쳤다고 한다.

이 전설은 말의 불알 모양이 바위에 새겨져 있다는 유래담이다. 이 전설의 내용을 볼 때, 아기장수나 계백 장군에 관련된 이야기라 할 수도 있다.45) 어찌됐던 이 전설의 주인공은 무명의 탁월한 장수가 간신들의 모함으로 왕의 총애를 잃어버린 뒤에, 초야에 묻혀 있다가 하늘로부터 비범한 말을 얻어 타고 적군과 싸우게 된다. 그런데 이 전설의 주인공과 말은 비극적인 최후를 맞이하였지만, 외적과의 전쟁에서 승리를 이끌어 내고 있다.

이 전설의 장소도 도성과는 멀리 떨어진 곳이다. 이런 승리를 구가하는 전설들은 나당연합군이 쳐들어오기 전의 전쟁이나 백제의 외각지대에서 많이 전승되고 있다.

이에 비하여 사비를 둘러싸고 있는 외성의 끝부분에서 승리를 구가하는 설화가 있다. 사비 외성의 남동쪽 끝에 있는 부여군 석성면 봉무리 인근에 파진산이 있는데, 이에 관련된 전설이다.

이 전설의 내용을 보면, 나당연합군에 습격을 받은 백제는 갑자기 변방에 흩어져 있는 군사들을 모을 수가 없었다. 그래서 이곳에 진주하고 있는 군사들에게 횃불을 들고 산을 계속 돌게 하였고, 사비강(백강)에 흙을 강물에 일어서 쌀뜨물같이 흘려보내 소정방의 군사가 하루를 물러나게 하였다고 한다.46) 그리고 다른 삽화에서는 이곳에 이엉을 엮어 곡식으로 보이게 하

---

45) 임재해 교수는 앞의 논문에서 이 전설의 내용이 무명의 장수가 비범한 말을 타고 노력을 하였으나 뜻을 이루지 못하였다는 점은 아기장수 설화와 비슷하고, 강직한 장수가 쫓겨났으나 쓰러져 가는 나라를 걱정하다가, 나라의 위기를 구출하고 전쟁터에 참가하여 장렬하게 전사하였다는 점과 죽음의 장소가 비슷하다는 점에서 계백 장군의 이야기라 한다. 다만 간신을 모함을 받아 쫓겨났다는 점과 사사로이 훈련한 병정을 데리고 전쟁에 참가하였다는 것이 계백 장군과는 다른 이야기이라 한다.

였고, 뜨물을 만들어서 흘려 보내 '부자 나라와 싸울 수 없다'고 적군이 물러
가게 하였다고 한다.47)

이 전설에서 백제가 승리할 수 있었던 것은 많은 군량과 군사가 있는 것
으로 위장하였기 때문이다. 그런데 이 전설에 의하면 그 싸움이 나당연합군
과의 싸움으로 나타나기도 하지만, 「세도면 설화 14」처럼 그 이전의 싸움
으로 인식하고 있다. 전자는 단 하루의 싸움을 연기시킨 것으로 나타난 반
면에, 후자는 전쟁에서 승리한 것으로 나타난다.

5. 결 론

백제의 설화들은 전체적으로 볼 때 패망한 역사적 사실조차 부정할 수
는 없었다. 따라서 전승되고 있는 설화들의 대부분은 패망한 역사적 사실을
외면적으로 적시하고 있지만, 내면적으로는 그것을 부정하는 삽화들이 보
이고 있다. 심지어 백제민들은 자신들이 나당연합군에 협조할 수밖에 없는
상황에서, 문면에는 백제의 패망이 당연한 사실이라고 하면서도, 언간에는
백제의 우수성이나 자신감을 보여주는 설화들이 있다. 이처럼 외적의 침입
에 대해 저항 의지를 담고 있는 설화들을 저항설화라고 하였고, 이런 저항
설화의 양상과 의미를 살펴보았다.

첫째는 백제의 패망한 역사를 강조한 유형의 설화들이다. 이들 유형은
외적에 저항을 보여주고 있지만 패망하였다는 역사적 한계를 인식하면서 설
화를 구성하여 전승되고 있다. 이들 유형의 작품들로는 낙화암 전설, 청양

---

46) 1997년 7월 6일 부여군 부여읍 동남리에서 장국환(53, 남) 구술
47) 김균태·강현모,『부여의 구비전승(1)』〈석성면 설화 18〉.『부여의 구비전승 (2)』
　　〈세도면 14〉. 1997년 4월 26일에 부여군 장암면 상황리에서 이진해(71, 여),
　　1997년 5월 20일에 장암면 장하리에서 조호연(70, 남) 구술. 이런 전설은 파진산
　　이 보이는 인근 마을에서 많이 듣게 된다.

고란초의 유래, 사양티고개 전설, 맹광이 방죽, 조룡대 전설, 은산별신굿 등
이 이에 속한다. 이들 유형의 설화들은 대체로 패망 당시에 백제의 마지막
수도였던 사비성내에 속하는 부여읍내를 중심으로 채록되고 있다. 그리고
이들 유형의 설화들은 나당연합군에게 패망한 직후에 구성되어 전승된 것으
로 보인다.

둘째로는 백제의 패망을 막기 위하여 노력하거나 그만한 자신감을 가지
고 있다는 내용의 설화군이다. 이 유형의 설화들은 백제가 역사적으로 패망
하였다는 내용보다 외적에 대해 꿋꿋하게 대항하는 백제인으로서의 자부심
을 강조하고 있다. 부여군 남부 지역에서 전승되는 계백에 관한 전설, 망진
산, 농바위 전설, 말티와 무쇠말, 천등산의 다섯장수, 팔충리의 유래, 문동
교 전설, 황산벌 싸움 등이 있다. 이런 유형의 설화들은 주로 백제의 수도인
사비성의 외곽 지역을 중심으로 전승되고 있고, 나당연합군이 쳐들어오기
전부터 백제 부흥운동 시대까지 광범위하게 설화화가 시도되어 있는 것 같
다.

셋째로는 외적에 대한 철저한 배격을 드러내는 설화군이다. 이 유형의
설화들은 백제의 부흥운동이나 나당연합군에 대한 무력적인 저항의식을 보
여주기보다는, 대체로 나당연합군이 쳐들어오기 전 시기를 배경으로 주로
신라군에 대항하는 의지를 보여주고 있다. 이들 설화들은 주로 논산지역을
비롯한 신라 접경에 가까이 근접한 금산군 등 금강상류 지역에서 많이 채록
되고 있다. 이런 양상은 청주지역의 전설에서도 기존에 조사된 설화들에서
많이 보이고 있다. 이 유형에서는 대체로 죽음으로써 그 한계를 지을 때까
지 투쟁하여 승리를 구가하는 모습을 보여주고 있다.

이 글의 논의를 농도 있게 하기 위해서는 더욱 정밀한 현지조사가 선행
되어야 할 것이다. 그런데 이런 조사연구시 현장에서 전승이 단절된 설화들
이 많아 이를 해석하는데 어려움이 많다. 한편으로 이런 연구는 백제의 다른
유형의 설화군에 대한 검토나 궁예가 거주하였던 철원과 같이 패망한 다른
지역의 전승에 대한 검토가 병행될 때에 그 의미를 찾아낼 수 있을 것이다.

제 3 장

연오랑·세오녀 설화의 제의적 의미

1. 서 론

「삼국유사」 권일에 수록된 연오랑·세오녀 설화는 고려 때에 일연선사가 기록한 것이다. 또한 이것은 신라수이전(서거정의 필원잡기)에도 실려 있다.

이 설화는 태양 이동신화로 고대 한일간의 관계를 고찰하는데 귀중한 자료로 취급되었다. 즉 일본의 고대 문헌인 「고사기」, 「일본서기」, 「출운풍토기」 등에 실린 신화들과 비교·고찰을 통해 민족이동에 따른 지리적·역사적 측면에서 설화의 형성과 이동을 파악하려고 하였다.[1] 한편으로는 농

---

1) 김창균, 「연오랑·세오녀 전설의 유래」, 『설화·소설의 연구』(한국고전비평집4, 정음사, 1984), pp.40~42.
　소재영, 「연오·세오 설화고」, 『국어국문학』 36집 (국어국문학회, 1967), pp.17~33.
　장덕순, 『설화문학개론』 (이우출판사, 1970), pp.93~105.
　______, 『한국문학사』 (동화출판사, 1974), pp.56~61.
　이홍직, 「여명기의 한일관계와 전설의 검토」, 『국사상 제문제』 2집 (국사편찬위원회, 1967.2), pp.1~43

경사회에서 벌이는 풍년을 기원하는 농경제의의 의미로 파악하기도 하였다.2)

한일간의 교류는 '해양'이란 공간 장애물을 극복해야만 하였다. 특히 대륙의 선진문화를 이식하기 위한 과정에서 원시사회는 기술이 미비한 관계로 공간 장애물을 극복하는데 많은 위험이 뒤따랐다. 이 점에서 설화를 형성시킨 시·공간적 배경인 지리적·역사적인 면을 기존의 연구를 중심으로 살펴보겠다. 또 설화 속에 함축된 의미를 보다 쉽게 파악하기 위한 방법으로 설화를 서사단락으로 나누어 분석·고찰하겠다. 이렇게 하여 나타난 의미가 어떠한 제의적 양상3)으로 파악되는지 알아보겠다. 즉 '일월지정'을 주재하던 연오랑·세오녀4)가 신라에 부재함으로써 이들의 회귀를 기원하는 것이라 할 수 있는지 알아보겠다.

2. 설화의 시·공간적 배경

신화·전설·민담 등 설화의 발생·계승은 그 설화를 수용하는 집단의식의 표현이며,5) 후대적 사실에 근거를 만들어 준다. 그런 집단의식은 집단이 처한 환경을 포용6)하게 된다. 이런 점에서 이 설화의 지리적·역사적 배경을 고찰하게 됨으로써 설화가 지닌 의식세계를 파악하고, 또한 실제의

김성호, 『해양강국 비류백제』(지문사, 1982), pp.181~191.
김현길, 「설화를 통해서 본 고대의 한일관계」, 『호서사학』 11집 (호서사학회, 1983. 6), pp.1~24.
2) 이관일, 「연오랑·세오녀 설화의 한 연구」, 『국어국문학』 55~57합집 (국어국문학회, 1976), pp.377~393.
3) M. Eliade, 이은봉역, 『신화와 현실』(수선교양신서 26, 성균관대학교출판부, 1985), pp.20~24.
4) 이관일, 전게논문, p.384.
5) A. Hauser, 황지우역, 『예술사의 철학』(돌베개, 1983), p.292.
6) 장덕순 외 3인 공저, 『구비문학개설』(일조각, 1982), p.43

사실(의미)이 어떻게 신화적 세계로 굴절되었는지 살필 수 있을 것이다.

2.1. 지리적 배경

대륙의 돌출부인 한국과 해양에 위치한 섬나라 일본 사이에는 유구한 태고 이래로 교류가 있었고, 대륙의 선진문화는 한반도를 거쳐 망망대해를 건너 일본에 전해졌다. 이 설화의 '일일은 연오가 바다로 해초를 따러 갔는데 홀연히 한 바위(일언 고기)가 있어 타고서 일본에 갔다'[7)]도 어떤 단편적인 교류사건을 소재로 표현한 설화적인 구상일 것이다. 즉 연오랑이 바위 또는 고기를 타고 바다를 건너갔다는 것은 주몽[8)]이나 진표[9)]의 기록에서도 유사한 형태가 보이는데, 이는 원시적인 도해술을 끌어들여 신성성을 강조한 것이다.

한일간의 교류를 보면, 원시 · 미개 사회의 도해술은 자연에 순응하는 방법으로 이루어졌다. 즉 태풍이나 해류에 의한 방법이다. 먼저 태풍은 북위 30° 남쪽에서 발생하여 9~10월에 일본 내륙을 습격한다. 이 태풍으로 연오랑 · 세오녀가 일본에 도해하였을 가능성은 한 어부의 실증적인 사례로 들 수 있다.[10)] 또 해류에 의해 경상도 동해안과 일본 서남지방에 있었던 고대 출운국과의 연락 가능성이 있는데,[11)] 소재영 교수는 원시시대의 항해에 풍향과 조류가 절대적인 영향이라며 한일간의 가능성을 다음과 같이 설명하고 있다.

동해의 북쪽에는 남하하는 리만 한류를 타고 표류하던 배도 대마도

---

7) 「삼국유사」, 제일, 연오랑 · 세오녀, '一日 延烏 歸海採藻 忽有一巖(一云一魚) 負歸 日本'.
8) 「삼국유사」, 제일, 고구려.
9) 「삼국유사」, 제사, 진표전간
10) 이관일, 전게논문, pp.380~381.
11) 김현길, 전게논문, pp.18~21. 이홍직, 전게논문, p.24.

근해에 이르면 남쪽에서 북상하는 구루시오(흑조) 지류(완류)를 건너타고 고리같이 돌아 일본의 산음, 고대의 이즈모 지금의 도근현 지방의 해안에 닿는 경상도 해안과의 연결을 주목할 수 있고, 또한 풍향도 동기에 우리나라에서 일본을 향한 서북풍이 불고, 하기에는 반대로 일본에서 우리나라로 향한 동남풍이 부는 이른바 계절풍의 풍향을 생각할 수가 있다.12)

이 주장은 출운국에 한족의 굳건한 식민지가 건설되었다는 점에서 착안된 것이다. 반도의 남쪽 해안에서 대마도·일기 양도의 발디딤을 걸쳐 북구주나 일본 서단으로 왕래가 중요한 통로였다13)는 점에서 이 설화에 나타난 도해 지점은 비일상적이고 자연에 의한 항로의 가능성이 높다.

한편 육지가 보이지 않는 영일 부근에서의 항해는 두려움을 갖게 되는데, 이를 어떠한 형태로든 표현하게 될 것이다. 이에 대하여 김창균님은 정확한 기록이 없어 알 수 없으나, 유사 이래 일본과의 교통이 있었을 것이며, 이런 교통·무역의 상황이 구전의 형식으로 전파되다가 뒤에 신화나 전설이 되었을 것이라며 다음과 같이 설명하고 있다.

해변에는 어부 혹은 난파선 등에 대한 전설이 흔하다. 영일만 부근지는 신라 도읍 경주와 갓가운 탓으로 인구도 다른 지방보다 조밀하엿을 것이며, 따라서 자연 난파선도 만엇슬 듯하다. …… 영일만 부근의 일본해(동해 필자 주)에는 도서하고는 그림자도 없다. 따라서 난파한 선인·어부는 도저히 생명을 보존하여 도라오기가 어려웟슬 것이다. 해상에서 혹시 대풍을 만나는 경우면 선인은 그만 절망하고 마랏슬 것이다. 그러나 혹시 엇더케하야 만행으로 한번 일본 해변 혹은 일본의 어느 도서에 표착한 후, 거그서 만흔 후대를 받은 후, 본국으로 돌아온 경우가 잇섯는지도 모를 것이다. 따라서 집에 잇는 처자 등이 혹시나 도라오지 안을까하는 한줄기 희망으로 언제야 '오냐' 하고 고대한 것은 명백한 사실이며 또 다행히 신수가 조와서 도라온다하면 '이제오니'라고 대단히

---

12) 소재영, 전게논문, p.30.
13) 이홍직, 전게논문, p.24. 김성호, 전게서, pp.184~188.

반겨마즐 것이다.14)

이처럼 일상생활이 바다에서 이루어진다면 바다의 두려움을 극복해야만한다. 즉 사람들은 사나운 바다에서 일을 마치고 무사히 돌아오기를 기원하는 의식을 행하였을 것이다. 이런 의식의 표현이 설화로 정착된 것이라 여겨진다.

영일이란 지명은 태고 일본인이 조선에 왔다가 돌아갈 때에 매일 태양을 맞게 되는 까닭으로 영일이라 명명하였다15)고 한다. 그런데 영일현 건치 연혁조를 보면 '古之斤烏支縣(一作烏良友) 景德王改臨汀 爲屬義昌郡領縣 高麗改今名'16)이라 보인다. 즉 근오지·오량우가 영일의 원래의 지명이며, 아달라왕 때에는 영일이라고 부르지 않았다. 또한 일본이란 국호의 사용은 〈일본서기〉 효덕천황 대화 원년(645) 고구려에 보낸 일본 왕 교서에서 '明神御宇 日本天皇……'17)이라 지칭한 곳에 처음 사용하고 있어, 아달라왕 때의 명칭과는 거리가 있다.

영일의 고지명인 '근오지'를 '오량우'로 불렀다는 점에서 '연오랑·세오녀·근오지·오량우' 등은 '오냐·오녀·오니'의 뜻을 표현한 이두식 한문으로 보고, 제주도 방언을 예로 들어 '연(延)'은 '맞은'(迎)의 음이며, '오량'은 '오냐'의 뜻이라고 설명하기도 한다.18) 또한 동서 각 민족은 공통적으로 신천지에 귀화와 동시에 그 본토의 지명을 사용한다19)는 점에서 '근오지'에서 '근'은 '큰'에, '도기(都祈)'의 오칭인 '우기(郁祈)'와 '오지'가 어상 일치하고 있다. 그리고 '억기(億岐)'(隱祈)도 즉 '오기'로 합치됨으로 은기도와 결부된다. 또 언양의 고지명이 '지화'20)인데, 은기도 옆에 있는 '지부도'와 일치하고

---

14) 김창균, 전게논문, pp.40~41.

15) 금택재삼랑, 「일선동조론」(소재영, 전게논문, p31. 재인용)

16) 「신증동국여지승람」, 권23, 영일현 건치연혁조.

17) 이홍직, 전게논문, p21.

18) 김창균, 전게논문, p42.

19) 금택재삼랑, 전게서, 〈소재영, 「삼국유사」의 외래자론」, 『김형규박사고희기념논총』(서울대학교 사범대학 국어교육과, p.343. 재인용)〉

있어 연오랑·세오녀의 연고지로 그 지명을 옮긴 것이라 추측하기도 하였다.21)

앞에서 살펴본 것처럼 설화에 나타난 지리적 배경은 고대 원시시대에 한일간의 험난한 항로에 따른 민족이동의 측면에서 고려될 수 있다. 비일상적인 항로였던 영일 근처에서 항해는 두려움을 갖게 된다. 이런 두려움이 신라에서 연오랑·세오녀의 부재로 설화에 나타나게 된 것이다. 이렇게 부재하게 된 인물들을 추모하는 제의를 통해 결손(고난) 극복의 행위가 지리적 상황에 결합하여 재구되었을 것이다.

2.2. 역사적 배경

한일간에는 이웃하는 관계로, 때론 우호적이고 때로는 적대적인 접촉이 빈번하였다22). 이런 접촉은 '연오랑·세오녀' 설화의 성립 이전부터 있던 사실인데, '연오랑·세오녀'에 관한 기록이 「삼국사기」에는 없고, 「삼국유사」에만 실린 의미가 무엇인지 알아보는 것도 중요하다.

'연오랑·세오녀' 설화의 서두에는 신라 8대 아달라왕 4년에 연오랑과 세오녀가 일본에 건너갔을 때 일월무광이 되었다고 하였다. 이를 일식 현상으로 간주하여 일식에 관한 기록을 보면, 「삼국사기」 아달라왕 4년조에는 일식에 관한 기록은 없고 13년 춘정월조에 '일식을 하였다'23)는 기록을 볼 수 있다. 이밖에 「삼국사기」에 기록된 아달라왕 대의 일식을 살펴보면, 고구려 차대왕 4년(149), 13년(158), 20년(165)과 백제 개루왕 38년(165) 소고왕 5년(170) 등에 보인다.24) 한편 〈후한서〉 환제본기에 '永壽三年 閏

---

20) 「신증동국여지승람」, 권23, 언양현 건치연혁조.
21) 주 19)참조.
22) 「삼국사기」에 왜의 침범이 50여 회나 기록되어 있다. 이 '왜'의 침범이 일본 본토에 거주하던 '왜'인가를 역사적으로 재검토가 필요하다.(김성호, 전게서, pp.259~270).
23) 「삼국사기」, 「신라본기」 권2, 아달라왕 13년, '辛亥朔 日有食之'

四月 庚辰晦 日有食之'란 기록이 보인다.

이 영수 3년은 서기 157년으로 아달라왕 4년에 해당되어 「삼국유사」의 기록에 부합됨으로 낙양의 일식이 같은 위도 상에 있는 신라의 영일항 부근에서 보일 것이라 생각될 수 있다.[25] 이것이 사실이라면 같은 위도인 경주에서는 보이지 않은 이유가 무엇이며, 영일 부근에서 보인 일식 현상을 「삼국사기」에 기록하지 않은 이유는 무엇일까. 또한 보다 천문기술이 발달한 백제나 고구려의 기록에도 보이지 않는데 단순하게 연대가 같다는 이유로 이 설화에 연관시켜 설명하기에는 곤란하다고 본다. 설화 속에 나타난 일월 무광을 단순하게 일식 현상에만 관련시키려는 태도는 지양되어야 하며, 어떤 상징적인 용어로서 그 의미를 찾아야 할 것이다

「삼국사기」 아달라왕 4년조에 '始置甘勿·馬山縣[26]이란 기록이 보인다. 이는 신라가 이곳을 처음으로 영토에 편입시킨 것의 기록인 듯 하다. 김성호님은 이 기록에서 이곳의 앞선 거주자인 연오랑과 세오녀가 기장 근처까지 도피하였고, 다시 추격하는 신라군을 피하여 도해하였을 것이라 보고 있다. 그런 직후에 고대인에게 공포를 주었던 일식이 일어났으므로 두려움과 죄의식이 결합되어 여왕이던 세오녀의 '직세초(노획품)'로 그들의 거주지였던 마산면 일월지 일대에서 '영일제천'한 것을 설화화 하여 전해진 것으로 추측하고 있다.[27] 한편 일본 천황의 왕호에는 '한풍시호(漢風諡號)'과 '화풍시호(和風諡號)' 이외 관명, 능명, 선주거지명 등에서 지어진 추호가 있는데[28], 신공황후의 추호가 '氣長足姬'로 한국식 한자음으로는 '기장족희'이다. 여기에서 '기장'은 '기장'(양산군 기장면)에서 유래된 듯하고, '족(발)'은 국·원·야를 뜻하는 '벌'의 차자이다. 즉 '기장족희'는 '기장벌의 여인'에서 유래된 것으로 세오녀가 도해한 장소와 일치한 것[29]으로 볼 수 있다.

---

24) 신영식, 『「삼국사기」 연구』(일조각, 1981), pp.200~204.
25) 소재영, 『연오·세오 설화고』, p.20.
26) 「삼국사기」, 「신라본기」 권2, 아달라왕 4년.
27) 김성호, 전게서, pp.185~187.
28) 岩波書店, 『일본서기 상권』(1967), p.587. 보조 3-1.

　　연오랑과 세오녀가 일본에 건너간 후에 신라의 일월이 빛을 잃었다는 것은 '천일창(天日槍)'이란 이름과 관련이 있는 것으로, 일본신화와의 비교를 통해서 살펴볼 수 있다.30) 또 동해를 건너 일본의 일부 지방을 지배한 사실이 '연오랑·세오녀' 설화에 나타난 것으로 보고, 태고의 역사를 반영한 이 설화의 연오랑은 일본 설화의 스사오노미고도(素戔嗚尊)와 같은 존재이며31) 이 설화의 어별성교는 일본 대국주신 "이나바(稻羽)의 토끼와 와니"32) 전설과 같이 부여계통의 설화이다. 또 우리나라의 곶(섬이나 돌출부)을 떼어갔다는 國引傳說(구니비기)33)도 비류백제가 일본 출운지방 등을 식민지로 지배하였던 기억을 설화형식으로 표현한 것이라 추측할 수 있다. '천일창' 설화도 '연오랑·세오녀' 설화처럼 태양 여신설화를 주축으로 이루어졌는데, 일본의 천조대신과 태양의 여신은 결국 한반도에서 건너간 것으로 볼 수 있다.34) 반면에 영일현의 '일'이 '일본'에서 부회한 것으로 보고, 설화의 성립 연대를 고려조로 보고 있다.35) 또한 이 설화는 '천일창' 설화와 비슷한 점이 있으나 전체적인 구성을 보면 지나사상에서 온 것이라며 관련성을 배제하였다.36)

　　위에서 여러 논의들을 살펴보았다. 신화는 생성·전승되면서 지방의 전설적 성격과 영합하려는 경향이 있어, 상징적이고 은유적인 표현을 세심하게 분석하여야 한다. 즉 이 설화에 나타난 영일지방은 지리적으로 신라에서 동해로 연결되는 교통의 요지였으며, 신성한 곳이었다. 역사적으로 이 지역

---

29) 김성호, 전게서, pp.185~187.

30) 이병도, 「삼한의 사회상」, 『한국사고대편』.

31) 이홍직, 전게논문, pp.32~34.

32) 박시인, 「한국상고설화의 연구」 (서울대 박사학위논문, 1972.8), p.50.

33) 「출운풍토기」 (이홍직, 전게논문, pp.31~32).

34) 장덕순, 『설화문학개설』, pp.93~95, 『한국문학사』, pp.56~61.

35) 신화는 역사적 기술이 가능하였던 시점 이전의 문화 소산이란 역사적 사실 때문에 그 이야기의 시간적 원초성을 배제할 수 없다〈정진홍, 『한국종교문화의 전개』(집문당, 1986) p.115〉는 점을 고려하면, 이 점은 견강부회한 감이 든다.

36) 律田在右吉, 「고사기급 일본서기의 연구」 (소재영, 전게논문, pp.24~30. 재인용)

은 아달라왕 때에 처음 신라의 영토로 편입하게 되었다. 이때 연오랑과 세오녀는 그 영토를 확장하는 동안에 죽음을 당하였거나, 그곳을 지키는 도중에 부재(일본에 건너감)하게 되었다. 유지되어 가던 질서체계는 이들의 부재로 혼란하게 되었다. 이런 상황에서 이들을 추모하고, 대신 질서를 유지할 인재를 기원하는 제의가 행하였을 것이고, 이를 나타낸 것이 연오랑 세오녀 신화라고 볼 수 있다.

3. 서사단락과 그 의미

이 설화는 미천한 어부의 이야기인데, 신라 건국 초창기의 건국신화들 사이에 포함되어 기술되었는가 의문이 제기된다. 더욱 설화의 많은 부분이 축약·생략되고 은유와 상징으로 표현되어 있어, 설화를 전체적 문맥으로 해석하게 될 때 다양한 논거 제시가 가능하여 의문점을 증가시켜 왔다. 본 장에서 이 설화의 구조적 의미를 파악하기 위해 설화를 서사단락으로 나누어 분석하겠다. 우선 설화의 전문을 단락으로 소개하면 다음과 같다.

① 第八阿達羅王卽位四年丁酉. ② 東海邊有延烏郎 細烏女 夫婦而居 ③ 一日延烏歸海採藻 忽有一巖(一云一魚) 負歸日本國人見之曰 此非常人也 乃立爲王(按日本帝記 前後無新羅人爲王者 此乃邊邑小王而非眞王也) ④ 細烏怪夫不來 歸尋之 見夫脫鞋 亦上其巖 巖亦負歸如前. 其國人驚訝 奏獻於王 夫婦相會 立爲貴妃 ⑤是時新羅一月無光 ⑥ 日子奏云. 一月之精 降在俄國 今去日本 故致斯怪 ⑦王遣使求二人. 延烏曰. 我到此國 天使然也. 今何歸乎 雖然朕之妃有所織細綃 以此祭天可矣 仍賜其綃 ⑧ 使人來奏 依其言而祭之 ⑨ 然後日月如舊. ⑩ 藏其綃於御庫爲國寶. 名其庫爲貴妃庫. 祭天所名迎日縣. 又都祈野

위 설화는 진행에 따라 10개 단락으로 나눌 수 있다. ①단락은 사건의

전개에 앞서 역사적인 사실임을 소개하는 도입부이고, ⑩단락은 서사전개
에 직접 관계가 없는 사건의 증거를 나타낸 증시부로 쌍을 이룬다. ②단락
은 완전한 상태에서 사건이 시작되는 발단부이고, ⑨단락은 고차원의 완전
한 상태로 승화되어 사건이 끝난 결말부로 쌍을 이룬다. ③~⑧단락은 전개
부이다. 즉 ⑤단락은 ③과 ④단락의 결과인데 ③단락은 사건의 발생이고 ④
단락에서 사건이 더욱 악화된 결과 ⑤단락의 일월 무광 상태에 이르는 과정
이 결손부분이다. 이런 결손을 막기 위해 ⑥단락에서 방법이 제시되고 ⑦단
락을 통한 ⑧단락의 제의를 행하여 해소하게 된다. 여기에서 ⑤단락에 대한
〔③과 ④〕단락과 ⑥단락에 대한 〔⑦과 ⑧〕단락은 인과적인 행위를 이루면서
쌍을 이루고 있다.

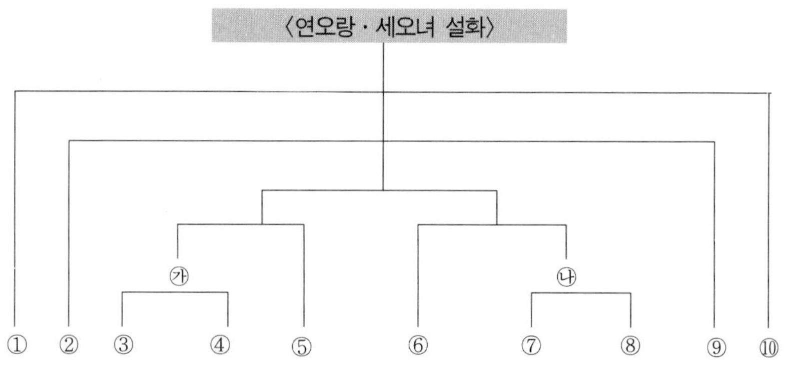

위의 도표에서 보면, 〔㉮와 ⑤〕단락과 〔⑥과 ㉯〕단락이 사건전개의 중
심인 요소단락이고, ②단락과 ⑨단락은 사건의 시작과 끝을 나타낸 내화단
락이며, ①단락과 ⑩단락은 외화단락이 된다.[37] 여기에서 ⑩단락은 외화단

---

37) 조동일, 「흥부전의 양면성」, 『한국고전소설연구』 (새문사, 1983), pp.490~553. 본
고에서 요소단락은 핵화단락과 유사한 뜻으로 사용하였다. 사건전개상 중요한 단락이
자 핵심단락이라 하기 어렵기 때문에 이 용어를 사용하였다.

락으로 취급해도 별로 문제될 것이 없으나, ①단락은 외화단락으로 취급하는 경우와 외화단락으로 취급하는 경우에 따라 의미의 변화가 나타난다. 위의 서사단락을 사건전개의 서사구조로 정리하여 보자.[38]

사건의 전개는 ②단락의 완전한 상태에서 시작된다. ②단락은 쉽게 파괴될 수 있는 완전으로 ㉮단계의 결손과정을 거쳐 ⑤단락의 상태에 이른다. 즉 ③단락의 결손은 연오랑이 신라에서의 부재를 의미하고, 그 결손을 채우려 하다가 ④단락의 세오녀 부재라는 결손을 초래하게 된다. 이처럼 ㉮단계의 결손은 ⑤단락에서 '일월무광'이라는 최악의 암담한 상태에 이르게 된다. 암담한 세계를 벗어나기 위한 노력은 당연한 것으로 일관이 해결 방법을 암시해 줌으로써 혼란한 질서 속에 희망을 준다. ⑥단락에서 암시된 결손 해결방법은 ⑦단락의 연오랑·세오녀를 데려오는 것이었으나, 좌절되고 그 대신에 세오녀가 짠 비단을 대속물로 가져와 ⑧단락과 같이 제의를 행하여서 일월의 빛을 찾게 된다.

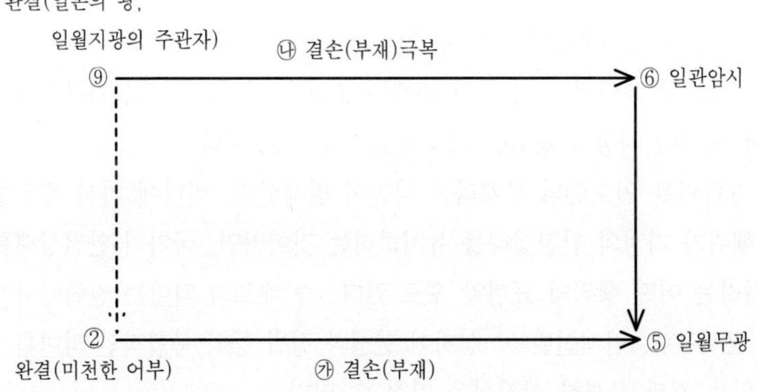

이는 ②단락의 미천한 어부 상태의 평범한 완결성이 부재(일본으로 건너

---

38) 사건의 전개에서 ①단락의 제거는 신중하여야 한다. ①단락이 사건전개의 서사구조에 포함될 때도 ②단락과 같은 단계가 된다.

감)라는 통과제의적인 입사식을 통해서 일본의 왕이 되고, 신라에서 일월지정의 주관자로 승화된 영속적인 완결성에 이르고 있다.

위의 논리를 도식화하면 위와 같이 나타낼 수 있다. 즉 〈완결 → 결손(부재)과정 → 결손(부재)극복과정 → (승화된)완결〉을 이루는 서사구조로 나타내진다. 이런 과정에서 제의는 결손극복을 위해 행하게 되는 것이다.

위에서 나눈 각 서사단락의 의미를 살펴보기로 하자.

①단락의 신라 8대 아달라왕 즉위 4년이란 기록은 일연이 역사적인 사실로 구체화시켰으나, 앞서 언급한 일식과 결합된 기록일 수 있다.39) 그런데 『삼국사기』에는 연오랑·세오녀의 기록이 없다. 여기에서 연오랑과 세오녀의 의미는 ①단락을 외화단락으로 취급하면 통치자인 왕이 존재하게 되어 신하의 차원으로 축소된다.(4절에서 논의함)

②단락은 일상적인 부부의 관계처럼 쉽게 파괴될 수 있는 완결 상태이다. 가정에 부부가 함께 거주하는 것은 국가의 측면에서 보면 조직의 정비를 갖추고 있는 상태이다. 연오랑과 세오녀가 ⑤단락에서 일월지정의 화신이라 할 때 단순히 동해의 어부일 수 없고, 상당한 위치의 관리일 것이다. 또 부부라는 것은 동고동락할 수 있다는 뜻에서 상관과 부하, 해와 달, 낮과 밤의 관계로 파악된다. 서로의 존재는 조화를 이루고 필요불가분의 관계를 맺어 국가나 가정의 평화를 이룩하고 있는 상황이다.

③단락은 연오랑의 부재라는 사건이 발생한다. 바다에 가서 해조를 따는 행위가 가정의 완전상태를 유지하려는 것이라면, 국가의 완전상태를 유지하려는 어떤 행위의 표현일 수도 있다. 즉 채조의 의미는 전렵행사가 제천, 군사훈련, 인재선발40) 심지어 전쟁과 정벌 등의 복합적인 의미를 가지고 있는 것과 유사한 상징성을 가질 수 있다.

---

39) 소재영, 전게논문, pp.18~22. 이관일 교수는(전게논문, p.384) 이 설화의 내용이 일식과 결부된 것은 우연의 일치로, 그것이 사실이라면 쉽게 잊혀질 것인데 계속 기억하는 것은 죽어(식어)가는 태양의 재생을 원하는 원시인들의 사고가 결합된 이야기라 하고 있다.

40) 노종국, 「고구려국상고(상)」, 『한국학보』 16집, p.24.

연오랑의 의미는 제왕에 준하는 권력자, 큰 까마귀, 큰 말, 해, 해를 표현하는 인물, 일관이나 무당,41) 국가정책의 입안자, 상위조직체, 상관 등으로 생각된다. 이 인물은 국가의 존속과 안녕을 위해 필요한 존재이다. 이처럼 중요한 인물이 바위나 물고기를 타고 일본에 간 것은 어벌성교처럼 신성한 존재임을 드러내는 표현의 수단이었다. 연오랑이 일본에 가서 왕이 되는데 수로왕, 남해왕, 박혁거세 등처럼 투쟁이 없었던 것은 그곳 사람들에게 신성한 인물로 인식되었기 때문이다.

연오랑이 일본에 가서 왕이 되었지만 신라에게는 국가의 완전 상태에 결손을 가져다준다. 세오녀로 하여금 연오랑을 찾아서(대신하여) 결손을 채우고자 한 것이 ④단락이다.

④단락은 ③단락에 연속된 결손의 과정이다. 세오녀의 의미가 작은 까마귀, 작은 해, 달, 무당,42) 연오랑의 보필자, 부하, 하급관리 등으로 생각된다. 이 단락은 남편으로 기록된 상관이자 고급관리인 연오랑의 부재를 아내로 기록된 부하이자 하급관리이었을 세오녀로 하여금 찾게 하였으나 보이지 않았다.

벗어놓은 신발의 발견은 연오랑의 부재(죽음)를 확인하는 의미가 된다. 연오랑의 부재는 신라에게 큰 손실이며 세오녀에게도 큰 충격이었다. 그래서 연오랑을 위한 씻김굿의 일종이 넋건지기 굿을 하였을 것이다.43) 이때 돌연한 사태로 세오녀 일행도 일본에 건너갔다면, 이들의 상봉은 '가락국기'에 보이는 수로왕과 허황옥이 만나는 형식으로 될 것이다. 이들의 만남은 입사식을 통과한 신성성을 가진 부부, 상관과 부하, 해와 달, 낮과 밤의 관계를 이루게 된다.

⑤단락에서 연오랑과 세오녀가 부재하는 신라는 최악의 절망상태에 빠

---

41) 최래옥, 「연오랑·세오녀 분석시고』, 상명여대 대학원 강의안, 1984.9.25.

42) 최래옥, 「연오랑·세오녀 분석시고」, 상명여대 대학원 강의안, 1984.9.25.

43) 장덕순, 전게서 pp.56~61 고대사회에서는 죽은 사람(물에서 원통한 죽음)을 위해 굿하는 것은 당연하다며, 무 의식의 가능성을 제시하였다. 이렇게 볼 때 죽은 사람을 위로하고 추모하는 제의의 가능성이 높다.

진다. 신라는 이런 중요한 인물을 잃은 것을 해와 달이 없는 암담하고 불안정한 상태에 빠진 것으로 나타낸 것이다.44)

⑥단락은 결손상황을 극복하려는 노력을 보여준다. 신라에서는 일본에 간 연오랑과 세오녀를 돌아오게 하기 위해 어떠한 의식이 행하여졌을 것이다. 이에 앞서 일본에서 조직과 제도의 정비를 갖춘 연오랑은 신라에 사신을 보냈을 수 있다.45) 왕은 연오랑과 세오녀가 일본에 간 사실을 알고 사신을 보내서 일월이나 비단과 같은 존재로 신라에 돌아와 국가의 조직을 정비해 주길 부탁한다. 그런데 연오랑은 일본에 온 것이 순전히 하늘의 뜻이라 어찌할 수 없다며 거절한다. 다만 세오녀가 짜 두었던 '비단'을 주면서 하늘에 제사하라고 한다. 이때 하늘의 뜻은 국가건설을 의미하며, 하늘의 뜻을 이룬 연오랑은 신라에 돌아갈 필요성이 없었다.

연오랑과 세오녀의 대속물인 '비단'의 속성은 카오스(Chaos) → 코스모스(Cosmos), 미개 → 개화, 국가 없음 → 국가건설, 암흑 → 광명, 밤 → 아침·낮, 평범 → 비범, 그리고 기적적인 발전단계, 환골탈태식 발전, 날줄과 씨줄,46) 조직과 제도의 정비, 생산의 의미를 가지게 된다. 대속물로 준 비단은 연오랑과 세오녀가 가진 직능을 대신할 수 있는 속성을 나타낸 것으로 볼 수 있다.

⑥단락에서 암시된 극복방법은 ⑦단락에서 연오랑의 거절로 좌절된다. 신라는 원하였던 주인공들이 돌아오지 않는 대신 세오녀가 짜두었던 비단을 대속물로 받는다. ⑧단락은 연오랑의 말을 믿고, 그들의 대속물인 비단을

---

44) 우리는 동학교주 최제우의 죽음이 신도들에게 일월이 무광하다고 한 표현을 볼 수 있다.(「동학사상자료집」 1권 p.374, 2권, pp.381~382. 조동일, 『동학성립과 이야기』(홍성사, 1981), pp.165~168 참조)

45) 김성호, 전게서, p.190. 여기에서 일본이란 의미는 국호로 쓰이지만, '일본'이 해 뜨는 곳, 죽음을 거두어 두는 곳, 가장 신성한 곳을 의미하기도 한다. 전자의 의미는 설화의 문맥에 충실하고 후자의 의미 설화의 상징성을 보여주어 중의적인 의미를 가지고 있다.

46) 이관일, 전게논문, p.389. 최래옥 교수도(연오랑·세오녀 분석사고) 비단이 설화 중에서 가장 중요한 의미를 가진 것으로 보고 있다.

통해 하늘에 제를 올렸다. 그 이후 ⑨단락에서 일월이 예전처럼 회복하게 된다. 이것은 연오랑과 세오녀가 비단의 속성을 가지고 있거나, 성취할 수 있는 어떤 인물의 상징으로 보아야 한다.

⑨단락은 ②단락과는 차원이 다른 완결상태이다. ②단락의 완결은 연오랑과 세오녀가 자연적이며 일상적인 능력에 의해 이루어진 불완전한 완결이지만, ⑨단락은 입사식을 통과한 연오랑과 세오녀가 신성한 존재로 승화된 완결이다. 이 완결은 연오랑과 세오녀에게는 물론이고 신라왕과 고관에게 동시에 만족을 주며, 국가의 안녕을 나타내기도 한 것이다.

⑩단락은 ⑨단락에서 승화된 완결을 지속시키는 전설적 요소로 특정화되어 있다. 첫째로 '일월지정'이 영원하기를 기원하기 위해 완결단계를 이루게 한 대속물인 비단을 국보로 삼아 보관하였다. 둘째로 단순히 연오랑·세오녀가 가지고 갔던 '일월지정'이라면 어느 곳에서 행하여 될 것이다. 그런데 제의를 영일현에서 한 것은 이곳이 수도 경주에서 근거리일 뿐만 아니라 신라의 요충지이고, 가장 신성한 장소로 생각하였기 때문이다. 즉 고대인들의 사고에는 가장 중요한 의식을 행하는 곳으로 태양이 떠오르는 곳, 해맞이하는 곳, 영광을 가져다주는 신성한 곳에서 해야 한다고 믿고 있었다. 이런 신성한 곳에서 제의를 매년 거듭함으로써 순환적인 의미의 완결상태가 영속한다고 믿는 것이다.

4. 제의적 측면

이 설화는 위에서 살핀 바와 같이, 여러 양상의 제의적 가능성을 지녔음을 알 수 있다. 본장에서는 ①단락을 사건전개인 내화단락에서 제외하는 경우와 포함하는 경우로 나누어 작품에 나타난 제의적 측면을 살펴보겠다.

4.1. ①단락을 제외하는 경우(왕의 존재를 부정하는 경우)

②~⑨단락이 중심이 되어 사건전개가 이루어지고, ①단락은 역사화·사실화하는데 의의가 있으며, ⑩단락은 전설로 정착시킨 요소로 보는 경우이다. 이때 역사적 기술이 가능했던 시점 이전의 문화적 소산이라는 사실 때문에 시간적인 원초성을 배제할 수 없다는 점에서 연오랑·세오녀는 그 자체로 만물의 근원인 일월지정이며 계절적인 리듬의 상징[47]으로 인식되었다.

태양은 오랜 원시사회로부터 사람들에게 이동의 방향과 정지를 결정하여 주었고, 생존과 직결되는 것으로 인식되어 왔다. 또 원시인들은 태양, 달, 별 등 천체의 운행이 자신의 운명과 결부된다고 인식하였다. 더욱이 힘든 장애물인 큰 산맥, 강, 바다를 통과할 때에는 천체의 운행을 살피고 무사히 통과하도록 제를 올리었다.

태양은 농경민족에게는 필수적이다. 연오랑·세오녀 설화의 서사문맥에 나타난 외형적인 배경은 바다이다. 바다의 변화는 조류나 풍향에 의해서이지만, 태양이 일식과 같이 갑자기 사라지거나 겨울처럼 식어간다면 천재지변의 재앙이 아닐 수 없다. 바다가 생활 터전인 어부에게도 태양은 농경민족에게 만큼이나 중요하다. 즉 태양은 만물의 근원이요 원천이며 생활을 지배하는 힘을 가지고 있기 때문이다.

태양의 변화가 계절적인 리듬이든지 일식이든지 고대 원시인들에게는 두려운 현상이었을 것이다. 태양이 사라지거나 식어가는 것을 옛날과 같이 회복하기 위해서 제의가 필요하다. 한편 원시인의 사고는 계절적인 순환에 의해 지배를 받아왔다. 농경사회는 계절의 변화에 갇혀 있기에 동지가 지나면 새 해(태양)의 도래를 축원하는 제의를 하게 되었다. 원시인들은 이런 제의를 통해 모든 '악행과 불행'을 몰아내고, '행운과 새로운 힘'을 얻게 된다.

---

47) 이관일, 전게논문, pp.384~392.

제의는 이렇게 해서 계절의 순환의미를 강화시켜 준다. 순환의 인식은 어둠 (죽음)이 일시적이고 '새로운 힘'을 위한 휴식으로 알게 되었다. 이로써 죽음을 부정하고 와해되지 않는 생의 통일성과 지속성을 확인48)하게 되는 것이다.

고대인들은 '새로운 힘'을 주는 태양을 숭배하는 어떠한 형식을 가지게 된다. 이 설화에서 원시인들의 원초적인 의식은 태양의 재생을 축원하며 생산을 촉구하는 제의적 행위로 표출되고 있다. 다시 말해 세오녀가 짠 비단으로 하늘에 제사하는 것은 아름다움을 제물로 바치는 희생을 상징하는 제의적인 몸짓이고,49) 체계적인 질서의 순환을 통해 영속적인 삶의 확대를 확실하게 하려는 의도인 것이다. 이 비단은 희생제의에 필요한 대속물이다.

원시인들은 대속물을 통한 제의로 편안을 얻게 된다. 동지를 지난 태양, 그믐날의 달, 겨울의 식물 등이 영원히 소멸될 것처럼 외형적으로 나타나면 불안해 한다. 또한 일식과 같은 불규칙적이고 비계절적인 변화가 있을 때, 원시인들은 자신의 잘못으로 일어난 것이라 생각하여 예민하게 반응을 나타낸다. 이처럼 외형적으로 나타난 힘의 소멸을 방지하려는 노력이 이 설화에서는 원초질서와 조직의 상징적 대속물인 비단을 통해 기원하는 것으로 표현되고 있다.

세오녀가 일본에 건너간 후 일월이 무광하게 된다. 여성의 베 짜는 일과 태양의 출몰을 살펴보면, 세오녀가 신라에서 베 짜는 일을 그만 둔 것은 질서의 정지, 또는 혼란을 상징하며, 태양 빛의 쇠퇴를 표현한 것이다. 쇠퇴한 태양 빛의 회복을 원하는 것은 새로운 질서회복을 원하는 의미가 된다.50) 질서회복은 결손되어 가던 상황을 극복하여 완결의 상태에 이르는 것을 말한다.

연오랑·세오녀가 가지는 부부의 의미는 육적 관계가 아니라 태초의 질

---

48) Pavid Bidany, 김병욱외 편역, 『문학과 신화』(대방출판사, 1981), p.109.
49) 정진홍, 전게서, p.135.
50) 이관일, 전게논문, p.390.

서를 유지하는 상태를 나타내는 것으로 신성함을 상징한다. 이 설화는 그들 부부의 분리와 결합을 통해 자연의 질서를 표출하고 있다. 연오랑이 먼저 일본에 갔을 때에는 아직도 신라에 태양이 존재하고 있었다. 그러나 세오녀가 일본에 감으로 해서 부부가 결합된 일본에는 태양이 빛나게 되고, 신라에 있던 태양은 쇠퇴하여 일월이 무광하게 된다. 일월이 무광한 신라는 일월의 정기를 회복하기 위해 그들의 상징적 대속물인 비단을 통해 하늘에 제의를 올리게 된다. 이때 비단은 결합된 연오랑과 세오녀 부부의 상징물이다.

이 설화는 연오랑·세오녀 부부를 통해 원시인들의 자연질서 의식을 나타낸다. 즉 일상적인 부부로 지칭되던 깨지기 쉬운 완전상태에서 카오스적인 결손과정을 거쳐, 이를 극복하려는 제의를 통해 한 단계 승화된 완전상태로 환원되고 있음을 나타내고 있다. 이처럼 ①단락을 사건진행에서 제외하는 경우에는 원초적인 자연질서를 회복하려는 제의로 보아야만 한다.

4.2. ①단락을 포함하는 경우(왕의 존재를 인정하는 경우)

신화는 당대적 의식에서 받아들여 실재성에 비롯한 것으로 물음의 현실적 수용, 문제의 현실적 해결인 '풀림'을 지향하는 것을 이야기하는 것이다.[51] 위 서사문맥에서 아달라왕의 지칭이 아달라왕을 가리키는 것은 아닐지라도 왕의 존재로 인정한다면, 어부인 부부는 신라에서 신하의 역할로 의미가 변화한다.

신라에서 랑·녀가 귀족의 존칭에 쓰였음을[52] 감안할 때, 주인공들은 귀한 사람임을 알 수 있다. 또 '오'는 알타이계 신화에서 천강일자의 상징으로 태양을 가르키기도 하지만, 천강일자들이 새 나라를 세우기 위해 군사적 진군이동시에 항상 동행하는 자를 가르키기도 한다. 이는 '일월지정'이란 명

---

51) 정진홍, 전게서, p.115, p.29.
52) 최래옥, 「연오랑·세오녀 분석시고」.

시처럼 양오이며, 천강일자 왕(태양)의 안내자53)임을 말한다. 예로 고구려 시조 주몽이 오이·마리·협부54) 등의 보필로 나라를 세웠고, 백제의 시조도 오우·마려55) 등의 보필로 나라를 세웠다. 위처럼 '오'가 천강일자인 왕의 안내자이듯이 연오랑·세오녀도 신라 초기에 건국을 위해 임금을 보필하던 높은 관리일 것이다. 즉 일월지정의 주관자인 태양(임금)이 밝게 비추도록 하며, 국가의 운명에 관련된 조직의 정비와 생산을 담당하고, 정벌을 담당하던 신하이었을 것이다. 다시 말해 왕의 상징인 태양의 빛을 밑(백성)에까지 밝히던 존재이다.

신라는 태양(왕)을 빛나게 하던 연오랑과 세오녀가 전쟁이나 어떠한 과정으로 부재(결손)하게 되었다. 이들의 부재로 신라에게는 국가건설의 조직이 문란해지고 결핍을 초래하여, 왕의 위업은 백성들에게까지 미치지 못하고 혼란에 빠지게 된 것이다. 이런 혼란은 비단을 통해 하늘에 제의를 행함으로 극복될 수 있다.

직위가 높고 신망과 덕이 많았던 연오랑이 먼저 부재하게 되었다. 이에 연오랑을 보좌하던, 연오랑보다 직위가 낮고 신망과 덕이 적은 세오녀로 연오랑을 대신하려고 하였다. 이때 연오랑에 대한 추모형식의 제의를 통해 세오녀가 직위 계승의 정통성을 얻으려 한다. 그런데 신라의 희망이었던 세오녀도 어떤 계기로 신라에서 부재하게 된다. 세오녀의 부재는 앞(주44)의 예와 같이 일월무광이란 극도의 상태로 표현되고 있다. 이 상태는 국가적 질서가 위협받고 생산은 저하되며 조직력은 약화되어, 국왕의 위업이 많은 백성들에게 전달되지 않는 상태를 말한다.

왕은 국가적 위기에서 질서의 회복을 위해 일관에게 묻는다. 이때 일관

---

53) 박시인, 「알타이계 천강일자 설화연구」, 『문화비평』 1권 3호(1969.10), pp.477~478.

54) 「삼국사기」, 「고구려본기」 권13, 동명성왕 원년. 6년에는 오군이 행인국을 굴복시켰다고 하는데 오이의 잘못된 표기일 것이다. 한편 『위서』 권100, 고구려조에는 마리·협부를 오인·오위로 기록되어 있다.

55) 「삼국사기」, 백제본기, 온조왕.

은 왕 자신이거나 왕의 대행자일 것이다. 왕은 자신의 이상을 실현시키는데 자신의 뜻을 보좌할 신하가 필요하였다.56) 부재한 연오랑·세오녀와 같은 인물을 대신할 자가 필요한데 찾을 수 없거나, 왕이 필요한 인물을 등용하는데 주변의 반대를 생각할 수 있다. 왕은 이런 인물의 등용을 합리화하기 위해 연오랑과 세오녀와 같은 훌륭한 인물의 정령을 이어받았다고 주장할 어떤 계기가 필요하였다.

이 방법으로 하늘에 제의를 하는데 그들의 대속물이 필요하였다. 그 대속물인 비단은 조직과 정비를 상징하고 있다. 이 설화는 비단을 통해서 왕에 의해 등용되는 인물이 주인공처럼 훌륭한 인물임을 하늘이 증명해 주길 기원하는 제의과정의 표현이라 생각된다.57) 왜냐하면 왕은 선택된 인물에게 직위를 부여하는데 전임자들의 위업을 계승하도록 천명을 받은 자라고 주장하는데 무리가 없어야 하기 때문이다. 이 제의과정에서 연오랑과 세오녀를 추모하는 제의를 병행함으로써 등용할 인물이 주인공들을 계승할 자임을 주장할 수 있게 된다.

신성한 인물을 선출하거나 훌륭한 연오랑과 세오녀에 대한 추모제의는 신라에서 가장 신성한 곳이거나 추모자들과 관계된 장소이어야 한다.58) 도소야는 해가 돋기를 기원한 곳이라 하는데,59) 이곳에서 행한 이유는 연오랑과 세오녀를 대신하여 신라의 질서를 회복하고 조직을 정비하며 생산을 증대하는 정책을 담당할 자, 즉 왕을 보필할 인물이 떠오르는 태양처럼 신성하고, 왕(태양)의 위업을 빛나게 하기를 기원하기 때문이다. 이처럼 이 설

---

56) 노종국, 「고구려국상고(하)」, 『한국학보』 17집, pp.2~5. 고국천왕은 을파소를 재상에 임명하였는데, 이는 주위의 반대를 무릅쓰고 왕권의 강화와 자신의 이상을 실현하기 위한 방법이었다. (『삼국사기』, 「고구려본기」, 고국천왕 13년조)

57) 부여사적연구회편, 『백제고적보감』(1959), p.42.
부여군편, 『부여의 백제사적』(1967), pp.141~142.

58) 노종국, 『고구려국상고(상)』, pp.23~24.
최진원, 『국문학과 자연』(성대출판사, 1981), p.184에서 찬기파랑가에서 '일오나리'를 생생력의 기원으로 보고 있다.

59) 최래옥, 「연오랑·세오녀 분석시고」.

화는 신성한 곳에서 연오랑과 세오녀를 추모하고, 그들을 대신할 훌륭한 태양의 안내자인 새로운 오를 맞이하려는 제의의 표현인 것이다.

　대속물은 이 설화에서 비단이다. 정사암 전설에 나타난 대속물도 비단일 것이다.[60] 유리왕 때의 베짜기[61]도 앞서 말한 비단의 속성과 흡사한 의미를 갖는다. 베짜기의 일이 서민들의 행사임에 반하여 이 설화속의 비단은 국가적인 차원의 귀한 것을 나타내고 있음이 다르다. 하늘에 준 신성한 대속물이기에 훌륭한 창고에 보관하는 것은, 비약이겠지만 선출된 신하들의 명부를 보관하는 것과 같다. 즉 이런 비단은 영속을 기원하는 제의의 대속물이기에 신성하게 보관해야 한다.

5. 결 론

　연오랑·세오녀 설화에 관한 위의 논의를 정리하면 다음과 같다.

　연오랑·세오녀 설화는 태양이동 신화로 그 배경을 지리적·역사적 측면에서 고려하여 보았다. 지리적인 측면에서는 해양이라는 공간을 극복하는 동안에 나타나는 생존의 추구, 무사한 회귀, 자연적 순리(계절적 리듬 감각)에 대한 두려움의 극복을 기원한다는 면으로, 역사적인 측면에서는 갑자가 발생하는 일식현상에 대한 두려움, 전쟁에 의한 결손(부재) 등으로 살펴보았다.

　서사단락과 그 의미에서는 설화의 줄거리가 외화단락, 내화단락, 요소단락으로 나누어지고 전반부와 후반부가 쌍을 이루고 있음을 살펴보았다.

---

60) 「정사암 전설」을 보면 (주57) 3~4명의 대신 후보의 명단을 적어 함에 넣어 봉한 후, 저녁에 정사암 앞에다 갖다 놓으며 간단한 제를 올린 다음에 내려와서 기다린다. 다음날 아침에 가 보면 대신이 될 사람의 이름에 비점이 되어 대신을 뽑아썼다. 이때 대속물로는 대신 후보의 이름을 적은 종이나 비단이라 하는데 아마도 비단으로 보는 것이 타당할 것이다.
61) 「삼국사기」, 「신라본기」, 유리왕.

또한 서사전개의 구조를 보면 〈(불완전)완결 → 결손(부재)과정 → 결손(부재)극복과정 → (완전)완결〉로 순환구조를 이루고 있다. 설화의 의미는 작품을 단락소로 나누어 고찰하였는데, 즉 고대인들이 완결상태를 이루어 가는 의식의 변화를 살펴보았다. 이를 통해 작품을 제의 가능성으로 해석할 수 있는 계기를 마련하였다.

제의적 측면에서는 사건전개에 ①단락을 제외하는 경우와 포함하는 경우에 따라 제의적 성격이 달라지는 것을 살펴보았다. 첫째, 전자는 왕의 존재를 부정하게 되는데, 이때 제의적 양상은 원시인들의 원초 의식인 자연질서의 회복을 기원하는 제의라 할 수 있다. 다시 말해 제의를 행함으로 일식현상이나 계절적 순환을 회복하여 완결성을 이루게 된다. 둘째, 후자는 왕의 존재를 인정하는 경우로, 연오랑과 세오녀는 왕의 상징인 태양을 빛나게 하는 태양의 안내자로 볼 수 있다. 이때 천강일자의 부재한 안내자를 추모하고, 한편 대신할 인물의 선출과정에서 연오랑과 세오녀의 권위와 능력을 계승할 인물로 정통성을 인정받기 위해서 제의가 필요하다는 원시인들의 의식의 표출로 보여진다.

「연오랑·세오녀」 설화는 사서에 기록된 신화이다. 이 글에서는 이 설화를 해석하는데 있어서 기록자의 입장에서 해석되어야 한다고 보고 사서를 기록한 신라인의 측면에서 고려하였다. 이 설화가 지닌 상징체계를 보다 정확하게 해석하기 위해서는 양국의 사서를 면밀하게 검토하고, 한일간의 민속학·고고학 등 여러 측면의 검토가 수행되어야 할 것으로 본다.

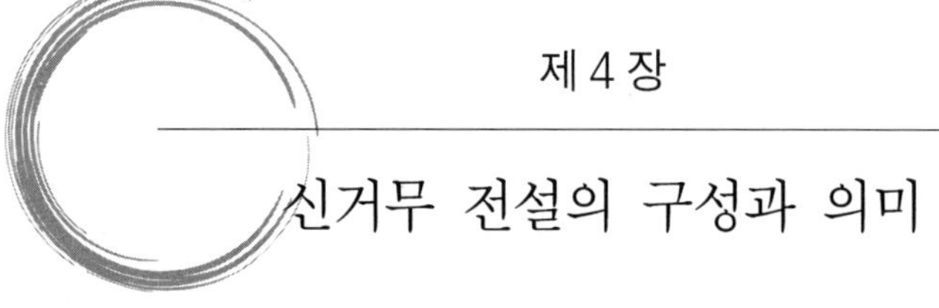

제 4 장

신거무 전설의 구성과 의미

1. 서 론

신거무 전설은 신분적으로 미천한 이방 신거무란 사람을 전설화한 것이다. 이 전설은 장성군 남면 승가리 마을을 배경으로 전승되고 있는 지역 전설이다.

신거무 전설의 등장인물은 신거무와 당대 문명을 떨친 송순(혹은 정승), 그리고 그 아들(자원한 원)이 등장한다. 이들은 처음의 신거무와 자원한 원(자제)과의 대립이 갈등으로 변모되고, 다음에 신거무의 원귀와 송순과의 대립에서 갈등을 화해의 차원으로 승화시키고 있다.

이 전설에 등장하는 신거무는 후백제 견훤의 아들 신검과 관련되어 있다는 설에서 역사적 의미를 찾아 볼 수 있다.[1] 즉 이곳 승가리를 신거무라고 하는데, 신거무란 말은 신검의 이름에서 나왔다는 것이다. 특히 전설에서는 주인공 이방이 죽어서 거무가 되었다고 한다. 그리고 신거무를 신검

---

[1] 長城郡誌 (장성군, 1982), pp.899-900.

으로 유추하며, 거무가 왕을 상징한다고 볼 때[2] 후백제의 신검과 관련지을 수도 있을 것이다. 신검은 아버지를 몰아내고(유폐시키고) 왕이 되기는 하였지만 얼마되지 않아서 견훤을 앞세운 고려국에 멸망당한다. 그래서 이 전설은 이곳의 주민들이 신검을 백제가 멸망한 뒤에도 왕으로 인식하고 살아갔던 것을 전설화하여 보여준 것이라 하겠다. 이와 유사한 다른 지역에서 전승되는 전설에서는 죽은 뒤 혼이나 귀신으로 나타난다[3]. 즉 신거무 전설에서만 이방이 죽은 뒤에 그 원귀가 거무로 등장하는데 주목해야 할 것이다. 또 이곳 장성 지역은 고려와 치열한 세력 싸움을 하였던 백제 세력권이다.[4]

한편 이 전설에 등장하는 인물이 송순과 그 외아들이란 점과, 이 마을(승가리)이 생긴 유래가 400년전인 조선 중기에 형성된 부락으로 추정된다는 점[5]에서 사회사적 의미로 부각시킬 수 있다. 즉 전설의 표면적인 서술에 따라 의미를 해석할 때, 신분적 질서에 의한 반상간의 대립을 나타낸다고 하겠다. 이와 같이 사회적 의미를 지닌 설화는 다른 지역에서 발견된 전승 자료에서도 찾을 수 있다.[6]

이런 점에서 신거무 전설은 역사적으로 후백제와 고려와의 세력다툼을 보여준 반면, 사회사적 측면에서는 조선조에 들어서면서 고려의 지방호족

---

2) 朴智弘, 「龜首歌研究」, 『국어국문학 16호』 (국어국문학회, 1957), pp.6-8.
   李基文, 『國語史槪論』 (탑출판사, 1976), pp.36-38. 백제어에는 語末母音을 보존하는 경향이 있는 듯하다. 거무가 왕을 상징하는 것은 전우치 설화에서도 엿볼 수 있다(자료는 부록에 수록)
3) 산청 오일봉 전설이나 정수암과 활빈도 전설은 신거무장 전설과 유사하다. 그런데 이들의 자료에서는 주인공이 죽어서 원귀나 영혼이 되었다고 하지만 결코 거무가 되었다는 자료는 찾아볼 수 없다.(자료는 주6 참조)
4) 長城郡誌 p.157, p.900.
5) 상게서, p.899.
6) 『한국구비문학대계』 5-1, pp.205-210. 〈아전살던 이인 오일봉〉
   『한국구비문학대계』 8-3, pp.47-48. 〈산청 오일봉 제말 제 타고 간다〉
   『한국구비문학대계』 8-3, p.96. 〈산청오일봉〉
   『한국구비문학대계』 8-3, p.734. 〈산청오일봉〉
   『내고장전통가꾸기(의령군편)』, pp.216-217. 〈정수암과 활빈도〉

이 이방으로 전락하는 과정이나 피지배 계층과 양반 지배 계층 간의 대립
양상으로 검토될 수 있다.

이 글은 이 전설이 전혀 언급된 바 없다는 점에서 이미 학계에 보고된
구비자료7)와 현지 조사자료8)를 중심으로 전설의 전반적인 것을 검토하겠
다. 즉 전설의 구성, 역사적 의미, 사회사적 의미 등을 살펴 보겠다. 전설의
구성을 비교적 내용이 완벽한 자료를 단락으로 나누어 제시하여 그 과정을
살피고, 역사적 의미에서 역사적 배경을 고찰하여 이곳의 민중들이 느끼는
백제유민으로서의 한을 중심으로 살피고, 사회사적 측면에서는 지배계층과
피지배층 간의 대립양상에 나타난 의식을 중심으로 살피게 될 것이다.

---

7) 학계에 보고된 자료로는 『한국구비문학대계』 6-8에 1982.1.14일에 조사한 4편과
   장성군지에 1편이 있다.
   「자료 7」 6-8, pp.851 856. 진원면 진원리 김창현(46, 남) 〈신거무장터 유래〉
   「자료 8」 6-8, pp.868 869. 진원면 진원리 변기섭(86, 남) 〈신거무장의 유래〉
   「자료 9」 6-8, pp.158 161. 북하면 쌍웅리, 최봉수(55, 남) 〈신거무의 원한〉
   「자료10」 6-8, pp.625 629. 삼계면 죽림리 1982.1.12일 김귀남(68, 남) 〈신거무 전
   설〉
   「자료11」 『장성군지』 771. 〈신거무장 전설〉
8) 이 자료는 1982년 한국구비문학대계 (장성군편) 자료를 수집하였을 때 조사된 것
   이다. 즉 한양대 최래옥 교수와 한남대 김태균 교수의 지도 아래 한남대 국문과 국
   어교육학과 재학 중이던 조사팀에 수집된 것으로 한국구비문학대계 (장성군편)에
   수록하지 못하고 테이프로 보관하던 것을 정리한 것이다. (자료는 뒤 부록 참조)
   단, 아래 자료 번호는 본문 중에서 사용되는 자료번호와 동일하다.
   「자료 1」 진원면 선적2구 1982.1.12. 김천만(73, 남)
   「자료 2」 황룡면 이곡리 1982.1.14. 김원중(83, 남)
   「자료 3」 황룡면 금호리   공길수(61, 남)
   「자료 4」 남 면 수목리   이상규(48, 남)
   「자료 5」 남 면 분향리   김순임(77, 여)
   「자료 6」 진원면 진원리   ?

2. 전설의 구성

신거무 전설을 이해하기 위해서는 그 전설의 구성을 살펴보는 것이 중요하다. 본장에서는 전설의 구성을 알아보기 위해 이 전설의 진행과정을 단락별로 나누어 제시하면 다음과 같다.

1. 신거무장터에 관한 전설이 있다.
2. 진원 고을의 원으로 오면 죽어서 부임할 사람이 없다.
3. 한 사람(송면앙정)의 자제가 자원하다.
4. 송면앙정이 자제에게 주의를 준다.(진원 고을에 가면 신거무를 조심하라.
5. 부임한 첫날 저녁에 원귀가 나타나서 원한을 호소하다.(원귀삽화)
6. 원이 신거무를 잡아다가 무조건 때려 죽이다.
7. 신거무는 절통하여 거무가 되어 원을 죽이다.
8. 자식이 죽어 상여로 운상하여 온다고 하여도 면앙정은 바둑만 둔다.
9. 면앙정은 상여에서 아들의 시신을 내어 회초리로 때리다.
10. 면앙정의 처사를 보고 신거무는 장(장)을 세워달라고 소원을 말하고 물러간다.
11. 선거무장을 초장에 파한다.(속담 신거무장 파허듯기)9)

위 예화에서는 단락화할 때 총 11단락으로 나눌 수 있다. 1단락은 증거물을 제시한 도입, 2단락은 발단, 3~6단락은 전개, 7~8단락은 위기, 9단락은 절정, 10단락은 결말, 11단락은 증거물 또는 증거상황을 제시하는 증시부이다. 이중에서 전설의 서사구조를 파악하기 위해서는 2~10단락을 중심으로 고찰해야 할 것이다. 즉 2~7단락은 신거무와 부임한 원과의 대립양상을 보인 반면에, 8~10단락은 신거무와 자원한 원의 아버지(면앙정)과의 대립양상을 보여주고 있다. 전자는 대립양상을 갈등으로 발전시켜 파탄

---

9) 〈자료 1〉.

을 이루게 한다. 이에 비하여 후자는 타협을 통해 파탄에 이른 대립을 새로
운 화합의 차원으로 승화시키고 있다.

위 단락 중에서 6단락까지만 놓고 볼 때는 원귀형 공안설화라고 할 수
있다.10) 즉 원귀가 등장하여 자신의 부당한 죽음을 소원하고, 능력있는 원
이 부임하여 그 소원한 사건을 해결하였다고 간주할 수 있다. 그런데 부녀
자를 농락하고 부당한 일을 저지른 신거무는 자신의 죄를 뉘우치지 않고 오
히려 원통절통하여 원귀(거무)가 되어 원을 죽이고, 심지어 그 가족을 죽이
려고 하였다. 여기에서 이 전설은 원귀의 원한을 갚아준 원이 훌륭하게 성
장되어야 하는데 오히려 죽음을 당하는 점에서 원귀형 설화로 볼 수 없다.
그리고 신거무장 전설에 이런 원귀삽화가 들어있는 자료는 3편 밖에 없다.
이런 점에서 원귀삽화는 신거무장 전설의 의미를 호도하기 위하거나 의미를
변화시키고자 삽입된 삽화로 추측할 수 있다.

이제 각 단락별로 의미와 구성상의 특징을 살펴보자.

1단락은 증거물의 제시이다. 이 증거물의 제시는 전설이 향유층에서 전
해지게 된 경우로, 보다 확실한 사실임을 보여주기 위한 증표이다.11) 이 단
락은 신거무장 전설의 구술을 위한 도입단락 구실을 한다. 이 부분은 실제
로 현지조사 때 조사자들이 제보자에게 유도하는 과정이기 때문에 녹음이나
기록에서 빠지는 경우가 많이 있다. 즉 조사과정에서 유도하는 부분에 해당
되어 녹음상 생략되고, 자료 기록상에도 생략된다.12) 이 점을 고려할 때 1
단락의 증거물 제시는 전설의 구술을 위한 도입 역할을 수행한다.

2단락은 발단단락으로 진원고을 원으로 부임하면 죽게되어 올 사람이

---

10) 姜賢模, 「公案說話 硏究」 (한양대 석사학위논문, 1986.6), pp.69-74.
11) 姜賢模, 「李夢鶴의 오뉘힘내기 傳說考」, 『한양어문연구 6집』 (한양대 한양어문연
    구회 1988.12), p.87.
12) 현지조사를 할 때, 자료 수집을 위해 조사자가 미리 숙지하고 현장에 간다. 전설을
    유도할 때 조사자가 미리 말하게 되어 제보자는 생략하는 경우가 많다. 또는 제보
    자에게 자료를 듣기까지는 많은 시간이 걸리기 때문에 녹음기를 끈 상태에서 유도
    하게 된다. 유도 중에 갑자기 구술하게 되어 녹음되지 않고, 조사자가 자료에 복원
    하지 않는 경우도 있다.

없다는 것이다. 여기에서 부임하여 온 원이 죽게되는 것으로 두가지 형태가 있다. 하나는 이 단락 뒤에 원귀삽화를 삽입시켜 원귀의 출현으로 인하여 원을 죽게하는 아량형 전설 형태로 결구시킨 것이다. 다른 하나는 이 단락 앞에서 신거무의 특출함으로 부임하는 원과의 대결에서 원이 죽음을 당하는 형태이다. 후자는 이방 출신인 신거무가 특출한 사람으로 원과 대결하고 죽이기까지 한다고 구술하고 있다. 어떻든 진원고을의 원으로 부임하면 죽게 되자 부임할 원이 없어 고을은 폐쇄될 위기에 놓인다. 이때 자원할 원이 필요한데 이것이 3단락이다.

위 예시한 자료에는 없지만 2단락 앞에서 구술된 신거무에 대한 구술이 전설의 의미를 다양하게 해석할 수 있는 계기를 마련해 주는 자료도 있다. 신거무의 능력이나 행위를13) 구술함으로써 그와 대립 양상을 보이는 상대에 대해 갈등이나 화해를 주도하게 된다. 이처럼 2단락 앞에 구술된 신거무의 능력이나 행위는 2단락과 밀접한 관련성을 제시하고자 하는 의도에서 구술된 것이다. 이때 2단락에서 주체는 신거무가 되는 것이다.

다음으로 전개단락인 3~6단락을 살펴보자. 전개단락의 주체로는 자원하는 원이 된다. 자원한 원은 자신의 담력만 믿고 이방인 신거무를 죽임으로써 대립 양상의 해소가 아니라 오히려 갈등으로 발전시키고 있다.

3단락에서 진원 고을은 부임해 올 원이 없었기 때문에 폐쇄될 위기를 맞게 되었다. 진원고을 원으로 가는 것은 고난을 뜻하며, 일반적으로 고난 받기를 꺼려했기 때문에 부임하려는 원이 없었던 것이다. 이런 폐쇄 위기의 상황에 놓인 고을의 원을 지원자로 충당하게 된다. 이 전설에도 마찬가지이다. 이때 면앙정의 아들이 자원한다. 원귀 설화는 대부분 지원자가 하층민이거나 떠돌이, 부랑자, 한량 층으로 되어 있다.14) 이 전설에서는 면앙정

---

13) 신거무장 전설의 자료에 신거무의 능력이나 행위에 대해 구체적으로 제시한 경우는 없다. 특출한 신거무의 능력은 자원한 원의 아버지가 그 아들을 경계하는 말이나 죽어서 운상되어 온 아들의 시신을 때리면서 혼내는 말에 잘 나타나 있다.
14) 원귀형 설화의 자료를 볼때 지원자가 부귀한 가문의 자제가 아니고, 미천하고 보잘것 없는 사람이 원으로 자원하는 경우가 일반적이다.

의 자제나 정승의 아들이 자원하고 있다. 그리고 자원자의 의식도 원귀설화
와는 다르다. 즉 원귀설화에서는 원으로 가서 한번 출세해 보자는데 비하
여, 이곳에서는 정승의 아들로 책임의식을 가지고 자원한다. 한편 이 3단락
은 원귀삽화가 등장하는 자료나 신거무의 능력이 특출하여 원을 괴롭히거나
해치게 될 때 등장하는 단락이다.

4단락은 부임하는 원에게 아버지가 주의를 주는 단락이다. 이 단락이
표면적으로 사건 발생 이전에 나타난 것은 단락이 들어있는 자료들이다. 이
단락에서의 주의는 금기 모티프로 제시하면서 설화 의미의 심각성을 제기하
기도 한다. 금기 모티프의 제시는 뒤 7~10단락과 연결이 자연스럽게 되어
의미를 상통시킨다. 즉 아버지의 경고성 주의인 금기모티프를 무시하고 파
괴한 자식의 죽음은 당연한 것이다. 심지어 그 대가로 그의 가족까지 멸족
당할 운명에 있다. 이것은 그 금기를 파괴한 아들의 잘못으로 가족까지 파
탄에 몰아넣을 수 있는 신거무의 능력을 강조하기 위한 결구이다. 이런 4단
락은 9단락에서 아버지가 죽은 아들을 혼내킬 때를 고려하면 모든 자료에
잠재되어 있다고 하겠다.15) 즉 이 단락은 자식이 신거무를 조심하라는 주
의를 지키지 못하여 발생한 사건임을 알 수 있다. 이점에서 4단락은 바로
뒤의 5단락이 첨가된 단락임을 추측하게 만든다. 왜냐하면 신거무를 조심
하라는 부모의 주의는 원귀삽화와 의미의 일관성을 보여주지 못하고 있기
때문이다.

5단락은 아랑형 원귀설화에서 보여주는 형태의 삽화이다.16) 이 단락의
원귀삽화는 전체적인 구성에서 의미의 일관성을 가지지 못하고 있다. 2단
락에서 원이 죽은 이유가 원귀의 출현으로 보았을 때 어느 정도 타당한 듯

---

15) 아버지가 진원고을에 자원한 아들의 부임을 만류하는 자료에는 직접 나타나 있고
　　그밖의 자료에서는 부임하였다가 죽은 뒤 상여로 운상되어 온 9단락에 나타난다.
　　9단락은 이 전설의 모든 자료에 나타나 있음으로 4단락의 의미적 존재는 자료 모
　　두에 나타나 있다고 하겠다.
16) 김대숙, 「阿娘型傳說研究」 (이화여대 교육대학원 석사학위논문, 1981)
　　姜賢模, 『公案說話研究』, pp.70-74.

이 보이지만, 7단락에서 원이 죽게 되는 이유로 타당하지 못하기 때문이다. 또 다른 자료에서는 원귀때문이 아니라 신거무한테 원이 죽을 수도 있기 때문이다.17) 이 전설에서 원이 신거무한테 억울하게 죽은 사람의 원귀가 출현하여 호소하므로 그 원한을 풀어주었다면 죽을 이유나 필요가 없다. 이때 원의 행위는 정당하고 올바른 것이다. 그 정당한 행위에 대한 신거무의 반발은 무엇을 설명하고자 하는 설화인들의 의식을 함축시킨 것으로 추측할 수 있다. 이런 점에서 이 5단락은 어떤 의미를 호도하기 위해서거나 역사적 의미를 상실하면서 사회사적 의미를 보강하는 쪽으로 변화시키고자 하는 시도인 것같다. 그런 점에서 5단락이 빠졌을 때도 전체적 문맥의 일관성이 상실되지 않는다. 그리고 이 전설 유형의 원형에 가까운 형태라고 추측된다. 그리하여 신거무와 부임한 원의 능력의 대결상을 보여준다. 여기에서 신거무의 능력은 내면적이고 지역적·내부적인데 비하여, 부임하는 원의 능력은 외면적이고 중앙적 외부적인 힘을 가지고 있다.18) 즉 지역(내부)과 중앙(외부)과의 대결의 상황이 이 단락의 첨가로 약화되어 있다.

6단락은 자원한 원이 신거무를 처치하는 것으로 〈자료 5〉를 제외한 모든 자료에 나타난다. 원이 신거무를 처치하는 내용에는 차이가 있다. 즉 원귀삽화(5단락)가 삽입된 자료에서는 억울하게 죽어 원귀가 된 여자를 죽인 범인으로 처치한다. 원귀삽화가 없는 자료에서는 신거무가 똑똑해서 죽였다고 하거나(자료 6, 8, 10), 원인을 제시하지 않고 그저 죽였다(자료 3)고 한다. 이 단락에서 원은 신거무를 죽임으로 사건을 해결하는 것이 아니라 오히려 위기의 국면으로 접어들게 한다. 그리하여 부임한 원과 신거무와의 대결이 절정에 이른다. 이 절정에서 중앙적·표피적·외부적·권력층인 원이 지방적·내면적·내부적인 이방 신거무를 죽이는 것이다. 이를 다른 측면

---

17) 「자료 11」에서는 신거무가 사회에 대한 환멸을 느끼고 난폭해졌다며, 원이 부임하는 그날 저녁에 죽인다고 구술하고 있다.

18) 신거무는 본래 이 고을 출신이란 점에서 이곳의 지역과 지역민의 상징이라 할 수 있고, 원은 외부에서 파견되어 들어온다는 점에서 이 지역이나 지역민과 관계가 없는 외부 외면 중앙 침입의 세력으로 상징할 수 있다.

에서 보면, 외부에서 들어온 외래적 힘이 토착적이고 지방적인 힘을 흡수하는 형태라고 할 수 있다. 즉 이 단락은 원이 신거무를 죽인 표상적인 의미로 토착적이고 지역적인 힘이 패한 것처럼 보이지만, 내면에서 패하지 않았다는 것을 7단락에서 보여주고 있다.

7단락은 신거무가 원에게 죽은 뒤에 원통하여 거무나 귀신이 되어 복수를 하는 단락이다. 이 단락을 기점으로 신거무와 부임한 원과의 갈등양상은 사라지고 원의 아버지와의 대립양상으로 변이된다. 이 단락은 신거무 전설의 구성에서 위기단락에 속하고 신거무와 죽은 원의 아버지와의 대립이 시작되는 단락이다. 그리고 이 단락에서 이방이었던 신거무가 죽어서 거무가 되었다는 점은 중요한 서사적 의미를 내포하고 있다. 특히 그 거무가 왕을 상징한다면 역사적 의미를 함축하고 있다고 하겠다. 즉 이 전설에서 이방과 원과의 대립양상은 반상의 대립이 아니라 외래 침입자로 상징되는 원과 토착적인 세력의 상징인 이방간의 대립양상이다. 이런 역사적 의미를 함축한다면, 이 단락은 침입 세력에 의해 함락을 당하였다고 할지라도 정신적 내부적인 항쟁을 나타내는 화중들의 의식을 설화화한 것이라 하겠다.

8단락은 신거무에 의해서 죽은 원이 그의 본가로 보내지는 과정이다. 이 운상 과정을 단순하게 전개시키는 자료가 있는가 하면(자료 2, 3, 4, 6, 9, 10) 이 사건의 해결자인 면앙정 또는 정승의 심정을 적나라하게 표출한 것도 있다(자료 1, 7, 8, 11). 특히 독자이기 때문에 진원고을에 가는 것을 만류하였다가 듣지않아 보냈을 때, 죽어서 돌아온 아들을 보고 당대의 유학자로서 이름이 높던 면앙정의 슬픔은 어떠하였겠는가? 자신 이후로 조상봉사가 끊어졌다고 생각을 하면 가슴이 찢어질 것이다. 그런데도 그 마음을 겉으로 표출하지 못하고 속으로만 고뇌하고 있다. 그것은 시대적·사회적 상황의 한 단면을 풍자하기 위한 단락인지도 모른다. 겉으로 표출하지 않지만 자식을 잃은 부모의 마음은 같거나 더 심하다고 말하고 있다. 면앙정은 외면적으로 나타낸 어머니의 슬픔보다 심각한 슬픔을 가지고 있다. 그런데 심각한 슬픔조차 표출할 수 없었던 것은 시대적·사회적으로 지배하였던 유교적 정신의 단순한 반영만이 아니라 환경적 여건에 따라 설명되어야 할 것이다. 즉 면앙정은 자신이 슬픔을 표출하면 아들과의 갈등을 초래한 신거무와의 갈등해소가 불가능한 상황을 인식하였던 것이다. 후대의 화중들은 그런 상황까지 인식한 면앙정의 깊은 심사를 높이 평가하였는지 모른다.

운상해 오는 상여에는 신거무의 원귀가 따라오고 있었다. 신거무는 원귀가 되어 자신을 죽인 원 하나만 죽인 것으로 만족하지 못하고, 그의 가족을 몰살하기 위해서 상여 앞이나 위에서 춤추고, 또는 시체 속에 들어가서 따라왔다. 면앙정은 위급한 상황을 인지하고 해결자로서 심사숙고하게 행동을 하였다. 이 단락에서 신거무와 죽은 원과의 갈등은 신거무와 해결자로 등장하는 면앙정과의 대결로 전이되어 나타난다. 이 대결과정에서 어머니로 대표하는 자들은 사건의 외면적 사실에 입각하여 행동하고 있다. 반면에 면앙정은 사건의 내면적 사실을 인식하고 심사숙고한 뒤에 그에 걸맞도록 행동을 한다.

9단락은 이 전설의 절정단락이다. 이 단락은 내면적으로 신거무와 면앙정과의 대결인데 비하여, 외면적으로 면앙정과 죽은 아들과의 대립양상을 초래하고 있다. 그리고 전체적으로는 면앙정과 죽은 아들이 합하여 신거무와 대립하는 양상이다. 그러면서도 면앙정이 이 대립양상을 화합의 차원으로 승화시키려고 노력하는 단락이다. 면앙정은 상여 앞에 나타난 신거무의 원귀를 보고서 그와의 대립을 피하기 위해 사랑하였던 아들의 시신을 때린다. 이처럼 죽은 자식을 혼내는 과정은 죽은 아들에 지배당하였던 신거무로 대표되는 지역적 토착세력의 반항에 대한 어떤 방법의 무마책을 상징적으로 나타낸 것이다.[19)]

10단락은 신거무가 면앙정의 처사를 보고 '장을 세워 달라' 소원하고 물

---

19) 일반적으로 죽은 사람은 예우를 하고 있다. 아무리 나쁜 사람이라도 죽은 자에게는 욕하지 않았다. 한 예로 조선조 당파 싸움이 극심하였을지라도 다른 당파 사람이 죽었다고 문상을 가지 않았다면 유학자로서 행세할 수 없었다고 한다. 이런 점에서 볼 때 죽은 아들을 혼낸다는 것은 어떤 절박한 상황을 나타내는 것이라 하겠다.

러나는 결말부분이다. 신거무는 자신을 죽인 원의 가족을 몰살하려고 상여를 따라 올라왔으나, 죽은 아들을 회초리로 때리며 혼내는 면앙정의 처사에 감복하여 뜻을 꺾고 만다. 즉 신거무는 자신의 훌륭한 점을 알아 면앙정이 아들을 경계시켰지만 자식이 그 경계를 듣지 않고 자기를 죽이는 불행한 사태가 발생한 것으로 알았다. 그리고 그와같은 정승이라면 자신과의 갈등을 해소할 능력이 있다고 믿었다. 그래서 신거무는 면앙정 앞에 나타나서 자신의 뜻을 꺾는 대신에 신거무장을 세워달라고 말한다. 이 시장이란 사람들이 모일 수 있는 장소이다. 시장은 사람들이 물건을 교환하고 동시에 놀이를 하고 의견이나 정보의 교환처 구실을 하는 곳이다. 시장이 이런 의미를 가질 때 '시장을 세워 달라'는 신거무의 주장은 상당한 함축적인 의미를 가지고 있다.(이에 대해서는 3, 4항에서 자세히 언급하기로 하자)

한편 이 단락은 장을 세워달라는 과정에서 신거무와 면앙정의 대립의 양상을 살펴볼 수 있다. 이때 신거무나 면앙정은 어느 쪽이든지 한쪽이 상대편에 굽히고 들어가야 한다. 그때 누가 굽히고 들어가느냐 따라서 대결의 우위를 결정한다고 보겠다. 일반적으로 면앙정이 우세한 것으로 나타난다(자료 1, 3, 4, 5, 6, 7). 또는 대등한 입장에서 면앙정과 신거무가 갈등을 해소하고 있다(자료 2, 8). 반면에 신거무가 우세한 측면으로 표출되는 경우도 있다(자료 9, 10). 이들은 표면적으로 면앙정이 우세한 것으로 나타난 것일지라도 내용상으로 대등한 입장 또는 신거무가 우세한 것으로 나타난다. 대립양상의 해소는 신거무가 죽은 원의 가족을 몰살시켜 버리려는 생각을 그만 두게해야 한다. 이것을 결정하는 것이 신거무이기 때문에 그가 우세한 것이라 하겠다. 그런데 후대에 양반체제가 확고해지고 상놈은 양반보다 못하다는 이데올로기적 사고에 의해서 신거무가 양반에 굽히는 장면으로 표현되었을 것이다.

11단락은 이 전설이 신거무장 유래담의 성격을 가지게 하는 증시부 단락이다. 이 단락은 신거무의 소원으로 신거무장을 설치하였으나, 시장이 일찍 파하게 된 이유를 설명하고 있다. 그런데 '맨 마지막 가는 사람이 죽는다'

는 말의 의미는 이곳의 시장기능이 축소되어야 할 어떤 사정을 상징하고 있는 것같다. 즉 시장이 의견 정보 교환처라고 할 때 시장의 기능이 오래 지속된다면 충분한 의견 정보가 교환될 수 있다. 이런 정보 교환의 역할을 방지하고 단결된 힘의 결집을 분쇄하기 위해 시장의 기능을 약화시킬 필요가 있었다. 그래서 금기모티프를 제공하여 시장의 기능을 약화시켜 쉽게 파하도록 하는 성과를 노렸던 것같다. 그리고 그 가해자를 신거무라고 하여 이중적 효과를 노릴 수 있었다.

3. 역사적 의미 : 후백제 부흥운동

신거무 전설의 서사구조적 의미는 역사성을 가지고 있다. 즉 주인공 신거무는 후백제 甄萱의 자식 神劍이라고 인식하고 있는 점[20]과 인물의 성격에서 보았듯이 토착 세력과 이주 세력과의 대립 양상을 지니고 있다는 점에서 후백제와의 관련성을 고려할 수 있다. 이런 점에서 장성지역을 중심으로 한 후삼국 시대의 역사적 배경을 살펴보고, 그 역사적 배경이 설화에 어떻게 반영되었는지 살펴보기로 하겠다.

3.1. 역사적 배경

장성지역을 중심으로 한 후삼국 시대의 배경은 크게 나주를 중심으로 한 고려세력과 광주를 중심으로 한 후백제 세력으로 대치하고 있었다.

후백제의 건국자인 견훤은 무진주를 중심으로 일어났다. 즉 신라하대에 이르러 국가질서가 문란해지고 집권층의 수탈이 심해지면서 지방 호족을 중심으로 반란세력이 등장하였다.[21] 그 중에서 대표적인 인물이 무진주의 견

---

20) 〈자료 1〉, 〈주 1〉 참조.

훤(892)과 양길의 막료로 북원에서 일어난 궁예였다. 특히 견훤은 무진주를 취하여 일어났는데, 무진주에 속하는 나주 근방에는 신라의 지방군이 주둔하여 있었다. 그리고 이곳은 비옥한 옥토로 이루어져 있었으며 지정학적으로 해상을 통해 중국과 교역할 수 있었던 장소였다. 한편 신라에 대한 반란은 이곳 주민들에게 환영을 받았던 것이다.

후백제를 건설하여 환영을 받았던 견훤은 도읍을 완산으로 옮겼다. 그런 사이에 후고구려의 궁예도 국가적 기틀을 마련하였다. 이들은 삼국의 통일이라는 대업을 이루려는 꿈이 있었으나 아직 신라라는 구세력의 붕괴에 역점을 두고 있었다. 이런 사이에 궁예 밑에 있던 왕건은 송도를 토대로 힘을 키우고 있었으나 아직 독자적으로 자립할 수 없었다. 그리하여 왕건은 자립할 수 있는 입지를 마련하고자 노력하였다. 더욱 이 당시에 궁예는 날로 횡포화하여 가는 중이었으므로 그에게서 멀리 떨어져 있어야 했으며, 후에 궁예가 없는 후고구려를 맡아 삼국통일을 완수하여야 했다. 이런 상황에서 왕건은 견훤과 궁예와의 싸우는 접경의 전장은 별로 효과적이지 못하다고 생각하고, 자신의 힘으로 견훤과 정당하게 싸우기는 불리함으로 기습전을 펼칠 장소를 모색하였다. 그 모색한 장소가 견훤의 배후지인 나주 지방이었다. 왕건이 나주 지방을 공략한 이유는 다음과 같다.22)

교만방자하고 성격파탄자인 궁예의 마수에서 벗어나 살 수 있는 길로 멀리 떨어져 있으려는 의도.

견훤과 직접적인 결전은 힘이 미약하였다. 이에 기습전을 이용한 측면 작전에 의한 기지 획득을 도모하고 적에게 심리적 위협감을 주며, 적 병력의 분산 및 배치를 어렵게 하려는 의도.

후백제가 노리는 해상웅비의 거점인 오월이나 일본과 외교관계를 단절시키고, 제해권을 장악하여 자기 세력의 확장을 꾀하려는 의도.23)

---

21) 「三國史記」, 「新羅本紀」, 眞聖王 2년 2월조.
22) 『羅州郡誌』 (나주군, 1980), p.91.
　　『全北道史』 (전라북도, 1971), p.102.

에서 보면, 궁예는 횡폭하여 민심이 이탈하여 갔다. 이때 나주의 정벌은 자신의 보신은 물론이고 정벌을 통해 백성들과 궁예의 신망을 얻기 위하였던 것이다. 그리하여 왕건은 나주의 점령으로 궁예에게 신망을 얻어 대중이 되었으며 백성에게도 신망을 얻었다. 정벌 장소는 몸을 보신하기 위하여 설정하면서도 위와 같이 작전 효과를 최대로 확보할 수 있는 장소를 선정할 필요가 있었다. 그리고 기습의 효과를 이용할 수 있는 장소이다. 그와 동시에 삼국통일의 대업을 완수할 수 있는 기지적 성격을 지닌 장소의 물색이었다.

왕건이 이런 모든 점을 고려하여 물색한 것이 나주였다. 이 나주는 견훤이 국가를 창건하였던 광주의 일부분이었다. 이런 나주를 점령하게 되면 견훤에게는 국가의 창건지를 잃었다는 것과 배후에 적이 있다는 심리적 부담을 주게 된다. 더욱 견훤이 통일완수를 위하여 군사력을 한쪽으로 집중시켜야 하는데 그렇게 하지 못하게 할 수 있는 장소였다.

왕건이 나주를 점령하였던 것은 아마도 이곳 주민들의 협조가 있었던 것같다. 견훤이 이곳에서 국가를 건립하였던 당시에는 새로운 권력층으로 등장할 수 있었던 이곳의 호족들이 왕도를 옮기자 세력권에서 밀려날 수 밖에 없었던 것이다. 그리하여 이곳의 백성이나 호족들은 견훤에게 배신을 당하였다고 생각하였던 것 같다. 더욱이 왕건이 점령한 이후에 고려를 위하여 필사의 노력으로 백제의 막강한 침략에 끝까지 맞섰다. 그래서 삼국을 통일하고 이곳은 고려로부터 우대를 받았던 것이다.24)

왕건은 이 나주를 전초기지로 하여 백제의 배후를 위협하였다. 이런 상황에서 나주와 장성일대에서는 백제와 고려의 일진일퇴의 싸움이 계속되었다.25) 그럼에도 불구하고 견훤은 나주를 함락하지 못하고 북방에서 확장하

---

23) 李基白, 『韓國史新論』 (일조각, 1981), p.122. 왕건이 남서 해안 지방을 정략의 가장 중요한 점으로 인식하였다고 말한다. 즉 서남해안방면의 공략으로 후백제의 중국 일본과의 통로를 막고, 또 북방에 대한 정면 공격을 견제하였던 것이다 라 논급하고 있다.

24) 『高麗史節要 』1, 太祖 13년 12월조.

려는 세력을 막기 위한 노력만 하였다. 그후 나주를 중심으로한 영산강 일대는 왕건의 세력권에 들어갔고, 그의 세력이 확산되는 전초기지 역할을 수행하였다.26) 이에 견훤은 광주가 왕건의 손아귀에 들어가면 해상외교가 두절되어 국제적 고아가 될 수밖에 없음을 알았다. 그래서 왕건의 세력이 더 이상 북상하지 못하도록 가장 유능하고 신뢰할 수 있는 그의 사위 지훤(후에 아들 용검)을 광주 성주로 삼아 방어하게 하였다.27) 이처럼 광주를 중요시한 것은 광주는 견훤이 군사를 일으킨 곳이며 왕건 세력의 북상을 막을 수 있는 전략상 요충지였다. 그 전략상 요충지인 광주와 수도인 전주의 통로를 확보하기 위하여 인접지역인 장성 등을 지배하에 두지 않으면 안 되었다. 왕건이 나주를 점령하자 견훤은 나주의 함락과 북상 세력을 막기 위하여 나주와 장성지역에서 치열한 싸움을 벌렸다. 당시의 상황에서 이곳 지역의 주민들은 전화와 수난이 막심하였다. 전투에 의한 살육횡사 농업·상업의 중심적 역할 정지에서 기아와 약탈 그리고 징집과 피난 등의 이합 집산이 끊일 사이가 없었다. 양군은 각기 자기편으로 끌어들이기 위한 과정에서 살해를 자행하였다. 즉 이 일대는 치열한 혈전장으로 인산시산혈해를 이루었다.28) 그러면서도 장성은 끝까지 후백제 남단의 영토로 남아 있었다. 이 때문에 삼국통일 뒤에 고려 왕조에 의해 일정한 견제를 받게 되었던 것이다.

　　고려왕조는 삼국 통일을 완수하고 나서 차령이남 지역에 대한 심한 견제를 하였다. 이것은 그곳이 후백제의 영토였던 점과 동시에 세력의 온상지로 왕건의 세력에 도전할 가능성이 있었기 때문이다. 즉 신검 이하의 후백제 세력이 끝까지 고려에 반항하였고, 이 지역의 호족 세력들도 후백제와 연결되었던 집단이었기에 통합의 원한으로 반란을 일으킬까 두려워 하였기 때문이다.29) 특히 장성지역은 왕건세력이 나주를 점령하고 북상하려고 하

---

25) 『羅州郡誌』, p.92.
26) 『高麗史節要』1, 太祖 元年.
27) 『高麗史』57, 地理志 2, 全羅道 海陽縣.
28) 『羅州郡誌』, pp.92-93.
29) 『高麗史』57, 地理志 2, 全羅道 長城郡.

였을 때, 끝까지 후백제의 세력권에 남아서 자신을 부정하였던 지역이다. 그런 감정으로 인하여 장성지역은 더욱 견제가 심하였던 것같다.[30] 다시말해 왕건은 차령이남 지역 중에서 일찍부터 지배하에 두었던 지역에 대해 관대하였다. 장성의 인접지역이 우대받음에 비하여, 장성지역은 장성군 삼계현 진원현으로 분리되어 우대지역의 부속 군·현으로 두었다.[31]

이에 앞서 신검 등이 견훤을 금산사에 유폐하였던 사건이 발생하였다. 이 금산사 유폐사건에 대한 통설은 견훤이 4자인 金剛에게 왕위를 물려주려고 한 것에 대한 반발이라고 하였다. 그런데 이 사건을 다른 측면에서 본 연구가 있어 주목된다. 즉 이 사건은 견훤이 대세가 불리하게 전개되자 고려에 타협적인 태도를 취하려고 하자, 대고려 강경책을 견지하려는 신검과의 내분[32]으로 보고 있는 점이다. 이때 견훤이 탈출하여 고려에 들어가자 많은 지역의 호족세력이 고려에 투항하였다. 그럼에도 불구하고 백제의 남단이었던 장성지역은 끝까지 후백제 세력으로 남아 있었다.[33] 이런 장성지역의 역사적 배경이 이 글에서 다루려는 설화 의미와 연관된다.

3.2. 역사적 의미

신거무 전설에서는 역사적 배경을 중심으로 역사적 의미가 함축된 가능성을 살펴 보았다. 본장에서는 이 전설이 지닌 역사적 의미가 무엇인지 살펴보고자 한다. 다시말해 역사적 사건을 어떻게 표출하고 있는지 살펴보게 될 것이다.

등장인물의 성격에서 신거무는 지방인 토착인이고, 원은 이방인 외래인

---

30) 이곳 장성지방이 견제가 심하였다고 추측하는 것은 후백제와의 싸움에서 끝까지 후백제 편으로 남아 있었기 때문이다. 한편 장성지역에 대한 특별한 견제가 없었다고 할지라도 인근 나주지방이 우대를 받았던 점에서 감정상 더 심하게 견제를 받았던 것으로 받아들일 수 있다.
31) 『高麗史』 57, 『地理志』 2, 全羅道 長城郡 珍原縣 森溪縣.
32) 朴漢卨, 『後三國의 成立 한국사 3』 (한국사편찬위원회, 1979), pp.649-650.
33) 『長城郡誌』, p.157.

일 가능성이 있다고 하였다. 여기에다 역사적 사실을 결부하면, 이곳이 후
백제의 영토였다는 점에서 신거무는 후백제인이요, 원은 외부에서 들어온
정복자 즉 고려인이라고 하겠다. 이런 점에서 전설은 고려와 후백제의 싸움
을 신거무와 원의 갈등으로 문학화하여 상징적인 표현을 한 것이 된다. 이
에 대해 서사의 진행을 중심으로 살펴보자.

전설의 앞부분에서는 신거무의 탁월성과 우월성을 말하고 있다. 신거무
의 우월성이나 탁월성을 주장하는 것은 이곳이 후백제의 영역이었고 그 영
역에 살았던 후백제의 유민으로서의 자부심과 긍지를 말한다. 그것은 신거
무가 부임하는 원을 물리친 것에서 생긴 것이다. 즉 나주를 중심으로 북상
하려는 고려세력을 여러 차례 물리치는 등 철저한 고려세력에 대한 거부에
서 얻어진 것이다.

전설에서는 부임하는 원을 죽였다고 표현되어 있는데, 이때 새로 부임
한 원은 이곳의 침입세력인 고려세력을 가리킨다. 새로운 원이 부임한다는
표현은 외부세력인 고려세력이 이곳으로 침입하여 들어온다는 뜻이다. 즉
고려세력이 장성 지역을 침범하였을 때를 가리키는데, 이 고려세력을 물리
치고 저지하고 응징한 것을 그 원을 죽였다고 표현한 것이다. 이리하여 자
신의 영역을 훌륭하게 지켰음을 보여준다. 이처럼 장성 지역민들이 고려에
철저하게 반대한 것은 그 이유가 있다. 후백제는 장성이 그의 창건지인 광
주와 새 수도 완주 사이를 잇는 교통의 길목이었으므로 끊기지 않도록 무척
노력하였다.[34] 그래서 후백제 정부는 이곳 장성지역의 호족과 백성들에게
많은 공(특혜)을 들였을 것이다. 이것은 그 당시에 이합집산하던 호족세력을
볼때 이곳의 호족과 백성들이 끝까지 후백제의 견고한 세력으로 남아있던
점에서 추측할 수 있다. 그리하여 이곳이 고려 정부로부터 더욱 심한 천대
를 받았는지 모른다. 전설에서 가서 죽기에 부임할 원이 없는 고을 관장으
로 갈 자원자를 모집하는 것은, 이곳을 점령하기 위한 탁월하고 뚜렷한 목
적의식을 가진자의 필요성을 상징화하여 나타낸 것이다.[35] 전설에서는 이

---

34) 〈주 49〉 참조.

런 자원자로 후백제의 남단의 보루인 이곳을 부속시키려 한 의도가 나타나 있다. 원이 다스리지 못하는 곳은 고려 정부의 세력권 밖에 있는 곳을 의미한다. 그래 원에 의해 다스려지는 곳으로 만들 목적에서 재능이 있는 자를 모집한다. 그들은 이곳을 점령하기 위하여 수단 방법을 가리지 않고 추구하였을 것이다. 이를 설화인들은 책임감 있는 자의 자원이라는 설화적 장치로써 이곳을 점령하였던 자들의 의식을 표출하였다.

이곳을 점령하는 자는 고난이 따를 것을 나타내기도 하였다. 점령이란 점령당한 지역에 침입세력의 의식을 억압하여 주입시키는 변모를 꾀하게 된다. 그런 변모를 꾀할 때 침입자가 고난 받게될 것을 아버지의 말을 통해 상징하고 있다. 고려란 침입자가 당할 고난의 심각도를 독자(독자)란 고난의 대상으로 설정한다. 즉 흥미있는 이 결구는 독자가 고난을 이겨내지 목하고 죽게되면 가문이 멸망하듯이 고려 정부의 심각한 고난을 의미한다. 단 장성을 침입한 것은 가문의 멸망을 큰 죄악시 하였듯이 얻게 될 고난을 죄악시 하였을지도 모른다.36) 이처럼 심각한 고난이 예상되는 데도 자원한 원이 부임한다는 것은 장성지역을 점령하겠다는 강한 신념과 목적의식으로 싸움에 임하는 것을 의미한다. 부임하여 신거무를 처단한 것은 이곳이 고려의 세력권에 들어 갔음을 상징한다. 그리고 자원한 원이 보여주는 우월의식은 점령자로서 이곳 후백제 유민들에 대한 우월의식이라 볼 수 있다.

자원하여 부임한 세력의 행위에 반박하는 세력이 있다. 이는 아버지로 표상되는 중앙의 절충과 타협을 주장하는 일파들이다. 자원한 원의 세력이 현지백성과 직접 접촉하는 반면에, 이들은 중앙 또는 후방에 있고 현지민과

---

35) 김대숙, 전게논문 p.41.
　　姜思海, 「傳說의 삶과 죽음 以後의 세 변용」, 『韓國文學의 두 問題』 (학연사, 1985), p.105.
36) 우리네 조상은 선영봉사를 하지 못하면 죄악시하였다. 그리하여 첩을 얻어 자식을 낳는 것은 다사였고, 아들을 잘 낳는 사람을 통해 아들을 낳기를 바라는 주술행위를 하는 습관이 많았다. 심지어 남자로 인하여 자식을 못낳을 때는 친구나 종으로 아내와 관계를 갖게 하여 자식을 낳게 하는 씨내림 또는 씨가림의 풍속이 있었다 (이규태, 『한국인의 기속』 (기린원, 1979) 또는 『한국인의 의식구조』 참조).

접촉하지 않는다. 자원한 아들이 신거무에게 강경하게 대하는 것을 만류한 것은 고려의 중앙 세력이 현지의 파견 세력에게 점령하는 데 있어 일시적으로 모든 것을 획득하려 강경책을 쓰지 말고 유화책을 사용하라는 당부를 나타내고 있다. 이는 장성이 후백제의 남단 보루였다는 점에서 강경하게 점령한다면 이곳의 심각한 저항이 예상되었기 때문이다.

한편, 타협하고 절충을 주장한 세력을 아버지로 표상한 것은 강경하게 행동할 자보다 유화책을 사용하는 자가 우위에 있음을 나타내는 설화인의 의식을 반영한 것이다. 그리하여 유화책을 사용하는 후방세력을 아버지로 대의 명분에 입각한 원칙주의자를 아들로 표상하여 한 가족의 위계질서로 나타내고 있다.37) 그리하여 아버지가 자원한 아들에게 경계를 시킬 수 있고 뒤에 가서 징계할 수 있도록 결구시켜 놓은 것이다. 즉 아버지는 만류하여도 끝내 부임하는 아들에게 '가서 아래 사람을 잘 다스려라'나 '신거무를 조심하라'고 경계시킨다. 이것은 중앙 또는 후방에 있는 우위 세력이 현지에 투입되는 하위 세력에게 점령하면서 민중들의 저항이 없도록 무마책 마련을 요구하고 지시하는 것을 의미한다. 이는 이방 신거무만 지칭하는 것이 아니라, '아랫사람들을 억압하지 말고 잘 다스리라'는 표현에서 알 수 있다. 이 점을 고려한다면 이방 신거무는 이곳 민중들의 상징적 존재로 민중들의 성향을 신거무 한 사람으로 전이시켜 나타낸 현상이다. 아버지가 신거무의 반발을 예상하고 아들에게 주의를 준 것은 장성 점령에 투입된 세력이 강경한 역할 수행으로 이곳의 저항을 두려워 한 고려 중앙세력의 의식을 나타낸 것이라 하겠다.

자원한 아들은 부임하여 신거무를 죽인다. 이는 외부 세력이 장성을 점

---

37) 「고려장이 없어진 이유」라는 설화처럼 나이가 많은 사람이 우월한 것으로 나타난다. 또한 신선이나 산신을 호호백발의 노인이라고 하는 점에서도 나이가 많음이 우위에 있다. 「삼국유사」 이빨많기 시험도 역시 나이 많음이 우위에 든 사고이다. 이처럼 한국인의 의식에는 나이가 많음으로 세상을 보는 눈이 한 단계 우위에 있다고 믿어왔다. 이런 점에서 한 가정에서 원칙주의보다 한 단계 우위에서 행동할 수 있는 사람을 아버지로 나타낸 것은 당연하다.

령하였음을 나타낸 것이다. 신거무는 육체적으로 죽었지만, 뒤에 정신적으로 원귀가 되어 나타난다. 이 의미는 장성이 고려의 수중에 들어갔지만 이곳 백성들의 정신이 고려에 복속되지 않았음을 나타낸다. 자원한 원이 신거무를 죽이는데, 간략하게 죽었다고 언급한 자료와 원귀삽화를 사용하여 신거무의 부당성을 강조한 자료가 있다. 전자는 이곳이 고려 수중에 들어간 상황을 자세하게 구술하고 싶지 않은 화중들의 의식을 나타낸다. 반면에 후자는 신거무로 상징되는 세력(후백제)이 부당한 존재이기에 자신들의 정복에 정당성을 부여하려 한 것으로, 고려 정복자들이 첨가시켰다고 추측된다. 다시 말해 원귀삽화를 차용하여 토착세력인 신거무가 여인을 강간이나 하는 음란하고 부당한 세력으로 나타내고, 이런 세력을 처벌한 고려의 행위는 정당하다고 주장하는 것이다. 여기에서 원이 신거무를 처벌한 것은 고려가 백제를 점령하였다는 역사적 사실을 설화화한 것이다. 그리고 외부이입 세력이 토착세력보다 우위에 있음을 나타낸다.

고려가 이 지역을 점령하였지만 완전한 점령은 아니다.38) 원이 신거무를 처벌하고 제거하였음으로 갈등이 사라져야 하는데, 신거무가 원귀로 나타난 점에서 알 수 있다. 이는 고려가 이곳을 점령하였지만 외면적이고 일시적인 것일 뿐 진정한 것이 아님을 나타냈다고 하겠다. 신거무가 원귀가 되었다는 것은 주민들이 정신적으로 외부이입 세력에 대항한 것을 표현한 것이다. 그리고 외부이입 세력인 원을 물리친다.

죽은 신거무가 왜 원귀로 나타나는가. 원귀는 이곳 주민들의 정신세계를 나타내기 위한 장치이다. 이곳이 비록 고려의 수중에 들어갔지만 표면적인 복속일 뿐, 내심(정신적인 면)으로 반발하는 심리 상태를 원귀로 상징화한 것이다. 그리하여 화중들은 점령자들에게 복수하고 싶은 심정을 드러내고 있다. 이곳의 토착 세력은 후백제가 멸망당한 후에 고려 세력에 대항할 힘

---

38) 왕건은 신검에게 항복을 받은 뒤에 후백제 지역에서의 반란을 두려워하여 장수와 병사를 각자의 고향으로 돌려보냈다. 그러면서 그들은 탄압을 하였는데, 그 예로 이곳 장성지역으로 보냈던 용검을 얼마 있다가 처단하였다고 한다. 이런 점을 볼 때 후백제 지역을 완전하게 장악한 것은 후삼국 통일이 한참 지난 다음의 일이다.

이나 세력이 되지 못하였다. 실제로 행동할 수 없는 이런 상황에서 복수의 심정을 원귀라는 매체를 통해 보여준 것이다. 이곳 주민들의 복수심은 신거무의 원귀가 부임한 관장뿐만 아니라 그 본가까지 복수하기 위해 따라 가게 만든다. 이처럼 원귀가 그 가족에게까지 복수하겠다는 것은 이곳 주민들의 점령당한 심각한 내면적 갈등을 보여주고 있는 것이다.

신거무가 원귀가 된 것은 원의 처벌에 복속할 수 없기 때문인 것이다. 아버지가 아들을 보내면서 걱정하였던 일이 바로 이것이다. 신거무는 원이 처벌할 때 자복할 수 있는 여유와 이유가 필요하였다. 그런데 원은 신거무에게 그런 여유를 주지 않고 처벌하였기 때문에 원귀가 된 것이다. 이것은 고려세력이 장성지역을 점령하였을 때, 이곳 주민들에게 그 이전의 행위에 대한 정당성을 부여하지도 않고 또 고려 점령에 심정의 변화를 체득할 수 있는 여유를 주지 않은 채 강압적으로 억압하고 핍박하였음을 나타낸다. 그래서 실제 행동으로 대항할 수 없는 이곳 주민들은 고려에 복속되었지만 신거무의 원귀를 통해 정신적인 저항의 심리를 표출하였다. 즉 이곳 주민들의 절박한 심정은 자유자재로 움직일 수 있는 원귀로 될 수 밖에 없었다. 신거무의 원귀가 본가에 도착한 것은 이런 저항적인 분위기가 중앙에 전해졌음을 보여준 것이다. 그리고 역사적으로 왕건이 후백제의 항복을 받은 뒤에 후백제 지역의 사정을 감안하여 신검 등 복속한 후백제 장수와 병사들을 각자의 고향에 돌려보내는 무마책을 쓰는 동시에, 훈요십조를 제정하여 차령 이남 지방에 대한 지역적 차별책을 쓴 점에서 유추할 수 있다.[39]

신거무와 자원한 원 사이의 갈등은 후백제와 고려의 싸움을 상징화한 것으로 볼 수 있다. 그런데 설화인들은 싸움을 당사자 간의 갈등만으로 처리하면 영원히 해소할 수 없음을 알았다. 그래서 아버지를 설정하였는데, 피정복자들의 복수하는 심정에서 야기되는 갈등을 해소하기 위해 승리자인 원의 아버지가 되게 하였다. 이는 후백제의 영토였던 이곳이 고려에 복속된 역사적 사실을 인식한 의식의 한계를 나타낸 것이다. 즉 이곳의 화중들은

---

39) 『高麗史』 2, 「世家」, 太祖 26년조.

후백제 시절의 행위에 대한 정당성을 획득하고, 고려에 편입된 이후의 후백
제민으로 한계를 드러내도록 전설을 결구시켜 놓았다. 이런 결구의 전반부
는 고려와 후백제와의 역사적이고 실제적인 갈등의 사실을 설화화하였다면,
후반부는 아버지를 등장시켜 후백제민으로 정당성을 획득하면서 현실에 순
응하는 화해의 측면을 허구화하여 나타낸 것이다.40)

   신거무와 아버지와의 갈등을 해소하여 화해하는 과정을 중심으로 살펴
보자.

   신거무와 자원한 원은 표면적으로 서로 죽이고 죽는 복수로 양자간의
갈등은 끝난다. 그런데 이 갈등은 해소된 것이 아니라 전이되어 원의 가문
으로 옮겨진다. 이것은 후백제와 고려의 실제적인 전쟁은 사라져 버리고,
후백제의 멸망이란 현실적인 사실만이 이곳 주민들에 남겨진 것을 의미한
다. 이곳의 화중들은 원귀가 되어 점령한 자들을 복수심에 죽였지만, 한계
를 느껴 풀리지 않는 원한으로 원의 본가 즉 고려 중앙세력에 복수하겠다는
심정을 나타낸다.

   자원한 원과 아버지의 관계는 부자지간이다. 이들은 다 고려세력의 한
패임을 알 수 있다. 다만 아들은 지역적이고 파견되고 대의 명분에 따른 원
칙주의인 반면에, 아버지는 중앙적이고 본부이며 유화책을 사용할 수 있는
전술적인 차이가 있는 동지요 상하의 세력권이다. 그리고 이들은 후백제를
점령해야 함을 당연하게 인정하면서도 그 방법에 있어서 시각적 차이를 나
타낼 뿐이다. 그래서 신거무의 원귀가 본가에 왔을 때 마음에도 없으면서

---

40) 이런 역사적 의미에서 지금까지 후백제와 고려의 싸움만으로 보았는데, 이들 후백
   제 내부의 문제로 다룰 수 있을 것이다. 즉 신검을 주축으로 하는 세력과 금강을
   주축으로 하는 세력의 갈등으로 볼 수 있다. 견훤은 신검보다 금강을 사랑하였다
   고 한다. 그런 금강이 보다 유연하게 신검과 대체하기로 바라는 점을 결구한 것으
   로 상정할 수 있다. 한편으로 고려에 귀화한 견훤을 중심으로 고찰할 수 있다. 견
   훤은 고려에 귀화하여 신검을 멸망시키려고 노력하였다. 그런데 막상 신검이 왕건
   에 항복하자, 견훤은 병이 들어 한달 안에 죽었다고 한다. 이런 점에서 신검이 보
   다 유연하게 하였더라면 후백제가 멸망하지 않았을 것이란 견훤의 생각을 화중들
   이 의식적으로 표출하였다고 하겠다.

아들을 혼내는 것처럼, 장성 점령세력의 강압적 행위의 무모성을 인정하는 체하여 반발세력을 무마시키는 세력을 아버지로 상징하는 것이다. 신거무의 원귀 때문에 아버지가 아들을 사랑하는 마음(안타까움)을 나타내지 못한 것처럼, 파견세력에 대한 처벌은 장성지역의 반발이 두려웠기 때문이라 하겠다. 즉 파견세력이 사용한 강압적 방법에 의한 완전한 지배를 실패한 고려 중앙세력은 온건한 유화책을 통하여 이곳의 반발을 무마했음을 나타내고 있다.

한편 이곳 토착적 세력인 백제 유민들의 저항 심리가 매우 강렬하고 심각하였던 것 같다. 이는 신거무의 원귀가 원의 본가에까지 쫓아올라갔다는 구술을 통해 입증해 준다. 신거무 원귀의 복수심은 이곳의 저항 심리로 볼 때, 중앙집권층에까지 전달되었음을 상징적으로 나타낸 것이다. 더욱 신거무가 복수심에 상여를 따라 가면서 춤을 추며 갔다는 점은 이곳의 저항심리가 도전적이고 호전적인 것임을 알려준다.

이곳의 저항심리는 이곳의 파견세력과 중앙세력의 힘을 압도하는 우위에 있다. 이를 설화인들은 신거무의 원귀가 가문을 멸종하러 원의 본가에 갔을 때 송순이 한 행동으로 설명한다. 즉 아버지의 행동은 일시적으로 강력한 저항심리에 접한 중앙세력의 태도를 상징한 것이다. 그래서 장성지역의 주민들에게 어떤 무마책을 제시할 필요가 있어 장성지역에 쓸모가 없어진 죽은 자와 같은 파견세력의 소환으로 무마하려고 하였다. 그런데 이곳의 저항심리는 이에 만족하지 못하고 새로운 압력을 가하였다. 이를 설화인들은 아버지가 회초리를 준비하고 바둑을 두면서 상황을 살피는 것에서 소환으로 무마하려는 행위를 나타내고, 이때 신거무의 원귀가 따라 왔음을 보고 회초리로 아들을 때리는 것에서 소환으로 무마할 수 없음을 알고 소환한 세력을 처벌하였음을 상징하고 있는 것이다.

중앙세력은 이곳의 저항 세력에 대한 실력행사를 수행할 힘의 동원에 명분이 없어 소환세력을 처벌하고 만다. 즉 무마책으로 파견세력을 소환하여 처벌하였으나, 그 처벌을 내심으로 원하지 않았다. 처벌을 원하지 않았다는 것은 아버지가 슬픔을 속으로 삼키고 있다가 수건에 토한 피가 가득했다(자료 1, 11)는 표현이다. 그리고 중앙세력이 파견세력을 처벌해야 하는 마음은 신거무의 원귀 때문에 사랑하는 죽은 독자를 회초리로 때려야 하는 아버지의 심정으로 나타내고 있다. 귀엽고 사랑스런 아들이지만 처벌하지 않을 경우에 부딪혀야 할 시련에 대비할 묘책이 없었던 것이다. 중앙 세력은 파견 세력이 고려를 위해 노력한 동료요 부하이지만 처벌하지 않으면 안 되는 상황을 설명하고 있다.

아들에 대한 처벌은 신거무의 원귀를 의식한 것이기 때문에, 신거무와 갈등을 해소한 뒤에 이어진 아들의 처리에 주목할 필요가 있다. 이는 아버지와 자식간의 갈등이 허구였음을 보여주는 예이다. 어떤 자료는 신거무를 무마시킨 후에 아들의 장례를 적절하게 치루었다거나, 잘 치루어 주었다고 한다. 이처럼 장례를 치루어 준 것을 구술한 것은 신거무와 타협이 잘 된 경우이다. 특히 아버지가 우위에서 갈등을 해소한 경우에는 장례를 잘 치루어 주었고, 그렇지 못할 경우에는 적당히 처리한 것으로 되어 있다. 신거무의 저항의 정도에 따라 아들의 장례예우가 달라졌듯이, 장성지역의 파견세력에 대한 복권과 예우는 이곳 저항심리의 해소 여하에 따라 결정되었음을 나타낸다. 죽은 아들을 처벌하는 것을 원하지 않는 것처럼 자기의 동료요 부하를 어찌할 수 없이 처벌하였기 때문에, 그 갈등이 해소된 뒤에 예우하였음을 보여주고 있다.

한편 신거무의 원귀는 죽은 아들을 회초리로 때리는 것을 보고, 어느 정도의 갈등을 해소하며 가문을 멸족하려는 것 대신에 시장을 세워 달라고 한다. 이때 장(시장)을 세워달라고 하는 것은 중요한 의미를 가지고 있다.41)

---

41) 부여지방에 가면 「원당산 놀이」가 있다. 이 놀이는 8월 16일에 원당산에서 행하여진다. 이 놀이는 백제가 멸망한 후에 의자왕 등 백제의 신하들을 중국 당나라로 이송되던 날 이 원당산에서 놀이 또는 탈취행위를 위한 모임이 있었다고 한다. 이때 많은 사람들이 모여 시장적 기능을 통한 당에 복수하려는 의식에서 놀이가 진행되었다. 이처럼 민속놀이는 그 나라의 민족의식을 함축하고 있어 그 놀이를 행하므로 민족의식이 고양된다고 하겠다.이런 점은 일제시대에 일제가 우리나라의 많은 민속놀이를 금하였다는 점에서도 추측할 수 있다.

앞서 언급하였지만 시장은 사람들이 모여들어 정보를 교환하는 장소이다. 이곳 시장에서 정보란 단순한 일상사 뿐만 아니라 이곳이 후백제의 영역이 었고 유민이란 특수상황에 입각한 정보일 수도 있다. 만약 후자의 정보라면 후백제에 대한 그리움과 회상을 가지게 하고, 후백제의 영역과 유민이었다 는 점으로 부당한 대우에 대항할 계기를 마련해 줄 수 있다. 이런 정보의 집 합체 역할을 하는 시장을 세워 달라는 신거무의 주장은 중요하다.

신거무로 상징되는 백제 유민들의 시장을 만들어 달라고 소원한 의도는 자명하다. 이들은 그들간의 정보를 교환할 시장이 필요하고 시장의 기능이 활성화되어야 할 필요가 있다. 시장의 활성화를 통해 후백제에 대한 사랑과 애환을 되새기며 그들 상호간의 친목을 도모할 수 있기 때문이다. 그리고 그들의 단합된 힘으로 배타적인 세력에 힘을 행사할 수 있었다.

이런 역할을 가진 신거무장을 고려 정권은 무마책으로 허락하였다. 그 렇지만 고려정권은 이 시장 기능의 활성화로 반란을 일으킬 도화선이 될 수 있음을 인식하고 시장의 기능을 축소할 방책이 필요하였다. 즉 시장의 기능 을 교묘하게 파괴하여 이곳 지방민들의 단합된 힘을 분열시키려고 하였다. 그 방법은 시장의 기능을 약화시킬 수 있는 금기의 제시이다. 즉 '시장에서 제일 늦게 가는 사람은 죽는다'는 금기를 시장 인근에 소문으로 유포시키고, 실제로 마지막 가는 사람을 제거하였을지도 모른다. 이때에 마지막 갔다는 것은 시장에서의 기능을 최대로 사용하였던 주동자일 수도 있다. 왜냐하면 그는 정보를 수집하여 처리하려면 가장 오랫동안 시장에 남아 있어야 한다. 이런 점에서 고려정부는 시장 설치로 자유로운 의사소통을 하게 한 뒤에, 시장 기능을 최대로 활용하는 주모자를 제거하는 방법으로 이용하였는지도 모른다. 그런데 주모자들을 투망식으로 처벌할 경우에 새로운 저항을 예상 할 수 있다. 그런 위험 부담을 없애고 은밀한 방법으로 시장 기능을 축소시 키면서 주모자들을 제거하였던 방법으로 금기를 제시한 것이다. 그리하여 사람들로 하여금 시장에 머무르는 시간을 축소시키고, 서로 간의 단합을 분 열시켜 시장 기능을 약화시킬 수 있었다. 그 시장 기능의 약화로 고려정권에 복속되고만 상황은 '신거무장 파허듯기'란 풍속어를 만들었다. 이는 속신인 '제일 늦게 가는 사람이 죽는다'에서 유래되었는데, 그 용어는 어떤 일이 제대로 성사되지 않고 흐지부지 파할 때 사용한다는 점에서 증명될 수 있다. 후백제 유민으로 어떤 일을 시도하였다가 흐지부지 끝난 역사적 사실에서 유래되었던 말이다.[42] 그 뜻이 역사적 의미를 상실하면서 오늘날 사용되는 풍속어의 뜻으로 남아 있는 것이다.

이상은 신거무 전설의 서사 구조에 나타난 역사적 의미를 살펴보았다. 전설이 가지고 있는 토착세력과 외부 이입 세력과의 갈등은 그 원형적 모티프를 고대의 수탈자와 피수탈자의 대립양상으로 추정할 수 있다. 그런 원형적 의미는 한 지역에서 전승되는 전설로 보편화할 수 없다. 더욱 이와 유사한 의식을 나타내는 전국적 분포양상을 찾아볼 수 없다. 이렇게 장성지역에 한정되어 전승된다는 점에서 이곳 장성이 역사적으로 부각되었던 후백제 시대에 관련시켰다. 즉 신거무와 부임한 원과의 갈등은 후삼국 통일 전의 고려와 후백제의 대립 양상을, 자원한 원과의 갈등은 후백제 멸망 직후의 양상을, 원의 아버지와의 갈등은 고려정권에 예속된 양상으로 살펴 보았다. 이 전설은 고려의 훈요십조에 명시된 차령 이남의 차별에서도 인근 나주 지방과 구별된 대우를 받았던 이곳 민중들의 의식의 밑바닥에 이런 역사적 의식이 잠재되어 오늘날까지 전승된 것으로 여겨진다.

4. 사회사적 의미

사회사적 의미의 접근은 이 전설의 표면에 드러난 표현을 중심으로 살펴보게 될 것이다. 이 전설은 역사적 의미에서 출발하였으나 시간이 흘러

---

42) 백제가 멸망하였을 때는 나당 연합군에 대한 저항운동이 극심하였는데 비하여, 후백제는 멸망한 후에 별로 부흥운동이 없었다. 이런 점을 나타내는 것이 아닌가 한다.

역사적인 의미가 퇴색하면서 한 사회내의 현상을 드러내는 의미를 강화시켜 왔다고 하겠다.[43] 즉 시대가 변화되면서 문맥 속의 역사적 의미는 그 가치를 상실한 후대에 그 문맥의 의미가 사회사의 현상을 설명하는 사회사적 의미를 재생하거나 사회현상과 결합하지 못하면 구전가치를 상실하며 소멸되고 만다. 이 글에서 다루고 있는 신거무 전설은 후백제와 고려간의 역사적 갈등이란 역사적 의미를 상실하면서 조선 초기의 사회성을 반영하고 있다고 본다.

4.1. 사회사적 배경

작품의 중심 인물은 조선 전기의 문인인 면앙정 송순이 나타나고, 그 아들이 자원하는 원으로 고정되어 있다는 점이다. 그리고 역사적 의미에서 정복 지배층과 피정복 피지배층간 대립 갈등 양상의 위상은 조선조 사회에서 양반 지배층과 하층민 피지배층으로 전환된 사회 현상을 나타낸다. 즉 한 사회의 질서인 지배층과 피지배층 대립적 구조가 이 전설을 구성하는 요소로 대체되어 있다.

한편 고려조에서 지방호족 향유층들은 조선조에 육방관속의 중인층으로 전락한다. 특히 이들은 신흥 사대부 지배층에 대한 반항을 일으킬 소지가 많았다.[44] 왜냐하면 이들은 고려시대에 누려왔던 특권이 상실되고, 오히려 양반문화를 떠받치는 기층문화층으로 전락함과 동시에 부역을 담당하게 된다. 그들이 담당한 부역은 양반 밑에서 문서를 수발하고 관청업무의 보조와 백성을 다스리는 중간계층적 특성을 지닌 일이었다. 그렇지만 육방관속인 고려 지방호족 세력은 옛날에 향유하였던 특권에 대한 향수를 그리워하며,

---

43) 이런 점은 신화가 전설로, 전설이 다시 민담으로 변하는 형태와 같을 것이다. 천혜숙, 「전설의 신화적 성격에 관한 연구」나 김대숙 「여인발복설화의 연구」(이화여대 박사학위논문, 1988.5) 참조

44) 이성무, 전게논문, pp.78-82.

자신의 신분적 성격과 부합한 신거무 전설에 보이는 갈등 양상을 차용하였던 것 같다. 이 전설과 같이 양반과 중인인 이방과의 대립양상이 보이는 것은 다른 지방에도 유사한 유형을 찾아 볼 수 있다.45)

이 전설을 반상(양반과 중인)의 대립 양상을 중심으로 살펴보기로 하자.

4.2. 사회사적 의미

이방이었던 신거무는 똑똑한 인물이라고 한다. 그래서 신거무는 서울에서 파견되어 오는 원을 골탕먹이거나 죽이기까지 하였다. 이런 신거무로 대표된 중인 계층으로 밀려난 지방호족들은 자신들이 누려왔던 지방분권 사회에서 우두머리로의 강화된 지위를 행사하고 싶었을 것이다. 그리하여 그들은 중앙에서 파견된 원에 대해 골탕을 먹이거나 말을 듣지 않으면 죽이기까지 하였다. 그래서 중앙에서 파견된 원들은 관아의 관속들과의 충돌을 지혜나 담력으로 헤쳐 나가야 했다.46)

부임하는 원은 아전들을 거느리는데 많은 고충이 따른다. 왜냐하면 파견된 원은 그 지방의 풍속이나 인심 등 지방 사정을 잘 알지 못한다. 그러므로 원은 아전들에 의지하여 정보를 얻을 수밖에 없다. 그래서 원이 아전과의 갈등을 적절하게 처리하지 못하면 무능한 원이 되어 입신양명을 이룰 수 없었다.

지방 사정을 모르는 양반 계층의 원과 신분상승이 불가능한 지방호족 출신의 아전들과의 대립 갈등은 필연적인 결과이다. 이런 원과 아전들과의 대립 갈등이 신거무 전설에서도 보인다. 원은 다스릴 지방에 대해 자세히 알고 있는 아전과의 대결에서 불리한 입장에 있다. 이 전설에는 중앙에서

---

45) 주 6 참조.

46) 육방관속이 부임하는 원을 골리려는 마음이 있었는데, 그 원이 똑똑하여 당할 수 없었다는 「훌륭한 원 이야기」에서 추측할 수 있다. 만약 이 원이 훌륭하지 못하였다면 그 원은 육방관속의 노리개 감이 될 것이고, 그리하여 무능한 원이 되면 출세가 당연하게 막힐 것이다.

파견된 원과 이곳 이방인 신거무와의 관계가 타협이나 협조의 관계가 아니라 애초부터 갈등의 양상을 나타내고 있다. 원과 신거무 간의 갈등은 이곳의 토박이인 이방 신거무가 지방 사정을 자세히 잘 알고 있기 때문에 쉽게 승리할 수 있다. 그리하여 신거무는 자신의 신분과 직책에 맞지 않게 이곳에 파견된 원을 놀리거나 마음에 들지 않으면 죽였던 것 같다.47) 그리하여 신거무 이방이 있던 장성지방의 원으로 부임하는 자가 없게 되었다. 왜냐하면 이곳은 신거무 이방이 있고 워낙 지방색이 강한 지역이므로, 부임하였다가 입신양명은 고사하고 신변의 안위마저 보장받지 못하였기 때문이다. 이런 상황에 처한 고을의 원으로 자원할 사람은 어떤 책임의식이나 소명감을 가진자일 것이다.

그렇기 때문에 당대의 지배층에서 높은 지위의 자제나 지배원리에 충실하였던 사람이 자원한 것으로 되어 있다. 이는 당대의 지배원리가 통하지 못한 곳에서 통하도록 해야하기 때문이다. 즉 조선사회에서 지배계층은 양반의 지배원리를 부정하는 이방이나 중간계층들의 저항을 저지하거나 무마시켜야 했다. 그렇지만 유화를 통한 무마책보다는 지배원리에 입각한 처벌이 더 손쉽게 행할 수 있는 방법이었다. 그리하여 자원한 원은 아버지가 그렇게 만류하는 데도 듣지 않고 자신의 뜻대로 대의 명분의 지배원리에 입각한 행위로 처리한다. 이는 자원한 원이 생각하는 지배원리적 현실로 보았을 때는 당연한 상황이나, 세상사를 보는 안목이 미숙하여 어느 일면만을 강조하는 입장이 된다. 이런 편향된 안목으로 그가 처리한 일은 뒤에 그의 죽음으로 보상하고 있다. 즉 그는 편향된 시각에 대한 질타로 죽임을 당하고 있다. 이 전설에 나타난 자원한 원은 현지에 책임감과 소명의식을 가지고 부임한다. 이것은 원귀설화에 등장하는 자원한 원의 동기가 소명감보다 출세나 배고픔의 해결이었던 점과 대조된다. 이런 책임과 소명의식 때문에 자원

---

47) 이재란, 전게논문, pp.53-62에서 이토정이 이방이나 통인의 마음에 들지 않아서 죽게 된 설화 자료에 대해 논급하고 있다. 이처럼 토정과 같이 천기를 아는 인물도 통인이나 이방한테 죽었다면 아전들에게 죽은 원이 많이 있음을 알 수 있게 한다.

한 원은 유연한 태도를 가지지 못하고 양반 체제의 지배원리에 도전하는 신거무 이방을 처치하는 것을 최고의 목표로 생각하고 있다.

이처럼 편향된 아들에게 교훈을 주는 아버지를 살펴보자. 아버지는 당대의 지배원리를 체득하고 실천하여 높은 직위에 올랐다. 그리고 그것으로 명성을 날렸던 인물이다. 그런 명성을 얻은 아버지는 자제에게 편한 자리를 얻어 줄 수도 있다. 이런 지위를 마다하고 고난의 상징인 신거무가 있는 고을의 원으로 자원하는 아들을 만류하며 편한 자리를 얻어가라 권한다. 권하는 내용이 아들에게 독자로서 선영봉사를 제시하고 있다. 이것은 자아적인 욕심의 발로이다. 그런 자아적 욕망은 세계에 대한 지배원리에 입각한 명분적 논리에 의해 폐기되고 만다. 여기에서 아버지의 자아적 욕망이 표면적으로는 개인적 욕망으로만 비쳐질 수 있지만, 내면적으로는 부자유친이란 유교의 지배원리에 입각한 새로운 질서를 형성한다. 그런데 아들은 새로운 질서의식을 인식하지 못하여 등한시하고, 대의적인 지배원리에 입각한 명분론으로 아버지의 청을 거절하고 말았다. 이에 아버지는 가서 '신거무를 조심하라'거나 '아래사람을 선하게 다스리라'고 새로운 부탁을 제시한다. 이런 아버지의 충고는 아들에 의해서 파괴되고 만다. 내적 지배원리를 등한시한 아들이 죽임을 당하는 것은 당연한 도리이다.[48] 이런 점에서 아버지의 충고는 외면적인 명분보다 내면적인 명분의 중요성을 보여준다고 하겠다. 아버지는 신거무의 저항에 대해 깊은 통찰을 통해 인정해야 할 것과 제거할 부분이 있음을 인식하고 있다. 그런 것을 인식하지 못한 아들은 아버지에 의해 제기된 지배원리에 입각한 내면적 질서를 무시하고, 단순하게 외면적인 명분에 입각한 지배원리로써 다스렸기 때문에 새로운 질서를 파괴하고 말았다.

조선시대는 양반위주의 권위주의적 사고에서 비롯된 지배체제를 확고히

---

48) 유교는 내적인 수신을 가장 근본으로 여긴다. 그런 점에서 이 전설은 내적인 수신을 등한시하고 외적인 일에 치중하는 것에 대한 경계를 보여준 것이다. 대학에서 修身齊家治國平天下라고 하였는데, 아들은 제가에 해당하는 효도를 못하면서 치국에 해당하는 충을 행하겠다는 발생이 그릇됨을 나타내고 있다.

하면서 양반 지배를 풍자하도록 용납하지 않았다. 이런 점은 이 전설에도 영향을 주어 양반이 잘못하고 혹은 못나서 신거무한테 당한 것이 아니라, 워낙 나쁜 놈이라 징치하다가 잘못하여 죽은 것으로 변모시키고자 하였다. 이를 위해 원귀삽화를 차용하였다. 원귀삽화의 차용은 전설의 전체적 문맥을 합리화시키지 못하고 의미의 모순을 낳게 하였지만, 양반의 행위가 정당하고 타당한 행위임을 증명하려고 한 시도인 것이다.

원귀삽화를 차용한 의도는 양반에 반항세력인 신거무가 부당한 세력임을 보여주는데 있다. 즉 신거무를 양반집 규수를 능욕하는 불편부당한 존재로 인식시킬 수 있다. 이 원귀삽화는 신거무에게 죽은 처녀의 원귀가 원 앞에 나타나 해원을 부탁하려면 관장이 놀래서 죽고, 이로 인하여 고을 원을 지낼 사람이 없어 지원자를 모집한다는 측면에서는 일반 원귀삽화와 같다. 이때 지원자가 일반 원귀설화에서는 출세나 굶주림을 해결하고자 지원하는데, 이곳에서는 지배계층 자제로서의 사명감으로 지원한다. 이처럼 지원자의 성격이 약간의 차이가 있지만 원귀의 원한을 듣고 신거무를 범인으로 잡아 처단한다. 여기까지는 일반 원귀설화의 관장처럼 관장의 훌륭한 역할을 완전하게 수행하였다고 하겠다. 그런데 범인을 잡아죽인 관장이 그 범인의 원귀한테 불알이 물려 죽는 것으로 결구되어 있다. 여기에서 이 전설을 원귀설화로서 합리적으로 설명하는데 애로점과 문제점이 제기되는 것이다.

잡기 힘든 범인을 처단한 관장은 훌륭한 사람이다. 화중들은 그런 훌륭한 관장을 왜 성장시켜 입신양명하게 하지 않고 자기가 죽인 범인의 원귀에게 죽음을 당하게 결구시켜 놓았을까. 이는 신거무의 저항을 찬양한 화중들의 의식을 대변하고 있기 때문이다. 일반적으로 사람이 원귀가 되는 것은 자신의 할 일을 다하지 못했거나 억울하게 죽어 한이 맺힌 경우이다.[49] 그러므로 여자를 범한 범인이나 백성을 괴롭히는 사람이 죽음을 당하였다고 해서 원귀로 변할 수 없다. 그런데 여자를 범하고 백성을 괴롭힌다는 이유로 관장한테 죽은 사람이 원귀가 되었다는 것은 그 죽음이 부당하고 이 세

---

49) 김열규, 『한맥원류』 (주우, 1981).

상에서 해야 할 어떤 일이 있는 사람이었다는 것을 의미한다. 이점에서 유추할 때 신거무가 해야할 일이란 역사적으로는 자신이 생존한 지역에 대한 향수이고, 사회적으로 그 계층이 가진 어떤 한을 풀어야 할 일이다. 이처럼 할 일이 남아있는 신거무가 관장에게 부당한 죽임을 당하여 원귀로 되었다고 봄이 타당할 것이다. 그리하여 신거무는 후반에 복수할 수 있는 원귀가 되어 한을 풀게한 것으로 추측된다. 그런데 이렇게 할 일이 있는 신거무를 죽인 것은 부당한 것이 아닌 정당한 행위라는 양반적 시각 논리를 이끌기 위해 여자를 농락하다가 죽인 범인이었다고 주장할 수 있는 원귀삽화를 차용한 것으로 보인다. 특히 원귀삽화의 차용자들은 신거무의 일상적인 잘못을 지적할 때에 그의 행동을 보아온 화중들이 믿지 못할 것을 알고, 은밀하게 행하는 여자 강간사건을 첨가하여 합리적으로 설명하려 하였기 때문이다.

원귀삽화의 차용은 신거무와 양반 지배계층 간의 갈등이 사회적 반상간의 대립 차원에서의 갈등을 부정하고, 민중의 보편적 지지를 받고 있는 신거무의 다면적인 반항을 여자나 범하는 파렴치한으로 변모시키고 있다. 즉 반상간의 대립 자체를 인정하지 못하는 양반적 시각을 합리화하기 위해 원귀삽화를 첨가한 것이다. 그리하여 전체적인 의미의 모순을 가져오지만, 반상간의 대립차원을 약화시키고 있다. 이렇게 함으로써 반상대립에서 정당한 대항을 하던 신거무를 파렴치한으로 상정시켜 처벌의 당연성을 제시하고 동조하는 무리와 분리시키려는 의도이다.

이 전설 중에 원귀삽화가 첨가되지 않은 자료에서는 신거무와 양반과의 갈등이 반상간의 대립임을 적나라하게 표현하고 있다. 이때 양반에게 반항하는 인물인 신거무를 제재하는 것은 양반의 입장에서 당연한 귀결인지 모른다. 여기에서 신거무를 처벌하는데는 양반의 잘못을 지적하고 대항하기 때문이라 하기보다, 잘못한 일 또는 나쁜 일을 했기 때문이라고 표현하는 것이 양반 지배계층의 시각과 자존심을 세우는 일이다. 더욱 양반보다 나은 이방이기 때문에 죽였다는 것은 민중이나 화중에게 용납될 수 없는 일이다.

그렇기 때문에 신거무가 잘못했다는 내용을 첨가하는데 노력하였다고 본다.

신거무는 양반 계층에게 죽었다. 그리고 원귀가 되어 복수를 하고 그 가문까지 복수하러 올라간다. 이때 신거무가 원귀가 될 수 있는 것은 반상간의 대립에서 부당하게 죽었을 때이다.[50] 즉 양반 계층이 아닌 이방으로 너무 훌륭하였기 때문에 죽게 되었다면 신거무는 생애에 미련을 갖게 되고, 양반계층에 복수를 해야 할 원한을 갖게 된다. 신거무는 똑똑하지도 올바르지도 못한 그릇된 원을 진계하였다는 이유로 죽었다. 민중들은 양반을 징계하는 신거무의 행동을 지지하였다. 즉 민중들은 맹목적인 양반의 지배이데올로기의 강요에 대해 내심으로 신거무와 같이 반항하고 싶었다. 이런 반항하고 싶은 심정을 신거무에게 결부시켜 나타낸 것이 신거무의 원귀이다. 즉 양반이 아니기 때문에 잘못된 원을 징계하였다는 것, 또 똑똑하다는 이유로 죽은 신거무는 화중들의 의식에서 억울한 존재로 당연히 원혼이 생겨날 것으로 여겼다. 화중들은 신거무가 죽은 뒤에 원귀가 되게 하여 자기를 죽인 관장을 죽이게 한다. 이처럼 화중들이 억울하게 죽은 신거무를 원귀(거무, 닭 등)가 되게 한 것은 자유자재로 움직일 수 있어 무한정의 복수를 할 수 있기 때문이다. 그리고 화중들은 이런 원귀를 통해 반상간의 대립 양상의 근원적 원인을 나타낼 수 있었다. 그리하여 신거무를 대표로 하는 화중들은 원귀를 등장시켜 대립의 직접적인 당사자 뿐만 아니라, 근본적인 원인에 대해 파악하고 그것을 해결하고자 시도하고 있다.

신거무의 원귀는 죽은 관장의 상여를 따라 본가로 쫓아간다. 신거무의 원귀가 쫓아간 이유는 관장의 가족을 몰살하여 반상간의 대립의 근본적 요인인 양반의 씨를 말리기 위한 것이다. 이렇게 해서 신거무와 원의 대립양상은 신거무의 원귀와 관장의 아버지 간의 대립 양상으로 전이되어 나타난다. 이 신거무와 관장의 아버지 대립 양상은 전설의 후반부로 분량상 반 이

---

50) 원귀가 된 것은 그 사람에게 원한 맺힌 때문이다. 그가 원귀가 되었다는 것은 부정한 일을 저질러서 죽은 것이 아님을 나타내고 있다. 즉 원에 부당하게 죽었기 때문에 원귀가 되었다고 봄이 타당하다.

상을 차지하고 있다. 이처럼 관장의 아버지(즉 송순)에 대한 기술 분량이 많은 것은 면앙정을 통해 양반의 체통을 내세울 수 있기 때문이다(자료 11).

신거무와 관장의 아버지와의 대결은 처음에는 신거무가 우세한 것으로 나타난다. 즉 신거무의 원귀를 처치할 방도를 강구하는데, 아버지는 강압법에 의해 물리치는 것이 아니라 그를 구스르고 달래어 물리치고 있다. 이런 축귀법은 축귀자가 축귀대상자보다 약할 때 행하는 방법이었다.51) 그런데 이 상황의 표면적 기술은 아버지 면앙정의 훌륭한 점을 나타내려고 한다. 즉 면앙정은 자식이 죽었어도 유학자로서 체통을 지켰다거나, 신거무 원귀의 목적을 이미 감지하고 그 목적을 무마시킬 수 있는 처방으로 침착하게 행동하였음을 보여주고 있다. 면앙정은 외면적인 무관심과 침착성과는 별개로 내면적으로 슬픔에 잠겨 있었다. 그가 슬픔을 표현하기 꺼려하였던 이유는 신거무의 원귀를 쫓아내고 가족을 보호하기 위해서이다. 이처럼 신거무의 원귀가 올라올 때, 면앙정이 외면적으로 침착하고 희노애락의 감정을 억제하는 유학자적인 태도를 견지하였던 점은 후대의 유학자들이 본받아야 할 대상이었을 것이다. 전설에서는 면앙정의 내면세계에 존재하는 슬픔을 보여주어 유자들의 양면성을 드러내고 있다. 이 전설을 구술하고 있는 화중들은 면앙정이란 양반보다 우위에 있는 신거무에 중점을 두어 전설의 이면적 의미를 강하게 노출시키고 있다.

면앙정은 가족 몰살의 위기를 극복하기 위해 신거무와의 대립 갈등을 해소해야 한다. 그래서 면앙정은 동반적인 존재이며 자신의 분신인 죽은 아들과의 관계를 사랑에서 갈등의 관계로 드러내야 하였다. 그래서 상여에서 죽은 자식의 시신을 떼어내어 회초리로 때리며 징계한다.

아들과의 대립 양상은 위장된 관계이고, 그 이면에 당시의 유교적 도덕관을 나타내고 있다. 자원한 아들은 대의 명분을 내세워 진원 고을의 원으

---

51) 귀신을 쫓아내는 방법은 여러 가지가 있다. 크게 귀신을 무조건 쫓아내는 방법과 귀신을 잘 대접하여 물리치는 방법으로 나눌 수 있다. 전자는 귀신보다 강할 때 행할 수 있지만 약할 때 하면 오히려 해를 입게 된다. 이런 점에서 신거무의 원귀를 달래는 면앙정의 태도를 볼 때 신거무가 면앙정보다 우위에 있음을 나타낸다.

로 부임하여 아버지의 마음을 아프게 하는 불효를 저지른다. 즉 아들은 아
버지의 적극적인 만류에도 불구하고 명분론에 치우쳐 행동하는 잘못을 저지
르고 말았다. 일반적으로 효는 충성에 앞선다.[52] 충과 효의 갈등이 생기면
설화에서는 효가 우선하게 되어 있다. 이런 점에서 효보다 충성을 앞세운
자식의 죽음은 당연한 것인지 모른다. 그래서 화중들은 그런 불효 자식은
죽었을지라도 혼나야 된다고 말하고 있다.[53] 이처럼 아버지와 아들간의 갈
등이 비록 위장되어 나타나 있지만 그 이면에 충보다 효가 앞서야 된다는
화중들의 진실이 담겨져 있는 것이다.

아버지와 아들과의 갈등양상은 심각하지 않고 위장되어 나타난다. 그래
서 신거무는 그 대립양상의 내면적인 것을 인지하지 못하고 용서한다. 이런
용서에는 화중들의 무의식적인 의식 성향을 나타내고 있는 것이다. 즉 점차
로 양반계층의 지배체제가 굳건해져 가고 있는 사회현상을 전설 속에 함축
하고 있는 것이다. 부언하면 자신들보다 더많이 알고 있는 양반이 지배하고
있는 현실을 당연시하여 양반의 지배체제에 동조하는 것이라고 하겠다.

신거무가 면앙정의 행동을 보고 화해의 제의를 할 때의 모습을 보자. 이
방인 신거무가 우위에 있는지 아니면 양반인 면앙정이 우위에 있는지가 이
전설의 의미 변화양상을 나타내고 있다고 하겠다. 서술 진행상 이방인 신거
무의 원귀가 우위에서 면앙정의 모습을 보고 용서하고 그 가족을 몰살할 계
획을 그만두는 것이 설화 전편에 상통하는 일관된 의미이다. 즉 양반의 가
문을 멸종시키기 위해 본가에 올라온 신거무가 이를 보고 두려워서 조심스
럽게 행동한 면앙정 앞에 나가서 잘못을 빌 이유가 없다. 그리고 빌 경우에
면앙정이 묻지 않는 시장을 세워 달라고 신거무가 소원할 수도 없고, 또 시
장을 개설할 리도 만무하다. 다시말해 면앙정은 자신의 의도가 아닌 신거무
의 마음에 들도록 죽은 자식을 혼내고 그가 소원한 시장을 세워주고 있다.

---

52) 최래옥, 「한국효행설화의 성격 연구」, 『한국민속학 10』 (민속학회, 1977), 주 64
　　참조.
53) 주 20) 참조.

이런 정황을 볼 때, 양반 면앙정보다 이방인 신거무의 우위가 선행 자료일 것이다. 이것이 양반 지배체제가 확고해지면서 양반들의 탄압을 의식한 후대의 화중들이 면앙정을 우위에 둔 설화양상으로 구술하였던 것 같다.

신거무는 면앙정의 행위를 보고 자신의 의지를 꺾었으며 대신 소원을 말한다.54) 즉 시장을 세워달라고 한다. 시장의 기능은 사람들이 모여서 정보와 의견을 교환하는 장소이다. 그 시장은 어떤 욕구를 해결하기 위한 놀이의 장소로 발전하기도 하였다. 사회사적 접근을 위한 신거무 전설에서 이런 시장의 기능은 놀이의 장소로 고찰되어야 할 것이다. 즉 우리나라의 가면극이나 탈춤의 발생이 시장의 기능에서 나왔다55)고 한다. 이 놀이의 기능은 하층민의 반발의 무마책으로 이용하기도 하였다. 한 예로 하회탈춤은 이곳의 지주였던 유성룡의 유씨 집안이 무마책으로 이곳 민중에게 놀이를 인정한 것이다. 그리하여 이 놀이날 만은 양반을 탓하거나 놀림감을 삼아도 아무런 제재를 받지 않았다고 한다. 이렇게 하여 양반들은 평민(하층민)들의 불만을 해소시켜 주고 새로운 지배체제를 유지할 수 있었던 계기를 마련하였다.56) 신거무장 전설에서의 시장도 이런 기능을 담당하였던 것 같다. 즉 시장은 하층민들이 지배계층에 대한 불만을 해소할 수 있었던 기능을 가졌던 곳이라 고려된다. 그렇게 신거무로 상징되는 하층민들은 대립하였던 양반층에 대한 갈등을 해소할 수 있었던 장소를 얻게 된다. 양반층은 이러한 요구를 들어주었지만 하층민들의 무례한 행동을 제재하기 위해 시장의 기능

---

54) 신거무 전설과 같이 죽어서 귀신으로 등장하는 유사 유형의 자료에서는 시장을 세워달라는 소원이 없다. 이 전설은 이곳에 시장의 기능이 필요하였던 어느 시기에 형성하였던 것이 그 시기가 지남에 따라 시장의 기능이 필요 없게 되었음을 나타낸 것이다. 그래서 신거무 전설과 유사한 다른 자료에는 시장을 세워달라는 소원이 없다.

55) 박진태, 『한국가면극 연구』, (새문사, 1985)
조동일, 『韓國假面劇의 美學』 (春秋文庫 603, 한국일보사, 1975), pp.38-97.
『탈춤의 역사와 원리』, (홍성사, 1981)

56) 이야기 보따리 라는 설화가 있다. 어떤 사람이 이야기를 듣고 다른 사람에게 말하지 않았다. 그래서 들은 이야기는 보따리 속에 들어가 쌓이다가 나중 화가 나서 주인을 죽이려 하였다는 이야기이다.

을 축소시켜야 할 필요가 있었다. 그리하여 자신의 권위를 확고히 하게 되었던 것이다. 그래서 시장 기능의 축소를 위해서 금기를 제시하고 있다. 이런 시장의 기능은 이 전설이 가진 사회사적 의미를 부각시키기 위해서는 크게 도움이 되지 않는다. 즉 이런 전설과 유사한 다른 지역 전설에는 시장을 세워 달라는 원귀의 소원이 나타나지 않는다는 점에서 추측할 수 있다.

이상에서 신거무의 전설에 나타난 역사적, 사회사적 의미를 고찰하여 보았다. 이 전설의 발생의 원형은 토착세력과 외래세력 간의 갈등을 나타내는데 있다고 하겠다. 그렇지만 그 연원을 고찰할 수 있는 신검이란 이름을 통해서 후백제의 역사적 사건과 관련하여 살펴보았다. 즉 이 전설이 가진 역사적 의미는 후백제 멸망으로 인한 이곳 장성 지방민들의 애환과 애국의식을 나타낸 것이다. 다시 말해 토착세력인 후백제와 외래세력인 고려와의 전쟁과정과 멸망 후의 상태를 설화화하여 나타낸 것이다. 이런 역사적 의미는 시대가 흐르고 사회가 변화하면서 사회적 의미를 함축하는 형태로 변모되어 갔던 것이다. 즉 고려시대 지방호족이었던 계층이 조선조에 들어와 지방의 육방관속의 중인 계층으로 전락하면서 새로운 중앙에서 부임하는 원과의 갈등을 나타낸 것이라 하겠다. 그런 갈등에서 처음에는 호족 출신인 이방들이 부임하는 원 세력보다 강하였다. 그런데 이방들의 세력은 조선조 중기 이후에 양반 지배체제가 굳건한 틀을 갖추면서 지위가 약화되어가는 과정이 전설의 내용과 일치한다. 이런 갈등은 지배층과 피지배층의 갈등으로 변모되면서 유형적 의미의 변화를 보여주고 있다.

5. 결 론

신거무 전설은 장성지역에 한정된 구비전승이다. 이 전설에는 의미의 이중성이 함축되어 있다. 즉 전설의 의미는 역사성과 사회성을 가지고 있다. 이 글은 이중성의 의미를 가진 신거무 전설을 전반적으로 검토하는 점에서 전설의 구성, 등장인물의 성격, 전설의 의미로 나누어 살펴보았다.

전설의 구성은 수집된 자료 중에서 가장 완벽한 자료를 중심으로 다루었다. 즉 전설의 구성을 고찰할 자료를 11단락으로 나누어 예시하였다. 이 예시 자료를 중심으로 단락 간의 관계를 고찰하면서 이 자료에 나타나지 않는 부분을 단락 사이에 첨가하여 살펴보았다. 신거무 전설의 구성은 7단계로 볼 수 있다. 즉 도입(증시물), 발단, 전개, 위기, 절정, 결말, 증시부로 구분된다. 이들 구성 단계별로 소속된 단락의 상호관계를 살펴보았다. 신거무 전설의 구성은 도입부와 증시부를 제외한 서사단락을 볼 때 전반에는 신거무와 자원한 원(혹은 부임한 원)의 대립 갈등 양상이, 후반부에는 신거무와 자원한 원의 아버지(면앙정)의 대립양상으로 전이되어 갈등을 해소하고 화해의 방향으로 설정되어 있다. 한편 제 5단락은 원귀삽화의 단락인데 전체적 의미의 모순을 낳게 하는 점에서 첨가단락으로 설정하여 보았다.

역사적 의미는 한정된 지역적 전승인 이 전설의 배경이 장성이고 주인공이 신검과 유사한 신거무라 인식된 점에서 살펴보았다. 이럴 때에 장성지역이 역사적으로 부각되었고 신검과 연관되었던 후백제 시대의 역사적 배경을 고찰하였다. 이런 역사적 배경에서 전설이 후백제와 고려의 갈등을 어떻게 수용하고 있는지 살펴보았다. 즉 신거무와 부임한 원과의 갈등은 후삼국 통일전 후백제와 고려와의 싸움을, 신거무와 자원한 원의 갈등은 후백제가 멸망 당하는 상황을, 그리고 신거무 원귀와 아버지와의 갈등은 멸망 직후의 이곳의 정황을 나타낸 것으로 보았다. 또 마지막에 아버지와 신거무 원귀와의 해소과정에서 시장의 기능은 고려에 편입된 역사적 한계를 인식하고 있는 동시에 장성지역이 후백제의 영역이었을 때의 행위에 대한 정당성을 획득하려는 민중의식을 나타낸 것이었다.

사회적 의미는 고려조의 지방호족들이 조선조에 이르러 신분적으로 하락한 것에서 찾아보았다. 즉 고려의 지방 호족들은 조선조에 들어와 지방관아의 육방관속인 중인층이 되어 부임해 온 원을 보좌하는 노역을 담당하였다. 이들은 원을 보좌하면서도 지난날 지방호족 시대의 특권의식을 가지고 있었기 때문에 부임하는 원과의 갈등이 심각하였다. 이런 갈등양상은 신거무 전설이 역사적 의미의 가치를 상실하면서 정복자와 피정복자와의 갈등을 한 사회체제 안의 지배층과 피지배층과의 갈등으로 쉽게 전이시킬 수 있음에서 찾았던 것이다. 그래서 이 신거무 전설은 사회적 의미가 통용되면서 송순과 그 아들로 정착되었다. 즉 신거무가 자원한 원(아들)이나 아버지와의 갈등을 야기시키는 것은 토착세력인 육방관속(지방호족)이 부임하는 외부세력이나 양반가문에 대한 대립양상의 표출로 보았다. 그런 점에서 이 전설은 육방관속(이방)인 신거무가 우위에 있는 것으로 구전하던 것이 조선조 양반체제가 확고해지면서 양반적 시각 논리에 입각하여 관속들의 행위가 부정적이도록 요소를 첨가 변모시킨 것이다.

　이상에서 신거무 전설에 대해 전반적으로 검토하여 보았다. 신거무 전설을 보다 정확하게 이해하기 위해서는 보다 많은 자료가 수집되어야 할 것이다. 그리하여 신거무에 대한 설화인들의 의식을 살펴보고, 그 자료에 나타난 신거무의 영웅담적 성격 구명, 그리고 역사적 배경을 구체적으로 확인할 필요가 있다. 또한 자료에 나타난 이 전설이 송순에 결합된 배경, 자원한 원과 아버지의 관계에서 후백제의 신검과 견훤 부자와의 관련성 등은 앞으로 검토되어야 할 사항이다.

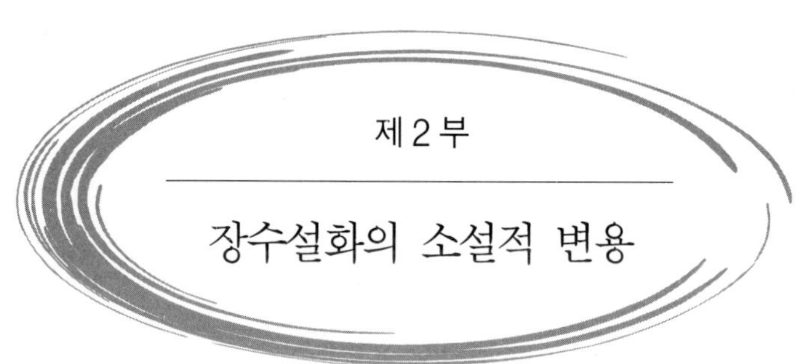

제2부

장수설화의 소설적 변용

2 부

⋮

　비극적 장수설화의 소설적 수용양상을 검토하는 작업은 비극적 장수설화의 문학적 의의를 밝히는 작업이다. 의병의 장수인 김덕령 설화는 〈임진록〉과 국문 전기 「김덕령전」에서 그 내용을 볼 수 있고, 관군의 장수인 임경업 설화는 고소설 〈임경업전〉에서 그 내용을 찾아볼 수 있다. 그런데 민란의 장수인 이몽학의 경우 고전소설이나 개화기 소설에서 비교 대상의 인물이 발견되지 않지만, 「홍길동전」에서 그 실마리를 찾아볼 수 있다.

　여기에서는 설화에서 소설로 발전되어간다는 도식적 논리가 아니라, 설화와 소설은 상보적인 존재로 서로에게 영향을 미치고 있다는 점에 초점을 두고 다루어지게 될 것이다. 이런 점에서 「홍길동전」은 민란의 장수설화, 곧 이몽학 설화의 수용 양상의 가능성에 중심을 두고 다루고자 한다. 즉, 「홍길동전」에서는 길동의 영웅적 성격을 중심으로 다루고, 김덕령과 임경업의 경우에는 구체적인 작품을 언급하면서 검토하고자 한다.

제1장

「홍길동전」에 나타난 길동의 영웅적 성격

1. 서 론

「홍길동전」은 최초의 국문소설이란 점에서 많이 논의되어 왔다[1]. 이 작품은 16세기라는 시대적 상황에서는 생각할 수도 없는 사회개혁소설이란 점과 작자가 명문거족 출신인 허균이란 점에서 논자들의 관심을 끌어왔다. 이런 점에서 지금까지의 「홍길동전」의 연구는 창작되었던 시대적 배경과 작품의 구성, 작자문제 등 다양한 관심에서 이루어져 왔다. 크게 말해 「홍길동전」은 서지적 측면, 작가론적 측면, 작품론적 측면 등 다양한 방법론의 접근으로 많은 업적을 이루어 왔다[2]. 그럼에도 불구하고 「홍길동전」을 구명하

---

1) 황패강, 『한국서사문학의 연구』(단국대출판부, 1972), p.267.
   사재동, 「〈목연경〉의 유전관계」, 『한국언어문학』 22집 (한국언어문학회, 1983) pp.73-89. 논자는 이 논문 이후에 국문고전소설의 시초를 불경계 번역소설이 될 것이라고 주장하였다.(「불교계 국문소설의 형성 경위」, 『한국고전소설연구』」, 새문사, 1983)
2) 황패강 · 정진영, 『홍길동전』(시인사, 1984), pp.123-161.

는데 아직도 미약한 부분이 많이 있다.

이 글은 「홍길동전」에 나타난 길동의 영웅적 성격을 규명하기 위한 연구이다. 「홍길동전」의 서사구조에서 나타난 길동의 영웅적 성격을 규명하는 작업은 단순하지가 않다. 기존의 연구에서 「홍길동전」에 나타난 길동의 영웅적 성격은 신화적 영웅의 성격을 지닌 기본구조를 담은 소설이라는데 거의 이견이 없었다. 그런데 최근의 실패한 영웅담의 구조를 보이고 있다고 제기되기도 하였다. 이런 주장들은 「홍길동전」의 마지막 부분인 율도국 대목에 대한 구조적 문제점에서 비롯된다고 하겠다.

지금까지의 「홍길동전」에 나타난 길동의 영웅적 성격을 규명하는 작업은 크게 두 가지로 나눌 수 있다.

하나는 「홍길동전」이 신화적 영웅담의 영향을 받아서 서사구조를 이루고 있는 영웅소설이라는 관점이다.3) 이런 주장은 「홍길동전」의 서사구조가 신화적 주인공의 이야기 구조와 유사하다는 데서 착안한 것이라 하겠다. 길동은 태몽에서 비롯된 신이한 탄생과 기아모티프 현상에 의한 시련, 그리고 그 시련을 자기의 노력으로 극복하고 마지막에 율도국 국왕이 된다는 점에서 신화적 성격을 지닌 영웅담으로 보는 관점이다. 그런데 「홍길동전」은 태몽의 실현 과정이 정상적이지 못한 점, 특수한 성격을 지닌 기아모티프란 점, 시련극복 과정에서 성취가 기만적이란 점, 그리고 마지막에 가상공간인 율도국 국왕이 되었다는 점에서 보면 재검토되어야 할 것이다.

다른 하나는 「홍길동전」이 민중들 사이에 전래되어 오던 임꺽정·길동·이몽학·순석·막동 등 초적이나 의적 전설에서 유래4)된 민중적 소설

이능우, 「홍길동전의 현황과 문제점」, 『한국학보』 8권 (일지사, 1977)
서대석, 「허균문학의 연구사적 비판」, 『허균의 문학과 혁신사상』 (새문사, 1975)
이문규, 「홍길동전의 성격」, 『한국문학사의 쟁점』, (집문당, 1986), pp.368-376.
3) 김열규, 『한국민속과 문학연구』 (일조각, 1971), pp.95-96. 조동일, 『한국소설의 이론』 (지식산업사, 1981), pp.288-315., 「영웅의 일생, 그 문학사적 전개」, 『동아문화』 10집 (서울대 동아문화연구소, 1971) 이후에 대부분의 연구들은 암묵적으로 이 주장에 동의하면서 논의를 전개되어 왔다고 하겠다.
4) 김동욱, 「홍길동전의 비교문학적 고찰」, 『한국고전소설연구』 (새문사, 1983) pp.

이라는 관점이다.5) 이런 주장은 「홍길동전」의 서사구조가 민중들 사이에 널리 전파되어 구전된 전설의 구조와 유사하다는 점이다. 또한 「홍길동전」는 서사구조에서 보이고 있는 호부호형의 인정이나 병조판서의 제수가 허위이고 기만적인 술책이란 점에서 구성이나 내용이 전설적·민중적 성격을 지닌 비극적 영웅담으로 보았다. 이런 관점에 대해 홍길동의 끝이 비극적이지 않다는 점, 호부호형이나 병조판서 제수가 율도국 왕이 된 이후에 확인된다는 점, 기아모티프의 특이성 등에 대한 검토가 보완되어야 할 것이다.

「홍길동전」의 서사구조에 나타난 길동의 영웅적인 성격은 이와 같은 이분법적인 분류로 설명되지 않는다. 「홍길동전」에 나타난 길동의 영웅적 성격을 두 가지 관점으로 보고 있는 것은 서사구조에 결합된 구성요소들이 양면성을 띠고 있기 때문이라 하겠다. 「홍길동전」은 전설적 인물담의 제재를 차용하였다는 점에서 평민적이고 비극적 영웅담의 성격을 보여 주고 있지만, 그런 제재를 허균6)이 지닌 양반적 사고체계를 가지고 소설로 재구하는 과정에서 신화적 영웅담의 성격을 보여주게 되었을 가능성이 많다.7)

268-271. 이능우, 「홍길동전과 허균의 관계」, 『국어국문학』 42·43합집 (국어국문학회, 1969.2.), pp.5-10. 임형택, 「홍길동전의 신고찰」, 『한국고전소설연구』 (이우출판사, 1983), pp.320-337.

5) 김재용, 「갈등중재이론으로 본 「홍길동전」의 구조와 의미」, 『한국언어문학』 21집 (한국언어문학회, 1983), pp.26-46. 황패강·정진영, 『홍길동전』 (시인사, 1984), pp.6-27.

6) 「홍길동전」의 작자 문제에 대해 논란이 많으나 이 글에서는 작자가 허균이라는 이문규교수의 주장에 따르고자 한다.(「허균의 산문문학연구」, 서울대 박사학위논문, 1986, pp.100-110). 그러나 작자가 꼭 허균이 아니라 해도 양반적 사고체계를 가진 계층에서 기술되었다고 본다.

7) 「홍길동전」은 군담소설과 차이가 있다. 그 차이는 작가의 세계관과 소재의 구성방식에 따른 차이라고 하겠다. 군담소설과 다르다는 점에서 「홍길동전」의 구조에는 그 나름대로의 소재의 수용방식과 작가의 세계관이 투영되었다고 보겠다. 따라서 작품의 구조적 분석을 통해 길동의 영웅적 성격을 파악하도록 할 것이다. 한편 이 「홍길동전」이 전설적 소재를 차용할 가용성은 앞의 주2의 연구들에서도 찾을 수 있고, 또 <아기장수 설화>의 수용 가능성을 보여주는 임철호 교수의 연구가 있다.(「아기장수설화의 전승과 「홍길동전」」, 『구비문학』 4집, 한국구비문학회, 1997. 6.) 민중적 소재가 작품에 수용된 과정이나 그 굴절 양상을 파악하는 것도 상당한

이 글은 「홍길동전」에 나타난 영웅적 성격을 규명하는 작업을 위하여 「홍길동전」이 이루고 있는 서사구조의 특징과 구조적 의미를 검토하고자 한다. 이를 위하여 「홍길동전」의 순차적 구성의 특징을 단락소로 나누어 살펴본 뒤에, 구조적 의미를 파악하여 「홍길동전」의 서사구조와 의미가 일관성을 이루고 있는지를 밝혀내고자 한다. 이를 토대로 하여 길동의 영웅적 성격을 하게 될 것이다. 이런 검토를 위한 자료로는 「홍길동전」 저자의 의도와 밀접한 관계가 있다8)는 경판 24장본9)을 대본으로 삼아 검토하겠다.

2. 서사구조의 양상

2.1. 구성단계

「홍길동전」의 서사구조를 파악하기 위해서는 이미 알고 있는 내용이지

분량을 해당함으로 고를 달리해야 할 것이다.

8) 정규복, 「홍길동전의 이본고」, 『국어국문학』 48,51호 (1970, 1971)
이문규, 전게논문, pp.117-120.
이병원, 「홍길동전의 문체론적연구」, 『국어국문학』 99호, p.63.
　한편 임형택 교수는 전게논문(pp.322-323)에서 정규복 교수의 주장에 이의를 제기하였다. 즉 한남본이 원본 그대로가 아니고 축약형이란 점과 완판본이 한남본의 방계본이 아니라 점을 제기하면서 「홍길동전」을 연구할 때 완판본을 저본으로 선택하였다. 황패강 교수도 전게논문에서 「홍길동전」 중에 완판본이 현실인식을 가장 선명하게 드러난다며 연구대상으로 삼았고, 서종문 교수도(「홍길동전에 나타난 현실인식 문제」, 『허균의 문학과 혁신사상』, 새문사, 1971) 완판본을 대상으로 하였다. 한편 이종주 교수(「한문본 홍길동전의 검토」, 『국어국문학』 99호)는 한문본 「홍길동전」이 완판본이나 경판본에 포함되어 있지 않은 부분이 많다고 하여 한문본 선행설을 주장하고 있다.
9) 「홍길동전」는 『고전소설선』 (한국어문학회편, 형설출판사, 1984.)에 있는 경판 24장본 작품을 대상으로 하였다. 이후에서 각주 부분에 「홍길동전」은 위의 책을 가리킨다. 예로 '「홍길동전」 1상'이고 하였을 때, 위의 책 1페이지 상단에 있음을 가리킨다. 이후에 각주 방법을 이와 같은 방법으로 표기하여 사용할 것이다.

만, 먼저 작품의 구성을 살펴보아야 할 것이다. 작품을 구성하고 있는 서사
단락을 순차적으로 제시하면 다음과 같다10).

1. 홍길동은 홍판서의 아들이다.(가계)
2. 홍판서가 꿈에 청룡을 보다.(태몽 : 낮 시간으로 추정됨)
3. 홍판서는 정부인에게 거절당하고 시비 춘섬과 동침하다.
4. 영웅호걸의 기상을 지닌 길동을 낳다.
5. 길동은 총명과인하나 천비소생이라 호부호형을 못하고 천대를 받
   았다. 서얼로 공맹(글)을 본받지 못할 것을 알고 무과공부(검술)
   를 배우다.
6. 곡산모 초란이 길동을 죽이려고 위계를 꾸미다.(기아 모티프 현
   상)
7. 길동은 도술로 곡산모가 보낸 자객과 상자를 죽이다.
8. 공(홍판서)께 하직하다.(호부호형 인정 받음)
9. 길동이 집을 나와 적굴에 들어가 들독(큰독)을 들고 적당의 행수
   가 되다.
10. 적당들에게 무예를 익히고 군법을 시행한 후, 해인사를 습격하
    다.(괴수임을 증명함)
11. 탐관오리의 재물을 탈취하여 가난한 자들에게 나누어주다.(활빈
    당)
12. 길동은 재주로 초인(집 인형)으로 8명의 길동을 만드는 재주를
    보이다.
13. 길동은 자기를 잡으러 나온 우포장 니흡을 사로잡다.
14. 조정에서는 길동을 잡기 위하여 홍판서 부자를 잡아들이고 형
    인형을 경상감사로 제수하다.(잡혀온 길동이 8명이어서 정홍길

---

10) 서사단락의 구분은 연구자 나름의 분류방식에 의하여 다양할 수 있다. 본고에서는
　　사건에 따른 주인공의 활동 장소의 이동을 중심으로 단락소를 구분하였다. 단 마
　　지막 부분은 한 사건에 대한 기술의 양이 적어 한 단락에 단락소가 중첩되게 구분
　　하였다. 단락소의 중요성에 대해 김일렬교수(「홍길동전의 구조와 의미」, 『국어국
　　문학』 99호, p.90)는 「홍길동전」에서 출생이나 사망을 포함한 어느 시기의 어느
　　행적이든 원칙적으로 다 중요하다고 보았다.

동을 분간 못함)

15. 길동은 병조판서의 제수를 요구하였으나 거절 당하다.
16. 정홍길동이 형 인형에게 철삭으로 포박 당하여 경성에 도착하나 포박을 끊고 도망가다.
17. 조정에서는 길동을 주살하기 위해 거짓으로 병조판서를 제수하다.
18. 조선을 떠나 제도에 가다.
19. 율동을 퇴치하다.(지하도적퇴치설화)
20. 부모(홍판서)의 장례를 치루다.
21. 점령한 율도국에서 왕에 취임하여 태평세계를 구가하다.
22. 길동은 율도국의 왕으로 영화롭게 살다 죽다.(두 처를 거느림)

위와 같이 22단락으로 구분할 수 있다. 위 서사단락에서 보면, 1단락은 길동의 가계를 나타내는 도입부이다. 2-4단락은 길동의 탄생 과정을 기술한 탄생담이고, 5-8단락은 가정에서의 갈등과 기아모티프 현상을 통해 영웅화되는 성장과정을 그린 성장담이다. 그리고 9-17단락은 영웅적인 능력을 마음껏 발휘하는 활동담에 해당한다. 마지막 18-22단락은 이상세계인 율도국 국왕이 되어 행복하게 살다가 죽었다는 최후담이라고 하겠다[11].

위에서 볼때 1-17단락은 조선사회에서 실제로 일어날 가능성이 있는 현실의 세계이고, 18단락 이후는 현실세계인 조선을 넘어선 율도국이란 이상적이고 전설적인 세계이다. 이와같이 「홍길동전」은 조선이란 현실세계와 율도국이란 비현실적 이상세계의 이중적 공간을 배경으로 구성되어 있다.

---

11) 황패강, 「홍길동전의 사회의식」, 『홍길동전』(시인사, 1984) 단락에 대한 뚜렷한 구분의식은 가지고 있지 않았지만, 대체로 출생·출가·활빈당·율도국 경영으로 나누어서 고찰하고 있다.
김일렬, 전게논문, pp.92-100. 본고에서 탄생담과 성장담 부분을 가정에서 일어난 사건, 활동담 부분을 사회(국내)에서 일어난 사건, 최후담 부분을 해외에서 일어난 사건이라고 하였다. 이들이 서로 반복적 구성을 이루고 있다고 하였는데, 그 이유에 해당하는 가정에서의 사건 중에 탄생담을 독립시킴으로 반복적 구성이 어떻게 이루어지게 되었는지 확연하게 들어날 수 있을 것이다.

작자는 이중적 공간의 구성을 통해 구상하는 이상 세계를 제시하고 있다.

2.2. 구성의 특성

도입부인 1단락은 길동의 가계를 기술하고 있다. 이런 수법은 전(傳)을 기술하는 상투적 수법을 받아들인 것이다[12]. 이 단락은 서사의 갈등을 직접 보여주고 있지는 않지만, 2-4단락에 나타나는 결핍요소를 통해 사건의 발단을 예시하고 있다.

탄생담인 2-4단락은 도입의 가계에 대해 구체적으로 설명하고 있다. 2단락은 태몽으로 탄생할 아이의 능력이 청룡에 해당함을 보여주고 있지만, 낮으로 예상되는 시간에 얻은 태몽이기 때문에 밤에 승천하는 용에게 결핍요소가 작용한다. 낮시간에 얻은 태몽은 고난을 상징한다[13]. 이런 고난의 처음 단계가 3단락이다. 3단락은 2단락의 결핍요소를 예시한 것이다. 홍판서는 유교적 이념의 세계에서 낮이라는 시간의 제약 때문에 정부인에게 잠자리를 거절당하자, 조급하게 태몽을 실현하기 위해 시비인 춘섬과 동침한다. 시비 춘섬을 통해 4단락과 같이 태몽이 실현되었다고 하여도 서얼차대법이 심한 사회적 구조 안에서 고난이 예상된다.

탄생담에서의 결핍요소는 5-21단락 사이에 영향을 미친다. 즉 5-8단락은 가정에서, 9-17단락은 조선의 사회에서, 18-21단락은 율도국이란 국가적 차원에서 시련과 극복이 반복적으로 나타난다.

우선 성장과정인 가정에서의 시련과 극복을 살펴보자. 5-8단락은 춘섬

---

12) 김균태, 「전의 장르적 고찰」, 『우전신호열선생고희기념논문집』 (창작과 비평사, 1983), p.204.

13) 낮에 얻은 태몽이라고 해서 모두 결핍되고 고난이 예상되는 것은 아니다. 이율곡의 탄생 태몽도 낮에 이루어졌고 그 이외도 군담소설의 주인공들을 보면 낮에 이루어지는 경우가 많다. 이로 볼 때 그 태몽을 이루는 방법 여하에 따라서 결핍요소로 작용될 수 있다고 하겠다. 그리고 임시발복형 민담에서는 시간이나 장소, 태몽의 성취방법에 아무런 결핍요소를 보여지지 않는다.

이 어머니이기 때문에 겪는 길동의 시련기에 해당한다. 만약 3단락에서 정부인이 홍판서의 요구를 들어주었다면 후기의 군담소설의 주인공과 같이 서술되었을 것이다. 그렇지 못한 길동은 서얼로 천대받으며 이의 극복을 위하여 무과공부에 열중하였다. 그러던 중 길동은 초란의 질투에 의한 위계로 고난에 처하고, 산중으로 쫓겨가는 기아모티프 현상이 일어나게 된다[14]. 길동을 산중으로 쫓은 것에 만족하지 못한 초란이 자객을 보내는 것이 7단락이다. 그런데 기아모티프 현상으로 산정에 간 길동은 오히려 도술을 습득하여 자객을 처치하고, 공(부모)에게 하직하고 집을 떠나게 된다. 이때 길동은 홍판서에게서 호부호형을 허락 받는다. 호부호형의 허락은 길동이 떠날 수 밖에 없는 상황에서 이루어졌고, 그 인정이 사회에서 통용될 수 없는 것이기 때문에 사회문제로 부각되는 것이다.

서얼문제를 사회문제로 제기한 것이 9-17단락이다. 길동은 서얼이기 때문에 사회에서 그의 존재적 가치를 인정받을 수 없다. 그런 길동은 가정에서 홍판서에게 호부호형을 허락받았지만, 자신의 존재가치를 사회적으로 확인받고자 9단락과 같이 집을 떠나 적당이 모인 적굴에 들어가 행수가 된다. 길동이 적당의 행수가 되었지만, 완전한 것이 되기 위해 지혜·용기·재치를 보여줄 필요가 있었다. 그것이 해인사를 습격하는 10단락이다[15]. 이를 통해 길동은 인정받은 도적의 괴수로서 11-16단락에서 능력을 유감없이 발휘한다. 이 부분은 단락간에 병렬적인 관계를 유지하면서 2단락의 태몽과 같은 길동의 능력을 보여주고 있다[16]. 그런 능력에도 불구하고 당시 조선의 조정에서는 형식논리에 빠져 길동의 능력을 인정하지 않다가 대

---

14) 기아모티프가 성장한 다음에 이루어진다는 점이 비극적 장수설화와 비슷하다. 그런데 비극적 장수설화에서는 기아현상을 당하면서 무사적인 성장만 보이고 지적인 성장이 멈춰, 기형적으로 발전하여 최후에 비극적인 종말을 고한다. 이에 반하여 「홍길동전」은 기아현상을 당하면서도 군담소설과 같이 신이성이 부각되는 쪽으로 발전하였다.

15) 임형택, 전게논문, p.339.

16) 길동의 능력이 뛰어나고 훌륭하지만 그가 서얼이란 점, 즉 어머니가 시비였다는 점이 결핍요소로 작용하여 조정에 쓰여지지 못하였다.

항할 수 없자, 17단락과 같이 기만적인 술책을 벌인다. 길동은 자신을 주살하려는 지배층의 위선을 간파하고 도술로 파괴시켜 부분적으로 인정받게 된다.

길동이 조선국에서 병조판서를 제수받았지만 완전한 것은 아니었다. 병조판서 제수 자체가 위선적이고 기만적이었기 때문에 조선국을 떠나는 단락이 18단락이다. 즉 지배층의 위선을 간파한 길동은 조선 사회를 떠나 새로운 이상국가를 건설하지 않고는 자신의 존재가치를 인정받을 수 없음을 깨닫고 인간적 존재로서 활동할 수 있는 공간으로 섬을 물색하였다.

길동이 제도로 간 이후의 활동 기록은 민담적 세계를 도입하였고, 길동의 국가건설과 최후를 기술하였기에 최후담이라고 하겠다. 특히 이 부분은 국가건설을 통해 문제를 해결하려 하고 있다. 18단락에서 제도라는 이상세계를 건설하였지만 완전한 것은 아니다. 그래서 완전한 국가적 차원에서 존재가치를 인정받기 위한 시련이 필요하다. 이것은 망당산 요괴 율동을 처치하는 19단락이다. 율동이란 요괴를 처치하면 국가적 차원의 두목(왕)의 존재로 인정받을 수 있다. 그런 길동이 예비 통치자로 활동하는 것이 20단락이다. 이 단락은 국가의 통치이념을 효에 두었음을 나타내는데, 이를 통해 8단락에서 허락하였던 호부호형이 진실로 이루어짐이 확인되고 있다. 이 뒤 21단락에 율도국을 점령하도록 결구한 것은 효를 통해 인간으로서 최고의 지위인 왕이 되어 이상을 이루고, 자아를 실현하는 과정을 보여준 것이다17). 그리고 서얼차대가 없는 이상국가를 건설하게 된다. 또 길동은 율도국왕이 된 후에 조선국왕에 표문을 올려 조선국에서의 병조판서가 확고한 것임을 보여주도록 결구시켜 놓았다18). 마지막 단락은 서얼차대가 없는 이상세계를 만든 길동이 영화롭게 살다 죽은 것으로 장식하고 있다.

---

17) 최래옥, 「심청전의 총체적 분석」, 『한국학논집』 5집 (한양대 한국학연구소, 1984. 2.)
18) 황패강, 전게논문. 이런 행위를 홍길동 성격의 이중성으로 보고 있으나, 이는 표면적인 의미이고 내면적인 의미로 볼때 조선국에서의 병조판서 제수가 사실임을 확인받고 싶은 욕망의 표출이라 하겠다.

이상 「홍길동전」의 서사단락을 구성단위로 도식화하면 다음과 같다.

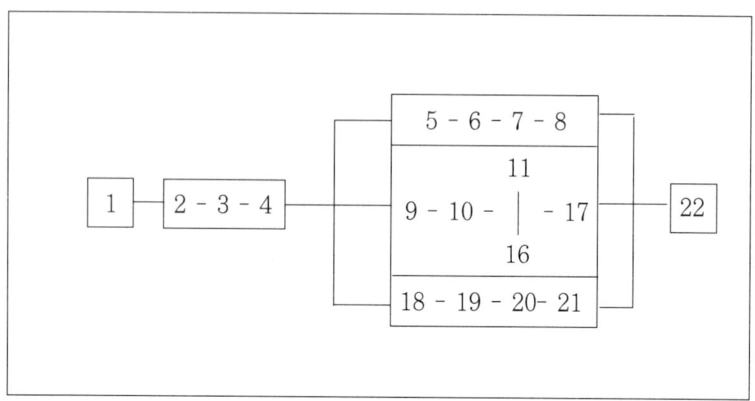

〔「홍길동전」의 구성단위도〕

위 도식을 보면, 2-4 단락이 한 그룹을 형성하고 있다. 이는 홍길동이 탄생하게 된 배경을 설명하는 부분이다. 여기에서 2단락은 어떤 결핍요소를 가지고 있지만 그 자체가 결핍된 것은 아니다. 2단락의 잠재된 결핍요소는 3단락의 실행 과정에서 나타나게 된다. 2, 3단락을 통해 4단락과 같이 실현되지만, 서얼이란 결핍요소가 직접적으로 드러난다. 이와같은 결핍요소는 뒤의 성장담(5-8단락), 활동담(9-17단락), 최후담(18-22단락)에 반복 중첩하여 영향을 미치고 있다. 「홍길동전」의 구성단위들은 공간적 측면에서 보면 성장담은 가정적의 측면에서, 활동담은 사회의 측면에서, 최후담은 국가적 측면에서 일어난 일이다.

각 구성단위의 공간들은 4단계로 나누어지며, 각 공간의 첫단계는 도입의 역활을 한다. 그리고 둘째단계는 각 소속 사회의 정당한 일원이 되기 위한 입사식 모티프의 의미를 가지고 있다. 그 다음의 단계는 그의 능력을 과시하는 단계이다. 그래서 넷째단계에서는 불완전하게나마 그 사회의 정당한 일원으로서의 자격을 획득하게 된다. 이런 구성방식은 「홍길동전」의 전체 구성에서도 적용되고 있다.

　앞 공간에서 인정은 뒤 공간에 존재하는 보다 강력한 힘에 의해 통용되지 못한다. 「홍길동전」은 통용되지 못하는 길동의 존재가치를 획득하기 위하여 뒤에 공간을 확대하는 구성의 반복을 하고 있다. 이때 구성은 단순한 반복이 아니라 저항세력의 확대로 공간의 확대, 이에 따라 신분의 변화를 수반하게 되는 것이다. 그런데 위 반복적 구성에서 3번째인 국가 측면의 공간은 앞의 가정이나 사회에서 불완전하게 인정되었던 홍길동에 대한 존재가치를 사실적이고 확실한 것임을 확인하는 작업을 수행하고 있다. 마지막 22단락에서는 길동이 서얼이지만 태몽을 실현한 존재로서 서얼을 철폐하는 것으로 대단원의 종결을 맺고 있다[19].

2.3. 서사구조의 특징

　「홍길동전」을 22개의 구성 단락으로 나누고, 이를 도입, 탄생담, 성장담, 활동담, 최후담으로 크게 4단계로 분류하였다. 그런데 이 작품은 현실적 세계와 비현실 세계를 대립적으로 구성시켜 놓아, 현실에서 제기한 문제를 비현실적인 세계에서 해결하도록 구성하여 놓고 있다. 이 작품은 순차적으로 도입부 – 탄생담 – 성장담, 활동담, 최후담 – 결론으로 이루어진 구성단계를 보이고 있다. 그런데 탄생담에 결핍요소를 제기하여 작품의 구성에 영향을 미쳐 성장, 활동, 최후에 관한 삽화가 반복적으로 이루어지도록 구성되고 있다.

　이 반복구성은 각 단계별로 장소, 인물, 사건, 신분이 변화되고 있었다. 길동의 활동공간인 장소의 변화에 따라 서사구조의 다른 기본축도 확대 변화하였다. 이때 장소, 인물, 사건, 신분의 변화는 각 구성단계에서 각기 인과적인 관계를 가지며 한 축을 이루는 사각구조도를 만들고 있다.

---

19) 김재용, 전게논문, 38-45. 율도국에 관한 기술 참조.

성장담에서 기본축은 서얼인 길동이 가정이란 공간에서 적대세력인 초란의 음모를 극복하고 호부호형을 이루었다는 사각구조를 이루게 된다. 그리고 활동담에서는 도적의 두목이 된 서얼 길동이 조선사회란 공간에서 지배층의 위선을 제거하고 병조판서를 제수받게 된다는 확대된 사각구조를 형성하게 된다. 그리고 최후담에서 우두머리(가왕)이 된 서얼 길동이 국가적 차원의 공간에서 무능한 율도국왕을 제거하고 앞에서 제기되었던 서얼과 적서차별 등의 문제를 해결하고 능력이 있는 국왕이 된다는 사각구조를 만들게 된다. 왕이 되어 이 작품에 처음에 제기하였던 서얼차대를 완전하게 극복하는 서사구조의 완결성을 이루게 된다. 이처럼 「홍길동전」은 장소의 변화, 인물 변화에서의 길동의 성격과 적대세력의 변이, 인물 변화에 따른 사건 변화, 그리고 사건을 해결한 결과에 따른 길동의 신분 변화하고 있었다. 이를 도표화하면 아래와 같다.

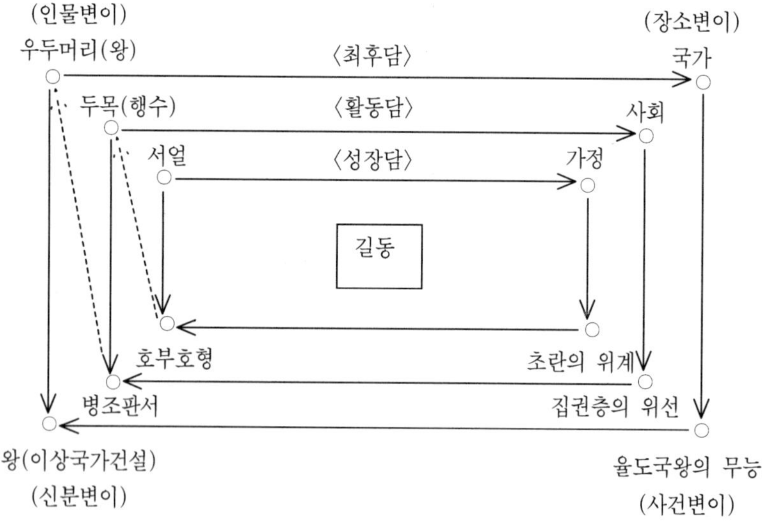

「홍길동전」의 서사구조도

위의 서사구조도에서 보는 바와 같이 「홍길동전」은 반복과 연쇄구조를 이루고 있다. 가장 가운데 있는 구조도는 가정에서 일어난 길동의 사건을 나타내고 있다. 길동이 호부호형을 인정받았으나, 둘째의 사각구조에 의해 불완전한 것이 된다. 호부호형의 완전한 성취를 위해 사회를 대상으로 한 자아실현을 위한 노력을 시도한다. 길동은 조선집권층의 위선과 무능을 폭로하면서 병조판서라는 신분적 상승을 가져오지만 역시 불완전한 것이다. 그리하여 비현실적 세계를 끌어들여 길동이 태몽과 같은 능력을 성취하였음을 보여주고 있다.

비현실적인 율도국의 부분은 공간의 확대를 통해 보상적인 차원에서 해석되어야 한다. 길동은 조선에서 완전하게 이룬 것이 없다. 길동은 조선 사회를 떠나 왕이 됨으로 조선에서 불완전하게 성취한 적서차별의 호부호형, 병조판서 제수가 정당하고 확실한 것으로 인정받게 된다. 이처럼 「홍길동전」는 적서차별을 극복하여 자아실현을 이룩하는 과정을 일관성 있게 반복 연쇄의 서사구조를 이루고 있다.

구조가 확대되는 연쇄구조의 과정에는 동굴모티프가 차용되고 있다. 「홍길동전」에 나타난 두 번의 동굴모티프는, 길동이 홍판서에게 호부호형을 허락받았지만 집을 나가 들어간 적굴과, 조선에서 병조판서를 거짓 제수 받고 조선을 떠나 제도로 가 율동을 퇴치하는 지하도적퇴치삽화를 수용한 부분이다. 이는 동굴모티프가 가지고 있는 의미망을 차용하여 인위적으로 설정한 공간의 확대 양상을 자연스럽게 설명하기 위한 방편으로 보인다.

동굴은 제주도 삼성혈, 고구려 수신굿의 굴혈처럼 모성적 생명의 창조와 자궁 구실을 하기도 한다. 또 동명왕이 기린굴에 들어가는 것, 용녀가 개성의 큰 우물에 들어가는 것, 탈해왕의 돌문이 속에 머무르는 것 등은 죽음을 의미하지만, 그 동굴 속에 들어갔다 나오는 것은 상징적으로 재생, 거듭남, 신생, 부활을 의미한다. 이처럼 동굴은 속을 성화하는 비밀의 장소이다. 즉 세속적인 것을 거룩한 것으로, 평범한 것을 초월적인 것으로 바꾸는 정신적 재생력을 가진다. 동굴은 어둠과 죽음의 세계이지만, 밝음과 새 삶의 창조하는 신비의 장소이다. 이런 동굴 속을 통과하는 고난을 겪은 주인공만이 비로소 새 생활을 출발할 자격을 가진다. 이것이 바로 엘리아드가 말한 통과의례요 입사식 절차라 하겠다.

「홍길동전」 수용된 첫 번째 동굴모티프는 가정에서 사회로 확대되는 시점이다. 주인공은 사회 공간에서 활동성을 보장받기 위한 능력의 확장이 필요하다. 「홍길동전」에서 주인공은 가정에서 인정이 사회적으로 통용되지 못하자, 이런 사회에 대응할 수 있는 능력을 갖춘 인물로 확대가 요구되었다. 가정이란 개인적 힘에서 사회란 집단적 세력화를 위한 방법으로 적굴에 들어가 적당의 괴수가 되어 수적인 확대를 가져오게 된다.

「홍길동전」 수용된 두 번째 동굴모티프는 사회에서 국가로 확대되는 시점이다. 국가의 건설은 경제력과 군사력을 함께 획득하여야 한다. 길동이 조선사회의 한계를 인식하고 새로운 이상세계를 건설하려 하였을 때, 율동을 처치하고 백룡의 경제력과 군사력을 얻고 백성들의 인덕을 얻어 율도국을 점령할 수 있는 힘을 얻게 된다.

이처럼 작자는 「홍길동전」에 동굴모티프를 서사구조가 확대되는 곳에 배치하여 구조의 일관성을 유지하도록 설정하고 있다.

3. 「홍길동전」의 구조적 의미

앞 장에서 「홍길동전」의 구성을 순차적인 단락소 배열을 통해 구조적 특징을 검토하여 보았다. 그 결과 작품은 도입부– 탄생담– 성장담, 활동담, 최후담– 결과부 등의 구성을 통해 반복과 연쇄 구조를 이루고 있다. 이는 단순한 반복 연쇄 구조가 아닌 확대된 반복과 연쇄 구조였다.

일부 논자들은 성장담에서 가정내 호부호형의 문제를, 활동담에서는 서얼의 등용 문제를, 최후담에서는 주장하였던 서얼의 문제를 망각하고 2명의 부인을 얻었다는 점 등에서 주제의 일관성을 상실하였다고도 하였다. 또한 사회의 개혁소설로 보고, 아버지나 왕과의 대립에서 소아병적 행동을 보여주는 점을 한계로 설정하기도 한다. 이것은 「홍길동전」을 너무 과대평가를 하였거나, 아니 작가의 의도를 잘못 해석한 것으로 보인다. 「홍길동전」의 구조는 앞 단계의 성공이 뒤 단계에 의해서 불완전한 것이 되기 때문에 새로운 공간인 뒤 단계로 이동하게 된다. 이를 고려한다면 비현실적인 율도국의 설정도 그 나름대로의 의미와 의의를 가지게 된다.

따라서 본장에서는 「홍길동전」의 순차적 구조가 함축하고 있는 의미를 파악하는데 주안점을 두고자 한다. 탄생담, 성장담, 활동담, 최후담을 중심으로 각 부분이 담고 있는 단락소의 의미를 화소의 분석 방법[20]으로 분석하여 「홍길동전」이 추구하는 주제의 변화양상과 의미를 검토하고자 한다.

3.1. 결핍된 신이한 탄생

「홍길동전」의 탄생담은 홍판서가 어느 날 청룡의 태몽을 꾸었다는 점에서 신이성이 있다. 이런 태몽은 고려 왕건이나 이율곡의 태몽과 별 차이가 없다. 홍판서가 꾼 길동의 태몽을 정부인에게 가서 이루었다면 길동은 군담소설의 주인공이 되고, 또한 소설의 구조도 군담소설적 구성을 이루는 영웅담 구조와 같았을 것이다.

이처럼 길동의 태몽 자체에는 결핍요소를 지니고 있지 않지만, 그것을 실현하는 과정이 결핍요소로 작용하고 있다. 이 태몽을 꾼 것은 낮 시간으로 추정된다. 왜냐하면 홍판서가 태몽을 꾸고 실현하기 위하여 정부인에게 달려갔으나, "샹공이 체위 존중ᄒ시거늘 년쇼경박ᄌ의 비루ᄒ물 힝코져 ᄒ시니"[21]라며 정부인에게 거절당하였다. 이는 남녀관계를 맺기에 부적절한 시간에 꿈을 꾼 것으로 추정할 수 있다. 만약 밤에 태몽을 꾸어 곧바로 정부

---

20) 최래옥, 『한국구비전설연구』 (일조각, 1982)
21) 「홍길동전」 1상.

인에게 갔다면 거절하지 않았을 것이다. 그런데 「홍길동전」은 홍판서가 낮으로 추정되는 시간에 얻은 태몽을 설정하여 길동이 심각한 고난을 겪을 영웅으로 서사화 될 것을 예시하고 있다.

홍판서는 청룡 태몽을 얻고 이를 실현하려고 정부인에게 갔다가 거절당한다. 낮으로 추정되는 시간에 태몽을 실현하려는 홍판서의 행위는 유교사상을 철저하게 교육받은 시대의 아녀자에게 당연하게 거부되고 비판되어야 할 대상이다. 낮에 얻은 태몽은 정상적인 방법이 아닌 비정상적인 방법, 즉 남녀간의 애정을 낮에 실현해야 할 것이 당연한 귀결이다.22) 작자는 이런 전설적인 소재를 취하여 태어날 아이의 미래의 운명과 결구시켜 갈등의 대립 양상을 보여주고 있다.

홍판서는 정부인에게 거절당하고 부인의 지혜가 없음을 한탄하다가 시비 춘섬과 관계를 갖는다. 춘섬과 관계는 단순한 정분의 상통이 아니라 태몽의 실현이지만 결핍요소를 가지게 된다. 정승인 홍판서가 천비 소생에게 청룡의 꿈을 실현하려 하였다. 당시의 사회는 종모법에 따라 천비 소생이 태몽에서 본 청룡과 같은 역할을 수행할 수가 없었다. 만약 홍판서가 천비 소생에게 태몽 청룡의 실현이 가능하다고 생각하였다면, 이미 가문에 닥칠 고난을 감내할 의지를 가지고 있거나 역적 의식을 가졌다고 하겠다.23) 작가가 「홍길동전」에서 청룡 태몽을 얻은 홍판서가 이의 실현 대상으로 춘섬을 설정한 것은, 천비 소생이 서러움을 해결하는 극복 과정에서 갈등을 예고한 것이라 하겠다.

홍판서의 신이한 태몽은 이처럼 그 실행 과정을 통해 절름발이 양반의 영웅호걸을 탄생시키게 된다. 이런 절름발이 양반인 길동은 신분적 차대 때문에 조선사회에서 쓰일 가치가 없는 존재로 나타내고, 그의 영웅성과 자질은 가정적 사회적 갈등을 첨예화시킬 요소임을 설정하고 있다고 하겠다.

---

22) 홍판서의 조급성을 드러내어, 양반들의 유유자적한 태도의 허위성을 강조하고 있다.
23) 이런 상황의 설정은 홍판서의 의지가 아니라, 작가가 작품 구성의 의도를 담고 있다고 하겠다.

길동의 탄생담은 서사 전개의 발단 부분으로, 사건을 복선화시키고 있다. 하나는 훌륭한 아들을 낳아 탁월한 능력을 드러내게 될 것이고, 다른 하나는 그 아들이 결핍요소로 인하여 능력과 현실 사이의 갈등으로 고난이 따를 것이다. 「홍길동전」은 신이한 탄생담에서 낮으로 추정되는 시간에 꿈을 꾸었다는 것, 태몽을 실현하는 방법에서 양반들의 조급성과 사려 없는 행위를 통해 결핍요소를 지니도록 설정된 것이다. 이런 탄생담에 나타난 결핍요소는 정부인 유씨의 형식주의적인 윤리관과 홍판서의 무절제한 욕망이 결합된 결과이다.

이런 결핍요소가 지닌 탄생담은 당시 사회적으로 문제를 야기시키는 서얼계층을 형성하는 일면을 보여주고 있다. 뿐만 아니라 비정상적인 결합으로 탄생하여 사회에 쓰지 못한 많은 서얼들에게 애정을 드러내고 있다. 그런 서얼들은 정상적인 능력을 인정받지 못하고, 부당한 대우뿐만 아니라 관리 등용의 길조차 막혀 하릴없이 음풍명월이나 부르던 사회계층을 형성하게 된다. 길동의 결핍된 탄생담은 이런 문제점을 폭로하는 동시에, 신이한 능력을 지닌 서얼인 길동이 서얼차대로 살아가면서 겪어가는 고난과 이의 극복을 드러내기 위한 복선화 방법으로 보인다.

3.2. 특이한 기아모티프(성장담)

성장담 속에 기아모티프는 가정이란 공간의 갈등에서 비롯된 것으로, 영웅담의 한 과정이다. 그렇지만 신화에서는 간략하게 기술되고, 아기장수와 같이 민담세계에서는 서사전개의 중심이 되기도 한다. 「홍길동전」에서는 신화적 성격과 민담적 성격의 중간에 놓여 있다. 「홍길동전」에서는 신이한 태몽을 얻은 탄생과 고귀한 혈통을 가지고 태어났다는 점이 신화적 요소이고, 조선 사회에서 시비 춘섬을 어머니로 하였다는 점이 전설의 비극적 요소이다. 또 홍길동의 성장을 중시할 때 그의 영웅성과 비범성의 과시는 천부적 것으로 신화적이지만, 아버지와의 대립 갈등에서 허약하고 미약한 자식으로 나타난 것24)은 전설적 요소이다.

「홍길동전」에 나타난 기아모티프는 특이하다. 신화적인 영웅의 기아모티프는 어릴 때 부모에게 행해진다. 그런데 홍길동은 곡산모 초란의 위계로 열세 살에 집에서 홍씨 문중의 산정으로 쫓겨나게 된다. 길동이 쫓겨나는 것은 부모의 직접적인 의도가 아니며, 생존의 문제에 걸린 것도 아니다. 이런 점에서 「홍길동전」은 좌절한 영웅담의 기아모티프와 유사하다25). 그런데 좌절한 영웅담에서는 기아모티프 결과는 뒤의 결구에서 결핍요소가 되어 나타나는데 비하여, 「홍길동전」에서는 오히려 길동이 일취월장을 성취하는 계기가 된다는 점에서 신화적 영웅담의 요소를 보여주고 있다.

(1) 자아실현 가능성의 배태

「홍길동전」에 나타난 첫 번째 기아모티프 현상이 일어나는 과정과 의미를 살펴보자.

길동은 홍판서의 욕망으로 탄생하여 용꿈과 같이 총명과인하나 천비소생으로 태어나 천대와 멸시를 받았다. 길동은 하나를 들으면 백을 아는 총명함이 있어, 자신에게 부여되는 천대가 부당하다고 생각한다. 홍판서는 총명과인한 길동을 애지중지하고 싶지만, 서얼이기 때문에 얼싸안지 못하고 방자해질까 꾸짖기만 한다.

이런 속에서 자란 길동은 입신양명하는데 미천한 말단직으로 만족해야

---

24) 조동일, 『한국소설의 이론』(지식산업사, 1981), p.254. 아버지와 왕으로 상징되는 낡은 질서에서 새로운 질서로 나아가야 하는데, 왜소한 일상적 홍길동은 충효라는 윤리의 제약을 벗어나지 못한다고 하였다.

25) 강현모, 「이몽학설화의 연구」, 『한국학논집』13집 (1988.2.) 이 논문에서는 아기장사전설과 같은 영웅담을 좌절한 영웅담으로 설정하고 이몽학과 같이 어떤 일을 시도하였으나 결실을 거두지 못한 인물을 실패한 영웅담으로 설정하였다. 본고는 이몽학과 같이 결실을 거두지 못한 인물의 영웅담을 좌절한 영웅담이라 하고, 아기장사 전설 중에 일을 시도조차 못한 유형의 이야기는 영웅담으로 취급하지 않기로 하겠다.

하는 한계가 있는 문관보다, 공명을 날릴 수 있는 무관으로 출세하려고 노력한다. 길동은 실현의 가능성을 위해 집을 떠나기를 원하나, 시기의 미숙으로 가정에 기다리고 있었다. 집안의 멸시와 천대를 참고 있을 때, 길동에게는 곡산모의 위계로 더 집안에 있지 못하고 산정으로 보내는 기아모티프의 현상을 나타난다.

곡산모 가해는 길동이 총명과인하여 그를 낳은 춘섬에게 홍판서의 사랑을 잃을까 하는 불안감에서 비롯된다. 만약 길동의 적자였다면 곡산모의 위계가 가능할까? 기생 출신인 곡산모는 사람의 사랑을 잃으면 생존 가치를 상실하는 존재이다. 더욱이 정부인도 아닌 시비와의 사랑 다툼에서 패배는 죽음을 의미할 것이다. 곡산모의 시기와 질투는 길동이 서얼이기 때문에 일어난 가정 내의 갈등이다. 곡산모는 홍판서의 사랑을 잃지 않고, 위협의 대상인 길동을 제거하기 위하여 무녀와 짜고 관상쟁이를 홍판서에게 보낸다. 관상쟁이는 길동이 총명과인하고 왕후의 기상을 있어 가문을 멸족시킬 염려가 있다고 한다.

> 공ᄌ의 상을 보니 쳔고영웅이오 일더 호걸이로디 다만 지쳬부죡ᄒ오 다르 넘녀는 업슬가 ᄒᄂ이다. 흉즁의 죠홰 무궁ᄒ고 미간의 산쳔졍긔 영농ᄒ오니 진짓 왕후의 긔상이라 장셩ᄒ면 장촛 멸문지화롤 당ᄒ오리니26)

위의 관상쟁이의 말은 길동이 조화무궁하여 가문의 위험이 있을 것이란다. 허균 살던 당시의 사회에서 서얼들은 양반사회의 고답적인 사고의 틀에서 벗어나 있기 때문에 능률적이고 합리적인 사고를 할 수 있다. 서얼들은 자신들의 합리적이고 능률적인 사고가 수용되지 못하자 반사회적 행위와 의식이 팽배하여 졌다. 곡산모는 무녀와 관상자와 짜고 홍판서에게 길동이 서얼들의 반사회적 분위기에 불을 댕길 중심인물이 될 수 있다고 아뢴다. 이

---

26) 「홍길동전」 2하.

처럼 「홍길동전」에서는 당시의 생활상을 반영하여 길동이 총명과인하고 조화무궁하니 서얼들의 반사회적인 상황에 불을 댕기는 반역자의 역할을 수행하여 가문을 멸문시킬 수 있다고 제시하고 있다.

홍판서는 멸문지화란 경악스러운 말에도 불구하고 "사롬의 팔즈는 도망키 어렵거니와"27)라면서 더 이상 길동에 관해 언급하지 못하게 한다. 이런 홍판서의 행위는 자신이 저지른 행동의 책임을 나타내는 동시에 태몽에 대한 기대심리인지도 모른다. 홍판서의 내면에는 길동이 서얼이지만 태몽과 같이 훌륭한 일을 이룩할 존재로의 기대심리와 현실적 상황에서 반역에 대한 불안감으로 갈등이 야기된다. 홍판서는 이런 심리적 상황으로 마음의 병이 들고, 길동을 산정으로 추방하고 행동을 감시하는 기아모티프로 나타난다.

「홍길동전」의 기아모티프 부분은 기아의 대상이 일거수일투족 감시를 당한다는 점이 특이하다. 신화적 영웅담의 기아모티프는 주인공이 아주 어릴 때 즉 자아의 존재를 인식하지 못한 상태에서 일어난다. 반면에 좌절한 영웅담에서는 주인공이 자아의 존재를 인식하기 시작할 때 부모가 아니라 남(선생)에게 버림을 당한다. 「홍길동전」에서 길동은 자아를 인식하고 정확한 자신의 진로를 결정하지 못한 상태에서 곡산모의 참소로 아버지가 추방한다. 「홍길동전」의 기아모티프가 일어난 상황은 좌절한 영웅담에 가깝고, 추방의 주체가 아버지란 점은 신화적 요소를 가진다.

길동을 산정에 보낸 것은 다른 사람과의 관계를 단절시킴을 의미한다. 신화적 영웅담에서는 기아의 주인공이 완전하게 성숙하지 못한 부족한 부분을 신이한 힘의 도움으로 성취되지만, 좌절한 영웅담에서는 제공받을 기회가 제거된다. 다시 말해 좌절한 영웅담은 영웅에게 어떤 능력을 전수해야할 사람(선생)에 의해서 기아현상이 일어난다. 선생에게 버림을 당한 아이는 영웅이 될 때 배우지 못한 요소로 인하여 좌절하게 된다. 그런데 길동은 기아모티프의 현상으로 산정에 쫓겨 와서 한 행동이 특이하다. 길동은 영웅이

---

27) 「홍길동전」 2하.

되는데 그를 쫓아낸 곡산모나 홍판서의 도움이 필요하지 않다. 그리고 길동은 산정으로 쫓겨와서 오히려 무예와 도술(육도삼략, 천문지리, 주역)공부에 주력하여 성취하고 있다. 「홍길동전」의 기아모티프에서는 신이한 힘의 도움이나 보충 요소의 결핍이 아니라, 자아실현의 계기를 마련하였다는 점이 특이하다.

(2) 자아의 인식

곡산모는 길동을 쫓아낸 것에 만족하지 못하고 죽이려고 하였다. 길동이 자아실현을 위해 노력하고 있을 때, 집에서는 곡산모를 중심으로 길동을 제거하려는 음모가 일어난다. 곡산모는 우선 자객을 구해 놓고 홍판서와 의논하지만 거절당한다28). 곡산모는 다시 정부인과 좌랑 인형에게 허락을 받고 자객 특재로 길동을 죽이려고 한다.

길동은 자객 특재의 습격을 받으면서 잠재해 있던 신이성을 드러낸다. 길동의 신이성은 영웅이 되는 비범성과 용감성을 나타내는 통과제의적인 시련극복의 단계를 나타낸다. 길동의 신이성은 천부적인 것으로 나타나지만, 그의 노력으로 습득한 것을 과장되게 표현한 것으로 보인다. 이것은 길동이 산정에 가서 육도삼략이나 천문지리를 공부하였다는 점에서 유추할 수 있다. 뿐만 아니라 길동이 자객 특재를 처치할 때의 도술책으로 여기는 주역을 읽었다는 점에서 확인할 수 있다29).

---

28) 황패강, 「홍길동전의 사회인식」, 『홍길동전』(시인사, 1984), p.10. 완판본 「홍길동전」에는 홍판서가 "이 놈이 본릭 범상훈 놈이 아니요. 쏘훈 쳔싱됨물 즈튼ᄒ여 만일 범남훈 마음을 머그면 누디 갈츙보국ᄒ던 일이 쓸디 업고 디화 일문의 밋치리니 밀이 져을 업셰여여 ᄀ화을 덜고져 ᄒᄂ 인졍의 츠마 못훌 비라" 일가의 장래를 생각하여 길동을 미리 없애어 화근을 끊어버리는 것이 상책이겠으나, 인정에 차마 이렇게 할 수 없었던 것이라 한다.
29) 일상적으로 주역은 도술을 할 수 있는 방법을 습득하는 책으로 인식하여 왔다. 따라서 이 주역을 열심히 읽어다는 것은 길동의 능력은 천부적인 것이 아니라, 그의 노력에 의해서 습득된 것이라 믿도록 하는데 있다고 하겠다.

길동은 힘만 믿고 온 자객 특재를 도술로 혼내 준다. 이때 특재는 길동에게 '죽이려고 온 행위가 자신의 의지가 아님'을 나타내는데, "너는 죽어도 나를 원치말나 쵸난이 무녀와 상즈로 ᄒ여곰 샹공과 의논ᄒ고 너를 죽이려 ᄒ미니"[30] 라며 상공이 허락한 일이라고 하였다. 반면에 길동은 특재의 출현으로 자아실현의 가능성과 자신의 존재가치를 발견하게 된다. 길동은 자신의 존재가치와 탁월한 영웅성과 신이성을 인식하고, 특재와 무녀는 물론이고 곡산모 초란까지 죽이고자 하였으나, 아버지란 끈에 연결되어 포기하는 유교적인 관념에 허약한 이중적 성격을 보여주게 된다.[31]

길동은 변란으로 집에서 떠나게 될 때 소원하였던 호부호형을 인정받게 된다. 호부호형의 허락은 홍씨 가문에서 길동이 한 인간으로 존재가치를 인정받은 것이라 하겠다. 그런데 호부호형의 인정에는 두 가지를 고려해야 한다. 하나는 길동이 집을 떠날 수밖에 없는 상황에서 이루어졌다는 점이고, 다른 하나는 홍문의 안에서만 통용될 수 있는 형식적인 인정이란 점이다. 특히 홍판서가 이루어준 호부호형의 인정은 길동이 꿈꾸던 입신양명에 아무런 쓸모가 없는 것이다.

이 호부호형의 인정은 이중적 성격을 가진다. 표면적으로는 홍씨 가문에서 길동의 존재를 인정하여 무마하고, 이면으로는 호부호형을 가정에서 인정하여도 사회구조 안에서 가치가 없음을 인식시키게 된다. 그렇기 때문에 호부호형의 인정은 집을 떠나는 길동을 붙잡아 둘 조건이 될 수 없고, 다만 길동이 영웅성의 발견으로 가문 안에서 자아실현(존재가치)을 성취하였다는 점이다. 이때 길동이 얻은 자아실현은 완전한 것이 못 된다. 길동은 가문에서의 자아실현이 완전한 것으로 성취하기 위해 가정을 포함하는 사회에서 획득하도록 새로운 도전이 필요하였다.

「홍길동전」에 나타난 기아모티프는 길동을 인간의 존재가치를 발견하고

---

30) 「홍길동전」 3하.
31) 이런 사고는 「홍길동전」을 사회 반역소설, 또는 개혁소설로 보기 때문이다. 「홍길동전」은 유교적 사유 속에서 인간적 존재가치의 실현으로 보면, 효와 충의 문제는 별개로 여겨진다.

그를 실현하도록 도전하는 인물로 성장시키는 통과의례적인 성격을 지닌다. 그리고 곡산모의 1차 흉계는 기아모티프 상태의 길동에게 탁월한 능력의 신이성과 비범성 발견하여 영웅적 성격이 드러내는데 목적이 있다. 이 위기를 극복한 결과로 길동은 호부호형을 허락받아 가정 안에서 자아실현을 이루게 된다. 하지만 이것은 불완전한 것이기에 보다 확고한 자아실현을 획득하기 위해 집을 떠나야 한다. 따라서 소설의 전개는 이처럼 호부호형이 완전한 것으로 되기 위해서 가정을 포함하는 새로운 집단에서 획득하여야 하기 때문에 사건의 확대가 필요하였다. 이것은 가정에서 일어난 불편부당성이 자체 만의 문제가 아닌 보다 가정이란 공간을 포함할 수 있는 확대된 사회에서 비롯되었기 때문이다. 따라서 곡산모의 2차 위계는 길동에게 특이한 형태이기는 하지만 2차의 기아모티프를 유발시키고 있다.

3.3. 존재의 가치실현과 활빈당

홍길동이 자기존재의 가치실현을 위해 노력한 시기는 적굴에 들어가면서부터 조선을 떠날 때까지이다. 길동이 적굴에 들어가 행한 해인사의 습격은 사회를 상대로 불편부당성을 혁파할 능력을 가진 자인가를 시험하는 입사모티프의 단계이다. 따라서 길동은 해인사의 습격을 성공하고서 명실상부한 활빈당의 괴수가 되었다. 이후에 길동은 인간 존재가치를 실현하기 위해 탐관오리들의 재물탈취, 초인으로 일곱 길동 만들기, 우포장 니흡 잡기, 여덟 길동 잡혀오기, 잡혀오다 철삭 끊고 도망가기 등 신이성, 비범성, 용감성과 지혜를 보여주고 있다. 자기존재의 가치실현을 위한 행위는 한 번으로 인정받을 수 없기 때문에 일련의 행위들이 반복적인 나열 또는 병렬적인 연결을 통해서 가능하였다.

(1) 가치실현의 기반 확보

길동은 호부호형의 문제가 가정에서만 해결될 수 없음을 깨닫는다. 길동은 자신의 존재가치가 당대의 현실에서 통용되지 못함을 알고 산수에 묻혀 살고자 정처 없이 집을 떠난다. 길동이 간 곳은 별세계로 통할 수 있는 동굴의 입구였다. 동굴 입구는 도교에서 신선들이 사는 세계로 통하는 곳이요, 민담에서 지하세계 또는 별세계의 입구이다. 동굴 입구는 길동이 사회에 들어오거나 활동의 성패를 시험하는 통로의 의미를 가진 통과의례적인 입구인 것이다.[32] 동굴 입구의 통과는 길동에게 부여한 호부호형의 문제가 가정문제를 떠나 사회문제로 변화되었음을 상징한다. 이는 동굴 입구에서 만난 도적에게 "나는 경성 홍판셔의 쳔첩쇼싱 길동이러니 가즁쳔디룰 밧지 아니려 ㅎ여 사히팔방으로 졍쳐업시 단니더니 우연이 이곳의 드러와 모든 호걸의 동뇨되물 니르시니 불승감사 ㅎ거니와 쟝뷔 엇지 져만흔 돌들기룰 근심ㅎ리오"[33]란 말에서 호부호형이 사회에 통용되지 못함을 알 수 있다.

우두머리(괴수)는 힘만으로 되는 것이 아니라 지혜가 있어야 한다. 홍길동이 적굴에 들어가 들독을 들고 괴수가 되었다는 것은 힘만으로 된 것이다. 길동은 괴수가 되어 도적들의 무리를 재조직하고 무예를 연마시키며 군법을 시행하였으나, 적당으로 도적질을 하지 않았다. 길동의 이런 행위는 불편부당한 사회체재에 도전할 기틀을 마련하고자는 욕망을 나타낸 것이다. 그런데 길동은 괴수가 되었지만 아직 그의 지혜적인 실력을 확실하게 인정받지 못 했다. 길동은 적당들에게 괴수로 능력을 완전하게 인정받기 위해 자신의 실력(힘+지혜)을 과시할 필요가 있다. 이것이 해인사 습격이다.

---

32) 동굴은 죽음의식을 가진다. 동굴은 무덤과 같이 죽음의 공간에 해당하기도 한다. 하지만 죽음은 기존의 삶의 방식이나 의미를 말하고, 기존의 방식에서 새로운 삶의 방식으로 전환될 수 있는 공간으로 이동을 의미하기도 한다.(『문학과 비평』 1987년 가을호(총권 3호)참조.) 한편 「홍길동전」에서 동굴의 의미에 대해 필자의 앞에서 간략하게 언급한 바 있다.

33) 「홍길동전」 4하.

해인사의 재물탈취의 성공은 홍길동에게 도적의 괴수로서 확고한 입장과 위치를 제공하게 된다. 해인사 습격은 당시의 불교계의 타락상을 풍자하기 위한 것이[34] 아니라, 길동이 사회집단에 소속할 수 있는 입사모티프의 성격을 지닌다. 해인사 습격은 평범한 인물이 해결하기 어려운 난제로 생각하였다. 왜냐하면 해인사는 학문과 무예를 익히는 집단이기에 이를 습격하는데 지혜와 용기가 필요한 일이다. 길동은 초적들이 난제로 생각하던 해인사를 습격하여 성공하는 능력을 보여주어야 했다. 그리고 길동은 초적들이 연마한 무술의 능력을 시험할 필요도 있었다.

길동은 단신으로 해인사에 들어가 밥에 모래를 넣은 뒤에, 이를 기화로 모든 중들을 포박하고 도적들에게 해인사의 재물을 탈취하게 하는 지혜를 발휘한다. 길동이 중을 포박하는 수법은 중들을 천대하던 사회의 풍조를 이용하였다. 길동은 제적들과 함께 해인사의 재물을 탈취하여 산채(소굴)로 안전하게 들어온 뒤에, "일시의 나와 샤례ᄒ거늘 길동이 쇼왈 쟝뷔 이만 지죠 업스면 엇지 즁인의 괴쉬 되리오"[35]란 말과 같이 지혜와 비범성을 지닌 확고한 도적의 괴수가 되었다.

한편 함경감영의 탈취는 방화로 시작하여 이목을 다른 곳으로 돌리고 감영의 곳간을 털었다. 길동이 국가 재물을 조금도 탈취하지 않았다는데 감영의 방화는 어떻게 해석해야 할까. 함경감영 습격은 이후 「홍길동전」에 국가권력과의 대결이 없고, 사회권력에 대한 저항만 나타내고 있어 해인사 습격과 같이 입사모티프의 의미를 가진다. 해인사가 민간의 사조직체인데, 함경감영은 국가의 기본조직체로서 국가권력과 대결의 시도를 의미한다. 방화를 통해 이목을 돌린 것은 길동의 지혜를 드러내기 위한 수단이다. 길동은 함경감영 탈취를 통해 사조직이든 국가권력조직이든 대항할 능력이 있는 괴수로 활동을 예시하고 있다.

---

34) 황패강, 전게논문, pp.17-19. 완판본에는 불교에 대해 배타적 비판의식을 보여주고 있으나, 경판본에는 해인사 습격만 있을 뿐이고 불교를 배척하는 의식이 보여주지 않고 있다.

35) 「홍길동전」 5하.

(2) 활빈당의 활동과 가치실현

길동은 해인사 습격 뒤에 자기가 인솔하는 집단을 활빈당이라 고치고, 본격적으로 빈민 구제 활동에 돌입한다. 이는 인간 존재의 가치실현이 무엇이고 어떻게 할 것인가를 보여준다. 이는 탐관오리의 재물 탈취에서 조선을 떠날 때까지가 가치실현의 과정이라 하겠다.[36] 길동은 적당들을 활빈당으로 고친 이후에 백성들의 재물을 범하지 않고, 국가의 온당한 재물에도 손을 대지 않았다. 그리고 탐관오리들에게서 탈취한 재물로 가난한 백성을 구제하는데, 이는 길동이 두목으로서 해야 할 당위성과 능력을 보여주어 이상 세계를 구현할 가능성을 나타내고 있다. 그리고 길동이 제수 받은 병조판서는 길동이 성장과정에서 꿈꾸던 입신양명의 자리이며 가치실현을 의미한다.

활동담에서도 성장담처럼 길동은 기존의 윤리 체계에 얽매인 경우가 많다. 길동은 성장담에서 홍판서에게 효에 의해 무력한 존재인 것처럼, 활동담에서 왕에게 충에 의해 무력한 소아병적 자아 형태의 존재로 나타난다. 길동이 기존윤리를 초극하려는 개혁 의지가 미약한 것은 자아와 세계의 대결에서 일상적 자아의 존재적 형태로 머물기 때문이[37]라 한다. 그리고 길동이 부모나 임금에게 대해 일상적 자아로 머무는 것은 길동의 내적 세계관이 신화적 존재이기보다는 민중적 존재로 머물러 있기 때문이라 생각된다. 그리하여 길동은 인간적인 생활 습속의 태도에 머물러 타파해야할 세계의 윤리에 구속되어 있기도 한다. 그렇지만 사회개혁보다는 신분문제의 개혁으로 한정한다면 그의 정점에 있는 아버지와 왕은 타파해야할 대상으로 보지 않아도 된다. 이런 점이 「홍길동전」이 지닌 특수한 성격이라고 하겠다.

좀더 자세하게 살펴보면, 도적 집단이 탐관오리의 재물을 탈취하여 백성을 구제하는 것은 중요한 의미를 가진다. 빈민의 구제는 지배층이 해야

---

36) 이중에서 병수판서 제수 이전까지만 이 절에서 다루고, 그 이후는 가치실현의 진위의 절에서 다루어야 할 것이다.
37) 조동일, 전게서, pp.245-261.

할 기본적인 행위이다. 태평성세라면 농사나 지을 선량한 백성들이 가난과 굶주림, 탐관오리의 수탈과 학정으로 정든 고향을 떠나 벽진 산속에 모여 들어 군도가 되었다.38) 군도들이 백성들을 구제한 것은 선량함을 들어내 자신들의 존재가치를 인식시키기 위한 것이다. 길동의 측면에서는 적당의 두목 또는 지도자로서 덕목의 실천이다. 어떤 집단의 두목이나 우두머리는 자기 집단의 이익은 물론이고, 하위집단에 이익을 분배하도록 노력해야 한다. 이런 점에서 길동의 빈민 구제는 통치자로서 가능성을 인식시켜 준 것 이라 하겠다.

초인으로 여덟 길동을 만든 것은 길동의 두목성을 상징한다. 우리나라 가 8도란 점에서 실제 길동은 우두머리이고, 길동의 아래에 여덟 길동으로 각도에 1명씩 파견하는 의미를 나타낸다. 8도에서 행한 탐관오리 척결은 길동이 지닌 탁월한 능력의 가능성을 드러낸 것이라 하겠다. 그런데 실제 길동 한 사람으로 전국의 탐관오리들을 징치하였다면 불완전하고 지엽적일 수밖에 없다. 각 도에 한 명의 길동을 두었는데, 이는 감사의 위치와 같은 평민의 초보적인 자치도구로 수단을 의미한다.39) 그렇지만 초인으로는 완 전한 자치능력을 갖지 못하고 탐관오리만을 징치하는 한계를 가진다.

길동은 우포장 니흡과의 대결에서 세심한 성격을 보여준다. 길동은 선 량하고 재주와 도량이 넓어 조정에서 훌륭한 인물 니흡40)에게 길동 잡는 행동이 부질없음을 깨닫게 한다. 니흡은 초립동이로 변장한 길동과 대결에 서 일방적으로 패배하고 만다. 우포장 니흡은 임무에 급급한 나머지 조심성

---

38) 임형택, 「홍길동전의 신고찰」, 『한국고소설연구』(이우출판사, 1983), p.332, 337. 김동욱, 「홍길동전의 국내적 역원」, 『심악이숭녕박사송수기념논총』(1968), pp.31-
40.
39) 길동의 사건 이후에 초적들이 자기 집단을 '홍길동의 집단'이라 하였다고 한다. 이 런 점에서 홍길동 집단은 전국적인 초적들의 우상이 되었다고 할 수 있다. 한편 8 명의 길동은 동학란 때 전라도 지방에서 집정소라는 자치제 비슷한 민간 기구를 설치하여 탐관오리 척결을 우선하였다 성격과 비슷한 의미를 지닌다고 하겠다.
40) 기존의 논문에서 권력에 아부하는 세력으로 비판하고 있다. 그런데 작품에는 길동 의 우월성을 강조하기 위하여 니흡의 훌륭함을 강조하고 있다.

과 관찰력을 집중시키지 않아 길동의 기만에 속았다. 길동은 이처럼 니흡에게 일방적인 승리하지만41) 조선의 사회제도를 개선하는데 한계를 가지고 있었다. 길동의 한계는 홍판서가 태몽의 실현과정에서 보여준 결핍요소에 기인한 것이다.

「홍길동전」에서 홍판서 부자에게 책임을 추궁하는 것은 조선사회가 서얼을 천대하면서도 가부장적 중심의 가족관계를 나타낸 것이다. 조선사회는 길동을 서얼이라고 부당한 대접과 천대하다가 그의 변란의 책임 소재를 물을 때는 길동을 홍판서의 자식으로 인정하는 모순을 드러내고 있다. 조정에서는 길동을 잡지 못하자 부형을 통해 잡으려고 한다. 임금은 홍판서 부자를 잡아 가두었다가, 인형의 말을 듣고 홍판서를 방면하고 인형을 경상감사로 내려보내 기한 내에 길동을 잡아들이게 한다. 그런데 길동이 사람을 죽이고 집을 떠난 점에서 홍판서 부자에게 길동의 변란에 대한 책임 추궁은 문제가 있다42). 왜냐하면 홍판서 부자와 길동은 집을 떠났을 때 이미 부자 형제지간의 의리를 청산한 것으로 볼 수 있다. 이처럼 사회적 구조에서 비롯된 서얼의 행위에 대한 책임은 가정이 아니라 사회의 것이다.

경상감사가 된 인형은 길동에게 자수하기를 청한다. 홍판서가 길동에게 호부호형을 인정하지 않았다면 부형의 권한을 주장할 수 있었을까? 또 길동은 부형이 면책을 받도록 투항했을까? 길동이 인형의 자수 권유나 홍판서의 꾸지람에 따랐을까? 길동은 호부호형의 인정으로 사회의 인정과 상관없이 부자간의 의리를 저버리지 못했다. 그리하여 길동은 인형의 방을 보고 전국 8명의 길동이 모두 잡혀 서울로 압송되게 한다.

서울에 잡혀온 갈동은 취조 과정에서 신이한 재주를 임금에게 직접 드

---

41) 조동일, 전게서, pp.254-255. 신이한 능력이 있는 길동은 니흡과 아무런 인과적 윤리적인 연관성을 가지고 있지 않기 때문에 그와의 대결에서 일방적으로 승리할 수 있었다.

42) 조선시대의 부자간의 의리를 끊었다면 반란에 대한 책임도 가족이란 관계로 책임지지 않았다고 한다. 「홍길동전」은 길동이 떠날 때 호부호형을 인정한 점이 차이가 있지만, 서얼에 대한 일상적인 책임 추궁에 문제점이 있다고 하겠다.

러내게 된다. 정길동을 분간할 수 없을 때에 홍판서가 '임군을 속이는 짓'이라 하자, 모든 길동이 한 묶음의 짚푸라기로 변한다. 이런 행위는 충과 효라는 도덕적 윤리 관념의 한계[43]라기 보다 길동의 신이한 재주를 드러내기 위한 것이다. 아버지의 면책과 동시에 자신의 능력을 과시하는 방법을 택하였다. 길동은 능력을 과시하는 데 8명의 길동이 필요하지 않았다.[44] 그리하여 길동은 8명의 실체를 보여주어 신이한 도술 능력을 조선사회에 드러냈다. 이를 자아존재의 가치실현을 이루는 실증적 방법으로 여겼다.

길동은 가정에서 혈연적 윤리 관념에 대한 갈등에서 절제하고 피하지만, 직접적인 인과적 관계가 없는 사회적 갈등에서 치열한 대립양상을 보여준다. 그러면서도 왕은 아버지와 같이, 사회집단의 대표가 아니라 대립의 해결자 또는 자신의 능력을 인정하는 자로 인식하고 있다. 이와 같이 왕을 아버지와 동일하게 여기던 유교의 윤리관을 수용한 길동은 개혁적인 영웅으로서 한계를 보여준다.

(3) 가치실현의 진위

길동은 어릴 때부터의 꿈인 "무장으로 이름을 날리겠다"는 목적의 달성인 병조판서의 제수를 요구한다. 길동의 병조판서 요구는 입신양명만 아니라 천대받던 서얼에서 벗어나 인간존재의 가치실현을 하고자는 욕구의 표출이다. 길동의 요구는 길동이 서얼이고, 사회를 어지럽힌 존재라 거절당하고 만다. 이는 처음에 홍판서가 길동의 호부호형을 요구를 거절하였던 것과 같은 차원이다. 길동은 거절당하자 조선사회에서 서얼로 인간존재의 가치실

---

43) 효와 충과 관련된 길동의 행동은 그 전후에 보여준 신이한 행동과 이해할 수 없다. 그런 행동은 유교적 사회의 한계 현상으로 보인다. 그런데 이런 한계의 설정은 역동적 개혁만을 고려한 사고라 하겠다. 점진적 개혁을 고려한다면 길동이 요구한 사회는 유교적 교리가 완벽하게 실현된 사회를 추구하고 있다고 하겠다.
44) 이는 길동이 조선사회의 개조하거나 존재가치의 실현하는데 한계를 느끼고, 이 방법을 택한 것으로 여겨진다.

현에 한계를 느낀다. 길동이 존재의 가치실현이 얼마나 절실한가를 보여준 존재를 인정해 주면 잡히겠다는 데도 집권층은 사회적 통념을 벗어던지지 못하여 거절한다. 무능한 관리들은 길동의 절실한 요구를 인식하지도 해결할 능력도 없이, 인형에게 형제의 의리로 잡을 것만을 재촉하는 미력함을 보여주고 만다.

길동은 조정의 압력을 받고 있는 인형을 찾아간 것은 복합적인 의미를 보여준다. 첫째는 홍판서 가문의 호부호형의 의리를 보여주고, 둘째는 자신을 잡아도 탈출할 수 있는 훌륭한 인물임을 보여주며, 셋째 인형에 대한 배려로 보여 진다. 홍판서 가문에서 길동에게 인정한 호부호형은 완전한 것이 아니지만 이복형제에도 통한다. 인형과 길동이 만나 대화할 때, '우리 아오, 소제, 동기, 부형'45)에서 형제의 신분임을 나타낸다. 한편 길동이 인형에게 자수하여 서울로 압송되는 것은 길동을 잡아들이라는 어명을 받은 인형에게 명분을 제공해 주는 배려인 동시에, 어떤 위협에서도 벗어날 수 있는 자신의 신이한 능력을 증명하는 모험의 단계이다. 길동은 서울에 가까울수록 능력 발휘의 효과가 클 것으로 여겼다. 그래서 길동은 결박되어 경성에 압송되는 동안에 무표정 하다가 궐문에 이르러 자신의 탁월한 능력을 보여준다. 길동의 능력은 가상적이고 변신술이 아니라 태몽처럼 신이성의 실현이 진실임을 보여준 것이다. 이런 능력에도 길동이 서얼이기 때문에 존재가치가 부정되는 그릇된 행위를 들어낸 것이다.

집권층은 길동을 잡을 수 없자, 기만적으로 병조판서를 제수하여 죽이려고 한다. 병조판서의 제수는 길동이 목적한 인간존재의 가치실현이라 하겠다. 길동에게 인간존재의 가치를 인정하였다면 제수한 병조판서로 대우하는 것이 당연하다. 그런데 집권층은 내면적으로 서얼인 길동의 인간적 가치를 인정할 수 없었다. 그래서 이들은 길동에게 병조판서를 거짓으로 제수하고 주살할 계획을 세운지만, 길동은 이들의 위선을 폭로하면서 스스로 존재가치를 획득하게 된다. 길동이 존재가치를 획득하는 데는 유리왕 신화와

---

45) 「홍길동전」 8하–9하.

같은 하늘을 나는 방법을 사용하였다. 이는 길동이 신화적 인물과 같은 신통력이 있음을 보여준다.

한편 임금의 모습은 호부호형을 인정하는 아버지와 비슷하다. 임금은 길동에게 집권층의 위선으로 병조판서를 제수하였지만, 대면하고 그에게 제수한 것을 후회하지 않았고 길동을 잡는 일도 그만 두게 하였다. 여기에서 아버지는 호부호형의 인정을 자발적으로 하였는데, 임금은 집권층의 위선으로 병조판서 제수를 타성적으로 하였다. 그리고 임금의 마음은 길동을 만날 때까지 거짓이었지만 만난 후 진실로 바뀌었다. 그런데 왕의 인정도 아버지가 인정했던 것처럼 통용되기 위해 또 다른 차원의 인정이 필요하다. 아버지의 호부호형의 인정은 사회적 관습에 의해 부정되고, 왕의 병조판서의 제수는 고질화된 국가조직 체계에 의해 부정되고 있다. 따라서 길동은 인간존재의 가치를 능력에 따라 결정되는 이상적 사회가 조선에서 불가능함을 인식하게 된다.

길동은 조선이란 소속집단에서 이탈하여 새로운 차원의 공간으로 이동하여 이상사회를 건설할 결심을 한다. 길동은 서얼이란 신분 때문에 조직사회의 이탈을 반복해 온 것이다. 현재의 공간에서 우두머리가 인정한 것은 상위사회와의 투쟁으로 완전한 것으로 만들게 된다. 이런 점에서 길동은 아버지나 왕의 권위에 도전하는 신화적 영웅이라기보다 능력으로 인간존재의 가치실현을 획득하려는 존재이다. 따라서 길동은 능력을 인정해 줄 사람이 필요한데, 그 사람이 아버지와 왕이 된다. 길동이 왕이나 아버지에게 나약한 존재로 머무는 것은 길동이 봉건적 윤리관에 얽매인 존재라기보다 그들에게 인간존재의 가치를 인정받을 수 있기 때문이다. 길동은 자신의 욕구를 충족 받는 대가로 아버지와 왕에게 효와 충을 다 한다. 그리고 호부호형을 불완전하게 인정받고 집을 떠났듯이, 병조판서를 제수받고 조선을 떠났다.

3.4. 가치실현의 완성과 율도국(비현실세계)

비현실적 세계 부분은 길동이 조선국을 떠나 제도에서 요괴 율동을 퇴치하고, 율도국을 점령 율도국왕이 되어 행복하게 살았다는 「홍길동전」의 대단원에 해당한다. 길동은 조선사회에서 자신의 꿈이나 인간존재의 가치 실현을 완벽하게 이룰 수 없었다. 심지어 길동이 병조판서를 제수하면 조선을 떠나겠다는 데도 거절될 정도로, 조선사회는 신분적 윤리관념에 사로잡혀 개선할 여지가 없다. 그래서 길동은 조선을 떠나게 된다.[46]

길동은 조선을 떠나 이상향을 찾아 간다. 제도나 율도국은 우리 민족이 가진 남방 이상향이라 하겠다. 해중의 율도국을 이상국가 건설의 최고 적지로, 제도를 이상국가 건설을 위한 준비 장소로 설정하였다. 제도란 섬은 사회 공간에서 적당들이 기거하던 적굴과 같이 국가 공간에서의 역할을 한다. 제도는 길동에게 힘을 길러 새로운 공간에 등장하도록 하는 입사모티프인 지하도적퇴치담을 도입한 요괴 율동의 퇴치하는 공간이다. 「홍길동전」은 길동에게 민담적 세계인 지하도적퇴치담을 끌어들여 국가공간의 우두머리를 자격을 획득하게 만든다. 이 민담적 세계의 도입은 길동에게 입사모티프의 역할뿐만 아니라 국가건설에 필수요건인 경제력과 인적 자원을 확보하게 하였다. 그리고 새로운 차원의 공간에 필요한 길동의 지혜, 재치, 용기를 드러내게 한다.

비현실적 세계에서 길동이 자아존재의 가치실현 과정과 의미를 자세하게 살펴보자.

(1) 통치기반의 확보

길동은 박지원의 「허생전」에 나오는 것과 같이 이상국가 건설 후보지로

---

46) 조동일, 전게서, p.259, 황패강, 전게논문, p.26. 새로운 가능성을 발견하게 되고, 새로운 인물로 전환될 수 있는 계기가 되었다.

남방의 사문과 장기 사이에 있는 율도국으로 설정하였다. 그리고 이에 앞서 길동은 제도를 임시방편의 힘의 비축 장소를 설정하였다. 왜냐하면 길동은 모여든 군도들이 편안하게 살 수 있고, 또한 신분과 적서가 아닌 능력에 따라 직위가 보장되는 이상세계를 건설할 힘의 비축할 장소가 필요하였다.

> 신이 션하롤 밧드러 만셰롤 뫼울가 ᄒᆞ오나 쳔비쇼싱이라 문으로 옥당의 막히옵고 무로 션쳔의 막혈지라 이러므로 ᄉᆞ방외오윽 ᄒᆞ와 관부와 작폐ᄒᆞ고 됴졍의 득죄ᄒᆞ오믄 젼히 ᄋᆞ르시게 ᄒᆞ오미러니 신의 쇼원을 푸러쥬옵시니 젼ᄒᆞ을 하직ᄒᆞ고 됴션을 쩌나가오니 ...47)

위는 길동이 조선국왕을 찾아와 도움을 청할 때, 작폐한 이유를 말하고 있다. 길동이 작폐한 이유는 능력이 있으나 서얼이기 때문에 입신양명을 못하고, 심지어 인간의 존재가치를 인정받지 못하는 사회적 병폐를 임금에게 알리기 위한 것이라 한다. 길동은 작폐한 결과 병조판서를 제수 받아 인간의 존재가치를 인정받았지만, 앞에서 언급하였듯이 집권층의 기만과 위선에 의한 일시적이고 불완전한 것이었다. 길동은 근본적인 이상세계, 신분(서얼) 때문에 존재가치를 상실하지 않는 국가사회를 만들기 위해 조선을 떠난 것이다. 그런데 국가 건설에는 힘의 비축이 필요하다. 길동이 군도들을 데리고 제도에서 농사를 지으면서 군법을 시행하고 병정을 양성하였던 것은 경제력과 군사력을 기르는 역할이었다.

지하도적퇴치담의 요괴 울동을 퇴치한 것은 길동이 새로운 공간으로 입사 의식을 보여주고 있다. 지하도적퇴치담은 길동이 새로운 세계인 국가조직체의 우두머리로서 재질을 시험하는 입사 모티프의 성격을 가진다. 국가의 두목(왕)은 신화적 건국영웅처럼 신이한 세계의 경험을 통해 탁월한 능력을 지녀야 한다. 길동이 동굴을 통해 지하세계로 들어가 요괴를 퇴치하였다는 것은, 고주몽의 물 건너기, 수로왕과 허황옥의 쟁투, 수로왕과 탈해왕

---

47) 「홍길동전」 10하-11상.

의 쟁투와 같은 맥락이다.

　길동은 율동을 퇴치함으로 두 여자를 동시에 만나서 결혼하게 된다. 두 여자와의 결혼은 남자 우위의 축첩제도로 복귀가 아니라 건국의 토대를 마련하기 위한 계기이다. 길동은 결혼을 통해 경제력의 획득과 인적자원의 확보를 이루어 이상국가 건설을 앞당기게 되었다48). 그리고 두 여자와의 결혼은 서얼철폐를 망각한 것49)이라 하나 꼭 그렇지만 않다. 오히려 두 처에서 난 자식을 능력에 따라 존재의 가치를 인정하였다면, 두 여자와 결혼을 통해 서얼철폐를 역설적으로 설명한 것이라 하겠다50). 다시 말해 「홍길동전」의 이상국가는 조선의 통치 지역에서 벗어난 장소이기 때문에, 두 여자와의 결혼이 서얼차별을 망각한 것이란 주장은 잘못된 것이라 하겠다.

(2) 효로 통치이념을 설정

　길동은 새로운 우두머리란 지위를 확보한 뒤에 국가 공간의 통치이념이 필요하였다. 작품 속에서 길동은 율동을 퇴치한 이후, 이상국가 건설에 필요한 경제력과 인적자원을 확보하였지만 치국이념을 가지지 못하였다. 유교적인 사유체계를 가진 길동은 치국이념의 근간으로 효와 충을 설정하였다.

　길동에게 치국이념을 확보해 주는 것이 홍판서의 장례이다. 길동은 천

---

48) 「홍길동전」에서 백룡은 딸을 찾아오는 사람에게 가산을 반분한다고 하였다. 길동은 백룡의 딸을 찾아주어 경제력을 획득하게 된다. 그리고 둘째 부인의 아버지가 율도국을 침략할 때 공을 세웠다는 점에서 인적 자원의 획득을 의미할 수 있다.

49) 김동욱, 「홍길동전의 비교문학적 검토」, 『허균의 문학과 혁신사상』(새문사, 1981), p. Ⅰ-98.
　　황패강, 전게논문.

50) 서얼차대법은 조선 초기에 생겼다. 방원이 1차 왕자의 난을 처리한 후에 방범편을 들었던 정도전이나 조준 등이 서얼인 점에서 만들어진 것이다. 때문에 고려 이전에는 서얼차대 문제가 제기되지 않았다. 그리고 중국에서 처첩의 소생에 대한 차별대우를 하지 않았다고 한다.

리안의 예감을 가진 능력자로 부모의 장례를 지내기 위하여 대지를 잡고 묘를 능묘에 준하여 만들었다는 점에서 장래의 국가건설의 꿈을 드러낸다. 이처럼 부모의 장례는 길동의 야심이 국왕이 되는 것과 이상국가의 건설에서 효를 사회윤리 체계로 중시하겠다는 의도를 보여준 것이다. 이때의 효는 세속적이고 봉건적 유교적인 윤리관에 나타나는 표면적이고 도식적인 것이 아니라 마음에서 우러나온 진정한 것이다. 진정한 효를 지도자가 실천하므로 그의 무리들이 따르게 된다. 길동이 추구하는 이상세계는 서얼차대가 없이 자식이 부모를 공경하는 국가이다.

홍판서의 장례는 가정 내의 적서차별을 완전하게 해결한다. 성장기의 호부호형은 홍판서 개인의 인정인데, 홍판서의 유언으로 가정 전체에서 완전하게 통용하게 되었다. 이는 부자간의 의리뿐만 아니라, 치국 이념의 표출로 보아야 한다. 건설된 이상국가는 효로 다스려지는 곳임을 보여준다. 길동은 부모의 장례의식을 행함으로써 가문에서 첫 번째 단계의 자아실현인 호부호형을 정식으로 인정받았음을 확실하게 만든다.

효와 충, 결혼이 「홍길동전」의 주제의 일관성을 상실하고, 사회개혁소설, 혁명소설51)로서의 한계를 가진다고 한다.52) 이것은 「홍길동전」을 사회개혁 소설로 과대평가 하였거나 주제를 잘못 해석한 결과라 하겠다. 「홍길동전」의 주제는 인간의 존재가치를 인정받지 못한 서얼로서 능력에 따라 자아(인간)의 가치구현을 이룰 수 있는 사회를 건설하는데 있다. 때문에 작품에 효나 충, 그리고 결혼의 문제가 작품 주제의 일관성을 결핍하게 만든 요소로 보면 잘못이다.

---

51) 조윤제, 『국문학사』 (동국문화사, 1949), p.249.
　　이주형, 「주인공의 변신을 중심으로 본 홍길동전」, 『한국학보』 17집, pp.88-106.
52) 이재수, 「교산소설」, 『한국소설연구』 (선명문화사, 1969), pp.143-161.

(3) 가치실현의 완성

길동은 치국이념을 효와 충으로 설정한 뒤에 율도국을 점령한다. 율도
국 점령은 소설 문맥상 길동의 가치실현의 완성을 위해 설정되었다. 길동은
율도국을 점령하여 태평성세를 누리게 되자, 조선 국왕에게 표문을 올린다.
이는 서얼인 길동이 조선 사회에서 제수 받은 병조판서를 사실화시키고, 자
아의 가치구현이 완성되었음을 보여주고 있다. 이처럼 「홍길동전」의 대단
원은 현실적으로 불가능한 세계를 비현실적인 상상력의 민담적 세계를 도입
하여 가치구현을 이루고 있다. 따라서 길동은 가정이나 조선에서 임시적이
고, 불완전한 인정을 비현실적인 율도국에서 사실적, 가시적, 완전한 것임
을 확인받게 된다.

율도국을 점령하여 국가를 건설한 것은 신화적 영웅담에서 일상적인 것
이다. 고주몽이 부여를 떠나 고구려를 건설하였고, 온조와 비류는 고구려를
떠나 백제를 건설하였던 점과 유사하다. 길동이 율도국을 점령하는 데는 명
분이 명확하지 못하다. 다만 길동이 율도국의 점령한 뒤에 "치국 삼년의 산
무도적ᄒᆞ고 불습유ᄒᆞ니 가의 틱평세계"53)란 점에서 율도국왕의 무능에서
비롯된 것 같다. 율도국은 도적이 나타나고 도불습유 하였다고 하는데, 앞
부분에서 "소위 률도국이라 사변을 살펴보니 산쳔이 쳥수ᄒᆞ고 인물이 번성
ᄒᆞ여 가히 안신홀 곳"54)이나 "남즁의 율도국이란 나라이 잇스니 옥냐 슈쳔
니의 진짓 쳔(쳘?)부자국이라"55)와 상치된다. 율도국은 부자국이라 백성
도 태평하고 평안하며, 국가의 조직체계도 인물이 번성하였으니 잘 정비되
었을 것이다. 길동은 이런 율도국을 정벌하고자 "미양 유의ᄒᆞ든 비라"56) 하
였다. 길동의 율도국 점령은 율도국의 치국을 통해 길동의 존재의 가치실현
의 성취를 평가하려는 상투적인 의도로 보인다.

---

53) 「홍길동전」 12하.
54) 「홍길동전」 10하.
55) 「홍길동전」 12상.
56) 「홍길동전」 12상.

길동은 율도 국왕이 된 뒤에 조선국왕에게 충성을 맹서하는 표문을 올린다. 이것은 신화적 영웅담의 측면에서 보면 길동이 영웅으로서 한계라고 하겠지만, 적서차별을 극복하여 자아존재의 가치실현 과정으로 이해한다면 당연한 과정이다. 길동이 조선국왕에게 표문을 올린 것은 국능을 만들어 아버지의 장례를 지내는 것과 같은 기능의 의미를 가진다. 길동은 조선국왕에게 표문을 올려, 조선에서 길동이 실현한 존재가치인 병조판서 제수가 실제적인 것임을 확인하는 과정이라 하겠다.

길동이 조선을 떠난 것은 거부하는 기존의 질서체계를 극복하는데 자신의 한계 때문이다. 길동이 조선국의 떠남은 고주몽의 떠남보다 인간적 관계 때문에 떠나는 온조와 비류의 떠남에 가깝다. 하늘을 자유자재로 날아다닐 수 있는 능력을 볼 때, 길동은 조선국왕을 물리치고 남을 것이다. 그런데 길동이 조선국왕에 대항하지 않고 떠남은 조선의 지배체계와 질서윤리가 재건하기에 너무도 고질화되어 있고, 자신의 인과적 관계를 저버릴 수 없기 때문이다. 따라서 길동은 이상국가를 건설할 곳으로 인과적 관계가 없는 율도국을 설정하고 점령하여 왕이 되었다. 이것은 가정 내에서 부형에 절대 복종하면서 다른 사람과 대등하게 대립하고, 사회에서 왕에게 절대적 복종하면서 집권세력을 농락하였던 점과 같다. 국가사회의 우두머리의 자격을 획득한 길동은 다른 국왕에 동동하게 대항하거나 처벌할 수 있는 힘을 확장하게 된 것이다.

길동은 율도국왕으로 태평성쇠를 이루고 영화롭게 죽었다고 한다. 여기에서 길동이 자식들의 봉군하는 과정을 중시할 필요가 있다. 길동의 제 1, 2부인에게 난 자식 중에 장자를 태자로 삼고, 그 밖의 자식들을 봉군하였다고 한다. 길동이 거느린 두 부인 사이에 난 자식들을 차별하지 않고 똑같이 봉군했다는 점은 서얼철폐의 의미한다. 다만 서얼의 철폐만을 중시하여 다처주의 경향을 나타내고 있는57) 것이 문제이다. 다시 말해 다처주의 상황

---

57) 완판본에서는 3부인으로 되어 있는데, 백용의 딸은 정부인이고 나머지 정경 양인을 첩으로 설정하였다. 이는 서얼의 문제를 망각하고, 홍미 본위로 바뀌었다고 할

에서 발생하는 처첩간의 갈등으로 부각되는 서얼 문제를 언급하지 않은 것
이 「홍길동전」의 한계라 하겠다. 반면에 여러 명의 처첩을 두고도 그들이
난 자식들을 차별을 하지 않았다면 서얼 철폐를 강력하게 주장한 것이라 하
겠다.

4. 길동의 영웅적 성격

앞 장에서 「홍길동전」에 대해 서사구조의 특징과 양상, 그리고 구조적
의미에 대해 살펴보았다. 서사구조의 특징에서는 구성을 순차적인 단락소
배열을 통해 도입부 – 탄생담 – 성장담, 활동담, 최후담 – 결과부 등의 구성
을 통해 성장·활동·최후담이 반복과 연쇄 구조를 이루고 있으며, 이때 단
순한 구조가 아닌 확대된 반복·연쇄 구조라는 점이다. 그리고 작품의 구조
는 앞 단계의 성공이 뒤 단계에 의해서 불완전한 것이 되기 때문에 새로운
공간인 뒤 단계로 이동하게 된다. 이를 고려한다면 비현실적인 율도국의 설
정도 그 나름대로의 의미와 의의를 가지게 된다. 이를 배경으로 구조적 의
미에서도 단락소의 화소분석 방법으로 분석한 결과 의미가 일관성을 유지하
면서 확대되는 양상을 파악하였다. 이때 「홍길동전」의 주제를 서얼의 철폐
라는 직접적인 용어보다 더 심각한 인간존재의 가치실현을 이루어 가는 과
정으로 파악할 수 있다. 각 부분은 각 공간에 유입하기 위한 입사 모티프의
기능이 있고, 각 단계별로 추구하는 의미가 확대되는 것을 살펴보았다.

이런 앞서의 작업을 통하여 길동의 영웅적 성격을 구명하고자 한다. 길
동의 일생은 전체적인 틀에서 영웅 일생임에도 불구하고, 그 과정들을 자세
하게 살펴보면 신화적 영웅의 일생과는 분명한 차이가 있다. 기존의 연구에
서 구조와 주제에 대해 통일성과 불통일성을 주장한 것도 「홍길동전」이 가

수 있다.(황패강·정진영 교주, 『홍길동전』, p.20.)

지고 있는 이런 미세한 차이를 어떻게 인식하고 있는가에 따라 다르게 파악하였기 때문이다.

　길동의 영웅적 성격을 규명하기 위하여, 기존의 영웅담의 구조에 대해 검토를 한 뒤, 이에 대한 문제점을 제시하면서 본인이 비극적 장수설화에서 제시한 탄생, 성장, 활동 최후 4단계로 나누어 「홍길동전」을 검토하여 길동의 영웅적 성격의 특성을 파악하겠다.

4.1. 영웅담의 구조론 검토

　「홍길동전」는 서사구조의 특징에서 길동의 영웅적 성격이 복합적 성격을 지니고 있을 가능성을 살펴보았다. 즉 신화적 영웅과 비극적 영웅의 복합적인 성격을 가지게 된 이유는 작가가 전설적 소재를 가지고 신화적으로 재구성을 하여 작품의 이중성을 가지고 있기 때문이다.

　우선 영웅담은 영웅의 일대를 작품화한 것이다. 조동일과 민긍기가 제시한 영웅담의 서사구조를 다음과 같이 단계를 나누고 있다.

　　① 고귀한 혈통을 지닌 인물이다.
　　② 비정상적으로 잉태되거나 태어난다.
　　③ 범인과 다른 탁월한 능력을 타고났다.
　　④ 어려서 기아가 되어 죽을 고비에 이르렀다.
　　⑤ 구출·양육자를 만나 죽을 고비에서 벗어났다.
　　⑥ 자라서 다시 위기에 부딪쳤다.
　　⑦ 위기를 투쟁으로 극복해서 승리자가 되었다.
　　　　　　　　　　〈조동일의 영웅의 일대기〉58)

---

58) 조동일, 『한국소설의 이론』 (지식산업사, 1981), pp.246. 이 영웅의 일생은 원래 1971년 「영웅의 일생, 그 문학사적 전개」 (『동아문화』 10집, 서울대 동아문화 연구소)에서 처음 제시한 것이다.

     ① 주인공의 출생
     ② 주인공의 시련
     ③ 시련의 극복
     ④ 국가적인 시련
     ⑤ 국가적인 시련 극복
     ⑥ 부귀영화
     ⑦ 주인공의 사망

〈민긍기의 영웅의 일대기〉59)

위에서 조동일의 틀은 신화의 주인공을 중심으로 설정한 것이고, 민긍기는 영웅소설을 중심으로 설정한 틀이다.

조동일의 틀에서 ①-③단락은 탄생담, ④⑤단락은 성장담, ⑥⑦단락은 활동담, 그리고 ⑦단락 끝 부분은 최후담이라고 할 수 있다.60) 이처럼 조동일의 틀에서는 영웅담의 구조를 탄생부분에 큰 비중을 두고 설정되었다고 하겠다. 그런데 설화나 소설에서 이 탄생담에 대한 내용은 분량상 그렇게 많은 편이 아니다. 그러므로 탄생담에 대한 편중성은 재고되어야 할 것이다.

이에 비하여 민긍기의 틀에서 ①은 탄생담, ②③은 성장담, ④⑤는 활동담, ⑥⑦은 최후담에 속한다. 민긍기의 틀은 영웅담이 일대기란 점에서 분량으로 볼 때, 큰 비중이 아닌 최후담에 좀 많은 비중을 두기는 하지만, 인간 일생의 각 단계에 비슷한 비중을 두고 설정되었다고 보겠다.61)

---

59) 민긍기, 「군담소설의 연구」 (연세대 석사학위논문, 1980), pp.9-10.

60) 여기에서 ⑦단락이 중복하여 사용된 것은 분류항목으로 볼 때 활동담에 대해 서술하고 있지만 그 결과 최후에 행복하고 국가를 건설(평정)하여 잘 살았다는 최후담이 있기 때문이다. 그리고 ①단락도 탄생담이라고 하였지만, 사실은 전 장르의 구조에서 볼 때, 인정기술에 관한 부분으로 가계에 대한 것이라 탄생담과는 거리가 있으나 탄생담에 포함시켰다.

61) 임성래는 조동일의 틀과 민긍기를 틀을 비교 분석하였다. 그는 말하지 않았지만 영웅소설을 전제하여 분석할 때에는 신화에서 추출한 조동일 틀보다는 소설을 배경으로 추출한 민긍기의 틀이 명확하게 분석한 것으로 여겼던 것 같다. 그래서 그는 영웅소설의 기본 구조 단락을 주인공의 탄생, 고난, 수학, 입공, 부귀영화의 단

　그런데 위와 같은 조동일이나 민긍기가 설정한 영웅담 서사구조는 신화나 군담(영웅)소설을 대상으로 설정하였기 때문에 민중들에 의해서 영웅시 되는 좌절한 인물들을 대상으로 한 민중적(비극적)인 영웅담의 서사구조와 좀 차이가 있다고 하겠다. 비극적 영웅담의 서사구조도 영웅적 인물을 설화화 한다는 점에서 신화적 영웅담의 구조와 비슷하지만, 그 인물이 최후에 좌절하도록 되어 있다. 그래서 탁월한 능력을 가지고 있으면서 최후에 패배하도록 하여 성공한 영웅담과 달리 각 단계에 비극적 영웅의 특징을 나타내는 어떤 이유를 제시하고 있다. 그리고 비극적 영웅은 세계와 자아와의 대결에서 자아가 일방적으로 패배한다.62) 하지만 민중들은 그 패배를 인정하지 않고 영웅으로 우상화하게 된다. 민중들은 패배한 인물을 영웅적으로 서사화를 시도하면서도 그가 패배할 수밖에 없게 된 이유를 서사구조의 어느 단락에 내포시켜 그 한계를 보여주고 있다.63) 다시 말해 좌절한 비극적(전설적) 영웅담은 전설적인 인물에 결구가 되면서, 그가 좌절할 수밖에 없는 상황을 제시하고 있다. 이런 전설적인 영웅담을 비극적 영웅담이라고 하였다.64)

　이런 비극적 영웅담은 그 나름대로의 구조를 가지고 있다. 비극적 영웅담 구조를 간략하게 살펴보면, 탄생담은 신이성을 보이고 있다. 그렇지만 그 신이성이 잠재되어 있어 드러내지 못 한다. 그래서 그는 탄생하여 성장하는데 일상인처럼 자라다가 어느 순간에 신이한 능력을 보여주지만 완전한 것이 아니기 때문에 버림을 받는다. 그런데 성장담의 기아모티프에서 기아를 시키는 대상이 일반적으로 부모가 아니라 스승으로 나타난다. 여기에서

　　계로 나누어 설정하였다.(『영웅소설의 유형연구』, 태학사, 1990, pp.30-32.)
62) 조동일, 전게서, pp.112-118.
63) 강현모 "이몽학 설화 연구" 「한국학논집」 13집 (한양대 한국학연구소, 1988.2) 이곳에서는 실패한 영웅담이라고 하였다. 뒤에 박사학위논문에서는 이를 좌절한 영웅 또는 비극적인 영웅이라고 하였다. 그리고 자아실현을 위해 투쟁을 보여주지 못한 〈아기장수 전설〉은 이에 포함시키지 않았다.
64) 강현모, 「비극적 장수설화의 연구」 (한양대 박사학위논문, 1994.6), p.2.

부모는 그가 신이성을 보여주는 것을 자부심으로 여기지만, 스승들은 그의 성격적 결함을 인식하고 그를 버리게 된다. 따라서 성장기에 선생에게 배워야할 지혜적 측면은 성장이 정지하고 무사적 측면만 성장하는 기형적 성장을 이루게 된다. 따라서 주인공은 활동담에서 선생에게 배워야할 지혜적 측면의 결핍으로 인하여 탁월한 능력을 보여주고 있는 무사적 측면의 행동들조차 부정적으로 인식하게 되면서, 최후담에서 패배하도록 만든다.[65]

이처럼 비극적인 영웅담은 신화적 영웅담과는 달리 각 단계에서 비극적 주인공이 될 수밖에 없는 요소를 복선화시켜 전승시키고 있다.

4.2. 홍길동전의 영웅담적 구조의 특성

홍길동의 영웅적 성격을 검토하는 데는 기존의 연구에서 영웅의 일생에 적합한 서사구조를 지닌 작품으로 이의를 제기하지 않았다. 그런데 「홍길동전」이 정말로 성공한 신화적 영웅담으로 완벽한 서사구조를 지니고 있는지 살펴보고자 하는 것이 이 항의 목적이다. 이에 따라서 「홍길동전」의 서사구조를 조동일이나 민긍기 등 기존의 영웅담 구조를 따라 살펴볼 것이 아니라 일생을 4단계, 탄생, 성장, 활동, 최후 등으로 나누어 그의 영웅적 대응방식을 살펴보겠다.

---

65) 강현모, 「이몽학 설화 연구」, p.87.

서사구조 영웅의 속성	탄 생 담 (신이한 출생)	성 장 담 (신이성 발견)	활 동 담	최 후 담	영웅의 성격
무사적 측면	일상적이고 잠재됨	성 장	강한 긍정	부 정 (또다른 금기의 파괴)	좌절한 영웅 (지혜 부족)
지혜적 측면		불 성 장 (금기요소 파괴)	강한 부정		

위와 같은 일생의 과정을 통하여 탁월한 영웅성에 비하여 최후에 쉽게 패배하는 것은 이미 성장과정에서 예견되어 있다.

(1) 탄생담

우선 홍길동의 탄생과정은 홍판서의 자식으로 고귀한 혈통임을 알 수
있다. 더욱이 길동은 청룡의 태몽을 얻고 난 아들로 신화적 영웅담의 성격
과 부합되고 있다.66)

그런데 길동이 탄생한 시기는 서얼차대가 극심한 조선 사회란 점을 주
시해야 한다. 조선사회에서 서얼은 인간으로 자아실현의 기회가 주어지지
않았다. 그런 상황에서 홍판서가 낮으로 추정되는 시간에 청룡 태몽을 얻었
다고, 태몽의 실현하기 급급하여 시비 춘섬과 대낮에 동침한다.

일반적으로 군담소설에서는 늦도록 자식이 없어 산천이나 깨끗한 곳에
서 정성을 드리다가 신이한 태몽을 얻게 되고 정부인과 온전하게 결합하여
주인공이 탄생하게 된다. 따라서 군담소설의 주인공은 집단사회가 요구하
는 영웅성을 드러내는데 혈통적 결핍요소를 보여주지 않는다. 하지만 「홍길
동전」은 홍판서가 천대받던 시비 춘섬과 결합하여 길동을 얻어 혈통적 결핍
요소를 가지게 된다.67) 이 혈통적 결핍요소는 길동이 사회체재 안에서 영

---

66) 「홍길동전」 1상. 선시의 공이 길동을 나흘 쩌의 일몽을 얻드니 문득 뇌셩벽력이
   진동ᄒ며 쳥룡이 슈염을 거스리고 공의게 향ᄒ여 다라들거늘 놀나 쩌다르니 일쟝
   츈몽이라.
     그런데 태몽이 얻고 낳은 것이 신이하다고 말하는 것은 확대 해석이고, 그 꿈의
   내용이 무엇인가에 따라 신이성을 언급하여야 할 것이다. 왜냐하면 옛날에는 누구
   나 거의 태몽을 꾸었고, 심지어 평민들의 태몽들도 신이한 내용이 많이 있지만 다
   영웅적 전설의 주인공이 되지 않았다.
67) 「홍길동전」1하. "대쟝뷔 셰샹의 나미 공밍을 본밧지 못ᄒ면 찰아리 병법을 외와
   대쟝닌을 요하의 빗기츠고 동졍셔벌ᄒ여 국가의 디공을 세우고 일홈을 만디의 빗
   니미 쟝부의 쾌시라. 나는 엇지ᄒ여 일신이 젹막ᄒ고, 부형이 이시되 호부호형을
   못ᄒ니 심쟝이 터질지라, 엇지 통한치 아니리오!"
     그런데 건국 신화의 주인공들을 보면 대체로 서얼적 존재로 보인다. 동명왕은
   고구려 건국신화에서 명확하게 설명된 내용이 아니지만, 금와 왕의 시비가 낳은
   알에서 나왔다고 하는데 실제로는 후비의 자식으로 보여진다. 그리고 무왕은 백제
   서동요의 배경설화인 야래자 전설의 주인공으로 볼 때 후비의 자식으로 보여진다.
   반면에 같은 야래자 전설의 주인공인 견훤은 실패한 인물로 등장하고 있다. 이들
   은 후비, 후실의 자식이면서도 성공한 경우도 있고 실패한 경우도 있다는 점에서,

웅성을 쟁취하고자 할 때 자아실현의 제한요소가 된다.

이처럼 탄생담에서는 길동의 영웅적 성격을 드러내는데, 신이한 태몽의 탄생과 고귀한 혈통을 가지고 태어났다는 점에서 신화적 성격을 지니고 있지만, 서얼차대가 심한 조선사회란 특수성에서 시비 춘섬을 어머니로 태어났다는 혈통적 결핍을 지니고 있다는 점에서는 비극적(전설적) 영웅의 성격을 보여주는 것이다.

⑵ 성장담

다음으로 성장의 과정을 살펴보자. 성장과정에서 가장 특색이 있는 것은 기아모티프의 특이성이라 하겠다. 신화의 주인공들은 태어나자마자 아버지[68]에게 기아를 당하고, 군담소설의 주인공들은 다양하지만 타의에 의해서 버려진다.[69] 반면에 비극적 장수설화에서는 타인에 의해서 버려지지만 가족과 유리되지 않는다.

홍길동의 기아현상은 곡산모 초란의 위계로 인하여 홍판서가 행하지만 완전한 기아로 볼 수 없다. 홍판서는 상자가 길동의 관상이 반역의 상이라고 하여도 「아기장사 전설」처럼 자식의 신이성을 보고 바로 처치하는 부모와는 대조적이라 하겠다.[70] 또한 기아모티프에서 길동은 신화적 영웅들처

조선 이전 시대에는 서얼 차대가 없어 자신의 능력으로 상황을 개척하는데 비롯되었다.

68) 동명왕 신화에서는 시비로 나와 있기 때문에 타인에 의해서 버려진 것으로 보이지만, 앞의 주에서 설명한 바와같이 아버지로 상징될 수 있다.

69) 군담소설에서는 적이나 상대편이란 타의에 의해서 아버지나 가족과 유리되는 기아현상을 보이고 있다.

70) 「홍길동전」 2하 3상. "공즈의 상을 보온즉, 흉중의 죠해무궁ᄒ고 미간의 산쳔졍긔 영농ᄒ오니 진짓 왕후의 긔상이라. 장셩ᄒ면 장촛 멸문지화룰 당ᄒ오리니, 샹공은 살피쇼셔." 공이 청파의 경ᄋᄒ여 묵묵반향의 ᄆ음을 졍ᄒ고 왈, "사룸의 팔즈는 도망키 어렵거니와 너는 이런 말을 누셜치 말나." 당부ᄒ고 약간 은즈룰 쥬어 노니니라. 츠후로 공이 길동을 산졍의 머물게 ᄒ고 일동일졍을 엄슉히 살피니, 길동이 이일을 당ᄒ미 더욱 셜우믈 이긔지 못ᄒ나 홀길업셔 육도삼약과 텬문지리룰 공부ᄒ더니, 공이 이일을 알고 크게 근심ᄒ여 왈. "이놈이 본디 지죄이시미 만일 범남

럼 미자각 시기에 버려서 스스로 또는 하늘의 도움으로 성장하는 것으로 되어 있다. 여기에서 길동은 미자각 시기라고 하지만 아주 어린 나이에 버려진 것이 아니라, 비극적 장수설화의 하위 유형에 속하는 민란의 영웅설화의 주인공 이몽학처럼 성장하여 자각할 무렵에 타인에게 그의 신이성이 발각된다.

그런데 길동의 경우는 이몽학의 경우와 다르게 타인(스승)에 의해 버려지는 것이 아니라 총애를 잃을까 두려워하던 가정내의 인물에 의해 제기되고 부모에 의해서 버려진다.71) 따라서 버려졌을 때, 민란의 비극적 장수설화의 주인공인 이몽학의 경우는 스승에게 배워야할 지혜가 제거되어 지혜의 결핍요소가 나타난다. 반면에 길동의 경우는 스승에게 버려진 것이 아니기 때문에 지혜의 습득과 관련되어 있지 않다. 오히려 초막에 유리된 길동은 육도삼략과 주역을 공부할 수 있게 되어 자아실현의 계기를 마련한다는 점이 차이가 있다.72) 이때 길동이 다른 스승이나 이인에게 도움을 받지 않는

혼 의사를 두면 상녀의 말과 갓흐리니 이를 장춧 엇지 흐리오." 흐더라.
위와 같이 홍판서는 길동으로 멸문지화를 당한다고 할 때도 '사람의 팔자는 도망키 어렵거니와'와 같이 운명론적으로 인식하고 있다.

71) 「홍길동전」 2상하. 져는 ᄋ들이 업고 츈셤은 길동을 나아 샹공이 미양 귀히 넉이믈 심중의 앙앙흐여 업시흐믈 도모흐더니, 일일은 흉계를 싱각흐고 무녀를 쳥흐여 왈, "나의 일신을 평안케 흐믄 이곳 길동을 업시키의 잇는지라 만일 나의 쇼원을 닐우면 그 은혜를 후히 갑흐리라." 흐니, 무녜 듯고 깃거 디왈. "지금 홍인문 밧긔 일등관상녜 이시니 사름의 상을 혼번 보면 젼후 길동을 판단흐느니, 이 사름을 쳥흐여 쇼원을 ᄌ시 니르고 샹공긔 쳔거흐여 젼후ᄉ을 본다시고 흐면 샹공이 필연 디혹흐샤 그 ᄋ희를 업시코져 흐시리니, 그 쩌를 타 여차여차 흐면 엇지 묘계 아니리잇고?"
이처럼 곡산모 초란은 자식을 낳지 못하여 상공의 사랑을 길동을 낳은 춘섬에게 빼앗긴 것 같아 관상쟁이와 짜고 길동을 없애고자 '길동이 반역할 상을 가지고 있다'고 하였다. 그리하여 홍판서는 길동을 산정에 머물게 하고 동정을 살펴보았다고 한다.

72) 영웅소설에서 기아모티프에 해당하는 부분이 첫번째 고난 단락이다. 이 주인공의 고난은 그 '원인이 무엇이느냐'와 '어떤 형태이느냐'에 따라서 줄거리 전개방식을 결정하는 중요한 요소가 된다. 따라서 이 단락이 유형 분류의 기준이 된다고 한다.(임성래, 전개서, pp.70-71)

것도 또 하나의 특징이라 하겠다. 길동은 기아모티프에서 타인인 스승이 등장하지 않아 그에게 의존해야할 지혜의 결핍이나 성장과도 관련되지 않는 것이 비극적 영웅들과의 차이가 있다.

성장담은 길동의 일생에서는 자아실현의 기틀을 마련하는 입사 모티프의 성격을 가지고 있다. 길동이 집안에서 할 수 있는 자아실현이 호부호형의 획득이다. 그런데 호부호형의 획득은 탄생담에서 보여준 혈통적 결핍요소로 인하여 얻어질 수 없다. 그런 길동은 자신의 자아실현을 위하여 성장기에 남에게 보이지 말아야할 금기 요소인 탁월한 능력을 조급하게 드러내지도 않았다. 다만 길동은 곡산모 초란이 자객을 시켜 자신을 죽이려고 할 때 어찌할 수 없이 초월적인 능력을 드러내게 된다.

길동은 생존을 위해 어쩔 수 없이 도술이란 자신의 초월적인 능력[73]을 보여주고 가정에서 호부호형을 실현하게 된다. 길동은 홍판서에게 인정을 받게 되지만 사회에서 통용될 수 없고, 탁월한 능력을 보여주며 자객을 살인한 상태이기 때문에 집을 떠나지 않을 수 없다[74]. 이를 2차 기아모티프

---

73) 「홍길동전」 3상하. 길동이 그 원통한 일을 싱각하미 시긱을 머무지 못할 일이로되, 샹공의 엄녕이 지중하므로 홀길업셔 밤이면 줌을 닐우지 못하더니 초야의 촉을 밝히고 쥬역을 줌심하다가, 문득 드르니 가마귀 셰번 울고 가거눌, 길동이 고이히 넉여 혼ᄌ말노 니르되, '이 즘싱은 본디 밤을 쩌리거눌, 이제 울고 가니 심이 불길하도다.' 하고 줌간 팔괘롤 버려보고 디경하여 셔안을 물리치고 둔갑법을 힝하여 그 동경을 살피더니 사경 은하여 혼 사롬이 비슈롤 들고 완완이 방문을 열고 드러오는지라 길동이 급히 몸을 감쵸고 진언을 넘하니 홀연 일진음풍이 니러나며 집은 간디 업고 쳡쳡혼 산중의 풍경이 거룩혼지라. 특지 대경하여 길동의 죠홰 신긔호물 알고 비슈롤 감쵸아 피코져 하러니. 문득 길이 끈쳐지고 층암결벽이 가리와시니 진퇴유곡이라. 사면으로 방황하더니 문득 져 쇼리 들니거눌 졍신을 찰혀 살펴보니 일위 쇼동이 나귀롤 타고 오며 져 불기롤 긋치고 꾸지져.
여기에서 그의 도술이란 초월적 능력도 그의 노력에 의해서 습득된 것으로 보기도 하였다.(강현모b, 전게논문, p.84)
74) 「홍길동전」 4상. "쇼인이 일즉 부싱모휵지은을 만분지 일이나 갑홀가 하여더니 갸너의 불의지인이 잇스와 샹공긔 춤쇼하고 쇼인을 죽이려 하오미 계오 목숨은 보젼하여스오나 샹공을 뫼실길 업습기로 금일 샹공긔 하직을 고하ᄂ이다." 하거눌, 공이 디경 왈. "네 무슴 변괴 잇관디 어린 ᄋ희 집을 ᄇ리고 어디로 가려 하는다." 길동이 디왈. "날이 붉으면 ᄌ연 아르시련이와 쇼인의 신셰는 부운과 갓스오니 샹공의 ᄇ린 ᄌ식이 엇지 방쇼롤 두리잇고?" 하며 쌍뉘쥼횡하여 말을 일우지 못하거

라고 볼 수 있는데,75) 이 기아모티프의 결과로 그의 탁월한 능력이 드러나게 된다.

한편 길동은 탁월한 능력에도 불구하고 성장담에서 아버지라는 절대적 존재에 대해 항상 미약하고 연약한 존재이다. 그는 자객 특재를 죽이고, 그를 교사한 곡산모 초란이 아버지와 관련되었다는 사실을 인식하고 자신의 능력을 거둔다.76) 여기에서 길동은 아버지를 정점으로 봉건적 가부장적 사회구조의 질서 안에서 행동하는 한계를 보여주고 있다. 이런 점이 바로 신화적 영웅으로서 한계이다.

⑶ 활동담

활동담은 길동의 천부적인 영웅성을 유감없이 발휘하여 존재 가치를 실현하는 활빈당의 시기이다. 이 시기의 활동 양상은 길동이 동굴에 들어가기라는 신화적 요소와 들독을 들어 대장 뽑기라는 민속적 취향에서 나온 민담적 요소를 공유하고 있다. 그리고 길동이 활빈당의 당수로 역할을 하면서 가난하고 어려운 백성을 도와주었다는 활동도 민간적 취향이라고 하겠다. 그렇지만 길동이 초인으로 여덟 길동 만들기, 니흡 잡기, 철삭끊고 하늘을 날라 도망가기, 도술행각 등은 노력이나 배워서 습득될 있는 능력은 아니다.

눌, 공이 그 형상을 보고 측은이 넉여 기유왈, "니 너의 품은 한을 짐작ᄒᄂ니, 금일노붓허 호부호형ᄒ믈 허ᄒ노라." 길동이 지비왈. "쇼즈의 일편지한을 야애 푸러쥬옵시니 죽어도 한이 업도쇼이다. 북망야야는 만슈무강ᄒ옵쇼셔." ᄒ고 지비 하직ᄒ니 공이 붓드지 못ᄒ고, 다만 무슨ᄒ믈 당부ᄒ더라.

75) 이때의 기아모티프는 집을 떠나 부모와의 유리가 되지만, 완전하게 자아를 자각하고 행동하는 점에서 다른 기아모티프와 차이가 있다. 그리고 집을 떠나 적굴이란 동굴로 들어가서 그의 능력을 드러내면서 활동하는 활동담으로 전환된다.

76) 「홍길동전」 4상. 이쩌 길동이 냥인을 죽이고 건상을 살펴보니, 은하슈는 셔호로 기우려지고 월식은 희미ᄒ여 슈회롤 돕눈지라, 분긔롤 춤지 못ᄒ여 쏘 쵸난을 죽이고져 ᄒ다가 샹공이 사랑ᄒ시믈 씨닷고 칼홀 더지며 망명도싱ᄒ믈 싱각ᄒ고.

길동이 적굴에 들어가서 그 능력을 보일 때는 물리적인 힘의 대결이었다. 그는 도술을 부릴 수도 있는데, 들독들기라는 물리적인 힘의 대결에서 승리하고,[77] 지혜의 인정받기 위하여 해인사 재물탈취와 함경감영 탈취를 벌인다. 이런 활동기는 사회에 대한 입사모티프의 성격을 띠고 있다.[78] 이런 활동담에서는 성장한 뒤에 기아 되었던 길동이 지혜가 부족하지 않을 뿐만 아니라, 지혜와 비범성을 지닌 탁월한 능력을 발휘하는 괴수로써 도적의 무리들에게 신뢰를 얻게 된다.

길동은 그 이후에도 다양한 신이한 능력을 보여주게 된다. 그가 보여준 활동담의 능력은 철삭을 끊고 하늘로 날라 도망가기나 8길동이 잡혀와서 문초받기 등으로 도저히 후천적으로 습득할 수 있는 것이 아니다. 또한 병조판서 제수받기, 청조 천 석 빌리기 위해 임금 앞에 나타날 때의 도술 모습에서도 습득된 것이 아니라 타고난 천부적 능력이었다. 이런 능력은 신화적 영웅과 별로 차이가 없다.

길동은 일상적인 인식의 범주를 벗어난 능력을 발휘하고 있으나 비극적 장수설화의 주인공이 보여주는 지혜의 결핍이 전혀 나타나지 않고 있다. 이처럼 그의 성장담에서 보여준 기아모티프가 성장기 후반에 등장하는 비극적 장수설화와 같이 특이성을 보여주고 있지만, 그 기아모티프에서 선생에게 버림을 받았다는 내용이 나타나지 않았다. 또한 그가 무업의 측면이 강한 「육도삼략」과 「주역」을 공부하였다고 하지만 무사적 측면만의 활동을 추구하는 편협성을 보여주지도 않았다.

---

77) 「홍길동전」, 4하5상. "나는 경셩 홍판셔의 쳔쳡 쇼싱 길동이러니, 가즁 쳔디를 밧지 아니려ᄒᆞ여 사회팔방으로 졍쳐업시 단니더니 우연이 이곳의 드러와 모든 호걸의 동뇨되믈 니르시니 불승감사 ᄒᆞ거니와, 쟝뷔 엇지 져만ᄒᆞᆫ 돌 들기를 근심ᄒᆞ리오." ᄒᆞ고, 그 돌을 드러 슈십보를 힝ᄒᆞ다가 더지니 그 돌 무긔 쳔근이라. 졔젹이 일시의 칭찬 왈, "과연 장시로다. 우리 슈쳔 명 즁의 이 돌 들지 업더니 오날날 ᄒᆞ늘이 도우샤 쟝군을 쥬시미로다." ᄒᆞ고, 길동을 상좌의 안치고 술을 ᄎᆞ례로 권ᄒᆞ고 빅마즙아 밍셰ᄒᆞ며 언약을 굿게ᄒᆞ니 즁인이 일시의 응낙ᄒᆞ고 죵일 즐기더라.
78) 「홍길동전」, 5하. "쟝뷔 이만 지죄 업스면 엇지 즁인의 괴쉬되리오."
강현모b, 전게논문, pp.88-89.

길동은 활동담의 능력을 통해 자신의 자아실현을 위하여 탐관오리와 무능한 관리들을 질타할 때는 자신의 천부적인 능력을 유감없이 발휘한다. 길동은 그런 활동담의 천부적 능력에도 불구하고 서얼이라는 혈통적 결함으로 인하여 사회적인 자아실현을 완벽하게 이룩하지 못하였다. 즉 혈통적 결핍요소를 지닌 길동은 신이하고 탁월한 능력에도 불구하고 평생의 소원인 병조판서를 거짓으로 제수받은 것으로 만족하여야 하였다.79) 또한 길동은 무궁하고 신이한 능력으로 임금을 물리칠 수 있다. 그런 능력에도 불구하고 길동은 임금 앞에서 한없이 미력하고,80) 조선사회의 개혁에 한계를 느낀다.

길동은 천부적 능력을 발휘하는 신화적 영웅이라기보다는 신분제적 조선사회조차 개혁할 수 없는 한계를 가진 비극적 영웅이라고 보아야 할 것이다. 그래서 길동은 조선 사회를 개혁하는데 한계를 느껴 이상향을 찾아 조선을 떠나게 된다.81)

---

79) 「홍길동전」 9하 10상. 츠셜 길동이 쵸인을 업시ᄒ고 두로 단니더니 사대문의 방을 붓쳐시되, "요신 홍길동은 아모리 ᄒ여도 줍지 못ᄒ리이니, 병죠판셔 교지롤 나리시면 줍히리이다." ᄒ엿거놀 샹이 그 방문을 보시고 됴신을 모화 의논ᄒ시니 졔신 왈. "이졔 그 도격을 줍으려 ᄒ다가 줍지 못ᄒ옵고 도로혀 병죠판셔 졔슈ᄒ시믄 불가스 문어인국이로쇼이다." 샹이 올히 넉이샤 다만 경상감시의게 길동 줍기를 진촉ᄒ시더라. …〈중략〉… 홀슈업셔 이 연유로 샹달 ᄒ온디 샹이 드르시고 왈. "쳔고의 일런 일이 어디 이시리오." ᄒ시고 크게 근심ᄒ시니, 졔신 즁 일인이 쥬왈, "그 길동의 원이 병죠판셔롤 ᄒ번 지니면 됴션을 쩌나리라 ᄒ오니 ᄒ번 졔 원을 풀면 졔 스스로 샤은ᄒ오리니 이쩌롤 타 줍으미 조흘가 ᄒᄂ이다." 샹이 올히 넉이샤 즉시 홍길동으로 병죠판셔롤 졔슈ᄒ시고 사문의 방을 붓치니라.

80) 임금 앞에 무력한 길동은 사회 개혁소설로 보았을 때의 일이다. 그렇지만 길동을 군담소설에서와 같이 임금을 위해 활동할 영웅으로 볼 수도 있다. 「홍길동전」에서는 임금을 정점으로 길동의 상대적 역할이 정해져 있지 않기 때문에 생기는 오해인지도 알 수 없다. 다만 성장담에서 보여 주었던 가부장적 유교 윤리가 여기에서도 적용되고 있다고 하겠다.

81) 조선사회의 개혁을 포기한 것은 길동의 한계를 보여준 것이라 하겠다. 그는 임금을 정점으로 한 조선사회에서 개혁의 한계를 인식하고 조선을 떠나 새로운 이상향을 추구하게 된다. 이는 호부호형을 인정받고 가정을 떠나는 것과 비슷한 상황이라 하겠다.

⑷ 최후담

최후담은 조선이란 현실적 공간을 떠나 비현실적 이상세계인 율도국이
란 가상공간이 결구가 되어 있다. 이는 조선이란 현실적 공간에서 신분제적
사회구조의 개혁을 실패하여 자아실현을 완벽하게 하지 못한 길동에게 보상
차원의 민간적 사고에서 비롯된 공간의 활동이다.

길동은 활동담에서 탁월한 능력에도 불구하고 조선사회의 개혁을 실패
하고 만다. 신화적 영웅들은 자신들의 능력을 발휘할 수 있도록 현실세계를
개조한다. 그런데 홍길동은 능력을 발휘하여 조선사회에서 병조판서의 직
위에 올랐지만, 현실 공간에 아무런 변화도 이루지 못하였다. 그런 길동을
민담적 세계로 끌어들여, 신분제도를 떠나 능력에 따라 성취를 이룰 수 있
도록 새로운 사회적 공간을 설정한 것이 율도국이란 이상세계이다.

길동이 율도국에서 한 활동은 지하도적퇴치담과 같이 민담적 사고에서
비롯된 능력을 발휘하고 있다.82) 길동은 지하도적을 퇴치하고 인적 자원과
물적 자원을 획득한 뒤에 자신이 추구하였던 이상세계를 실현하기 위하여
율도국을 점령한다.83) 율도국을 점령한 길동은 능력에 따라 자아실현의 사
회 공간을 만들었다. 그리고 그 사회는 효와 충이 통치이념으로 이루어진
가부장적 이상세계였다.84)

---

82) 「홍길동전」 11상하.
83) 「홍길동전」 10하 12상. 남경으로 향ᄒ여 가다가 ᄒᆫ 곳의 다다르니, 이ᄂᆫ 소위 률
    도국이라 사면을 살펴보니 산쳔이 쳥슈ᄒ고 인물이 번셩ᄒ여 가히 안신홀 곳이라
    ᄒ고. …〈중략〉… 남중의 율도국이란 나리이 잇스니, 옥냐 슈쳔니 외진 짓쳔 부자
    국이라.
    　위와 같이 길동이 점령할 당시의 율도국은 그다지 피폐하지도 타락하지도 않은
    사회였다. 그럼에도 불구하고 길동이 점령하여 이상국을 건설하도록 설정하였다.
    여기에서 길동이 가장 중요시한 사회의 특징은 서얼 차대가 없이 능력에 따라서
    인재를 등용하는 개혁된 사회를 요구하는 데서 비롯된 것 같다.
84) 길동은 아버지에게 효도하고 임금에게 절대 복종하였다. 심지어 율도국왕이 된 뒤
    에도 아버지의 산소를 만들고, 조선 국왕에게 표문을 올려 신하로서 칭하고 있
    다.(「홍길동전」11하-12하) 이처럼 가부장적 유교윤리를 길동이 직접 실행하는

최후담에서 건설한 이상세계는 민담적 세계를 도입하였고, 그 과정도 민담적 사고에 기인한 활동을 전개하고 있다. 그 결과 길동은 두 부인을 얻어서 다남(다남)한 뒤에, 그들이 능력에 따라 활동할 수 있는 공간을, 즉 자아 실현의 이상국가를 건설하게 되었다.[85]

5. 결 론 : 길동의 영웅적 성격

「홍길동전」은 구성과 구조의 일관성뿐만 아니라 주제의 일관성을 지니고 있음을 알 수 있다. 「홍길동전」의 영웅적 성격을 말할 때는 지금까지 신화적 영웅담의 기본 구조로 인식되어 왔다. 그런데 「홍길동전」이 신화적 영웅담과는 구조상 약간의 차이를 보이고 있음을 위에서 살펴보았다. 이 차이는 「홍길동전」이 신화적 소재를 취재하여 소설적 구성을 이룬 것이 아니라, 전설적 소재를 취재하여 신화적 사고를 가진 작가에 의해서 지어졌기 때문이라 하겠다.

위에서 살펴본 「홍길동전」에 나타난 길동의 영웅적 성격은 결론적으로 신화적 영웅과 비극적 영웅의 중간적 형태를 띄고 있다. 그는 탁월한 천부적 능력과 자신이 원하였던 욕구가 불완전하지만 각 단계마다 이루고, 최후에 완성하였다는 점은 신화적 영웅의 성격을 지닌다. 그럼에도 불구하고 길동이 이룬 최후의 이상국가는 비현실적인 민담적 세계란 점과 각 단계에서 이룩한 것이 위선과 거짓으로 이루어진 가식적인 결과라는 점에서는 비극적 영웅이라고 하겠다.

것은 그가 요구하는 사회가 무엇인지를 내포하고 있다고 하겠다.(강현모b, 전게논문, pp.98-100.)

85)「홍길동전」 12하. 왕이 슘즈이녀을 싱ᄒ니 쟝즈츳즈는 빅시 쇼싱이요 샴즈 치녀는 됴씨 쇼싱이라. 쟝즈 현으로 셰즈을 봉ᄒ고 기 여는 다 봉군ᄒ니라. 왕이 치국 삼십 년의 홀련 득병ᄒ여 붕ᄒ니 쉬 칠십이셰라. 왕비 이어 붕ᄒ미 션능의 안쟝ᄒ 후 셰즈 즉위ᄒ여 디디로 계계승승ᄒ여 타평으로 누리더라.

이를 좀 구체적으로 탄생, 성장, 활동, 최후담에서 살펴보자.

탄생담에서 길동이 신이한 징조의 태몽을 꾸고 태어난 것은 신화적 영웅의 속성을 지니지만, 서얼차대라는 조선의 신분적 사회구조에서 볼 때 시비 춘섬에게 태어난 것은 비극적 영웅의 성격을 띠고 있다. 특히 그의 태생은 그 이후에 성장, 활동담에 영향을 미치게 된다.

성장담에서 기아모티프는, 고난이기보다 길동에게 자신을 인식하고 자아실현의 동기를 유발한다는 점과 버려졌지만 지혜의 결핍을 가져오지 않는다는 점에서는 신화적 영웅의 성격을 지닌다. 그런데 그의 기아현상이 타인에 의해서 성장기 후반에 이루어진다는 점, 호부호형이 인정되지만 살인한 뒤에 이루어진다는 점, 길동이 가부장적 유교윤리에 의해 아버지와 관련된 일에 대한 행동을 절제하고 있다는 점은 비극적 영웅의 성격을 지닌다. 신화적 영웅은 새로운 질서를 건설하기 위해 기존의 질서를 거부하는데, 길동은 아버지란 봉건적 질서의 테두리 안에서 행동한다는 한계를 가지고 있다. 길동은 호부호형의 인정을 바라기 때문에 가정 전체를 거부하는 것이 아니라 가장을 중심으로 하는 가부장적 사회윤리의 테두리에서 변혁하기를 원하였던 것이다.

활동담에서 길동은 탐관오리와 무능한 관리들을 징치를 하는 탁월한 능력이 습득되어진 것이 아니라 천부적이라 것, 그리고 기아모티프를 당하였음에도 불구하고 활동기에 지혜의 결핍으로 나타나지 않은 것에서 신화적 영웅의 성격을 지닌다. 그런데 들독들기를 통해서 대장 뽑기란 민간적 사고의 수용이나, 천부적인 능력에도 불구하고 신분제적 사회구조를 전혀 개혁하지 못하였다는 점, 그리고 충이란 유교적 윤리에 따라 국왕 앞에서 미력하게 나타나는 점은 비극적 영웅의 한계를 보여주고 있다고 하겠다.

최후담에서 길동이 점령한 율도국에서 이상국가를 건설하여 자아실현을 이룩하고, 성장담과 활동담에서 추구하였던 호부호형과 병조판서 제수를 완전한 것으로 만들었다는 점에서 신화적 영웅의 성격을 지닌다. 이에 비하여 길동이 건설한 이상국가가 개혁을 시도한 조선을 떠난 공간이란 점, 그 공간이 지하도적퇴치담을 끌어들인 민담적 세계를 수용하였다는 점에서 민중적 비극적 영웅의 성격을 지닌다고 하겠다. 즉 민담적 세계의 도입은 사회개혁의 실패를 보상하는 차원에서 비롯되었다. 따라서 실제로 존재하는 공간이 아니라 상상의 공간이라 점은 비극적 영웅의 성격을 지니게 한다고 하겠다.

「홍길동전」에 나타난 길동의 영웅적 성격은 율도국이란 이상세계를 결구를 시켜 신화적 영웅을 만들었지만, 현실 공간인 조선사회를 전혀 개혁하지 못하고, 또한 충효라는 가부장적 유교 윤리에 의해서 개혁을 시도하는 한계를 보여주고 있다. 이처럼 길동이 부모와 임금에게 대해 일상적 자아로 머무는 것은 길동의 내적 세계관이 신화적 존재이기보다는 민중적(비극적) 존재로 머물러 있기 때문이라고 하겠다.

이처럼 길동의 영웅적 성격은 신화적 영웅과 비극적 영웅의 복합적인 성격을 지니고 있다. 이에 대한 논의는 작자의 세계관에 대해 치밀한 분석과 함께 비극적 영웅들에 대한 다양한 분석을 통해 이루어질 때 보강될 수 있을 것이다.

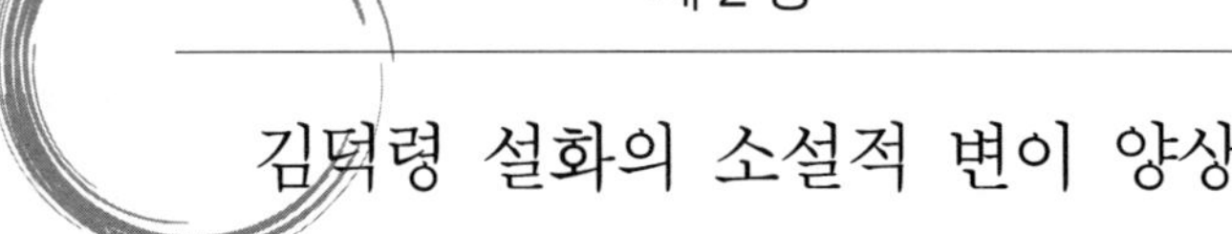

제 2 장

김덕령 설화의 소설적 변이 양상

1. 「임진록」과 김덕령 설화

1.1. 「임진록」의 특징

이 글은 「임진록」에 관한 연구가 아니라, 「임진록」에 수용된 김덕령 전승의 양상과 의미에 관한 연구이다. 곧 김덕령의 전승이 「임진록」이란 소설 장르에 어떤 양상으로 투영되었으며, 그 의미는 무엇인지를 살펴보고자 한다.

우선 「임진록」은 온 민족이 힘을 합하여 왜적과 싸운 민족적 수난인 임진왜란을 배경으로 한 역사소설이다. 「임진록」은 그 동안 천시해 오던 왜적에게 전 국토가 유린당하여 물질적·정신적으로 막대한 손실을 가져온 임진왜란이란 국가적 재란 속에서 패배하였던 민족적 상처와 치욕을 보상하고 설원하며, 민족적 자존심과 민족적 자각을 부각하고자 재구된 민족문학적 성격을 가진 작품이기도 하다1). 따라서 「임진록」에서는 침략한 왜적이나 구원한 명군에 대한 배타심을 드러낼 뿐 아니라, 제대로 대항을 하지 못하고 패배한 지배층에 대해 신랄하게 비판하고 있다.

「임진록」은 임진왜란이란 역사적 사실을 배경으로 한 작품이지만, 역사 현장에 없는 초월한 허구적 사실이 가미되어 있다. 그리고 임진왜란에 활동하였거나 허구적 인물을 등장시켜 민족적·민중적 소망을 해결하고자 하였다. 따라서 「임진록」의 내용은 여러 인물이나 주제항목이 나열된 이야기 집합군으로, 각각 독립된 이야기는 완결성을 지니면서도 전체적으로 임진왜란의 상황을 그리내고 있다. 그러므로 각 주지들은 형식논리적 또는 인과론적인 상호관계에서 일관성이 법칙에 의해서 제시 전개되는 이야기가 아니라, 임진란의 전경을 조감하고 우리 민족의 항전 현장을 각각 대표화2)하고 있다.

작품의 서사 결구는 작자의 역사의식과 그 작자를 지배하는 민중의 욕망에 의해서 이루어진다. 양자간의 관계 구명은 역사와 문학을 대비하여 사실의 굴절도를 파악하여야 한다3). 「임진록」의 진행원리는 각 인물의 역사적 행적을 골격으로 민간설화를 가미하였기 때문에 찾아내기 어렵다. 따라서 기존의 연구에서는 각 인물을 천착하여 종합하는 방식으로 민중 의식이나 시대 의식을 고찰하였다. 그 결과 「임진록」에 관한 연구만도 40편이 되며, 또한 「임진록」 연구에 대한 연구사4)가 나올 정도로 활발하게 이루어진다.

그 중에서 「임진록」에 나타난 김덕령 전승에 대한 고찰5)로는 조동일과

---

1) 소재영, 『임병양란과 문학의식』, 한국연구원, 1980, p.264. "임진록은 시간적 변화를 의식하면서 각성기의 민중들로 하여금 내적인 자각과 외적인 분노를 표리하여 형성된 성장의 문학이요, 민족의 문학임이 증명되었다"고 하였다.
2) 신동일, 『우리 이야기 문학의 아름다움』, 한국연구원, 1981, p.57.
3) 임철호, 「임진록에 나타난 허구성 – 임진록군 연구Ⅱ」, 『한국고전문학의 연구』, 『문예사상연구』 2집, 한국고전연구회, 1981, p.17.
4) 신태수, 「임진록 연구의 현황과 전망」, 『문학과 언어』 11집, 문학과 언어연구회, 1990.5., 임철호, 「임진록의 연구사적 검토」, 『고설사연구사』 (일사유쾌재박사기념논총 간행위원회, 도서출판 월인, 2002), pp.291-322.
5) 조동일, 「임진록에 나타난 김덕령」, 『이재수박사환력기념논문집』, 형설출판사, 1972. 소재영, 『임병양란과 문학의식』, 한국연구원, 1980. 임철호, 『임진록 연

소재영, 임철호, 최삼룡의 연구가 있다. 조동일은 사실에서의 소설의 전환을 밝혀 역사소설의 특징과 역사의식을 규명하는 작업이고, 소재영과 임철호는 지금까지 발견된 이본을 중심으로 이본고를 통한 주제의식을 찾는 과정이었다. 그리고 최삼룡은 「임진록」에 등장하는 도선적인 인물을 중심으로 고찰하였다. 다음 절에서 이들 연구를 바탕으로 「임진록」에 나타난 김덕령 전승의 유형 양상을 제시하고자 한다.

1.2. 「임진록」의 이본과 김덕령 전승의 유형

김덕령 전승의 유형 양상을 살펴보기 전에, 「임진록」의 이본 연구에 대해 검토하겠다. 이는 김덕령 전승의 유형 양상을 살펴볼 수 있는 계기가 될 것이다.

「임진록」의 이본고를 처음 시도한 김순휴는 필사본 5종과 완판본·경판본 등 7종의 이본을 소개하며 내용과 구성을 비교하였다. 그는 이본의 서술 형식이 달라지는 현상을 설화가 정착하는 기록과정으로 보았다. 그 결과 임진란을 전후해 구전되던 설화가 읽을거리로 구성·정착되면서 필사본이 형성되고, 여기에다 사실적 개관과 민족적 주체의식 등이 작용하여 경판본과 완판본이 생긴 것으로 보았다[6]. 이 연구에서 김덕령의 설화는 신이한 도술과 원사, 이여송의 천거로 전공을 세운 이야기, 그리고 역사적 사실을 근거로 한 이야기 등 세 가지로 구분된다[7].

소재영은 「임진록」 23종의 이본을 비교 분석하여 20여 개의 설화모티프로 정리하고, 각 이본의 설화모티프를 도표화하여 5계열 작품군으로 나누었다[8]. 곧 역사성을 바탕으로 한 작품군, 역사성을 바탕으로 의도적인

____

구』, 정음사, 1986. 崔三龍, 「〈壬辰錄〉의 英雄像에 대한 考察」, 『국어국문학』107집, 국어국문학회, 1992.5.

6) 김순휴, 「임진록고」, 『동악어문논집』 4집, 동국대 동악어문학회, 1966.7. pp.121-122.

7) 위 논문, pp.82-98, 114-115.

설화를 가미한 작품군, 설화를 바탕으로 한 한문본 계열의 작품군, 설화를 바탕으로 한 한글본 계열의 작품군, 의도적 설화를 발췌 편집한 작품군 등으로 나누었는데, 뒤로 갈수록 허구적이고 변이가 심한 이본들이었다. 위의 분류는 표기 수단과 내용을 혼합하는 등 기준이 명확하지 않아 작품의 특성을 분명하게 드러내지 못하였다. 또 「임진록」을 20여 개의 중요 설화모티프로 재구하여 설명하였기 때문에 작품간의 상관관계도까지 작성한 것이 무의미하였다9). 더욱이 이 글에서 다룰 김덕령 설화를 중요한 이야기 형으로 설정하였지만, 그 의미와 특성을 파악할 수 없었다.

임철호는 서로 관련성이나 접속력이 약한 「임진록」의 개별 이야기들이 용이하게 탈락하거나 첨가하여 변이가 심하다고 보았다. 그는 수집한 40여 종의 이본을 작품의 서두에 시작하는 이야기를 기준으로 분류하였다10). 그 결과 역사계열, 최일영계열, 관운장계열, 최일영계열(변), 이순신계열, 역사계열(변), 기타계열 등 7계열로 분류하였다. 이중에 역사계열, 최일영계열, 관운장계열을 중심으로 내용 분석이 집중되었다.

「임진록」의 세 계열에 나타난 김덕령 설화도 차이를 보여준다. 김덕령의 설화는 역사계열에서 역사계열(변)까지 역사적 사실을 바탕으로 하여 허구화 되며, 최일형 계열과 이순신계열 그리고 최일영계열(변이)에서는 김덕령이 도술로 청정의 진을 물리치고 나중에 원사한 것으로 되었다. 그리고 관운장계열에서는 김덕령이 이여송의 천거로 능력을 발휘하여 큰 공을 이루지만 끝내 죽게 된다. 임철호의 분류는 「임진록」에서 김덕령 설화의 특성을 파악하는데 용이하게 되어 있다.

---

8) 소재영, 앞의 책, pp.15-86.
9) 이동근은 「임진록」을 46개의 설화형으로 분류하고 구조분석을 통해 의미를 파악하고 있다. 이때 설화형이란 용어는 작자·창작의식에 의해 서술된 대목으로 설화와 구분된다고 보았다.(「임난전쟁문학연구」, 서울대 석사학위논문, 1983, pp.164-186.)
10) 임철호, 앞의 책, p.10. 그 이유는 임진록 이본들이 심한 변이를 보인다고 할지라도 작품의 첫머리부터 크게 변이되는 경우가 드물기 때문이라고 한다. 한편 임철호가 이용한 자료는 46종의 이본이다. 그 이후에 학계에 보고 된 자료로 사재동본 2종, 박순호본 4종 등이 추가되어 「임진록」은 50종이 넘는다.

한편 조동일은 5종의 이본과 「한양가」를 분석하면서 두 작품군으로 분류하였다. 두 작품군은 최일영계열, 최일영계열(변이), 이순신계열의 내용과 같은 구성을 보인 것과 관운장계열의 작품구조를 보인 것이다. 이중에 후자를 중심으로 사실에서 소설로의 전이 과정과 의미를 찾아보았다[11].

이상에서 「임진록」에 나타난 김덕령 전승의 유형 양상은 크게 세 가지로 나타난다. 이를 임철호의 분류 기준으로 살펴보면 다음과 같다.

첫째는 김덕령이 역사적 사실을 기초로 「임진록」 일부에 등장하는 역사계열 속하는 유형이다. 6권6책의 「임진록」에는 문헌이나 역사적 사실의 기록이지만 과장되어 새로운 의미를 드러내고 있다. 이보다 더 과장된 것이 국립도서관 한문본 「임진록」이다. 이처럼 김덕령이 기병한 역사적 사실을 중시하여 그 활동지역을 배경으로 전승되는 삽화이다,

둘째는 상신의 몸인 김덕령이 전쟁에 참가하였다가 간신들의 모함으로 억울하게 죽었다는 이야기 유형이다. 김덕령은 어머니의 명에 따라 전쟁에 참가하지 못하고 청정의 진에 몰래 들어가 스스로 물러가게 하였으나, 뒤에 청정과 공모하였다고 간신들의 모함을 당하는 삽화이다. 이 유형은 최일형계열, 최일형계열 변이, 이순신계열, 그리고 역사계열 변이나 기타계열 일부 등 「임진록」에 광범위하게 분포되어 있다.

셋째는 김덕령이 「임진록」의 중심인물(주인공)로 등장하는 계열이다. 이 유형은 관운장계열의 작품군과 기타 계열의 조동일본이 이에 속한다. 이 유형의 작품군에서 김덕령은 「임진록」의 주인공으로 민족적인 탁월한 능력을 발휘하였음에 불구하고, 끝내 지배집단의 질시로 죽도록 구성되어 있다.

이상에서 「임진록」는 김덕령에게 충과 효를 풍자적으로 양립시켜 부조리했던 왕조의 봉건사회가 그를 용납치 않아 희생된 인물의 모델케이스로 등장시킨 역사소설이다[12]. 이런 「임진록」에서 김덕령에 대해 어떻게 서술

---

11) 조동일, 앞의 논문 참조.
12) 소재영, 「임진록군의 형성과 민중의식의 변모」, 『국어국문학』 61집, 국어국문학
   회, 1973. p.546.

되어 있으며, 그 의미와 특징은 무엇인지, 위에서 제시한 각각의 세 유형을 검토하여 보자.

1.3. 사실을 바탕으로 한 영웅적 형상화

이에 속하는 것은 역사계열의 작품들이다. 이 계열의 초기 형태인 단실거사의 「임진록」는 일상적 역사서를 기록하듯이 서술하고 있다. 이 단실거사의 「임진록」에는 김덕령이 이몽학의 역모에 관련되어 죽은 사실과 어릴 때의 용력 등 문헌 설화와 기록들을 종합화하였다13).

그런데 후기 역사계열의 작품에서는 단실거사의 「임진록」보다 치밀한 구조로 이루어져 구체적인 사건인 김덕령의 이야기를 허구화시키고 있다. 그리하여 이 유형의 작품들은 김덕령의 옥사라는 사실적인 기록을 차용하면서도 그의 영웅성을 부각시키는 방향으로 전환되어 있다14). 그럼에도 불구하고 국립도서관 한문본 「임진록」은 당대의 모순된 사회의 일면을 보여주지 못하고 김덕령의 탁월한 능력만 드러내고 말았다.

> 1. 광주유생김덕령 영재인군삼백 마상립군 개재인군 착오색반의 왕래호서남 약우적병 수지창검 평지등약 마상립군 칙혹열립마상 혹횡와마안 왜병견기복색재기상위왈 차칙신병야 불가여전 봉필둔도
>
> (국도한문본, p.40.)

> 2. 의병장홍계남익호장군김덕령 공수삼가 문조신살래 급독군병 견홍

---

13) 이곳에 실린 내용은 문헌설화와 내용과 같다. 내용을 보면, 권4에 김덕령의 용력과 기병부분, 권5에 이몽학의 난에 관련 부분, 김덕령의 시조 작품 소개, 김덕령 사후에 호남지방의 의병 태도와 왜군들이 좋아함, 그리고 진주 전망자의 제문을 소개하고 있다.

14) 임철호, 전게서, p.65. '역사계열의 작품에서는 김덕령의 옥사라는 역사적 사실을 긍정적으로 수용하는 입장에서 약간 변이되었을 뿐이라 상당한 한계성을 노출시킨다'고 한다. 한편 조동일은 앞의 논문에서 이 유형의 작품을 소설 이전 단계로 보고 있다.

백기간산상 이초인지창검 결진전 영재인군구오색반의 결진어후 마상립
군비용공중 도립마상 이시신이지상 적절괴지견벽불출 계남덕령각지창
검 직예적진전 제성대질왈 무예적한 불식천시 망침토지 살략인민 오여
이적서불공립 금일내즉류 이단여여결자옹 기여여군 사유화친지의약 이
가병역소불인 고여위짐작의 연여욕투력호투재호 금일여여결자옹 적답
왈 원선투재 잉선도총군이백명 열립진전이독전 덕령수초마상립군위선
봉 재인군위후군 여계남지검재후 적병일시방총 마상립군 철환이도 이간
마안 일시복기 치마살도 이창추난격 계남덕령직입시살 아홀지간 적병태
반사의 적대구상의왈 차신병불가적 막여승야도망의

(국도한문본, pp.52-53.)

이 한문본 「임진록」에는 김덕령이 두 번 등장하고 있다. 앞의 인용문은
기병한 김덕령이 재인을 중심으로 한 마상입군의 뛰어난 재주를 보여주어
대적한 왜군들을 물리쳤다는 내용이다. 그리고 뒤의 인용문은 홍계남과 덕
령이 합심하여 재인군과 마상입군을 거느리고 왜적을 패퇴시켰다는 내용이
다. 이는 김덕령이 작은 공도 세우지 못하였다는 역사적 사실과 전혀 다른
기술이다15). 다만 김덕령이 의병을 일으킨 것과 용맹이 뛰어나다는 사실만
일치할 뿐이다.

김덕령과 실제적으로 관련이 없는데도 위와 같이 결구된 것은 김덕령의
문헌기록에 나타난 그의 용력과 관련된 것 같다. 「임진록」에 이런 김덕령의
전승이 결구된 배경을 구체적으로 살펴보자.

첫째, 김덕령이 의병을 일으켰다는 것이다. 김덕령은 임난 초기에 형 덕
홍과 함께 고경명의 의병에 가담하여 전주까지 갔다가 형의 권유로 집에 돌
아와 어머니를 모셨다. 그리고 형이 금산 전투에서 전사한 후에 세상에 뜻
을 두지 않고 어머니만을 효성으로 받들다가, 다음 해 8월 모친이 별세하여
상중죄인이 되었다. 이때의 상황은 의병들이 전투에서 궤멸하고,   명군이

---

15) 韋旭昇, 『抗倭演義(壬辰錄)硏究』, 아세아문화사, 1990. 여기서는 김덕령이 몇 차
    례의 공을 세웠다고 기술하고 있다.

협상이란 미명하에 관망하는 추세였다. 이런 상황에서 매부 김응회의 기병 권유와 뛰어난 용력의 소문으로 담양부사 이경린과 장성현감 이귀의 잇다른 천거, 전라관찰사 이정암의 기복종군 요구를 더 이상 거절할 수 없어 11월에 기병하였다.

상중죄인으로 기복종군을 하였음에도 명의 전투 중지령으로 왜적과 싸우지 못하고, 군률을 바로잡기 위하여 당시 재상인 윤근수의 종자를 체포하여 죽인 것이 살인죄로 몰려 체포되었다가 방면되었다. 뒤에 이몽학의 반란에 연류되었다는 모함을 받고 체포되어 고문을 받다가 결국 옥사하였다16). 김덕령이 의병을 일으킨 것은 사실이지만 왜병을 격퇴하였다는 사실은 전하지 않고 있다. 그런데도 위 인용문에서 김덕령이 왜적을 물리친 것으로 서술된 것은 그의 뛰어난 능력에 기인한다.

둘째, 뛰어난 능력을 가지고 있다. 문헌설화에 나타난 김덕령의 탁월한 능력은 눈의 화광이 10리를 비취었고, 지붕에 옆으로 누워 처마 안으로 떨어져 다락에 들어갔으며, 둔갑을 하고, 겨드랑이에 날개가 있어 수백 길의 담장을 뛰어 넘었다는 등등 이다. 김덕령의 용력은 해원 이후에 더욱 과장되고 허구화되었을 것이다. 자신의 능력을 발휘해 볼 기회도 없이 억울하게 죽은 김덕령에게 가능성의 공간을 획득하도록 설정하였다17). 이는 김덕령의 죽음을 비극적인 것으로 변이시키려는 인식태도에 기인한다 하겠다.

김덕령의 용력은 소문이 퍼져 왜적이 두려워하는 대상이었다. 왜적들은 김덕령이 가는 곳이면 피하거나, 왜장 청정이 김덕령의 화상을 그려보고 정말로 뛰어난 영웅이라며 작은 진을 합하여 대진으로 만들었다고 한다. 위 인용문은 이런 설화들을 구체적인 사건과 연결시켜 김덕령의 용력을 보여주는 동시에 왜에 대한 대응의지를 나타내고 있다. 또 역사적 사실에서 김덕령은 거제도 탈환 작전을 제외하고 왜적과 제대로 싸워보지 못하였지만, 재

---

16) 강현모, 「비극적 장수설화의 연구」, 한양대 박사학위논문, 1994.6., pp.48-51.
17) 김덕령의 용력은 살아있을 때도 대단한 평가를 받았다. 즉 전주에 분조한 광해군
    은 김덕령의 용력을 시험해 보고 익호장군을 제수하였다.

인군의 마상립군으로 왜병과 대결하여 승리한 것으로 결구하였다. 이런 결구는 김덕령이 탁월한 능력의 소유자로 영웅화의 가능성을 보여주고 있다.

세째, 김덕령의 용력은 말과 관련된 것이 많다. 김덕령이 지휘하는 부대의 특성도 말과 관련되어 있다. 전투 장면에 말이 등장한 것은 김덕령의 용력 중에 말과 관련된 삽화가 많은 데서 비롯된 것이다. 문헌설화에 보면 김덕령은 말타는 솜씨가 대단하였다. 김덕령은 단간 방에서도 말을 타고 들어갔다 휘돌려 나왔고, 진주목장에서 날뛰는 말을 잡아타고 길들였으며, 그의 뛰어난 말은 하루 천 리를 달리거나, 적진을 무인지경처럼 들어갔다 왔다고 한다. 이런 삽화를 볼 때 김덕령은 훌륭한 말을 가졌고, 말을 잘 조련하고 다루었던 인물로 보인다.

위에서 마상입군은 신이한 재주를 가지고 있다. 오색으로 된 옷을 입고 말 위에서 열을 짓거나 말 안장에 옆으로 눕기도 하고, 왜군들이 조총을 쏘아도 피하였다. 이런 모습을 보고 놀란 왜군들이 그들을 신병이라 말하며 도망하거나 몰살당한다. 이런 마상입군의 재인들이 부리는 묘기는 김덕령의 용력들과 유사하다. 다시 말해 재인군이나 마상입군의 묘기는 김덕령의 말 다루는 신이한 솜씨에서 유래된 것이라 하겠다.

역사계열의 임진록에 나타난 김덕령 전승은 아직 문헌설화와 같이 임진록의 한 삽화로서 등장하고 있다. 그렇지만 김덕령이 이끄는 재인군에 대한 서사적 결구를 통하여 김덕령의 신이한 용력을 드러내고 있다. 이처럼 김덕령에 관한 서술은 역사적 사실인 의병과 용력에 기인하지만, 허구화를 통한 영웅으로 형상화를 시도하고 있다고 하겠다.

1.4. 충·효의 갈등을 통한 민중적 영웅화

최일형 계열의 「임진록」은 신이한 능력을 가진 김덕령이 상신의 몸으로 출전하려 하지만, 어머니가 극구 반대로 몰래 출전하여 신이한 도술로 청정을 물리치고 집에 와 있다가 조정에 잡혀 억울하게 죽음을 당한다는 이야기

이다. 다시말해 신이한 능력을 가진 김덕령이 부친상으로 충효의 갈등을 드
러내며 원사하게 되는 삽화를 포함한 유형의 「임진록」이다. 이 유형의 「임
진록」으로는 최일형계열이 대표적이지만 이순신계열, 최일형계열 변이, 기
타계열에 속하는 작품들이 있다. 이 유형의 일반적인 특징은 앞에서 충효의
갈등과 도술현시 부분이 있고, 이로 인하여 뒤에서 김덕령이 원사하게 된
다18).

---

18) 아래 예문 삽화단락은 두 개의 정문연본을 합하여 나열하였다. 앞의 삽화는 정문
연 73장본(12항X17자내외)인 을축본이고, 뒤의 삽화는 정문연 140장본(12항
X17자내외)의 갑인본이다. 최일형 계열 「임진록」의 이본에는 대체로 아래와 같
이 이루어져 있다. 일부 이본에는 앞부분이나 뒤부분 중에 하나가 빠져 있다. 이
는 소재영이나 임철호의 전게서를 참조하면 알 수 있다.
　ㄱ.김덕령은 강원도 평강 출신으로 탁월한 능력을 지녔다. ㄴ.부친상을 당하여
지성으로 모친을 섬기며 초야에 묻혀 있을 때 왜적이 쳐들어 왔다. ㄷ.김덕령은
어머니에게 출전할 것을 요구하여 거절당하였다.
ㄹ.재차 요구하였으나 거절 당하고, 구경을 하거나 어머니 몰래 청정의 진중에 들
어가 도술로 청정을 물리쳤다. A. 김덕령은 구경하겠다 약속하고 높은 봉에 올라
가 청정의 진중을 바라보니 청정이 조선의 미인들을 데리고 놀고 있었다. B. 김덕
령은 분기를 참지 못하여 축지법과 도술로 청정의 진에 들어갔다. C. 청정은 김덕
령을 보고 조선 사람이 들어왔다고 수문장을 불러 크게 책하고 총으로 쏘라고 하
였다. D. 김덕령은 왜병이 총을 쏘자 사라졌다 나타나 자신의 신분을 밝히며 청정
을 질책한 후, 다음날 오시에 재주를 보인다며 사라졌다. E. 청정은 백지를 군사
들의 머리에 붙이고 김덕령이 나타나면 총과 활을 쏘라고 명령하고 기다렸다. F.
김덕령은 공중에서 나타나 군졸들이 정신 못 차리게 광풍을 일으킨 뒤, 군사들의
머리에 붙였던 백지를 거두어 쥐고 있었다. G. 청정은 자신도 도술을 8년을 배웠
지만 습득하지 못한 도술이라 감탄하였다. H. 김덕령은 왜적을 물리칠 능력이 있
지만, 부친의 상복을 입었기 때문에 도술만 보이니 물러가라고 질책한다. I. 청정
이 놀라 진을 물려 평안도 조섭의 진에 합치다.
ㅁ.관리는 능력이 뛰어난 김덕령이 나라를 돕지 않고 청정의 진에 내통하였다고
모함하였다. ㅂ.김덕령은 어머니를 이별하고 금부도사에게 잡혀갈 때, 철원 땅에
이르러 친한 벗과 만나고 가기를 청하였다. ㅅ.금부도사가 거절하자 함거를 부수
는 신이한 능력을 보이며, 친한 벗과 만나 이별을 하였다. ㅇ.임금이 문책할 때,
김덕령은 부친상으로 출전하지 못하였고, 왜적이 스스로 물러가게 청정의 진에 들
어가 도술을 보였다고 하였다. ㅈ.임금은 노하여 김덕령을 죽이려고 하나 죽일 수
가 없었다. ㅊ.김덕령이 "만고충신효자 김덕령"이라 현판을 써 주면 죽겠다고 하
자, 선조는 이를 허락하였다. ㅋ.김덕령은 다리에 붙은 비늘을 떼고 사형 당하였
다. ㅌ.선조는 김덕령의 행위를 보고 충신이라고 하였다.

⑴ 충효의 갈등과 의미

  김덕령은 용력과 재주가 뛰어났지만, 불행한 시운에 부친상까지 당하여 시골에 묻혀 살고 있었다. 부친상을 당하여 칩거하며 어머니에게 효성을 다하도록 설정한 이유는 당시의 윤리적 상황으로 보면 당연하다. 「임진록」에서 김덕령이 부친상 이전부터 칩거하도록 설정한 것은 그가 한미한 가문의 출신이기 때문에 조정에 천거되지 못하였음을 상징하고 있다19).

  김덕령은 기복종군 하였다가 반란에 연루되어 옥사하였다. 향유층들은 김덕령이 죽게 된 이유를 충효의 갈등에서 이유를 찾았다. 「임진록」에서 어머니는 김덕령이 아버지의 상을 당하자 이를 핑계로 출전하지 못하게 하였다. 김덕령은 어머니의 말을 듣고 복상을 해야하는 것과 국가의 위태함을 구하는 것 사이에 갈등하게 된다20).

  김덕령은 왜적에게 한양 도성이 함락 당한 뒤에 위태한 국가와 도탄에 빠진 백성을 구하고 충과 공을 이루어 이름을 빛내겠다고 한다. 김덕령은 어머니에게 충을 이용하여 이름을 빛내는 입신양명의 효를 이루겠다며 출전을 요구한다21). 그런데 어머니는 김덕령이 독자로 전사하였을 때 조상의 향화를 전할 수 없고, 부친상 중이며, 재주가 없다는 것 등을 내세워 거절한다. 여기에서 김덕령이 주장하는 효는 겉으로 드러나는 데 비하여, 어머니가 주장하는 효는 내면적이고 원론적이며 근본적인 것으로 개념의 차이가

─────────────────────

19) 일부 「임진록」에서는 김덕령의 칩거를 시운의 불행이나 시절이 태평하기 때문이라 서술하고 있다.

20) 김덕령은 기병 격문에서 복상을 계속하는 효행보다 출전하여 충을 하고 형의 원수 갚는 것을 큰 이상으로 생각하였다. 기복종군을 효와 충의 갈등으로 설정한 것은 그가 죽게 된 이유를 합리적으로 설명하기 위한 것이다. 그리고 이 대립은 김덕령 개인의 충효의 갈등으로 처리되었지만, 유교적인 조선사회에서 전쟁이란 극한 상황에서 충효 대립할 때에 처신해야 할 모델을 제시하고 있다.

21) 임철호, 전게서, pp.117-118. 김덕령의 충성은 남성적·국가적 차원의 효이고 어머니가 요구하는 효는 가정적·여성적 차원의 효로 해석하고 있다. 「임진록」에서 어머니가 요구하는 효는 효를 핑계하여 전쟁에서 위급한 상황을 모면하려는 지배계층의 이탈자에 대한 풍자라 하겠다.

있다. 따라서 어머니가 주장하는 효에 대해 반론을 제기할 여지가 없기 때문에 효성이 지극한 김덕령은 어머니의 말을 거역할 수 없다[22].

김덕령이 전쟁에 참여하는 것은 비극을 유발하게 된다. 어머니가 김덕령을 전쟁에 내보내지 않은 것은 세상에 이름이 나지 못하도록 하기 위해서였다. 김덕령이 어머니의 말을 들었다면 뒤의 원사부분이 나타나지 않았을 것이다. 작품에서 김덕령이 기복종군의 죄의식과 함께 기병을 원하였다는 사실에서 어머니의 말을 거역하도록 서술하고 있다. 그 결과 김덕령은 이름이 날리게 되었고, 간신들의 모함을 받게 되었다.

이 유형의 「임진록」에서 어머니의 말을 듣고 효를 선택하도록 한 서술은 윤리의식의 변모를 보여주고 있다[23]. 효란 미명으로 국가적 위기에서 도피하려는 행위를 풍자하는 일면도 있다. 또한 충효의 갈등으로 김덕령이 늦게 기복종군을 풍자하는 측면이 있다. 김덕령이 일찍 기병하였다면 공도 세우고 억울한 반역의 누명으로 죽지도 않았을 것이다. 그런데 김덕령이 기병을 하였을 때 능력을 과시할 수 없도록 주변 상황이 변하였다.

⑵ 충효 갈등의 방식으로 도술현시

김덕령의 도술현시 부분은 어머니에게 왜적을 구경하고 오겠다고 허락을 받고 몰래 청정의 진중에 들어가서 청정을 도술로 패퇴시킨 이야기이다. 김덕령이 능력을 발휘하여 청정이 스스로 물러가게 하였지만, 이로 인하여 원사하게 되는 뒤부분과 연결된다. 이 도술현시 부분은 역사적 사실의 행위

---

22) 이본에 따라 어머니의 말을 따르지 않은 것이나 어머니의 말을 따른 것을 비판하기도 한다. 일부 「임진록」의 서술자는 어머니가 주장한 효의 이면에 아들을 위험한 전쟁에 보내지 않으려는 모정에서 나온 거짓된 효로 서술하고 있다. 그래서 이런 기만적이고 거짓된 효의 주장에 대응의지를 보이지 못한 김덕령을 부정적 인물로 드러내고 있다

23) 임철호, 전게서, p.118. 이를 김덕령이 역사적 사실에서 효를 버리고 충을 택함으로 제기하였던 불효에 대한 죄의식을 해소하려는 의미가 있다고 보았다.

에서 찾아볼 수 없는 허구적인 구성이다.

김덕령은 어머니가 명분으로 내세운 효의 도리를 위반하였다. 어머니는 표면적인 효의 명분으로 상중죄인인 김덕령이 현실에 참여하지 못하게 하였다. 김덕령은 어머니의 말을 거역하고 청정의 진에 들어감으로 이런 표면적인 효조차 파괴하였다. 그렇다고 국가를 위한 대의명분을 과감하게 수행하지도 못하는 이중적인 성격을 가지고 있다. 김덕령이 청정의 진중에 들어갔다는 「임진록」의 서술은 김덕령이 기복종군하여 공을 이루지도 못하고 효를 파괴하였으며, 반역의 죄에 연류되어 충을 성취하지 못하고 죽었다는 역사적 사실이 고려된 것이다. 그래서 「임진록」에서는 김덕령이 효를 지킬 약속를 하고 이행하지 못하였고, 청정의 진에 들어가 국가적 울분을 토로하지만 완전한 충의 길도 되지 못하도록 하였다.

도술현시 부분에는 다양한 능력이 제시된다. 김덕령은 조선의 미녀들과 놀아나거나, 백성들의 여인을 강탈하는 왜장의 행동을 보고 분기를 참지 못하여 청정의 진에 들어가서 도술을 현시하게 된다. 도술 현시 내용은 김덕령이 왜진의 수문장이 전혀 알아채지 못하게 청정의 진에 들어갔으며, 사라질 때도 간 곳을 알 수 없고, 심지어 약속한 시간에 정확하게 나타나며, 총과 화살을 맞고도 조금도 상하지 않았다거나, 총과 활을 쏠 때 없어졌다가 청정 앞에 나타나 자신을 소개하고 다시 나타날 것을 약속한다. 다음날 왜병들의 머리에 붙인 백지를 아무도 알지 못하게 거두어 들였다24).

도술현시를 구성한 의도는 민중적 영웅의 출현에 있다. 김덕령에 결부된 충효의 갈등은 사대부들의 일이다. 갈등을 결정하지 못하고 주저하는 것은 민중적 삶의 단면이다. 김덕령은 시묘살이에 충실해야 하였지만, 그의 귀가 사회로 열려 있었다. 그리하여 효와 충 사이를 방황하고, 그 결과 억울

---

24) 김덕령의 능력을 문헌설화에서 살펴보면, 김덕령이 왜군에게 두 마리의 호랑이를 잡아 팔았다거나, 청정이 김덕령을 두려워하여 화공을 시켜 그의 화상을 그려보고 물러갔다는 것, 김덕령이 온다면 왜군들이 물러났다는 설화 등에서 찾을 수 있다. 김덕령의 능력은 임진왜란에서 가장 두려운 대상이었던 청정도 대적할 수 없는 신이한 도술이라 하겠다.

한 죽음을 당하게 된다. 조정의 집권자들은 김덕령의 탁월한 도술현시로 왜적이 스스로 물러갔지만 음모가 있다며, 능력을 인정하지 않으려 하였다.

김덕령의 영웅화를 시도하는 숨은 의도는 그가 억울하게 원사하였다는 점이다. 작자는 뛰어난 인물인 김덕령을 왜란 기간에 반역자로 낙인 찍혀 억울하게 죽은 비극적 인물로 인식하였다. 이런 비극적인 인물의 삶은 민중들의 삶과 유사하다. 민중들은 노력한 대가를 인정받지 못하였다. 따라서 김덕령과 같은 인물의 영웅화를 통해 비극적인 민중적인 삶에 대한 해원의 차원뿐만 아니라, 그런 인물을 제대로 발견하지도 활용하지도 못한 집권 위정자들을 비난하는데 목적이 있다. 김덕령의 죽음은 그의 영웅성이 부각되면 될수록 더욱 비극적으로 형상화되고, 신이한 능력의 가능성이 폭이 넓을수록 조정과 집권층에 대한 비판 강도가 높아질 것이다25).

(3) 만고효자충신 김덕령의 원사

김덕령의 원사 부분은 충효의 갈등과 도술현시 부분의 결과이다. 김덕령은 적진에 들어가 능력을 발휘하여 청정이 퇴진하도록 만들었으나, 집에 돌아오며 자신의 이름이 날리지 못함을 한탄하였다26). 김덕령은 어머니의 엄명 때문에 구경하고 집에 돌아온 것을 아뢰자, 어머니는 삼 일 동안 돌아오지 않았다며 집안에만 있으라고 말한다. 집에 있다가 어명으로 금부도사에게 잡혀가게 된 김덕령은 출전을 허락하지 않은 어머니를 원망한다. 더욱이 어머니가 주장한 효는 근본원리로 효가 아닌 자식의 안일만을 위한 것이라 비판하기도 한다27). 이는 충이 효보다 우위임을 나타내는 의식의 반영

---

25) 이는 사재동 2본에서 김덕령이 죽게 되었을 때, 40년 후에 북쪽 외적의 침입을 예견하며 쓰일 수 있기를 원하였으나 거절 당하였다는 점에서 확인된다.
26) 김덕령이 청정에게 도술을 현시하면서 자기 출신을 이야기한 것은 그의 이름이 퍼지게 하려는 의도이다.
27) 일부 이본에서 어머니는 김덕령이 명을 어기고 청정 진의 출입을 원망하고 있다. 이는 김덕령과 같이 효의 본분을 망각하고 대외명분과 출세지향적인 충만을 강조

이다.

「임진록」에서 병조참판 윤옥 등 지배계층은 김덕령이 청정의 진에 출입한 것을 내통한 것이라 모함하였다. 탁월한 능력의 김덕령이 의주까지 피란한 조정을 돕지 않고, 오히려 청정의 진에 출입하며 공모하였다는 것이다. 김덕령은 청정의 진중 출입이 불충의 반역죄가 된다고 파악하고 있거나, 어머니가 거절할 때에 예시하였던 상황이다.

김덕령은 충효의 갈등을 극복하지 못하여 체포당한다. 김덕령은 어머니의 명으로 효 때문에 기병을 하지도, 충이란 잠재된 출세지향주의적 입신양명 때문에 어머니의 말을 철저하게 따르지도 못하였다. 역사적으로 김덕령이 3년상이 아닌 기년상을 치루고 상중죄인으로 기병하였다. 「임진록」의 서술자나 구비문학 담당자들은 이를 타협으로 보고 인정하지 못하였다. 따라서 서술자들은 김덕령이 원사하게 된 원인을 효도 충도 제대로 할 수 없는 기복종군에서 찾아냈다.

충과 효의 갈등에서 체포된 김덕령은 철원 땅에 이르러 친구를 만나겠다며 탁월한 능력을 보여주고 있다28). 친구의 등장이 갖는 의미는 김덕령의 이인적 면모를 부각시키기 위한 것만이 아니라, 김덕령의 원사를 더욱 비극적인 모습으로 보여주기 위해서이다. 또 다른 의미는 김덕령이 상중죄인으로 행해야 할 효라는 도덕적 규범을 저버리고 이름을 날릴 수 있는 대

하는 세태를 풍자하고 있다. 이를 '효를 버리고 충을 택한 것에 대한 원망이라'는 주장(임철호, 전게서, pp.125-126.)은 그 일면만의 고찰이라 하겠다. 반면에 전쟁에 참가한 김덕령을 비판하기도 하고, 또 국가의 허락없이 전쟁에 참가함이 국법을 어긴 것이라며 후환을 예측하기도 한다.

28) 김덕령이 친구와의 만남에서 능동적이고 수동적인 경우로 나뉜다. 위 예화에서 김덕령은 친구의 부름을 받고 행동하는 수동적이나, 이본에서는 철원 땅을 지나갈 때 능동적으로 친구를 만나겠다고 한다. 한편 친구와 만나 보여준 능력은 이본에 따라 몸을 묶은 철삭 끊기, 함거 부수기, 칼을 빼어 소나무 끝을 날아다니며 작벌하기, 친구와 마지막이라며 공중에서 신이한 능력 보여주기 등이다. 나무 끝으로 돌아다니며 나무를 작벌하기 등의 능력은 새의 날개를 가진 상징적인 인물임을 암시한다. 김덕령이 능력이 부족해서 잡혀가는 것이 아님을 보여주고 있다. 다만 임금의 부당한 명령에 항거하지 못하고 잡혀가는 것은 시대적 한계를 나타낸다.

의명분인 충에 매달리는 행위를 비판하고 있다.

서술자는 김덕령이 6차의 가혹한 고문에도 허위자백을 하지 않고 무죄를 주장하다가 옥사하고 말았다는 역사적 사실에서 김덕령을 민중적 영웅으로 형상화할 수 있는 여건으로 찾았다. 「임진록」에서는 선조가 내린 사형명령을 집행할 때, 칼이 부러지고 큰 메로 치는데도 김덕령을 조금도 상하게 하지 못하였다29)고 한다. 그렇지만 서술자는 역사적 사실이나 봉건군주제의 사회구조라는 한계30)를 인식하고 김덕령이 끝까지 주장한 무죄가 헛되지 않도록 "만고충신효자 김덕령"이란 현판을 요구하는 것으로 서술하였다.

선조나 위정자들은 "만고효자충신 김덕령"이란 현판을 써주고 김덕령을 죽이려는 자신들의 모순을 인식하지 못한다. '만고충신효자'라면 나라에서 보존하고 선양해야 할 존재이며. 그런 인물을 죽이는 것은 잘못이다. 그런데 선조는 자신의 체면을 유지하기 위하여 이율배반적인 행위를 하여 오히려 비하되고, 김덕령은 죽으면서 충신이 되었다31).

1.5. 능력과 한계를 드러낸 민족적 영웅화

관운장계열의 작품은 다른 계열의 김응서 삽화가 김덕령의 삽화로 전이되어 있다. 그리하여 김덕령은 명실상부한 「임진록」의 주인공으로, 사실과

---

29) 임철호, 전게서, p.133. 역사 현장에서 왕명을 거역하지 못하고 옥사한 김덕령의 억울한 죽음에 대한 도전이고 보상이라 하였다. 그런데 이는 김덕령이 고문을 견디는 과정의 상징적인 서술로 봄이 타당하다.

30) 「서울대본」, p.58. "네ㄱ 무죄하기로 니 말을 업수이 여겨 요괴로은 도슐을 부려 거역하니 불츙지죄을 엇디 면흐리요"

31) 선조가 잘못을 인정한 것은 인식의 변화가 아니라 김덕령의 신이한 능력에서 비롯된다. 김덕령이 약속을 저버리고 비늘의 신이한 능력을 계속 유지하면 죽일 수 없었을 것이다. 선조는 김덕령이 신이한 능력을 지녔음에 불구하고 약속을 이행하자 행위의 모순성을 발견하고 자신의 잘못을 인정하고 후회한다. 그래서 선조는 김덕령의 시신을 고향에 돌려보내거나 그 후손을 찾아 벼슬을 내린다. 그리하여 김덕령은 현판과 같이 만고효자충신이 된다.

관련이 없는 허구화된 탁월한 능력을 발휘하며 민중적인 차원을 넘어 민족
적 장수로 형상화된다32). 김덕령은 싸울 때 탁월한 능력을 드러내며, 그를
천거하여 등용시킨 이여송보다 우월한 존재로 부각된다33). 김덕령은 평양
기생 황월(계월향)과 함께 왜장 조서비를 죽여서 이여송에게 조선의 구원장
역할을 하게 하고, 그의 선봉장이 되어 왜적과의 싸움에서 능력을 보여준
다. 또 김덕령은 자신을 내놓으면 물러가겠다는 왜장의 제의를 이여송이 거
절하자, 왜진에 들어가 왜적을 무수하게 죽이는 등 여러차례 큰 공을 세워
민족적 장수로 형상화된다. 여기에서 김덕령은 탁월한 능력을 발휘하지만,
조선의 인물들에게 질투의 대상이 되었다34).

관운장 계열에 등장하는 김덕령 설화의 삽화를 나열하면 다음과 같다.

    1. 기생 화월과 함께 왜장 조서비 죽이기.
    2. 김덕령 왜적 물리치기.
     ㄱ) 술책으로 왜적 물리치기.
     ㄴ) 왜장 한북 죽이기.
     ㄷ) 왜장 북지 죽이기.
     ㄹ) 구름에 유진한 평수길 파하기.

---

32) 임철호, 앞의 책, pp.220-222. 김응서 이야기가 김덕령 이야기로 전이되는 두 가
지의 이유를 들고 있다. 하나는 관운장 계열의 전반적 성격인 등장인물의 축소로,
김응서 이야기가 그와 유사한 의미속성을 지닌 김덕령의 행위로 전이 되었다. 다
른 하나는 김덕령과 김응서의 관계로, 김응서가 김덕령이 이몽학의 반란에 관련되
었다는 모함으로 죽었을 가능성에서 김덕령을 긍정화 하려는 자들이 김응서의 탁
월한 행위를 김덕령 이야기로 전이시켰다고 보았다.
    한편 임진록에서 등장인물의 축소는 고대소설화의 양상과 일치하려는 작자의식
의 개입으로 보인다. 임진록이 역사적 사건이 아닌 영웅의 일생, 또 탁월한 능력
을 과시하는 군담소설화 양상으로 추측된다.
33) 김덕령은 왜적과의 전투에서 탁월한 능력으로 승리하지만 한계를 가지고 있다. 소
서비를 죽일 때 화월의 전적인 도움이 필요와 전쟁에 능동적으로 대처하지 못하였
다. 심지어 조선의 산맥을 끊는 이여송의 말을 따라 행동하는 이율배반적인 인물
로 되어 있다.
34) 김덕령이 질투의 대상이란 1. 소서비를 죽인 뒤 2. 왜적이 다시 쳐들어 와서 왜장
이 김덕령을 내놓으라 하자, 조선의 장수들과 백관들이 동조한 점이다.

    3. 왜군의 재침에서 전사.
    4. 이여송 단맥하는데 돕기
    5. 기타.

위의 삽화들은 김덕령의 활동기에 해당하는 구비설화와 허구적 사실로 구성되어 있다. 이 중에 중심 삽화는 이여송의 천거로 「기생 화월과 함께 왜장 조서비 죽이기」이다. 1은 분량이나 서사적 의미에서 중요하며, 2의 행위는 1의 결과로 김덕령을 탁월한 능력을 지닌 민족적 영웅으로 부각시킨다. 반면에 4에서는 김덕령을 이여송의 말을 따라 행동하는 인물로 나타나고, 3은 김덕령이 비극적으로 죽는 한계를 설정한다. 또한 기타에는 이여송 회군, 이순신 아장되기, 군사 보충으로 김덕령을 요구하기, 이여송과 이별 장면 등에서 김덕령의 성격이나 특성이 나타난다35). 위 「임진록」의 내용은 김덕령을 민족적 영웅으로 확장시키고 그 한계를 보여주는 삽화가 중심으로 결구된다.

(1) 기생 화월과 함께 왜장 조서비 죽이기

이 삽화는 원래 김응서의 이야기인데36) 전이되어, 김덕령이 평양기생 화월과 공모로 왜장 조서비를 죽인다. 이 내용을 단락으로 나누면 다음과 같다.

    ㄱ. 이여송이 천기를 보고 조선 장수 김덕령을 천거하다.
    ㄴ. 김덕령은 복상 중이지만 다음날 진중에 들어가 이여송의 부탁으로 평양기생 화월의 집을 찾아가다.
    ㄷ. 화월모가 반갑게 맞아주자, 화월이 나오기를 숨어서 기다린다.

---

35) 4와 5는 삽화의 전개상 김덕령에 대해 후대의 전승삽화를 차용한 것으로 보인다.
36) 역사적 기록과 다른 계열의 임진록에도, 심지어 관운장 계열인 정명기 한문본에도 김응서의 행위로 나타난다.

    ㄹ. 왜병의 호위를 받은 화월은 김덕령을 모른다며 술과 안주를 준비
        하면 내일 온다며 돌아가자, 분개한 김덕령은 화월을 죽인다고
        다짐한다.
    ㅁ. 다음날 왜병에게 술을 먹여 잠들게 한 화월은 김덕령과 재회한다.
    ㅂ. 김덕령은 의심하여 끌어안기만 하자, 화월이 자기의 도움없이
        성공할 수 없다며 온 연유를 말하게 한다.
    ㅅ. 화월이 조서비의 용력, 죽일 방법과 계획을 세우자 김덕령은 그
        대로 따라 조서비를 죽이다.
    ㅇ. 김덕령은 화월이 '목을 잘라가라' 해 목을 잘라 그녀 모친에게 주다.
    ㅈ. 화월모는 목이나 달라며, 천한 기생이지만 충.효.열로 죽었기 때
        문에 노류장화로 보지 말라고 부탁한다.
    ㅊ. 김덕령은 이여송에게 조서비의 머리를 바친다.

    이 삽화는 구비설화의 내용과 유사하다. 이 삽화는 「임진록」에서 구비
설화로 되었는지, 아니면 구비설화가 「임진록」에 수용되었는지 알 수 없다.
다만 구비되는 이 삽화가 「임진록」에서 어떤 의미로 수용되었는지를 살펴보
고자 한다.

    김덕령을 천거하는 사람은 조선의 위정자가 아니라 명나라 구원장 이여
송이다. 이는 첫째 조선 위정자들의 당파성과 무능성의 풍자이고, 둘째 김
덕령이 구원장 이여송도 당할 수 없는 능력자라는 두 가지의 숨은 의미가
있다. 「임진록」도 구비설화의 의미와 비슷한 것으로 김덕령이 이여송을 능
가하는 장수임을 보여주고 있다37).

    ㄴ단락에서 김덕령을 맞아들인 이여송은 왜장 조서비의 능력과 그를 죽
여야 전쟁을 빨리 끝낸다며 잡으라고 청한다. 이여송이 김덕령에게 간청하
도록 한 결구와 임금의 명을 받은 김덕령이 복상 중인 데도 충효의 갈등을

---

37) 임철호, 앞의 책, p.223. 이여송으로 김덕령을 천거한 결구는 중국에 대한 우월의
    식만 드러낸 것이 아니라, 조선의 일을 조선 사람이 해결할 수밖에 없다는 민족적
    자존심을 나타낸다. 즉 작가는 김덕령을 민족적 영웅으로 등장시켜 민족의 일을
    스스로 해결할 수 있음을 보여주어 중국의 멸시에서 벗어나려고 한다.

드러내는 않는 것은 구비설화보다 민족적 영웅으로 설정되었기 때문이다38). 즉 김덕령에게 충효 갈등을 제거하여, 국가의 대사에서 탁월한 능력을 발휘하도록 한 서술적 결구의 시도이다.

김덕령은 이여송의 천거를 받았을 때 조선의 정식 통로를 거치지 않고 어명을 받자 곧바로 이여송의 진중으로 들어간다. 이는 김덕령을 사대모화적이고 자기 현시욕이 강한 인물로 결구하여 그로 상징되는 집권층의 세태의 풍자를 나타낸다. 왜냐하면 「왜장 조서비 죽이기」 삽화에서 김덕령이 천한 화월보다 무력한 존재로 전락한다. 여기에서 민족적 영웅은 민족을 바탕으로 해야지, 외세에 의존할 때 좌절당할 것을 암시하고 있다. 이처럼 「임진록」은 구비전설이 김덕령의 능력만을 드러내려는 것과 달리 민족적 대단합을 중시하면서 민중들의 능력을 부각시키는 역할을 하고 있다. 그래서 김덕령은 이여송이나 왜장 조서비를 능가하는 인물이지만, 민중(민족)적 기반의 상징인 화월과 조선의 제장이나 백관의 도움없이는 능력의 한계를 드러내고 만다. 김덕령의 탁월한 능력과 한계를 구체적으로 보여주는 것이 왜장 조서비를 살해하는 장면이다.

「임진록」에서 김덕령이 기생 화월의 도움을 받는 부분은 구비전설과 같으나, 기생 화월이나 그 어머니의 역할이 강조되어 있다. 따라서 「임진록」에는 김덕령이 기생 화월이나 화월 어머니와의 대립 양상을 보여주면서 이들에게 패배하게 만든다. ㄷ과 ㄹ단락에서 김덕령은 기생 화월 어머니의 행위나 능력을 인식하지 못하고 있다. 심지어 화월의 어머니는 김덕령이 큰일을 하고 왔음을 알고, '딸의 머리를 달라'고 하면서, '딸이 천한 기생이지만 임금과 자신과 김덕령을 위하여 죽은 충효열을 겸비한 여자이기 때문에 노류장화로 보지 말라고 당부하며39) 이인적 면모를 보인다. 「임진록」에서는

---

38) 김덕령은 정신문화연구원본처럼 임금의 명을 받고 충효의 갈등을 보이지만, 대부분의 작품에서 민족적 영웅으로 형상화 하기 위해 충효의 갈등 문제가 제거되어 있다

39) 임철호, 앞의 책, p.226. 논자는 충효열이 조선 봉건사회에서 여성들이 추구하는 지고의 윤리의식이라며, 이를 주장하는 화월의 어머니의 의식은 신분상승에 대한

김덕령이 미천한 화월 어머니와의 내면적 대결에서 패배시켜 민중적, 민족적 바탕에서 행위를 강조하고 있다.

또 「임진록」에는 김덕령이 기생 화월과 재회 과정의 대립에서 일방적인 패배를 자초하여 화월보다 못한 인물로 나타난다. 구비설화에서도 비슷한 양상을 보여주고 있지만, 「임진록」에서는 전체적으로 체계하면서 기생 화월의 역할이 더욱 강조되어 있다. 특히 ㅅ과 ㅇ단락에서는 구비설화에서보다 김덕령을 기생 화월의 지시에 따르는 무능한 인물로 나타난다.

김덕령은 의심하여 찾아온 연유를 알고 있는 화월에게 이유를 설명하지 않는다40). 그리고 화월이 조서비의 용력과 죽일 방책을 말하며 계획을 세울 때에 아무런 계책도 없다. 그는 ㅅ단락처럼 오직 화월이 시키는 대로 행동하는 인물이 된다. 김덕령은 조서비의 목을 쳐 죽이지만, 조서비의 거처에 들어가는 방법, 조서비가 거처하는 방 찾기, 그의 목을 치는 방법, 목을 치고 난 후에 처리 방법 등에서 화월의 도움없이 처리하지 못한다. 그리고 ㅇ단락에서 김덕령은 화월의 의도를 이해하지 못하고 사사로운 정에 얽혀 결단성이 부족한 열등한 인물이 된다.

「임진록」의 이 삽화는 구비설화와 대동소이한 의미를 지니지만, 구비설화보다 그 의미를 강화시키는 쪽으로 서술되어 있다. 곧 김덕령은 기생 화월과 함께 조서비를 죽이는 삽화에서 왜장 조서비와 구원장 이여송보다 우월한 존재이지만, 화월이나 화월의 어머니에게 일방적으로 패배하는 존재이다. 이것은 김덕령을 민족적 영웅으로 승화시키면서도, 천한 신분인 기생 화월과 그의 어머니를 통해 김덕령으로 상징되는 지배계층의 무능성을 풍자하고 있다41). 그리고 미천한 피지배계층이라도 나름의 능력으로 국가에 헌

강한 욕망이 있다고 한다. 이 삽화에는 신분상층의 욕구보다는 인간의 자아성취를 역설하고 있다. 미천한 신분의 인물도 나름대로 국가를 위하여 충효열에 동참하는 모습을 보여주고 있다.

40) 김덕령이 화월과 만났을 때 구비설화에는 본연의 임무를 망각하고 육체적으로 즐기려 하였고, 임진록에서는 조서비의 첩이라 의심하여 즐기려는 척한다. 이 차이는 구비전설이 흥미성을 강조하는데, 임진록이 김덕령으로 상징되는 타인을 신뢰하지 못하는 집권층의 마음자세를 보여주고 있다.

신하였음을 보여주고 있다. 이를 통해 지배계층만이 자아성취를 가능한 신
분계급이 고착된 조선사회의 모순을 비판 도전하는 하층민들의 모습을 보여
주고 있다.

(2) 김덕령의 왜적 물리치기

김덕령이 조서비의 목을 베어온 후에 이여송의 선봉장이 되어 행한 왜
적 물리치기는 반복법을 사용하여 김덕령의 탁월한 능력을 드러내는 4개 삽
화군으로 결구되어 있다. 삽화로는 구비설화에 없는 술책으로 「왜장 물리치
기」, 「왜장 한북 죽이기」, 「왜장 복지 죽이기」, 그리고 구비설화를 결합 정
리한 구름에 진을 친 「평수길 파하기」 등이다. 이들 삽화는 구비설화에서
김덕령의 탁월한 능력을 드러내는 목적이 있는 데, 소설에서는 술책으로 왜
장 죽이기에서 보여주는 조선 장수의 시기심이 잘못되었음을 나타내고 있
다. 연속적인 삽화들의 결구로 탁월한 능력과 용력을 지닌 김덕령은 민족적
영웅으로 왜구들에게 두려움의 대상이 된다. 김덕령은 왜장 조서비를 능가
할 뿐만 아니라 명장 이여송과 다른 왜장들보다 뛰어나게 된다.

A. 술책으로 왜적 물리치기

이 삽화는 김덕령이 조서비의 목을 벤 후, 본격적으로 이여송의 선봉장
역할을 나타낸다. 이를 통해 조선의 위정자들을 비판하며 김덕령의 탁월한
능력을 보여주고 있는데[42], 단락으로 제시하면 다음과 같다.

---

41) 임철호, 앞의 책, p.225. 여성인 기생 화월과 남성인 김덕령의 대립으로 보고 남
   성 위주의 조선사회의 모순을 신랄하게 비판하였다고 한다.
42) 임철호, 앞의 책, p.227. 이 삽화는 민족영웅으로서 김덕령의 탁월한 능력을 긍정
   적으로 부각시키는 동시에, 김덕령.이여송의 간교한 승리를 비판하며 이를 통해
   위정자들을 신랄하게 비판하고 있다고 한다.

ㄱ. 김덕령은 조서비의 목을 베어 이여송의 선봉장으로 왜군에 도전
한다.

ㄴ. 진중에서 왜장이 김덕령에게 '상중인 그대를 죽이지 않은 조서비
의 은혜도 모른다'고 질책한다.

ㄷ. 이여송에게 김덕령을 자객으로 보낸 흉계를 질책하며, 그를 내
어주면 원수를 갚고 물러가고 그렇지 않으면 끝까지 싸우겠다고
한다.

ㄹ. 이여송은 김덕령을 내어주자는 조선 장수들을 질책하며 거절한
다.

ㅁ. 출전한 김덕령이 술책으로 왜장과 왜병들을 엄살하니, 왜적들이
수길에게 도망간다.

　구비설화에 없는 이 삽화에서 조선의 제장들은 김덕령이 조서비의 목을
베어 이여송에게 바치자 시기를 한다. 이여송은 김덕령의 능력을 인정하고
능력을 확인하는 작업도 서슴지 않는다43). 이는 김덕령이 중국의 명장도
알아주는 장수라는 의식을 나타낸다. 이를 통해 김덕령을 억울하게 죽인 조
선 위정자들의 무능과 탐욕을 신랄하게 비판·풍자하고 있다. 이런 의식은
ㄹ단락과 최후의 죽음 장면에서 반복적으로 나타난다.

　김덕령의 탁월성과 이여송의 지혜로 조서비를 죽인 승리는 ㄴ와 ㄷ단락
에서 비열한 방법임을 보여주고 있다. 이여송은 조서비를 죽인 뒤 조선에
왕기(왕기)가 있음을 보고 압록강을 건너 대동강에 진을 치고서 왜적에게 격
서를 보내어 전투를 청한다. 이에 김덕령은 이여송의 선봉장이 된다. 왜적
의 한 장수는 조서비 죽인 원수를 갚기 위하여 대군을 이끌고 나와 김덕령

---

43) 권영철본, pp.24 하단 - 25 상단. "조선 졔중군졸니 미덥지 아니 너겨 가로디 금
덕령으 지조로 엇지 조셔비으 머리을 비혀리요 가히 미덥지 아니ᄒ여이드 여숑이
가로디 엇지 그려ᄒ 말을 ᄒ난요 이지 덕영을 본니고 니가 화을 들고 강변의 셔"
바러보니 ᄒ 빅곤이 공중의 나라셔 희을 향ᄒ거날 조셔비 혼빅인가 ᄒ여 그 시을
쏜니 그 시가 마즈 쌍의 쩌려지거날 니생각 ᄒ니 결단코 조셔비을 비힌쥴을 아라
신이 그 머리을 보라 예스 장군니 안니로드 반드시 조셔비 머리을 비혀거날 엇지
남의 공을 비방ᄒ난야"

과 이여송을 질책한다.

먼저 김덕령을 질책하는데, 이여송보다 김덕령이 더 우위임을 보여준것이다. 조서비는 천기를 보고 이여송보다 김덕령에게 죽을지 모른다며, 김덕령을 미리 죽이라고 하였다[44]고 한다. 조서비의 명령을 받은 왜장은 김덕령이 상신의 몸인데다 풍채와 청춘이 아까워 칼을 목에 댔다가 은환으로 된 머리의 동곳만 가져오고 살려주었다[45]며 은혜도 모르는 인물이라 비판한다. 그리고 이여송에게도 한문투의 문장으로 질책을 하고 있다[46]. 여기에서 김덕령을 부정적 인물로 드러내는 것은 원사하였던 역사적 사실의 한계에 기인한다. 그리고 왜장은 김덕령이 처단되어야 한다며 김덕령을 조선의 8년 전쟁과 교환할 것을 제시한다. 이때 김덕령은 왜적에게 은혜도 모르는 배은망덕한 인물이지만, 이여송에게 왜구를 몰아내는 일보다 더 중요한 인물로 설정된다.

김덕령에 관한 조선의 입장은 두 가지로 나누어진다. 위정자들에게는 자신의 기득권을 가로챈 없어져야 할 인물이고, 민중들에게는 이여송이나 조서비를 능가하는 민족적 영웅으로 추앙될 인물이다. 김덕령은 조선의 제

---

44) 정문연본, p.46. "쏘한 득령을 불느왈 느을 싱각ᄒ니 양호유한이라 우리 장슈 조셔비 말숨이 청병장 이여송은 츄호도 염여 읍시낭 니으 신명이 김득령 손이 잇시니 득령을 미리 읍시기만 갓지 못ᄒ다"

45) 권영철본, p.25 하단. "니 즁슈 영을 밧드러 거월 초오일의 너희 집의 가이 소연 슝신이 ᄇ야ᄒ로 짐미 집피 드러거날 칼을 쎄여 네 목의 찌빈 디힌이 너의 풍치와 청춘의 악가와 츠마 버혀지 못ᄒ고 메 머리의 은환을이 닛거날 쎄여ᄃ가 우리 즁군계 드리고 엿ᄌ오더 금덕영을 줍ᄇ오ᄃ가 즁노이셔 일코 동곳만 가져왓나이ᄃ ᄒ니 우리 즁군니 니말 고지 즛지 안니 ᄒ고 고히 너겨 이심을 ᄒ든니 이지 엇지 비일망둑 ᄒ리요 ᄒ고 은환을 뉘피 드러보이면 이로더 이거시 너의 동곳치 안니야"

46) 권영철본, p.25 하단. "쏘 위여 가로더 디명 즁슈 이여송아 너난 쏘ᄒ 니말을 드러라 옛글의 ᄒ여시더 영투지언정 불투력이요 쏘ᄒ 군ᄉ난 불곤인어 읷이라 하여시니 불칙ᄒ 쇠을 너여 ᄌ긱을 보너여 우리 즁슈 비혀 신이"
정문연본, p.45. "한 외장니 빅말을 타고 진젼이 나와 디질왈 여송은 니말을 드러보와라 장부 싱상이 나미 디치로 사와생견ᄒ미 쎠"시 스람의 직분이을 간ᄉᄒ 흉긔로 자긱을 보너여 남으 디장을 살히ᄒ니 녹"ᄒ 일홈을 웃지 면ᄒ리요"

장들에게 인정받지 못하고 배척된다는 문제가 있다47). 이여송의 질책은 훌륭한 인물을 등용하지 않는 위정자들의 소아병적인 자기 이익과 당파적 이익만 추구하는 모습을 비판하고 있다. 서술자는 이여송을 통해 사회적 모순을 드러내고, 위정자들을 통해 충분히 검토하지 않고 왜장들의 말을 따르려는 무사안일한 태도를 풍자하고 있다48).

조선의 위정자들을 신랄하게 비판하는 단락이 ㅁ단락이다. 김덕령은 난관을 벗어나게 한 이여송에게 "지장으 말삼이 당년흔지라 본디 초애 상신으로 구차이 지니다가 난시을 단흐야 전장나오기난 국가을 위흐야 스직을 안보흐미 소장이 원이그날 웃지 신명을 위흐야 근심을 국가이 미치릿가 쇼장이 지조 비록 용열흐오나 한칼노 젹장을 스로 잡아 므리을 장군 휘흐이 바치리라"49)며 신명을 돌보지 않고 싸우겠다고 말한다. 그리고 김덕령은 탁월한 능력의 술책으로 원한에 사무쳐 공격하는 왜장을 죽이고 왜병을 엄살하여50) 조선 장수들을 신랄하게 비판하고 있다. 이런 결구는 원사한 김덕

---

47) 권영철본 25 하단 – 26 상단. "조선지즁이 가로디 즁군은 엇지 흔 스람 우계 스졍을 두어 조선을 망키흐시난잇가 덕영을 밧비 왜 진즁의 보니여 왜졸으 마옴을 풀게 흐오면 왜졸이 슈이 도라오런이드"

48) 이는 일본의 재침에서 엿보인다. 왜구들은 김덕령이 전사하자 금일성과 곽장군을 내어달라고 한다. 이여송은 왜적들이 하나의 요구가 성취하면 새로운 요구할 것을 파악하였다. 즉 민중들은 이여송을 통해 김덕령이 조선 전쟁을 승리로 이끌 장수라며, 이런 장수를 왜적에게 준다면 왜구들이 또다른 요구를 할 것이라고 말한다.

49) 정문연본, pp.48-49.

50) 권영철본, p.26 상단 – 하단. "덕영이 갑옷실 바드 입고 필모 돈괴로 왜진즁의 둘여드려 크게 위여 가로디 나난 조선즁슈 금덕영이로다 너히 등은 날을 죽기고져 흐거든 뜻디로 흐라 흐고 왜진 압픠셔 말을 머누류고 이신이 왜졸니 이로디 만일 덕영이면 각가이 드려오라 흐거날 덕영이 말을 모라 왜진즁의 드려간니 왜졸니 " 로디 그러나 네가 졍영 덕영인가 미덥지 안흐드 네 투구을 벼셔라 덕영이 투구을 벼셔 얼골 뵈힌디 왜진즁의셔 화약 바람이 "려느며 졍쇠갓튼 쳘환니 나는드시 드려오거날 덕영이 머리을 긔우려 쳘환을 피흐고 말께 나려쪄 죽은드시 업쩌진니 왜졸이 모드 질계여 춤치면 이로디 이졔야 우리 즁슈으 원수로 갑파쏘다 흐고 공즁의 나라와 덕영으 머리을 비혀려 흣거날 덕영이 몸을 소스아 열질니나 쮜여 올아 칼을 드려친니 왜즁 모란으 머리 검강을 좃츠친니 왜즁 머리 쌍쩌려지거날 칼긋틱 쮜여 들고 나는드시 본진에 드려간니 ...... 이졔난 폐볌을 즈보신니 그 남문거신 틱긔라 엇지 근심흐리요 흐고 왜진즁의 드려가 좌츙우돌 흐여 왜진즁졸이 머리 츄

령의 역사적 사실을 통해 신분적 질곡이나 당리당략으로 탁월한 능력의 인물을 활용하지 못한 위정자들을 비판하려는 데 목적이 있다.

B. 대장 한북 죽이기와 왜장 북지 죽이기

두 삽화와 구름에 유진한 평수길 파하기는 앞 삽화 □단락의 의미인 조선장수와 백관의 시기가 부당함을 부각시키는 데 목적이 있다.

「왜장 한북 죽이기」는 이여송이 선조임금과 바둑을 두면서 싸움을 예견하는 장면이 있다. 이것은 이여송의 능력을 높이는 듯하지만, 김덕령의 탁월한 능력을 드러내고 있다. 바둑에서 이여송이 처음에 패하는 것은 조선. 명나라 군사가 왜군에게 고역을 당하는 장면이다. 고역은 선봉장인 김덕령이 군사 모두와 함께 왜적과 싸웠기 때문이다. 뒤에 이여송이 바둑을 이기는데, 김덕령이 필마단기로 적진에 쫓아 들어가 적장 한북의 목을 베고 적을 무찔러 고역을 해결하는 장면이다[51].

「왜장 복지 죽이기」 삽화[52]도 마찬가지 의미를 지닌다. 한복을 죽인 김덕령은 이여송의 명령을 듣고 전라도로 가다가 백마강 강가에 유진한다. 그리고 김덕령은 단신으로 강을 건너 왜진을 엿보다가 왜적에게 사로잡혀 철삭으로 포박을 당하여 잡혀간다. 이때 왜장이 조서비의 원수를 갚는다며 죽이겠다고 하자, 김덕령이 분을 이기지 못한 힘으로 끊어진 철삭을 들고 왜적을 물리친다. 이 삽화는 김덕령 원사부분의 문헌설화와 비슷하나, 문헌설화에는 위정자들에게 대한 직접적인 현시이고, 「임진록」에서는 왜적을 통

풍낙엽 갓더라 덕영니 왜졸을 함복쩨 ᄒ니라"
　김덕령은 왜장과 왜졸들을 엄살하는 큰 승리를 거두워 왜적에게 조서비를 죽은 원수가 아니라 두려움의 대상으로 변한다.

51) 권영철본 p.28 하단. "금일 쓰홈은 꼿 평원당이려 왜졸이 쌍을 파 궁걸 두고 드라난니 조선군마가지 못하여 실족ᄒ여 절각ᄒ난 마리 티반니나 되난지라 군ᄉ 피홀가 염여 ᄒ엿든니 소중이 분ᄒ여 군ᄉ을 바리고 필마돈계로 슈님을 쫏츠가온니 ᄒ복으 무리 오리경의 못가 압푸로 업드지거날 칼노 친니 ᄒ복으 머리 당의 쓰려지거날 가지고 완난이ᄃ"

52) 권영철본, pp.28 하단 - 29 하단.

한 능력의 현시란 차이를 보이고 있다.

이 삽화에서 김덕령은 아량이 없는 인물로 나타난다. 도망하던 복지가 합장재배하며 살려달라고 하자, 김덕령은 왜적이 경상도에 있어 살려줄 수 없다며 목을 베어 본진으로 돌아온다. 강조된 김덕령의 탁월한 능력은 왜적에게 무자비한 인간으로, 조선의 군사들에게 아량있는 인물로 나타난다[53]. 이처럼 김덕령은 하층민인 조선군사들에게 그들의 고충을 이해하는 인물로 사랑을 받지만, 지배계층이나 위정자들에게 그들의 기득권을 강탈한 인물로 질투의 대상이 된다.

C. 구름에 유진한 평수길 파하기

이 삽화는 김덕령의 탁월성을 드러내어 위정자들을 비판할 뿐만 아니라, 조선과 명나라의 협심이 얼마나 중요한가를 나타내고 있다. 「임진록」의 삽화는 김덕령의 탁월성을 드러내는 역할을 하지만, 구비설화에는 김덕령의 한계를 동시에 보여주고 있다. 그리고 「임진록」의 삽화는 구비설화의 청정이나 평수길의 삽화를 결합시킨 양상을 보이고 있다.

ㄱ. 평수길은 조령관에 웅거하다가 도망하여 청송 안산에 진을 쳤지만 이여송이 또 쫓아왔다.

ㄴ. 이여송은 까치가 되어 진을 엿보는 평수길을 창검으로 치라고 하였다. 이에 평수길은 이여송을 천하의 명장이라고 하였다.

ㄷ. 이여송은 평수길이 둔갑하여 구름 위에 진을 치고 공격해 와 창검을 빼어 공중을 향하여 지켰으나, 김덕령은 이유를 알지 못하였다.

ㄹ. 김덕령은 이여송에게서 평수길이 구름 속으로 억만대군을 이끌고 오기 때문이라 하자, 하늘로 올라가서 왜병과 평수길을 죽였다.

---

53) 김덕령이 왜장 복지를 죽이는 장면은 왜적을 살려주어서 않된다는 강박관념의 표출이라 할 수 있다.

ㅁ. 왜병이 퇴진하다.(수전을 대비하다.)

구비설화에 없는 ㄱ단락 부분에서 평수길은 이여송을 피하여 나는 새도 쉬었다 가는 험한 조령관을 버리고 청송으로 도망한다. 평수길이 천연요새를 싸워보지 않고 쉽게 내어준 사건은 임진왜란 초기에 신립이 조령을 포기하고 탄금대에 배수진을 친 사건을 역으로 설명한 것 같다. 평수길은 조령의 험지를 쉽게 내어주어 도술을 부리고 둔갑을 하는 능력이 있어도 패배하게 된다.

ㄴ과 ㄷ단락은 구비설화에서는 단편적인 도술 능력의 반복적인 제시를 하고 있는데 비하여, 「임진록」에서는 평수길에게 한 가지의 구체적인 능력을 지속적으로 보여주어 사실성을 강조하고 있다. 특히 「임진록」의 삽화는 구비설화의 마지막 부분을 확대하여 서술하고 있다. 그의 진행순서는 대체로 구비전설의 진행과 비슷한 일면을 보여주고 있다.

세 사람 능력의 우열 관계는 이여송이 평수길의 둔갑을 알고 있으나 처리할 능력이 없고, 김덕령은 이여송이 하늘을 향하여 진을 친 이유도 평수길의 둔갑 자체를 알지 못하는 열등한 위치에 있어 평수길〉이여송〉김덕령의 순이다. ㄹ단락에서 이여송과 김덕령의 합심으로 능력을 반전시키며 중요한 의미를 부여하는 것은 구비설화와 같다. 이는 조선인에 의해 임진왜란이 해결될 수밖에 없음을 강조하고 있다. 특히 조선의 도움없는 명나라의 승리는 ㄷ단락과 같이 완전한 승리가 되지 못한다54). 김덕령과 이여송의 협력으로 ㅁ단락과 같은 결과를 얻게 된다. 김덕령은 이여송의 도움을 받아 평수길의 위치를 알고 구름 위에 올라가 그를 죽이게 된다. 이때 평수길을 물리치는 방법은 이여송이 주체가 된 구비설화와 달리 김덕령이 주체가 되어 이루어진다. 이래서 힘의 우위는 김덕령 〉이여송 〉평수길로 반전된다.

---

54) 구비전승 부분 참조.
　　한편 구비전승은 이여송을 전적인 우위에 두고 있지만, 임진록는 오히려 김덕령을 우위에 두고 있다. 이로써 민족적 자존심과 우월 의식을 보여주고 있다.

이상에서 김덕령을 부각시키는 것은 왜나 명에 대한 민족적 자존심과 우월의식을 나타냄과 동시에, 뛰어난 인물을 활용하지 못한 위정자들에 대한 비판을 담고 있다.

⑶ 김덕령의 한계와 김덕령 특성 드러내기

왜군들의 재침에서 전사하기나 이여송의 단맥끊기 협조하기 등이 김덕령에게 결부된 삽화는 구비설화에서 찾아볼 수 없다. 「임진록」의 작자는 널리 전승되는 삽화들을 김덕령에게 끌어들여 그의 한계와 빈민족 행위가 어떠한 지 그리고 단편적 삽화를 통해 김덕령 특성을 보여주고 있다.

A. 왜군의 재침에서 전사.

조선은 김덕령이 뛰어난 업적으로 왜군들이 퇴병하여 임진왜란이 평정된다. 이여송도 본국으로 돌아갔다. 왜란기간에 이여송, 조서비, 평수길을 능가하는 김덕령은 변방의 동래부사가 되어 재침에 대비한다. 이때 퇴병한 왜적들은 부형의 원한을 갚고자 대군을 일으켜 조선을 침략한다.

> ㄱ. 조석관은 황해도로 침입해서 서울 포위하고, 김덕령을 내어주면 원수를 갚고 물러가겠다고 한다.
> ㄴ. 백관들이 김덕령을 왜진에 보내자고 하자, 임금이 반대한다.
> ㄷ. 김덕령은 동래에서 올라와 도성을 둘러싼 왜적을 보고 질책하며 명천금으로 대적한다. 왜적들은 부형의 원수를 갚겠다고 달려든다.
> ㄹ. 김덕령이 두 눈에 철환을 맞고 말 아래 떨어져 죽는다.
> ㅁ. 왜장들은 김덕령의 머리를 벤 후에 금일셩·곽재우를 요구한다.

위의 삽화는 「임진록」에 나타난 김덕령의 최후담이다. 지배계층의 모함으로 죽었다는 구비설화와 다르게 나타나고 있다. 이 삽화의 내용은 허구적 내용으로 일관되게 나타나 있다.

재침 때는 조서비의 동생인 조석관이 총대장이 되었다. 조석관은 침략하기 전에 조선의 사정을 정탐하여 김덕령이 동래부사로, 금학봉이 거제부사로 있음을 알고 서해로 돌아 황해도에 상륙한다. 위정자들은 임시방편으로 왜적에 가까운 동래와 거제 등의 방비만 치중하고, 다른 곳의 방비를 소홀히 하였다. 또 거제부사 금학봉의 전서를 받고도 왜적을 상륙시켰다는 것은 무사안일과 무능함을 풍자하고 있다.

왜적들이 서울을 포위하고 김덕령을 결박하여 보내라는 것은 김덕령이 조서비의 목을 베어 이여송에게 바친 직후와 똑같은 상황이 벌어졌다. 이때 이여송은 김덕령을 적극적으로 보호하며 조선의 여러 장수들을 나무라고 책하지만, 선조는 "사지에 보내리오"라 하며 확고한 보호 의지를 가지지 못한다. 이여송은 김덕령의 능력을 높이 평가하는 데, 선조와 조선의 제장과 백관들은 김덕령의 능력을 시기하는 나약한 존재임을 보여주고 있다.

김덕령의 생사는 ㄴ단락에서 결정되었다. 김덕령은 능력을 인정해 주는 이여송 앞에서 발휘할 수 있지만, 인정하지 못하는 선조 앞에서 발휘할 수가 없다. 김덕령이 도성을 둘러싼 왜적에게 대적할 때, 피상적인 조건은 똑같으나 내면적인 조건은 큰 차이가 있다. 또 왜적들은 조선조적 윤리의식에서 자신의 생사보다 더 중요한 부형의 원수를 갚기 위하여 김덕령을 꼭 죽여야 한다. 따라서 왜적들은 김덕령의 명천금을 두려워 하면서도 사생(사생)을 무릅쓰고 달려든다. 김덕령과 왜적의 대결은 충과 효제(효제)의 대결이다. 따라서 김덕령은 충을 위해 나선 대결의지에서도 효제를 위한 왜적에게 열세인 데다, 자신의 안위만을 생각하는 백관들의 질시와 정당한 평가를 받지 못하여 패배하고 만다.

이런 결구는 김덕령이 기복종군하였다가 억울하게 죽은 역사적 사실을 인식한 작자의 한계이다. 김덕령은 탁월한 능력을 발휘하지만, 왜적을 평정하고 죽게된 이유가 효를 버리고 충에 나선 충·효제의 갈등에서 비롯된다. 충효의 갈등을 구비설화에서는 내면적인 갈등으로 처리하였는데, 「임진록」

에서는 김덕령과 왜적이란 등장인물을 설정하여 표출시키고 있다.

ㅁ단락은 김덕령을 도와주지 않은 조선 백관들의 패배를 나타낸다. 조선의 백관들은 김덕령만 왜구에게 내어주면 쉽게 해결된다고 보았다. 그런데 왜구들은 김덕령이 죽자 새로 금일성과 곽장군을 요구하였다. 이런 설정은 왜구들의 신의 없음을 드러내는 동시에, 무사안일과 무사려한 조선 백관들의 무능을 폭로하는 의도가 있다. 조선 백관들이 왜적의 요구를 해결하지 못하자, 곽장군이 꿈에 나타난 관운장의 지시와 음조로 승리하도록 설정하였다. 이런 결구는 조선의 제장이나 백관들이 전쟁 기간에 시기와 질투만 일삼고, 임진왜란의 평정을 위하여 도움이 되지 못한 존재임을 나타낸다.

B. 이여송의 단맥 돕기

이 삽화55)는 이여송이 임난 평정한 뒤, 조선의 산천이 수려하여 인물이 많이 난다며 산천의 혈맥을 끊으러 다니거나, 조선 왕위를 탈취하려는 흑심을 품고 있다가 봉욕을 당하는 내용이다. 단맥의 의도는 위협을 제거할 뿐만 아니라 이여송의 개인적 욕망을 채우기 위하여 행하여진다56). 이여송이 산천을 단맥하는 피해가 7년간의 병화보다 심하였다고 한다.

---

55) 권영철본에는 이여송이 속리산에서 단맥하다 속리산 산신에게 목잘려 죽는다. 정문연본은 소년이 이여송을 질책한 뒤에 '돌아가라'며 없어지자, 어쩔 줄 모를 때 빨래하는 할머니에게 다시 질책을 당하고 돌아나온다. 고대한문본은 봉욕을 당한 김덕령의 말을 듣고 이여송이 소년을 쫓아가는 데에서 끝을 맺고 있다. 본고는 정문연본과 고대한문본을 중심으로 고찰하겠다.
　　한편 임철호는 이여송의 단맥삽화의 형성 요인을 두 가지로 보았다. 하나는 민간에서 형성 전승되는 단맥설화의 영향을 받아 주변 강대국으로부터 굴욕과 피해에 능동적으로 대처하지 못한 민족적 열등의식을 민족적 우월의식으로 극복하고 합리화하려는 과정으로 보았다. 다른 하나는 임란을 통해 이여송으로 대표되는 명군에 대한 민족적 적대감정의 표출이다. 명군에 대한 대단한 기대가 그들의 횡포로 민족적인 참혹상을 말할 수 없자, 이 삽화를 통해 명에 대한 반감에서 싹튼 적개심과 민족적 자아각성을 보여주었다고 한다.(앞의 책, pp.235-244)
56) 고대한문본, p.380. 임철호는 이야기 전개상 논리가 분명하지 않을 뿐더러, 이여송의 단맥 이유보다 단맥 자체만을 강조하는 과정에서 나타난 무의도적 결과라고 보았다.(앞의 책, p.241)

이여송의 「단맥삽화」에서 김덕령의 역할을 살펴보자. 권형철본은 김덕령이 죽었기 때문에 이여송이 단맥할 때, 황해도 매병 삼전과 곽장군의 도움을 청하고 있어 김덕령 설화와 관계가 없다. 그리고 고대한문본에서 김덕령은 이여송의 단맥을 돕고 조선의 왕위를 탈취 의도에 동조하다가 소년에게 능욕을 당한다. 정문연본에는 이여송의 단맥 삽화가 나오지 않고, 그가 흑심을 품고 향연을 베푸는 것으로 되어 있다. 김덕령은 「임진록」의 단맥삽화에서 민족적 영웅의 활동과 달리 이여송의 명령에 따라 행동하는 하수인 역할을 하는 심복으로 비하된 반민족적 인물이 된다.

단맥삽화에서 이여송은 패배로 죽음을 당하거나, 도생하기조차 어려운 심각한 양상의 상황에 직면하게 된다57). 반면에 김덕령의 패배는 일상적. 일시적이며 심각한 타격을 주지 않는다. 이는 김덕령이 소년과 이여송이 대결하도록 하기 위한 도구에 불과하기 때문이다.

김덕령은 신이하게 능력이 부각된 소년과의 대결에서 일방적으로 패배한다. 김덕령의 패배는 민족적 정기를 고수하는 자의 승리를 통해 민족적 우월의식을 드러내기 위한 방법이다.

C. 김덕령의 성격과 영웅성 드러내기

이런 의미를 담고 있는 것들은 삽화의 파편 속에서 김덕령의 성격이나 영웅성을 파악할 수 있는 내용이 들어 있다.

김덕령의 성격은 탁월한 능력을 보여 많은 전공을 세웠는데도, 수군에서 이순신의 아장이 되었다. 이순신의 아장이 된 김덕령은 이여송에게 불만을 나타낸다58). 이와 같은 김덕령의 성격은 당시 위정자들의 일반적인 속성과 비슷하게 표현되어 있다. 왜냐하면 김덕령도 이여송에게 천거되어 조서비를 죽이고 하루 아침에 선봉장이 되었다. 이로 말미암아 조선의 제장들

---

57) 이여송과 소년의 대결은 김덕령의 전승에 벗어난 단계이기 때문에 언급하지 않겠다.
58) 김덕령은 불만을 나타내지만, 이내 이순신의 실력을 보고 인정하는 점에서 다른 위정자들과 성격의 차이를 보이고 있다.

이 그를 시기하고 질투하게 되었다. 이와 같이 김덕령은 수군에 대한 능력도 없으면서 자신의 공적으로만 대우받고자 한다. 이것은 김덕령을 질투와 시기심이 많은 인물로 묘사하기 위한 것보다, 이미 고질화된 신분적 질서를 고집하는 위정자들의 고정관념을 김덕령을 통해 풍자한 것이다.

한편 임금의 상을 보고 이여송이 왕의 기상이 아니라며 군사를 이끌고 돌아가려고 하였다. 이때 임금이 삼각산에 올라가 항아리 속에서 울었다. 이 우는 소리를 듣고 이여송이 "무슨 소리냐"고 김덕령에게 물었을 때, 김덕령은 민족적 영웅의 모습이 보이지 않았다.

반면에 김덕령의 영웅성을 나타내는 대표적인 삽화는 이여송이 귀국할 때, 전쟁에서 군사의 절반이나 잃었다며 보충해 달라는 삽화이다[59]. 이여송의 요구를 받은 선조는 군사를 조발하여 보충해 준다. 그런데 이여송이 많은 군사 대신에 김덕령 한 명으로 보충해 달라고 하자, 선조는 "아모리 장군의 공이 즁ᄒ나 김덕영은 보닉지 못ᄒ리로다" 하고 거절한다. 선조의 거절은 중국에 대한 민족적 의지를 보이기보다 김덕령의 영웅성을 부각하는 데 목적이 있다. 즉 김덕령은 명나라 군사 25만 명이나 조선 군사 20만 명보다 뛰어난 탁월한 존재로 나타난다.

이밖에도 김덕령의 탁월한 영웅성이 여러 곳에 나타난다. 이여송은 임금에게 거절당하고 귀국할 때, 전송 나온 김덕령에게 중국에 가면 그 재주가 빛날 것이라며 함께 가자고 한다. 또 이여송이 세운 승전비에 김덕령의

---

59) 이 삽화는 권영철본(p.33 상단)과 조동일본(pp.43 앞, 뒤쪽)에 있다. 이여송은 권영철본에서 군사 3만, 조동일본에서 군사 50만을 거느리고 나왔다. 선조는 조동일본에서 20만을, 권영철본에서 3만의 군사를 보충해 준다고 제의한다. 이여송은 그 대신 김덕령으로 보충하여 달라고 하지만 선조가 거절하자, 조동일본은 은자 10만냥을 대신 주고, 권영철본은 다른 설명없이 끝맺고 있다. 여기에서는 김덕령의 영웅성을 강조하는 측면에서 조동일본으로 검토하겠다.
　　이와 비슷한 역사적 사실은 이여송이 평양성을 공격 때 전사한 군사를 보충해 달라는 사건이 『선조실록』 26년 1월조(권 21, p.608.)에 기록되어 있다. (임호, 전게서, p.234 참조)

이름이 두 번째로 기술되며, 초패왕도 당적하지 못할 조서비를 죽었다는 왜왕의 말, 김덕령을 삼국시절에도 없는 장수 등이라 하였다. 이처럼 「임진록」의 서술에서 탁월한 능력을 가진 것으로 서술된 김덕령은 역사적으로 모반죄에 연루되어 억울하게 죽었다.

억울하게 죽은 김덕령에게 이런 삽화를 결구한 것은 위정자들을 비판하려는 데 있다. 이여송 같은 외국의 장수도 김덕령의 능력을 인정하고 활용하려고 노력하는데, 조선의 위정자들은 자기보다 능력이 있는 자를 시기와 질투로 용납하지 못하고 있다. 이는 소인배 기질을 가진 위정자들을 신랄하게 비판하고, 선조에게 바랐던 소망을 드러내고 있다. 심지어 선조에게 김덕령과 이순신을 위하여 삼각산에 별궁을 지어 위하도록 하였다. 이는 임금이 된 선조에게 탁월한 능력의 소유자인 김덕령과 같은 인물을 등용하여 이용하기 바라는 소원을 나타낸 것이라 하겠다.

2. 전기소설 「김덕령전」의 김덕령 설화

「김덕령전」은 장도빈이 창작하여 일제 강점기인 1926(대정 15년)년에 덕흥서림에서 발간한 신작구소설 형태의 작품이다[60]. 작품의 내용은 역사적 기록물이나 문헌설화를 바탕으로 하되, 김덕령의 탁월한 능력을 드러내도록 구성되어 민족적 우월성을 보여주며, 일제의 강점이란 민족적 울분을 토로하고자 하는 작자의 의도를 찾아볼 수 있다.

---

60) 「김덕령전」은 서울대 도서관에 소장되어 있는데, 원제목은 〈忠勇將軍 金德領(傳)〉이라 하고 그 밑에 한글로 반복하여 쓰여져 있다. 같은 판본이 인천대학 민족문화연구소에서 간행한 『고활자본 고소설전집』 권19 (동서문화원, 1984)에 수록되어 있다.

2.1. 「김덕령전」 창작 배경

「김덕령전」의 작가 장도빈은 신채호·박은식·장지연보다 좀 늦게 전의 저술에 뛰어 들었는데, 이들의 영향으로 애국계몽 운동에 참여하여 기우는 국운을 수호하고 민족정기를 일깨우려 하고자 역사 연구와 많은 영웅 전을 집필하였다[61].

많은 〈전〉작품을 창작한 장도빈이나 그의 작품에 대한 검토는 전무한 편이다[62]. 이는 그의 창작작품들이 신채호 박은식 장지연의 역사전기류의 형태를 모방한 신작구소설 형태를 띠고 있다는 점과 고소설의 쇠퇴기란 시대적 상황 때문에 별관심을 끌지 못하였다. 그렇지만 그의 창작작품은 상황과 견주어볼 때 새로운 관점에서 검토되어야 한다.

장도빈이 지은 전기작품은 소설의 통속성을 배제하고 사실에 충실하면서 민족의식을 고취시키려는 전통적인 전기 정신을 이어받고 있다. 「김덕령전」도 일제 강점기란 역사적 상황과 민족의식을 고취하려는 의도에서 나왔다. 특히 일제의 강점을 당한 상황에서 임진왜란 때 왜에게 두려움의 대상이었던 김덕령을 민족적 영웅으로 형상화하여 민족적 주체성과 국난극복의 의지를 고취시켜 반일감정을 부각시키려고 하였다[63]. 「김덕령전」의 창작은 역사적 진실과 김덕령의 역량을 강조하여 민족적 자긍심과 민족정기를 고취하고 시대적 난관을 극복하기 위한 노력이었다.

특히 1910년대의 시대의지는 강렬한 민족의식과 반일 저항의식을 요청하게 되었고, 이에 부응할 새로운 역사의식과 문학양식을 필요로 하였

---

61) 강현모, 「전기소설 「김덕령전」의 서사구조와 의미」, 『한남어문학』 19집, (한남대 국어국문학회, 1993.12), pp.45-46.

62) 강현모, 앞의 논문.
　　김용덕, 앞의 책, "개화기의 전기문학의 특성"에서 장도빈의 작품에 대해 간략하게 언급하였을 뿐이다.

63) 신채호, 「을지문덕」, 『신채호 전집』 (형성출판사, 1977) 서문 참조. 신채호는 역사를 움직이는 것이라고 보았다. 그래서 신채호는 「을지문덕」 서문에 '과거의 영웅을 적어 미래의 새로운 영웅의 출현을 바란다'고 하였다.

다64).

당시의 시대의지를 문학적 측면에서 보면, 문헌기록이나 고전소설에서 뛰어난 업적을 이룬 명장들을 작품화한 영웅전기65) 또는 역사·전기류가 등장하였다66). 영웅전기 또는 역사·전기류로는 임진록·박씨전·임경업전 등이 임병양란을 소재로 민족사적 인물의 비범한 활동을 극대화하여 왜.청에 대한 적개심을 부추기고 민족적 자존심과 우월의식을 고양하고자 하였던 점을 답습하고 있다. 일제의 강점으로 민족적 위기에 처하여 현실극복에 대한 자신감을 심어주고, 민족의 자부심과 긍지를 고취시키고 각성시키기에 적합한 양식이 필요하였다. 이를 해결하기 위해 역사적으로 유명한 인물들을 민족적 영웅으로 부각시키는 영웅전기물이나 역사·전기류가 쏟아지게 되었다. 그리고 우리 민족현실의 역사적·정치적 환경과 유사성을 지닌 각국의 전사나 민족영웅들의 구국 투쟁사를 주체적으로 해석하여 수용하려 하였다.

이런 태도는 안으로 봉건적 사회제도를 개혁하여 새로운 근대민주사회를 건설하고, 밖으로는 외세의 침략을 물리쳐 자주독립국가를 이룩하려는 의도에서 비롯된 것이었다. 이 시대의 문학은 외세에 대응하여 민족의 자주정신과 자존심을 확립하면서도 구시대를 청산해야 하는 시대적 과제를 안고 있다. 그러므로 문학은 심미성보다 사회적 교훈의 성격이 우세하였다67). 이에 따라 이때의 역사·전기류는 절실한 시대적 민족적 요구에 의하여 역사상의 실존인물을 입전하고 있다. 이는 구국항쟁 의식을 고취시키고 애국자가 나오기를 간구하는 작의가 분명하게 표면화 될 수 있기 때문이다68).

---

64) 홍일식, 『개화기의 문학사상연구』(열화당, 1982), p.145.
65) 김용덕, 『한국전기문학론』(민족문화사, 1987), p.98. 신채호나 박은식의 전기를 영웅전기, 그리고 1920년 나타난 영웅에 관해 서술한 문학을 영웅전기소설이라고 지칭하였다.
66) 홍성암, 『한국의 역사소설』(민족문화사, 1989), pp.12-13, 27-31.
67) 김영수, 「신소설의 변신과 미망」, 『월간문학』 1986년 4월호, p.287.
68) Avrom Fleishman, 『The English Historical Novel』(John Hopkins Press, Poltimdre & London, 1971) p.4.에서 과거와 현재의 이중 장치를 이

이처럼 역사·전기류는 독자가 이미 알고 있는 구체적인 인간을 통해 삶의 규범성을 제시하기 때문에 오히려 순전히 허구적 소설보다도 독자에게 강한 호소력을 지닐 수 있었다69).

그런데 개화기의 전에 나타나는 영웅은 고전소설에서 흔히 볼 수 있었던 영웅의 모습과 성격이 다르다. 왜냐하면 개화기의 문학은 전통적 양식과 서구의식이 교체되는 시대이므로, 전이 전통적인 문예양식인 전기체의 발전적 양상을 띠면서, 외국 전기의 영향으로 새로운 전기체를 개척하게 되기 때문이다. 1920년대의 전기는 전과 소설을 동화시키고 융화시켜, 전이 갖는 한 인물의 해석과 전수의 기능에다 소설의 흥미성을 끌어들여 교훈성을 강화할 수 있게 되었다70). 그렇기 때문에 개화기의 영웅전기 혹은 역사·전기류의 작품들은 절실한 시대적 요구에 충실하려는 작가의 의도를 강조한 나머지 문학적 한계를 노출하고 말았다고 하겠다.

본절에서는 신작구소설인 「김덕령전」의 작품 구성을 분석하여 어떤 제재를 어떻게 취사선택하였는지를 검토하여 보며, 작가가 드러내려고 한 의미가 어떠한가를 살펴볼 것이다.

2.2. 작품의 구성과 의미 분석

(1) 구성의 특징

장도빈의 「김덕령전」은 전기소설로 재래 전기의 구성 양식에서 크게 벗어나 있다.71) 「김덕령전」은 김덕령의 출세, 기병, 출전, 횡사 등 4단계의 장으로 나누어 장회체 소설처럼 구성하고 있으나, 문학성보다 논문형식의

룬 역사적 상상력의 활동은 공간과 시간을 초월하여 상징적인 동질성으로 맥락이 이루어져 있다는 의식이 토대로 있어야 한다고 보았다.

69) 이윤석, 『임경업전 연구』(정음사, 1985), p.131.
70) 김용덕, 앞의 책, pp.87-89.
71) 김용덕, 앞의 책, p.101.

건조한 문체를 사용하였다. 4단계의 구성을 볼 때, 김덕령의 출세는 성장기의 삽화를, 김덕령의 기병과 출전은 활동기의 삽화를, 그리고 김덕령의 횡사는 김덕령의 죽음에 관해 서술하고 있다. 이중 김덕령의 용력을 드러내는 기병과 출전이 작가의 의도를 나타내는 중심이 되고 있다.

전기소설 「김덕령전」의 줄거리를 삽화 중심으로 나누어 보면 다음과 같다.

■ 김덕령의 출세
    1. 김덕령의 용력
    2. 성장기의 무사적 측면과 지혜적 측면
    3. 출신내력
    4. 일본의 침입(정발, 송상현, 리일, 신립)
    5. 구원병 청하기
    6. 김덕령의 가계 의병내력
■ 김덕령의 기병
    1. 기병권유
    2. 기병과 능력시험(광해군, 선조)
    3. 기병할 때의 상황(진주성 함락과 논개)
    4. 김덕령에 대한 기대
■ 김덕령의 출전
    1. 출전계획
    2. 권률장군의 행적
    3. 곽재우의 행적
    4. 김덕령 영남에 오다(왜장 대비)
    5. 의병 혁파 김덕령에게 복속(시기와 진투)
    6. 거제도 탈환 작전
    7. 탈환작전 실패 평가
■ 김덕령의 횡사
    1. 제 1차 체포
    2. 제 2차 체포 과정(이몽학의 난에 연류됨)

　　3. 심문 과정
　　4. 김덕령의 최후
　　5. 김덕령의 죽음의 평가와 가계의 상황
　　6. 김덕령의 해원

　「김덕령전」은 개화기 이후의 전 작품의 일반적인 특징처럼 분량이 짧고, 구성이 미숙하다. 반면에 율문체에서 산문체로 바뀌었으며, 띄어쓰기가 되어 있지 않았던 줄글이 호흡단위로 띄어 쓰여 있다. 또 작품의 도입부의 서술방식은 고전소설의 형식인 "화설 + (시간 + 장소)에서 + (주인공의 특성) 있으며, 성은 X요, 명은 Y이다"를 그대로 차용하고 있다.

　위의 구성 단계를 보면, 단생담은 없고 성장담에서부터 최후담까지로 결구되어 있다. 전기소설에서는 탁월한 능력으로 의병을 일으킨 김덕령을 당대 지배층의 무능과 무사안일로 억울하게 횡사시켰는데, 이것이 오늘날 일본에 강점당한 원인이라 역설하고 있다. 외세의 침입으로 국권이 유린당하고 분열된 지금의 상황에서 벗어나기 위해서는 민족적으로 혼연일체가 되도록 자존심을 부각시켜 주체성을 회복해야 한다는 것이다.

　작품의 제재들은 거의 모두가 문헌설화에서 수용된 것들이다. 이는 작가가 역사를 연구하였기 때문에 문헌을 많이 본 영향도 있겠지만 작품의 특성상 기존의 전의 형태를 모방한데 기인한다. 전기소설의 장르는 사실성을 기본으로 하는 전의 영향으로 사실이 강한 문헌설화를 허구성이 강한 구비설화나 소설 「임진록」의 제재들보다 우선하여 수용한 것으로 보인다. 사실적인 자료의 취사선택은 민중들에게 허구적 제재로의 창작보다 실제적인 인물의 일화를 수용하여 현실감을 부각시키기 위한 방법이다. 작가는 그렇게 하여 독자들에게 흥미성을 부여하는 동시에 자신이 의도한 교훈성을 분명하게 드러낼 수 있었다.

(2) 작품의 의미

본절에서는 「김덕령전」을 성장담·활동담·최후담으로 나누고, 다시 그의 하위 단락을 나누어 중심 단락소의 의미를 살펴보면서 그 속에 내재하고 있는 작가의식을 검토하고자 한다.

A. 성장담

'김덕령의 출세' 장은 성장기에 속한다. 이 전기소설에서 맨 앞부분의 서술은 전의 기술양식을 답습하여 김덕령의 가계와 내력의 기록부터 시작하고 있다. 그리고 그의 성격과 용력을 서술하고 있는데, 객관적으로 기술한 문헌기록의 내용을 빌어서 작가의 주관적 의도가 담긴 서술체로 이야기를 전개하고 있다. 그렇기 때문에 내용이 구체적이지 못하고 추상적이면서도 작가의 작의가 너무 많이 개입된 논설문적 건조한 문체를 보이고 있다.

성장기에서 김덕령은 세상 일에 적극적인 모습을 보여주고 있다[72]. 김덕령은 세상을 구제하려고 수양에 힘썼다는 예들에서 탁월한 용력이나 도술적 면모를 지닌다. 그리고 청년이 되었을 때 말 잘타기, 활 잘쏘기, 칼 잘쓰기, 병법 잘알기 등 주로 무사적 측면의 수양을 보여주고 있다.

이는 문헌설화에서 보여주는 무사적 측면과 비슷하지만, 그에 대한 접근 방식이 다르다. 문헌설화에는 김덕령이 무업의 길보다 유업을 중시한 선비 지망생이라 한다. 그래서 어려서는 그의 탁월한 능력을 부모도 알지 못할 정도라 하거나, 단정한 풍채를 가진 인물이기 때문에 30세가 되도록 인근에 그의 능력을 아는 사람이 없을 정도라 한다. 또 문헌이나 구비설화에서 김덕령이 무업을 처음부터 배우는 경우도 있지만, 자만심에 빠져 금기를 파괴하고 훌륭한 선생에게 버림을 받은 다음에 배우는 경우도 있다. 전기소설 「김덕령전」에서는 김덕령이 문무겸전 하였으나, 처음부터 전장에서 큰

---

72) 문헌설화에서는 김덕령이 큰 뜻이 있다고 암시적으로 보여주지만, 「김덕령전」에서는 직접적인 서술로 추상적인 내용을 나타내고 있다.

공을 세우려고 무업에 치중한 인물로 설정되어 있다73). 이는 일제와 투쟁하고 국가재건에 매진할 시대적 상황에서 특출한 영웅의 출현을 바라는 작가의도를 드러낸 것이다.

김덕령은 무업으로 큰 공을 이룰 기회만을 기다리고, 김덕령이 전쟁에 임하여 지은 시조를 소년시대의 포부로 설정하였다74). 이런 결구는 김덕령의 능력을 표면적으로 부각시켰지만, 김덕령 설화가 지닌 비극적 의미를 감소시키는 역할을 하고 있다. 즉 「김덕령전」에서 김덕령이 한미한 가문이기 때문에 유업보다 무업을 중시하였다면, 그는 출세지향주의적 속성을 지닌 인물에서 벗어날 수 없다. 다시말해 문헌설화와 같이 김덕령이 유업을 중시하였으나 시대적 상황 때문에 무장이 되었다고 할 때, 더욱 그의 비극성과 능력을 부각시킬 수 있다고 본다. 그런데 「김덕령전」에서는 탁월하고 큰 포부를 가진 김덕령이 단지 가문이 한미하다는 이유 때문에 등용되지 못하였다. 그래서 큰 포부를 가진 김덕령은 한미한 가문 출신이란 현실적 장애조차 극복하지 못하는 인물로 전락시키고 말았다.

왜구의 침입은 국가적으로 불행한 사태였지만 김덕령에게는 좋은 기회였다. 왜병의 침입은 선조의 무능으로 동서붕당의 당파싸움이 극심하여 질서가 문란해진 조선을 무질서·무정부 상태로 빠뜨렸다. 위정자들의 무능과 분열에도 불구하고 정발·송상현 같은 인물들은 외세의 침탈을 온몸으로 방어하였다. 특히 정발의 삽화에서는 외세의 침탈을 당하였을 때 효·충의

---

73) 「김덕령전」(덕홍서림, 1915), p.3. 그런데 "나는본래 글줄이나닑고 군대일은 몰으던사람이나"(p.14.)라고 문헌기록을 그대로 수용하고 있어 이율배반적인 성격을 보여주고 있다. 한편 문헌에는 김덕령이 무장으로 나선 것을 자의가 아니라 시대적 상황 때문이라 한다. 이에 반하여 「김덕령전」에서 자의로 무장에 나섰다고 하는 것은 작가가 시대적 상황이 긴박함을 강조하기 위한 의도로 여겨진다.

74) 「김덕령전」, p.3. "글을 읍조리는것이 영웅의 일은아니니 군악소리를 드르며 전장에나아가리라 // 다른날 공을일우고 도라온후에야 강호에가셔 물고기를낙글뿐이라"를 소년 시절부터의 심사로 구성하여 놓고 있다. 이 시를 문헌기록에는 전쟁에 참가할 때에 지은 것으로 되어 있다.(동야휘집, 동야집사, 명신록, 국조명신언행록, 선조조고사본말, 풍암집화, 〈실기〉, 계산담수, p.236., 대동기문, 행동명장전. 弦歌不是英雄事 劍舞要須王帳遊 他日洗兵歸去候 江湖漁釣更何求.)

갈등이 전혀 문제되지 않는다는 의식을 보여주고 있다. 즉 정발이 어머니에게 효를 다하지 못함을 말하였을 때, "그모친이 정발의등을 어루만지며 갈오되 어서가거라 네가 나라의충신이 되면 내가 무슨 한이 잇겟나냐 하더라"[75] 라는 말에서 파악할 수 있다. 여기에서 작가는 효보다 충을 우위에 놓고 있다. 이는 임진록이나 문헌·구비설화에서 김덕령의 모친이 보여준 충보다 효를 우위에 둔 생각과는 정반대라 하겠다.

또 정발의 첩 애향과 하인 룡월의 죽음을 서술한 것은 열이나 주인에 대한 충성을 드러내기 위한 것이 아니라, 외세의 침입에 대해 모든 계층이 분발하는 모습을 보여주기 위한 것으로 여겨진다[76]. 이는 임진왜란과 같은 일본의 침탈로 국가적 주권과 민족적 주체성이 상실당한 현실적 상황에서 남녀노소 상하귀천 할 것 없이 현실극복을 위하여 동참하도록 촉구하는 의도가 있다고 하겠다.

이런 의도에서 작가는 시대적 상황을 언급할 때, 형 덕홍이 기병하여 고경명의 참모장으로 금산 전투에서 전사하고, 덕령이 늙은 어머니를 모시다가 상중죄인이 되었음을 문헌 기록보다 소략하고 추상적으로 서술하고 있다. 그리고 김덕령이 어머니를 장사 지내고 출전할 기회를 기다리면서 준비하였다고 한다. 여기서는 김덕령에게 상중죄인의 의식보다 오로지 국가적 위기를 극복하려는 의도만 있음을 보여주고 있다. 이처럼 작가는 김덕령을 통하여 국가의 위기를 구하는 일이 어떤 일보다 우위임을 나타내고 있다.

이상 '김덕령의 출세' 부분에는 김덕령의 탁월한 능력을 드러낸 동시에 국가적인 위기 상황에서 충효의 갈등에 대해 문제를 제기하기조차 거부하고, 효보다 충의 우위를 설정하고 있다. 이렇게 작가가 충을 우위로 설정한

---

75) 「김덕령전」, p.5.
76) 정발·송상현·신립·리일 같은 장수들이 왜구를 막았지만 한양과 평양이 차례로 함락 당하고 임금은 의주까지 몽진하게 된다. 이때 명나라의 구원병이 왔지만 적극적으로 싸우려 하지 않고 조선 각지에서 의병이 일어나 왜구들과 싸웠다. 이와 같은 맥락에서 민족적 단합을 통해 외세의 침탈에 대항하였던 모습을 보여주고 있다.

것은 작가가 살았던 시대적 상황과 관련된 것으로 보여진다.

B. 활동담

활동담은 '김덕령의 기병'과 '김덕령의 출전'이란 장이 해당된다. '김덕령의 기병'은 김덕령이 의병을 일으켜 활동하기 위한 준비 단계이고, 뒤의 '김덕령의 출전'은 관군으로 권율을, 민병으로 곽재우를 들어 민족적 장수들이 왜군과 싸우는 과정이다. 특히 후자의 구성은 권율이나 곽재우를 능가하는 인물로 김덕령을 묘사하기 위한 서술적 장치로 보여진다.

김덕령의 기병과정은 문헌설화의 내용과 같다. 매부인 김응회의 권유, 담양부사 이경린과 장성현감 이귀의 천거로 전라감사 권율과 세자의 기병 요구에 의해서 기병한 것으로 되어 있다. 그리고 기병하는 과정에서 최담령이 처음부터 함께 기병한 것으로 되어 있으며, 세자가 김덕령의 용맹을 보고 익호장군을 하사하였다고 한다. 여기에서 문헌기록의 이정암이 권율로 바뀐 것과 세자의 요구가 첨가된 것 이외에 별 차이가 없다. 그런데 김덕령의 기병 과정은 문헌기록보다도 더 추상적이고 간략하게 서술되어 있다. 김덕령에 대한 추상적인 서술은 그의 신이한 능력을 부각시키는 방법이다. 즉 구체적으로 서술하면 세세한 의미를 인과적으로 구성하여야 하는데, 추상적으로 서술하여 인과적 논리성보다 일상적인 보편성에서 인식하도록 하여 김덕령의 능력을 측정할 수 없도록 하였다.

김덕령의 기병과정 뒤에는 시대적 상황을 서술하고 있다. 명나라 군사와 조선군사는 평양성과 한양성을 탈환하였으며, 명나라의 심유경이 일본과 화친하기 위하여 왕래하면서 왜장들이 경상도쪽으로 철수하여 기회만을 노리고 있었다. 작가는 왜장들이 기회를 노린 대표적인 진주성 싸움을 장황하게 서술하고 있다. 이는 민족과 국가를 위해서 모든 사람들이 합심하여도 진주성이 함락되는 좌절을 겪었는데, 작가가 살고 있는 현실 상황에서 민족적 자존심과 주체성 확립을 위해서 모두가 혼연일체가 되어 합심하는 방법밖에 없음을 보여주고 있다.

천하명장 김덕령의 기병은 진주성의 함락이란 민족적 좌절의 상태에 놓인 온민족에게 기대의 대상이 되었다. 김덕령이 5천명의 대군을 이끌고 전장에 참여하자 모든 백성들은 승전할 기대에 부풀어 올랐고, '김덕령의 출전'의 장에서 김덕령은 온민족의 기대에 부응하기 위하여 의병의 진격로와 출전하게 된 이유를 밝히고 있다. 그리고 관군인 권율의 행적과 민병인 곽재우의 행적을 열거한 뒤에, 김덕령이 영남에 왔을 때 왜군들의 행동을 서술하고 있다. 「김덕령전」에 이런 민족적 영웅인 권율과 곽재우와 함께 세 사람을 함께 등장시킨 구성77)은 탁월한 능력을 부각시키려는 의도도 있지만, 이 땅에서 외세를 완전하게 축출시켰던 인물들임을 보여주어 일제 강점기란 현실적인 민족적 울분을 토로한 것이라 하겠다78).

김덕령이 영남에 오자 왜진에서는 큰 동요가 일어난다. 경주를 침범하던 가등청정은 김덕령을 두려워하여 여러 장수들을 모아놓고 회의를 열어 김덕령과 싸우면 패할 것이니 싸움을 거두는 것이 상책이라고 결론을 내린다. 그리고 화공을 시켜 그려온 김덕령의 화상을 보고 가등청정은 "과연 텬하명장이라 덕령과싸오면 반드시패할진즉"79)하면서 걱정한다. 그래서 경주성을 치러갔던 군사까지 거두어 들이고, 울산 근처에 세개의 큰진을 만들어 진만 지키다가 돌아가려고 한다. 이와같은 왜적의 동요는 김덕령의 능력이 권율이나 곽재우를 능가함을 보여준다. 그리고 김덕령은 왜병들이 조선에서 활동하지 못하도록 하는 힘을 가진 민족적 영웅으로 형상화되어 있다.

김덕령이 영남에 온 이후에 왜병들이 진만 지키고 침탈이 없어지자 전국 각지의 의병을 혁파하여 김덕령의 충용군에 복속시키는데, 이도 문헌기록을 차용한 것이다. 김덕령은 전국의 의병이 자기 밑으로 복속되자, 이 기

---

77) 김용덕, 전게서, p.101. 「김덕령전」에서 부수적인 권율이나 곽재우의 행적을 과다하게 구성한 것은 〈전〉 구성 방식의 미숙으로 보고 있다.
78) 관군인 권율은 행주산성에서 수만명의 왜적을 물리쳐 한양성을 탈환하는데 큰 역활을 하였다. 또 민병인 곽재우는 날렵한 작전으로 '홍의장군'이란 칭호를 받으며, 왜군이 낙동강 이서로 진출하지 못하게 막아 호남을 보호하게 되었다.
79) 「김덕령전」 p.22.

회를 타서 일본군을 평정하여 큰 뜻을 이루고자 진을 전진시켰다. 한편으로 일본군에 격서를 보내어 전쟁을 재촉하였다. 조정에서는 왜와의 화친을 핑계로 출전을 허락하지 않았다. 김덕령은 진주로 돌아와 둔전을 설치하고 병기를 장만하는 등 전쟁 준비를 하면서 출전의 허락을 요청하였다. 그런데 이때 조정에는 김덕령의 성공을 시기하여 성공하지 못하도록 출전을 방해하는 자가 있었다. 국가의 위난을 극복하고자 기병하였던 김덕령은 방해자들로 인하여 능력을 발휘할 수 없게 된다. 이런 좌절감에 빠져 있는 김덕령80)에게 희망을 주었던 것이 거제도 탈환 작전이다.

거제도 탈환작전을 계획한 윤근수의 성격이 문헌설화와 차이를 보이고 있다. 「김덕령전」에서 거제도 탈환작전을 계획한 윤근수81)는, 문헌설화와 달리 김덕령이 바라던 것을 해결해 준 사람으로 되어 있다82). 전기소설에서 윤근수는 곽재우가 언급한 바와같이 김덕령의 장기인 육전이 아닌 수전을 계획한 것에 문제가 있지만, 김덕령에게 그의 역량을 발휘할 수 있는 기회의 제공자로서 역할을 하고 있다. 그런데 김덕령은 윤근수가 요구하는 역할을 제대로 수행하지 못하였다. 윤근수의 계획을 수행하는 날 宣居耳는 김덕령의 용력을 시험하는 날이라고 하지만, 그의 용력을 시험하는 방법의 선택이 잘못되었다. 즉 거제도의 왜군들은 김덕령의 군호인 충용기와 익호기를 보고 아예 대적할 염두를 내지 못하였다. 조선군은 아무리 공격해도 나오지 않는 왜적과 대결할 수가 없자, 여러 장수들은 군사를 거느리고 후퇴

---

80) 김덕령은 일이 뜻대로 되지 않자 밤낮으로 술을 마셨는데, 이것이 마음의 병이 되었다. 왜구와 화친 협상이 이루어지지도, 그렇다고 출전이 허락되지도 않았다. 더욱이 김덕령은 왜구와의 화친에서 함정에 빠질 것을 염려하고 있었다. 이때 동생 덕보는 조정에서 화친을 반대하는 윤두수가 도체찰사로 내려온다며 그와 상의하라고 형 덕령을 위로하였다. 그 결과가 거제도 탈환 작전의 계획이다.

81) 윤근수(1537-1616)는 1558년에 과거에 급제하여 개성유수, 이조참판, 형조 예조판서 등을 거쳐 우찬성에 이르렀다가 사화로 형 두수와 함께 廣州로 물러났다. 1592년 관작이 회복되어 중국에 여러 번 왕복하며 구원병을 청하여 국난 극복에 힘썼다. 1595년에 명나라 장수를 접대하러 영남에 내려갔다가 좌찬성이 되었다.

82) 「김덕령전」 p.25. 뒤에 곽재우의 등장하여 김덕령에게 묻는 장면에서는 좀 차이가 있다.(pp.25-27.)

하고 이에 김덕령도 어쩔 수 없이 후퇴할 수밖에 없었다.

역사적으로 김덕령은 거제도 탈환작전의 실패로 명성이 떨어졌는데도, 「김덕령전」에서는 거제도의 탈환작전을 김덕령의 능력을 부각하는 차원에서 활용하고 있다. 즉 왜적이 무서워 대적하지 못하는 대상이 김덕령이란 사실에 초점이 맞추어져 있다. 작가는 김덕령의 활동담에서 '왜적들은 김덕령이 있으면 싸우지도 않고 쥐구멍이라도 찾아 숨으려 하며, 김덕령이 온다 하면 혼이 빠져 달아나기도 하고, 돌 한 개를 던지지도, 한 걸음도 나오지 못하여 싸우지 않고도 승리하는 명장이라'고 높이 평가하고 있다[83].

C. 최후담- 김덕령의 횡사

'김덕령의 횡사'의 장은 김덕령이 1차 체포 사건에 이어 이몽학의 난에 연류되어 옥사하는 부분이다. 「김덕령전」에서 최후담의 전반부는 문헌의 내용을 취하여 서술하고, 후반부는 위정자들의 잔인성을 폭로하면서 비극적 상황을 묘사하려는 허구화로 이루어져 있다.

거제도 탈환 작전이 실패로 끝났지만 김덕령의 탁월한 능력을 시기하는 자들은 사방에서 무고하였다. 그런 중에 윤근수는 김덕령이 부하 한 명을 무고하게 살해하였다는 혐의로 옥에 잡아 가두는 일이 발생하였는데, 이것이 1차 체포사건이다. 역사적 사실이나 문헌기록을 보면, 김덕령이 탈영한 사람의 부모를 잡아들이자, 그 가족들이 시찰하는 윤근수에게 구해줄 것을 요구하였다[84]. 그리고 김덕령은 윤근수의 요청으로 풀어주었다가, 윤근수가 돌아가자마자 다시 잡아들여 장타를 시켰다. 김덕령은 이로 인하여 윤근수의 미움을 받아 후에 잡히게 되었다. 그런데 정탁과 김응남이 무죄임을 변명하여 선조가 방면해 주었다. 작가는 1차 체포사건의 내막을 구체적으

---

83) 「김덕령전」, p.28.
84) 탈영한 사람의 신분인 윤근수의 노비이거나 일반 서민으로 되어 있는 차이가 있다. 이때 후자에 관한 기록일수록 김덕령이 신의가 없음을 부각시키려는 의도로 보여진다.

로 언급하지 않고 개략적으로 서술하고 있다. 이는 작가가 1차 체포사건이 김덕령의 능력의 부각에 아무런 도움도 되지 않으며, 또 김덕령의 최후와 직접적으로 관련되지도 않는다고 생각하였기 때문이다.

김덕령은 얼마 후에 충청도 홍산지역에서 일어난 이몽학의 반란에 연류되어 다시 체포된다. 이몽학의 잔당들의 문초에서 김덕령, 고언백, 곽재우, 최담령, 홍계남이 함께 모반하였다는 것이 나왔다. 조정에서 김덕령을 잡아들이기 위한 논의는 그의 탁월한 능력과 비극성을 드러내고 있다.

김덕령의 체포 과정도 문헌설화의 내용과 대동소이하지만 간략하게 서술되어 있다. 조정에서는 김덕령이 이몽학의 난에 연류되었다는 소리에 그를 잡아오기 위한 방법을 논의하였다. 이 체포 과정은 선조를 위시한 위정자들의 과민반응에 비하여, 김덕령의 인간성과 탁월한 능력을 높이 드러내고 있다. 이는 김덕령이 진주목사 성윤문의 청에 단기로 달려가서 잡히는 과정에서 잘 나타나 있다. 다만 문헌설화의 김덕령은 잡힐 것을 미리 알고 갔지만, 「김덕령전」에서는 그 사실을 확인할 수가 없다. 그런데 김덕령이 떳떳하게 잡혀갈 수 있었던 것은 자기 스스로 무죄라고 생각하였기 때문이다. 심지어 그가 잡혀가자 지방민들이 무죄를 주장하는 상소를 올렸지만, 위정자들은 표면적인 현상에 매달려 처리하고 말았다.

심문 과정을 보면, 선조가 김덕령을 심문하는 1차 과정은 부연 서술되어 있다. 그런데 공초에서 선조의 물음에 김덕령이 무죄를 논리정연하게 대답하여 선조가 1차적으로 패배한다. 선조는 공초를 끝낸 후에 스스로 판단하지 못하고 대신회의를 열어 죄가 있고 없음을 확인하고자 하였다. 여기서 선조는 확고한 신념을 가지지 못한 통치자로서 비판되고 있다.

작가가 대신회의를 장황하게 구성하여 서술한 의도는 국론 분열로 천하 명장을 잃고 말았음을 보여주어, 현실극복을 위해 온 국민이 합심할 것을 주장하기 위한 장치이다. 대신회의에서 정탁과 김응남은 김덕령을 구명하고자 노력한다. 즉 김덕령이 공을 이루지 못한 것은 조정에서 출전을 금지한 때문이란 것, 김덕령을 죽이면 왜군에게 호재란 것, 용맹과 지혜 즉 재주가 있으니 죽이면 안 된다는 것, 효성과 의심할 점이 없다는 것 등[85]의 이유로 구하고자 하였다. 작가는 정탁과 김응남의 주장을 빌어서 위정자들의 질투와 시기를 풍자하고 있다. 그런데도 불구하고 임금은 수석대신인 유성룡의 말을 듣고 놓아줄 수 없다고 결정한다.

이로 인해 선조는 2차 심문에서 김덕령이 죄가 없음에도 불구하고 막무가내였다. 김덕령은 선조에게 더 기대할 수 없자 자신의 죄를 고백한다[86]. 김덕령이 자백한 죄는 그의 죄가 아니라 나라를 통치하는 선조의 죄이다. 선조는 김덕령이 밝힌 것을 자신의 죄로 인식하지 못하고, 반역의 죄에 대하여 말하지 않으면 죽이겠다고 위협한다[87]. 더욱이 김덕령의 눈빛과 말소리가 두려워 엄하게 심문하라고 하였다. 이에 김덕령은 선조가 종시 자신을 죽일 것을 알고서 오히려 최담령·곽재우 등 동료들을 죽이지 말도록 부탁하고 있다.

김덕령의 최후는 문헌설화나 구비설화에 비하여 수용의미가 떨어진다. 김덕령은 역사적으로 6차의 심문으로 뼈가 부러져 옥사하고 만다. 「김덕령전」에서는 김덕령의 최후를 6차의 심문 과정을 "감옥에서 독그로 덕령의 살점을 찍어내어 뼈만남거늘 쏘톱으로 덕령의뼈를켜서 뼈가 모다부스러진지라 덕령이 종내 불복하고 죽으니라"[88]라고 과장하여 서술하고 있다.

그렇지만 끝에는 사실적인 기술로 마치고 있다. 최후의 기술은 김덕령을 민중들의 심상에 영원하게 살아남게 하는 구비설화나 문헌설화의 결구방법을 찾아내지 못하였다. 다만 김덕령의 죽음에 대한 백성들과 왜구들의 심정을 통하여 비극성을 부각시키려 하였지만, 바로 뒤에 전라감사 이광덕의 요청으로 해원시켜 주어 비극성을 감소시키고 말았다. 그 결과 김덕령은 현

---

85) 「김덕령전」, pp.34-36.
86) 「김덕령전」, pp.37-38. "신이죄가 잇슴니다 이런악한세상에 무슨일을하겟다고 나온것이 신의죄오 군사를너러킨지 삼년에 적군을처물니지못한것이 신이죄오 나라에 소인의무리가 만하잇거날 그를 맑히지못함이 신의죄로소이다."
87) 이를 문헌설화에서는 김덕령이 반역의 죄를 자백하지 않자, 살인죄만으로도 죽일 수 있다고 하였다.
88) 「김덕령전」, pp.38-39.

실적인 장수의 모습을 보여주지만, 새로운 장수출현의 기대심리에 부응할 계기를 제공하지 못하고 말았다.

3. 김덕령 설화의 수용 양상

이상은 「임진록」에 나타난 김덕령의 전승에 관한 연구였다. 김덕령의 전승을 수용한 「임진록」은 이본에 따라 그 수용 양상이 다르다. 따라서 기존 연구를 통하여 개괄적으로 이본에 대해 검토하였다. 「임진록」에 수용된 김덕령 전승의 유형을 크게 사실을 바탕으로 한 영웅적 형상화, 충효의 갈등을 통한 민중적 영웅화, 무한한 능력과 한계를 드러내는 민족적 영웅형으로 나누어져 있는데, 이를 토대로 각 전승양상을 검토하였다.

우선 사실을 바탕으로 영웅적 형상화(역사 계열)에서는 아직 문헌설화와 같이 임진록의 한 삽화로서 등장하고 있다. 여기서는 김덕령이 의병을 일으키고 용맹이 뛰어나다는 것이 일치할 뿐, 작은 공도 세우지 못하였다는 역사적 사실과 전혀 다른 기술이다. 즉 김덕령의 영웅성은 그에 관한 역사적 사실인 의병과 용력에 기인하지만, 허구화를 통한 영웅으로 형상화하고 있다.

충효의 갈등을 통한 민중적 영웅화(최일형 계열)에서는 구비전승의 자료를 선택하여 구성하고 있다. 이 유형은 신이한 능력을 가진 김덕령이 상신의 몸으로 어머니 몰래 출전하여 도술로 청정을 물리치고 집에 와 있다가 조정에 잡혀 억울하게 죽음을 당하는 이야기이다. 충효의 갈등과 그 결과 원사하였다는 서술에서 김덕령을 민중적 영웅의 모습으로 보여주고 있다.

그런데 김덕령은 확고한 의지를 갖지 못하고 효와 충의 갈등에서 맴돌아야 하였다. 그가 외면적이고 출세지향적인 충에 치중하여 청정의 진중에 출전하는 것도 민중적인 모습이라 하겠다. 그리고 김덕령의 이야기를 통해 지배계층의 요구에도 굴하지 않고 민중들의 삶과 향유의식을 드러내어 집권층에 도전하도록 설정하였다. 그 결과 위정자들은 체면을 유지하려다가 오히려 풍자의 대상으로 전락되고, 김덕령은 위정자와 대결에서 죽음을 당하지만 '만고효자영웅 김덕령'이란 현판을 얻어내어 영원한 영웅으로 승화하게 된다.

무한한 능력과 한계를 드러내는 민족적 영웅형에서는 김응서 이야기가 대체로 김덕령의 이야기로 전이된 관운장계열의 작품이 이에 속한다. 이 유형은 임진록의 주인공이 된 김덕령이 탁월한 능력을 충분히 발휘하는데, 사실과 관련이 없는 허구화를 통해 영웅으로 형상화된다. 이때 김덕령은 왜장이나 자신을 천거한 이여송보다 뛰어난 능력을 보여 이여송에게 조선의 구원장 역할을 하게 한다. 이로써 민중적인 차원을 넘어 민족적인 차원의 영웅이 된다.

특히 관운장계열의 「임진록」에 수용된 김덕령 설화의 특징을 보면 다음과 같다.

「기생 화월과 함께 왜장 조서비 죽이기」(1)와 같이 구비설화의 삽화를 그대로 수용한 것, 「구름에 유진 평수길 파하기」(2 ㄹ) 같이 여러 개의 삽화를 결합하여 정리한 것, 「왜군의 재침에서 전사하기」(3)와 같이 내용의 의미를 변개시켜 수용한 것, 「이여송 단맥 돕기」(4) 같이 문헌설화나 기록을 작자의 상상력으로 가미하여 수용한 것, 「왜장 한북 죽이기」(2 ㄴ)와 「왜장 북지 죽이기」(2ㄷ)와 같이 문헌설화나 구비설화에 없는 독창적인 것 등이 있다.

「임진록」에 다양하게 수록된 삽화는 별도의 의미를 지닌 독립된 삽화이면서 서로의 관련성을 보여주고 있다. 1은 「임진록」의 도입부 성격을 띠면서 중요한 서사적 의미를 드러내고 있다. 그리고 2는 1의 결과로 김덕령을 민족적 영웅으로 부각시키면서 위정자들의 무능함을 폭로한다. 반면에 4는 김덕령을 반민족적인 인물로 나타내고, 3은 비극적으로 죽는 한계를 보여주고 있다. 여기에서 「임진록」에 구비설화의 삽화를 그대로 차용하였다고 할지라도 작자의 주관적인 해석을 통하여 수용된 의미는 다르게 받아들여진다.

　「임진록」에 수용된 김덕령의 설화는 전체적인 면에서 구비설화가 추구하는 의미와 일치한다. 그러나 삽화의 부분적 의미와 구체적인 추구점에서 약간의 차이를 보이고 있다. 구비설화에는 김덕령의 충효 갈등이 중요하지만, 이곳에 국난극복을 위한 민족적 영웅화를 통해 충을 우선하는 충효의 갈등을 제거하거나 약화시키고 있다. 또 민족적·민중적 바탕을 토대로 하지 않은 인물의 행위는 패배할 수밖에 없음을 강조한다. 김덕령이 화월이나 화월모의 도움없이 왜장 조섭을 이기지 못하고, 「단맥삽화」에서 이여송의 앞잡이 역할을 한 김덕령은 소년에게 일방적으로 패배한다. 그리고 인물간의 대립에서도 자신의 내면적인 충효의 갈등을 왜군과 김덕령의 갈등으로 설정하여 처리하거나, 김덕령의 성격을 탁월한 민족적 영웅으로 강조하고, 화월, 화월모, 소년과 같은 등장인물들의 민중적·민족적 성격도 강조하고 있다. 이는 임진록이 비록 구비설화나 문헌설화를 차용하였다고 할지라도 작자의 작의에 따라 구성되어진 의미의 변화를 보여주기 때문이다.

　한편 장도빈이 1925년 지은 국문전기 「김덕령전」은 소설로서의 문학성이 희박한 일면을 지니며, 형식도 재래의 전기형식에서 크게 벗어나 장으로 세분하였고, 문체도 건조체의 논문 형식을 띠고 있다. 「김덕령전」은 작가가 김덕령이란 인물을 통해 일제 강점기라는 현실을 극복하기 위해 민족적 영웅의 출현과 혼연일체가 된 국민의 합심을 고취시키려는 목적이 강하다.

　작가는 민족의 자존심과 민족의식의 고취를 위하여 실제 인물인 김덕령의 문헌설화를 중심으로 작품을 구성하였다. 작품의 구성을 '김덕령의 출세' '김덕령의 기병' '김덕령의 출전' '김덕령의 횡사' 등 4장으로 나누어 서술하였다. 작가는 김덕령의 탁월한 능력을 나타내기 위하여 김덕령의 설화를 반복하여 나열하거나 위대한 다른 인물들의 행적을 나열하는 반복법을 사용하였다. 그런데 「김덕령전」은 부분간의 인과적인 연관성을 제대로 설명할 수 없는 불완전한 순환구조로 작자가 의도한 기대가 설화보다 미흡하였고, 종결부분을 폐쇄로 결구하여 김덕령을 현세적인 탁월한 장수로 보여주었을

뿐, 작자 비극성을 약화시켜 민중적·민족적으로 영속적인 새로운 삶의 지
향점을 제시하기에 부족한 점이 아쉽다.

제 3 장

임경업 설화의 소설적 변이 양상

1. 「임경업전」에 수용된 임경업의 설화의 양상

고소설 「임경업전」은 병자호란을 전후한 역사적 공간에서 임경업이란 실존 인물을 소재로한 사실적 작품이다. 이 작품은 18세기에서 19세기까지 상당한 인기를 누렸던 작품1)으로, 〈전〉과 설화(문헌.구비)라는 문학적 양식과 공존하여 다양한 계층에게 인기가 있었던 것 같다. 그리고 소설 「임경업전」도 국문·한문·외역(영역·일역)본이 있고, 필사.목판.활자본 등 다양한 이본이 전한다2).

---

1) 박지원, 〈渡江錄 關帝廟記〉, 「열하일기」 (영인본 연암집), p.158. 看其讀處則火燒
瓦官寺 而所誦者 乃西廂記 目不知者而口角溜滑 亦如我東巷肆中 口誦 林將軍傳
小田幾五郎, 「象胥記聞」 (1794, 일본천리대소장본), p.216. 朝鮮小說 … 長風雲
傳 九雲夢 崔賢傳 張朴傳 林將軍忠烈傳 蘇大成傳……
　이상 18세기에 「임경업전」의 인기 정도를 나타낸 것이다. 한편 19세기에 나타난
인기 정도는 방각본의 출판횟수로 측정할 수 있다. 이때 「임경업전」의 방각본 출간
횟수는 3회로 「숙향전」, 「황운전」, 「금향정기」와 함께 14위를 이루고 있다. (조동일,
『한국소설의 이론』, 지식산업사, 1977, p.286.)
2) 이복규, 『임경업전연구』 (집문당, 1993), pp.35-119.

2. 임경업전의 연구사적 업적

「임경업전」은 1939년 김태준이 처음 언급한[3] 이래 꾸준히 연구가 진행되어 왔다. 「임경업전」은 이본연구, 형성과정, 주제연구, 구성과 표현 연구, 박씨전과의 관계 등을 언급한 논저가 개론서와 통사류를 제외하고도 40여편 정도이다[4].

이본 연구는 한글본과 한문본의 비교로 시작된다[5]. 그 뒤로 이본이 필사본·목판본·활자본으로 나누어진다는 김기동의 언급[6] 이후로 대상 이본 수의 증가가 이본연구의 주류를 이루어 왔다[7]. 한편 경판본과 활자본을 비교 검토한 장덕순[8], 거기에다 실기를 첨가하여 검토한 서대석[9], 그리고 목판본과 활자본 각기 1종을 비교 검토한 연구도 있다[10]. 이 이본 연구를 종합적으로 검토한 사람이 이윤석이다[11]. 이윤석은 대상 이본수 23종 중

---

3) 김태준, 『조선소설사』 (학예사, 1939), pp.107-108.
4) 이중 「임경업전」만 다룬 연구 논저는 25편 정도로 그다지 활발한 편이 아니다. 우쾌재는 「한국고소설 연구의 몇가지 문제」 (한국고소설연구회 제1차 연구발표회 요지, pp.3-7)에서 1988년 4월 현재, 총 1247종의 고소설 중에서 225종만 연구되었으며, 이중 「임경업전」의 연구는 김시습의 「만복사저포기」와 함께 11편의 연구 논저가 있다고 한다.
5) 김태준, 앞의 책, pp.107-108.
6) 김기동, 『이조시대소설론』 (정연사, 1959), pp.248-251.
7) 김기현, 『교주 임장군전』 (예그린출판사, 1975), pp.156-160.
   최용순, 「임장군전연구」 (고려대 교육대학원 석사학위, 1977), pp.9-19.
   김의정, 「임장군전 연구」 (단국대 석사학위논문, 1983)
8) 장덕순, 『국문학통론』 (신구문화사, 1963), pp.315-316.
9) 서대석, 「임경업전 연구」, 『하성 이선근박사 고희기념논문집』 (동간행위원회). 이는『고전소설연구』 (국어국문학회편, 1979), pp.278-296에 재수록 되어 있다.
10) 정의념, 「임장군의 문헌학적 연구」, 『어문교육논집』 3 (부산대 국어교육학과, 1978), pp.191- 209.
    오인환, 「임경업전 연구」 (계명대 석사학위논문, 1987)
11) 이윤석, 「임경업전 연구- 그 형성과정과 문학사적 위치」 (연세대 석사학위논문, 1978) 이후에 「임경업전 이본고」, 「효성여자대학교 논문집」 25 (효성여대, 1982). 「임장군편고」, 『국문학연구』 6 (효성여대 국어국문학과, 1982) 등을 『임

(필사 10, 목판 6, 활자 6, 영역 1) 16종을 검토하여 세 계열로 구분하고, 한문본이 국문본보다 선행한다고 주장하였다. 그 뒤에 이복규에 의해서 대상 이본수의 양적 팽창을 가져오게 된다[12]. 이복규는 36종(필사 21, 목판 8, 구활자본 7(외역본 2종 포함))의 이본을 소개하고, 광의 「임경업전」에 포함된 이질적인 4종을 제외하고 비교적 독자성을 지닌 11종을 검토하여 5계통으로 분류하였다.

임경업전의 형성과정에 대한 논의를 보면, 김태준은 「임충민공실기」(1791년) 보다 국문본이 먼저 읽혔다고 막연하게 추정하였고[13], 그 이후에는 소재를 임경업의 실전과 사실을 선택하여 정조 승하(1800년) 이후에 허구적으로 이루어졌다는 설[14], 이를 좀 구체적으로 접근하여 「임경업전」이 설화와 무관하게 실전과 사실을 취택하여 임경업 사후(1646년)에서 숙종 23년(1697) 사이에 형성되었다는 설[15], 실전과 무관하게 구전설화를 근거로 하여 달천에 사당을 설립한 1726년 이후에 창작되었다는 설[16]이 있다. 「임경업전」을 포괄적으로 연구한 이윤석은 형성과정을 먼저 임경업의 죽음에 대한 안타까움과 김자점에 대한 증오에서 단편적인 일화를 형성하고, 상

경업전 연구』(정음사, 1985)에 기존의 연구를 재정리하고 종합하였다.

12) 이복규, 앞의 책. pp.35-183.

13) 김태준, 앞의 책, pp.107-108.

14) 윤영옥, 「임경업전 연구」, 『국어국문학연구』 15 (영남대 국어국문학회, 1973) p.42.
　　정의념, 앞의 논문, pp.206-207.

15) 최용순, 앞의 논문, p.45.
　　정의념, 앞의 논문, pp.206-207.
　　양동훈, 「임경업전의 형성과정고」 (청주대 석사학위논문, 1986)
　　김장동, 『조선조 역사소설 연구』 (이우출판사, 1986), pp.71-80.
　　가기열, 「임경업전 연구-작가의식을 중심으로」 (한남대 석사학위논문, 1989), pp.9-15, 60-66.

16) 서대석, 앞의 논문, pp.295-296.
　　신현철, 「임경업전 연구」 (충북대 교육대학원 석사학위, 1987), pp.24-51.
　　임동철, 「임장군전 연구」, 『심상논총』 1 (심상사, 1979), p.92.

류층에서 총체적이고 신빙성있는 기록의 요구로 〈전〉이 출현하였고, 민간
에서는 단편적인 일화를 집성하여 소설이 출현한 것으로 보았다. 그렇기 때
문에 소설의 형성은 실전과 무관하다고 하였다가, 다시 골격이 실전과 흡사
한 점이 있어 실전을 따왔다고 주장하는 등 혼란을 야기시키고 있다. 그리
고 「임경업전」 소설은 먼저 한문으로 정착되고(18세기 중반 이후) 이를 모본
으로 번역한 국문본이 출현하게(18세기 말) 되었다고 한다17). 김의정은 「임
경업전」 형성의 배경과 시기를 김자점의 처형, 북벌론 대두, 임경업의 신원
복관과 함께 숭명배청의 장수로 활약하는 〈전〉작품이 나오자, 전설적 장수
로 형상화된 소설 「임경업전」이 출현하였기 때문에 국문본의 선행을 주장하
였다18). 이복규는 소설이 전과 설화의 관계에서 중간적 면모를 보이는 관
습적 갈래 형태로, 독립적인 존재양상을 보여주면서도 설화에 보다 갈래적
친연성이 있다고 보았다19).

　임경업전의 주제에 관한 논의를 보면, 맨처음 언급한 사람은 김기동이
다. 김기동은 국왕에 대한 충성, 청국에 대한 적개심과 명국에 대한 임진란
때의 은혜 갚음을 주제로 보았다20). 이런 주제의식은 이후로 많은 논자들
에 의해서 유사하게 받아들여졌다21). 이에 반하여 윤영옥은 치밀한 분석을
통하여 기존의 견해를 비판하면서, 배청숭명이 주제의식이 아니라 오히려
당시의 시대적·사회적으로 무능하고 부패한 관리들에 대한 비판이라고 하

---

17) 이윤석, 앞의 책, pp.133-152.
18) 김의정, 앞의 논문, pp.30-40.
　　오인환, 앞의 논문, pp.18-28.
19) 이복규, 앞의 책, pp.237-262.
20) 김기동, 『한국고전소설개론』(대창문화사, 1956), p.139.
21) 박성의, 『한국고대소설론』(일신사, 1958), pp.221-222.
　　장덕순, 앞의 책, p.317.
　　김기현, 앞의 책, p.149.
　　김희영, 「군담소설의 작가의식 연구 - 임진록 임경업전 박씨부인전을 중심으로」
　　(동아대 석사학위논문, 1981), pp.97-98.
　　위욱승, 『조선문학사』(북경대학 출판사, 1986), p.276.

였다22). 이 논의에 대해 전적으로 동조하는 논의들23)과 이와 비슷한 청
(청)에 대한 적개심보다는 간신에 대한 증오로 보는 논의가 이어진다24). 한
편, 외적인 호국에 대한 적개심과 내적인 김자점에 대한 증오심으로 요약되
어 민족의식의 반영25), 충의 발현과 계도26), 임경업의 위대성 표출27),
비극적인 인간의 운명28), 왜적과 싸운 민족적 영웅인 동시에 내적에게 억
울하게 죽은 민중적 영웅의 한계29) 등이 있다. 이외에 이복규는 「임경업전」
의 주제의식을 의도・실현・수용의 측면에서 파악하려고 시도하였다30).
의도주제를 임경업의 영웅화, 김자점에 대한 증오로 보고, 실현주제를 임경
업의 영웅성 부각(민족적 영웅화)・김자점에 대한 증오(민중적 영웅화)・영웅의
좌절에 대한 안타까움으로, 그리고 수용주제를 만고충신 영웅 임경업에 대
한 존숭・임경업의 허망한 죽음에 대한 안타까움・임경업을 죽인 김자점에
대한 분노와 증오로 나누었다. 이를 종합하여 「임경업전」의 주제를 영웅의
좌절에 대한 안타까움으로 보았다.

　다음으로 「임경업전」의 구성과 표현의 방식에 대한 논의를 보면, 역사
적 사실을 충실히 반영하였다는 김기동의 논의에서 비롯되어, 장덕순・신
동일에게 이어진다31). 한편 임경업과 호왕, 임경업과 김자점의 투쟁이라는

---

22) 윤영옥, 앞의 논문, p. 42.
23) 임동철, 앞의 논문, p.103.
　　김광수, 「임경업전의 배경과 작가의식」(인하대 교육대학원 석사학위, 1990),
　　p.63.
24) 가기열, 앞의 논문, p.68.
　　오인환, 파의 논문, pp.80-81.
25) 서대석, 앞의 논문, pp.295-296.
　　최용순, 앞의 논문, p.46.
26) 김의정, 앞의 논문, p.48.
27) 이윤석, 앞의 석사학위논문, p.38.
28) 이윤석, 앞의 책, p.202.
29) 소재영, 『임병양란과 문학의식』(한국연구원, 1980), pp.318-321.
30) 이복규, 앞의 책, pp.183-233.
31) 김기동, 『한국고대소설론』(대창문화사, 1956), p.136.
　　장덕순, 앞의 책, p.316.

이중적 구성으로, 전자가 화해를 후자가 패배하여 비극을 초래하도록 되었
다는 연구도 있다32). 또 최용순은 주관·설명·연역·추상·과장적인 소
설의 표현법을 이어받고 있지만 도술법을 쓰지 않고, 출생담이 없으며 비극
적 종말로 끝나는 것이 특색이라 하였다33). 이윤석도 「임경업전」은 실기로
보이기 위해 사실적 표현법을 사용하고 있으며, 구성도 인물과 인물 사이,
사건과 사건 사이에 유기적으로 연결시키는 치밀성을 보여주고 있다고 한
다34).

　「박씨전」과의 관계를 고찰한 논의를 보면, 우선 장덕순은 병자호란을
중심 소재로 구성된 자매편35)으로 보았는데, 이는 뒤에 신동일, 김기현,
최용순에 의해 계승된다. 이에 대하여 서대석은 자매편이 아닌 「임경업전」
을 선행 또는 동시대의 작품으로 보았다36). 한편 이윤석은 서대석의 「임경
업전」이 아닌 임경업 설화의 영향을 받았다는 주장에 반론을 제기하면서,
전반부는 「임경업전」을 후반부는 「탈갑행운담」이 결합된 작품으로 보았
다37).

　이밖에 임경업전에 대한 연구로는 갈래론38), 비극성의 문제39), 전·

　신동일, 「이조 전쟁소설 박씨전 연구—이본고를 중심으로—」, 『육사논문집』 6 (육
　　군사관학교, 1968), pp.43-45.
32) 윤영옥, 앞의 논문, pp. 26-36.
　　김의정, 앞의 논문, p.73.
33) 최용순, 앞의 논문, pp.38-40.
34) 이윤석, 앞의 책, pp.194-200.
35) 장덕순, 앞의 책, p.317.
36) 서대석, 「군담소설의 출현동인 반성」, 『고전문학연구』 1 (고전문학연구회, 1971),
　　p.34.
37) 이윤석, 앞의 책, pp.170-178. 이 주장은 김대숙의 연구로 이어진다. (「박씨전
　　연구」, 『벽사 이우성선생 정년퇴임기념 국어국문학논총』, 여강출판사, 1990, pp.
　　447-449.
38) 이윤석, 앞의 석사학위논문, p.42.
　　김의정, 앞의 논문, p.7.
39) 서대석, 「고전소설의 행복한 결말과 한국인의 의식」, 『관악어문』 3 (서울대 국어
　　국문학과, 1978), pp.233-242.
　　이윤석, 앞의 책, pp.187-193.

설화와의 관계문제40) 등이 있다.

본절에서는 소설 「임경업전」에 수용된 임경업의 구비설화가 어떠한 양상을 띠고 있는가를 검토하고자 한다. 이때 설화에서 소설로 발전되어 간다는 도식적 논리가 아니라, 설화와 소설은 상보적인 존재로 서로에게 영향을 미치고 있다는 점에서 고려될 것이다. 다시말해 실기나 설화의 각편 내용이 그 자체의 의미와 소설에서 어떤 의미를 함축하고 있는가를 비교 검토할 것이다. 이를 위하여 기존의 연구에서 비교적 선본으로 추정되는 경판 27장본 「임경업전」41)을 주검토 대상의 자료로 하고, 다른 「임경업전」을 보조자료로 언급하겠다.

3. 소설에 수용된 임경업 설화의 양상

기존의 연구에서 「임경업전」은 실기와 사실을 수용하고 허구성을 가미한 작품으로 널리 알려져 왔다. 「임경업전」에 역사적 사실의 나열처럼 보이는 단락이나 삽화도 사실을 그대로 수용한 것이 아닌 허구성을 가미시킨 것이 많다. 그렇지만 구비설화들이 소설 속에 직접적으로 보이는 경우가 거의 없다. 이처럼 「임경업전」은 사실성과 허구성을 적절하게 결구하여 흥미와 의도를 짜임새있게 보여주고 있다.

본항에서는 「임경업전」을 그의 생애를 중심으로 성장.활동.최후.후일담 등 4단계로 나누어 작품에 수용된 설화적 양상을 살펴보고자 한다. 이를 위

정규복, 「임경업전의 권선징악적 의미」, 『한실 이상보박사 회갑기념논총』 (동간행위원회, 1987), pp.265-269.

40) 서대석, 「설화와 이조소설의 비교연구 서설 -신화, 전설, 민담의 소설적 전개를 중심으로-」, 『국어국문학』 64 (국어국문학연구회, 1974), pp.102-105.
　　이복규, 앞의 책, pp.231-267.
41) 김의정과 이복규의 연구에 의하면 경판 27장본이 원본에 가까운 선행본으로 보인다.

해 소설의 내용을 삽화로 나누어 제시하면 다음과 같다.

   1. 충주 단월 땅에서 태어남.
   2. 어려서 면학에 힘쓰다가, 일찍 부친을 여의고 농업에 힘씀.
   3. 입신양명의 포부를 갖고 무예(병서)를 수련.
   4. 나이 18세(무오년)에 무과에 장원급제.
   5. 출사과정의 행적.
   6. 남경동지사를 수행하여 대가달전에서 활약.
   7. 호군 격퇴와 병자호란시의 활약.
   8. 피섬 원정시의 활약.
   9. 명나라로의 망명 행적.
   10. '호국에서의 포로 기간 중 행적.
   11. 귀환과 죽음.
   12. 김자점의 처형.

위에서 1은 임경업에 대한 소개 정도이고, 2-3은 성장기에 대한 것, 4-10는 활동기에 대한 삽화, 11는 최후담, 12은 후일담에 해당한다. 「임경업전」은 나열된 삽화를 볼 때, 영웅소설에서 흔히 나타나는 탄생담이 생략되어 있다. 그리고 성장담과 최후담과 후일담은 간략하게 기록되어 있는 반면, 활동담은 소설 분량의 대부분을 차지한다. 이런 「임경업전」의 연구에서 분량의 다소를 등한시하는 것은 작가가 의도한 주제를 제대로 파악하지 못할 경우가 있다42). 본절에서는 「임경업전」의 설화와 실기의 수용 양상과 의미를 검토하는 데 의의를 두고 있다. 따라서 과도하게 부각된 활동담 부분에 대해 집중적인 검토는 필요하지 않지만 중시하여 살펴보게 될 것이다.

---

42) 그렇다고 오직 분량의 다소만으로 작가의 의도 주제를 파악해서는 안된다. 작품의 분량의 다소와 함께 작품의 구조도 함께 고려되어야 한다. 그렇더라도 기존의 연구에서는 작품 분량의 80%나 되는 김덕령의 탁월한 영웅성의 서술부분을 너무 가볍게 처리하지 않았는가 본다.

3.1. 성장기 이전

「임경업전」에는 설화에 나타나는 임경업의 탄생담이 없다. 이 탄생담은 사실적 기록인 〈전〉이나 〈연보〉에도 나타나지 않는다. 주인공의 탄생담은 고소설이 지니고 있는 요소로, 특히 「임경업전」과 같은 영웅(군담)소설에는 필수적이다43). 그런데도 「임경업전」에서는 이런 탄생담을 삽입하지 않고 1단락과 같이 단순하게 임경업을 소개하는 정도로 기술한 것이 특이한 면모라 하겠다.

임경업의 탄생담이 소설에 삽입되지 않은 것은 작가가 소설을 보다 사실적으로 보이게 하기 위한 방법이거나 아니면 그의 탄생이나 삶 자체를 자세하게 알고 있기 때문이다. 그래서 작가는 비극적으로 죽은 임경업의 탁월한 능력을 허구화 하는데, 한계가 되는 탄생담을 제거하였다고 볼 수 있다. 작가는 탄생담을 소설에 삽입하지 않음으로써, 설화의 탄생담에서 보여주는 복선화된 일생의 한계를 제시하지 않아도 되었다. 이로써 임경업의 성장기 행위를 긍정적으로 서술할 수 있는 여건을 마련하게 된다.

소설에서 임경업의 성장기는 긍정적으로 기술되어 있다. 설화에서는 임경업의 탄생담에서 보인 미래의 운명에 대한 복선으로 제시된 한계 때문에, 성장기의 삽화에서 결핍요소를 갖도록 결구시킬 수 밖에 없었다. 소설에서는 탄생담이 제시되지 않았기 때문에 성장담에 한계를 설정할 필요가 없다. 따라서 임경업의 탁월한 능력이 발휘되도록 긍정적으로 서술하게 된다. 즉 소설에서는 임경업이 어려서부터 공부에 힘쓰는 등 그의 일생에 부정적인 영향을 미치는 요소가 제시되지 않았다. 다만 그의 아버지가 일찍 죽었다는 것이 특색이다. 부친의 죽음이 연보나 전작품에는 임경업이 무과에 급제한 뒤의 일로 되어 있다44). 이런 부친의 죽음을 어린 시절로 앞당긴 것은 그의

---

43) 손낙범, 「한국고전소설론」(프린트본) (신문인쇄사), p.21.
　　정주동, 『고대소설론』 (형설출판사, 1975), p.185.
　　서대석, 『군담소설의 구조와 배경』 (이화여대출판부, 1985), pp.26-28.

고난을 나타내기 위한 장치로 보인다. 다시말해 부친의 죽음은 그의 탁월한 능력을 부각시키는 방편에서 끌어들이는 수법이다.

임경업의 출신에 관해 살펴보면, 소설에서도 전형적인 서민적 모습을 보여준다. 그는 부친을 여의고, "즈모를 지효로 셩기고 형제 우익ᄒ며 농업을 힘쓰니 종족향당이 칭찬ᄒ더라45)"에서처럼 농경으로 생활하는 서민적인 성장과정을 겪었다. 이런 신분은 구비설화에서 부친이 장사꾼이나 옥사장 등 천민으로 나타나거나, 일부 〈전〉작품과 문헌기록에도 하층의 서얼 출신이라46)한 점과 일치한다. 작가의 이런 서술 의도는 임경업의 밑바탕이 민중적 성격을 지닌 장수임을 보여주기 위한 장치이다.

성장기에 대한 구비전설에는 공부에 대해 두 가지로 나누어진다. 무사적인 측면은 긍정적인 학습활동을 보여주어 적극적으로 노력을 하는 반면에, 지혜적인 측면은 부정적으로 나타나 학습활동에 소극적이다. 소설에는 뚜렷하지 않지만 무예적인 측면의 면학만을 보여준다는 점에서 일치한다. 이런 서술은 그가 장군이 되었다는 사실에서 비롯된 것으로 보이나, 무업을 통한 신분 상승의 욕구를 암시하는 것이기도 하다. 이러한 성장기에 대한 소설의 구성은 그의 일생을 좌우할 결핍요소를 제시한 설화적 구성에 비하여 미흡하다.

일부 다른 판본의 「임경업전」에는 임경업의 성장기에 해당하는 설화들을 수용한다. 우선 〈광명서관본〉에는 임경업의 전쟁놀이와 토반의 행패를 징치한 삽화가 삽입되고, 〈한국정신문화연구원 소장 42장본〉에는 달천강의

---

44) 南九萬의 〈임장군전〉에서는 정주목사겸 방어사일 때, 李選의 〈임장군전〉에서는 검산산성 방어사일 때, 李衡祥의 〈임장군전〉에서는 선천방어사가 될 때 부친이 죽은 것으로 되어 있다.

45) 1장앞. 띄어쓰기는 필자가 하였다. 그리고 앞의 판본 표시없이 장수만 표시한 것은 경판 27장본을 의미하는 것으로, 본절에서는 이와같은 방법으로 계속 사용하겠다.

46) 인조실록 권18, 6년 무진 3월, 총34권 266. "諫院啓曰 樂安郡守 林慶業 本以賤孽"
이형상, 〈임장군전〉 "其先 本庶孽也 世居忠州 寒微不振"

용사(용사) 퇴치 삽화, 노부모를 위하여 쌀을 얻다가 뱀한테 칼을 얻은 삽화가 있다. 이들 삽화는 현재까지 널리 채록되고 있어 구비설화의 수용으로 보인다47).

3.2. 활동담의 수용양상

⑴ 출사과정

출사과정은 위 4-5단락에 해당한다. 연보에 의하면 임경업은 25세에 무과에 급제하였다. 그런데 소설에서는 18세(세창서관본은 25세로 되어 있음)로 되어 있다. 소설은 임경업의 과거급제 사건을 허구화시키지 않고 사실을 그대로 수용하고 있다. 여기에서 작가가 임경업이 급제한 나이를 줄인 것은 잘못 알고 서술한 경우도 있겠지만, 오히려 그의 능력을 돋보이게 하려는 의도에서 과장시킨 것으로 보인다.

소설과 연보에 보이는 출사과정에는 조금 차이가 있다. 연보에 나타난 바로는 갑산방추였고, 27세에 삼수군 소농보권관, 낙안군수 등을 거쳐 38세에 검산산성 방어사가 된 이후에 검산산성, 능한산성, 운암산성, 용골산성 등의 산성을 보수하는 일에 사병들과 함께 솔선하여 일을 마침으로써 임금에게 말 한필을 하사받은 일이 있다. 반면에 소설에서는 관직명에서 차이가 있으나 그의 전기적 사실은 거의 그대로 수용하고 있다. 그러나 실기나 구비설화에서 보이는 「소농보권관」이나 「낙안군수」의 일화를 「백마강 만호」 삽화로, 사병들과 함께 성을 쌓거나 보수하는 일은 「천마산성 중군」의 삽화로 통합하여 보여준다.

소설에서 출사과정의 삽화48)는 군담소설의 주인공처럼 탁월한 능력보

---

47) 소설의 삽화들은 구비설화 그대로의 수용이거나 약간 변용된 것이다. 이들 삽화는 주 검토 대상인 〈경판 27장본〉에 없는 관계로 소개하는 정도로 끝내겠다.
48) 1장뒤. "임쇼에 도임흔 후로 빅셩을 스랑ᄒ여 농업을 권ᄒ며 무예를 갈으치니 일

다는 자기의 소임에 충실하는 소시민적이고 헌신적인 모습을 보여준다. 「백마강 만호」삽화는 그가 백성들의 생업인 농업을 장려하는 자애로운 목민관의 모습을, 「천마산성 중군」삽화는 솔선수범하여 민중들과 함께 고락을 나누는 민중적 영웅의 가능성을 제시하고 있다. 이런 모습은 가달국을 정벌하고 호왕이 준 금은채단을 명나라 병사들에게 나누어 주는 장면에서도 나타난다49).

「임경업전」은 권신으로서 화려한 출세와 향락적 생활, 천정배필의 결혼담, 민중들과 관계없는 외적의 난이나 역신의 변란을 토벌하고 개인적인 능력을 과시하는 등의 양반적 사고를 담은 군담소설과는 다르다. 「임경업전」의 출사과정은 사실을 수용하지만, 그 이면에 장수를 기대하는 민중적 사고를 수용하고 있다. 이런 내용의 수용은 소설에 상응하는 똑같은 구비설화를 찾아낼 수 없다고 할지라도 설화의 수용에 의한 결과로 보여진다50) 이로써 소설적 상상력은 설화적 상상력과 밀접한 관계가 있음을 알게 되었다.

⑵ 남경동지사의 수행과 대가달전의 활약

동지사 이시백의 군관으로 남경에 갔다가 호국에 침입한 가달을 정벌하였다는 〈실기〉와 〈전〉에서 찾아볼 수 없는 허구적인 국외원정담이다. 소설에서 이 삽화를 수용하는 것은 임경업의 능력이 돋보이게 하는 도입적인 성

노부터 빅마강 션치ᄒᆞᆫ 쇼문이 조정에 밋쳣더라"
　2장뒤. "중군이 친히 돌를 지고 군ᄉ 중에셔 겨울시 역군 등이 쉬거늘 중군이 쏘ᄒᆞᆫ 쉬더니 ᄒᆞᆫ 역군이 이로더 우리 그만 쉬고 어셔 가ᄌ 중군이 알셰라 ᄒᆞ거늘 중군이 쇼왈 님중군도 쉬니 관겨ᄒᆞ랴"
49) 6장 앞. "니 너의 힘을 입어 디공을 셰워 일흠이 냥국에 빗ᄂᆞ거니와 여등은 공이 업스므로 이 쇼쇼지물노뻐 졍을 표ᄒᆞ노라 ᄒᆞ니 쟝졸이 갈오더 아등이 군명을 밧ᄌ와 타국에 드러와 이ᄯ 귀신이 아니되옵기는 쟝군의 위덕이여눌 도로혀 상급을 밧ᄌ오니 감츅ᄒᆞ여이다 ᄒᆞ고 빅비 칭ᄉᆞ하더라"
50) 똑같은 삽화는 아닐지라도 낙안군수 시절에 행한 삽화와 충주시에서 채록되는 삽화에서 이와 유사한 의미를 지닌 삽화들이 나타나 있다.

격을 띠고 있다. 임경업은 이 사건 이후로 탁월한 능력을 발휘하여 민족적 영웅의 성격을 부여받게 된다.

임경업이 이시백의 군관으로 중국에 들어갔을 때, 가달의 침입을 받은 호국이 명나라에 구원병을 요청한다. 이때 명나라는 보낼만한 마땅한 장수가 없어 고민하던 중 황자명의 천거를 받아 조선의 사신으로 따라온 임경업을 보내기로 결정한다. 임경업은 호국에 들어가 매복전으로 가달군을 격파하고 항복을 받아낸다. 호왕이 이 승리를 기념하여 만세불망비를 세워주어, 임경업은 삼국의 영웅이 되고 장군의 위엄이 천하에 진동하게 되었다.

앞 장에서 살펴본 바와 같이 비슷한 내용이 구비설화에도 나타나는데, 소설과 비교하여 보면 다음과 같다. 임경업이 동지사의 군관으로 따라가는 것이 소설에서는 이시백의 단독 추천에 의한 것으로, 구비설화에서는 박씨 부인이 이시백에게 미리 계교를 알려준 것으로 되어 있다. 그리고 가달전의 참여가 소설에서는 우연하게 따라간 연유로, 구비설화에서는 이미 중국에서 훌륭한 장수로 천거하여 보낸 것으로 되어 있다. 이런 점에서 소설에서는 우연성을 강조하고, 구비설화에서는 그의 능력을 드러내도록 필연성을 강조하고 있다.

이는 임경업을 민족적 영웅으로 부각시킬 뿐만 아니라 청나라가 병자호란을 일으킨 것이 배은망덕하고 신의 없다는 것을 강조하기 위한 복선적 구성이다. 위기의 사직을 구해준 데 대한 감사로 만세불망비를 세워준 호왕이 뒤에 조선과 명나라의 침략을 노리고, 조선에서 병자호란을 일으킨 것에 대한 비판적 태도가 암시되어 있다51).

---

51) 세창서관본에 보면, "개갓흔 오랑키는 나의 말을 자셔이 들을라 네 쳔즈의 은혜를 싱각지 아니ᄒ고 나의 공을 이저 반심을 두어 쳔조를 침범ᄒ니 이는 텬하만고에 디역이라 병자년에 너 의쥬부윤으로 잇슬졔 가만이 동희로 돌라 도성을 업습ᄒ일 도 간슈하고"

⑶ 호군격퇴와 병자호란시의 활약

이 부분은 임경업이 중국의 사신으로서 호국을 구원해 주고 국내에 들어온 후 병자호란이 일어났을 때에 해당한다. 사실과 허구가 결합되어 임경업의 민족적 영웅으로서의 활약상을 보여주고 있다.

호국에서 돌아와 병자호란 이전까지를 보면, 호국은 임경업의 도움으로 가달국의 침입이라는 국가적 위기 상황을 해결한 뒤 강성해지자 조선을 침략하려는 야욕을 나타낸다. 이는 역사적 사실과 구비설화에 없는 부분이다. 이 삽화의 구성 의도는 호국의 신의 없음을 나타내고, 무능한 조정관리의 행태를 비판하여 임경업의 능력을 부각시키려는 의도로 보여진다.

호왕은 수만군을 거느리고 압록강에 와서 조선 형세를 살피다가 임경업이 의주부윤겸 방어사가 되자 퇴진한다. 이는 임경업의 능력을 보여주려는 의도적 구성이다. 이를 더욱 확대한 것이 재침이다. 임경업에 놀란 호군은 조선군 진세의 허실을 알고자 왔다가 돌아간 후, 정예군사 칠천으로 재차 침입한다. 이를 임경업은 필마단창으로 배를 타고 강을 건너가 적진을 유린하여 승리로 이끈다.

이는 역사적 사실과 구비설화에는 없지만, 당시 북방의 상황과 어느 정도 일치한다. 청은 만주족을 통일한 후에 중국 대륙에 대한 침략의 야욕을 가졌다. 이 때 청은 명과 우호적인 관계가 있는 조선이 배후에 있어, 조선에 대해 군사적 위협을 가할 필요가 있었다. 이런 상황을 작자가 소설에 수용하여 허구적 결구로 임경업의 능력을 보여주기 위한 수단으로 차용한 것이다.

병자호란에 관한 대목은 병자호란이 역사적으로 일어난 사실이지만, 사실과 상당한 차이가 있는 허구화의 성향이 강하다. 병자호란시의 활약 부분은 병자호란의 초기에 호병들이 임경업의 위용 때문에 돌아서 침입한 것과 임경업이 퇴각하는 호병을 격파한 것으로 나누어진다.

첫째에서, 임경업은 병자호란이 일어나기 전 그해 4월에 의주부윤을 제수받고 부임한다. 이때 임경업은 동북아 정세로 보아 청의 침입을 예견하고 조정에 2만 병력을 요청하였으나 허락받지 못한다. 다만 침입을 대비하며 군민들의 후생사업에 힘썼다. 그해 12월 백마산성을 지키고 있을 때, 청나라 군대가 압록강을 건너 쳐들어오는 것을 보고 800여명의 노약한 남녀를 모아 허수아비, 성첩, 깃발을 만들었으나 적군의 진격을 늦출 뿐 속수무책이었다52). 이때 청나라 장수 마부대는 성의 함락이 힘들게 되자, 이를 피해 서울로 직행하여 이듬해 삼전도에서 인조대왕의 치욕적인 항복을 받는다.

이를 소설에서는 그 이전의 침입에서 패한 호병들이 임경업의 명성과 위용이 무서워, "슈만군을 거느여 가마니 황하슈를 건너 동희로 도라53)" 침입하였다고 한다. 이처럼 작가는 병자호란 때의 역사적 사실을 변용하여 임경업의 위용을 강조하고 영웅화시키려는 민중의식을 수용하고 있다.

둘째에서, 귀환하는 호병을 격파한 대목도 민족적 영웅으로 형상화하려는 민중의식의 소산이다. 조선왕의 항복을 받은 호병은 세자와 대군 등을 볼모로 삼아 귀환한다. 침입을 뒤늦게 안 임경업이 오는 길목을 지키고 있다가 용골대의 호병을 필마단창으로 무찌르자, 호병들은 조선왕의 항서와 전교를 보이고 무사히 본국으로 돌아갔다는 것으로 사실과 차이가 많다.

사실의 기록을 보면, 남한산성을 포위공격하던 청태조는 심양이 습격당할 것을 겁내어 요추에게 3백기를 주어 환국하도록 하였는데 이를 임경업이 격파한 것이다. 이 사실을 소설에는 용골대의 대군사의 패배로 설정하여 임경업을 통해 삼전도의 치욕스러운 패배를 복수하고 위안 받으려는 민중의식을 바탕으로 임경업을 영웅화하고 있다.

구비전승은 청국과의 투쟁에 관한 소설적 상황에서 병자호란시 활약하는 둘째 유형에 집중되어 있다. 소설의 전자는 임경업의 위용을 나타내기는 하지만, 임경업의 능력을 뚜렷하게 부각시켜 줄 수 없다. 그리하여 구비전설에서는 청의 침입으로 당한 치욕적인 사실을 간략하게 말하고, 뒤의 보복

---

52) 「임충민공실기」, pp.55-56.
53) 9장앞

상황을 부각시켜 청에게 당한 치욕을 문학적 상상력을 동원하여 마음으로 보상받으려는 의지를 보인다[54]. 그렇지만 임경업은 소설이나 설화에서 왕의 항복문서에 의하여 자신의 의지를 상실하고 만다. 이는 봉건사회의 구성원으로서의 한계인 동시에 민중적 영웅으로서의 한계를 드러내는 것이다.

⑷ 피섬 원정시의 활약

귀환하던 청나라는 피섬을 친다며 조선에 병력을 보내라고 요청하였다. 조선은 병자호란의 패배로 청과 맺은 화약에 원병을 보내라는 항목이 있어, 할 수 없이 유림을 상장, 임경업을 부장으로 삼아 청나라에 보냈다. 이때 임경업은 명과의 의리[55]를 생각하여 척후장 김려기를 명의 도독 심세괴에 보내 난을 피하도록 권하나, 심세괴는 굴하지 않고 만여명의 군사와 함께 싸우다가 전사한다[56].

소설의 서술은 이런 사실과 좀 차이가 난다. 호국이 남경을 정복하기 위하여 조선의 협력을 받는다는 점이 일치하지만, 피섬의 공격은 임경업을 죽일 방도라고 서술한다. 또한 국내에서는 역심을 품은 김자점이 임경업을 추방하기 위하여 출전하도록 천거한다. 그런데 피섬에 도착한 임경업은 명과 교전을 피하기 위하여 호국의 선봉장 요청을 꾀로 물리치는 사실 기록이 이본에 따라 그대로 수용되기도 하였는데, 이 〈경판 27장본〉에는 없다.

〈경판 27장본〉에서는 임경업이 피섬을 공격할 때, 명의 장수를 황자명으로 바꾸었다. 그리고 황자명은 임경업과 내통하여 거짓 항복하는 것으로 허구화되어 있다. 이는 앞부분의 남경동지사 군관으로 갔을 때 황자명이 천거하였다는 사실에 자연스럽게 연결시키기 위한 의도로 보인다.

---

54) 이는 민족적 의식의 부각만은 아닐 것이다. 즉 전쟁 사실을 수용하여 사람들에게 경각심을 불러일으킬 절심함을 보여준다고도 하겠다.
55) 「임충민공실기」, p.17. "時孔有德耿仲明等兩賊將攻가島使我助兵 平安道兵使柳琳爲上 林將軍爲副將 竟陷가島都督沈世魁死之然 將軍又佯託逗留多殺孔耿之兵"
56) 진단학회(편), 『한국사(근세후기편)』, (을유문화사, 1980), p.107.

한편 소설에서 구성되어 있는 피섬 공격 사건은 역사적 사실에서의 두 가지 사건이 결합된 형태로 나타난다. 사실에서 임경업은 청이 가도를 공격한 후에, 다시 금주위를 공격할 때도 출정한다. 이때 임경업은 배 3척을 미리 보내 밀통한 뒤에 화살촉과 철환을 빼고 쏘아 명군을 상하지 않게 한다. 임경업이 청에 압송 당하는 것도 바로 이때의 일이 탄로가 났기 때문이다. 소설에서는 이와같은 사건들을 피섬의 일로 통합하여 일원화시키고 있다. 이처럼 작가는 전체적 줄거리를 역사적 사실에서 차용하고 있으면서도, 민중적 사고의식을 수용하여 허구적(설화적) 진실성을 구현하고 있다.

⑸ 명나라 망명 행적

금주위의 밀통사건이 발각되어 청에 압송되는 도중, 임경업이 삼전도의 치욕을 복수하겠다는 원대한 포부를 가지고 명으로 탈출하는 부분이다.

사료에 의하면 임경업은 금주위 정벌 때, 구원장으로 청나라에 가서 명군과의 전투를 기피하고 명과 내통한 사실이 뒤에 발각된다. 이로 인하여 청나라에 압송되던 중에 황해도 금교에서 탈출하여 양주 회암사에서 중으로 변장하고 겨울을 보낸다. 그 다음 해에 스님 지명, 소명과 함께 명나라로 가기 위해 한강을 출발하여 표류하다가 해풍도에 도착한다. 이때 그곳의 태수가 첩자로 오인하여 가두자, 황종애가 중군을 보내어 임경업을 구한다.

소설은 이런 역사적 사실을 그대로 차용하여 큰 줄거리로 삼고 있다. 그렇지만 임경업의 압송 동기, 탈출과 피신의 장소, 명에서 구해 준 장수, 독보와의 관계, 명에서 청으로 압송되어 가는 과정은 문학적 상상력에 의해 허구화되어 있다. 문헌기록과는 아주 다르게 소설의 앞부분과 인과적으로 결구하면서 임경업의 충성심과 능력을 강하게 부각시키고 있다.

이들에 대해서 자세히 다루는 것은 생략하기로 하고, 이런 명나라의 망명 행적 중에 부분부분이 구비전승되어 전한다. 그중에서 임경업이 명나라로 망명하는 과정은 임경업의 구비설화에서 가장 많이 회자되는 삽화이다.

이는 연평도 당신이 된 유래의 삽화가 되는데, 이 구비설화에는 연평도에서 식량을 구하는 이야기로 끝마치고, 중국으로 가서 활동한 부분이 생략되어 있다. 또 독보와의 관계를 나타내는 삽화도 구비설화에는 성장기 삽화에서부터 등장하고 있다. 그리고 소설에는 임경업을 청에 밀고한 자가 독보로 되어 있으나, 구비설화에 나타나지 않으며 역사적 사실과도 차이가 있다.

⑹ 호국 포로기간의 행적

이 부분은 호왕의 회유와 위협에 항거한 불굴의 의지, 독보의 처단, 세자 대군 귀환과 왕의 조치, 호왕의 부마 요청 거절에 해당한다. 임경업의 능력을 발휘하는 이 부분은 역사적으로 포로가 되었다는 것만 일치할 뿐, 실제와는 관련이 없는 허구의 수용이다. 그리고 현지에서 많이 채록되는 구비설화와 약간의 차이가 있다.

사료에서 임경업이 "머리털을 깎을 수는 있으나 절의는 빼앗지 못한다"고 하자, 호왕은 "범을 길러서 걱정을 남길 필요가 없으리라"며 죽이려 한다[57]. 그러다가 호왕은 임경업의 기개와 충성심에 감동하지만 18개월 동안이나 감금한다. 그리고 중원을 평정한 후에 임경업 뿐만 아니라, 볼모로서 필요성이 없어진 세자와 대군의 귀국을 허락한다.

소설에서는 이런 역사적 사실이 임경업의 능력을 부각시키는 쪽으로 수용되어 있다. 임경업은 명나라에 망명하였다가 독보의 위조서간으로 체포당하여 북경으로 압송된다. 이때 호왕이 온갖 위협과 회유를 하지만 굴복하지 않고 맞선다. 이런 소설적 구성은 임경업의 능력을 최대로 부각시키는 동시에 민중적 영웅으로서 갖는 비극성을 높이기 위한 수단으로 보인다. 북경에 잡혀온 임경업이 호왕에게 굴복하지 않고 대결하는 장면을 보면 다음과 같다.

---

57) 「충민공실기」, p.70. "毛髮汝或可削節義汝敢我奪 ……養虎遺患我不爲也"

　　네명이 너게 달녓거늘 종시 굴치 아니ᄒᆞᄂᆞᆫ다 네가 항복ᄒᆞ면 왕을 봉
ᄒᆞ리라 경업왈 병ᄌᆞ년에 우리 쥬상이 죵ᄉᆞ를 위ᄒᆞ여 네게 힝복ᄒᆞ여계시
거니와 니 엇지 목슘을 위ᄒᆞ여 네게 항복ᄒᆞ리오 호왕이 디로ᄒᆞ여 무ᄉᆞ
를 명ᄒᆞ여 니여 버히라 ᄒᆞ니 경업이 디쥴왈 니명은 하늘에 잇거니와 네
머리ᄂᆞᆫ 십조지너에 잇ᄂᆞᆫ니라 ᄒᆞ고 안식을 불변ᄒᆞ여 무ᄉᆞ를 보며 밧비
죽이라 ᄒᆞ니

　　위와같이 임장군의 기개와 충정심에 감동한 호왕은 임경업이 원하는 독
보의 처형을 인정하는 동시에 세자와 대군에게 귀국을 허락한다. 이때 호왕
이 세자와 대군에게 소원을 묻자, 세자는 금은을 구하고 대군은 조선포로의
송환과 조속한 귀국을 요청한다[58]. 돌아온 뒤에 왕은 세자가 금은을 소청
한 사실을 듣고서 탐욕에 빠진 세자를 벼루로 쳐서 내치고, 대군을 세자로
삼았다고 되어 있다. 이는 널리 회자되는 구비설화를 차용한 것이다.

　　사료에 의하면 세자와 대군은 함께 오지 않았다. 세자는 봉림대군 보다
1년반 전에 돌아왔다. 이때 세자의 환국은 인조에게 의구심의 대상이었다.
그리고 약질인 세자의 의문스러운 죽음으로 봉림대군이 세자로 책봉되었다.
당대의 사회적 정황을 나타내는 사건[59]이 '왕이 벼루로 세자를 쳤다'는 설
화적인 상상력을 바탕으로 항간에 떠돌게 되었고, 소설에서도 구전되는 삽
화를 수용하였을 것이다.

　　또 소설에서는 호왕의 부마 요청을 임경업이 거절한다. 청나라 임금이
임경업에게 부마가 되기를 요청한다는 것은 가능성이 없는 허구적 구성으로
민족적 자존심을 지키고, 임경업을 민족적 영웅으로 부각시키기 위한 수단
이다.

　　호왕은 굴복시키기 위하여 온갖 회유와 위협을 하였음에도 통하지 않는

---

58) 20장뒤. "셰ᄌᆞᄂᆞᆫ 금은을 구ᄒᆞ고 ᄃᆡ군은 됴션의셔 잡혀온 인물를 쳥ᄒᆞ며 수히 도라
　　가믈 원ᄒᆞ니 호왕이 각각 원디로 ᄒᆞ라 ᄒᆞ고 ᄃᆡ군을 긔특히 녀기더라"
59) 김용덕, 『조선후기사상사연구』(을유문화사, 1983), pp.393-434. 친청적 태도
　　를 보인 소현세자에 대한 인조의 반발이거나, 세자에게 역위 당하리라는 불안과
　　의혹으로 세자를 살해한 인조의 행동으로 보기도 한다.

임경업의 굳은 절개를 보고 부마를 삼으려고 하였다. 이를 눈치챈 임경업은 신발에 솜을 넣어 돋아 신고 들어간다. 이를 모르는 숙모공주는 임경업의 들고나는 상을 보고 사자와 범의 형상이나 키가 세 치가 더 커서 애닯다고 한다. 이와같은 소설의 내용은 구비설화에서도 많이 확인할 수 있다. 다만 구비설화에서는 공주의 입을 통하여 임경업이 수명대로(와석종신) 살 수 없다는 사실을 나타내, 임경업이 민족적 영웅이지만 비극적 인생을 마칠 인물임을 보여준다. 이처럼 구비설화에서는 비극적인 인물이 될 것임을 뚜렷하게 나타내는 반면에 소설에서는 암시적으로 그리고 있다.

3.3. 김자점과 대결하는 최후담

이 대목은 임경업의 귀환과 죽음에 관련된 삽화에 해당한다. 임경업이 호국에서 국가적 자존심과 능력을 발휘하고 조선에 귀환하자, 당시 조정의 실세였던 김자점이 흉계로 죽이는 장면이다.

소설에서 임경업은 호왕과의 대결에서 불굴의 의지, 기개, 충성심으로 영웅적인 승리를 이룬 후에 조국에 돌아온다. 이때 김자점은 역심을 품고 임금의 명령도 없이 임경업을 잡아 올린다. 뒤늦게 김자점의 흉계임을 안 임경업은 몸을 날려 대궐로 입궐한다. 임금은 사실을 알고서 김자점을 가두고 임경업을 다음날 만나기로 한다. 이때 김자점파의 일원이 대궐을 나가는 임경업을 때려 죽인다.

임경업과 김자점의 대결은 소설의 앞부분에서부터 비롯된다. 김자점은 임경업이 가달을 쳐부수고 입궐하였을 때60)와 호국이 임경업을 피섬공격의 청병장으로 요구하자 적극적으로 상주하는 경우61)이다. 이처럼 소설에는 김자점과 임경업이 오랜 기간 반목한 것으로 결구하고 있다. 그 결과 임

---

60) 7장뒤, "김즈점이 흉계를 감초아 역모를 품엇시되 경업의 지용을 두려워 ᄒ여 감
　　히 반심을 발뵈지 못ᄒ더라"

61) 13장뒤-14장앞

경업은 김자점에게 죽었다고 하는데, 이는 설화를 수용하여 구성한 허구이다.

역사적으로 임경업과 김자점은 병자호란 이전에는 우호적인 관계였다. 임경업이 청북방어사와 영변부사가 된 것은 김자점의 계청에 힘입은 바이고[62], 무역행위죄로 파직당한 임경업을 복직시킨 것도 김자점이다[63]. 이처럼 두 사람 사이에는 대립이나 갈등이 없었다. 임경업의 죽음은 심기원의 역모사건에 연루되어 청국에서 압송되어 옥사하였고, 김자점과 개인적인 관련은 없다[64].

소설에서 두 인물의 반목관계는 김자점과 임경업이 대립관계에 있는 것처럼 기술한 이선에 의해서 비롯된다. 이선이 찬한 〈임장군전〉에서 임경업이 청에 압송될 때 심기원이 권하여 명나라로 탈출하였는데, 그것이 김자점과 심기원의 모사였다고 하였다. 김자점이 이 사실을 가지고 심기원을 역모로 몰아죽일 때 임경업도 함께 죽었다[65]고 한다. 이것이 민중들 사이에 사실로 인식되고 상상력을 덧붙여 설화화되면서 김자점이 죽인 것으로 비약되었을[66] 것이다. 그리하여 소설에서는 이를 차용하여 임경업과 김자점을 숙명적인 대립관계로 설정하고, 이를 통해 필연적인 극한 대립으로 장수의 비극적인 죽음과 간신에 대한 복수로 귀결시켰다. 뿐만 아니라 이의 차용은 구성에 긴밀성과 긴박감을 주어 흥미를 유발시킬 수 있었다.

---

62) 〈연보〉임충민공실기 p.53. "時邊虜日急 平安監司曰 西事林某莫可與議 … 淸北非林某不可鎭定云 故有是命"

63) 인조실록 권32, 14년 병자 2월, 총34권 623. "庚辰都元師金自點上疏 請赦義州府尹林慶業擅遣商賈之罪 使之還赴任所 撫恤軍民 招集散亡 上從之"

64) 임충민공실기의 연보에 김자점이 관계가 있다고 하였으나, 그 때문에 임경업이 어떤 제재를 받았다는 기록이 없다.

65) 이선, 〈임장군전〉"蓋自點與器遠旣同功一體之人 情且甚密 而器遠遽以大逆誅 自點已不能自安於心 且資送將軍實山器遠而使將軍之命乃自點所敎也 … 將軍之受刑二次而卽死者亦無非自點嚴刑故也"

66) 김용덕, 『한국전기문학론』(민족문화사, 1987), pp.180-181.
한편 구비전승에서는 임경업과 김자점의 관계는 태어나기 이전부터 갈등관계로 나타난 작품이 있다.

이런 삽화를 소설에서 차용한 것은 임경업의 고난, 좌절, 비극적 종말에 대한 민중들이 보여주는 보상 심리를 작가가 그대로 수용한 것이다. 여기에서 민중들이 당하는 고난은 지배계층의 무능과 당파적 이기심에서 비롯된다. 이런 고통의 부정 속에는 현실을 비판하는 동시에 새로운 세계로의 지향이 내재되어 있다. 소설의 작가는 사실적 수용에 만족하지 않고 민중들이 향유하는 설화적 세계를 수용함으로써 극적인 성격을 강화하고 있다.

3.4. 후일담

후일담은 임경업을 죽인 김자점에 대한 복수로 일관한다. 소설에서 왕은 임경업을 모함한 책임을 물어 김자점을 제주도에 유배시키고, 임경업의 고변에 의하여 수감시키며 역모와 자신을 모해한 사실을 임경업은 현몽을 통해 밝혀내어, 김자점 일파를 처형한다.

역사적으로 김자점은 효종 2년 광양으로 유배되었다가 역모죄로 친국을 받고 사형을 당한 것으로 알려져 있다. 그의 죽음은 임경업과 전혀 관련이 없다. 그리고 임경업의 가족이 김자점에게 복수하는 대목은 유례를 찾아볼 수 없을 정도로 잔인한데 이것도 허구화된 것이다. 그 밖의 사건도 역사적 사실과 전혀 다른 허구의 수용이다. 소설에서 이와같이 결구한 것은 앞의 최후담의 연장선상에서 민중적 영웅의 좌절을 그대로 인정하지 않고 권선징악적인 윤리관을 바탕으로 하는 새로운 세계로의 지향의식을 보여주는 대목이라 하겠다.

구비설화에서도 이와같은 삽화들이 전하고 있다. 이런 삽화들의 소설적 수용은 민중들의 시각에서 민족적·민중적 영웅인 임경업을 죽인 김자점이 살아남을 수 없다는 인식에서 출발한다.

한편 구비설화에 나타난 신이 된 부분은 소설에 수용되지 못하였다. 구비설화의 후일담에는 임경업이 어업신이 되어 서해 바다의 어업을 관여한다고 믿거나, 왜적을 혼내준 삽화들이 있다. 식자층의 시각에 입각한 소설의 작가는 신이 되었다는 민중적 인식을 고대소설적 특징으로 보아 소설에 수용하지 않았다. 구비설화에는 어업신 또는 산신이 된 임경업이 풍어와 안전을 지켜주고 왜적을 물리쳤다고 설화화하여, 그를 새롭게 살아있는 민중의 영웅으로 인식한다. 소설에서는 임경업이 민족적 영웅인 동시에 민중적 영웅의 모습을 보여준다. 이와 함께 극복되어야 할 현실과 새로운 세계로의 조화를 모색하는 시도라 할 수 있다.

4. 임경업설화의 수용양상과 특성

소설 「임경업전」은 다양한 이본과 함께 전과 설화 장르가 공존하고 있다. 「임경업전」은 실기나 연보 같은 역사적 사실과 허구성이 가미된 구비. 문헌설화와 같은 삽화를 수용하여 적절하게 결구되어 있다. 그래서 임경업전의 주제는 배청숭명 사상, 민족의식의 반영, 무능하고 부패한 관리들에 대한 비판, 비극적 인간의 운명, 영웅의 좌절에 대한 안타까움 등으로 다양하지만 표현기교에 있어서는 사실적 표현법과 구성의 치밀성을 보여준다.

경판 27장본 「임경업전」의 전체적 구성을 보면, 탄생담은 없고 성장.최후.후일담은 간략하게 서술되어 있는 반면에 활동담은 작품 분량의 80%나 될 정도로 과도하게 부각되어 있다.

소설에 수용된 설화적 양상의 특징은 다음과 같다.

첫째는 영웅소설이나 군담소설에서 필수적인 탄생담이 없다. 작자는 임경업의 일생의 한계를 복선화시키는 탄생담을 수용하지 않음으로써 성장담에서도 한계를 설정하지 않았다. 그리고 임경업이 서해 도서의 신이 된 설화는 소설의 작가가 신이 되었다는 민중적 인식을 비합리적인 발상으로 보아 수용하지 않은 것 같다.

둘째는 서민적 모습을 보여주는 민중적 영웅의 성격을 보여준다. 그의 신분은 농경으로 생활하는 전형적인 서민적 모습이다. 소설의 출사과정에서도 소임에 충실하는 소시민적이고 자애로운 목민관의 모습과 솔선수범하여 민중들과 함께 고락을 나누는 헌신적인 모습을 보인다. 이런 내용은 민중들이 향유하는 설화 내용의 수용에서 비롯된다.

셋째는 구성의 사실성과 내용의 허구성의 결합이다. 역사적 사실을 차용하여 큰 줄거리로 삼아 구성하였지만, 부분들은 설화 내용을 차용하여 설화(허구)적 진실성을 구현하려 한다. 이때 사실과 설화의 요소를 적절하게 결구하여 유기적 연관성을 보여주고 있다. 즉 사실인 것처럼 보이면서도 허구적 요소를 삽입하고, 허구적 요소인 듯이 보이면서도 사실에 근거한 서술로 이루어진다. 특히 사실을 근거로 한 허구적 요소의 수용은 임경업의 탁월한 능력을 드러내 민족적 영웅으로 부각시키고 있다.

넷째는 구비설화와 역사적 사건을 통합한 형태를 띤다. 소농보권관이나 낙안군수 일화를 백마강 만호삽화로, 북쪽에서 성을 쌓고 보수하는 일은 천마산성 중군의 일화로, 가도의 공격과 금주위 공격의 사건은 피섬 원정 사건으로 결합되어 나타난다.

다섯째는 구체적 필연적인 설화 양상을 내면적 우연적 관계로 결구하였지만, 소설의 전체적 내용의 관계는 인과적인 구성으로 앞뒤의 내용이 유기적 연관을 맺게 하여 주제의식을 강조하고 있다. 가달과의 싸움을 소설에서는 우연성으로, 구비설화에서는 필연성으로 처리하여 능력을 드러내고 있다. 또 구비설화에서는 임경업이 비극적인 인물임이 필연적인데, 소설에서는 암시적으로만 그리고 있다.

이와같이 소설에서 작가는 설화 내용을 차용하여, 민중들이 설화를 보여주는 민중들의 보상 심리를 수용하고 있다. 즉 지배계층의 무능과 당파적 이기심에서 비롯된 고통을 부정하고 현실을 비판하는 동시에 새로운 세계에 대한 지향을 갈망하고 있다. 소설의 작가는 이를 강화하는 방법으로 사실적 수용에 만족하지 않고, 민중들이 향유하는 설화적 세계를 수용하고 있다.

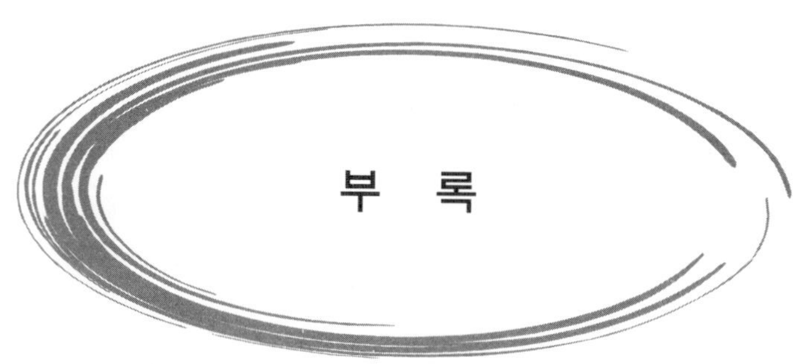

부 록

백제 설화 자료

자료 1 북고리 지명 전설

친구의 아버님(문제호, 남·71)께서 1979년 7월 23일 밤 10시 20분경 부여군 장암면 북고리 골말 부락 자택에서 해 주신 것을 친구의 어머님과 함께 들으면서 채록한 것이다. 제보자가 어릴 적에 동네 어른들한테 들은 것으로 사랑방의 이야기 거리라고 한다.

◈ 시루봉 전설

이 헌결이 얘기 거리가 될라나 몰라도.

우리 마을 뒷산이 모실 시자 다락 루자 시루산여. 모실 시자는 신하들은 임금을 모시고 있는 모신 데서 모실 시자지.

옛날에 부여 백제왕이 에(생각에 잠김) 우리 마을로 사냥을 허러 오시는데. 신하를 거느리고 지금 시루봉에 와서 좌객을 허기 때문에 그 산명이 시루산여. 모실 시자 다락 루자.

▆ 옥녀산 전설

또 옥녀산이란 산이 있어. 〔조사자 : 옥녀산요?〕 잉! 〔조사자 : 옥녀산이 어디에 있어요?〕 저 건너말 뒤 산이 옥녀산여.

백제왕 시대에 퇴 재상들이 저 남산(북고리에서 남쪽으로 3km에 있음)으로 이런 디로 많이 살어. 임금이 이루 사냥허러 오신다고 헌게, 퇴 재상들이 기생을 모아서어 기대린(기다린) 산이 옥녀산여.

게 임금이 시루산에서 좌객을 허시고, 퇴 재상들은 옥녀봉이다가 기생들을 모아, 모아서 있기 때문에 옥녀산이요. 시루산이지.

▆ 매봉재 전설

매봉재는 인저 예전에는 사냥 헐라면은 매를 가지고 다녔어. 매를 놓으면 그 놈이 꿩을 가서 채든지 이냥 허는 거여. 방울을 달고, 매에다 방울을 달은게 그 놈이 저, 그래서 그 매봉제에 가서는 매 가진 사냥꾼들이 매를 가지고서 기대를 하기 때문에 매봉재가 돼 있고.

▆ 노루목 전설

에 매봉재 밑이에 노루목이 있어. 그 사냥꾼들이 이 총을 가지고서, 활이나 총을 가지고서 사냥을 헐라 허니께, 인저 노루를 몰아서 인저 목을 보는니가 노루목여.

▆ 가락골 전설

에 인저 매봉재에서 매를 놓고 사냥허고, 포수들은 노루를 목을 봐서 노루를 잡고. 해 종일 먼저 저 사냥을 허고서, 인저 사냥한 나머지에 에 그 후군들이 있을 거 아니여.

후군들이 있어서 후군들은 뫼야서나 노래를 허고 즐거럽다고 노, 노래 가자 즐거울 락자 가락골여. 고기서나 저 가락 고을에서 노래허고 즐거워 허고 춤추고 놀았다고 해서 가락굴(골)여.

말 도둑골 전설

종일토록 사냥을 허고서 임금이 인저 거동을 환궁을 허시는데 그 뒤에 남은 군사들은 해 종일 뭐, 술 고기도 잘 므(못)드어 먹고 배가 고프단 말리여. 그러니께 말은 가지고서 끌고서 저 말 도둑골에 가서 말을 도둑해 가 집어서나 구어 먹었어. 그래 말 두둑굴(골)여.

〔조사자 : 말 도둑이 어디 있어요?〕 잉? 〔조사자 : 어디가 기여요.〕 저기 저 황바위 뒤에가 말 도둑굴이지.

기타 전설

에 그래서 이 북고리 이 전설이 에 예전 백제왕이 이 북고리 와서 사냥 할 때에 그 산명이 다 지어졌다고 해가지고서 그 시루봉이 있고, 옥녀산이 있고 매봉재, 노루목, 침골, 가락골 말 도둑골.(웃음) 여러 가지가 있다는 저널이 있어. 에.

〔청중 : 북고리 전설 중에.〕(일동 웃음) 〔조사자 : 저기 가락골 있는데 있잖아요. 거기 우에는, 그 근처에 정승 뱀이 있고, 우세 논이 있다고 허는데 그것 어떻게 돼요.〕(화자웃음)

그런 것은 자세히 모르지만서도, 이 북고리 전설은 예전부터 그런 말이 있는데, 그것을 사실이고 아닌 것은 몰라도, 어 북고리 누가 그런 말은 했는지는 몰라도, 참 그러한 전설이 나와 있어. 에 그래서 북고리 전설이란 것이 그거여. 이 앞에 근자에 와서 이 앞에 이 냇가랑을 새로 맨들지 않았어. 그걸 내가 이름 짖기를 반월천이라고 지었어.

〔조사자 : 반월천요?〕 반달. 이냥 둥그러니 반달처럼 생겼어. 에여 북고리가 저기가 태성산이 있고, 그 한 도막이 문병산이고, 그 위가 옥녀산이 있고, 그 위가 올라가서 매봉산이 있고, 그 위로 올라가서 학산이 있고, 그 짝으로 돌아서 시루산이 있고, 안 안적재 안적산이 있고, 그 밑으로 내려와서 시루산이 있고 그 밑으로 니려 와서 등만재가 있고, 어 그러구선 요 밑에가 황암산이지.

〔조사자 : 그런데 동타에 대한 전설은요?〕 응? 〔조사자 : 동타요? 안정산을 동타라고 저쪽에서 부르는 것 같던데요?〕 안정산? 〔조사자 : 예! 그 자리가 동타라 그런 지은데.〕 동타. 동타란 것은 자세히 몰라.

자료 2   북고리 지명 전설 2

강환구(남·66) 할아버지께서 1979년 7월 25일 오전 11시경에 부여군 장암면 북고리 자택 앞에서 해 주신 것은 한 명의 젊은이와 한 분의 어른과 함께 들으면서 채록한 것이다. 이 이야기 화자가 스무살 적에 서당에 다니면서 이 동네 어른들로부터 들으셨다고 하신다.

▌ 장암면의 유례

북고리가 언덕 고자 북녘 북자 북고리거든. 그래 북고리 성이 저 건너 저 앞에서부터 울퉁불퉁허니 저 저 탑골로 돌려 성이여.

성이었을 적에 장암면을 여기 왔는디, 여기.(바로 옆. 북고리 교회 옆) 여 바위가 마당 바위란 바윈디, 그래서 이 바위를 따라서 장암 긴 마당 장자, 바위 암자. 장암으로 해서 장암면, 즉 면 소재지가 여기여.

그래가지고 여 면소재지가 내동면으로 했다가서 결국은 장암면이 돼서 문서방에 재실 집에 있다가 장암으로 잉겨 갔지

▌ 태봉산과 부락성

잉겨 가고, 여기가 즉 유 유명지는 어찌 유명지냐. 백제 자, 백제의 그 태를 갖다 묻어서 저 건너 산이 태봉산이여. 〔조사자 : 저기 저 산이요?〕 잉.

태봉산이고, 이 성이 북고성이 있을 적에 신라 때 저 탑골다 탑을 세우고, 신라 때 게 세워서 여 북고리란 디가 과거로부터 명승지지요 또 귀인이 선비 위인이 살었어. 살어서 여기가 후동이라고, 피난처라고도 헐 수 있고. 참 명승이 알고 보면 명승지지가 이 북고리이지.

그런디 이 땅에서 악인이 안 나고 과거로부터 선인이 낳는데 선인이 낳었도 밖앗 사람이 받지 못 허는, 잉 기억이 돼서 그래서 효자 발찬 못했고. 또 어디 가서 출세 못헌 것이 왜 그러냐 허면, 그전이 그 선비가 살어서 그 착한 사람만 모야 살어서 누구에게 그것을 발전을 안 한 위풍이기 때문에 오늘날까지 그것이 유 유전 돼가지고서는 세상에는 나타나지 못 허고. 지금사 비로소 이 발전이 돼서 인자 사람이 출세 해 나가고, 객지에 나가고 서울로도 가서 사회에 출세자가 더

러 있지.

과거에 그래서 이 북고리란 디가 그냥 숨어 사는 디여. 죽 숨어 살고 남처럼 남용 낭비허지 않고 온순헌 사람만 살았다는 것 이 북고리가 과거로부터 명승지지요 그 역 고대로부터 역사적으로 볼 적이 다 성과 태봉산과 이 장암면 생기 것과 여러 가지로서 북고리에서 다 그게 발전해서 그래 여글에.

❖ 둔적골 전설

신라 때 이 세도 세도면 반전서 세(새) 신라가 조회 받을 적에 둔적골이라고 임천 가는 둔적골이라, 군인을 둔적 혀 났거든. 둔적해 놓고 백제허고, 부여 백제허고 싸움헐 적이 세도에서 조공 받고 둔적 허다가서나 그 소정방이를 저 반전을 거느려서 저 석성으로 해서 돌려서 보내가지고서 백제를 쳤어.

그래 그때에 이 북고리란 디가 즉 선비만 살았고, 즉 착헌 사람 많이 유지해서 있어서 숨어서 살은 고적이 이 북고리여. 그래서 그 뒤 후 보아서 오늘날사 비로소 발전해 가지고서나 세상에 출타 했지. 과거로부터는 여기가 숨어 사는 헌 디다 그래서 이름이 후동이라고 했고, 북고리라 허는 것은 그 신라 때 이렇게 현, 그 성과 여러 가지 됨으로써 북고리라고 명 명의를 갈어서 북고리라고 그렇게 명칭을 지었어고. 과거에는 후동이라.

내동이라고 내동이라는 것은 어쩌서 내동이냐 장암면 내에 근본적인 동네가 이 동네이기 때문에 이 동네에서 면 소재지요 내동이라는 명칭은 그때에 걸어서 내동이 됐었지. 그래서 이 북고리 이와 같이 과거로부터 이렇게 잘 지내 내려왔던 이 동네란 것이 그것이 제오라 비로소 아는 거여.(웃음)

자료 3   파진산 지명 전설(노적봉 전설)

고양환(남 · 72)께서 1983년 2월 2일 부여군 석성면 석성리 경로당에서 해주신 것을 채록한 것이다. 이 이야기는 앞에 다른 이야기를 하다가 생각이 났는지 이어서 계속하여 주었다.(부여의 구비설화(1), 보경문화사, 석성면 〈자료 18〉 재인용)

〔조사자 : 왜 빈대 절이예요? 빈대가 많나요?〕〔청중 1 :옛날이 그곳이가 빈대가 많았지. 그런디 그것이 전설이 아녀. 나뭇군들이 지금두 가서 바위 넙적한 디를 떠들으며는 빈대 죽은 그것이 거가 붙어 있다고 그랴.〕

〔청중2 : 그래서 그 절이 망했다.〕〔조사자 : 빈대 때문에요?〕빈대 때문에. 전날이야 화학 약품이 있겄어, 뭐가 있겄어. 〔조사자 : 그러면 요새는 절이 않되요?〕절터만 있구 건물은 거시기 없어. (이야기의 유도과정 생략)

〔조사자 : 그럼 왜 파진산인가 그 얘기 좀 해주세요?〕글쎄. 백제 때에 그 부여 고도에 있어서 당나라허구 신라허구 와가지구서 백제를 멸망시켰거든. 그런데 그때 당시에 파진산두 같이 진을 치고 있다가 망했을 테지 뭐.

〔조사자 : 그러니께 그 산에 진을 치고 적을 막고 있었는데, 나라가 망할 때 그 진도 망해버려서, 이미 파해버렸다고 해서 파진산예요?〕그렇지. 그 의미가 그거여. 〔조사자 : 그럼 거기 가면 성을 쌓았던터 있나요?〕성 쌓은 터 있지. 큰 바위도 있고.

〔청중4 : 그것도 조리 있는 얘기로 하면 백제 도읍이 부여 아녀. 근디 그 주변에 석성에 백제나라를 보호하기 위해서 즉성을 쌓은 거여 그게.〕그런데 뭐 시방 말씀 하신대루 당나라 군사허구 신라군 허구가 백제를 침공할려구, 많은 수많은 군사가 진격해 오는 겨. 그래 인자 백제 사람들은 방어를 해야 할테니까 파진산 산이다가 영, 짚으로 영을 엮어서 산을 둘러쌓았다는 겨. 그런디 적군들이 볼 때, 백제나라를 침략을 해야는 디 보니까 군량을 저렇게 많이 산이다 쌓았거든. 산이다 영을. 지금 말하면 가마니 같은 것으로 덮어가지고, 곡식 모냥으로 군량을 저렇게 많이 준비한 모냥으루 저렇게 만들었어. 그렁게 적지 적군들이 볼 때,

"아, 백제는 저만치 군량을 많이 그야말로 저축했다. 그런디 저렇게 많이 군량을 준비한 것을 우리가 침공할 수가 있느냐?"

그리구선 도리어 그 적군들이, 다시 그야말로 자기 진을 파하고 돌아갔다는 거여. 싸움을 못허구. 그래서 파진이다. 진을 적군들이 싸움을 못하고.

"저렇게 군량이 많은 나라를 우리가 어떻게 침공하느냐!"

해서 진을 파했다는 거여. 〔조사자 : 그럼 백제가 파한 게 아니라 신라나 당나라군들이, 그 자기네가 싸울려고 진을 쳤다가 백제가 식량이 많을 것 같애서 돌아가서 그쪽 진이 파했다고 해서 파진산이예요?〕

그래서 백제군도 파진산 밑이다가 진을 많이 쳐갔어. 그래서 파진산 밑이 가

믄 군논이라구, 옛날에 군사를 많이 주둔시켰던 논이 있어. 그 논 이름을 군논이라 허는 디도 있고, 또 말무덤이라구 말무덤두 있구. 우리 동네에.

그리구 거기는 군인들이 심어놓은 전방 후방 허득기. 중군은 가운데 중자가 있다고 중군, 뒷군이 있다고 해서 후군. 후군은 인자 한문으로는 후군이지만, 국문으로 말하자면 뒷군 아녀. 다 그렇게 있어. 현재두 있거든. 그래서 현재두 있어.

그것이 보면 틀림없이 거기서 주둔허구 적군들 파했기 때문에 파진산이다. 파할 파자 뫼 산자 파진산이라는 유래가 있어.

자료 4   인수교합 설화(곰나루 설화 변형)

유길순(여 · 47) 아주머니가 1983년 2월 2일 부여군 은산면 회덕리 민기종 씨 댁 안방에서 여러 명이 모여 앉아서 서로 번갈아가면서 말씀하는 것을 채록한 것이다.(부여의 구비설화(1) 보경문화사, 〈은산면 설화 4〉 재인용)

옛날에 그- 홀로 그- 마나님을 잃었지. 홀로 따님 하나를 데리고 살아가는데, 그 아버지가 뭐를 했느냐면은 맷돌 치는 것을 했더래유. 지고 다니면서 맷돌 치는 것을 허구 오구. 오면 딸이 밥을 지어서 놓고 화니불(화롯불)을 담아다 놓고 했다 거든유.

그런데 하루는 참 맷돌을 지고 집에를 들어와서 보니까 화니불을 담아놓고, 투가리에 장을 끓여서 화니불에 올려놓고 푸지를 못하구 그 따님이 없어진 거유. 없어져서 그 맷돌을 치러 다니다가 맷돌 치는 것두 버려두고 따님을 찾으러 나섰대유. 아무리 다닐 만한 곳을 다녀 봐도 딸 있는 곳을 못 찾아.

그래서 허다허다 안 돼서 1년인지 2년이 지난 후에 산골로, 옛날이나 지금이나 가재두 잡고, 물 흐르는 데를 이렇게 따라 가재를 잡어서 참 산에서 잡어서 구어서 자셔 가면서, 이렇게 따님을 찾아서 그렇게 그냥 돌아다니는 거여. 모녀 살다가 그랬으니까.

그래서 찾아가 보니까 어느 골짜기를 들어가니까 산중에 굴이 요렇게 뚫려

있더래유. 그래서 거기서 가재를 잡아서 그 나무를 주어다가 끓여서 먹고 앉자
노라니까, 참 그 굴속에서 딸 같은 사람이 나오더래유. 딸 같은 사람이 나와서 보
니까 1년이나 2년이 지났으니까, 이젠 딸도 변화가 있으니까 딸이 먼저 아버지를
알아보더라는 거여.

　　"아버지가 웬일이냐?"
구. 그래서,
　　"나는 너를 찾어서 이렇게 해서는, 끝에 여기까지 왔노라."
구 하니까. 딸이 하는 얘기가,
　　"나는 참 짐승한테 업혀 와서, 여기 와서 이렇게 살았습니다. 그러니까 여기
굴로 들어가자."
구 하더래유. 그래서 굴속에 들어가 보니까 애를 하나를 낳았는디, 보니까 애두
아니구 짐승두 아닌 것을 낳아 놓았더래유. 그래서 그 굴 속이가 앉아서 참 딸은
거기 있구, 딸을 도저히 빼올 도리가 없더래유. 참 굴 속이가 이러구 앉자 노라니
까 조랑조랑 옛 얘기니까, 그렇지 조랑조랑 하더래. 그래 그 노인 앉았으니 심심
하구 딸 빼갈 방법은 망연하구 해서 한다 소리가,
　　"야. 너 글 가르쳐 줘야겠다."
　　그러구 앉아서 '하늘 천' 하면, 그 어린애 낳은 것두 '하늘 천'〔청중 : 말은 하
누먼?〕 응. '따 지' 하면 '따 지' 그러는 거야. 그 소리를 하구 앉자 노라니께, 옛날
이는 여우가 사가 되었든가 봐. 사냥을 해 갖구 들어 오더래유. 들어오더니 방에
들어오더니 '인내 난다'구. 굴속에를 들어오더니,
　　"어디서 인내 난다."
구. 그러니까. 그 딸이지 그 노인 딸이,
　　"아버지가 나를 이렇게 찾아 오셨노라구. 그러니까 아무 피안 없으니까, 저기
하라."
구 허니께, 정말 해꼬지 하나 않더래유. 그러니까 사위, 그 짐승 듣는 디는 더 했
드리야. 그 어린애는 하늘 천 하면 하늘 천, 따지 하면 따지 그렇게 영리하게 하
더래유. 그러니까 메칠을 딸 빼올 궁리만 대구 하구. 그 어린애 하늘 천 따 지만
대구 가르쳤 줘디야.
　　그러니까 어느 날은 또 어디를 나가더래유. 그래서 딸을 데리구 그 굴을 비껴
서, 그 어린애는 띠어 버리구 산발치를 올라오노라니까, 조그만 샛강 지금의 개

울이나 됐던가 봐요. 그 길을 거기를 건너서 노리고 있더래유. 그리니까 딸을 빼내 갈 수 있나? 그 노인의 딸이 하는 얘기가,

"아휴, 나뭇가지 하나 하구 얼른 오라구 말여. 싸게 와야지 나 기다리다 왔다."구. 그 어린애 이름이 오석이여.

"오석이 아버지 받으러 왔다구. 얼른 오라."

구 하니께. 지금은 우리네들이 잘 애들이 모르지만, 당(닥)나무라구 있어유. 종이 만드는 것이 그것을 찢어가지구, 그 길을 건너오다가 풍덩 빠져 죽더래유. 그래서 딸하고 육지를 내려와서 잘사는, 말하자면 전설이니까, 전설이예요. 샛강을 건너는데,

"아이구 우리 오석이 아버지 빨리 오라."

구. 막 손뼉을 치고 팔팔 뛰었더래유. 그 노인 딸이 싸게 마누라 찾아서 건너 오라구 하다가 풍덩 빠져 죽었더래유. 그게 전설이예유. 〔조사자 : 딸은 오히려 그 남편을 죽일려고 했던 건가요?〕 예. 그렇지유. 짐승인까 어떡해유. 떼어 놓고 나올려구. 〔조사자 : 어린애도 떼어 놓고요?〕 그렇지유.

자료 5 부산 전설1(떠내려온 산)

임성철(남 · 72)할아버지가 1983년 2월 2일 부여군 은산면 은산리 경로당에서 구술하여 준 것이다. 조사자들이 경로당에 찾아가 계신 할아버지들을 모시고 설화 채록을 하였다. 이 이야기는 제보자가 아주 어릴 적에 들은 이야기라고 한다. 제보자는 규암면 모리에서 사시는데 이 경로당에 오셨다고 한다. 다른 이야기를 들려 달라는 조사자들의 요구에 이야기 해 주셨다.(부여의 구비설화(1), 보경문화사, 〈은산면 설화10〉 재인용)

옛날에 신라에서 이루 세금을 받으루 왔어. 백제로. 세금 받으로 왔는디, 왜냐하면 이것이 뜰 부자 부산인디, 저 부산인디 물위에서 떠내려 왔단 말인디. 이 산이 물 위에서 떠 내려와서 여기에 앉었는디, 이걸 가져갈 도리가 없고,

"이 산 세금을 내시오."

　　백제왕 보구선 그랬어. 그래서 그 세금을 받쳤지. 옛날 이 세금을 받어서 올라갔어. 신라, 신라루 세금을 바치루 올라갔어. 그래 가지구서 나중에 어떤 놈이 또 어떤 대신 하나가 낳는디 그 세금을 그냥 늘 받친다구 하닌께.

　　"그것 내가 말린다구 말여. 그거 막어야겠다구."

　　"그거 어떻게 막느냐?"

　　구 하닌께,

　　"막을 도리가 있으닌께, 그 세금 받으루 오는 놈을, 그 놈을 일러 달라."

　　구 말여. 오걸랑 그 일러 주닌께,

　　"응! 당신이 세금 받으로 왔냐?"구.

　　"그랬다."구.

　　"그려구는 당신이 그 세금 받으러, 받어 간 돈 보던두 그 손해 배상 물어야 혀. 손해배상은 무는게, 왜 그런고 하니, 그 산 때문에 논밭(이) 산 때문에 깔구 앉어서 그 다 묵었어. 묵었은께. 그 손해배상 좀 물으라."

　　구 말여. 막 손해배상 물으라구 가게 하간. 영 못 가게 막 혼냈어. 그 다시 못 오지. 다시 못 왔다는 겨. 또 한 번 받으러 가면 또 혼날까 무서워서.

자료 6　망심산 유래

　　김기조(남·69)할아버지께서 1983년 2월 3일 부여군 구룡면 논티리 경로당에서 구술하여 준 것이다. 이 이야기른 이러저런 이야기를 하던 중에 생각이 났는지 구술하여 준 것이다.(부여의 구비설화(1) 보경문화사, 〈구룡면 설화 28〉 재인용)

　　〔조사자 : 망심산을 왜 망심산이라 불렀어요?〕 망심산은 신라, 백제, 고구려, 삼국 시대에 백제에 계백 장군인가 누가 아니, 계백장군이 아니라 그 왕이 그 때 그 무슨 왕이여. 〔조사자 : 의자왕?〕 의자왕인가. 누가 어떻게 주색, 주색방탕하고 좋지 못 허니까 충간하는 충신들이 있었던 모양이어요.

　　그게 누군가는 모르겠지만, 그 충신이 그 임금한테 몰려나가지고, 말하자면

이 망심산으로 귀양을 보냈다는 디요. 그래서 충신이기 때문에 나라가 망해 돌아
가는걸 보고 충간할 수는 없고, 귀양 왔으니까, 항상 부여를 바라보면서 거기서
식전이면,

　"잘 좀 해 달라구. 잘 좀, 나라 좀 다스려 달라."

　고. 그 기도허구 하는, 그래서 부여를 바라봤다고 해서 망심산이라고 그래요.

자료 7　부산전설 2

　이원구(남 · 57)할아버지께서 1983년 2월 3일 부여군 규암면 신리 이용구씨
사랑방에서 해 주신 것을 그 동네 할아버지 12여 명과 함께 들으면서 채록한 것
이다. 그 사랑방에서 화투를 하고 계시다가 이야기를 해 달라고 조르자 부산에
대한 이야기를 꺼냈더니 화투판을 걷으시며 해 주신 것으로서 어려서 동네 어른
한테서 들었다고 하신다.(부여의 구비설화(1) 보경문화사 〈규암면 설화 2〉 재인
용)

　〔조사자 : 이 마을에 부산에 대한 전설도 있다고 하던데요?〕 부산? 〔조사자
: 예, 홍수나 그런 때에 다른 마을에서 산이 떠내려 왔다는….〕 아 청주에서 떠
내려 왔다는 거. 〔조사자 : 청주에서요?〕

　청주에서 그전에 옛날에 막 홍수가 많이 졌을 때 산이 떠내려 왔다는디 아 인
쟈 빨래하는 부인이 그걸 보고, 보고서는

　"아이고 산이 떠내려 오네"

　허니께는, 그냥 멈춰버렸다는 거. 〔조사자 : 새벽이었나요?〕 옛날에. 〔조사
자 : 저 산이 어디까지 갈려고 하는데 여기서 멈춰 버렸다든가 하는 이야기는
요?〕 음. 저 산이 청주에서부터 내려왔다고 허는디, 지금이야 그렇지 않지만 그
전만 허드라도 청주에서까지 와서 세금을 받아 갔던 거. 그 산이 청주에서부터
왔기 때문

자료 8 부산 전설 3

문행석(남·69) 스님께서 1983년 2월 3일 부여군 규암면 신리 청룡사에서 말씀해 주셨다. 문행석 스님은 부산 기슭에 있는 조그만 절에 사시는 스님으로 한국에 있는 절을 거의 다 돌아다니셔따고 한다. 조사자들이 찾아뵈었을 때는 감기에 들어 약을 드시고 계셨다. 이 자료는 원래 부산 전설과 대재각인데 백제와 관련된 부산전설만 수록하였다.(부여의 구비설화(1) 보경문화사 〈규암면 설화 21〉 재인용)

이산 이름이 부산여. 전설을 어떻게 되는고 하니 그전이 저 청주라고 있지. 충청북도. 거기서 큰 홍수가 난 때 왔다는 기지. 그래서 청주에서 이리 말하자면 산세를 받으러 대녔어, 해마다.

〔조사자 : 청주에서부터 여기까지 왔어요?〕 청주서 왔어. 여기까지 그런 이야기지. 그런데 받을려면 여기 사람들이 귀찮거든, 그걸 낼라니까.

"그럼 느이 산을 가져 가거라."

"이 산 땜에 농사를 못 짓는다."

그래서 인저 피장파장 말었다는 기고.

이 산이 인제「삼국유사」라고 있지. 일연이 지은 거. 거기 보면 백제 때에 삼명산이 있었어. 세 가지 명산 명이 어떻게 되냐면 오산이라고 있고, 일산이라고 있고 날 일자. 이건 부산이고. 이렇게 삼 명산인데, 삼 명산에는 신선이 왕래한다고 이러겠고.

자료 9 삽티 농바위

이석재(남·66)할아버지께서 1983월 2월 2일 부여군 홍산면 교원리 자택에서 구술하여 준 것이다. 조사자가 여러 이야기 유형을 말하면서 유도할 때 깊이 생각하더니 그런 이야기는 못 들었지만 지방 전설 같은 것이 하나 있긴 있다고 하며 시작하였다. 이 이야기는 그 지역 주민들 모두가 알고 있는 전설로 제보자

가 어렸을 때 마을 어른들이 하던 이야기로 습득하여 알게 된 것이라 한다.(부여
의 구비설화(2) 보경문화사 〈홍산면 설화 8〉 재인용)

　　홍산에 이 전설이면 전설이지만. 〔조사자 : 아, 그 전설 좀 해주세요?〕예 그
뭐 하찮은 얘기가 하나 있습니다. 혹 참고가 되실려는지요.
　　홍산에 그 저 삽티를 가며는 농바위라 하는 바위가 있어요. 지금도 있습니다.
예. 그 농바위라고 하는 것이 에- 전설로 하며는 그 가운데 농바위 속이가 에- 갑
옷을 갖춘 장수가 살고 있대요? 에 그 장수가 살고 있는데, 그 장수가 에 언제 어
느 때 나와서 나라를 위해서 싸울는지 모르지마는.
　　에 그런 얘기가 있는데, 그 인제 그 중간에 어떤 사람들이, 어떤 사람들이 아
니라(앞의 말을 정정하였다), 저 여기 저 그 주변에서 저수지 공사를 했습니다.
저수지 공사를 했는데, 그때 그 저수지 공사를 하는데 말하자면 석재가 필요하지
요. 돌이 필요하다 이런 얘기요. 그래 돌을 쓸라고 거기다, 인자 말하자면 돌깨는
작업을 시작했어요. 시작을 했는데 그때 인저 뇌성벽력이 일어나고 해서 그 바위
를 부시지 못하고, 그 앞에 조고마한 바위가 있는데, 고골 부숴서 썼는데.
　　그것이 농바위라고 하는 거시, 그게 지금에 와서는 지금 사람들은 마 알지조
차 못하고 있는데요. 그전 어려서만 해도 농바위에 대한 전설이 굉장히 많았습니
다. 예 으 많았는데 … 〔조사자 : 아 그 기억나시는 것 좀?〕글쎄요. 뭐 잘 기억
이 안 나네요. 거기를. 〔조사자 : 대충 기억만 나면?〕
　　거기를 가면은, 그 말하자면 그 발자국 같은, 마 그런 형적도 지금 보여요?
보이는데, 그것이 인제 옛날 어른들 말씀을 들이며는 거기서 인제 말하자면 장군
이 갑옷을 갖춘 장군이 장수가 거기서 살고 있는데, 사람 눈에 보이지 않게 인저
그 말하면 들랑날랑 하느라고 인저 많은 발자국이 있다. 인제 이런 얘기가 있는
데. 거기에 대해선 자서한 얘기는 잘 모르겠습니다.

자료 10　마당바위 전설

　　김창용(69 · 남) 할아버지께서 1983년 2월 2일 부여군 홍산면 교원리 자택
에서 구술하여 준 것이다. 이 이야기는 제보자가 7, 8세의 어릴 때 동네 어른들

한테서 듣고 직접 그 곳에 친구들과 어렸을 때 가보곤 했다고 한다. (부여의 구
비설화(2) 보경문화사 〈홍산면 설화 17〉 재인용)

에 내가 일곱살 먹어서에 한글(漢文)을 읽으러 글방에 대닐 때, 친구들허구
에, 여기서 북으로 3km쯤 한 4km쯤 가며는 거기가 땅은 옥산면 땅이고 어, 높
은 산 중턱에 가서 마당바위라는 큰 넙떠라는 마당같이 넓은 마당바위가 있는데.
   그 마당바위에 보면은 옛날이 장수가 거기 서서 오짐을 눴다 해서 장수 발짜
쿠라는 그 발자국이 있고, 오짐 눈, 오짐 누었다는 그 오짐 눈 흔적이 아직까즘도
남아 있고, 또 쇠를 도루캐를 만들어서 바우를 때렸다고 해서 그 도루캐를 때린
자리가 한 서너군 디가 있고, 거기에 있어서 어 에 돌팍에다가 장수가 손톱으로
글씨를 에 새겼다고 해서 거기 글씨 새겨논 글이 있는데, 우리가 읽어보다가 아
한두자는 몰라서 못읽은 에 그 글을 해독을 못한 일도 있었구. 그 후 어 문장들을
그것을 그 글을 다 해독을 못한다고 그러한 말을 들은 일은 있었다고 생각 들어
가요.
   〔조사자 : 근데, 그 장수말인데요? 어떤 장수가 그랬을까요?〕
   그 어니 장수라고는 에- 얘기할 수가 없고, 어 그져, 옛날 어른들 말씀이 장
수가 거기 서서 오줌 눴다고 하고, 아 장수가 게다 저- 글을 손톱으로 바위다 글
글을 새겼다고 그래서, 글 새긴 건 시방 현재 가봐도 글이라는 거이 거기에 새겨
있을 것입니다.

자료 11 농바위 전설(1)

   김창용(남 · 69)할아버지께서 1983년 2월 2일 부여군 홍산면 교원리 자택에
서 구술하여 준 것이다. 이 이야기는 옆에 있던 아드님(23세)이 "아버지 저 농바
위 있잖아요. 그런데 이야기 좀 하세요." 하고 유도해 주어서 제보자가 대략적인
이야기를 시작했다. 이 이야기는 어느 누구라고 할 수 없는 아주 옛날에 그냥 들
은 이야기라고 한다. 앞 부분에 이곳의 풍수전설이 있다.(부여의 구비설화(2) 보
경문화사 〈홍산면 설화 18〉 재인용)

근데 그게 인자 그 거기는 인자, 그 거기 가보면 농바위라는 바위가 있고, 매 바위라는 바위가 있고, 천보산이라는 뾰족한 산이 있는데, 거기는 인저 옛날이 말하자면 인저 아 바다, 바다가 되있기 때믄에 그, 그, 말하자면 인자 그, 이, 천보산이라는 산이 섬으로 되 있지? 그래서 인제 그 섬으로 넘어가다가 이 사기를 싣고 가다가 사깃배가 걸려가지구 그 배가 부서졌다고 해서 그 산꼭대기 가보면 시방 사기 쪼각이 많이 있지.

에 그렇게 되고, 인제 그 어니 장사가 천보산에서 냅다 뛰면은 이짝 농바위에 와서 서서, 그 농바위의 그 바위 속의 들은 갑옷을 내서 입구. 그 갑옷을 입구서 거기서 냅다 또 한 번 뛰며는 매바위라는데 가서, 매 그 등어리에 가서 그 장사가 올라서서 칼을 칼쓰는 법을 연십했다고 그런 얘기를 있었는디 고것은 헤헤(웃음)

〔조사자 : 바위 속에 갑옷이 있다니요?〕

아, 갑, 농바위라고 하면 농처럼 이렇게 아주 새겨져 있어. 그래 가주구서 '그 바위 속에다 갑옷이 들었다.' 이렇게들 전설로 내려오는 것이지. 시방 현재 바위 속에 갑옷이 들었다고는 헤헤 할 수는 없지.

자료 12 노적봉 전설

이원승(남·79) 할아버지께서 1983년 2월 2일 부여군 홍산면 홍양리 1구 자택에서 조사자의 유도 질문에 의하여 구술한 것을 채록한 것이다. 이 전설은 확실한 근원이 없음을 비추면서 항간에 떠다니는 이야기이다. (부여의 구비설화 (2) 보경문화사 〈홍산면 설화 21〉 재인용)

여기. 인자, 왼짝편 쪽으로 높은 산이 있쟎으. 〔조사자 : 빼쪽 솟은 산?〕 잉. 빼쪽 솟은 산. 그것을 여기서는 노적봉이라고 그려. 노적봉이란 이자 노적처럼 베(벼) 베 싸는 노적처럼 생겼다고 노적봉이라 하는데, 다른 데서는 용심산이라고 혀. 용심산이라고.

〔조사자 : 용이 솟는 것 같다고?〕 아니. 솟아 오르는 것 같다고 혀서 거려. 워쩌서 그런지는 그게 원너 땐지는 몰라. 원너 땐지는 밀루는디. 또 확실히 그 전설이 뿌리있는 전설이 아녀.

그 옛날에 여기다가 인자 서울 말허자면 도읍이지. 계룡산 도읍처럼 도읍터를 닦았다 이겨. 궁궐을 짓고 거시기 헐라구. 그러니께 하루 저녁 자구 나니께, 이 산이 와서 놔있다 이거여. 그러니까 터 닦어 놨는디 이자 산이 와서 놔있었다 이거여. 그래서 외처에서 용심산이라고 허는디 뭐 근거가 있는 얘기는 아녀.

〔조사자 : 왜 이 산이 여기에 와서 있는지 몰라요? 궁궐을 못짓게 했는지?〕

뭘라. 그러니께 근거가 없는 얘기지. 얘기여.

자료 13 비홍산 전설

이원승(남 · 79) 할아버지께서 1983년 2월 2일 부여군 홍산면 홍양리1구 자택에서 조사자의 유도에 의하여 비홍산과 홍량리의 명칭의 유래담을 구술한 것이다. 지명(地名)이 기러기와 관련되어 기러기에 대하여 많은 구술이 있어 함께 채록하게 되었다.(부여의 구비설화(2) 보경문화사 〈홍산면 설화 22〉 재인용)

비홍산은 산의 형세가 기러기떼가 날아가는 모양처럼 생겼다 해서 비홍산이라고 허. 날비자 기러기홍자를 써서, 기러기라는 짐승은 으례 널럴 적에 그렇게 날으거든. (막대기를 집어 한일자 모양을 그리면서) 이렇게 널러거든.

〔조사자 : 꺽기 모양?〕 응. 워쩌서 이렇게 널러냐 하믄, 그 중 앞에 선 놈이 그 중 큰 놈 묵은 놈이여. 이게 경험자여. 기러기는 반드시 기러기는 반드시 요게 경험자여.(막대 앞을 가리키면서) 그래서 이게 철새라잔느. 워느 워느 지방이 먹을 게 있다. 낙동강 연안에 먹을 게 많아서 철새가 많이 뭬여든다고 하잖아. 다 알거든 이놈은.

이놈이 이자 여름철이 되면 가잖아. 이자 가을되면 멕이를 찾아서, 멕이를 찾고 다순(따뜻한) 곳을 찾아서 오거든. 그런디 저 혼자서 오는 것이 아니라 저희 거시기를 다 데리고 오거든. 데리고 올 때 그 중 되따라 오는 놈이 귀중 작은 놈이여. 경험이 없는 놈이여. 가는 데로 따라가는 놈이여.

그래서 인자 여기 산이 말여 이렇게이렇게 생긴 것이 그 중 거시기 한 놈이, 이렇게이렇게 생겨서 그래서 기러기 날으는 것 같아서 비홍산이여. 그래서 홍산면이라는 것이 비홍산의 홍자를 떼어서 홍산이여.

여기를 워짜 홍량리라 하믄 비홍산의 홍자하고, 요건너 가믄 옛날에 절이 있었어. 지금도 거 탑은 있어. 탑 그게 안량사여. 편안할 안자 어질 량자 안량사라고 하는 절이여. 그래서 요 거시기 어질 량자하고 떼서 홍량리여. 잉 절 이름에서 한자 떳찌. 그래서 여기가 홍량리여.

이 근방에는 옛날 백제 때 고려 때 멘 절이거든. 워쩌뜬지 절이 많았어. 전국이 거려. 백제 때만 해도 백제 망할 1300여년 전만해도. 절은 오래 되서 망했어.

자료 14   농바위 전설(2)

이원승(남 · 79) 할아버지께서 1983년 2월 2일 부여군 홍산면 홍양리1구 자택에서 조사자의 유도로 홍량리 동쪽인 상천리 삽티에 있는 농바위 전설을 구술하여 준 것이다.(부여의 구비설화(2) 보경문화사 〈홍산면 설화 22〉 재인용)

농바위라고 허는 것은 홍산면 상천리 삽티라고 허는 디여. 거기 인자 농바우라고 하는 바우가 이렇게 젖디려서(겹쳐서) 있지.(주먹을 쥐고 두개를 포개면서) 젖디려서 이렇게 있는디, 고것이 두 층으로 이렇게 있어. 근래에 그것을 다 모두 뿌술 것이여. 그 농바위는 산중턱에 있어. 산은 높은 산이 아녀. 산중턱에가 요렇게 있고, 요렇게 있고.

고 산중턱 밑에 내려와서는 논인디, 논 가운디 돌팍이 영락없이 말메루 있는 바우가 있어. 그걸 인자 나구바위라 혀. 당나구. 당나구라고 말 거시기한 것 있짠느.

그런디 인자 옛날부터 전해 내려오기를, 그 농바우 속에 농이란 것은 옛날 의복같은 것을 넣는 것을 농이라 혀. 〔조사자 : 장농?〕 잉. 장농. 농이여. 옛날 의복같은 것을 넣는 것을 농이라 혀. 이게 농바우여.

그 속에 무엇이 들었느냐 하면 갑옷, 옛날 장사들이 입는 옷으로 쇠로 멘든 옷, 이순신 장군이 입던 머리에 써는 투구랑 거시기랑 갑옷이랑 그 속에 들었다 이거여. 워디슨가 이자 장사가 생겨나믄, 생겨나믄 그놈을 내서 입고서 세상에 나서서 일을 할거다 이러는 거여. 그 밑에 나구를 타고 그 밑에 나구를 타고 그것이 삽티 농바우에 대한 전설이여.

자료 15 곰나루 전설(3)

임석제(남·79)할아버지께서 1983년 2월 2일 부여군 홍산면 남촌리 자택에서 구술하여 준 것이다. 남촌리 회관에서 소개로 네 분의 할아버지를 모시고 임석제씨 댁을 방문하여 채록한 것이다. 제보자는 전에 서점을 경영한 일이 있어 책을 통하여 알았는데 얼마 전에 방송도 있었다 한다.(부여의 구비설화(2) 보경문화사 〈홍산면 설화 26〉 재인용)

웅진나루는 공주에서 말하자면 곰나루, 곰웅자 웅진나루거든. 지금으로부터 한1500년전 그 때가 무슨 성왕? 동성성왕인가 그래. 그런디 그 때에 그 시절인디 한강 유역에서 백제가 망허구서 찌껴온 것이 워다냐 허면 웅진이었다 이거여.
웅진이 워다냐 허면 공주 웅진인디. 찌껴 와가지고서 거기다 인자 도읍을 잡았는디, 거기서 사적이 뭐시 있는가 하믄, 애사. 애사가 뭐시 있느냐 하믄 거 뱃사공을, 뱃사공을 옛날에는 다리가 없으니까 배로다 사람을 이렇게 건네는데, 뱃사공을 암곰이 하나, 그 근방 봉황산이여.
〔청중1 : 봉산이여.〕 봉산에서 사는 곰이, 그 말하자면 뱃사공을 업어 갔어. 그 뱃사공이 가는 도중에 곰이 나타났거든. 나타나서 뱃사공이 기암을 했거든. 기암을 하니까 사람을 곰이 업고 갔어. 업고 가서 곰이 말여 사람을 굴에 데려가서 참 잘 주물러 주고 해서 뱃사공이 깨났어요. 곰이 뭐라고 허는구 허니,
"이자 정신이, 서방님 정신이 나시유?" 그런게.
"뭬! 서방님이 워디 워디 있어. 여기가 워디여?"
"아이 정신 나시유?" 그런게.
"아이 여기가 워딘디 거려? 나 에이 모루겠다고 여기가 어딘지?"
"정신이 나시유?"
그런게, 낭중에는 정신을 차리고 보니께 곰의 굴이었다 이거여. 곰의 굴인게 곰이 그 사람을 놔주지를 안혀. 않고서 그 굴 문에다 큰 벳섬 덤이만한 큰 바위를

갖다가 딱 막어놓구서, 낮이고 저녁이고 사냥 나갈 띠는 바위로 그 굴문을 딱 막아버리는 거여. 닫아버리고서 퇴끼고 뭐고 사냥해 가지고 와서, 들어와서는 그것을 멕이고서는 살리는 거여. 이놈은 인자 죽것지 어떡혀. 강허니 부득이지, 말하면 곰허구 뱃사공 허구 살게 됐어요. 아 그래서 서방님이,

"당신은 곰인디 나는 사람인디, 어띠케 사람하구 살 수 있어. 난 못산다고 난 사람인게 나 놓아줘. 나 못살어 나 놓아줘."

건께. 그럴게 아녀. 하루 저녁은 달이 밝은 보름날이디, 나아가 백사장에 나아가 곰이 춤을 너울너울 친다 이거여. 춤을 추니까 얼마 추는디 그 뱃사공이 내다보니 곰이 춤을 추고 있거든. '저게 미쳤나 환장을 했나' 보니 그게 아녀. 낭중에는 곰이 사람으로 변신해 갖고 들어왔다 이거여. 들어와서는 말하자면 봉황산 산신령한테 그 곰이 가서 빌었어.

"될 수 있으면 나를 사람으로 변신시켜 달라 이거여. 변신시켜 주시면 고맙깟습니다." 이런께.

"변신시켜 주는 것은 어렵지 않으나, 너이 후환이 어렵다."

어렵다 이거여.

"아 후환은 어떻든간 사람으루만 변신시켜 주시유?"

아 곰이 에여쁜 각시루다 여자루다 변신했다 이거여. 그래서는 말하자면 굴에 와서, 지금은 내 곰이 아니고 사람이여. 그런께 사람 됐지? 같지?

"서방님! 이제 나허구 같이, 낭군님을 메시구 살텐케 그렇게 아시구 변심은 잡숩지 말라."

이거여. 그러는 순간에 인자 '나 좀 봐 달라'는 거지. 봐 달라니께, '못봐 주겠다' 이거여. '굴문을 못열어 주겠다' 이거여. 굴문을 딱 막고 있으니께 징역 사는 것 꼼짝 못허거든. 그런디 그 여자가 말하자면 곰 여자가, 곰녀가 〔청중1 : 사람이여, 내내.〕 가만 있어. 곰녀가. 여기 들어간께 안돼.(녹음기를 가리키며)

곰녀가 뱃사공이 인자 도망 갈려고 하는 뜻을 알고서, 곰녀가 문을 열어 주겠어요? 곰녀가 문을 열어주고서 지켰어, 길목에서. 왜 아니나 뱃사공은 나와서 도망가거든. 그 아래 나루턱으로 가니게 쫓아가서,

"아구 서방님! 워디 가쇼?"

그런단 말여.

"어히 워여 난 안간다."고.

"가시는디?"

"나 안간다."고.

"워디 가시는디?"

"나 바람쐬로 나왔다가 심심해서 거런다."고.

"아. 그러시냐고? 들어 가시자."

고. 그래서 들어가서 사는 순간에 그럭저럭 뭐시 들었어, 뱃속에. 뱃속에 들었놈이 어린애가 들었어. 어린애가 들었는디 곰녀는 될 수 있는 한 그 뱃사공을 데리고 살려고 하는디, 그 뱃사공은 도망갈려고 한다 이거여. 이건 워티키 안되고 결국은 문을 열어 놨시유. 문을 열어 놔니게 이제 도망가. 도망가서는 이제,

"서방님! 서방님? 당신의 혈육이 내 뱃속에 들었어. 들었으니까 가실라면 가시구 맘대루 하시요."

그러니까, 아 새끼가 들었다는 디 거 뚝 떼놓고 올 수가 없다 이거여. 다시 들어가서 몇달 동안 사는 순간에 그 곰녀는 만삭을 해서 어린애를 낳게 되었어. 새끼를 낳게 되는데 봉황산 산신령님한테 가서 또 빌었어.

"사람 새끼로 낳게해 주시유. 곰새끼로 낳게 허지 말구, 사람 새끼를 낳게 해 주시유." 근께,

"그것을 사람 새끼를 낳게 해주면 네 후환이 많다. 그러나 그 뱃사공의 맘에 달렸으니께 너 가서 허구 싶은대로 해라."

뱃사공이 갈려구 허니께. 그 곰녀는,

"당신이 나가지 않으면 도망가지 않으면 요거 사람 새끼로 날 수 있어 말여. 당신이 도망가면 곰새끼로 낳야 혀. 당신이 나가는 동시에, 사람이 없는 동시에 사람 새끼를 낳어 곰이 어떠케 길러겠어. 그러닌께 당신이 나가는 동시엔 천상 곰새끼를 낳을 수밖에 없어."

그런께 안나간단 말여. 뱃사공이 '안나간다'고. 곰은 인자 새끼 날라고 배가 아파서 만삭을 해서 들어 눴어. 그러니까 그 뱃사공이 나가서 퇴끼 사냥을 해서 곰녀를 멕이는디, 하루 하다 이틀 하다 한 사흘쯤 하다 그 여자는 어느날 새끼를 낳게 돼 있는 순간인디, 그 뱃사공은,

"야! 내가 곰허구는 살 수 없다. 암만 새끼를 낳더라도 낳더라도 곰 허구는 살 수 없다."

그래서 나루터로 도망을 친다 이거여. 거 가서는 배가 있어. 배를 저어 나가

거든. 저어서 나가는데 그 곰녀가 그걸 알아서는 쫓아 나왔어요. 쫓아 왔는데 쌍둥이를 낳어. 사람의 새끼가 됐든 곰새끼가 됐든 쌍둥이를 낳는데, 뇌가지고서는 여기서 벌써 10m, 20m 이상 물루다 배가 떠나갔어. 건게 양짝 손에다 들고서,

"어~어. 여기 낭군님 새끼 있어. 원체 새끼가 있으니게 오라."

는 거여. 거 본체 않고서 그냥 나가는 거여. 나가버리거든. 배를 타고 나가버리니게. 곰이 양짝 손에다 새끼를 들고서 강에 화악 빠져 번졌네, 빠졌어. 엘 느닷없이 천개, 번개가 번개불이 빤짝빤짝 하고 노성벽력이 치더니, 거기서 비가 내리더니 배가 건너지를 못해요. 나룻배가 건널라믄 파도가 일어서 건널 수가 없어요. 아 그래 부락 사람들이 보고서,

"안되겠다. 곰신을 위해 줘야겠다."

그래서 거기다 곰의 사당을 지어 주었다 이거여. 곰사당을 지어 주고서, 거기다 잘 지사를 지내 주니게, 그 후로부터 배를 건네도 그 풍랑이 안일어나서 말하자면 무사히 나루가 순화되었다는 거여. 지금 가보면 곰 동상이 섰어. 동상이 섰어. 웅진에.

자료 16   녹간 은행나무

이장님 부인과 따님(2)에게 1983년 2월 3일 부여군 은산면 주암리 자택에서 조사한 것이다. 조사들이 은행나무에 대한 전설을 해 달라고 말하자, 이장님이 다른 사람한테 얘기하는 것을 얻어 들은 것밖에는 모른다며 구술하였다.(부여의 구비설화(1) 보경문화사 〈은산면 설화 38〉 재인용)

(은행나무 : 1300년, 흉고직경이 330cm, 수고가 30cm로 천연기념물 320호이다.)

이 녹각(녹간) 은행나무는 백제가 멸망할 때, 그 때 심은 것 같다. 그래서 한 1300년 되는 것 같다고 말씀하셨다. 은행나무에 있어서 음력 정월 초이튿날에는 은행나무에다 정성들인 다음에 자기도 떡국을 끓여 먹는다고 했다.

그렇게 하고 나면 자욱 눈이 왔는데, 그때 보면 범 발자국이 있다고 한다. 이 근래로는 어려워서 이장이 맡아 지내며 낮에 지낸다고 한다. 그 뒤로는 범 발자

국도 없고 눈도 어리눈도 안온다고 한다.

그리고 또 아들 못낳는 사람은, 또 자기가 맡아서 하겠다고 해서 지내면 아들을 낳는다고 한다. 그리고 이 은행나무 관리를 3대를 이어오며 맡는다고 한다. 그리고 또 신기하다며 무슨 난리가 날려면 은행나무가 바람도 안불어도 떨어진다고 한다. 시국이 바뀔라면 그러한 현상이 나타난다고 한다.

자료 17 괸바위 전설

송채호(남·81) 할아버지께서 1983년 2월 3일 부여군 충화면 지석리 상지마을에서 구술하여 준 것이다. 조사자가 질문하여 유도 채록하던 중에 옆에서 듣고 있던 송재곤(60, 남)씨가 보충하여 설명하는 것을 채록한 것이다.(부여의 구비설화(2) 보경문화사 〈충화면 설화 17〉 재인용)

〔조사자 : 할아버지 괸바위가 뭡니까? 괸바위에 대하여 얘기 좀 해 주세요?〕8충신 중에서 3충신이 저기 청등산에 가서 큰 바위를 짊어지고 여기다가 내려놔서, 괴어나서 괸바위여.

〔조사자 : 왜 갖다 놨을까요?〕 권력이 세니까 그렇지. 팔충신이 있는디, 내가 기억을 못허겠구먼. 〔청중 1(송재곤) : 이제 그걸랑 다시 이자 동지책이 있어요. 있는디 팔충사 내력은 할아버지가 잘 몰루시는구먼〕(괸바위에서 팔충사의 이야기로 이야기가 흐름)

팔충사는 원래 청등산에 있었어. 팔충의 마당에서 계백장군이라고 그 권력이 셌잖아요. 그분들이 원래 여기 천등산에서 산사람이여. 여기 절에서 전장 때 무섭게 하기 위해서 그 돌을 백제 때 세워 놓은 것인데, 그 세워 놓고서 불방단이라는 데서 진을 치고,

〔청중 2 : 노고산이여.〕 응 노고산에서 진을 치고 있다가, 그분들이 나가서 쌈을 하다 그 사람들이 전사를 했지. 그래서 그분이 그러니까 승님이 여기가 불적이라 해서 팔충사를 세웠는디, 원래는 팔충사가 부여에 있었어. 그 집을 떠더와서 시우고 했어.(부소산 삼충사 건물을 옮겨다 팔충사를 세웠음) 동지학에 있어.

자료 18   혈 짤린 부산

양중근(남·30)씨가 1983년 2월 2일 부여군 양화면 입포리 양화 지서에서 구술하는 것을 동료직원과 같이 들은 것이다. 이 이야기는 신고하러 갔을 때 채록하는 방법을 설명 도중에 채록한 것으로 20살 때 규암면에서 사시는 현재 90살 되는 친할머니한테 들은 것이라 한다.(부여의 구비설화(2) 보경문화사 〈양화면 설화 2〉 재인용)

그런게 어째 들어 자세히 모르지만 말이여, 백제교 바로 앞에 가면 백강이란 동네가 있어요. 그래가지고 그 바로 옆동네가 부산이고 백강인데. 그 원래 백강 이씨가 살았다고, 지금도 백강 이씨가 많이 살고 있다고 허는데. 거기서 동네가 큰(?)가 있다고 허는데요. 가보면 산 형국이 부산인데요.

산 형국을 보면은 꼭 거북이 형성이라는거요. 거북이 형성. 그래갖고 등허리가 있고 실제로 앞산 형국을 보면, 우리가 그 아무나 보더라도 거북이가(로) 생겼어요. 언뜻 보면 그 그래갖고 목이 맥이라고 있지요. 목이.

함 거북이 목이 맥이라고 해갖고는 일본놈들이 그때 맥을 끊었다고 해요. 거기를. 옛날 백강 이씨들이 유명한 사람들이 나온다고 해 갖고는 맥을 끊었는데, 맥을 끊었는데 피가 많이 나왔다는 거요. 그런 애기이었던므요.

〔조사자 : 그래서 이씨들이 뭐 잘못 되었다는 것?〕 그래갖고는 이씨들은 아직까지는 거기서 유명한 사람들 나오지 않았다는 거요. 맥을 끊어 놓았기 때문에.

자료 19   유왕산 놀이 유래

최병갑(남·59)할아버지께서 1983년 2월 2일 부여군 양화면 오량리 오송마을 자택에서 구술하여 준 것이다. 이 이야기는 제보자가 20세가 넘어서 군산을 갔다 오는 뱃길에서 들었다는 것으로 조사자의 유도에 의해 이야기해 주신 것이다.(부여의 구비설화(2) 보경문화사 〈양화면 설화 26〉 재인용)

별로 그런 얘기가 있어. 원당이라고 지금은 으뜸원자하고 집당자하고 쓰는데 처음에 원당이란 뜻은 그 나당 연합군이 백제를 멸망시켰잖아. 그랬을 때에, 저 그 얘기를 하야것네 할 수 없이.

여기 저 뭐냐 가면 여기 가면 거시기가 있어. 저 그런께 유왕산이라고, 바로 요산 저쪽에 있는 유왕산이라고. 에- 고것이 우들 어렸을 때, 애들 (최병갑 씨의 막내아들 지칭) 어렸을 때구먼. 8월 17일 날 이 근방 이 부여 서천 저 뭐야 저쪽에 빈으로 어 등산 거기서까지 뭐냐 예로부터 부인들이 그 8월 17일 날이면 모였어. 참 굉장하지. 막 사람 그 때 아마 10만이란 숫자가 됐을라나 몰라. 우리 동네가 여기 거긴디 막 그날이면 막 꽃밭만 생겼어.

거기 가기 위해서. 그런디 인자 남자들은 인자 그 여자의 호기심으로 인자 여자가 뫼니까 남자들두 가네. 사실은 여자들만, 그전엔 여자들만 뫼였데. 그래 여자들이 뫼인 목적은, 그 때 목적은 여자들은 지금 같지 않고, 그 때는 출가하면은 어디 같이 놀던, 아 저 친구가 어디 시집간 줄만 알지. 참 못 만나거든. 인자 친정에 서로 왔다가서나 서로 제 집에 같이 오면은 만나는 수 있지만, 일생 동안 못 만날 수가 있단 말여. 그렇게 친절하던 친구가. 그런디 여기를 오면 이렇게 함으로써 만나, 서로.

그 인자 그러구 친정 부모들도 만나고. 그러기 위해서 뫘다는거여. 처음에 뫼게 된 동기는, 에 백제가 망할 때 그 왕족들이 참 그 그 피신을 해가지고서나 거기서 배를 타고서 떠났다는 거여. 그 날짜가 8월 17일였다는 거여. 그래서 그 백제 유민들이 어 왕이 인자 떠난 날을, 인자 기념하기 위해서 그렇게 그날 모였다는거여. 고것이 동기가 인자 바꿔져 가지고서, 사람 산 여기 사람 지방 사람들끼리 만나기 위해서 여자분들끼리 뫼이게 되었다는 거여, 해방되기까잔.

에, 해방된 것이 음력으로 인자 8월 17일이니까, 에 7월 7일이니께 이 그 여기 정확한 연대로 하면은 44년까지는 뫘갔고만 그려. 1944년까잔 8월 17일날 뫼였어. 음력에 그러고선 해방된 다음부턴 일절 폐지 됐어.

자료 20 조롱대 전설

최병갑(남·59)할아버지께서 1983년 2월 2일 부여군 양화면 오량리 오송마

을 자택에서 구술하여 준 것이다. 이 이야기는 어렸을 때 들었다는데, 이야기를
해 준 사람은 모르며 조사자의 유도에 의해 구술해 주신 것이다.(부여의 구비설
화(2) 보경문화사 〈양화면 설화 28〉 재인용)

어째 얘기 하는가도 잘 몰르것고, 이거 참 전설이니까.
그래 왕이 밤에는 용이 되가지고, 용이 되가지고서는 그- 백마강으로 뛰여
그게 참 용이 있으니께, 그를 참 잡기 위해서 그 사위라는 사람이 그 평소에 음식
이 뭘 좋아하는가 그래가지고서는 백마 백마를 좋아 했더라는구먼 그려.
그래서 백마를 껍질을 베껴가지고 그 놈으로 낚시 입가불 해서 낚시질을 해
서 그 용을 끌어 잡어 올렸다는 얘기가 있지.

자료 21   계백 장군

최병갑(남 · 59)할아버지께서 1983년 2월 2일 부여군 양화면 오량리 오송마
을 자택에서 구술하여 준 것이다. 이 이야기는 제보자가 어렸을 때 들었다면서
스스로 해 주신 것이다.(부여의 구비설화(2) 보경문화사 〈양화면 설화 29〉 재인
용)

나라가 패망할 적에 장군, 계백 장군 난 디가 거기라구먼. 그런디 들리는 말
에 의하면 그 양반이 어렸을 때, 저 위로 홍산으로 홍산에서 서당을 데니는데 공
부를 데니는디 홍산으로 갈려고 하면 거기가 저 갈려면 그때, 그 금강이 뭐여 물
이 범람 해가지고서나 거기깨가 거기 수침을 하거든 물이쩌.
그래 다른 학생은 하나도 못오는디 그 계백 장군만은 오더랴. 어떻게 오냐하
면 그 나막신을 신고서 그냥 어떻게 배가 되서 물위로 걸어서 오더란 그런 얘기
가 있지.

자료 22 유금필 장군

최병갑(남·59)할아버지께서 1983년 2월 2일 부여군 양화면 오량리 오송마을 자택에서 구술하여 준 것이다. 이 이야기는 제보자가 20세가 넘어서 들었다는 것으로, 스스로 구술해 주신 것이다.(부여의 구비설화(2) 보경문화사 〈양화면 설화 30〉 재인용)

유장군이 거기서 참 명장였었는데, 그 안개가 심히 쩌가지고서나 그 당나라 군대가 이루 들어가야겠다 임천군으로. 그래서 지나라 부여로 들어 간다던구면. 그런디 그걸 몰르고서나 느닷없이 적이 덤벼오는 바람에 그냥 흥이 떨어져서 항복하고 말았다는 그런 얘길 들었어. 유근필(유금필)이라고 한 것 같어, 그 장군 이름이.

자료 23 야래자 전설(견훤)

최병갑(남·59)할아버지께서 1983년 2월 2일 부여군 양화면 오량리 오송마을 자택에서 구술하여 준 것이다. 이 이야기는 제보자가 어렸을 때 들었다며 조사자의 유도에 의해 구술해 주신 것이다.(부여의 구비설화(2) 보경문화사 〈양화면 설화 46〉 재인용)

이- 그 얘기는 견훤이 어머니가, 그게 에- 태어났다는 참 그런 낳다는 얘기가 견훤이라는 얘기여. 지네. 참 지네 아들이라고 하는 얘기가.
〔조사자 : 어떻게 돼요?〕
그- 뭐- 어렸을 때, 에- 그 때가 그래 인제 뭐여. 백제는 인자 망하고서 인자 신라에 인자 고성되고 그럴 땐데. 뭐냐, 어느 지역은 그- 뭐냐 바다이〔청불〕 안게 짐작에 전라도 무안 영동 그런디 같어. 짐작에.
거기에서나 어떤 처녀 하나가, 그렇게 밤이면 어떠한 참 남자가 들어와서나 이 동침을 하고 그러는디, 참 금방 얘기한대로 그대로 그냥 그래서 그러면 그 사람이 어디로 가는가 알아보라고 해 가지고, 그- 의복에다가 바늘을 꽂았다는 거여.

그래서 그 이튿날 보니까 인자 그- 담장 밑을 이렇게 거기 가서나 파보니까, 지네밖에 없다. 그런께 에 견훤은 지네, 견훤은 저의 아버지가 없다는 거여. 왜냐하면은 실지 견훤의 아버지가 없다고. 참.

자료 24   지명 유래 전설

송준규(남 · 79) 할아버지가 1983년 2월 3일 부여군 세도면 청송리 경로당에서 해 주신 것을 8-9명의 할아버지를 모시고 들으면서 채록한 것이다. 제보자는 경로당에 오셨을 때 조사자가 반조원에 대해 묻자 해 주신 것이다. 이야기는 30년 전인 6.25 당시에 이 곳에 와서 교편생활을 하면서 들으셨다고 한다.(부여의 구비설화(2) 보경문화사 〈세도면 설화 14〉 재인용)

▟ 반조원 전설

백제 시절에 말이여. 에 백제 시절이 백제 유민이, 에 그러니께 그 임금은 누구인지 모르지만, 그것이 의자왕이었으냐 어쩌냐 잘 모르것요. 그뜨머리 임금이 의자왕이거든. 그래서 그 츠음(처음)이는 정치도 잘허고 그랬데요.

나중에는 주색에 빠져 가지고 말이여, 그래서 그 신하들허고 말이요, 어 이저 부여에서 말이요. 봄이면 인자 일기 좋고 허면, 그러면 일기가 화창하고 그러면은 이 배를 타고서 말이에요, 이렇게 죽 내려와요. 이렇게 죽- 이 저 백마강을 타고서 이렇게 내려와서, 여기 가면 강경이라고 있지 않아요. 강경에 거기가 낭심이라는 데가 있거든 남총. 난청이란 물결난자, 맑을청자, 난청이. 거기 가서 인자 놀고서 말이요 그래서 올라가는 거예요.

인자 죽- 배를 타고 올라가. 그래서 여기 세도면 반조원리라고 있잖아요. 그게 반조원에 가서 그게 조서 조자이거든요. 이게 말씀언변에다가 에 부른소린이. 거기가 조서를 냈대요.

그렇게 허고서 이렇게 올라 갔다는거요. 그래서 반조원리래요.

⁝ 파진산 전설(노적봉전설)

〔청중 : 백제치러 들어 왔다가서는 파진산이다가서, 저 거시기 녕축을 불러 가지고 저 봉무(마을 이름)쪽에서 쳐다 보니께, 그 파진산이 전부 놋(낫가리) 군량이여. 그래서 그걸 쳐다 보고.〕
"저게 무어냐?"
고. 물으니께,
"그게 백제의 군량이라."
고. 헌게,
"아이 저런 부(부유)헌 나라를 어떻게 치느냐?"
고. 〔청중 : 해서 파진했다는 겨. 그래서 파진산여 거기가.〕
그런디 나락으로 위장헌 것인디. 그건 인자 뭐여 나당 연합군, 나당이 온 것이 아니고서 전에, 이 백제에서 그 그때에는 말이여 고구려허고 신라에서. 그래 인자 그래서 말이요, 에 구관이 많은디 그러니 인자 그러니 보니게스로 이 백제 장군이 식량이 많은 것을 뵈기 위해서 그때 위장이지, 그때 영으로 이렇게 그 위에 파진산을, 석성 뒷산여, 그때 그놈을 이었디아.

그래 인저 외적이 인저 와서 말이여 전장을 벌리고 가만히 생각해 보니께, 아 식량이 저렇게 많겠다 뭐, 두고두고 장구전이 되고, 그렇게 장기전이 되구 이럴 것 같으면 지구전이 될 것 같으면, 자기나라 도저히 안되겠었어. 그래서 전쟁을 않고 갔다지. 그래 적군을 파했다고 그래서 그게 파진산이라 한다더만 그려.

자료 25 문둥 다리 전설

김화연(84·남) 할아버지께서 1983년 2월 2일 부여군 세도면 군사리 2구 노인정에서 구술하여 준 것이다. 이 이야기는 하마비라 혼동을 일으키신 것 같고 또 중간에서 이야기가 없어진 듯하다.(부여의 구비설화(2) 보경문화사 〈임천면 설화 25〉 재인용)

〔조사자 : 문둥 다리가 백제 시절에요?〕 이. 백제 시절이 유장군이라구 있어서. 이 상험제 시방 화상이 있어. 있는디 백제 나라여 신하여. 신한디 천지를 보닌게 백제 왕이 죽었거던. 용 되가지구 댕기다가 죽은 인간이 거기 성되서 싸울라구 가다가 임금이 없은게 헐 수 없이 자기들이 다 죽었어.

죽구서는 인자 문둥 다리 오나서 화상을 그려 놓구서, 거기서 참 제두 지내구. 근디 거기 오나서 있다가 있는디, 말이 고기 가므는 말 타구 가다 내려서 걸어 가다가 타구 가야구. 부인네들두 조구 타구 가다가두 내려서 그 바깥티 나가서 타구 가는디.

아 거기서 어느 양반 하나가 말 타구 내려 가닌게 아 말다리가 부러지네. 〔조사자 : 말 안 타구 말 안 내리고 그냥 갔어요?〕 이. 그려.

그 인간이 말타구 가든 양반이, 칼잽이 불러서 말껍데길 벗겨서는 유장군을 들쎠서너 가지구서 거가 똘이 있구 허닌게 똘 속이다가 쳐 넣어 버렸어. 허닌게 빼내지두 않구. 그 인간이 깝깝허닌게 도루 서낭길에 올라가 가지구서 거기가 문둥 다리라구 혔어.

자료 26   궁남지의 유래

장국환(남·54) 1997년 4월 26일 부여군 부여읍 동남리 자택에서 구술하여 준 것이다. 우리들 사정을 애기를 듣고 동네 어른 한 분이 직접 이장 댁에 데려다 주셨다. 집에 들어가자마자 우리가 온 이유를 설명하자 즉석에서 이야기를 해주었다.

궁남지에 대해서 말씀을 드리자면 저 백제시대에 무왕이 그 곳에서 있었던 곳인데, 살았던 곳인데 원래 백제시대 29대 법왕, 법왕이 국립박물관, 전 국립박물관 그 전설이 궁궐로 돼 있어요.

그래서 29대 범왕 이 후궁을 뒀던댄데, 궁남지가 그 후궁 막굴에서 인저 후궁이니까 처지 첩이지. 처가 후궁에 있는 것을 밤 몰래, 왕이 백성민들 눈을 피해 가지고 다니기가 뭐하니까 밤에만 댕겼어요. 이 밤에 댕겼는디 이 처가 어느 새 인저 뵈가지고, 애기가 뵈었어요.

　과부가 애기 뵈가니 고 저 낳을 달이 됐는데 난 것이 마동이를 낳어요, 마동이라고 하기도 하고 서동이라고 하기도 합니다. 그 서동이가 그곳에서, 애기를 인저 낳으니까 과부가, 마 천군에서 백제시대에 소머니에 지금 같지 않고 옛날에는 과부가 자식을 낳으니 깐 이상하게 막 소문이 났어요.

　이 왕이 밤 몰래 왕래한 것은 모르고 인저 마을 사람이 과부가 애기를 낳았다는 소문을 듣고 사실은 그게 아니었고, 이저 붙이 가는 오떻게 붙였냐하면 밤 몰래 왕이 왕래한 것이 아니고 궁남지 못에서 저 용을 그리웠던는지. 사대 몇 일을 카 걸치고 있는 설이 인저 궁남지에서 인저 용 이 대들어서 애기를 봤다아. 그래서 애기를 봐서 난 것이 마동이다. 사실은 왕, 이 왕명 뵈게 한 게야.

　그래서 그 궁남지 그 못 자리가 벡제 시대에는 인수 팔 킬로, 긍게 8킬로면 20리 길이지요. 20리길 그 물이 오서부터 흘렀냐 하면, 능산리 백제 고분이 있습니다. 그 지리산, 참 그 고분군에 능산리서부텀 이 왕걸이 천에서 갑산리천 어떻게 흘러서 궁남지로 물이 들어오게 되 있어요. 그 못 그 당시에는 상당히 길었다는 거, 넓었다는 거, 상상을 혀야 돼요.

　지금은 좁지만은 그러나 그 궁남지 그 못이 백제시대에는 화청하게 켜졌다는 거, 그 다음에 그용이 그곳에서 잉 서동이라고 혀고, 마동의 어머니가 그 곳에서 있던 곳이.

　마천지에 가면 지금도 팔각샘이 있습니다. 이 궁터(집 앞을 가리키며) 후궁 터기 때문에 인저 거기에 가면은 팔각으로 돼 있는 샘이 지금도 남아 있어요. 이 밑에 바로(집 아래 동네를 가리키며) 그 궁남지에서 한 50미터 지점 밖에 안 됩니다. 떨어진 샘터가 그 팔각샘이 거기도 있고. 그 다음 잉 부여여고 뒤에 가면은 또 팔각샘이 있습니다. 그곳도 전 후궁 저 궁궐의 일부분으로 들어가기 때문에 거기 팔각샘이 남아 있고, 부여에서 팔각샘 허면은 세 곳이 있는데, 부여여고, 저 궁남지 마천지, 궁남지가 마천지예요. 지금 마천이라고 하지, 그곳이 있고. 또 부여돌이 여기 부여머리라고 있어요. 머리두자 쓰고, 그곳에서 저쪽 끄트머린데 한 여기서 4킬로 밖에 안 되고, 돌아 가면은 한 6킬로 정도 돼요. 그래서 거기에 가면은 부여돌이에 팔각샘이 있고 현재 3개가 남아 있습니다.

　그래 이제 궁남지라는 못에 대해서는 다소 그렇게 해서 내막이 끝나고 또 물으실 거 있으면 말해요.

자료 27   백제의 효동 효자

장국환(남·54) 1997년 4월 26일 부여군 부여읍 동남리 자택에서 구술하여 준 것이다. 앞의 자료를 마치고 할 이야기가 많다며 우리에 물어보라고 하여, 우리들이 효에 대해 묻자 시작하여 주었다.

효. 예 좋은 얘기 허시네. 백제 시대에 효동이라는 사람이 있었는데 그 비가 지금 어디에 있냐 허면 박물관 안에 지금은 넣어 놨어요. 그전에는 부여국민학교 앞에 한 백오십 미터 지점에 있던 곳에 효자비라는 비를, 부여 박물관 현 박물관 사거리 노타리에다 그것을 있었다가 박물관안에다 소장해 났어요. 박물관 안에 있어요.

그 효동이라는 사람의 유래는, 인저 그 백제시대에 부모에게 효성하기 위하여 효도하기 위하여 어머니 아버지가 상당히 내외분이 아파갖구 드러누워 서 도새 약 쓸래야 쓸 것은 다 써서 썼어요. 그래서 결국은 약을 구할 것 다 구하고. 겨울이면 겨울에 가서 잉 잉어 잡으라면 잉어 잡고. 겨울에 가서 그 없는 그 생풀을 또 진난이라는 그 진난풀 부여에서 토란 말고. 진난 진난이라는 그 난을 구해다가 복용하면 낫는다. 그 진난이라는 것을 구할 수가 없어서 중국에까지 가서 구혀다가 했지. 부모에게 봉양을 시켜 봤는데 못 나서, 안 나셨어요.

그래서 지극하게 효성이 지극한 그 마음을 자기는 그 효도하는 마음을 부모에게 혓고, 싶은 것은 다 했는디 부족한 것이 많이 있어가지고 예자 인저,

'안 되겠구나 인지 내 피라도 부모에게 먹여 보아야겠다. 잡수시게 해야 겠다.'

해서 손가락을, 열 손가락을 다 깨물어서 피를 쭉쭉 짜서 한 방울 한 방울 흐른 것을 양쪽 부모에게 나눠서 맥이고 그것이 봉양비 되서 혈기가 설고 효성이면 그만이더라고, 그래서 부모가 건강하게 잘 지내서 행복하게 살다가 돌아가셨다는 효자비를 그 당시에 만들어서 현재까지도 전해온 것이, 백제국민학교 요기(향교를 가르키며) 백제국민학교, 저 부여국민학교 가는 디가, 지금은 국도로 되 있지만 효자의 비라는 것을 잊어선 아니 되지요.

그래서 부여는 충신의 길이 있고 효도의 길이 있어요. 효자의 길 어떻게 되나 하면(손가락으로 가리킨다.) 충신의 길은 저 계백장군 거기서 부여 요기 백제

국민학교 밖에, 백제 박물관 앞에까지가 충신의 길이고, 저기 백제국민학교 앞에서 부여국민학교 가는 로타리가 효자의 비, 효자의 길이라는 것을 두 가지 길이 부여에 지금도 불르고 있어요.

자료 28 계백장군

장국환(남·54) 1997년 4월 26일 부여군 부여읍 동남리 자택에서 구술하여 준 것이다. 앞의 자료를 마치고 할 이야기가 많다며 우리에 물어보라고 하여, 우리들이 효에 대해 묻자 시작하여 주었다.

저 충신의 길이라는 것은 계백장군 아시지요. 서기 660년 나당연합군에게 멸망할 때에 백제의 충신 계백이 처자식을 죽이고 자기의 이끌은 것이, 계백이 그 당시에는 장군이 아니고 선생이였었는데, 그 군사를 이끌구 무집 헌 것이, 서민들을 그 이끌고 황산벌로다가 충추할 때에 처자식을 죽이고 가는 그 마음과 황산벌에 가기, 가서 신라국 오만과 오천과 대결사대가 있은 결과 거기서 죽음을 가져서 현재까지에 동을 향해서 그 충신의 길을 뜻하고 있습니다.

자료 29 부여의 팔경

장국환(남·54) 1997년 4월 26일 부여군 부여읍 동남리 자택에서 구술하여 준 것이다. 앞의 자료를 마치고 생각이 났는지 계속 이어서 부여팔경에 말씀하시다 관련된 백제의 역사를 하면서 이야기의 주제가 변하였다. 그래서 부여 팔경은 4가지만 말씀하시고 뒤에 이어서 하신 것을 덧붙인 것이다.

그래 이저 지금 부여는 유적도 볼 것이 많이 있고, 현 눈으로 볼 것은 없어도 글로 남긴 것은 무지게 많이 남겼습니다.

그저 박물관장 홍사준 선생이 저도 거기에서 말이 배웠습니다. 그 홍사준 선생이 고인이 되기 전에는 박물관장으로 35년감 거기 있었다가 병환으로 세상을 뜨셨지만 그 양반이 남은 시가 부여8경 구 팔경이 남아 있다는 것이 뚜렷하게 남아 있어요.

❖ 백제탑 석조

그 부여 구 팔경 하면은 요 앞의 막 뵈다 보이는 백제탑 석탑, 아까 우리 올라오던 디 고기 와 우리나라 국보 9호로 지정했어요. 백제의 5층 석탑. 그 백제 5층 석탑의 뜻은 백제탑 석조라는 것은 그 석양빛을 오디서 받았는가, 부여8경으로 들어가 있는 것디, 구 팔경에 그 8경의 한경만 볼래도 석달 열흘 그 시를 찾으라면은 그렇게 걸린다는 겁니다.

그 백제탑 석조 말의 좋게 비칠 조자 씁니다. 저녁 석자에 비칠 조. 오디서 비쳤느냐. 저기(마을 앞을 가리키며) 동래가 인저 마을 이 산 하나가 저기(마을 입구를 가리키며) 있어요. 약간 저기(집 앞의 마을을 가리키시며) 동네가 되지요. 저기가 인저 동남오리가 되는 거예요. 저기(집 앞에 보이는 집들을 가리키시며) 집들 많이 짓디 지금은 산이 있었는디 옛날에 야산이 있었는데 그래가지고 그 석양이 넘어서 저산 넘어서 빛이 백제탑 홍에 비친 것을 볼라고 고것이 부여의 8경의 하나에 들어 있는 석조. 백제탑 석조로 지정돼 있고,

❖ 부소산 모우

그 다음 부소산 모우 저물 모, 빙자 써요. 저물을 때 비를 어느 때 비냐 부여8경 엔 그 저무를 때 비도 여러 가지의 안개와 이슬같은 비 그것이 저무를 때 그 비를 맞으면서 부소산성을 올라가는 그 마음으로 부여에 일경을 또 넣었어요. 그래서 이경이 되지요.

❖ 낙화암 두견

그 다음이 삼경. 저(낙화암이 있는 곳을 가리키며) 낙화암두견이라는 숙경요. 잘 속자 두견이 견자 잘 숙하고 견자. 그래서 낙화엄이라는 것이 천삼백년전 삼천궁녀가 그 많다는 수를 가지고 애기를 헌건데 지금에 와서는 그때에 우리더리 지금 애기허면 삼천궁녀면 무지허게 많다는 수를 뜻허면 돼요.

　　서기 660년 나당연합군에게 멸망당할 때, 때는 7월 18일 날 궁남지역 궁궐 터, 전 궁궐터에서 궁녀들이 뒤를 보니 나당연합군이요, 앞을 보니 절벽이라 삼천궁녀가 꽃같이 참 떨어지기 전에는 이심전심라 통한다미 이 백제이 지조를 지키기 위해서 이 나당연합군이 잡혀서 우리들이 기왕이 잉 죽을 몸 낙화암꽃처럼 떨어져진 뒤로, 떨어진 낙, 꽃 화, 바위 암, 낙화암이라는 것이 명백히 해서 지금 두 두견세가 있습니다. 낙화암에 오늘같은 비가 올 때만 있었요. 낙화암 밑에서 두견새라는 새가 지금두 살고 있어서 그 낙화암 숙견 잘 숙하고 두견이 견자 그래서 낙화엄 숙견이 돼 있고, 그래서 부여서 부여삼경이 돼 있고.

고란사 효종

　　그 다음이 궐안(고란)사 효종, 궐안사 효종 허면은 새벽 효자 써요. 새벽종 새벽 효자, 그 효종 허면은 궐안사에 아무 때나 가서, 새벽에 가서 종소리 듣는 것이 아니예요. 새벽에 가는 종소리가 어느 때에 쳐서 울리는 소리냐. 그 그렇게 지금 애기 허면 예비보기 전이니까 4시 정도는 생각허셔야 헐 거예요. 그때는 옛날 시간 그 시간에 주지스님이 종을 치면은 그 울음 따라서 백마강 사자수 그 물결 따라서 사방 사십(리) 거리가 들린다는 종소리가 있습니다. 지금 물도 즉고 기후가 변했지만 천삼백 년 전에는 백제가 망하기 전에는 아주 물도 많았다고 상상 허셔야 되요. 우 리가 어렸을때도 텃밭이두 물두라였습니다. 예 인저 궐안사 이 새벽에 울리는 소리를 4시정각, 4시정도 돼 가지고그 물이다가 귀를 대면은 먼디서 강경에서 이렇게 물어대면 종소리가 들렷다는, 설이 나와었습니다.

백마강 침월

　　그리고 인저 그 백마강 침월, 잠길 침자 달 월자 써요. 달이 쟁겼다는 애기를 허는 게요.

구룡평 낙안

　　그래서 아까 애기 했던 사경까지만 애기 했지만 인저 여기 또 구룡평 나가리라는데가 있어. 팔각샘이 있다는데 그 지금은 저 들판으로 되어 있지만 옛날에는 갈대밭이었어. 지금은 가을에 보면 누렇게 익어가고.

그 구룡평 나가리라는 뜻은 구룡이라는 것이 아홉 마리 용이 있는 것이 아니라 그 마을에 용이 인저 아홉 용이 인저 나타나서 거시기도 그렇게 했다는 설은 있어 조금도. 그런데 옛날에는 거기다 그렇게 뭐 거시기 한 것은 아니고 갈대밭에 야간 백제에서 저쪽 건너로 시장터로 생각허여 될 것이여. 장보러 댕겼을 때 그러서 기러기 안자 써요. 기러기 안자, 떨어질 락자 그래서 부여 8경에 하나에 기러기가 앉는 그 갈대밭 밑으로 있는 것이 참 좋더라. 아름답게 뵈더라. 그래서 부여의 머리에 부여 두리라고도 하고. 부여 머리라고도 해.(이것이 집에서 멀리 보이는 섬처럼 보이는 곳이 그 곳이란다. 현재 우리는 안개로 인하여 보지는 못했다.)

❖ 규암진 귀범

귀암진 귀범. 돌아올 귀자. 엿볼 귀(규)자. 바위 암, 거 옆으로 옆으로 보니까 백마강 물이 많이 들어와서 범선이 인저 노젓는 범선이며, 지금은 통통거리지만, 범선이 돛대를 달고 낙화암 오고가는 배에 그 돛이 잘 뵈며는 물이 많게 올라서 부여가 흉년이 되고, 물이 돛단배가 잘 안 뵈면 부여가 풍년이 된다는 그런 설이 있고, 그래서 부여8경에 하나가 있고.

❖ 수복정 청람

수북정 청남. 인저 그 수북정 청남이라는 것은 저 정자 다리 위(손으로 가리켜 주신다.) 광해군 때 김홍국이라는 사람이 양의목사로 계실 때 이조시대지. 그 북벌을 못하고 저곳으로 귀향을 왔어. 그래서 김홍국씨 호가 수북이라 호는 물 수자, 북녁 북자, 정자 정, 수북정이라는 정자를 마련해 놓고 청남 오고가는 그 바람이 상, 당연히 많이 불기도 하고 그 어떤 때는 아지랑이가 하늘거릴 때 그때 그 부여 8경으로 하나로 넣고, 줄거리만 얘기 해드리는 거여.

자료 30   소장방과 맹갱이

장국환(남·54) 1997년 4월 26일 부여군 부여읍 동남리 자택에서 구술하여 준 것이다. 앞의 자료를 마치고 생각이 났는지 부여팔경을 다섯 번째 이야기 하다가 이 야기기로 바뀌었다.

　　인저 그 백마강이라는 유래를 알아야 돼요. 지금 백마강이라는 것은 내 내 흐르는 째가 금강이라고 부르고 있는데 금강이요. 충청북도 충주에서 동진 금 이렇게 공주 부여 강경 서해 바다로 흘르는 이 금강 줄기지만은, 옛날에 백마강이라는 것이 아니라 옛 강 이름은 사비수라고 하고, 사비수나 사자수 똑같아요. 금자수면은 물빛 지나 물 자자요. 내내 삼십 년에 이참 그 사비수 사자수에, 그 물이.
　　나당연합군이 쳐들어 올 때에는 상당히 범위가 넓고, 쳐들어올라면 상당히 어려웠어요. 신라 김유신 장군은 지금 육지에서 오만 계백장군허고 결사대가 있고, 당나라장군 소정방이허고 김유신 장군과는 만나게 돼 있었어요, 지금 탄현 숙제에서.
　　근디 만나지 못 했었요. 김유신 장군이 지금 탄현 숙제에서, 지금 황산벌에서 막 결사하고 있는 거고, 당나라 소정방이 먼저 왔어요. 오디로 왔느냐면 지금 백마강 새도(세도) 서해안 새도까지 와서 새도에 반주원리가 있어. 반주워리에서 하룻밤을 새기 새는데,
　　소정방이 자는디 군사들 십삼 만을 거느리고 자는데 꿈에 백제인 나라는 금이 많다는 소문은 중국에서 올 때 듣기도 했지만, 당나라 장수 소정방이 자는디 꿈에 나타나는 것이 금송아지가 임천 질산 쪽으로 뛰어 도망가는 것을 꿈에 보구서는,
　　"금송아지가 도망간다."
　　고. 소리를 꿈에 꽉 질러서 '저 송아지 보라'고 금송아지를 거 군사들이 이렇게이렇게 봐도 아무 것도 없거든.
　　"저 금송아지 빨리 잡으라."
　　고 말이야. 그러니깐 쫓아간 것이 군사들은 덮어 놓고 가는 거예요. 인여 그래가서 못 잡았당께, 잉,
　　"예기 이놈들! 그것도 못 잡았고 왔느냐."
　　고 말이여 소리를 된통 엎어서, 인저 거기서 선포를 허는 것이여. 인제 백제를 친다. 인저 반주원리에서 선포를 허면서 막 쳐 들어오는디 물이 원체나 많고 지금 부여돌이 또대에는 지금 오곡이 벌판에 돼 있지만은 옛날엔 갈대밭 아주 수

랑밭이였었요. 그래서 당나라에서 소정방이가 참 막 쳐들어오는 그 중에 물은 많고 땅은 질고 말은 꼭 수렁이에 빠혀서 안 나오지 그러니깐 대나무를 엮어갔고 백제 다 와서 못 건너게 되었으니깐 당나라 소정방이 먼저 와서 백제왕은 벌써 도피헌 곳이 신흥사. 그리로 인저 도망갔고 그래서 당나라 소정방이는 사비성을 쳐니깐 뭐 큰일 났거든.

그러자 당나라장수 소정방이가 백제의 점쟁이를 잡아오라고 했어요. 맹갱이라는 점쟁이에요. 맹갱이. 월암지 못에 지금 저 거 그것도 나오는데, 그 맹갱이라는 점쟁이가 백제시대여 참 유명했습니다. 그 당나라 장수 소정방이가 칼을 대구서나,

"너 점, 점을 치거라. 너희 왕은 지금 어디로 도망갔느냐?"

그러니깐. 그 점쟁이가,

"시간을 달라."

고 허니깐 시간을 줬어요. 시간을 주니깐 그 월암지 못에서 그 점을 한참치니깐, 참 백제왕이 인저 잡히게 생긴 건 틀림없이 잡히게 된 거라. 인저 점례를 치니깐. 지금 신흥사에,

"공주 신흥사에 도착되고 있습니다."

당나라 소정방이 군사 장군들, 지금 애기허면 그 벼슬아치들 다 팔십팔 명을 체포해서 중국으로 끌려갈 때에 유왕산 놀이터가, 지금두 놀이터로 변했지만 그때는 눈물바다였었어요. 그 서해바다로 흘러내려가는 그 산꼭대기가 유왕산이라는 곳였습니다. 그 꼭대기, 꼭대기 아낙네, 남편 잡혀가, 아들 잡혀가, 큼 모든 자식이 잡혀가 유왕산에서 흐르는 그 중국까지 가는 배 멀리 보기 위해서 고 길을 거쳐 가니깐, 크 손 흔들 때 막 울어 가며 통곡허고 아들 딸 잃은 사람은 딸 이름, 참 모든 거기에서 눈물을 흘리면서 저 백제 삼십일 대 의자왕은 충국봉진이라는 나라에서 병환으로 죽었다는 설이 있습니다. 그리고 예 맹갱이라는 정쟁이도 인저 유명했었요.

백제 때에 그 월암지라는 디가 달 월자 잉 바위 암자 써요. 그 월암지에 그 바위가 또 있어요. 지금은 다 논으로 변했어요.

자료 31   용을 바라보던 영일루

장국환(남·54) 1997년 4월 26일 부여군 부여읍 동남리 자택에서 구술하여 준 것이다. 앞의 자료를 마치고 생각이 났는지 계속 이어서 부여팔경에 말씀하시다 관련된 백제의 역사를 하면서 이야기의 주제가 변하였다. 그래서 부여 팔경은 4가지 말씀하였다.용을 바라보던 영일루

여기 부소산에 가면은 영일루라는 누각이 있어요. 영일루 맞 일영 달일 달월. 잉 그렇게 영월대도 되고 영일대도 돼 왜 영월은 달을 맞이했고 영일은 해를 맞이했어. 그래서 그 대지가 대지만 있었는데 64년도에 부여군 홍사면 북문을 뜯어다가 이축했어요. 영일루에 저기(영일루가 있는 방향을 가리키며) 인저 설은 영일루라는 설을 설명허게 되면은 백제왕이 궁궐에서 궁녀들과 같이 아침에 해를 맞이허고 달을 맞이허기 위해서 그곳에 행차 허셔서 충청도 공주 계룡산 연천봉이 뵙니다. 연천봉이 뵈요.

용이 꿈틀거리는 곳이라 항상 구름이 있는 곳이 뵈요. 그 연천봉에서 해가 떠서 달이 떠서 월암지라는 못에 반은 쟁기고 반은 비춥니다. 그래서 그 월암지가 지금은 논으로 변해서 너무 유감스러운 것이 많이 있고, 옛 고적을 찾아서 보면 상당히 인저 앳점이 많고.

그래서 그 영일루에 가면은 글자가 현판에 원곡부인 조병호씨 박사 글이고, 원곡도 부인이라는 글자가 있고 그 뜻은 낮에 오는 손님을 반갑게 맞이 했다는 그 선비 애기여. 에 영일루 현판 홈에는 날 일자가요, (글자를 쓰시며) 이 글씨를 쓰면은 똑같으게 써야 되는디, 날 일자가 왜 위에 붙어나 잘 가서 보세요. 위에 붙을 날 일자를 위에 해 놨어요. 높으게 높은 해를 뜻 헌 것을 맞을 현, 날 일, 다랑 누, 누각이 있다는 곳에서 그 자리에서 옛날에는 더 호화찬란하고 더 멋있는 풍경이 있었다고 상상을 허야 할 것이여요. 그래 백제왕이 그 곳에서 공주 계룡산 연천봉에서 달과 해를 맞이 했던 곳이 영월대라.

자료 32   군창지와 반월성

장국환(남·54) 1997년 4월 26일 부여군 부여읍 동남리 자택에서 구술하여 준 것이다. 앞의 자료를 마치고 생각이 났는지 계속 이어서 구술하여 주었다.

에 그리고 인저 그 옆으로 가면은 부소산성 군창지가 있어요. 군창지가 여 백제시대에 군량미를 쟁여 놨다가 탄고이 세 곳이 있었요. 부소산성에 있고 청마산성에 있고 군령면에 있습니다. 군령면에 여 그 이저 왜 탔느냐 지금도 나오는데 여 여러분이 생각헐 때는 이 탄소는 절대 썩지 않아요. 숯은. 땅속에 들어가도.

그래서 천삼백 년 전에 나당연합군이 쳐들어 오면은 많이 먹구 살 것이다. 우리는 백제는 이제는 망허니 우리두 죽으니 나당연합군에게 잘 먹여서 살릴 필요가 없다고. 먹구 살 것이니 다 불질러 버리자. 그래서 백제 옛 서울은 거기서 불이 시작되서 십오만 이천 삼백 호수가 불에 다 타 버렸어. 그때 호도 있었는데 호청이 상당히 인구가 나오잖아요. 벌써 그래서 두 명만 잡아도 그 지금은 쓸쓸하게 남아있는 탄소된 쌀, 보리, 콩, 밀, 팥. 오곡이 탄화된 것이 지금도 뚜렷하게 나오고 있어요. 그리고 거기에 보면은 개발해서 지금은 울타리를 싹 해 놨지만은 천삼백 년 전에 창고에 주춧돌 같은 거 기와, 외당 같은 거 많이 거기에서 나오고 있습니다.

그래 인저 반월성 백제의 성터는 오성이예요. 반월성 넘어 사자수를 보니 흐르는 붉은 돗대 낙화암을 감도네. 옛금은 바람결에 살랑거리고 고란사 저문 날에 물새가 운다. 물어보자. 물어봐 삼천궁녀 간곳이 어디냐. 바로 부여라는 곳이 그 반월성 노래, 옛날에 그 시가 있어요. 반월성 그 노래. 그러서 그 반월성 노래도 지금 제대로 아는 사람 없어요. (아저씨가 고적 안내해서 부 여는 눈으로 현실로 볼 것은 없으나, 글로 남아 있는 것은 백제 부여다라며 이것 하나 자부한다고 말하고 실재 구경하는 것은 다리만 아플 뿐이라며. 역사로 되 있는 글로 상상하면서 하는게 많은 배움이 있을 거라며 역사는 살아 있다고 말씀하셨다.)

아까 이야기한 반월성 왜 반월성을 도성을 사용했느냐? 나당연합군이 쳐들어 오면은 백제는 군사도 부족하고 활도 부족해요. 그런 나당연합군이 쓰는 화살을 혹에 꽂힌 화살이 성에 빼서 다시 사용했다는 거, 백제 사람들 머리. 거기서 아이

큐 상당히 많이 흘러 나왔고.

자료 33 파진산의 유래

장국환(남·54) 1997년 4월 26일 부여군 부여읍 동남리 자택에서 구술하여 준 것이다. 앞의 자료를 마치고 생각이 났는지 계속 이어서 구술하여 주었다.

또 흐여대라는 데가 있어. 여 흐여대라고도 하고 흐어대라고도 해요. 거기 가면은 파진산이라고 하는 산이 있는데 당나라 장수 소정방이가 십삼만을 거느리고 백마강을 쳐 들어올라고 하니까, 백제는 군인들은 적고 그 파진산에 횃불을 들고 저녁에 뱅뱅 돌면은 들어가고 나오고, 들어가고 나오고. 저 멀리서 보니까 끝 없거든요. 예 그래서 당나라 장수 소정방이가,

"저기 뭔 불이냐?"

하니까.

"군사가 백제는 무지허게 많습니다. 우리가 지금 알은 것은 오천이지만, 그때는 당나라가 볼 때는 무지허게 많게 생각했시오. 횃불 들고 밤에 뱅뱅 돌으니까. 그래서 거기 파진산이라는 산에 지금도 유래가 남아 있고.

그리고 거 파진산에서 군사들이 먹을 양식이 없어 갖구, 차진 개흙 많이 나와요. 하얀 개흙, 백토, 그 백마강 사자수에서 그 개흙을 가는 거여, 군사들이. 그러니까 갈으면은 그것이 쌀뜨물처럼 흐연 것이 막 강경리로 서해바다로 흘러 내려가는 거여. 인저 이 이 무슨 물이냐 말이여

"백제는 군사가 많이 갖구 지금 살뜨물입니다."

"흐윽."

그래서 당나라 장수 소정방이가 거기에서 하루 밤을 머물다가 쳐들어왔다는 설이 거기에서 일어난 거여. 그래서 백제 사람들이 상당히 머리도 비상 하게 썼다는 것이 나오고.

자료 34   백마장강

　장국환(남 · 54) 1997년 4월 26일 부여군 부여읍 동남리 자택에서 구술하여
준 것이다. 앞의 자료를 마치고 생각이 났는지 계속 이어서 구술하여 주었다.

　그래서 부소산성 사자루의 애긴데. 사자루에는 저 백제왕이 저 영월대에서
송월대라는 데예요. 보낼 송자, 달 월자, 겁 대자. 예 그 달을 여기서는 여기 양
월대에서는 해를 맞이 해가지고서. 여기 저녁에 되서 달이 떠서 서산에 달을 보
냈다는 애기. 보낼 송자. 그곳에 가면은 저 현판 4차루라고 써있고 하루는 사비
료도 있고 송월대라는 배지리가 송월대고 누각은 사자루고 그리고 접작 서쪽변에
거기에는 백마장강이라는 글이 써있어요. 그 글을 해설해요. 읽을 줄만 알면 안
돼요.
　서로 써 있어요. 이 양반이 글을 백마장강으로 썼는데 옛날을 상징한 글이여.
그 백마강이 넓지 않아요. 저 좁으면서 길어요. 그래서 백마장강이라는 뜻은 해
광씨가 어디를 상징했냐 하면 백제를 상징한 글자여 그게. 그 거꾸로 읽으면 강
장마백이 나와요. 거꾸로 해석할 줄 알아야 돼요. 백마장강을 강장마백이다. 그
러면 강이 그 글을 보면 기가 막힙니다.(글자 한문을 우리 노트에 직접 써주시면
서 설명하셨다. 묏강, 흐르는 강이 길게 흘러서 말이 떨때는 당나라 장수 소정방
이가 백마를 타고 건너올 때 흰말을 타고 왔다는 애기. 흰말이 긴 장자 흐르는 물
에, 해석이 16가지가 나올 수 있다고 우리에게도 집에서 해석해 보길 권유하셨
다.)
　백마장강 현판에서 백제 31대 의자왕 시절 이야기 나온다.
　백제 3충신이 있어요. 부소산성 중턱 박물관 뒷편에 가면 3충사, 백제 3충신
-성 충, 홍수, 계백이 있다. 3충신 모신 사당, 양력 10월에 행사 있고 백제 3충신
에 대해 간단히 얘기 한다면 홍수, 성충, 계백 이분들 인저 출싫작 충신들 입니
다. 이게 홍수, 백제31대 의자왕이 사비성 사자 송월대 그곳에서 풍월대를 울리
고 지금 야단 났어요. 지금 전재이 있는데, 충신의 말을 듣지 않는 의자왕 얼마나
안쓰럽겠습니까. 성충, 홍수, 계백 3충신의 말만 들었어도 백제가 망하지 않았었
단 말이여. 그분들의 애기는 성충, 홍수는 똑같은 애기가 나왔고 계백은 전쟁터

로 갔고. 홍수, 성충 애기는

"장군님 큰일 났습니다. 백제의 나라가 지금 나당연합군에게서 지금 쳐들어 오고 있습니다. 우리가 미리 막아야 합니다. 탄현 숙제 귀걸포 두 곳을 막아야만 합니다. 배가 한쪽은 적게 들어오는 곳이고 탄현이라는 곳은 오솔길 거서 몽둥이 로 다 투드려 잡을 수 있어요. 오는대로. 막 양 그 좁은 길이 있어요. 거기서 그 두 곳을 막으면 아무리 군사가 많다 하더라도 유리합니다."

"에~이놈!"

충신을 역으로 몰아버리는 거여. 홍수 성충이 감옥살이 갇힌 데가 사비성 송 월대 달 노래 부르는 백제 31대 의자왕 그곳에서 풍악을 울리는 그 밑에다가 옥 살이를 거기다 했다는 주추돌이 지금도 있어요. 주춧돌 그 곳에 있지만은 그때를 상징하면은 얼마나 그 백제가 서러운지 온 백제가 망할라니까 짐승들도 다 울기 시작하는 데가, 사비성 부소산성 백제가 온 망한게 성충 가뒀지 홍수 갓 귀향살 이 보냈지. 귀향살이 보냈어요.

성충 애기를 안 듣고 층수 애기를 듣지 않는 백제 의자왕, 방탕만하고 있고 풍악 만 울리고 있어요. 성충 그기가 옥세에서 혈서를 썼시오. 혈서를 쓴 것이 '백제는 귀걸포고 탄현을 막지 않으면 백제는 망합니다.' 역시 홍수 마찬가지 얘 기가 나오고. 그래서 성충 거기가 거기서 감옥에서 자살했어요. 죽었어. 옥살이 에서 죽었어요.

그 혈서 써놓고, 죽은 후에 얼마 안 되서 이상하게 도서산지에서 그 의자왕 사비성 송월대에서 노는디 저 밑에서 땅이 우연히 솟아오르는 거여 땅이. 그래서 이상해 파보니까 소두방 뚜껑만한 거북이 한 마리가 나왔어요.

그래서 보니까 일백월락 요것이 글자가 딱 되 있어요. 락자 밑에는 초생달이 요, 백자 밑에는 보름달이라 이걸 해설하라니까 간신들이 왕이 물으니까

"이게 무슨 조화냐?"

물으니 그 간신들이 답하기를 풍악만 울리기를 좋아해서 간신들이 왕을 속이 는 거여.

"백자 밑에 보름달은 백제는 군사가 많다는 뜻이고요 신라는 초생달이라는 것은 군사가 적다는 뜻입니다. 걱정 마소서 안심하소서."

허송세월여, 그러자마자 백제가 망하는 것이여. 사실은 그것이 아니었고 반 대로 보름달이라는 것은 기일이 찼다는 얘기고, 초생달이라는 것은 기일이 남았

다는 얘기여, 망한다는 얘기여. 그래서 의자왕께서 허송세월해서 그래서 세상은 백제는 망하게 된 것이여.

성충들 충신들 말만 잘 들었어도 백제 이렇게 까지도 망하지 않고 참 늠름하게 삼국을 통일했을 텐데 그렇지도 않고 참 유감스럽다는 거.

자료 35   부산의 유래

이양수(남·60대) 1997년 4월 26일 부여군 부여읍 동남리 노인정에서 구술하여 준 것이다. 조사자가 이것저것의 이야기를 부탁하자 생각이 났는지 말씀한 것이다.

부산이라는 산이 있어요. 뜰 부자 써요. 뜰 부자 묏 산. 부산 뜬 산이다. 그 백제 시대는 부여가 삼신산이 있는데 동쪽에 논산서 들어오면 부여 다 들어와서 왕릉 바로 밑에 큰 산이 하나 있어요. 그 산이 요산이고, 요산(가리키며)이 금산이고, 저기 저 산이(가리키며) 부산이여. 백마강 건너편 그거 백제시대 삼신이 살았다는 삼신산이야.

그런데 인제 전설에 의하면 부산은 백제시대 대 홍수로 말미암아 충청북도 청주에서 떠내려 왔다는 산이야. 물이 대홍수로 막 몇 날 몇 일이 아니라, 몇 달, 석달 열흘은 비가 왔다고 생각허여죠. 그러니까 산 하나가 충청북도 청주골에서 떠내려 왔다는 전설여. 인제 이건 전설여.

전설에 의하면은 충청북도 청주에서 떠내려 올 때에 대홍수로 말미암아 떠내려 올 때에, 그 아침밥을 백제유민이 샘터로 물을 질러가서 물을 떠갔고, 이렇게 바가지 자처 놓고 물이 넘실대지 않게 이렇게 이고 오는 아낙네가 이렇게 보니까 산 하나가 막 떠내려 와서,

"어~머!"

하는 바람에 바가지가 엎어지면서 산도 산신령이 더 끌고 내려갈 걸 놀래서 그 곳에 주저앉았다. 앉아서 보니까 백마강 물이 그 산을 뺑 돌았거든. 부여 저 반월성이나 반월루에서 바라다 보면은 백제시대에는 물이 많아서 바가지 하나 아낙네가 물동이에다가 엎어놓은 그 바가지처럼 고드레 뵈드라. 그래서 뜬 산처럼

뵈더라. 바가지 이렇게 넘실대는 그 뜰 부자 묏 산, 부산이라는 산이 지금도 그 산 전설이 충청북도 청주에서 산신령이 끌고 오는 그러는 바람에 상당히 놀래서 그 자리에 주저앉았다는 설이 있고.

자료 36 조룡대의 유래

이양수(남·60대) 1997년 4월 26일 부여군 부여읍 동남리 노인정에서 구술하여 준 것이다. 앞의 자료를 마치고 생각이 났는지 계속 이어서 말씀한 것이다.

그 다음에 인저 조룡대라는 바위가 조룡대. 낚시 조자, 용 용자. 집 대자, 조룡댄데.

그 당나라 장수 소정방이가 13만을 거느리고 백제를 쳐들어 올라니까 푸(?)가 많이 일어나서 못 건너고 백마를 타고 건너와서 그 하인을 잡아 갔구,

"이~놈!"

군사를 잡아갔구,

"너희들! 나랑에 이 푸가 이렇게 자주 있었느냐?"

하고 물으니까,

"그런 일은 저는 없었는데, 당신네들이 쳐들어 온 것이기 때문에 노해서, 물도 사비수도 노해 갖구 이 푸가 많은 것입니다."

라니께

"무슨 조화가 아니냐?"

"그 임금님이 그 낮에는 나오시고 수궁으로 드셨다는 설이 있어요. 수궁으로 드셨다한 게, 그 당나라 장수 소정방이가 그 소리를 듣다 말고,

"올커니. 네 왕이 백제 왕이 술 안주로 제일 좋아하는 안주가 무어냐?"

"백마. 백마 머리. 백마 고기입니다."

당나라 장수 소정방이가 자기가 타고 온 백마 목을 잘라가지고 조룡대라는 바위에서 낚시 미끼를 줬어. 낚시 미끼를 줬는데, 그 낚시 미끼에 용이 미껴서, 왕이 미껴서 냅다 쳐서 용이 떨어져서, 용전이라는 동네 마을이 지금도 있어요. 용전, 용관. 용 용자에다 샘 전자 써.

그래서 용전서 또 한 번 던지니까 사더서 삭은다리라는 요 마을. 논산서 삼거리 있지. 또 삭어서 삭은다리 냅대 던지니까 구룡에 떨어져서 구른니, 구른내, 썩는 냄새가 난다. 그런 설이 지금도 남아 있어요.

자료 37 부여의 옛지명들

이양수(남 · 60대) 1997년 4월 26일 부여군 부여읍 동남리 노인정에서 구술하여 준 것이다. 앞의 자료를 마치고 생각이 났는지 계속 이어서 말씀한 것이다.

❖ 사근다리

왜 삭은 다리가 됐느냐, 지금은 부여로 들어올 때 길이 좋지만, 옛날에는 그 내가 있고, 다리가 있었는데, 다리가 썩어서 썩은 다리가 있어요. 그 김유신 장군이 5만을 거느리고 백제를 쳐들어올라면은 그 다리를 건널 때 원래는 삭지 않아 갖고, 저 백제 저 청마산성 그 곳에서 충신들 그 궁궐에 와서 사신들이 얘기를 해 줄라고 그 다리 맨들어 논거요. 그 여러 가지로 많이 사용했다는 삭은 다리가 있어요. 용이 삭어서 삭은 다리다. 썩어서. 그래서 그곳 용전과 각 부락의 부여는 백제 이름을 딴 마을들이 많이 있지요.

❖ 구두레

그리고 요 구두레라는 디가 있어요. 구두래. 구두레라는 디는 백제시대에 이름이 구다라는 백제 때 애들이 그 구두레라는 소리를 못 해가지고, 발음이 안 나와.

그래서 군다라, 군다라. '백제는 크다, 크다.' 이런 뜻을 한참 하다가 구두레 구두레 하다가 군다라 군다라가 되버렸어. '백제는 크다, 크다.' 그래서 구다라의 군다라 군다라 크다는 나라를 표현했다는 데가 지금도 마을 구두레라는 디는 어디냐 하면 부여에서 1킬로 지점에 떨어져 있는 지금 구교리 2리로 되어 있어요. 구교2리. 거리 그 마을이 구두레 라는 디가 옛날에 불렀던 이름 구두레가 있고 지금은 구교리라고 불르고 있어요.

⁑ 조왕사

그리고 인제 여기 조왕사에 가면은 아침 조자. 임금 왕자, 절 사자, 조왕사. 그 조왕사는 백제시대부터 절터가 있었는데 그 지금 그 절은 없고 다소 백제시대에 인저 부처님이 계신데 반은 백제 거, 고려시대 거. 지금은 현재 거해서 이렇게 만들어 놓은 불상이 있어요. 그 아침에 임금님이 행차하셨던 절이었다는 뜻만 표현하시면 되겠고.

⁑ 송우산성

멀리 송우산성이라는 데가 있었는데, 여 부여에서 한 12킬로 떨어져 있는 송우산성. 임천면에 있어요.

그 송우산성 유래를 간단히 설명하자면 백제 24대 동성왕 시절, 동성왕 시절에 그 장군이 구가 장군이라고 했고, 백가 장군이라고도 했어요. 그 구가 장군을 24대 동성왕하고 그 군사를 데리고 성을 쌓는데, 배가 고파 죽어. 곡식을 보내줘야, 안 보내주니께 공주에서.

그 공주에서 이곳 부여 성우산성을 쌓을라니까 참 고픈께 굉장히 참는 것도 한계가 있다가, 왕을 죽일라고 몇 번 가서 말해도 안 보내주니께. 그 홍수가 나서 금강교를 못 건넜어요. 인저 다리가 없었지만, 인저 다리가 없었지만 금강을 못 건넜어요.

그 금강을 건널라고 보니까 참 풍악은 기가 막힌 소리가 요란하고 이 공주산성에서 말여, 기가 막혀요. 막 그 왕을 죽일라고 하는데 물이 많아 못 건너 왔어요. 다시 돌아왔어요. 다시 돌아서 왕퍼리롤 행차해서 사냥을 왔는디, 사냥하고 인저 자는데 구가 장군이 그 소문 듣고 와서 왕을 동성왕을 죽인 거여. 동성왕을 죽였어요.

24대 동성 왕을 죽인 담에 이 백제가 그럭저럭하다 25대 무열왕, 왕릉 공주에 있지요. 무열이가 그 구가 장군 백가 장군이라 하는 장군 아버지를 죽였어요. 구가장군 성쌓은 것은 지금도 석성으로 쌓은 것이 백제 시대 참 기가 막히게 쌓았어요.(우리에게 가볼 것을 권유 하셨다.)

자료 38   유금필 장군 일화

이양수(남 · 60대) 1997년 4월 26일 부여군 부여읍 동남리 노인정에서 구술하여 준 것이다. 앞의 자료를 마치고 생각이 났는지 계속 이어서 말씀한 것이다. 유금필 장군는 고려의 장수인데 부여지방에서 백제의 장수로 인식하는 경우가 많다.

부여가 산태미, 옛날 시골에 재담는 것 그서 산태미라고 그것처럼 모양이 되있 어요. 거기서 부여를 바라다 볼 때 거기 송우산성 구가 장군이 산성에다 유금필 장군 목상이 있고, 그 전설인데 유금필 장군 목상 옆에 이 향교골이 임천향교 부여 향교가 있어요.

향교는 어디가도 글비에다 대소함압이라고 써있어요. 대소함압이라는 뜻은 큰 사람이나 작은 사람이나 지금은 자동차가 있지만, 옛날에는 말타거나 걸어가거나 가마 탄 사람이나 그 앞은 다 내려서 가야한다. 지금은 이 골은 동남리 1 리 향교앞은 상여도 못가요. 돌아갑니다.지금도.향교앞에.

그것은 인저 어떤 촌 양반이 쇠돈면 동산리에서 사는데 그곳에서 임천장을 댕 겨, 임천장을 가기위해서는 그 임천장 가니까 없고, 홍산 저 우마시장이 있어요. 말시장, 이 시골 양반이 꿈을 꾸니까 아들 셋이 있는데 꿈을 꾸니까 참 괴상한 꿈을 꿨단말여. 그날 따라.

그런데 말 한필을 사러 가는데 그 한필을 사서 부여군 홍산현에 가서 말 한필을 사가지구 타고 오는데 임천을 거쳐야 되요. 임천 향교골 고 앞에 딱 거칠라고 하니께 말이 꿈쩍도 않고 가덜 안 해요. 그 비 앞에서 그래서 이 막 내려서 끌어도 안가고 발작도 안 떼요 막소리만 요란하게 지르지. 아휴 막 매달고 애탈고 그래도 말을 안 땐단 말이여.

그래서 옆에 보니까 대소함압이라는 비가 있응께, 이놈에 비 때문에 그런게 보다 하고 그 말응 죽여가지고 모피 말가죽을 그 비다가 씌웠어요. 씌우고 시골 양반은 그냥 집으로 갔어요. 갔는데 그날 꿈에서 유금필 장군이 나타나서,

"너 말가죽을 내 비에 벗겨 놔야 네 자식을 안 잡아 갈테니 베껴 놔라."

하니 촌양반이 고집이 되게 쎈 고집이래. 꿈에서 말이여.

"쓸데없는 소리마라. 내가 얼마나 애탰는디."

하며 큰아들이 아침 새벽에 닭 울을 때 통곡소리여. 깨고 본께. 아들 참말로 잡어 갔어요. 죽었어. 시골양반이 참 상처 애덜 갖구 그리고 잠을 자는데 그래도 안 벗기냐구 말이여. 그래도 안 벗겼어 그래서 둘째아들을 또 잡아갔어. 나중에 셋째아들 잡어 갈려니까 아무리 고집이 센 시골양반이라고 가서 말가죽을 벗기고 비석을 깨끗하게, 임 재배를 하니까 그제야 셋째아들이 임 안 잡아서 그렇게 행복하게 살다가 돌아갔다는 설이 있어

자료 39 곰나루전설

이양수(남 · 60대) 1997년 4월 26일 부여군 부여읍 동남리 노인정에서 구술하여 준 것이다. 앞의 자료를 마치고 생각이 났는지 계속 이어서 말씀한 것이다.

깊은 산중으로 갔디야. 산중으로 갔는디, 해가 저물었는디 곰이 큰 소나무 아주 높은 소나무 위서 내려와 가지고 그 나무꾼을 업어갔고 올라 갔디아. 그러니께 곰한테 붙잡혀 간 거여. 할 수 없이 연차 곰하고 사는 거여. 거기서 얼마나 오래 살았던지 거기서 잉 곰하고 살았으니께 곰이 새끼를 난 거여.

그러니께 그 아버지가 사람이고 곰하고 살았는디 인자 새끼가 언간히 컷으니께 봄이 땃땃한디 사람이 막 그냥 막 머리도 이만치 나고 수염도 이만치 나고 막 그러니께 사람같도 않고 막 그렇잖아. 또 곰하고 오래 살았은게

그래서 인자 한 해 봄에는 따땃한게 곰이 업어다 내려다 놨어. 곰이 땅에다 내려다 놨는디 가만히 그라구서는 어디로 사냥을 하러 갔어. 지이 새끼하고 저 사람하고 데려다 놓구서 간 뒤에 싸게 사람을 막 도망해서 막 정신없이 가가주구서 어디로 갔냐믄 나룻배를 탔어.

옛날이 나룻배를 타구서 반 찜 오니께 막 곰이 응응거리고 새끼가 와서 막 그냥 데리고 와서 막 지랄을 하고 응응거리고 야단을 하드라. 그래서 거기서 새끼를 빠져 죽구 저두 빠져 죽었다나. 어떡해서 고중 곰나루가 됐지.

그래 그게 곰나루여. 공주가 곰나루 공주나루가 곰나루여 내 그거 하나 알지

자료 40 정사암

이양수(남·60대) 1997년 4월 26일 부여군 부여읍 동남리 노인정에서 구술하여 준 것이다. 앞의 자료를 마치고 생각이 났는지 계속 이어서 말씀한 것이다.

그게 처이 동자가 정사암, 여그는 정사암이라고 써있어 정사암. 그리구 무슨 저 설화적 인저 전설적인지 그걸도 써는 가치가 있을런지 모르지만 역사적으로는 가치가 없어요. 정사암이라고 그래서 정사 정자하고 일 사자 하고.

그게 어딨고 허니 여기 호암리라고 있어 호암리 이 요 강건너 낙화암에서 저 그 조금 올라가면 호암리라고 있는지. 호암리 건너에 그 우리 마을에 범바위이지. 범바위. 범바위라는 산이 있어. 범바위 호암산 산 있는디 거기 호암사라는 절이 있었지.

거 호암사에 뒤에 그 절벽이 있어 이렇게 강 위로 있는 절벽에 있는 디, 바위가 있는디, 그 그 위서 백제 임금이 그 조우관 지금 말하면 조관이지, 좌평이 결함이 됐을 적에는 괘짝을 짜가지고 말여, 상자를 짜가지고 상자에다가 후보자 이름을 썰어서 이름을 써 놓고서 제사를 지내요. 장관이 제사를 지내면, 제사지내고 나서 정성껏 제사를 지내는 거 여 열어보면 쇳대를 딱 열어보면 그 장관될 사람 위다가, 좌평될 사람 위다가 도장이 찍혀 나온다. 그렇게 써 있어. 그 어디 써 있느냐 하면 삼국유사에 있어 삼국유사에.

근디 정사암에든 많이 너무 숙스럽다 해가지고 천정대라고, 하늘이 정치를 헝게하고 그렇게 바꿔 놨지, 요새. 근대 바꿔논 거여, 왜정 때 바꿔 놨나 그전에 바꿔 놨나 그렇지. 그런 거여 그렇게.

자료 41 자운대 전설

이양수(남·60대) 1997년 4월 26일 부여군 부여읍 동남리 노인정에서 구술하여 준 것이다. 앞의 자료를 마치고 생각이 났는지 계속 이어서 말씀한 것이다.

자운대 글세 그 얘길 지금 할려구 그러는 얘기여. 거기 자운대가 사실은 지금 귀암으로 이사를 갔는디, 귀암이 아녀 오디냐 여기 구두레라는 디 있어. 긍게 지금 가보니 저기 호안 뚝이 있어 호안 농사 뚝이 있어. 길이 됐지 거기 길 끝트머리 보사상 있는디게, 옛날에 바우가 있었어. 큰 높다란 바우가 있었어.

그 바우를 모라 그러느냐 하무는 그 바우 이름을 가마바우라. 가마. 가마가 뭔줄 알어. 가마가 원어여. 원어 솥에 원이여. 아직도 원 그 원어거든. 그래서 이유 얘기를 여기 나라 사람들은 큰 솥은 가마 그러면 되는디 적은 솥은 그냥 솥이라 그리고 큰 솥은 가마솥이라 그러네 가마솥(솥에 대한 설명 생략)〔조사자 : 자운대 얘기?〕 자운대만 자꾸 얘길게 아니라 그런 얘길 자꾸 들으라구. 이거 가마라는 말이 솥이라는 얘기루 강조해지 위해서 얘기핸 거.

백제에 무왕이라는 임금이 있는데. 요 강 건너에다가 요 강 건너에다가 왕사라는 절을 지었어. 왕사. 그런디 임금이 꼭 절을 진해에 초하룻 날하고 보름날하고, 음력이지. 그 절에 가서 부처님을 한티 가서 요별 했지. 근디 직접 가서 거그 가서 배려한 게 아니라, 예배를 한 게 아니라, 인저 날이 춥고 그럼 날이 더웁고 춥고 또 바쁘고 그르믄은 요기 강가에 거 바위가 있어. 그 바위에서 요샛말로는 텐트지만, 옛날에는 우리말로 뭐라고 해. 옛날에는 천막은 그 일본 말이여. 우리 말은 앙장야, 앙장. 앙장은 우러러볼 앙자이 쳐다볼 앙자 장은 그런디.

임금이 여름이나 겨울이나 이렇게 댕기시니까 항상 신하들이 면구하게 생각하고서 뭐냐 하문은 임금이 이렇게 손수 댕기시는게 불편허실 겨 같고 그러니까 그 요샛말로 텐트를 쳤어 쳐가지고 그래서 여름에는 부채질을 해 주고 겨울에는 부채질할 수가 없잖아.

그른게 그게 천막을 치기 전에, 천막을 치기 전에 거그다가 모닥불을 켜와 잉. 그르게 뭐 나무 잎파르니 뭐니 이런거 긁어모아 놓고, 솔잎 같은 이런 거 겨울이니까 피워 뭐여 놓고서 불을 질러. 그럼 둘이 이렇게 그 데워지잖아, 구둘이 되잖아. 그 둘 다 씌러내고서 그 위다가 자리를 깔아. 이 임금이 앉아서 저러고 앉았는디 따땃하거던.

"바닥이 이 왠 일이냐?"

그러니 신하들이 그 아부라고 그럴까, 뭐라고 그럴까,

"이 대왕께서 오시니까, 대왕마마가 오시니까 하늘이 알고서 그렇게 다소 다스워진 겁니다."

"아 그러냐? 스스로 다스워 진거냐? 그 자운대여."

자운대. 자운대여. 자운대. 근데 그게 저짝으로 웡겨 졌어. 어떻게 이상히 여기는 저기 제 돌이 옮겨졌는지 모르지. 그런게 있고.

자료 42   유왕산 놀이

이양수(남·60대) 1997년 4월 26일 부여군 부여읍 동남리 노인정에서 구술하여 준 것이다. 앞의 자료를 마치고 생각이 났는지 계속 이어서 말씀한 것이다.

또 있어. 여기에 백제가 망한 후에 참 그 참 전설로 얘그할 참 꼭 필요가 있는, 이걸 아무도 일절 전설로 얘기할 사람이 없는 겨.

백제가 망한 후에 천천이 아니라 육백육십년 660년(콜록) 음력 7월 18일날 저기 그 연산 있지 연산 신양리 거기서 거그가 황산벌여. 황산벌에서 완전히 망했거든. 그 여그까지 들어와 가지고. 이 언젠고 허니 이 바로 쳐들어 온 거여. 이리 그니 여기는 분열이지 뭐 다 들어와서 파괴한 거여. 그러고서 다 파괴하고 불 놓고 이 불질르고 궁전 다 태우고.

태우고서 다 져쳐 놓고 이렇고서는 어떻게 했는고 허니, 의자왕을 찾았어. 근디 의자왕이 없단 말여. 의자왕이 공주로 도망을 갔지. 몽진으냐고. 임금이 어디 피하는 걸, 피난가는 걸 몽진다고 그랴 몽긴 갔는디, 백성들더러 물아봐야 안 일러주네. 숨기고 모른다구 모른다구.

그래서 일관을 찾아가서, 일관이라는 게 뭐냐믄 지금으로 하면 점허. 점치고 기성대 관성대 그런 기지. 비가 오것다 안 오것다, 즉것다 많것다, 날이 좋것다 흐리것다, 비 흐리면 게이겠다. 별을 가지고 얘길 허니까.

그 사람 이름이 만관이여. 만관이한테 얘길 헤니까 모른다구 자꾸 뛰거든. 죽인다고 공갈 치니까 어뜨 허는고 허니, 결국 헐 수 없이 일러 줬어. 점을 쳐봤어. 쳐 보니까 공주도 갔다고. 공주가 나와. 그래서 공주 가 잡아 가주고, 와가주고 의자왕이 아들이 광장히 많혀. 본공 소생이 다섯 명이고, 후궁소생이 마흔한 명이여. 근디 본공 소생이 그 중에 하나가 왕자 풍이가 일본가서 넷은 그냥 있었거든. 넷은 그냥 있었고 나머지 남은 한 명허고 본공 소생 다섯 합쳐서 마흔 여섯

명, 예 말하자믄 데려간 거여.

근디 그 사람만 데려간게 아니라 장군 좌평, 그러니께 장관 지낸 사람들 높은 벼슬한 사람들이지. 또 그 고급 관리들 말하자믄 요새 말루믄. 그런 사람들 허구 기술자 또 장성 이런 사람들을 전부 합쳐서 얼마냐 하므는 의자왕 아들 빼놓고서 의자왕 마흔 한 명을 안 데려가고, 왕자만 넷 데려 갔어. 넷 데려 가고 또 나머지 장수허고, 삼국유사에 삼국사기에두 나오지. 장수허고 장수허고 뭐여 장관들이지 장성이란게 군인 말이지. 장수들 허고 장관허구 팔십팔 명허구 전부 합쳐서 그 사람까지 넣는지. 또 그 외에 사람인지 몰라두 만이천팔백일곱 명인가 끌고 갔어. 그 배 수백 채에다 실었을 테지.

다 싣고서 중국으로 들어가는 것들 어디로 갔는가면은 낙양야. 낙양. 낙양이 인제 여기서 가가지구 황해 글러서 양자강으로 들어가 양자강으로 그냥 올라믄 양자강 상류가 낙향이 있어 낙향이 말하자믄 당나라에 서울이여. 거가 거그 데려 갔어. 그러니까 거기 남아 있는 사람이 누구냐 하믄 식구들인디, 전부 여자들여. 그냥 말 땅을 치구 울구 가슴을 치구 막 울면서 쫓아간 거야. 언제 떠났는고 허니 팔월 십오일 날, 음력 팔월 십오일 날 떠났어.

근디 팔월 엿새 되는 날, 그 저녁에 어디 갔는고 허니 여기 부여군 예 양화 면, 양화면 유왕산이라는 산이 있어. 머무를 유자하고 머무를 유자하고 임금 왕 자 거기서 왕의 배를 멈추고서 최후루다 이렇게 작별인사를 한 산이 있어. 그건 지금 전설에 나온게 없지. 근게 저 얘기를 듣고서 허는 겨 그래서 그날만 되믄, 그날만 되면 저 전라남도에서부터 요 충청도 이 일대 저기 서울에 그 그러니께 백제 후손들이라고, 하하 그런 연유가 있어서 한강 그 근방에 사는 사람들 서울 근방 사는 사람들까지 전부 부녀자가 모여서 합전, 거그서 사야영을 혀. 야숙을 혀. 팔월 열엿섯 날. 그것이 우리 어려서두까지 했어.

그게 해방 저기 전장 전에, 예 종전 전에, 해방 전에 해방 전에두 그렇게 했어. 그래 거 갔다온 그 할머니들이 지금 팔십 칠십 한 오륙 된 사람들은 어려서고 팔십된 사람들은 커서고. 그러게 이건 처녀고 뭐 할머니고 할아버지고 저기 노인들 여자들만 거 갔었어. 거 거기 어 그저께 거기 내 가봤어. 가 보니께 예 그전 취사했던 데다가 점사를 하나 지었더라구. 그기 내년 말년에 전자의심은 이기 사람이 집결되는 것을 막아가지구서 못 허게 했지. 그래서 인제 끊어졌는디,

자료 43 은산별신굿 놀이 유래

이양수(남·60대) 1997년 4월 26일 부여군 부여읍 동남리 노인정에서 구술하여 준 것이다. 앞의 자료를 마치고 생각이 났는지 계속 이어서 말씀한 것이다.

그게 있고 또 운산(은산)에 뭐 운산별신이라는 게 있어. 운산별신은 내가 그 참 공지사대 나갈 적에, 공지 사대 있을 적에 논한 거여. 그때 그게 이제 임금권이 서라벌이 합장헐 적에 지정을 했지. 그 지금도 행사를 해.

그 뭐냐믄 그것도 전설로 내려왔지. 거지 하나 운산에서 싸웠다는 건 없어. 부흥운동 했다는 건 나오지. 하지만 지리적으로 운산에서 했다는 건 없는데, 허구 토진대사 흙 토자 나갈 진자 토진 대사허구, 둘을 그 산지나 가는데 곁들여서 산 제방, 그 제에서 제사지낼 때 제사를 지냈어.

근디 그 제사는 그냥 지낸게 아니라, 그 군인의 행사를 했다고. 군인의 행사 전부 다 죽어서 그 원혼들이 많기 때문에 걸 위안하기 위해서 제사를 지냈다. 그렇게 전해 내려오지. 근데 그전 현실 역사에 쪼금 나오거든. 부흥운동 한 삼 년 한 거, 예를 들어서 내가 운산별신 그로고 해서 논문 하나 쓴게 있었지. 그런 것이 전설인디 그건 역사하고 전설하고 그건 가차워 아주 그건 뭐 사실하구 맞는단 말여.

자료 44 마동과 선화공주

이양수(남·60대) 1997년 4월 26일 부여군 부여읍 동남리 노인정에서 구술하여 준 것이다. 앞의 자료를 마치고 생각이 났는지 계속 이어서 말씀한 것이다.

그건 여기서 여 궁남지 옆에 아주 간난 했어. 근디 거기 못에 가끔 무왕의 아버지가 놀러왔데 그래서 그 바위를 보구서 아들을 낳다는 거지 근디 이 아들이 말여 하두 힘이 세고 지혜가 있어 그래서 그 어머니를 그 효를 어머니를 효를 다 했다구 응? 자기 어머니한테 무슨 소리냐믄 가난하니까 산에 가면 마라는게 있어

산아라는게 있어 감자처럼 생겼지. 그걸 캐다 그걸루 끼니를 이었다 이거지 그래서 동네 애들이 뭐라고 이름을 불렀냐믄 마동 마동이라 했어. 그런디 이 마동이 무슨 소리를 들었느냐믄 신라의 선화공주가 천하의 미인이고 잘 생겼다.

그 소리를 들었네 그래서 혼자서 머리를 박박 깎구서 서라벌 천리를 걸어서 거지행세하고 갔어. 가가지고 걸어서 보니까 마를 먹을 줄을 몰라. 마를 많이 캐다가 불도 저어가지고 거기에 있는 거지들 불량자 애들 다 줬어 그런게 그지 오야붕이 된 거지 잉 그지 두목이 된 거란 말이야.

오야붕 일본말이다. 내가 처음 나왔어

그래 가지고 그 사람들을 전부 자기 사람을 맨들었거든 그 노래를 맨들었어 거 노래가 있지 고등학교 때 배웠잖아 그 노래는 내가 생략할테니까 그게 내용이 뭐냐하면 에 서동이 선화공주하고 연애했다 같이 잤다. 이런 얘기여. 그런 얘기거든

그게 퍼지니 그 얘기여 궁중까지 들어가서 임금이 알게 됐네. 이 임금이 불받어 갔고 늬들은 둘 다 다 나가거라. 아니 저기를 뭐 딸만 보낸게지 근데 갈적에 그냥 보낸게 아니라 금 싸래기를 두 마를 줬어. 가지고 가서 누가 큰 두꺼머리 총각이 나타나더니 말여 내가 당신을 괴롭히고 당신을 이렇게 맨드는 그런 주인공 서동이다.

근데 여기서는 우리가 살 수가 없으니 나랑 따라서 백제로 가자 그러니 백제로 왔어 근데 여기를 또 들어는 못 오고 저기 저 뭐야 익산 미륵사 그 코스까지 다 내가 적어논게 있는데 서동에 대해서 - 미륵사에서 거기서 그 사자암에 가가 기도를 드리고 그래 가지고 왕이 거기서 여기다가 미륵사를 지라 어 그래서 미륵사를 처음으로 지었지 지금 미륵사가 동양에서 제일 커 지금 미륵사지에 탕이 두 개 있는디 그 세 개가 있었는디 다 부숴지고 하나만 남았어 그것도 다 부숴진 걸 고쳐가지고 다시 발로해서 보건하고 거기 가면 박물관이 있고 그러니까 한 번 가 봐도 되지

그래서 그 양이 거기서 있다가 거 아버지가 죽었네 임금 될 사람이 없어서 그 데려다가 임금 시킨게 무왕여 또 뭐여.

자료 45   유왕산 유래

　최동규(남·65) 할아버지에게 1997년 4월 26일 부여군 양화면 오량리에서 조사한 것이다. 마을에 들어가 이야기를 잘 하는 분을 부탁하자 제보자를 소개하여 찾아온 목적을 설명하자 구술하여 준 것이다. 이 유왕산 놀이는 일명 사당산 놀이라고도 하는 양화면 일대에서만 20여펴이 조사될 정도 널리 전승되고 있는 것이다.

　〔조사자 : 이곳인가 어디에 임금님께서 잠깐 쉬시다가 가신 곳이 있다던데요?〕 그 애기는 암수리에 속하지. 그전에 왜정 때지, 지금으로부터 약 80여년 우리가 10살 먹었을 때까지 늘 그런 행사가 있었으니까. 저쪽(암수리쪽)으로 가면 유왕산이라는 데가 있어.

　팔월 십칠일 날 사람들이 그리로 모여, 모이면 주로 여자들이 모이는데 여자들은 시집가면 고향에 사는 같이 크던 사람들은 못 만나잖아. 지금처럼 친정에 자주 다니는 것도 아니니까. 그날 그리로 모이면 여자들이 다 오니까 만난단 말여. 회천, 서천군, 보령, 청양, 부여, 논산군 사람이 다 모여. 사람들은 뭐 팔러도 가고 총각들은 처녀 구경가고. 경찰들은 치안도 나오고.

　그런데 그것이 어른들 말씀에 의하면 백제가 망할 때 왕족들 귀족들이 당나라 군대에 쫓겨 도망 오다 거기서 배타고 떠났다는구면. 지위가 높은 사람들만 떠났던가 봐. 부녀자들과 아이들은 놔두고, 백성들은 떠날 때 거기서 작별을 한 거여, 떠난 날이 8월 17일이랴. 그래서 그것이 일종의 놀이로 된 거지.

자료 46   임천 성흥산성에 얽힌 무명장졸

　유인혁(남·84) 할아버지께서 1997년 4월 26일 부여군 세도면 청송3구 자택 마루에서 구술하여 준 조사한 것이다. 건강에 별 문제없이 정정하시고, 구술시에 음성도 양호했다. 세도면 화수리에 거주하시는 유남열(남·72세)씨가 자신의 가계에 대해 자세하게 설명한 후에 또한 성흥산성에 얽힌 백제 멸망시 장졸과 유민들이 이곳에서 최후의 1인까지 나,당 연합군에 결사 항전한 내용도 알려 주셨다.

남당산 밑이 양화면 인디. 금강 줄기이거든. 금강 밑이 가면 바다거든. 저렇게 배로 와 가지고서 안개가 자욱한디. 임천 임천 읍인게, 백제의 서울은 부여고. 여기를 지난 가고(지나가면), 여기를 지키는 장군이 헌개 어둑한 얘기지(그렇게 어리석은 얘기지). 안개 져서 몰랐단 얘기여. 신라장군들(신라군)하고 당나라 군사가 올라왔다는 걸 몰랐단 얘기여.

그래서 (나·당연합군이)부여로 직접 가 버렸거든. 그런디, 그때는 길이 그렇게 안다고 임천읍내서 석성읍내 옛날엔 읍내서 읍내로 통하지 않나 봬. 석성읍내로 이렇게 가는 디. 강이 있어, 강을 건너야 석성땅이여. 그래서 거길 건너가서 조서를 발표했다는 거여(신라군이). 그래서, 반조읍내에 조서를 발표하고서 백제를 쳐 들어가서 멸망시켰거든.

그런디, 여기 성산에 있는 장졸들이 그 무렵에 지나가기는 지나가도 싹 지나갔나. 싸우긴 싸웠지. 근디, 미리 알고 있었으면 준비를 했다 싸웠을 텐디. 느닷없이 당하니께, 여기서 많이 죽었어. 그래서 백제 때 죽은 장졸들이 그런께 무명장졸이지. 누가 누군질 모르는 거여.

무명장졸이 지사를 올해 19년 째 됐어. 내일 모래 29일, 30일 날 충혼각이라고 해서 위패를 모시고 집을 새로 졌지. 그런디, 근께 무명장졸이 어떤 특정한 장졸이 아니고, 몰라 역사에 남을 게 없으니께. 패하고 나닌께, 성이 패하고 나니께, 이게 그때 승전(勝戰)을 했다고 해야 여기 성산에 대우가 나왔을 텐디. 패하고 나닌께 대우를 하는 게 있간디.

그때 장졸들이 장수가 누군지, 사졸들이 몇 명이 죽었는 지도 모르고. 근게 무명장졸이거든. 성은 백제성으로 그냥 일천에 가면 쌓은게 그대로 있어. 일부는 보수하고, 다있어.

〔조사자-싸운 현장이 있다는 거예요.〕 구성터가 있어. 지금 현재, 기금 거길 가보면 사진두 찍을 만하구 임천군에 와서는 능히 그곳 밖에 가볼 만한곳이 없어.

자료 47   유왕산과 관련 지명유래

제보자(남 · ?) 할아버지께서 1997년 4월 26일 부여군 양화면 입포리에서노인정에서 구술하여 준 조사한 것이다. 먼저 한 할아버지가 생각이 났는지 구술하려고 하다가 녹음을 하자 제보자에게 넘겼다. 그래 찾아온 목적을 설명하자 구술하여 준 것이다.

🎗 유왕산

〔조사자 : 유왕산의 유래라든가 위치같은 것을 말씀해 주시면.〕 거기 가보진 않았죠? 〔질문자 : 예, 아직 못 가봤어요.〕 이 시장에서 금강변 따라 가지고 한 1㎞정도. 〔질문자 : 1㎞요?〕

그 쪽으로 가면 아주 야트막한 산이예요. 지금 우리가 육안으로 봐서는 거기에 그만한 사람들이 모이지 못 했을 거 같은 그런 산인데, 가로 유왕산 가는 길에 아마. 기금 토사가 밀리고 그래가지고 마을이 형성되어 있는데 옛날에는 그 산 밑으로 해서 그 물길이 잡혔던 것 같애.

〔조사자 : 그럼 마을은 없었고요?〕 옛날에는 마을이 없었다 그러는데, 지금은 빚날, 빚날이라는 거 마을이 형성되어가지고 한 20여 가구가 살고 있는데, 옛날에는 그런게 어른들 얘기로는 없었다 그러구.

🎗 사당산의 유래

바로 그 유왕산 옆에 산이 사당산이라는 산이거든. 〔조사자 : 사당이라는게 무슨 뜻이죠?〕 사당산. 사당산. 무슨 뜻이냐 하면, 그 의자왕을 싣고 가는 배들이 잠깐 서도록 하려면 인위적이고 물리적인 방법을 써야 배가 서 줄거 아냐. 그래서 사당산이란 산은 쏠 사자, 당나라 당자, 당나라 군사한테 화살을 쏘았다고 해서 사당산이거든. 거기서 화살을 날리고 하니까 배가 멈출 거 아냐.

그래서 거기 나온 그대로 유황산 내력 그대로 그 가족들이나 신하들이 왕을 마지막으로 보는 거니까. 소리쳐 부르고, 배가 좀 쉬었다 갔다고 그래서 옛날에 왕이 머물렀다 갔다고 해서 유왕산이라는 산 이름이 된 거야.

⁂ 망배산

　　거기 쭉 밑에서 다시 군산 쪽으로 내려 가면은 서해 바다 쪽으로 내려가면은 망배산이라는 산이 있어요. 또 내성리에 그 망배산이 이 유왕산과 연결되는 그런 부분인데, 망배산이란 유왕산에 미쳐 오지 못했던 분들, 사람이 워낙 많으니까, 그 망배산에서 그 임금한테 마지막 절을 드렸다 해서 망배산이거든. 산 이름.

　　근데 그 산에 올라가 보면 약 70-80 평 평평한 땅이 되어 있어. 거기 올라가 보면 금강 뱃길이 다 보이고 군산 앞바다도, 황해 앞바다까지는 다 보여. 〔조사자 : 그렇게 멀리까지 다 보이나요?〕 다 보인다구 올라가 보면, 육안으로 보기에는 높지 않은 산 같은데, 내가 거기 두 번인가 세 번인가 그렇게 올라가 봤었는데 거기 가면 저쪽 바다까지 배가 가는 모습이 좀 보이지. 거기에는 많은 사람들이 올라가서 아마 절 드리고 그랬다는 곳이거든.

　　우리가 이 유왕산에 대해서 좀 신경을 쓰는건 백제의 비극의 시작이 부여 낙화암이면은 마지막이 이쪽이거든. 근데 모든 사람들이 낙화암만 생각하지 제 삼 총리로 떨어졌다는 그 부분만 생각하지. 유왕산에서 마지막 그 임금을 보냈다는 그 부분은 전혀 모르고 있거든.

　　〔조사자 : 예, 저희도 처음 알았어요.〕 그래서 우리가 좀 관심을 갖고 있는 것은 어차피 저게 백제가 패망국이다 보니까 기본 자료는 하나 남아 있지 않고 거의 구전으로 내려오는 거야. 거기에 우리도 의존해서 뭐 일을 하려다 보니까 좀 어려움도 있지. 옛날 어른들 얘기를 많이 들으면 그게 반복의 장소라 해서 유왕산이거든. 쭉 그 야음으로서 어차피 가신 분들이 못 돌아오셨으니까 제사 날짜도 모르지. 언제 돌아 가신지도 모르고 하니까.

　　그 날을 여기서 사람들이 많이 모여 추모를 하다가 나중에는 어떻게 됐냐 하면은 이 앞에 익산군, 서천군, 부여군, 공주군, 논산군, 청양군, 이런 곳으로 옛날 조선시대에 여자 분들이 나돌아 다니기 힘들었잖아. 이 장소를 그렇게 나중에 그렇게 변한 거야. 시집간 딸아이가 여기까지 오고 시집 식구 여기 가서 만나고 반절씩 온다고 해서 반복의 장소로 나중에 더 유명해졌었지.

　　쭉 만나고 그러다가 일제시대에 인제 어떤 반일의 감정이 싹트지 않겠느냐 해서 좀 뭐라고 해거 모임이 뭐 했었는데, 그 이후에도 그래도 많이 매년 모이고 그랬는데. 6·25 직후에 사상문제 때문에 어떤 남노당이다 북노당이다 해가지고 한 동안 사상문제 때문에 옛날에 또 소방대원들이나 경찰 쪽에서 모이지 못하도록 해서 맥이 끊어져 버렸거든. 근데 우린 만나고 안 만나고 그게 중요한 게 아니라. 나라를 마지막 보내고 그 당시만 해도 임금이 죽으면 나라는 망하는 거 아냐.

자료 48   양화면 지명유래

최병규(남·60대) 할아버지께서 1997년 4월 26일 부여군 양화면 송정리에서에서 구술하여 준 것이다.

〔조사자1 : 홍산 바위요?〕 홍상, 홍해. 〔조사자1 : 오산매 위에요?〕 오산매 넘어, 절터 오산매 넘어서 절터 있어. 〔조사자1 : 다른 거 뭐 없어요?〕 〔당숙 할아버지 : 바위에 가니까 발자국 있어.〕 그런 발자국이 있어.
〔조사자1 : 그런데 왜 장수 발작이라고 해요?〕 그냥 장수 발작이라고 해, 사람 발작처럼 생겼어, 거기 독에가 발작이 생겼으니 장수 아니면 보통사람이 그렇게 해서는 그런 발작이 바위가 쑥쑥 들어가겠어.
〔조사자1 : 아 장군 말씀하시는군요.〕 장수 발작이라고 전해 내려 와.

자료 49   백제왕 치마대 전설

임병제(남·75)아버지께서 1997년 5월 22일 부여군 장암면 점상리에서 구술하여 준 것이다.

여기는 말무덤이라는 데여. 그 전에 옛날에 백제왕 때 저 산 말랭이 가면진터 닦아놓은 자리가 있어. 거기서 백제왕이 말을 타고서 활 싸서 양쪽에서 서로 시합을 했어.
그런데 거시서 활촉이 먼저 가느냐, 말이 먼저 가느냐? 해가지고서 말을 타

고서 활 쌩 쏘고서 말 타고 싸게 채질한 게, 그런 전설이 옛날 얘기지. 거기에 가
도 활 오는 소리가 없다 이거여. 그래서 자기 칼로다,

"너는 활한테 졌으니까."

칼로다가 딱 쳐서 그 말을 죽였데. 그리서 말을 죽이고 나니까 활촉이 그때서
뒤에서 오더라 이거여. 그래서 활보다 먼저 나간 거지. 아차, 하고서 말을 거기다
묻어 줬데.

그래서 거기가 말무덤이여. 말을 묻었던 자리하고 해서 말무덤이여.

자료 50   자온대와 이무기

정상철(남·75) 아버지께서 1997년 4월 26일 부여군 장암면 점암2구 자택
거실에서 구술하여 준 것이다. 조사자들과 제보자의 거실에서 진행되었다. 따로
정한 것은 없고 최대한 제보자를 편하게 유도하여 유쾌한 분위기를 이끌어 갔다.
조사자의 질문이 구연에 큰 흐름을 잡고 대부분은 제보자의 자유 의지대로 구술
하였다. 제보자 역시 매우 흥미롭게 구술을 진행해 갔으며 때론 조사자와 상의도
하는 여유로움과 겸손도 보였다.

또 우리가 어렸을 때에 한 전설적인 일화지. 구양(규암)면 수북정이 있는데
이 강 바로 곁에 바위가 있는데 그 바위가 자온대고 그곳이 수북정인데.

백제 의자왕이 매일같이 그곳을 산책 했는디. 충신이 하나 있었는데 (아마
성충인 것 같음) 바위에 미리 숯불을 피워 바위를 따뜻하게 데워서 의자왕이 자
온대에 앉아 보니 차가운 바위가 따뜻하니 이 바위가 스스로 따뜻한 바위로구나
하고 '自溫臺'라 했다고 해. 전설은 그래.

거기에 이무기가 수놈이 살고. 딴정 바위에는 암놈이 사는디. 서로 마날나니
얕아서 만날 수가 없었어. 워낙 몸집이 크니 말여. 그런데 홍수가 질 때면 수북정
에 수놈 이무기가 암놈 이무기를 만나러 온다는 거여. 그래서 물이 폭포처럼 흘
러 넘쳤다는 얘기지. 큰 바위 때문이지.

자료 51　왕릉전설

조남열(여·66)할머니께서 1997년 5월 22일 부여군 장암면 상황리 비니하우스에서 구술하여 준 것이다. 할머니와 함께 두 분이서 일하시고 계시는 비닐하우스로 들어가서 우리 상황을 설명하자, 곧 우리가 여러 질문을 묻기도 전에 차근차근 설명해 주셨다. 계속 줄줄이 이어갔으며, 지금 하우스 일만 아니라면 많은 얘기를 해 줄 수 있다고 하여 우리에게 아쉬움을 주셨다. 전에 텔레비전 취재에도 많이 해 보셨는지 모르겠지만, 아주 익숙하셨다. 그리고 녹음에 대해 무척 신경을 쓰면서 녹음기를 자꾸 보셨다. 또 우리에게 기자가 아니냐는 물음도 하셨었다. 마을에 대해 가장 잘 알고 계신 분이라고 주변 사람들도 말하고 있었으며, 우리도 그렇게 느낄 수 있었다.

▮ 왕림의 전설

여기는 상황리인데, 금강 하류에 한 1㎞ 지점에 있는 한 50 가구가 살고 있는 고장입니다. 일명 백제의 남산으로써 행정상 4개 부락을 망라해서 남산이라고 하는데, 그 중에 중심부로써 상황, 하황 이렇게 전해 오고 있는데 말이예요.

그런데, 누를 '황' 자 하면, 오행상으로 볼 때, 중앙 토에 해당이 되는데, 토의 색깔은 누른 빛으로 음, 말하는 것 인데, 이것은 중앙 집권 체제를 말하는 것입니다. 그래서 여기가 에~ 물론 백제의 남산이지만 서도 왕릉이 있기 때문에 누를 '황' 자를 쓰 게 된 것이고 또 일명 상황 마을에서 왕림이라고도 칭하는데, 왕림은 날일 변에 임금 '왕' 자 이것이 날빛 '왕' 자인데, 그 '왕' 자를 그 전에 는 함부로 쓰지를 안했어요. 그래서 거기에 날 '일' 자를 붙여서 '왕림' 이라고 일컬어 왔습니다.

그리고 내가 현재 에~ 지금 하우스에다가 수박을 심고 있는데 이것 으로 다 말할 것 같으면, 치면 지방에 왕릉 참배를 하라고 했을 때, 거기에서 묘서까지 말을 타고 가지 못했던 것입니다.

그마만치 왕에 대한 존엄성, 그런 것이 횡교 같이 이런 데를 가다보면은 그와 마찬 가지인체로 여기를 말펄이라고 하는데, 여기다 말을 매고 왕릉 참배를 하러 갔던 것입니다. 그리하고 여기 왕릉은 이 위치에서 약 600m 서 북간 지점에 있는데, 거기에는 인자 가림조라고 있습니다. 가림조의 에~ 시조가 가림원을 지냈는데, 가림하면은 지금 현재 행정상으로 임 천이라 하는 면의 고을입니다. 그전에, 저기 임천 현령을 지냈어요, 그 전에.(가림조씨 이야기 생략)

그리고 하황에 누른다리가 있는데, 그게 그전에는 길이 글루 났답니다. 그래서 백제시대 왕이 군신들을 거느리고 왕릉 참배를 오실 때 그 누른다리에서 쉬었던 겁니다.

그래서 즈그덜 물론 인자 왕이라는 전제, 왕이라면 옷도 누른 옷을 입었죠. 곤룡포라고 해서, 그래서 인자 누렇다고 해서 누를 '황' 자, 다 리 '교' 자, 황교라고 이렇게 돼 있고, 그리고 거기 저 가림 조씨 묘에 서 서남쪽으로 약 60m 지점에 거기에 인자, 예전에 인자 거기를 진등 말이라고 하는데 내가 생각할 적에는 진둥말이 아니라, 전등입니다. 갈길 '전' 자, 말하자면 등잔 '등' 자. 에~, 그러니까 인자 전등이라는 말이 있죠? 전등신화라는 말두 있었잖아요?

〔조사자들: 예.〕그전에 소설…. 에~, 그래서 인자 거기에는 그때가 국교가 백제시대가 불교였으니까 물론 능의 관리는 중요한 겁니다. 그래서, 그저 전등을 거기가 인자 절이었던 모양이에요. 거기에서 이런 주춧돌도 여러 개가 나온 사실이 있었는데 아마 저기가 절이 있었던 가 봐요. 그렇게 전해 내려 오고 있어요. 뭐, 또 자세한 얘기는 지금 바뻐가지구서 할 얘기가 많이 있으면서도 개괄적으로 이 정도로 얘기하겠습니다.

자료 52   장하리와 인근의 지명유래

강상모(남·61)할아버지께서 1997년 5월 20일 부여군 장암면 장하리 자택에서 구술하여 준 것이다. 조사자들이 마을에 들어가 이야기를 해 주실 분을 묻자 제보자를 천거하여 주었다.

이게 장하리여 장하린디 오는데 보면 뒷산이 이- 여기가 강이고 여기가 인저 금강이지 금강 여기가 금강. 여기가 장하리라는데 음- 이게 인제 정상이여. 정상. 이 경계 여기가 북고 이 근방이 북고라는데 그러니깐 쉽게 그리면 등고선 타고서

나 여기가 북고라는데 이 산이 태성산

　〔조사자 : 태성산이요, 태성산이라고 부른 이유를 아세요? 혹시〕 태성산? 음 - 태성은 알기 좋게 옛날에 인저 에- 유래라는 것은 확실히 모르지만은 글자어휘로 봐서는 에- 거기가 올라 가면은 군대로 말하면 오피라 관측소 역할을 하는 디가 있어요. 여기가 성황이 있고, 여기가 인저 제일 높은 디가 인저 등고선이 요렇게 있다면 관측소가 요기지. 이래서 이걸로 말미암아 태성산이 인저 요가 인저 금강이 이렇게 흘러요.

　〔조사자 : 여기 나룻터도 있었다고 들었거든요〕 음-. 여기가 나룻터여. 여가 나룻터가 구나룻터. 음 나룻터가 두남진이라고 해여. 두남진. 〔조사자 : 이게 무슨 뜻이에요〕 두남진 나루가 여기가 배가 있었단 말여. 〔조사자 : 두레미 나루요?〕 그렇지. 두레미라고 했어. 두레미 원래가 두레미여 두레미. 여기가 북곡은 뒷고라고도 하구. 뒷고레.

　〔조사자 : 두레미? 두레미가 무슨 뜻이에요〕 뭐여. 두레라는 것을 지금 여러 가지로 해석을 하는데. 여기가 북골이라고 하면 어떤 그전이 북골에 사는 내가 존경하는, 살았으면 100여살 되신 분에게 물어보지. 내가 물어보면, 임천 지북에 고란지남이라 해서 임천에 북쪽이요, 고란사의 남쪽이다 해서 북골이라 했다.

　장정이라는데는 이 정이라는게 참, 글자가 어휘가 퍽이나 넓은 겨. 이게 무슨 정자정자 이것만 생각하면 안돼야. 옛날에는 군사 요충지가 정으로다 표시된단 말여. 아, 그래서 이 금강 변에 백제 때라고 하지만 그건 뭐 문헌이 없으니까.

　저기 가면 이제 봉정이라는 데가 이거여. 이 아래가 봉정. 새 봉자에 정자 정자. 봉정. 여기 장정 비정. 죽 있었다고 이후에 올라가면 우리나라 말로 바위가 있지. 정암리인디. 에. 거기 가면 맞바위. 웃바위. 이게 지끔 와서 규암면으로 된 것은 엿볼 귀자 넣고, 바위 암자 해서 규암면. 고 위 가면 호암리. 호암리라면 호랑이가 출몰했는진 몰라도, 거기 가면 큰 산은 없는디. 호랑이 호자하고, 바위 암자 해서 호암. 범바위라고 하지. 범바위.

　그래서 이게 옛날 지끔 지명이라는 것이 얼핏보면 그저 한자화 되서 그렇지. 우리말은 다 없어져 죽어 가니까. 외국 해방 이후로다가 미군이 많이 와서 지끔 어휘조차도 지끔 변질되어 가잖여.

자료 53 태성산의 성황제(유근필)

강상모(남·61)할아버지께서 1997년 5월 20일 부여군 장암면 장하리 자택
에서 구술하여 준 것이다. 앞의 이야기에 이어서 구술하여 주었다.

〔조사자 : 마을 동제. 혹시 있어서〕 그게 동제가 옛날의 동산제. 성황제라고
했지. 근데 여기 특이한 것이 에- 주벽에 모신 분이 그전에 에- 고려의 개국 공신
이라고 하는 유근필 장군을 모셨지.
태사라고 하는 유태사. 유근필 태사를 요샛말로 도뎅이라고 하나, 신앙대사
을 유근필 장군을 모셨지. 그래가지고, 일 년에 에- 정월달 그것도 보름날을 기
해가지고, 부정이 안 되는 날, 이런 날 동인들이 시와 연풍하고 무순 풍조하라고
그건, 그 습속이 지금 50대 안 되도 그 다들 알아요.
지금 사람들은 왜 그랬나. 뭐 땜에 그랬나. 다들 미신화하고 하지만은 전래의
하나의 정통이 있거든. 지끔두 더러 보면은 그럼으로써 인저 조그만 지역사회의
화합이라든가, 이걸 이끌어 내기 위해 허는 디도 더러 있지.

자료 54 무성산의 유래

이종익(남·65)할아버지께서 1997년 4월 26일 부여군 임천면 구교3리 자택
에서 구술하여 준 것이다. 임천면사무소에서 만났던 구교 3리 이장님의 추천으로
이종익 할아버님을 찾았다. 말씀을 차근차근 하셨고, 어른이라는 점을 내세우지
않으며, 자신을 낮추고 조사자를 높여 대해 주셨다.

〔조사자 : 무성산은 어디예요?〕 무성산은 이산 가려서 안 뵈는데 신작로로
가다보면 여피 동그란산 있잖아, 무성산. 〔조사자 : 그 이름이 왜 무성산인지는
모르시고요?〕 그게 무성산이 왜 무성산이라고 하냐면, 없을 무자 성이 없다 하여
무성산이거든요. 쉽게 얘기해서.
근데 그 성이 무슨 성이냐면 백제 때, 에 부여가 신라 아녀? 부여 신라. 거기
에 말하자면 옛날에 이제, 부여에 신라 시절에 왕이 있을 때, 말하자면 옛날에 이

제 사방 군디군디 산에 머 봉우리 높은 산이라던가, 이런데 이정. 시방으로 말하면 군대가 파수보고 있었잖아. 파수보고, 그래서 여기 성흥산에다가 성을 쌓아가지구 거기서 군인들이 파수를 보고.

　무성산이라는 것은 왜 무성산이냐면, 성이 없기 때문에 무성산인디 거기에 이제 군인들이 옛날에, 병정들이 말 타고서나 거기를 파수 보는데에 왔다갔다 무성산에 와서 한 바쿠 돌고서나 이 성흥산으로 올라가구 그랬던 산이죠, 무성산이라는 것은.

자료 55   성흥산성

　조남희(76·남)할아버지께서 1997년 5월 4일 부여군 장암면 합곡리 자택에서 구술하여 준 것이다.

　〔조사자1 : 우렁봉이라고 있잖아요?〕 우렁이처럼 생겼어. 우렁봉이라고 하지. 그거 토성인디 그게 성여. 옛날에 〔조사자1 : 우렁봉이 성이었다구요?〕 왜냐면 선성 때하고 알지 저기 임천의 성산. 임천 뒤 성산이라고.

　〔조사자1 : 성흥산성요?〕 성흥산성 거기서부터 봉화를 키면 거기다 전달했어. 우렁봉에서 우렁봉에서 저 건너 산성서 어, 거기가 귀암면 회남리 회남리 뒷산 그 위다 연락하고 금방 부여서 백제 때부터 연락하고 여기서 그래서 거기를 우렁봉이라고도 하고, 우두. 〔조사자2 : 우두요?〕

　소 우자에 머리 두자 우두 산성이라고도 하지. 우렁봉을 우두 산성라고도 불러. 옛날부터 우렁봉이라고 하는 것보다도 우두산성이라고 하는게 더 잘 알을 거여. 여기 뭐 유적이라고 하는 것은 그거이고

자료 56   호암의 유래

　제보자1(남·60대)할아버지께서 1997년 6월 12일 부여군 남면 호암리 자택에서 구술하여 준 것이다. 지명에 대해 묻자 생각이 났는지 말씀을 시작하여 주

었다.

　그런데 호암이라고 하는 것은 나도 확실히 몰라요. 이야기를 듣고 이야 기하는 것이지 확실한 것은 몰라. 전체 형체를 본다면 범의 형국이다. 범의 형체가 범 모양이다. 그런 뜻에 서 범 호자를 붙여가지고 호암이라고 한 거지.

　거기에 따른 얘기가 호암이라고 하는 곳은 영남강에 위치해 있다고 할까하는 토성산이 있어. 백제 때 토성터가 있거든. 올라가면 산이 평평하고. 여기 사람들은 신라 시절에는 토성을 쌓고 백제 봉화대로 연결했지. 토성산에서 봉화대 역할을 한 것이지.

　산신당 패라고 있어. 토성산에서 산신제 지내지. 지금은 안 지네. 모양만 있지. 그 산이 토성을 싼 거야. 모르지 토성이라 하는 것은 밑에서부터 쌓는거여. 성을 지켜가며 불로 신호를 보낼려면 높은 곳에 위치해야 혀.

　망신산. 기용산, 또 오적산 봉화대구. 닭바위. 옛날에는 전화가 없어 불로 신호를 보냈다구. 높이 있어야 한단 말야. 그래서 했다는 거지. 통신연락을 불로. 깃대로 지금도 알리는데 옛날엔 불로.

자료 57 대조사의 유래

　면장할아버지(남 · 70대)가 1997년 4월 26일 부여군 임천면 군사리 노인정에서 구술하여 준 것이다. 노인정에 들어가 찾아온 목적을 설명하자 김윤환 할아버지와 함께 이야기판을 형성하여 주었다..

　거기서 쭉 내려오면 산속에 대조사가 있어. 안 가봤지? 거기 가면 은진미륵 봤어? 가봐, 선 부처야. 여기는 무릎 밑으로 있어, 거기 가면 소나무가 있고, 뭐나 이거? 미륵 가설 동그랗게 섰어. 수천 년짜리 돌. 신자들이 빌고 그러지. 미륵전이 있고. (중간에 잘 못들음)

　백제 때 사냥을 했는데 사냥감이 떨어진 곳이 거기여. 큰 새가 앉았는데 공보왕이 꿈을 꿨는데 경치도 좋아. 안 다니는 사람이 없어. 경치가 너무 좋아서 이런 데가 없단 말이여. 가 보고 얘기해 야지. 택시비 3000원이면 되.

(중략) 의자왕 때 기록이 하나도 없어. 부여는 신기한 전설이 없어. 하도 여기저기 빼앗겨서 지금 정부에서 복구 많이 하고 있어.

자료 58   천당리 인근 지명유래

정진웅(남 · 53)아저씨께 1997년 4월 23일 부여군 충화면 팔충리 표뜸 자택 양계장에서 구술하여 준 것이다. 지명에 대해 묻자 생각이 났는지 말씀을 시작하여 주었다.

(어딜 급하게 가며) 어떡하지 친구가 아파서 병원에 가야 하는데, 돌챙이는 딴 뜻은 없는 것 같애. 천당리라고 하는 이름은 정확하게 아는 사람이 없어요. 부락 하나하나는 얘기가 가능한데, 천당리라도 당곡이라는 데가 있고 당골이라는 데가 있구 충원골이라고 하는 데가 있어요. 충원골이라고 인자 표뜸, 이 아래는 중뜸 그렇게 하는데 표뜸이라고 하는 데는 이 비석에 가 보면 있어. 관련이 아니라 이 앞산이 천등산이라고 하는 산이거든.

하늘 천, 불꽃 등자, 뫼 산자 해서 천등산이라고 하는데 계백장군 출생지라 정확하게 어디라고 지명은 없잖아. 이제 부여에서 따지면 여기 정도 된다고 나와 있고 인제 여기가 계백장군 출생지라고 하는 곳이거든. 그래갖고 여기 천등산은 계백장군이 수련했다는 곳이고 여기서 낳았다고 그리고 팔충신이 나왔다는 곳이라고 팔충면, 팔충신이라고 하면 계백, 홍수, 성충, 혜오화상, 도침대사, 곡라진수, 억예복유 그리고 하나는 기억이 안나. 천등산 위에 올라가면 금산, 장항, 논산 이런 데가 다 보이거든.

도읍지에서 처다보니까 하늘에 불이 항상 있는 것 같다고 해서 천등산, 여기는 설명하려면 길어요. 백제하고 관계가 된 것은 요(산)너머 가면 석은배라고 하거든. 석 삼, 숨을 은, 세 배라 해서 세 성현이 숨어 있던 곳인데, 요 건너가면 서천군 마산면이라는 데가 있는데, 그 짝(쪽)에는 전장 말이라는 데가 있다. 군간리 한문으로 군사 군, 방패 간자 군간이라는 데가 있고 은적이라고 하는 데가 있지. 전쟁말은 전쟁을 했던 곳,

요 너머로 가면 병모간이라는 데가 있어요. 병사를 모집하던 곳이 있던 곳이

병모간. 백제가 나당 연합군에게 망한데 일부는 당나라로 가고 일부는 예산으로 가고 그보다 약하고 관직이 낮은 사람들이 주로 여기서 살았지. 닻전 모랭이라고 해서 닻을 내리던 곳이 있고 또 대선이라는 데가 있어. 큰배가 들어오던 곳. 여기는 백제를 부흥하려했던 사람들이 얼마 동안 전진기지로 쓰던 군사요충지라고. 내가 얘기했던 상쟁말, 전쟁말, 군간이나 병모간이 그거하고 연관되어 있는 것들이거든. 언제 기회가 되면 한 번 와요.

자료 59 천등산 다섯장수

정진웅(남·53)아저씨께 1997년 4월 23일 부여군 충화면 팔충리 표뜸 자택 양계장에서 구술하여 준 것이다. 지명에 대해 묻자 생각이 났는지 말씀을 시작하여 주었다.

"오늘도 불빛이 밝혀졌는고?"

신하는 무슨 뜻인지 알아들은 듯 서남쪽을 바라보고는 다시 돌아와서

"네, 하늘에 구름 한 점 없는지라 아주 뚜렷하게 보입니다. 불빛이 깜박 깜박하옵니다."

"그럴테지. 왕흥사 인경소리가 세 번 울렸으니 그럴 시간이구나! 그래 임천담노(林川擔魯)는 그 불빛의 여유를 알아 보았다더냐?"

"마마, 그게 참 이상하다 하옵니다. 틀림없이 불빛이 반짝거려서 가까이 가보면 불빛도 없고 개미 한 마리 얼씬하지 않는다 하옵니다."

"그래 그 산이 천등산임에는 틀림없겠다."

"네 틀림없사옵니다."

무왕은 왕좌에서 일어나서는 창가로 갔다. 하늘에는 구름 한 점 없었고, 멀리 산등성이에서 불빛이 여전히 흔들리고 있는 것이 보였다. '그래 저 불빛은 보통의 불빛이 아니니라. 내일 내 눈으로 확인하리라. 무왕은 신하에게 들릴 정도로 말을 하고는 침실로 들어갔다.

그 이튿날 역시 날씨는 맑았다. 무왕은 아무도 모르게 탄현성(炭峴城)에서 공을 세운 군졸을 하나 이끌고 말을 몰았다. 무왕이 구두례를 지나고 들판에 들

어섰을 때는 불빛이 환하게 자기를 부르듯 빛나고 있었다. '가자, 단숨에 올라가는 거다. 말이 쉬면 고갯길 오르기에 더욱 힘이 드느니라. 이럇. 무왕은 앞질러 갔었다.

그리고 천등산을 오르기 시작했다. 불빛은 점점 가까워지고 있었다. 무왕은 사람 발자국이 있는 길을 따라 올라갔다. 등불이 손에 닿을 듯 보였고 길을 올라가다보니 넓은 들이 나왔다. 불빛은 바로 앞에 있었으며 불빛에 아롱거리는 물체가 보이기 시작했다. 무왕은 말에서 내려 가까이 걸어갔다. 불빛 아래엔 다섯 사람의 젊은이들이 앉아서 책을 읽고 있었다.

"너희들은 사람이냐 귀신이냐?"

무왕은 발을 멈추고 말을 건넸으나 끄떡하지 않고 책장을 넘기고 있었다.

"대답하라. 사람이냐, 귀신이냐?"

무왕을 따라간 군졸이 날쌔게 칼을 빼들고 가까이 가서 칼을 휘둘렀으나, 한 장수가 받아 넘기는 바람에 멀리 떨어져서 흙탕물에 쑤셔 박혔다.

"말을 하라니까?"

무왕이 다시 한 번 소리쳤다. 그때였다. 한 장수가,

"쉬!"

하고는 입을 봉한다. 무왕도 할 수 없이 그들을 쏘아보고 서 있있다. 가까이에서 바람소리가 나기 시작했다. 바람소리가 점점 가까워지자 다섯 장수는 책을 덮고 눈을 감았다. 하늘에서 말소리가 들리기 시작했다.

"그만 책을 덮고 다음 차례….”

장수들이 자리에서 일어나서 가까이 놓았던 몽둥이를 하나씩 든다.

"잠깐! 너희들 가까이 무왕이 와 계시니라 예의를 가다듬고."

하늘에서 말이 떨어지자 그때서야 장수들은 허리를 굽히고 앉았다가는 다시 일어나서 한 장수가 몽둥이를 던져서 불을 끈다.

"임금님! 임금님의 신하들이옵니다. 허나 그들의 단련은 하루도 걸러서는 안 되는 법이외다. 삼경이 지나면, 그때 끝나오니 그때 말씀을 올리시고…. 모두 백제를 위하는 길이옵니다. 자, 이어 산타기부터. 그럼."

장수들은 무왕에 아랑곳없이 산을 뛰어서 내려가기 시작했다. 군졸은 흙탕물이 되어 아직껏 일어나지도 못하고 누워 있었다. 무왕은 어쩐지 그 장수들을 따라가 보고 싶었다. 그래서 뛰어서 장수들이 산을 뛰어내리고 들을 달리고 강을 뛰어 건너는데 따라가며 그들과 함께 몸을 움직여 보았다. 자기 나름대로 생각하기엔 자기도 사냥하는데 뛰어 났으며 강을 건너고 산을 달리는데 누구에게 지지 않는 왕이라고 생각하고 있었다.

그러나 그들 다섯 장수가 뛰고 건너고 나무를 타고 하는 행동에 미치지 못하였다. 그들은 삼경이 가까워지도록 산을 오르고 내리다가 먼 사원에서 삼경을 알리는 종소리가 들려 올 때 비로소 샘가에 가서는 몸을 깨끗이 하고는 다시 글 읽던 자리에 와서는 정좌하고 앉았다. 또 바람소리가 들리더니 하늘에서 소리가 들려왔다.

"이제부터 너희들 몫이니라. 지금 너희들 앞에 임금님이 와 계시다. 너희들은 백제 임금님의 신하임에는 틀림이 없고 백제를 지키기 위해 무예를 닦았느니라. 임금님이 여기 왕림하심도 하늘의 계시인 것, 임금님의 분부에 따르도록 하라. 자, 그럼."

바람이 사라지고 다섯 장수는 그때서야 눈을 바로 뜨고 무왕을 바라보았다. 그들이 자기를 바라보았을 때 무왕은 첫째로 흐뭇함을 느꼈다. 건장한 장수들이었다. 그래서 무왕은 장수들 가까이 가서 손을 덥석 잡았다. 그리고는 그 길로 무왕을 따라 백제 궁중으로 들어갔으며, 그때부터 장수가 되어 백제를 위해 혁혁한 공을 세웠다 한다.

그 다섯 장수는 대야성 싸움에서 북문을 부수고 들어간 계백장군과 적장 품석의 목을 자른 상갈장군, 그리고 화차(火車)를 몰고 성문을 부순 진연장군, 성벽을 단숨에 뛰어 넘는 속성, 지렛대로 성돌을 부수는 사해장군들이었다는데 모두 백제가 망할 때 황산벌싸움에서 또한 백제와 함께 이슬처럼 사라진 장수들이었다고 한다.

백제가 망한 후에도 천등산엔 불빛이 밝혀졌으며 깊은 밤에는 그들이 무예를 닦는 소리가 가끔 산 아래 마을까지 들렸다 하는데, 그런 때는 산 아래 백성들이 모두 합장을 하고 그들의 축원을 빌었다 한다. 다섯 장수들이 불문에 익힌 장수들이었으므로 그들 장수는 극락에 있다고 그리 믿고 있다.

천등산(天燈山)에 들르면 정상 동북 편으로 그들이 수련하던 집터가 있는데 여기는 백충대(百忠垈)라고 부르며 그들이 몸을 닦던 우물터가 지금도 남아 있다고 한다. 그리고 산을 오르고 내리며 무예를 닦던 왕솔밭, 갈대밭엔 지금도 길이 있으며 가끔 그들의 발자국에 패인 바위가 있는데 이 패인 발자국 바위를 장수 발자국이라고 부른다.

자료 60 팔충리의 유래(계백장군 일화)

황의찬(남·62)할아버지께서 1997년 4월 26일 부여군 충화면 대곡리 낚시터에서 구술하여 준 것이다. 지명에 대해 묻자 생각이 났는지 말씀을 시작하여 주었다.

충화라고 하는 것은 계백장군의 출생과 관련한 설화 거기에 국한 됩니 다. 여기가 충화면이요, 행정구역상으로 충화면은 일제가 행정구역을 개편하고 군제를 폐합해서 만들어진 이름입니다. 그러면 그 전 이름은 지금 부여군 충화면이지만은 그 전 이름은 임천군 팔충면이었어요, 그 팔충이라는 지역이 지명이 왜 붙었느냐 하면 계백장군을 위시해서 흔히들 얘기하는 백제의 3충신이라고 얘기 하는데요 성충 흥수 보태서 그 분들하고 이름이 전해지지 않는 다섯 분 그래서 여덟 분이 하고 같이 여기서 나서 자라서 무술 수련도 하고 백제가 국운의 백척간두에 서 있을 때 나라를 구하는데 힘이 되고자 나왔다는 것입니다.

그래서 이 고장을 팔충이라는 지명이 붙었답니다. 그게 전설처럼 전해 내려오는 얘긴디 그렇게 듣고 넘길 것이 아니라 아주 중대한 이야기 아니요? 계백장군 이하 삼충신 또는 다른 일반백성들까지 나라를 구해서 나라가 위급할 때 나라가 위급하고 하게 생겼으면 도망가고 하는 사람이 흔히 많지. 그런디 오히려 나라를 구하고 나라에 충절을 바치자하여 목숨을 걸고 나가서 싸우다 죽었어요. 그게 말하자면 오천 결사대라 하는 것이 있지요? 백제말 계백장군을 따라서 황산결전에서 죽은 그 분들이 그 시초입니다.

오천결사대가 나가게 된 시초. 에 그래서 지명이 붙구했는디, 따로 오늘날 처럼 여러분들이 있어서 조사하고 연구하고 하지 않고 그냥 지명을 붙여서 구전되어서 백제가 멸망한 지가 1300여 년이나 넘지 않았읍니까? 그 기간 중 전해 오니까 전설도 다 아른아른 하고 잊혀지고 할 정도였지요. 그래 그 전설을 기초로 해서 조사하고 추적해 보니까. 완전히 전설이 아니요, 역사적 사실이요. 정확하게 .

내가 추적한 결과. 당시 임천 군지 후 부여 군이 발족하면서 부터 충청도 읍
지라고 조선시대에 나온 책인데 모두 충화가 팔충신이 난 곳이다 하는 기록이 있
다. 당시 임천군지 그러니까 부여군이라는 통합군이 생기기 전에 그 후로 부여
군이 발족하면서부터 펴낸 부여군지가 있어요 거기에도 있고, 또 충청도 읍지라
고 이것은 구 조선시대에 나온 책이지요. 모두가 그런 등속의 책에 모두 충화가
팔충신이 난 곳이다. 계백 성충 등 팔충신이 난 곳이다 하는 기록이 있습니다 그
리고 왜정 때 전국 명승고적이라는 책에도 있고.

자료 61 범황사의 유래

황의찬(남·62)할아버지께서 1997년 4월 26일 부여군 충화면 대곡리 낚시
터에서 구술하여 준 것이다. 지명에 대해 묻자 생각이 났는지 말씀을 시작하여
주었다.

절터는 남았으나 절은 없어졌다. 팔충신이 혜화상이라고 하는 범황사의 주지
스님한테 당시의 무술이라고 하면 차력, 분신술 이런 것이거든. 흔히 그런 것을
배웠다는 거여. 혜오화상한테.

그래서 결국은 팔충신이 백제 조정을 향해서 나가게 될 때도, 혜오화상의 권
유에 의해서 거기서 무술수련을 하고 공부를 하고 했는디, 혜오화상이,

"도저히 이러고 있을 때가 아니다. 나라는 임금님 구환 해가지고서, 지금 금
방 망할려고 하는데 언제 공부만 하고 있을 것이냐. 나가서 임금님의 뜻을 바로
잡아주고 또 같이 나가서 싸워서 나라를 지탱하도록 하라."
는 그 혜화상의 권고에 의해서 나갔다는 거여.

자료 62 계백장군 일화

김인호(남·71)할아버지께서 1997년 4월 26일 부여군 충화면 만지리 소년
동 자택에서 구술하여 준 것이다.

계백 장군을 낳는데 낳고 보니께 나중에 사람이 없어 그래서 보니 범이 호랑이가 이 계백 장군을 물고 이렇게 물고 갔을 테지 안고 가지는 못 했을 테니까 그래 가지고서는 그 천등산 밑에서 저 풀밭에다 잘 놓고서나 보호하고 있다 젖을 먹이고 있드라 그 얘기여, 가보니께.

그런 거시기가 전해 내려져 오고. 그래서 그 범의 호랭이 젖을 먹고 사람이 자랐다는 거여. 자라서는 몸이 얼마나 빠르냐면 천등산일라고 하는 산 밑에서 활을 쏘고는 그 말을 달려서 올라 가면은 화살촉보다 먼저 와 있었다는 거여. 그런 말이 전해 내려와 그러니까 거기 솔나무니 모니 나무가 무성한데 그 것을 그냥 풀밭 헤치듯이 이렇게 올라가고 내려오고 그러셨다는 거여. 그런 말이 전해오고.

애~ 팔충신이 거기서 이자 백충대라고 하는 디가 팔충신 그~ 공부하던 딘 디, 그런 딘디 우적진데 거기서 보면은 거기 올라가사 보면은 저 부여의 거시기가 나무가 없고 그러면은 봬야. 봬야. 그래서 천등산이라고 하는 산 이름이 왜 지어졌다는 가 하면은, 거기서 그 팔충신들이 공부를 하고 있는데 충신들이 밤에 공부하고 있으면 불을 켜 놓고 공부하고 있을 거 아녀.

백제 서울에서 왕이 이렇게 모시다가 밖을 쳐다 본게 하늘에서 불이 켜진 것 같거든. 저 불이 몬가 좀 알아보라고 친 아들한테 얘기해서 찾아온게 그 천등산이여. 가 보니께 그 참 그 몇몇 사람이 열심히 공부를 하고 있고 무예를 닦고 있고 그렇다 그 얘기여. 그래서 그 얘기를 가서 말씀을 드렸어.

그러니께 하늘에서 비친 그 등불이라고 해서 천등, 천등산이라고 이름을 그 때부터 지었다는 거여

자료 63 표뜸과 계백장군

정진홍(남·53) 이장님이 1997년 4월 26일 부여군 충화면 팔충리 자택에서 구술하여 준 것이다.

방골이라는 데도 있고 방곡이라고 지금은 이아래 두엄굴이라고 거기저 제돌리 거기 자 충원굴이라고 그렇게 하고, 여기 같으면 표뜸 요 아래는 여기 들층 표뜸이라는 것은 여기 비석에 가보면 있어.

요 앞산이 천등산이라는 데 하늘 천자 불꽃 등자 멧 산자 해서 천등산이라고 하는 곳인데, 그 계백장군 출생지가 정확히 어디라고 지명된 곳은 없잖여. 그 대신 부여에서 따지면 그 여기 정도 된다는 것은 나와 있고.

예 여기가 계백장군 출생지라는 것이거든. 그 천등산이 계백장군이 수련했다는 곳이고, 무술수련 했고. 여기서 낳다고 그러고. 그래서 여기가 옛날에는 팔충면 지금도 팔충리라는 데가 있고. 인자 팔 충신이 난 곳이라는, 곳이라서 팔충면 여 넘어가면 그래서 팔충사를 진거거든. 〔조사자 : 죄송한 데요, 여덟 명 충신이라고 하면 어떤?〕 계백, 홍수, 성충이라고 하면 삼충신 아냐. 계백 홍수 성충 그러고 인자 해오라고 하는 중, 해오 화상. 그 다음에 도진대사. 그럼 다섯이죠. 공라진수 억예복유.

그러고 천등산이라고 하는 것은 이 산 위에 올라가면 군산 장항 논산 보여 이런 데가 다 보이거든. 이 산에 올라가면. 도읍지에 되다 보니 그 하늘에 불이 항상 켜있는 것 같다고 해서, 그래서 천등산 그 여기는 설명하려면 길어요.

자료 64　구룡포의 유래

임병제(남·75)할아버지께서 1997년 5월 22일 부여군 장암면 점상리 자택에서 구술하여 준 것이다.

〔조사자 : 안장고개라는 데가 있다던데, 어떻게 해서 생긴 거예요?〕 산이 등생이 졌어. 저 공주 가면 늘재라는 데가 있어. 나도 공주 늘재라는 데 가본께 고개 양쪽에서 내려간 데서 늘 재는 것만 해 데서 늘재라고 해.

이 안장고개도 고개가 넘어가는 사람이 넘어가는 고개 보고서 안장고개라했어.

백제왕 시절에 백제왕이 여기서(정상리) 낚시질해서 힘을 얼마나 세게던 졌던지 그 용이 여기 와서 떨어져서 죽었데. 그래서 구룡포라고 해. 구렁이가 용됐다고 해서.

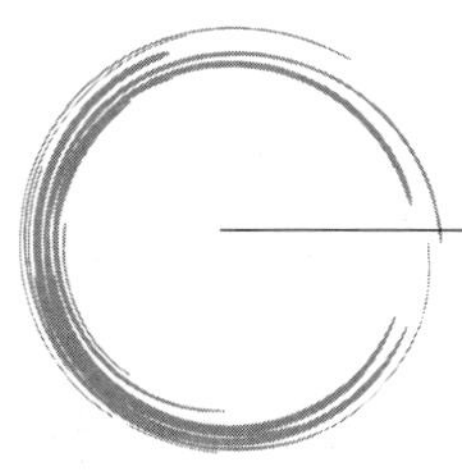

부 록 2

신거무 전설 자료

이 자료는 1982년도 한국구비문학대계 장성군의 자료를 수록하기 위하여 조사하였던 자료이다. 즉 한양대 최래옥 교수와 한남대 김균태 교수의 지도하에 한남대학교 국어국문학과와 국어교육학과에 재학중이던 학생을 중심으로 채록한 자료이다. 이 자료들은 한국구비문학대계 장성군 편에 수록하지 못하고 테이프로 보관하던 것을 정리하여 보고하는 자료이다.

자료 1 신거무 전설

김천만(남 · 73)씨가 전남 장성군 진원면 선적 2구 남계 부락에서 1982년 1월 12일에 해 주신 것이다. 이것은 제보자가 앞 이야기에 이어서 계속해 주신 것으로 6~7살 때쯤에 60세 되신 할아버지께서 하시는 것을 들었다고 한다.

그리고 이것은 그것이 그분네들 전설에 나왔던 것인데, 이 부락의 전설이다.

신거무가 살았어. 신거무. 〔조사자 : 신거무. 자 신거무 신거무에 대한 얘기지요. 그런게 견훤의 아들을 얘기허는 것입니까요.〕 네. 그런데 신거무 집터, 지금도 지금까장, 시방도 그 지점에 나타나고 있는디, (조사자가 그 지점이 어디쯤입니까? 묻자 그 지점에 대하여 제보자와 청중이 한데 어울려 이야기하여 자세한 지명을 알아들을 수 없었다.〕

그래서 말하자면, 그러면 고을 원 진원 고을에 형방으로 오기만 오면, 진원 고을에서 동헌에 들어가서 좌정하게 앉았으면 죽고 죽고 혀, 원님으로 와가지고. 그래서 워트게 해냐 그러면 송면앙이란 아들 그 양반 함자(이름)은 나가 모르것소. 송면앙이란 송씨 문벌 그 뭔지 저 면앙정이라고 그래요. 면앙정이 있는디, 송면앙 자제님이 거기를 인제 나왔어요. 인자 원으로 왔어. 왔는디 등불을 확 밝히고 앉어, 자꾸 죽으니께. 안지키면 죽으니까. 한 한시쯤 되니까, 참 하 무슨 소녀가 머리를 삭(산)발을 허고 피티를 티기고 와서 뭐이냐 원님을 찾는다 말이여. 그런게 그 놈에 발급을 허고 죽어버려, 죽어버려. 〔조사자 : 먼저 그 초임 사또들이요.〕 네. 전임 사또들이요. 그래갖고 있으니까 그 양반이 담양에 있으니까, 그래서 송면앙, 아 아드님 보고, 송면앙이 자제님이

너 진원 고을을 가면 신거무를 조심해라.

〔조사자 : 신 신거무? 신거무입니까. 거미) 거무. 〔조사자 : 거미줄 치는 거미) 거미. 〔조사자 : 흰거미) 신, 신. 〔조사자 : 신자는 무슨 신자를 쓰나요.〕 신거무라고 있은게, 신가 신가라. 〔조사자 : 아 저 색깔이 흰것 얘기하는 걸요?) 아니. (청중:신. 신)

그래가지고 신거무를 조심해라. 그랬는데, 그렇고, 인자 요전히 요전히 들어오니까,

니가 누구냐.

물었어. 그러니까,

내가 세무라는 기생입니다.

그래서 거기를 세무골이라 그려. 〔조사자 : 세무 뭐요.〕 세무골. 세무라는 고을. 〔조사자 : 골짜기 골짜기요.〕 세무골 기생여. 〔조사자 : 그 한문 한문 표기는 어떻게 하나요.〕 세무라고 했어. 돈 세자 춤출 무자 해서 세무라는 기생이 기상의 이름여. 세무라는 기생이란 말이여.

그런다. 그러면 너 어쩐 일이냐.

그런게, 신거무가 무조건 허고 때려 죽였다는 그거여. 해갖고 세무골 밑에 가

서 뭐이야 큰 둥구나무가 있었어, 둥구나무가. 그런게 그런 둥구나무 여러해 묵었으니까 속이 빌것 아니여. 그러니까 그 속이다 때려 넣어 뿌렸다 그말여.

　　그러면 세무라는 이름이 누구냐.

　　그런게 수청 기생여. 그 뭐좀 좀 수청 기상. 수청 기상이란 것은 기상 중에서 제일 이쁘고, 그 원님이 오면 원님이 딜고 자는 수청 기생여. 〔조사자 : 술 따라 주면서요.〕 아 지침수 말수. 만청 이거 뭐이여 수청 기생여. 그런게 아이 그래서,

　　아 그랴.

　　그래 그 이튿날,

　　신거무를 잡아드리라

고 그랬어. 신거무를 잡아드리라고. 그래 신거무를 인자 잡아다가 무조건(음성을 높여) 후드려. 무조건 후드려. 무조건 허고 그래. 무조건 허고, 죽을 것이 아니여. 원님이 한번, 그때는 문무를 겸전허니까, 행정 사무 일반 상규도 다 허니까 죽이라면 죽일뿌릴것 아니여. 그랬는디, 그러고는 그날 즉시 허 뭐시냐 가서 둥구나무를 가서 본께, 그대로 있어. 칼 칼 밖고, 칼 밖은 그대로 있어. 그래 그놈을 갖다가 장사 지내고 그러고 있는디.

　　신거무가 하도 절통헌게, 말도 않허고 죽여버린게 하도 절통헌게 죽어서 거무가 되얐어, 그래서 신거무여. 신가고 거무가 되얐다 말여. 여기에 사(혼)가 된 거무. 인자 그런게 신거무가 되갖, 거무가 돼갖고 가서 불알을 물어서 죽게 죽여 버렸어.〔조사자 : 원님을요) 원님을. 말하자면. 〔조사자 : 독거미군요) 암 그래. 아 그냥 그래갖고 거무 거무가 그러고 있는디, 그러면 인자 자기 집으로 운상해 야 헐 것 아니오, 죽었으니까. 그래서 운상을 해갖고 가니까, 이것도 내 이것 전 설인디, 그 문장자 잘헌디, 아들을 독자 하나 밖에 없어. 면앙 그 사람 그 양반이, 송면앙 그 양반이. 헛는디 아 이놈이 자식 문제가 생여가 들어오는데 어쩔것이냐 말이여. 그런디 바둑을 두고 앉었단 말이여. 시도록 원통헌게 바둑 두고 앉었는게 하도 기가 막힌게 바둑 두고 이냥허고 앉겼는겨, 그게. 아니 이 아내서, 부인께서 뭐이냐 허는고 허니, 자식이 들어서 들어서 자식이 죽어서 들어오고 있는디 말이여. 오서는,

　　뭔 놈의 학자가딘 바둑만 두고 앉겼냐. 고 허니께

　　허허

　　항의를 좀 했어. 안이가서. 안이 가서 출가통(?)이 큰 수건이 나오거든. 자기

가 칵 헌게 피가 하나가 되거든. 속은 내가 니깟것 보다 더 상헌다 그 말여. 그래서 그러고는 뭐냐고 그러던가?

그 생여를 따라.

생여를 따라고 허니, 어느 행여라고 지 아버지 따라고 허는디, 〔조사자 : 상) 상구를 따라 그것여. 〔조사자 : 상구를요.〕 생여라고 허고 상구라고두 허구 그러쟌아. 〔조사자 : 상구가 뭐예요.〕(청중:사람들 사람 죽으면 상여 상여.〕 생여가 상여, 여기 발음으로. 에 따라고 그랬는데, 그런게 부르신 후에는,

가서 매 무궁화 나무, 부래 나무, 물개나무을 시개를 다 헤갖고 오라고 했어. 시개를 헤다가 인자 자기 아버지를 주니까, 그 뭐이냐 곽(관) 띠고, 곽 띠고, 〔조사자 : 관) 관, 응. 관 그위에 뚜께를 띠고 발을 거치라고 했어, 발을. 말을 잊는다면 매 시벌 때린다고 안혀.

니는 운명은 글로먹은 거여. 애비 말을 기역허고, 내 가서 신거무를 조심허라 허지 안혔어.

그런디, 다른 사람 눈에는 안 뵈는디, 신거무가 창검을 들고 칼춤을 추면서 이쪽으로 다른 사람 눈에는 안 보여. 〔조사자 : 잡귀이니까) 아 그러니까, 신거무 죽은 죽은 귀신이지. 맞어 죽은 귀신이라 말이여. 그러니까 신거무가, 크 자식이 죽어서 들어오는데, 그 초단을 걸어가지고 매를 때리는 군는, 물개나무로 , 물개나무가 아프거든요. 달게나면. 그런 매다움은 안맞어 봤겠지만, 우리는 매 맞아봤어. 약간 불어지도 않으며 꽤 아파. 〔조사자 : 회초리) 아 회초리 말이여. 무궁화 나무로 여기서는 물개나무라고 혀. 〔조사자 : 착착 감기고요.〕 암 감기고 말고. 아니 죽은 송장을 때려 놓은게 하도 어이가 없거든. 그런게 뜰방 밑에 가서 그 죽은 귀신 신거무가,

아이구 죽어 마땅합니다. 용서해 주십시요. 그러나 뭣인가 가장 말이여 내 소원 하나 풀어 주시오 그래서

그러면 니 소원이 뭣이냐. 그러니까,

나를 장을 하나 시워 주시오.

시장. 시장 하나만 시워달라고 했어. 요 밑에 남면 간다 허오면 시장터가 있어. 남면 간다고 허느므는 신거무라는 장터가 있어.

신거무장 파허듯기 헌다고. 가기만 가면 이놈 간 사람 오중이 쥘 나중에는 한 놈이 죽게 생겼어. 그런게 서로 (청중 : 싸움 해갖고) 서로 그낭 먼저 내삘라고

그런데, 그래서 신거무장 파허듯기 헌다 그런 문제가 됐으니〔조사자 : 한사람 씩 죽으니까요.〕 제일 느께 온놈은 하나썩 죽어 나가니까는 (청중 : 빨리빨리 와 야지 느께 오면 죽은게, 이왕 빨리온게) (청중 제보자 : 신거무장 파헌다고)
  아 그런게 요러고 심심헌 사람은 신거무장 파헌다고. 그 이후로 그랬어요.

<table>
<tr><td>자료 2　신검무 장터 전설</td></tr>
</table>

  김원중(남·83)씨가 1982년 11월 14일에 황룡면 이곡리 노인정에서 해 주 신 것을 5~6명의 어른들과 함께 들은 것이다. 이것은 조사자가 죽은 사람에 대 한 이야기를 요청하자 청중들이 보충 설명하면서 해주신 것이다. 이야기는 어릴 적에 남면에서 동네 어른들한테 들었다고 한다.

  그가, 진원 고을이지. 진원 고을인디. 응 무엇이냐? 에 순천 송씨에, 에- 순 천 송씨에 송- 그 양반 거시가. 에-
  그 여자가 들어와 그 원수를 갚아돌라는 그 예기여, 그때. 그런데
  어쩨서 그러냐 그런게
  이 고을 퇴임에 있는 신거무라는 사람이, 신거무라는 사람이 저를 죽여서 아 무되 소(연못)에다 넣었다 고
  (청중 : 사람을? 응) 그래서 소에다 넣었다고 그런게, 그 이튿날 자고 일어 나서, 그 군에 있는 그 장비를 모두 불러가지고 그 소를 인제, 가지고서 인제 소 를 푼다 말이어. 푼게 그 시체가 나와저. 인제 그 여자 시체가.
  그런데 그 여자 누군고 허니, 그 원이 들어오기 전의 원을 산 원의 딸여. 원 의 딸인디 신거무가 거기서 퇴임서 원에서 있는데, 그놈이 욕심을 내고 인제 건 물만 달고 있다가 그냥 어느 곳에 만나가지고 이름(지시)을 들으라고 한게 안들 은 게, 거다가 갔다가 빠쳐 죽여버렸단 그 말여, 억지로. 이 죽여 버린게 그 원수 를 갚을려고 그 여자가, 그 고을 드는 원은, 인자 가서 들어오기만 들어오면 가서 선뭉이 대고, 선뭉을 대고 그랬어, 그랬다가 그 송씨 그 원이 들어와서 인자 거시 기 헌게 갔었어. 그 애기를 해논게, 그 이튿날 그 읍에 있는 장교들을 말장 불러 가지고 그 샘을 푼은게 시체가 가만히 있어, 거기가. 그래서 그 원수를 갚어 준게

있어.

그런디 그 원수를 갚을란게 신거무 그놈을 죽여얄 것 아녀. 그놈을 죽여 하는디, 그놈을 죽였지. 원이 죽이는게 내가 너를 귀신이 와서 그렇게 일러 준 소식을 내가 못갚아주고 내가 그 원을 죽였는디. 아 그냥 죽였드니만, 그놈이 어떻게 억씬 놈인지 그 원을 죽였어, 원을. 원을 그 신거무란 놈이 원을 죽였단 말여.

원을 죽인게, 그때 송 무엇이건만, 이렇게 잊으면서 그냥, 그 양반이 저기 저 담양(테이프교환) 신임고을서 행상을 해갖고 거기를 가지. 그 즈 아버지가 계신 대로 가니까, 즈이 아버지가, 그 양반이 사랑문을 열어놓고 보고있는게, 다른 사람 눈에는 안 뵈여. 그 양반은 아는 양반이라 귀신이 뵈이느냔 말이여.

아이 신거무 그놈이 죽은 놈이, 칼을 들고 생여 위에서 춤을 추고 와. 춤을 추고 오는 것은 송가를 다 맹해(망하여) 버릴려고 이 마음을 먹고 그렇게 온 것이라 그 말이여. 그 동안에 물론 아 송면왕, 송면앙, 호가 면왕이여 송 면왕. 그 양반이 나서서 그걸 보고는 이것 가만둬서는 못쓰겠구나 그러구는 그냥.

상여 그거 내려라

그래 갖고는 그 신체를 내서, 상여 띠고 인자 신체를 내놓고는 매를 째다가, 관을 매를 때렸지.

너 이놈 신거무 같은 사람을 갖다가 니가 죽였으니 너도 죽어야 마땅하다. 이놈 매를 맞아라

매를 때렸단 말여. 그런게 신검무가 귀신이 되어가지고서 기서 볼 적에 제 소원이 되어 버렸서, 기시기. 그래놓은게 그 다른 객기는 안 안했지. 그 저 죽인 원만 죽였지, 다른 사람은 안 죽였서. 그집 식구를 다 망해 버릴려고 마음을 먹고 칼을 들고 춤을 추고 왔단 말여, 귀신이. 그랬는디 그 원느 아버지 그 송면앙이, 그 양반이 더 알고 인자 그렇게 하신 것을 보고는 자복을 햇어, 그 양반한테.

제가 소원이 없습니다. 그러냐 한가지 소원은 무엇인고 하니, 제 이름으로 해서 장을 하나 해주시요.

장, 사람 모이는 장. 오늘 오늘이 황룡장인디, 장맹이로 장을 보해서(청취불능) 움 매해 버려라 혀. 그런게 시방은 남면이 되었구만, 거기가. 진원 남면이 거기가. 진원면, 남면. 그런데 남면 신거무장이란 터가 있어, 거가.〔조사자 : 신거무 장요?〕 응. 신거무장. 신거무 장을 세웠어, 그 송면왕 그 양반이.

그래 장을 세워 가지고 어떻게 되고 허니, 장꾼이 초장에 만일 들어가지고 가

장 나중에 가는 사람은 죽는단 말여, 낱낱이. 다 가버리고 인저 하나 남았다고 그
러면, 인자 그 사람이 가면 낱낱 죽어,

그것이 신검무란 소행이지. 그래서 말이, 시방까지도 울어나온 말이, 원 공사
에다 무어에다 워 좀 사람 많이 모였다가 그냥 흐지부지 갈려가면 꼭 신거무장
파하듯 하네. 이런 말이 있어. (웃음) 시방이, 이 이전이 나온다 말이여. 그래서
그 신거무 장이 깨져 버렸어, 나중에는 아 사람이 많아서 나중에 간 사람은 죽으
니, 누가 그 장에 가겠냐 말여.

내가 인 내가 머녀(일찍) 올지 나중 올지 모른게 안가거든. 낱낱이 지금 나중
에 가는 사람은 거기서 하나가 죽어 버려. 그랬는데 그 전에 인자 파해 버렸어,
나중에. 신거무 장터 시방 있어, 거. 에 마을이 돼가지고 신거무란 마을이 있구
만, 시방도. 그러고는 그것 인자 파해 버렸지. 그런 일이 있다.

그런게 초로 인생으로만 볼 것이 아니라, 사람도 악질로 나 놓으면 그것이 귀
신이 있어 가지고 보수(복수)를 한다말여. 여 우리 생전에 가만히 들어봐도 아무
리 악질로 낳다고 허도 넘 보수헌다는 사람 없거든. 그 전에 삼국 시절에 그 자기
죽인 사람 보수허기는 관운장 같은 양반 밖에 없어, 삼국지에. 그렇고 또 진원이
인근에, 이 이조에 와서 신거무라는 사람, 그 사람 하나가 기 원수를 갚고 그렇게
했단 말여.

인자 거 그전에 사는 원이 딸이 있었어. 딸이 있은게 딸이 인자 얼굴이 맹상
으로 그런게, 인자 그 신거무가 거기서 퇴임 노릇을 하면서 내 저 여자를 내가
얻어 갖고 살려니 그 맘을 먹었는가 보드만. (청중 : 신거무가?) 신거무가.
신거무가 그 마음을 먹었어. 그런데 원의 딸로서 저 퇴임 놈한테로 시집 갈 이치
가 있는가! 그건 상하가 있는데, 시방보담도 상하가 있는디. 그래 놓은게 말을
안들으니게 그냥 샘에다 빠뜨려 죽여 버렸지. 그런게 그 여자가 그 복수를 갚을
려고 그 송면왕의 아들이 그 송씨가 인자 원으로 나온게 거기에다가 선몽을 했단
그 말여. 그래가지고 순천 송씨더만, 그 송면왕의 본이 순천 송씨이지. 보수를 갚
고 그랬다는 얘기를 내가 들었어.

자료 3 신거무장 전설

　공길수(남·61)씨가 황룡면 금호리에서 1982.1.14일에 구술한 것이다. 이 것은 제보자가 이야기를 하던 중에 생각나서 해 주신 것으로, 어릴 때부터 마을의 어른들이 아이들에게 해 주신 것을 들은 것이다. 이 이야기는 실제로 있었던 이야기라 한다.

　신거무라고 헌 사람이 있는디, 〔조사자 : 신거무요〕 응 이름이 신거무여. 〔조 사자 : 살 사람이, 참 사람이여요〕 암. 〔조사자 : 남자요, 여자요〕 남자. 아전 아 전여. 어떻게 이놈이 똘똘허고 그러던지, 그걸 원님이 신거무를 갖다가 어떻게 죽였어. 〔조사자 : 죽였어요. 어떻 왜, 왜 무슨 죄로 죽였어요.〕 죄가 있은게 죽 었지. 죽여놓은게 나중에 원님이 원님 출상을 해가지고 막 온다 말여. 오니께 신 거무 죽은 귀신이 칼을 들고, 양쪽이 들고서 앞으로 춤을 벌이면서 죽일라고 그 래요. 〔조사자 : 죽일라고요.〕 음 그렇지. 그런게 거기서 신거무, 아들이, 이가 거기서
　상구 내려라.
　딱 내렸어. 신거무, 즈그 아버지가. 내려가지고
　상구를 띠어라.
　고, 상구를 띠어. 죽은 송장을 매로 치면서
　너 이놈. 신거무가 누구라고, 신거무를 가서 그렇게 죽이냐.
　신거무가 무서운 놈이여. 딱 매를 때리면서,
　이놈의 자식아. 불로 꽉 꼬실라 버리겠다마는 이놈의 자식 죽은 놈이라 못헌 다.
　그런다 말이여. 인게 그 신거무, 죽은 신거무가 와서
　잘못했읍니다. 절대로 그러하겠읍니다.
　딱 빌고 갔어. 장사를 지냈어. 신거무가 무서운 놈이여. 그때 우리가 그 신작 이 상놈이었거든. 그렇게 등 반다시 조선은 상놈들이 정승살이를 많이 나 신경질 이 나 있은게 정승들이 이렇게 〔조사자 : 그런게 그 거무라는 저기가 그 거미라 는 그런 저기로 썼어요〕 아니지. 신거무요. 〔조사자 : 거무요〕 잉. 〔조사자 : 그 런데, 저쪽, 남면 그쪽 가서 있잖아요〕 남면여. 바로. 〔조사자 : 남면 거기 가서

직접 우리가 조사를 했거든요. 조사를 다른 사람이 했는데, 그쪽에 가보니까 뭐 거미라는 그런 저기라고)

그래서 나중에 장을 하나를 설치해 주시오.

신거무가. 그러닌게 신거무장이 있거든. 그때가서 거다가 떡 설치를 해 준께, 장에 갔다가 쥘(제일) 늦게 오던 하나씩 죽여.〔조사자 : 장에 갔다가 제일 늦게요) 쥘일 늦게 오는 놈. 그러니께 신거무가 다 죽여버려. 그렇게 따문에 원님이 가가지고 딱거시기 해가지고 신거무를 딱 달겨 보냈단게.

〔조사자 : 그런 열두시경에 장터가 비고 막) 그려. 그랬어.〔조사자 : 열두시경 딱, 왜 왜 그려) (청중:신거무가 무서운 놈여) 김덕령 모다 모 송구봉 송구봉도 상놈이라, 말하자면 다 쥐는 거시기라 안키워주고.

자료 4   신거무 장터 전설

이상규(이상규, 남·48)씨가 1982년 1월 14일에 남면 수목리 노인정에서 45명의 노인들과 함께 들은 것이다. 이야기는 제보자가 이런 저런 이야기를 하다가 언뜻 비치기에 조사자가 되물어서 듣게된 것이다. 이것은 3~40년 전부터 즉 어릴때부터 동네 어른들한테 들었다고 한다. 한편 옆에 있던 77세 된 할머니는 13살적부터 들었다고 한다.

〔조사자 : 인자 500년전 시대에) 고려 고려적에, 고려때에 고려사람이여. 〔조사자 : 고려때 고려 사람요.〕 고려 사람. 그 사람이 성은 신가고 이름은 거뮈여. 그런게 성은 이름은 한자지. 신거뮈여.〔조사자 : 신거뮈요)신거뮈.

그런게 그 분이 참 영리했드래요. 에 영리하고 인제 천재인디 그 사람이 양반의 집의 자식이 아니여.〔조사자 : 양반의 자식이 아니요?)응. 자손이 아니기 때문에,에 과거에 못했어요.〔조사자 : 그렇지.양반이 아니기 때문에.〕 과거를 못하니께 참 나쁜질로 빠져나왔어. 역적으로, 말하지면 역적으로 돌았던게벼.

그런게 에 김정승, 서울 김정승의 집 아들이, 그런게 진원 고을이라고 있어. 여기 남면 진원이라는데.〔조사자 : 진환 고을요.〕 진원〔조사자 : 진원 고을요) 진원 원을 왔어. 원. 원님. 지금 같으면 군수란 말이여.

그런데 군수를 인제, 지금 그 안 진원 골을 살러온 사람마다 그 사람이 회(해)를 쳐. 치다싶이 혀.〔조사자 : 해 친단 것이 성가시럽게 헌다는 말이지요.〕에 신거무란 사람이 회를 쳐. 그런게 그 김정승 아들이 그 좌단을 했어. 내려와서 진원골 갈란다고. 그래 온 사람마다 고대로 죽고 죽고헌게, 자기 갈 그냥 갈란다고 허고는, 그러고는 좌단을 허고 왔어. 김정승 아들이. 그래 와서 각시허고 잠을 잔게 그 사람이 나타나 갖고는 딱 그 사람이 해칠라고 그러거든요. 그런게 마 참 힘도 좋고 무술도 좋든만요, 그 사람이〔조사자 : 에 김정승 아들이요.〕 아니 저 신거무라는 사람이요.〔조사자 : 신거무 이것요) 인자 전부 그냥 뭐 저 참 6방이라 안했요. 그래 사령들 싹 불러서는 그 사람을 그날적이(그날 저녁에)잡어 죽였어요. 그냥. 잡어죽이고 본게 참 그 당시로서 죽여버렸으니게 뭐 참 편하게 생겼지, 뭐. 초상 치른 사흘만에 그 김정승 아들을 변소에 가서, 변소에 본 사람을 그냥 화장실에 불알을 떼어 죽여버렸어〔조사자 : 불알을 떼어요?) 그래서 홀쩍 떼어버렸어. 잉 그래서 죽어버렸어. 죽은게 우리가 (청취불능). 그런게 즈그 아버지가, 김정승이 그런 말이, 그말을 통보로 헐것 아니여, 아들이 죽었다 고 그런게,

그 사람을 죽이지 말라 했는디, 왜 그 사람을 죽여야. 그런게 그 사람 자연히 너 당연히 죽어야 헐것 아니냐.

그 사람 허는 말이. 그래 생여를 띠고 인자 올라간게, 서울 올라간께 신거무란 사람이 칼을 들고 생여 앞에서, 혼신이 춤을 추드라 이것이여. 춤을 춰. 그냥 생여 앞 앞에서 있던가. 니가 내 손에 죽었은게, 말하자면 내가 너한테 죽고 내가 너를 죽었다고 해버렸다. 그래 즈가 아버지가 가만히 보니게 참 광경 그렇게 생겼그든. 그런게 즈그 어머니는 막 울고 막 야단인디, 즤 아버지 그 김정승이란 사람은

왜 우냐? 면서 그러닌께

자식이 죽었어도 안울어야 하냐고. 응 자식이 죽었어도 원통치 않냐. 고 그런게

거기서 소매단지(오줌단지) 듯이 있지요. 요강을 가지고 오라. 고 그러드래요.

요강을 가지고 간게, 갖다 준게 휙 붙들고는 천지다 막 피, 정승이. 그래 말을 안해도 자식이 죽었다는 그것으로써 속을 그만치이나 썩고있는 울어도 못쓰는

것이여. 그러면서 그 그 종들을 시켜가지고 매를 한다발에 열개씩이드래. 매를
에 거시기 자금 같은 전절이(? 아마 가느다란 호차리를 기리키는 듯) 그 잎바시
전젓이 있거든. 그 전점을 슥다발, 매 슥다발을 가지고 오라고 그러드래요. 그래
매 슥다발을 가져온게,

생여 딱 띠라고 해갖고는 관을 내리라

고 그러드래요. 즈그 아버지가.

관을 내려갖고 송장을 끗어 내갖고는 매 그놈 슥다발 서른개가 다 끊어질 때
까지는 송장을 치라고 그러드래요. 즤 아버지가. 그러면서 죽은 송장을 매 서른
개 그걸 다 뿌서지도록 치린게 몇일을 쳤것지 잉. 하두 매를 치닌게, 매 방정을
치닌게 신거무란 사람이 물팍을 척 굽으면서

이걸, 저 속은 다 풀겠읍니다.

걸어 가는 혼신이. 신거무라는 사람이 김정승한티.

그러면 니 소원이 또 있었을 것 아니냐.

그래, 신거무란 사람보고, 그런게,

소원이 있읍니다.

그러면 니 소원이, 참 소원을 밝혀라.

내 이름이 신거무요. 그런디 그 신거무란 마을이, 말허면 이름을 지어주고
잉, 신거무에다가 신거무 다리라고 하는 돌다리를 놓 주십시요.

그렇게 했어. 〔조사자 : 돌다리요) 예. 돌다리요. 그런게 그 그때는 정승이라
고 허면 뭐 뭐 참 한참허게 떨지 잉. 지금 같은 참 국무총리나 된께.

아 그리면 그리지야. 허고 그러므로써 니가 그러면 다시는 회는 안치겠지야
인자 그런 것 받을 것 않을까요. 그래 신거무 돌다리 놔 주고, 또 신거무라는
장을 세워 돌라고 그래. 장을. 〔조사자 : 시장요) 시장, 응.

시장을 세워 주십시요.

그럼 거기 가서 시장을 세울 위치가 있느냐. 고 그런게,

좋은 자리가 있오. 그름 장터가 있습니다.

그랬든 가비요. 거기다가 〔조사자 : 그 장터 이름이 뭐예요.〕 그름장터. 〔조
사자 : 구룽) 구룽, 구룽 장터. 〔조사자 : 구룽장터 위치가 어디에요.〕 여기 여기
가 있어요. (청중끼리는 구룽 장터의 위치에 대하여 이야기 하고 있다. 즉 구름
장터는 가마봉 산에 연결된 지점이라고 한다.〕 그래 거기다가 장을 세워줬어요.

〔조사자 : 장이란 것은 시장이지요.〕응. 시장을 세워주고 인자 돌다리 놓주고.
　　그런디 이 사람이, 그래도 그 사람이 약속을 못지키고 원이 말하자면 혼신이.
신거무란 혼신이 약속을 못지켜 주고, 신거무 장을 세우면 인자 장이 오일 다새
가 됐든지 열흘날이 돼든지 장이 될 것 아닌가요. 장이 스면 쵤일로 맨 뒤에 간
사람 하나씩이 죽어야, 사람을. 쵤일로 맨 뒤에 간 사람을〔조사자 : 제일로 먼저
간 사람을.〕쵤일로 맨중에 간 사람을.〔조사자 : 아. 제일 나중에) 예. 인제 그
원혼이, 그 혼신이 되면서, 그 따미이도 된단 말이여. 그 사람을 회 쳐. 그런게
장이 될 것여, 그것.〔조사자 : 그렇지요.〕처음에는 장이 되얐지만 내중부터는
서로 갈라고 헌께루 장이 될거여. (청중 : 그런게 오전 12시 연 장으로) 그런게
얼릉 그냥 왔다가 그냥 가고 가고 허닌께.
　　신거무장 파한다
　　는 말이 있어. 그래서는 나온 말이여.〔조사자 : 아하 신거무장 파한다) (청
중:흐지부지 파한다) 흐지부지 파한다. 신거무장 파한다.〔조사자 : 흐지부지가
뭐예요?) (청중 제보자:흐지부지 신거무장 파한다.〕인자 전국적으로 다 알아.
사람을 많이 몰쳤다가 흐지부지 퍼질때는 신거무장 파한다 고 그러거든. (여자
청중:그런 이름은 거뮈고 승은 신가여.〕그런디 그 여자가 치매로 쌓서 그 독을.
쌓다가 다리를 놓다. 그 신거무 다리를 〔조사자 : 여자라는 것은?) (여자 청중
: 거뮈여. 그 신거무.〕〔조사자 : 아 이것은 저 신거무가 여자) (청중 1:아이. 그
남자.〕남자. 남자. (여자청중 : 신거무가 쌓다고 그런게, 환자(혼자) 그 놈을 독
을 들어다가 다 다리를 놓어요.〕
　　어느 나라 사람인지 모르지만, 그러면 여기 나가면은요 그 다리 있지요. 여기
우리 마을 앞에 다리 있지요. 다리 쪼끔 넘으면 그 독 시워졌지요. 그 독이 있어
요. 그 독이. (여자 청중 : 거뮈가 그놈을 다리를 놓어요.〕고려 때에 (청중 2 :
지금 흔적)〔조사자 : 다리, 저 흔적이군요.〕흔적이예요. 그놈은 역부러 시워 놓
은 것이요. 지금 시웨진 독이 돌다리 가운데 주촤(주초)여. 가운데 주초. 양쪽의
독을 양쪽으 걸친다면은 시워져 있는 독이, 지금 독이. (여자 청중 : 참 다 묻혀
버렸다군, 다 속으로 모두) 두질만 파면 다 나와어뿌려, 독이. 우리 장광 있는 독
도. 그 독다리 고 주줄 독이고. (그 이후 신거무장은 최근에 광산군 지암면 지화
장으로 옮겼다고 하며, 그곳에서 피해도 없다고 한다.〕

자료 5   신거무장 유래

　　제보자 김순임(여 · 77)씨가 남면의 댁에서 1988년 1월 14일에 구술한 것을 3~4명의 할머니와 함께 들으면서 채록한 것이다. 이 이야기는 얼마 전에 돌아가신 이 마을 백화나무집 영감이 잘 하던 것을 듣고 알게 된 것이다.

　　〔조사자 : 신거무장요.〕
　　신거무장. 어디서 신거무장, 신거무장이 허닌게냐. 그런게 장을 늦게 오러 보러온 사람은 그 거뮈가 또깨비라고 그러드만. 거뮈가 또깰비 돼갖고 그 사람은 잡아먹어버린다요. 그런게 신거무장 파헌다, 신거무장 파한다 그러자예. (청중 : 인자 사실이요) 인자는 신거무장 파, 뭐 고을로 부천 놔버렸어. (청중 : 부촌됐어.〕 응 다 부자이고.

자료 6   신거무장터 전설

　　이 자료는 북일면 테이프에 녹음되어 있고, 다른 면의 명칭을 제시하지 않아 북일면 자료로 인정할 수 있다. 그런데 그 뒤에 이야기하는 동일인의 일생담이 제시되어 있는데, 그 속에서 제보자는 진원면에 살았던 사람으로 추정되고 있다. 그래서 자세한 내력은 알 수 없어 제보자력이나 그 조사 경위를 밝힐 수 없었다.

　　광주목사로 온 이가, 저 광주 나주 광주목사 나주목사 전라도 고을 목사인데, 신거무라는 놈이 어떻게 고약하든지. 당체 뭐 양반도 소용 읎고, 뭐 관가도 실지도 필요도 없이 처분헐 수 없단 그말이여. 그래 이놈을 한번 잡아다가 이놈을 그냥 타살해버렸어. 때려 죽여버렸어. 아 그런게 이놈이 맞으면서도 꿈쩍을 해냐하는데 항복않거든, 그냥 인자 그냥 때려 죽여버렸어. 타살해버렸어. 한참 아그 막 그놈 타살했는디, 그러면서 목사가 그냥 말하자면 그냥 그 자리서 정 직사해버렸네. 죽어버렸네. 아 그러게 이놈이 맞으면서도 꿈적을 해야 하느데 항복않거든, 그냥 인자 그냥 때려 죽여 버였어. 타살해버렸어. 한참 아그 막 그놈 타살했는디, 그러면서 목사가 그냥 말하자면 그냥 그 자리서 정 직사해버렸네, 죽어버렸네.

그렇게 아냐 않했어. 한게(술먹고 있음) 아 그러니까 인자 그 인자 광주에서 서울 저 목사 원인게, 인자 서울로 운상 사람의 상구를 메그서는 한허고 쪽간 우셕으로 걸어가니까인, 에 한허고 시방인자 알어서 보니까 아 이놈의 상구에서 가서 싹 쪼개 앉었어, 신거무란 놈이. 인자 상여부터 떡들어온게,

이 애 참 애 상구를 떼라. 그러고는 관끌러 떡 들어내라. 그래갖고는 덕석 깔고 엎어쳐 놓고 곤장을 몇대 때려라.

하인들한테,

너 이놈 애비 말을 안 듣고, 니 자의대로 했으니, 너는 죽어 마땅하다. 그런 사람을 선허게 다슬려야지, 이렇게 이놈 타살했으니 너느 당장 죽어야 마땅하다. 이놈.

전부다 죽게 생겼은게, 즈그 아들한테 호령을 허거든. 아 인제 이 산거무라놈이, 인제 그런게 인다 귀시이지 말하자면 잉, 신거무란 놈이. 당체 양반 중에 양반이다. 그러나마나 아들이 죽어서 원통하니 원수를 갚어야 허고 이렇게 야단이 낳으게 말이여 잉. 아버지도 잉. 이렇게 아들을 호령하니 당체 양반이다 . 그러고는 나가 여기 와서 인자 인사를 떡허니 들였어. 들이고,

내가 상여지고 올때는 내가 그냥 씨를 멸종헐라고 왔어요. 이 식속들 다. 그럴라고 왔는데 참 사또 소행하시는 것을 보시니 아이 양반입지요. 저는 이대로 물러가는데 즥 소워이나 하나 들어 주십시요. 신거무라는 장을 하나 시워주십시요. 시거무장.

그래서 가때 전라도 여기 목사, 여기 광주에 가서 그가 꼴탕이고, 그래서 인자 신거무장이라 시워놓단 말이여. 장을 이자 시워 주었어. 이놈의 자을 시워놓고(웃음) 아이 낮만 낮들면 인자 그냥 장이 인자 꼴짝이고 인자 쪼그만 허닌게 폐는 파해지는데, 참 누구 장죄일 뒤에 가는 사람을 하나썩 죽어져 찌벌여. 참 장날마다. 그런게 서로 먼저 갈라고 허면서도, 그래도 하나는 뒤에 어찌하고 꼭 죽어. 그래 그것은 그 이후에 임박에 송 인자 그 전설에 의해서 꼭,

신거무장 파허듯기 한다

그말 잉. 안죽을라고 서로 먼저 가뻐린게, 그런게 후닥딱 파해버린다 그말이여. 그래서 신거무장을 시웠는데, 그 근방 전설 말도 그래. 꼭 신거무 장 파헌듯기 헌다 고 싹 파해버려. 〔조사자 : 그런 애기 있어요.〕 그래서 신거ㅂ무장이라고 있어. 그것도 전설이지 일부러 맨들어서...〔조사자 : 흐지부지 신거무장 판다

고요.〕 음 신거무장 파헌다고 그려. 흩닥 뭐 파해버리면, 인제 실지 얘기지 잉 그 것.

〔자료 7〕 한국구비문학대계 6-8〔진원면 설화 4〕 pp.851-856.
〔자료 8〕 한국구비문학대계 6-8〔진원면 설화 14〕 pp.868-869.
〔자료 9〕 한국구비문학대계 6-8〔북하면 설화 16〕 pp.158-161.
〔자료 10〕 한국구비문학대계 6-8〔삼계면 설화 7〕 pp. 625-629.
〔자료 11〕 장성군지 pp.769-771.

자료 12   신거무 장터

전우치 일화, 공길수(남 · 61)
장성군 황룡면 아곡리 자택 마루, 1982년 1월 14일, 김원중(남 · 83)

한국구비문학대계 장성군편 자료를 조사하기 위하여 황룡면에 찾았다. 이 조사는 한양대 최래옥교수와 한남대 김균태교수와 학생 14명이 함께 참가하였다. 이 자료는 김호선과 함께 한조가 되어 조사에 참여한 것이다. 제보자는 마을 이장의 소개로 찾아가서 만났는데, 조사자들이 조사나온 목적을 말하자 이야기해 주셨다. 이야기는 김덕령 장군에 대한 일화를 해 주시고 나뒤에 생각이 난 듯이 이어 구술하여 준 것으로 어려서부터 익소의 어른들한테 들은 것이라 한다.

그런디, 〔조사자 : 할아버지네 쫌, 사람 이름이 신거무에요?〕 응. 〔조사자 : 거무가 아니고요? 거무가 거미, 기어다니는 거미가 아니고요?〕 신거무여. 사람 이름이 신거무여. 〔조사자 : 사람 이름이요?〕 응.
그런디 그 신거무가 죽기를 신평서 기신 송면앙 아드님이 그 진원고을 살적에 죽였지. 그 달리 죽인 것이 아니라, 그 양반이 진원고을 나오기 전에.
그 안에서 한제 안에서 한 하고 나간 원이, 그 원이 딸이 맹사(?)하던가 보데. 그런게 그 신거무가 그를 얻으라고 인자 간범을 했어. 그런게 여자가 안듣거든. 안들은게 그냥 그 샴이다 그냥 넣어서 그냥 죽어버렸어. 그래서 그 여자가 송면앙 아드님 그 송씨 원이 나온게 거기다 현몽을 댔지.

지 원수를 갚아주시오.

허고. 그래서 그 알고는 거기 샴을 품어본게, 그 신체가 나왔단 말이여. 그 여자 신체가. 그런게 그냥 신거무를 집어서 그냥 죽였지.

그런데 신거무가 죽어가지고 그냥 그 원한을 부수기 해서, 원을 죽이고 했어. 그래서 원이 즤그 고향으로 이를테면 그 송면앙이 댐양 그 송방경이라 거기 거기 살았다고 허거든. 그래 고리 산상으로 간게, 송면앙이 아는 양반이여. 그 지검 (힘)이 있는 양반이란 말이여.

그런게 사랑방을 열어놓고 가만히 본게, 그 아들 생여가 오는디, 생여 위에 가서 신거무가 칼을 들고 휘휘 내젖고 와. 그런게, 저거 가만둬서 못쓰겠구나. 그러고는 그냥,

생여를 내려 놓아라.

고 허드니만,

가서 매를 쩌 오라. 고 했데. 매를 쪄오라고 허더니, 즈그 아들 매를 때렸어. 그 신거무를. 이를 테면 거시기를 풀기 위해서. 그 매를 때리고 이자, 아니,

신거무를, 그 사람을 니가 죽이고 대단히 잘못한 일 아니냐. 너는 매 맞아야 쓰것다. 그래가지고 매를 때려서 인자 거시기헌게 신거무가 풀어지거든. 많이 풀어진게,

아이고 참, 참 새앗님 거시기로 지 마음이 풀어졌습니다. 그런게 지의 소원 하나를 풀어주시오.

그러면 니 소원이 무엇이냐? 그런게

신거무 장 하나를 해주시오.

그랬거든. 그래서 인자 남면다가, 시방 신거무 장터라 그러니 시방도 거기를. 거기가 그런디, 거기다 장을 하나 시워가지고 장을 하나 시주었는디, 그 장에를 갔다가 제일 나중에 가는 사람은 죽어, 낱낱이. 아 그런게 속담에 말하기를,

신거무 장 파하듯기 헌다.

고 그 어디 회사에 갔다서 실금실금 가버린다 치면 이렇게 말을 시방도 허네. 그런디 그 신거무가 무서운 사람이여. 무서운 놈이여 죽었지만. 그러나 나중에,

아 나중에 간 사람이면 하나씩 죽으니 그것 장이 될것인가. 그게 안되고 파해버
렸지. 웃음)

　그래서 신거무 장터는 있는디 시방도, 남면 가면 그 신거무장터 있네.

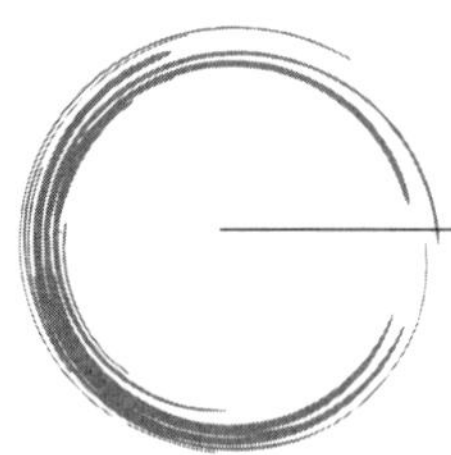

부 록 3

자료 목록

자료 목록 1 　백제 설화

자료 1 　북고리 지명 전설
자료 2 　북고리 지명 전설 2
자료 3 　파진산 지명 전설(노적봉 전설)
자료 4 　인수교합 설화(곰나루 설화 변형)
자료 5 　부산 전설1(떠내려온 산)
자료 6 　망심산 유래
자료 7 　부산전설 2
자료 8 　부산 전설 3
자료 9 　삽티 농바위
자료 10 　마당바위 전설
자료 11 　농바위 전설(1)
자료 12 　노적봉 전설
자료 13 　비홍산 전설
자료 14 　농바위 전설(2)

자료 목록 2   신거무 설화

▪ 참고문헌

1. 자 료

宣祖實錄, 甲辰漫錄, 紫海筆談, 難中雜錄, 燃黎室記述, 西涯集, 光海朝日 記, 象村雜錄, 大田日報 (1984.9.20), 扶餘郡誌, 洪城郡誌, 洪州의 얼, 宣祖修正實錄, 國朝寶鑑, 宣祖寶鑑, 列朝通記, 四留齋集, 쇄尾錄, 國朝人物誌, 大東奇聞, 계서잡록, 기문총화, 대동기문, 동야휘집, 동패낙송, 쇄어, 역대유편, 재조번방지, 정조실록, 청야담수, 청야만집, 파수록, 풍암집화, 학산촌담, 해동명장전, 현종실록, 혼정편록, 『宣祖中興志』 권2
≪선조실록≫, ≪선조수정실록≫, ≪연려실기술≫, ≪국조인물지≫, ≪대동기문≫, ≪정조실록≫, ≪대동야승≫, ≪김충장공유사≫, ≪임진록≫, ≪부여군지≫, 기타 문헌자료집

「林巨正傳」 (사계절, 1985).
「임진록」 (高麗大圖書館本漢文本, 조동일, 한국정신문화연구원 84장 한글본).
「林忠愍公實記」 卷一, 『與柳琳書』 (조선광문회, 1913).
「洪吉童傳」 (정병욱본, 형설출판사, 1984), 경판본.
「홍길동전」 경판 24장본, 『고전소설선』, 한국어문학회편, 형설출판사, 1984.
〈각 군지와 향토지〉, (전통가꾸기).
「高麗史」 1, 2, 57권.
「高麗史節要」 권 1.
권영철본 〈임진록〉, 고전소설선 (형설출판사, 1979).
김균태 · 강현모, 「부여의 구비설화(1, 2)」 (보경문화사, 1995).
김균태 · 강현모, 「부여의 구비설화(2)」 (보경문화사, 1995).

金富軾, 「三國史記」, 「辛鎬烈譯」(東西文化史, 1981).

〈羅州郡誌〉

〈내고장전통가꾸기〉(의령군편)

논산군, 「놀뫼의 전통」, 1981.

대전시, 「대전시사」, 1981.

「大學」

동국대 부설한구문화연구소, 「한국문헌설화전집」(민족문화사, 1981)

박두포, 「동명왕편」, 『제왕운기』(을유문화사, 1974).

사재동, 「구비전승」 충청남도지(하), 충청남도, 1979.

신채호, 「伊太利建國三傑傳」 丹齋申采浩全集(중) (형설출판사, 1979)

──, 「을지문덕」, 『신채호 전집』(형성출판사, 1977)

安邦俊, 「隱峰野史別錄」(동야문고본)

안용산, 「설화속의 금산」, 금산문화원, 1997.

연기군, 「고장의 빛나는 얼과 전통」

이명선, 「임진록」(국제문화관, 1948)

인천대 민족문화연구소 편, 「구활자본 고소설전집」(동서문화원, 1984)

임헌도, 「한국전설대관」(정연사, 1983).

임헌도, 「한국전설대관」(정연사, 1983).

장도빈, 「김덕령전」

──, 「이순신장군전」, 『대한위인전』(중) (아세아문화사, 1981)

長城郡誌

全北道史

傳統時代의 民衆運動 上·下 (풀빛사, 1981)

정명기편, 한국야담자료집성 1차분 (계명문화사, 1987)

청주시, 내고장 전통가꾸기, 1982

靑鶴集, 靑鶴上人, (아세아문화사)

崔南善編, 「三國遺事」, 瑞文文化社, 1983.

최문화, 「충남전설지」(상·하), 충청남도 향토문화연구소, 1986.

최문화, 「충남전설지」, 충청남도 향토문화연구소, 1986.

최상수, 「한국민간전설집」, 통문관, 1959.

최상수, 「한국민간전설집」, 통문관, 1959.

충청남도 향토문화연구소, 충남의 전설집(상·하) (명문사, 1986).

충청남도 향토문화연구소, 충남의 전설집(상·하) (명문사, 1986).

충청남도와 한남대 충청문화연구소, 「금강지」, 1996.

충청남도와 한남대 충청문화연구소, 「금강지」, 1996.
한국구비문학대계 총 82권
한국구비문학대계(3-2,3-4,4-2, 4-5,4-6, 5-3), 한국정신문화연구원.
한국구비문학대계(5-2, 1-4, 5-4, 6-7, 7-4, 7-13) 한국정신문화연구원.
韓國口碑文學大系(82권)
한국정신문화연구원 편, 「한국구비문학대계」(82권)
韓國學論集 3권(한양대 한국학연구소, 1983)
한상수, 「충남의 전설」(어문각, 1986).
한상수, 「충남의 전설」(한일출판사, 1979).
한상수, 「충남의 전설」(한일출판사, 1979).
한양대 안산국문과, 「학술조사 보고서(청양군편)」, 1992.
홍사준, 「백제의 전설」(통문관, 1967).
홍사준, 「백제의 전설」(통문관, 1967.2.).

2. 저 서

국사편찬위원회, 『한국사』 12(탐구당, 1978).
김균태, 『이옥의 문학이론과 작품세계의 연구』(창학사, 1986).
김기동, 『한국고전소설개론』(대창문화사, 1956).
김동욱, 『국문학개론』(민중서관, 1962).
_____ 외 3인, 『한국민속학』(새문사, 1988).
김명순, 『고전소설의 비극성 연구』(창학사, 1986).
김순재, 『한국의 뱃노래』(호악사, 1982).
김열규, 『한국민속과 문학연구』(일조각, 1975), pp.84-99.
김용덕, 『조선후기사상사연구』(을유문화사, 1983).
김용덕, 『한국전기문학론』(민족문화사, 1986).
김장동, 『조선조 역사소설연구』(이우출판사, 1986).
김태곤, 『한국무속연구』(집문당, 1981).
김태준, 『조선소설사』(학예사, 1939).
박성의, 『한국고대소설사』(일신사, 1958).
서대적, 『군담소설의 구조와 배경』(이대출판부, 1985).
소재영, 『임병양란과 문학의식』(한국연구원, 1980).

손낙범, 『한국고전소설론』(프린트본)(신문인쇄사), p.21.

송백헌, 『한국근대역사소설연구』(삼지원, 1985).

신기형, 『한국소설발달사』(창문사, 1960).

신동욱, 『우리 이야기 문학의 아름다움』(한국연구원, 1981).

윤병노, 『한국 현대소설의 탐구』(범우사, 1985).

이기백, 『한국사신론』(일조각, 1981).

이두현·장주근·이광규, 『한국민속학개설』(학연사, 1983).

이복규, 『임경업전연구』(집문당, 1993).

이선주, 『무속, 민요 지방무형문화재조사보고서』(인천민속보존회, 1986).

이윤석, 『임경업전 연구』(정음사, 1985).

이재선, 『한국 현대 소설사』(홍성사, 1982).

이형석, 『壬辰戰亂史 上·中·下』(임진전란사간행위원회, 1974).

임성래, 『영웅소설의 유형연구』(태학사, 1990).

임철호, 『설화와 민중의 역사의식』(집문당, 1989).

______, 『임진록 연구』(정음사, 1986).

장덕순, 『국문학통론』(신구문화사, 1963).

______, 『한국설화문화연구』(서울대출판부, 1970).

______ 외 3인 『구비문학개설』(일조각, 1977).

정주동, 『고대소설론』(형설출판사, 1970).

조동일, 『동학성립과 이야기』(홍성사, 1981).

______, 『민중영웅 이야기』(문예출판사, 1992).

______, 『인물전설의 의미와 기능』(영남대 민족문화연구소, 1979).

______, 『한국설화 민중의식』(정음사, 1985).

______, 『한국소설의 이론』(지식산업사, 1977).

주왕산, 『조선고대소설사』(정음사, 1950).

진단학회편, 『韓國史』, <近世後期篇>(을유문화사, 1980).

최래옥, 『한국구비전설의 연구』 일조각, 1981.

최래옥·윤용식, 『구비문학개론』(한국방송통신대학출판부, 1990).

최영희, 『壬辰倭亂中의 社會動態』(한국연구총서 28, 한국연구원, 1975).

한석수, 『최치원 전승의 연구』(계명출판사, 1989).

홍성암, 『한국역사소설』(민족문화사, 1989).

홍일식, 『개화기의 문학사상연구』(열화당, 1982).

小田幾五郎, 『象胥記聞』(1794, 일본천리대소장본).

韋旭昇, 『抗倭演義(壬辰錄)硏究』(아세아문화사, 1990).

위욱승, 『조선문학사』(북경대학 출판사, 1986).

崔 鉉 譯, H.마르쿠제 著, 『美的 次元(外)』(범우사, 1982).

김재홍 역, Fyfe 저, 『詩學槪說』(평민사, 1980).

문상득 역, Clifford Leech 저, Tragedy 『문학비평총서』 9(서울대출판부, 1978).

윤정선 역, 뢰브느와 저, 『징표, 상징, 신화』(탐구당, 1984).

윤지관 역, 포케마 얼르드 쿤데입쉬 저, 『현대문학이론의 조류』(학민사, 1983).

이가림 역, G. Bachelaedwj 『물과 꿈』(문예출판사, 1980).

이경식 역, C.I 클릭크스버그 저, 『20세기 문학에 나타난 비극적 인간상』(종로서적, 1983),
    pp.13-14.

임철규 역, N. Frye 저, 『批評의 解剖』(한길사, 1982).

장선영 역, 우나모노 저, 『생의 비극적 의미』(삼성출판사, 1978).

정과리 역, 골드만 저, 『숨은신』(인동, 1980).

정진홍 역, M. 엘리아데, 『우주와 역사』(현대사상, 1976).

최상규 역, A. Jefferaon & D.Roby 저, 『현대비평론』(형설출판사, 1985).

최애리 역, V.Y 프로프 저, 『민담의 역사적 기원』(문학과지성사, 1990).

황문수 역, 칼 야스퍼스 저, 『비극론·인간론』(범우사, 1982), p.96.

황인덕 역, 블라디미르 프롭 저, 『민담형태론』(대방출판사, 1987).

Avrom Fleishman, The English Historical Novel(John Hopkins Press, Poltimdre &
    London, 1971)

Hans M. Wolff, Friedeich Nietzsche, Der Weg zum Nichts, Bern, 1956

3. 논 문

가기열, 「임경업전 연구—작가의식을 중심으로」(한남대 석사학위논문, 1989).

강봉근, 「여성 영웅소설의 출현동인」, 『국어문학』 26(전북대 국어국문학회, 1986).

강창민, 「고소설에 나타난 꿈의 구조와 기능에 대한 연구」(연세대 석사학위논문, 1982.12).

강현모, 「김덕령의 영웅성의 형성과 그 한계」, 『설태 박요순선생 정년퇴임기념논총』(동 간행위원
    회, 1992).

______, 「김덕령의 왜구물리치기 설화 연구」, 『한양어문교육논집』 4·5합집(한양어문교육학회,
    1991).

______, 「신거무 전설연구」, 『한국학논집』 16집(한양대 한국학연구소, 1989.2)

______, 「이몽학 설화의 연구」, 『한국학논집』 13집(한양대 한국학연구소, 1988. 12).

______, 「전기소설 <김덕령전>의 서사구조와 의미」, 『한남어문학』 19집(한남대 국어국문학회, 1993.12).

______, 「이몽학 오뉘 힘내기 전설고」, 『한양어문연구』 6집(한양어문연구회, 1988).

강현모, 「비극적 장수설화의 연구」(한양대 박사학위논문, 1994. 6).

고려대 사범대학 국교과, 『한국어문교육』 창간호(1986).

권영민, 「신채호의 소설개혁론과 그 한계」, 『한국 현대소설사연구』(민음사, 1984).

김관웅, 「고소설에서 보여지는 비극적요소에 대하여」, 『고소설사의 제문제』(집문당, 1993).

김광수, 「임경업전의 배경과 작가의식」(인하대 교육대학원 석사학위, 1990).

김균태, 「양반전의 주제」, 『한국문학사의 쟁점』(성산장덕순선생정연퇴임기념논총, 집문당, 1986).

______, 「조선후기 인물전의 야담취향적 고찰」, 『한국한문학연구』 12집(한국한문학회, 1989.9).

______, 「부여지방의 설화연구」, 『역사민속학』 3호(한국역사민속학회, 1993).

김기동, 「국문학에 나타난 대외정신」, 『국어국문학』 41(국어국문학회, 1968.9).

______, 「국문학에 나타난 민족정신」, 『민족문화 논총』(노산 이은상박사 고희기념 논총간행회, 1973.12).

김대숙, 「박씨전 연구」, 『벽사 이우성선생 정년퇴임기념 국어국문학논총』(여강출판사, 1990).

김명순, 「한국고소설의 비극성과 결말구조」, 『논문집』 21집(인문과학)(한남대 동서문화연구소 (1991).

김복희, 「고대소설의 재생모티브에 관한 연구」(이화여대 교육대학원 석사논문, 1975).

김순휘 「임진록고」, 『동악어문논집』 4집(동국대 동악어문학회, 1966.7).

김열규, 「한국문학과 그 '비극적인 것'」, 『한국민속과 문학연구』(일조각, 1971).

김영수, 「신소설의 변신과 미망」, 『월간문학』 1986년 4월호.

김용덕, 「청평사 연기설화고」, 『한양어문연구』 6집(한양어문연구회, 1988).

______, 「문헌소재 전의 일고찰」, 『한국학논집』 8집(한양대 한국학연구소, 1985).

김용범, 「영웅소설에 나타난 도교사상 연구」(한양대 박사학위논문, 1989).

김윤식, 「역사소설의 방법론적 전개」, 『현대문학』 100호(1963).

김의정, 「임장군전 연구」(단국대 석사학위논문, 1983).

김장동, 「임진록 설화고」, 『한국학논집』 4집(한양대 한국학연구소, 1983).

김장호, 「<봉죽타령>에 대하여」, 『기전문화연구』 4(인천교육대학, 1974).

김재용, 「영웅소설의 두 주류와 그 원천」, 『한국언어문학』 22집(한국언어문학회, 1983).

김치홍, 「임진록연구」, 『명지어문학』 14집(명지대 국어국문학과, 1982).

김헌선, 「건달형 인물이야기의 존재양상과 의미」, 『경기어문학』제 8집(경기대 국문과, 1990).

김희영, 「군담소설의 작가의식 연구-임진록 임경업전 박씨부인전을 중심으로」(동아대 석사학위 논문, 1981), pp.97-98.

민　찬, 「여성 영웅소설의 출현과 변모양상」(서울대 석사학위논문, 1986).
민긍기, 「군담소설 출현동인의 재반성」, 『문예사상연구』 1(한국고전연구회, 1980. 12).
＿＿＿, 「군담소설의 연구」(연세대 석사학위논문, 1980).
＿＿＿, 「영웅소설의 의미체계의 연구」(연세대 박사학위논문, 1985).
박경자, 「임진록에 나타난 인물연구」(고려대교육대학원 석사학위논문, 1880).
박계홍, 「한국역사소설사」, 『어문연구』 3집(어문연구회, 1963).
박일용 「유형소설의 변이와 그 소설사적 의의」(서울대 석사학위논문, 1983).
＿＿＿, 「영웅소설의 유형변이와 그 소설사적 의의」, 『국문학연구』 62(서울대 국문학연구회,
　　　　1982.12).
백승욱, 「원귀출현소설 연구」, 한양대 석사논문, 1991.
서대석, 「고전소설의 '행복한 결말'과 한국인의 의식」, 『관악어문연구』 제3집(서울대 국문과,
　　　　1978).
＿＿＿, 「군담소설의 출현동인과 반성」, 『고전문학연구』 1집(고전문학연구회, 1971).
＿＿＿, 「병자호란과 군담소설」, 『한국고전소설연구』(이우출판사, 1982).
＿＿＿, 「설화 <종소리>의 구조와 의미」, 『한국문화』 제 8집(서울대 한국문화연구소,
　　　　1987.2).
＿＿＿, 「설화와 이조소설의 비교연구서설」, 『국어국문학』 64호(국어국문학회, 1974).
＿＿＿, 「임경업전 연구」, 『고전소설연구』(국어국문학회편, 1979).
＿＿＿, 「한국신화와 민담의 세계관 고찰」, 『국어국문학』101호(국어국문학회, 1989.5).
서종문, 「임진록과 한양오백년가의 관계와 의미」, 『한국고전소설연구』(새문사, 1983).
설성경, 「서해안 어업민속에 나타난 임장군신」, 『기전문화연구』 16(인천교육대학, 1987).
성기열, 「호랑이와 곶감」, 『한국설화의 연구』(인하대 출판부, 1988).
＿＿＿, 「호랑이 담배 피우는 내력」, 『한국구비전승의 노력』(일조각, 1976).
소재영, 「임병양난의 충격과 문학적 대응」, 『한국문학연구입문』(지식산업사, 1982).
＿＿＿, 「임진록 해제」, 『국학자료』 32(장서각, 1979).
＿＿＿, 「임진록군의 형성과 민중의식의 변모」, 『국어국문학』 61집(국어국문학회, 1979).
＿＿＿, 「임진록설화의 문학적 가치」, 『논문집(인문, 사회편)』 9(숭전대, 1979).
＿＿＿, 「임진록연구『고전소설연구』(국어국문학 연구총서 5, 국어국문학회, 1979).
＿＿＿, 「임진록연구」, 『숭전어문학』 1(숭전대 국문과, 1972.12).
＿＿＿, 「임진록의 의식세계」, 『월암 박성의박사회갑기념논문집』(고려대 국어국문학연구회,
　　　　1977).
신동일, 「이조 전쟁소설 박씨전 연구-이본고를 중심으로-」, 『육사논문집』 6(육군사관학교,
　　　　1968).
신동흔, 「역사인물담의 현실대응방식의 연구」, (서울대 박사학위논문, 1993).

신태수 「임진록연구의 현황과 전망」, 『문학과 언어』 11집(문학과 언어연구회, 1990.5).

______, 「임진록에 나타난 허구적 인물의 성격과 기능」, 『영남어문학』 14집(영남어문학회, 1987).

신현철, 「임경업전 연구」(충북대 교육대학원 석사학위, 1987).

양동훈, 「임경업전의 형성과정고」(청주대 석사학위논문, 1986).

여운필, 「이토정 전설 연구」, 『수련어문연구』 제13집(부산여대 국어교육과, 1986).

오인환, 「임경업전 연구」(계명대 석사학위논문, 1987).

유영대, 「설화와 신분문제」, 『민족문화연구』 16호(고려대 민족문화연구소, 1982).

______, 「설화와 역사인식」(고려대 석사학위논문, 1981).

유인수, 「고려의 건국신화 연구」(한양대 교육대학원 석사학위논문, 1989).

윤영옥, 「임경업전 연구」, 『국어국문학연구』 15(영남대 국어국문학회, 1973).

윤재근, 「김덕령 전승연구(Ⅰ)」, 『어문논집』 26집(고려대 국어국문학회, 1986).

______, 「김덕령 전승연구(Ⅱ)」, 『경기어문학』 7집(경기대 국어국문학회, 1986).

______, 「이몽학설화고」, 『한국문화연구』 2집(경기대 한국문화연구소, 1985).

______, 「조선시대 저항적인물의 전승연구」(고려대 박사학위논문, 1988).

______, 「토정 이지함 전승 연구」, 『어문논집』 27집(고려대 국문과, 1987).

이강옥, 「조선조 중기일화의 형성과 변모과정 연구」(서울대 박사학위 논문, 1993).

이경선, 「임경업의 인물 유적 전설의 조사연구」, 『한국의 전기문학』(민족문화사, 1988).

이동근, 「임난전쟁문학연구」(서울대 석사학위논문, 1983).

이몽현, 「임진왜란을 배경으로 한 고소설 연구」(고려대 교육대학원 석사학위 논문, 1962.12).

이상택, 「임병양난의 척외의식」, 『한국고전과 민족사상』(신구문화사, 1974).

이윤석, 「임경업 전설의 연구」, 『효성여자 대학교 연구논문집』 31(효성여자대학교, 1985).

______, 「임경업전 이본고」, 『효성여자대학교 논문집』 25(효성여대, 1982).

______, 「임경업전 연구-그 형성과정과 문학사적 위치」(연세대 석사학위논문, 1978).

______, 「임장군편고」, 『국문학연구』 6(효성여대 국어국문학과, 1982).

이재란, 「이토정 설화연구」(한양대 교육대학원 석사학위논문, 1989).

이종철, 「고소설에 나타난 재생의미 고찰」, 『청파문학』 13(숙명여대 국문과 1980.2).

이혜화, 「죽음의식으로 본 한국고전소설 연구」, 『한성어문학』 1(한성대 국문과, 1982).

임동철, 「임장군전 연구」, 『심상논총』 1(심상사, 1979).

임병희, 「여성 여웅소설의 유형과 변모양상」(고려대 석사학위논문, 1990).

임재해, 「설화의 현장론적 연구」(영남대 박사학위논문, 1986).

______, 「존재론적 구조로본 설화갈래론」, 구비문학국제연구발표대회 요지(인하대 인문과학연구소, 1991).

임철호, 「구비설화에 나타난 민족의식과 민중의식」, 『논문집』 16집(전주대학교, 1987).

_____, 「김덕령 설화연구」, 『한국언어문학』 22집(한국언어문학회, 1983).

_____, 「사명당설화연구」, 『한국언어문학』 23집(한국언어문학회, 1984).

_____, 「이여송설화연구」, 『국어국문학』 90(국어국문학회, 1983).

_____, 「임난설화고(Ⅰ)『국어국문학』 89(국어국문학회, 1983).

_____, 「임진록과 문헌설화의 역사의식」, 『한국고전소설연구』(이우출판사, 1983).

_____, 「임진록군 연구」(연세대 석사학위논문, 1977).

_____, 「임진록에 나타난 허구성」, 『문예사상연구』 2(한국고전연구회, 1981).

임형태, 「<홍길동전>의 신고찰」, 『한국고전소설연구』(이우출판사, 1983).

장덕순, 「설화문학과 그 계승문제」, 『사상계』 43(사상계사, 1952.2).

전규태, 「설화의 소설화 과정에 대한 연구」, 『문예사상연구』 1(한국고전연구회, 1980).

전용문, 「여성 영웅소설의 계통적 연구」, 『어문연구』 17(충남대 어문연구회, 1988).

_____, 「여성계 영웅소설의 형성동인」, 『목원어문학』 4집(목원대 국어교육과, 1983).

전혜경, 「인물전설의 구조와 사상배경에 관한 소고」(이화여대 석사학위논문, 1983).

정규복, 「임경업전의 권선징악적 의미」, 『한실 이상보박사 회갑기념논총』(동간행위원회, 1987).

정명기, 「여호걸계 소설의 형성과정 연구」(연세대 석사학위논문, 1980).

정의념, 「임장군의 문헌학적 연구」, 『어문교육논집』 3(부산대 국어교육학과, 1978).

정종화, 「한국비극문학론」, 『세계문학』 77년 봄호(민음사, 1977).

정현숙, 「박문수설화 연구」(영남대 석사학위논문, 1980).

조동일, 「영웅의 일생-그 문학사적 전개」, 『동아문화』10집(서울대 동아문화연구소, 1971).

_____, 「임진록에 나타난 김덕령」, 『상산 이재수박사 환력기념논문집』(1972).

주강현, 「서해안 대동굿지」, 『민족과 굿』(학민사, 1987).

천혜숙, 「전설의 신화적 성격에 관한 연구」(계명대 대학원 박사학위논문, 1986).

최래옥, 「박문수설화의 성격분석」, 『한국민속학』 18집(한국민속학회, 1985).

_____, 「심청전의 총체적 분석」, 『한국학연구』 5집(한양대 한국학연구소, 1984. 2).

_____, 「한국효행설화의 성격」, 『한국민속학』 10집(한국민속학회, 1977).

최삼룡, 「<壬辰錄>의 英雄像에 대한 考察」, 『국어국문학』 106집(국어국문학회, 1992.6).

_____, 「<임진록>의 영웅상에 대한 고찰」, 『국어국문학』 106집(국어국문학회, 1992.6).

최영희, 「金德齡-非命의 義兵將」, 『韓國의 人間像』 3권(신구문화사, 1965).

_____, 「壬辰義兵의 性格」, 『史學硏究』 8호(한국사학회, 1960).

최용순, 「임장군전연구」(고려대 교육대학원 석사학위, 1977).

최인학, 「한국전설의 유형과 Motif연구」, 『한국학연구』 제 1호(인하대 한국학연구소, 1989.3).

최진원, 「임진록」, 『한국고전문학전집』 1권(보성문화사, 1978).

최 철, 「이조소설 주인공의 출생담고」, 『국어국문학』 39.40합병호(국어국문학회, 1968).

한영환, 「한국근대역사소설 연구」, 『어문논집』 2집(성신여사대 인문과학연구소, 1969).

홍태한, 「서해안 임장군 풍어전설의 의미」, 『고황논문』 7집(경희대 대학원, 1990).
Alastair Fowier, "The Life and Death of Literary Forms" New Directionsin Literary History, Raiph Cohen ed, London : Routiedge & Kegan Paul, 1974).
Vladimir J. Propp. "Forklore and Reality" in Theory and History of Folklore, ed., Anatoly Liberman, trans. Ariadna Y. Martin and Richard Martin and several others(Minnesota Univ, 1984).

저·자·소·개

강현모

• 충남 부여 출생
• 한남대 국어국문과, 한양대 대학원(문학박사)
• 한양대, 한남대, 용인대 강사

❖ 저 서 ❖

『장수설화의 구조와 의미』(역락, 2004)
『부여지방의 구비전설』(상·하)
『용인 동부지역의 구비전승』(동부, 북부, 남부, 서부, 중부)
『안산시의 구비전승』
『김포시의 문화유적과 민속』,

❖ 논 문 ❖

「비극적 장수설화의 연구」(학위논문), 「이몽학설화의 연구」 외 다수

한국 설화의 전승 양상과 소설적 변용

인 쇄 2004년 7월 21일
발 행 2004년 7월 28일
저 자 강 현 모
펴낸이 이 대 현
편 집 이태곤 안현진 권분옥 박윤정
펴낸곳 도서출판 **역락** / 서울 성동구 성수2가 3동 301-80
        (주)지시코 별관 3층(우133-835)
전 화 3409-2058(대표) 3409-2060(편집부) FAX 3409-2059
이메일 yk3888@kornet.net / youkrack@hanmail.net
등 록 1999년 4월 19일 제2-2803호
정 가 14,000원

ISBN 89-5556-333-7-93810
* 잘못된 책은 교환해 드립니다.